प्रेमचंद

की

सर्वश्रेष्ठ

लघु कहानियाँ

Om
नींव
An Imprint of Om Books International

Reprinted in 2026

Om
नींव An Imprint of **Om Books International**

Corporate & Editorial Office
A-12, Sector 64, Noida 201 301
Uttar Pradesh, India
Phone: +91 120 477 4100
Email: editorial@ombooks.com
Website: www.ombooksinternational.com

Sales Office
107, Ansari Road, Darya Ganj,
New Delhi 110 002, India
Phone: +91 11 4000 9000
Fax: +91 11 2327 8091
Email: sales@ombooks.com

ISBN: 978-93-5276-610-9

Printed in India

10 9 8 7 6 5

अनुक्रम

मुंशी प्रेमचन्द का मूल नाम धनपतराय श्रीवास्तव था। प्रेमचन्द का जन्म 31 जुलाई सन् 1880 को बनारस से चार मील दूर लमही गाँव में हुआ था। उनका जीवन गरीबी में ही पला। उनका पहला विवाह 15 साल की आयु में उनके पिता ने उनसे बड़ी उम्र की लड़की से करा दिया। विवाह के एक साल बाद पिताजी का देहान्त हो गया। अचानक उनके सिर पर पूरे घर का बोझ आ गया। प्रेमचन्द की आर्थिक विपत्तियों का अनुमान इस घटना से लगाया जा सकता है कि पैसे के अभाव में उन्हे अपना कोट बेचना पड़ा और पुस्तकें बेचनीं पड़ीं।

सन् 1905 मे उनकी पहली पत्नी पारिवारिक कटुताओं के कारण घर छोड़कर मायके चली गई, फिर वह कभी नहीं आई। सन् 1905 में उन्होनें शिवरानी देवी से दूसरी शादी कर ली। शिवरानी देवी एक बाल-विधवा थीं और इनके प्रति वो सदा स्नेह के पात्र रहे थे। यह कहा जा सकता है कि दूसरी शादी के पश्चात उनके जीवन में परिस्थितियां कुछ बदलीं और आर्थिक तंगी कम हुई। उनके लेखन में सजगता आई।

तेरह वर्ष की उम्र से ही उन्होनें लिखना आरंभ कर दिया था। शुरू में उन्होनें कुछ नाटक लिखे फिर बाद में उर्दू में उपन्यास लिखना आरंभ किया। इस तरह उनका साहित्यिक सफ़र शुरू हुआ जो मरते दम तक साथ था। उनके लेखन में ग्रामीण भारत का चरित्र उजागर होता था। वो हमेशा सामाजिक कुरीतियों के बारे में लिखते थे, जिसमें जाति-प्रथा, गरीबों एवं दलितों का शोषण एवं नारियों के विषय में बहुत कुछ होता था।

उपन्यास के क्षेत्र में उनके योगदान को देखकर बंगाल के विख्यात उपन्यासकार शरतचंद्र चट्टोपाध्याय ने उनको 'उपन्यास सम्राट' कहकर संबोधित किया था। उनका लेखन हिन्दी साहित्य की एक ऐसी विरासत है जिसके बिना हिन्दी के विकास का अध्ययन अधूरा रहेगा। प्रेमचन्द एक संवेदनशील लेखक, सचेत नागरिक, कुशल वक्ता तथा सुधी संपादक थे। उनके कुछ प्रसिद्ध उपन्यास हैंः गोदान, ग़बन, रंगभूमि, कर्मभूमि, प्रेमाश्रम, निर्मला तथा कुछ प्रमुख कहानियाँ नमक का दारोगा, प्रेम पचीसी, मंत्र, पूस की रात, सद्गति, कफ़न आदि हैं।

सन् 1936 में प्रेमचन्द बीमार रहने लगे। आर्थिक कष्टों तथा इलाज ठीक से न कराए जाने के कारण 8 अक्टूबर सन् 1936 को उनका देहान्त हो गया।

1.

पंच-परमेश्वर

जुम्मन शेख और अलगू चौधरी में गाढ़ी मित्रता थी। साझे में खेती होती थी। कुछ लेन-देन में भी साझा था। एक को दूसरे पर अटल विश्वास था। जुम्मन जब हमल करने गए थे, तब अपना घर अलगू को सौंप गए थे, और अलगू जब कभी बाहर जाते, तो जुम्मन पर अपना घर छोड़ देते थे। उनमें न खान-पान का व्यवहार था, न धर्म का नाता; केवल विचार मिलते थे। मित्रता का मूलमंत्र भी यही है।

इस मित्रता का जन्म उसी समय हुआ, जब दोनों मित्र बालक ही थे; और जुम्मन के पूज्य पिता, जुमराती, उन्हें शिक्षा प्रदान करते थे। अलगू ने गुरु जी की बहुत सेवा की थी, खूब रकाबियाँ माँजी खूब प्याले धोये। उनका हुक्का एक क्षण के लिए भी विश्राम न लेने पाता था; क्योंकि प्रत्येक चिलम अलगू को आध घंटे तक किताबों से अलग कर देती थी। अलगू के पिता पुराने विचारों के मनुष्य थे। उन्हें शिक्षा की अपेक्षा गुरु की सेवा-शुश्रूषा पर अधिक विश्वास था। वह कहते थे कि विद्या पढ़ने से नहीं आती; जो कुछ होता है, गुरु के आशीर्वाद से। बस, गुरु जी की कृपा-दृष्टि चाहिए। अतएव यदि अलगू पर जुमराती शेख के आशीर्वाद अथवा सत्संग का कुछ फल न हुआ, तो यह मानकर संतोष कर लेगा कि विद्योपार्जन में उसने यथाशक्ति कोई बात उठा नहीं रखी, विद्या उसके भाग्य ही में न थी, तो कैसे आती?

मगर जुमराती शेख स्वयं आशीर्वाद के कायल न थे। उन्हें अपने सोटे पर अधिक भरोसा था, और उसी सोटे के प्रताप से आज आस-पास के गाँवों

में जुम्मन की पूजा होती थी। उनके लिखे हुए रेहननामे या बैनामे पर कचहरी का मुहर्रिर भी कलम न उठा सकता था। हलक़े का डाकिया, कांस्टेबिल और तहसील का चपरासी—सब उनकी कृपा की आकांक्षा रखते थे। अतएव अलगू का मान उनके धन के कारण था, तो जुम्मन शेख अपनी अनमोल विद्या से ही सबके आदरपात्र बने थे।

जुम्मन शेख की एक बूढ़ी खाला (मौसी) थी। उसके पास कुछ थोड़ी-सी मिलकियत थी; परन्तु उसके निकट संबंधियों में कोई न था। जुम्मन ने लम्बे-चौड़े वादे करके वह मिलकियत अपने नाम लिखवा ली थी। जब तक दानपत्र की रजिस्ट्री न हुई थी, तब तक खालाजान का खूब आदर-सत्कार किया गया। उन्हें खूब स्वादिष्ट पदार्थ खिलाये गए। हलवे-पुलाव की वर्षा-सी की गई; पर रजिस्ट्री की मोहर ने इन खातिरदारियों पर भी मानो मुहर लगा दी। जुम्मन की पत्नी करीमन रोटियों के साथ कड़वी बातों के कुछ तेज, तीखे सालन भी देने लगी। जुम्मन शेख भी निठुर हो गए। अब बेचारी खालाजान को प्रायः नित्य ही ऐसी बातें सुननी पड़ती थीं।

बुढ़िया न जाने कब तक जियेगी। दो-तीन बीघे ऊसर क्या दे दिया, मानो मोल ले लिया है! बघारी दाल के बिना रोटियाँ नहीं उतरतीं! जितना रुपया इसके पेट में झोंक चुके, उतने से तो अब तक गाँव मोल ले लेते।

कुछ दिन खालाजान ने सुना और सहा; पर जब न सहा गया तब जुम्मन से शिकायत की। जुम्मन ने स्थानीय कर्मचारी—गृहस्वामी—के प्रबंध में दखल देना उचित न समझा। कुछ दिन तक और यों ही रो-धोकर काम चलता रहा। अंत में एक दिन खाला ने जुम्मन से कहा—बेटा! तुम्हारे साथ मेरा निर्वाह न होगा। तुम मुझे रुपये दे दिया करो, मैं अपना पका-खा लूँगी।

जुम्मन ने धृष्टता के साथ उत्तर दिया—रुपये क्या यहाँ फलते हैं?

खाला ने नम्रता से कहा—मुझे कुछ रूखा-सूखा चाहिए भी कि नहीं?

जुम्मन ने गम्भीर स्वर से जवाब दिया—तो कोई यह थोड़े की समझा था कि तुम मौत से लड़कर आयी हो?

खाला बिगड़ गईं, उन्होंने पंचायत करने की धमकी दी। जुम्मन हँसे, जिस तरह कोई शिकारी हिरन को जाल की तरफ जाते देख कर मन-ही-मन हँसता है वह बोले—हाँ, जरूर पंचायत करो। फैसला हो जाए। मुझे भी यह रात-दिन की खटखट पसंद नहीं।

पंचायत में किसकी जीत होगी, इस विषय में जुम्मन को कुछ भी संदेह न था। आस-पास के गाँवों में ऐसा कौन था, जो उसके अनुग्रहों का ऋणी न हो; ऐसा कौन था, जो उसको शत्रु बनाने का साहस कर सके? किसमें इतना बल था, जो उसका सामना कर सके? आसमान के फरिश्ते तो पंचायत करने आवेंगे नहीं।

इसके बाद कई दिन तक बूढ़ी खाला हाथ में एक लकड़ी लिए आस-पास के गाँवों में दौड़ती रहीं। कमर झुक कर कमान हो गई थी। एक-एक पग चलना दूभर था; मगर बात आ पड़ी थी। उसका निर्णय करना जरूरी था।

बिरला ही कोई भला आदमी होगा, जिसके सामने बुढ़िया ने दुःख के आँसू न बहाये हों। किसी ने तो यों ही ऊपर मन से हूँ-हाँ करके टाल दिया और किसी ने इस अन्याय पर जमाने को गालियाँ दीं! कहा—कब्र में पाँव लटके हुए हैं, आज मरे कल दूसरा दिन; पर हवस नहीं मानती। अब तुम्हें क्या चाहिए? रोटी खाओ और अल्लाह का नाम लो। तुम्हें अब खेती-बारी से क्या काम है? कुछ ऐसे सज्जन भी थे, जिन्हें हास्य-रस के रसास्वादन का अच्छा अवसर मिला। झुकी हुई कमर, पोपला मुँह, सन के-से बाल—इतनी सामग्री एकत्र हों, तब हँसी क्यों न आवे? ऐसे न्यायप्रिय, दयालु, दीन-वत्सल पुरुष बहुत कम थे, जिन्होंने उस अबला के दुखड़े को गौर से सुना हो और उसको सांत्वना दी हो। चारों ओर से घूम-घाम कर बेचारी जलगू चौधरी के पास आयी। लाठी पटक दी और दम ले कर बोली—बेटा, तुम भी दम भर के लिए मेरी पंचायत में चले आना।

अलगू—मुझे बुला कर क्या करोगी? कई गाँव के आदमी तो आवेंगे ही।

खाला—अपनी विपद तो सबके आगे रो आयी। अब आने-न-आने का अख्तियार उनको है।

अलगू—यों आने को आ जाऊँगा; मगर पंचायत में मुँह न खोलूँगा।

खाला—क्यों बेटा?

अलगू—अब इसका क्या जवाब दूँ? अपनी खुशी। जुम्मन मेरा पुराना मित्र है। उससे बिगाड़ नहीं कर सकता।

खाला–बेटा, क्या बिगाड़ के डर से ईमान की बात न कहोगे?

हमारे सोये हुए धर्म-ज्ञान की सारी सम्पत्ति लुट जाए, तो उसे खबर नहीं होती, परन्तु ललकार सुन कर वह सचेत हो जाता है। फिर उसे कोई जीत नहीं सकता। अलगू इस सवाल का कोई उत्तर न दे सका, पर उसके हृदय में ये शब्द गूँज रहे थे–क्या बिगाड़ के डर से ईमान की बात न कहोगे?

संध्या समय एक पेड़ के नीचे पंचायत बैठी। शेख जुम्मन ने पहले से ही फर्श बिछा रखा था। उन्होंने पान, इलायती, हुक्के-तम्बाकू आदि का प्रबन्ध भी किया था। हाँ, वह स्वयं अलबत्ता अलगू चौधरी के साथ जरा दूर पर बैठे हुए थे। जब पंचायत में कोई आ जाता था, तब दबे हुए सलाम से उसका स्वागत करते थे। जब सूर्य अस्त हो गया और चिड़ियों की कलरवयुक्त पंचायत पेड़ों पर बैठी, तब यहाँ भी पंचायत शुरू हुई। फर्श की एक-एक अंगुल जमीन भर गई; पर अधिकांश दर्शक ही थे। निमंत्रित महाशयों में से केवल वे ही लोग पधारे थे, जिन्हें जुम्मन से अपनी कुछ कसर निकालनी थी। एक कोने में आग सुलग रही थी। नाई ताबड़तोड़ चिलम भर रहा था। यह निर्णय करना असम्भव था कि सुलगते हुए उपलों से अधिक धुआँ निकलता था या चिलम के दमों से। लड़के इधर-उधर दौड़ रहे थे। कोई आपस में गाली-गलौज करते और कोई रोते थे। चारों तरफ कोलाहल मच रहा था। गाँव के कुत्ते इस जमाव को भोज समझ कर झुंड के झुंड जमा हो गए थे।

पंच लोग बैठ गए, तो बूढ़ी खाला ने उनसे विनती की–

"पंचों, आज तीन साल हुए, मैंने अपनी सारी जायदाद अपने भान्जे जुम्मन के नाम लिख दी थी। इसे आप लोग जानते ही होंगे। जुम्मन ने मुझे ता-हयात रोटी-कपड़ा देना कबूल किया। साल भर तो मैंने इसके साथ रो-धोकर काटा। पर अब रात-दिन का रोना नहीं सहा जाता। मुझे न पेट की रोटी मिलती है न तन का कपड़ा। बेकस बेवा हूँ। कचहरी-दरबार नहीं कर सकती। तुम्हारे सिवा और किसको अपना दुःख सुनाऊँ? तुम लोग जो राह निकाल दो, उसी राह पर चलूँ। अगर मुझमें कोई ऐब देखो, तो मेरे मुँह पर

थप्पड़ मारो। जुम्मन में बुराई देखो, तो उसे समझाओ, क्यों एक बेकस की आह लेता है! मैं पंचों का हुक्म सिर-माथे पर चढ़ाऊँगी।'

रामधन मिश्र, जिनके कई असामियों को जुम्मन ने अपने गाँव में बसा लिया था, बोले–जुम्मन मियाँ, किसे पंच बदते हो? अभी से इसका निपटारा कर लो। फिर जो कुछ पंच कहेंगे, वही मानना पड़ेगा।

जुम्मन को इस समय सदस्यों में विशेषकर वे ही लोग दीख पड़े जिनसे किसी न किसी कारण उनका वैमनस्य था। जुम्मन बोले–पंचों का हुक्म अल्लाह का हुक्म है। खालाजान जिसे चाहें, उसे बदें। मुझे कोई उज्र नहीं।

खाला ने चिल्ला कर कहा–अरे अल्लाह के बन्दे! पंचों का नाम क्यों नहीं बता देता? कुछ मुझे भी तो मालूम हो।

जुम्मन ने क्रोध से कहा–अब इस वक्त मेरा मुँह न खुलवाओ। तुम्हारी बन पड़ी है, जिसे चाहो, पंच बदो।

खालाजान जुम्मन के आक्षेप को समझ गईं, वह बोलीं–बेटा, खुदा से डरो, पंच न किसी के दोस्त होते हैं, न किसी के दुश्मन। कैसी बात कहते हो! और तुम्हारा किसी पर विश्वास न हो, तो जाने दो; अलगू चौधरी को तो मानते हो? लो, मैं उन्हीं को सरपंच बदती हूँ।

जुम्मन शेख आनंद से फूल उठे, परंतु भावों को छिपा कर बोले–अलगू ही सही, मेरे लिए जैसे रामधन वैसे अलगू।

अलगू इस झमेले में फँसना नहीं चाहते थे। वे कन्नी काटने लगे। बोले–खाला, तुम जानती हो कि मेरी जुम्मन से गाढ़ी दोस्ती है।

खाला ने गम्भीर स्वर में कहा–बेटा, दोस्ती के लिए कोई अपना ईमान नहीं बेचता। पंच के दिल में खुदा बसता है। पंचों के मुँह से जो बात निकलती है, वह खुदा की तरफ से निकलती है।

अलगू चौधरी सरपंच हुए। रामधन मिश्र और जुम्मन के दूसरे विरोधियों ने बुढ़िया को मन में बहुत कोसा।

अलगू चौधरी बोले–शेख जुम्मन! हम और तुम पुराने दोसत हैं। जब काम पड़ा, तुमने हमारी मदद की है और हम भी जो कुछ बन पड़ा, तुम्हारी सेवा करते रहे हैं; मगर इस समय तुम और बूढ़ी खाला, दोनों हमारी निगाह में बराबर हो। तुमको पंचों से जो कुछ अर्ज करनी हो, करो।

जुम्मन को पूरा विश्वास था कि अब बाजी मेरी है। अलगू यह सब दिखावे की बातें कर रहा है। अतएवं शांत-चित्त होकर बोले—पंचों, तीन साल हुए खालाजान ने अपनी जायदाद मेरे नाम हिब्बा कर दी थी। मैंने उन्हें ता-हयात खाना-कपड़ा देना कबूल किया था। खुदा गवाह है, आज तक मैंने खालाजान को कोई तकलीफ नहीं दी। मैं उन्हें अपनी माँ के समान समझता हूँ। उनकी खिदमत करना मेरा फर्ज है; मगर औरतों में जरा अनबन रहती है, उसमें मेरा क्या बस है? खालाजान मुझसे माहवार खर्च अलग माँगती हैं। जायदाद जितनी है, वह पंचों से छिपी नहीं। उससे इतना मुनाफा नहीं होता है कि माहवार खर्च दे सकूँ। इसके अलावा हिब्बानामे में माहवार खर्च का कोई जिक्र नहीं। नहीं तो मैं भूल कर भी इस झमेले में न पड़ता। बस, मुझे यही कहना है। आइंदा पंचों का अख्तियार है, जो फैसला चाहें, करें।

अलगू चौधरी को हमेशा कचहरी से काम पड़ता था। अतएव वह पूरा कानूनी आदमी था। उसने जुम्मन से जिरह शुरू की। एक-एक प्रश्न जुम्मन के हृदय पर हथौड़े की चोट की तरह पड़ता था। रामधन मिश्र इन प्रश्नों पर मुग्ध हुए जाते थे। जुम्मन चकित थे कि अलगू को क्या हो गया। अभी यह अलगू मेरे साथ बैठा हुआ कैसी-कैसी बातें कर रहा था! इतनी ही देर में ऐसी कायापलट हो गई कि मेरी जड़ खोदने पर तुला हुआ है। न मालूम कब की कसर यह निकाल रहा है? क्या इतने दिनों की दोस्ती कुछ भी काम न आवेगी?

जुम्मन शेख तो इसी संकल्प-विकल्प में पड़े हुए थे कि इतने में अलगू ने फैसला सुनाया—

जुम्मन शेख! पंचों ने इस मामले पर विचार किया। उन्हें यह नीति-संगत मालूम होता है कि खालाजान को माहवार खर्च दिया जाए। हमारा विचार है कि खाला की जायदाद से इतना मुनाफा अवश्य होता है कि माहवार खर्च दिया जा सके। बस, यही हमारा फैसला है, अगर जुम्मन को खर्च देना मंजूर न हो, तो हिब्बानामा रद्द समझा जाए।

यह फैसला सुनते ही जुम्मन सन्नाटे में आ गए। जो अपना मित्र हो, वह शत्रु का व्यवहार करे और गले पर छुरी फेरे, इसे समय के हेर-फेर के सिवा और क्या कहें? जिस पर पूरा भरोसा था, उसने समय पड़ने पर धोखा दिया।

ऐसे ही अवसरों पर झूठे-सच्चे मित्रों की परीक्षा की जाती है। यही कलियुग की दोस्ती है। अगर लोग ऐसे कपटी-धोखेबाज न होते, तो देश में आपत्तियों का प्रकोप क्यों होता? यह हैजा-प्लेग आदि व्याधियाँ दुष्कर्मों के ही दंड हैं।

मगर रामधन मिश्र और अन्य पंच अलगू चौधरी की इस नीति-परायणता की प्रशंसा जी खोलकर कर रहे थे। वे कहते थे—इसका नाम पंचायत है! दूध का दूध और पानी का पानी कर दिया। दोस्ती, दोस्ती की जगह है, किंतु धर्म का पालन करना मुख्य है। ऐसे ही सत्यवादियों के बल पर पृथ्वी ठहरी है, नहीं तो वह कब की रसातल को चली जाती।

इस फैसले ने अलगू और जुम्मन की दोस्ती की जड़ हिला दी। अब वे साथ-साथ बातें करते नहीं दिखायी देते। इतना पुराना मित्रता-रूपी वृक्ष सत्य का एक झोंका भी न सह सका। सचमुच वह बालू की ही जमीन पर खड़ा था।

उनमें अब शिष्टाचार का अधिक व्यवहार होने लगा। एक-दूसरे की आवभगत ज्यादा करने लगा। वे मिलते-जुलते थे, मगर उसी तरह, जैसे तलवार से ढाल मिलती है।

जुम्मन के चित्त में मित्र की कुटिलता आठों पहर खटका करती थी। उसे हर घड़ी यही चिंता रहती थी कि किसी तरह बदला लेने का अवसर मिले।

अच्छे कामों की सिद्धि में बड़ी देर लगती है; पर बुरे कामों की सिद्धि में यह बात नहीं होती। जुम्मन को भी बदला लेने का अवसर जल्द ही मिल गया। पिछले साल अलगू चौधरी बटेसर से बैलों की एक बहुत अच्छी गोई मोल लाए थे। बैल पछाहीं जाति के सुंदर, बड़े-बड़े सींगोंवाले थे। महीनों तक आस-पास के गाँव के लोग दर्शन करते रहे। दैवयोग से जुम्मन की पंचायत के एक महीने के बाद इस जोड़ी का एक बैल मर गया। जुम्मन ने दोस्तों से कहा—यह दगाबाजी की सजा है। इन्सान सब्र भले ही कर जाए, पर खुदा नेक-बद सब देखता है। अलगू को संदेह हुआ कि जुम्मन ने बैल को विष दिला दिया है। चौधराइन ने भी जुम्मन पर ही इस दुर्घटना का दोषारोपण किया। उसने कहा—जुम्मन ने कुछ कर-करा दिया है। चौधराइन और करीमन में इस विषय पर एक दिन खूब ही वाद-विवाद हुआ। दोनों देवियों ने शब्द-बाहुल्य की नदी

बहा दी। व्यंग्य, वक्रोक्ति, अन्योक्ति और उपमा आदि अलंकारों में बातें हुईं। जुम्मन ने किसी तरह शांति स्थापित की। उन्होंने अपनी पत्नी को डाँट-डपट कर समझा दिया। वह उसे उस रणभूमि से हटा भी ले गए। उधर अलगू चौधरी ने समझाने-बुझाने का काम अपने तर्क-पूर्ण सोंटे से लिया।

अब अकेला बैल किस काम का? उसका जोड़ बहुत ढूँढा गया, पर न मिला। निदान यह सलाह ठहरी कि इसे बेच डालना चाहिए। गाँव में एक समझू साहु थे, वह इक्का-गाड़ी हाँकते थे। गाँव के गुड़-घी लाद कर मंडी ले जाते, मंडी से तेल, नमक भर लाते, और गाँव में बेचते। इस बैल पर उनका मन लहराया। उन्होंने सोचा, यह बैल हाथ लगे तो दिन-भर में बेखटके तीन खेप हों। आजकल तो एक ही खेप में लाले पड़े रहते हैं। बैल देखा, गाड़ी में दौड़ाया, बाल-भौंरी की पहचान करायी, मोल-तोल किया और उसे ला कर द्वार पर बाँध ही दिया। एक महीने में दाम चुकाने का वादा ठहरा। चौधरी को भी गरज थी ही, घाटे की परवा न की।

समझू साहु ने नया बैल पाया, तो लगे उसे रगेदने। वह दिन में तीन-तीन चार-चार खेंपे करने लगे। न चारे की फिक्र थी, न पानी की, बस खेपों से काम था। मंडी ले गए, वहाँ कुछ सूखा भूसा सामने डाल दिया। बेचारा जानवर अभी दम भी न लेने पाया था कि फिर जोत दिया। अलगू चौधरी के घर था तो चैन की वंशी बजती थी। बैलराम छठे-छमाहे कभी बहली में जोते जाते थे। खूब उछलते-कूदते और कोसों तक दौड़ते चले जाते थे। वहाँ बैलराम का रातिब था—साफ पानी, दली हुई अरहर की दाल और भूसे के साथ खली और यही नहीं, कभी-कभी घी का स्वाद भी चखने को मिल जाता था। शाम-सबेरे एक आदमी खरहरे करता, पोंछता और सहलाता था। कहाँ वह सुख-चैन, कहाँ यह आठों पहर की खपत! महीने भर ही में वह पिस-सा गया। इक्के का जुआ देखते ही उसका लहू सूख जाता था। एक-एक पग चलना दूभर था। हड्डियाँ निकल आयी थीं; पर था वह पानीदार, मार की बरदाश्त न थी।

एक दिन चौथी खेप में साहु जी ने दूना बोझ लादा। दिन-भर का थका जानवर, पैर न उठते थे। पर साहु जी कोड़े फटकारने लगे। बस, फिर क्या था, बैल कलेजा तोड़ कर चला। कुछ दूर चौड़ा और चाहा कि जरा दम ले लूँ; पर साहु जी को जल्द पहुँचने की फिक्र थी; अतएव उन्होंने कई कोड़े बड़ी

निर्दयता से फटकारे। बैल ने एक बार फिर जोर लगाया; पर अबकी बार शक्ति ने जवाब दे दिया। वह धरती पर गिर पड़ा, और ऐसा गिरा कि फिर न उठा। साहु जी ने बहुत पीटा, टाँग पकड़ कर खींचा, नथनों में लकड़ी ठूँस दी; पर कहीं मृतक भी उठ सकता है? तब साहू जी को कुछ शक हुआ। उन्होंने बैल को गौर से देखा, खोल कर अलग किया; और सोचने लगे कि गाड़ी कैसे घर पहुँचे। बहुत चीखे-चिल्लाये; पर देहात का रास्ता बच्चों की आँख की तरह साँझ होते ही बंद हो जाता है। कोई नजर न आया। आस-पास कोई गाँव भी न था। मारे क्रोध के उन्होंने मरे हुए बैल पर और दुर्रे लगाये और कोसने लगे—अभागे। तुझे मरना ही था, तो घर पहुँच कर मरता! ससुरा बीच रास्ते ही में मर रहा! अब गाड़ी कौन खींचे? इस तरह साहु जी खूब जले-भुने। कई बोरे गुड़ और कई पीपे घी उन्होंने बेचे थे, दो-ढाई सौ रुपये कमर में बँधे थे। इसके सिवा गाड़ी पर कई बोरे नमक के थे; अतएव छोड़ कर जा भी न सकते थे। लाचार बेचारे गाड़ी पर ही लेट गए। वहीं रतजगा करने की ठान ली। चिलम पी, गाया। फिर हुक्का पिया। इस तरह साहु जी आधी रात तक नींद को बहलाते रहे। अपनी जान में तो वह जागते ही रहे; पर पौ फटते ही जो नींद टूटी और कमर पर हाथ रखा, तो थैली गायब! घबरा कर इधर-उधर देखा, तो कई कनस्तर तेल भी नदारत! अफसोस में बेचारे ने सिर पीट लिया और पछाड़ खाने लगा। प्रातःकाल रोते-बिलखते घर पहुँचे। सहुआइन ने जब यह बुरी सुनावनी सुनी, तब पहले तो रोयी, फिर अलगू चौधरी को गालियाँ देने लगी—निगोड़े ने ऐसा कुलच्छनी बैल दिया कि जन्म भर की कमाई लुट गई।

इस घटना को हुए कई महीने बीत गए। अलगू जब अपने बैल के दाम माँगते तब साहु और सहुआइन, दोनों ही झल्लाये हुए कुत्ते की तरह चढ़ बैठते और अंड-बंड बकने लगते—वाह! यहाँ तो सारे जन्म की कमाई लुट गई, सत्यानाश हो गया, इन्हें दामों की पड़ी है। मुर्दा बैल दिया था, उस पर दाम माँगने चले हैं! आँखों में धूल झोंक दी, सत्यानाशी बैल गले बाँध दिया, हमें निरा पोंगा ही समझ लिया है! हम भी बनिये के बच्चे हैं, ऐसे बुद्धू कहीं और होंगे। पहले जा कर किसी गड़हे में मुँह धो आओ, तब दाम लेना। न जी मानता हो, तो हमारा बैल खोल ले जाओ। महीना भर के बदले दो महीना जोत लो। और क्या लोगे?

चौधरी के अशुभचिंतकों की कमी न थी। ऐसे अवसरों पर वे भी एकत्र हो जाते और साहु जी के बर्राने की पुष्टि करते। परन्तु डेढ़ सौ रुपये से इस तरह हाथ धो लेना आसान न था। एक बार वह भी गरम पड़े। साहु जी बिगड़ कर लाठी ढूँढ़ने घर में चले गए। अब सहुआइन ने मैदान लिया। प्रश्नोत्तर होते-होते हाथापाई की नौबत आ पहुँची। सहुआइन ने घर में घुस कर किवाड़ बंद कर लिये। शोरगुल सुन कर गाँव के भलेमानस जमा हो गए। उन्होंने दोनों को समझाया। साहु जी को दिलासा दे कर घर से निकाला। वह परामर्श देने लगे कि इस तरह से काम न चलेगा। पंचायत कर लो। जो कुछ तय हो जाए, उसे स्वीकार कर लो। साहु जी राजी हो गए। अलगू ने भी हामी भर ली।

पंचायत की तैयारियाँ होने लगीं। दोनों पक्षों ने अपने-अपने दल बनाने शुरू किये। इसके बाद तीसरे दिन उसी वृक्ष के नीचे पंचायत बैठी। वही संध्या का समय था। खेतों में कौए पंचायत कर रहे थे। विवादग्रस्त विषय था यह कि मटर की फलियों पर उनका कोई स्वत्व है या नहीं; और जब तक यह प्रश्न हल न हो जाए, तब तक वे रखवाले की पुकार पर अपनी अप्रसन्नता प्रकट करना आवश्यक समझते थे। पेड़ की डालियों पर बैठी शुक-मंडली में यह प्रश्न छिड़ा हुआ था कि मनुष्यों को उन्हें बेमुरौवत कहने का क्या अधिकार है, जब उन्हें स्वयं अपने मित्रों से दगा करने में भी संकोच नहीं होता।

पंचायत बैठ गई, तो रामधन मिश्र ने कहा—अब देरी क्या है? पंचों का चुनाव हो जाना चाहिए। बोलो चौधरी; किस-किस को पंच बदते हो।

अलगू ने दीन भाव से कहा—समझू साहु ही चुन लें।

समझू खड़े हुए और कड़क कर बोले—मेरी ओर से जुम्मन शेख।

जुम्मन का नाम सुनते ही अलगू चौधरी का कलेजा धक्-धक् करने लगा, मानो किसी ने अचानक थप्पड़ मार दिया हो। रामधन अलगू के मित्र थे। वह बात को ताड़ गए। पूछा—क्यों चौधरी तुम्हें कोई उज्र तो नहीं।

चौधरी ने निराश होकर कहा—नहीं, मुझे क्या उज्र होगा?

अपने उत्तरदायित्व का ज्ञान बहुधा हमारे संकुचित व्यवहारों का सुधारक होता है। जब हम राह भूल कर भटकने लगते हैं, तब यही ज्ञान हमारा विश्वसनीय पथ-प्रदर्शक बन जाता हैं

पत्र-संपादक अपनी शांति कुटी में बैठा हुआ कितनी धृष्टता और स्वतंत्रता के साथ अपनी प्रबल लेखनी से मंत्रिमंडल पर आक्रमण करता है; परंतु ऐसे अवसर आते हैं, जब वह स्वयं मंत्रिमंडल में सम्मिलित होता है। मंडल के भवन में पग धरते ही उसकी लेखनी कितनी मर्मज्ञ, कितनी विचारशील, कितनी न्यायपरायण हो जाती है। इसका कारण उत्तरदायित्व का ज्ञान है। नवयुवक युवावस्था में कितना उद्दंड रहता है। माता-पिता उसकी ओर से कितने चिंतित रहते हैं! वे उसे कुल-कलंक समझते हैं; परन्तु थोड़े ही समय में परिवार का बोझ सिर पर पड़ते ही वह अव्यवस्थित-चित्त उन्मत्त युवक कितना धैर्यशील, कैसा शांतचित्त हो जाता है, यह भी उत्तरदायित्व के ज्ञान का फल है।

जुम्मन शेख के मन में भी सरपंच का उच्च स्थान ग्रहण करते ही अपनी जिम्मेदारी का भाव पैदा हुआ। उसने सोचा, मैं इस वक्त न्याय और धर्म के सर्वोच्च आसन पर बैठा हूँ। मेरे मुँह से इस समय जो कुछ निकलेगा, वह देववाणी के सदृश है—और देववाणी में मेरे मनोविकारों का कदापि समावेश न होना चाहिए। मुझे सत्य से जौ भर भी टलना उचित नहीं।

पंचों ने दोनों पक्षों से सवाल-जवाब करने शुरू किये। बहुत देर तक दोनों दल अपने-अपने पक्ष का समर्थन करते रहे। इस विषय में तो सब सहमत थे कि समझू को बैल का मूल्य देना चाहिए। परंतु दो महाशय इस कारण रियायत करना चाहते थे कि बैल के मर जाने से समझू को हानि हुई। इसके प्रतिकूल दो सभ्य मूल के अतिरिक्त समझू को दंड भी देना चाहते थे, जिससे फिर किसी को पशुओं के साथ ऐसी निर्दयता करने का साहस न हो। अंत में जुम्मन ने फैसला सुनाया—

अलगू चौधरी और समझू साहु! पंचों ने तुम्हारे मामले पर अच्छी तरह विचार किया। समझू को उचित है कि बैल का पूरा दाम दें। जिस वक्त उन्होंने बैल लिया, उसे कोई बीमारी न थी। अगर उसी समय दाम दे दिये जाते, तो आज समझू उसे फेर लेने का आग्रह न करते। बैल की मृत्यु केवल इस कारण

हुई कि उससे बड़ा कठिन परिश्रम लिया गया और उसके दाने-चारे का कोई अच्छा प्रबंध न किया गया।

रामधन मिश्र बोले—समझू ने बैल को जान-बूझ कर मारा है, अतएव उससे दंड लेना चाहिए।

जुम्मन बोले—यह दूसरा सवाल है! हमको इससे कोई मतलब नहीं!

झगडू साहु ने कहा—समझू के साथ कुछ रियायत होनी चाहिए।

जुम्मन बोले—यह अलगू चौधरी की इच्छा पर निर्भर है। यह रियायत करें, तो उनकी भलमनसी।

अलगू चौधरी फूले न समाये। उठ खड़े हुए और जोर से बोले—पंच परमेश्वर की जय!

इसके साथ ही चारों ओर से प्रतिध्वनि हुई—पंच परमेश्वर की जय!

प्रत्येक मनुष्य जुम्मन की नीति को सराहता था—इसे कहते हैं न्याय! यह मनुष्य का काम नहीं, पंच में परमेश्वर वास करते हैं, यह उन्हीं की महिमा है। पंच के सामने खोटे को कौन खरा कह सकता है?

थोड़ी देर बाद जुम्मन अलगू के पास आए और उनके गले लिपट कर बोले—भैया, जब से तुमने मेरी पंचायत की तब से मैं तुम्हारा प्राण-घातक शत्रु बन गया था; पर आज मुझे ज्ञात हुआ कि पंच के पद पर बैठ कर न कोई किसी का दोस्त होता है, न दुश्मन। न्याय के सिवा उसे और कुछ नहीं सूझता। आज मुझे विश्वास हो गया कि पंच की जबान से खुदा बोलता है। अलगू रोने लगे। इस पानी से दोनों के दिलों का मैल धुल गया। मित्रता की मुरझायी हुई लता फिर हरी हो गई।

2.

पूस की रात

हल्कू ने आकर स्त्री से कहा—सहना आया है, लाओ, जो रुपये रखे हैं, उसे दे दूँ, किसी तरह गला तो छूटे।

मुन्नी झाड़ू लगा रही थी। पीछे फिरकर बोली—तीन ही तो रुपये हैं; दे दोगे तो कम्मल कहाँ से आवेगा? माघ-पूस की रात हार में कैसे कटेगी। उससे कह दो, फसल पर रुपये दे देंगे। अभी नहीं।

हल्कू एक क्षण अनिश्चित दशा में खड़ा रहा। पूस सिर पर आ गया, कम्मल के बिना हार में रात को वह किसी तरह नहीं जा सकता। मगर सहना मानेगी नहीं, घुड़कियाँ जमावेगा, गालियाँ देगा। बला से जाड़ों मरेंगे, बला सिर से टल जाएगी। यह सोचता हुआ वह अपना भारी-भरकम डील लिए हुए (जो उसके नाम को झूठ सिद्ध करता था) स्त्री के समीप आ गया और खुशामद करके बोला—ला दे दे, गला तो छूटे। कम्मल के लिए कोई दूसरा उपाय सोचूँगा।

मुन्नी उसके पास से दूर हट गई और आँखें तरेरती हुई बोली—कर चुके दूसरा उपाय! जरा सुनूँ, कौन उपाय करोगे? कोई खैरात दे देगा कम्मल? न जाने कितनी बाकी है जो किसी तरह चुकने ही नहीं आती। मैं कहती हूँ, तुम क्यों नहीं खेती छोड़ देते? मर-मर काम करो, उपज हो तो बाकी दे दो, चलो छुट्टी हुई। बाकी चुकाने के लिए ही तो हमारा जनम हुआ है। पेट के लिए मजूरी करो। ऐसी खेती से बाज आये। मैं रुपये न दूँगी—न दूँगी।

हल्कू उदास होकर बोला—तो क्या गाली खाऊँ?

मुन्नी ने तड़पकर कहा—गाली क्यों देगा, क्या उसका राज है?

मगर यह कहने के साथ उसकी तनी हुइ भौंहे ढीली पड़ गईं। हल्कू के उस वाक्य में जो कठोर सत्य था, वह मानो एक भीषण जन्तु की भाँति उसे घूर रहा था।

उसने जाकर आले पर से रुपये निकाले और लाकर हल्कू के हाथ पर रख दिये। फिर बोली—तुम छोड़ दो अबकी से खेती। मजूरी में सुख से एक रोटी खाने को तो मिलेगी। किसी की धौंस तो न रहेगी। अच्छी खेती है! मजूरी करके लाओ, वह उसी में झोंक दो, उस पर से धौंस।

हल्कू ने रुपये लिए और इस तरह बाहर चला मानो अपना हृदय निकालकर देने जा रहा हो। उसने मजूरी से एक-एक पैसा काट-कपटकर तीन रुपये कम्मल के लिए जमा किये थे। वह आज निकले जा रहे थे। एक-एक पग के साथ उसका मस्तक अपनी दीनता के भार से दबा जा रहा था।

पूस की अँधेरी रात! आकाश पर तारे ठिठुरते हुए मालूम होते थे। हल्कू अपने खेत के किनारे ऊख के पत्तों की एक छतरी के नीचे बाँस के खटोले पर अपनी पुरानी गाढ़े की चादर ओढ़े काँप रहा था। खाट के नीचे उसका संगी कुत्ता जबरा पेट में मुँह डाले सर्दी से कूँ-कूँ कर रहा था। दो में से एक को भी नींद न आती थी।

हल्कू ने घुटनियों को गर्दन में चिपकाते हुए कहा—क्यों जबरा, जाड़ा लगता है? कहता तो था, घर में पुआल पर लेट रह, तो यहाँ क्या लेने आये थे। अब खाओ ठण्ड, मैं क्या करूँ? जानते थे, मैं यहाँ हलुवा-पूरी खाने आ रहा हूँ, दौड़े-दौड़े आगे-आगे चले आये। अब रोओ नानी के नाम को।

जबरा ने पड़े-पड़े दुम हिलाई और अपनी कूँ-कूँ को दीर्घ बनाता हुआ एक बार जम्हाई लेकर चुप हो गया। उसकी श्वान-बुद्धि ने शायद ताड़ लिया, स्वामी को मेरी कूँ-कूँ से नींद नहीं आ रही है।

हल्कू ने हाथ निकालकर जबरा की ठंडी पीठ सहलाते हुए कहा—कल से मत आना मेरे साथ, नहीं तो ठंडे हो जाओगे। यह राँड पछुआ न जाने कहाँ से बरफ लिए आ रही है। उठूँ, फिर एक चिलम भरूँ। किसी तरह रात तो कटे! आठ चिलम तो पी चुका। यह खेती का मजा है! और एक-एक भागवान ऐसे पड़े हें, जिनके पास जाड़ा जाए तो गर्मी से घबराकर भागे। मोटे-मोटे गद्दे, लिहाफ-कम्मल। मजाल है कि जाड़े का गुजर हो जाए। तकदीर की बखूबी है! मजूरी हम करें, मजा दूसरे लूटें!

हल्कू उठा और गढ्ढे में से जरा-सी आग निकालकर चिलम भरी। जबरा भी उठ बैठा।

हल्कू ने चिलम पीते हुए कहा, पियेगा चिलम, जाड़ा तो क्या जाता है, जरा मन बहल जाता है।

जबरा ने उसके मुँह की ओर प्रेम से छलकती हुई आँखों से देखा।

हल्कू—आज और जाड़ा खा ले। कल से मैं यहाँ पुआल बिछा दूँगा। उसी में घुसकर बैठना, तब जाड़ा न लगेगा।

जबरा ने अगले पंजे उसकी घुटनियों पर रख दिये और उसके मुँह के पास अपना मुँह ले गया। हल्कू को उसकी गर्म साँस लगी।

चिलम पीकर हल्कू फिर लेटा और निश्चय करके लेटा कि चाहे कुछ हो अबकी सो जाऊँगा, पर एक ही क्षण में उसके हृदय में कम्पन होने लगा। कभी इस करवट लेटता, कभी उस करवट; पर जाड़ा किसी पिशाच की भाँति उसकी छाती को दबाये हुए था।

जब किसी तरह न रहा गया तो उसने जबरा को धीरे से उठाया और उसके सिर को थपथपाकर उसे अपनी गोद में सुला दिया। कुत्ते की देह से जाने कैसी दुर्गंध आ रही थी, पर वह उसे अपनी गोद में चिपटाये हुए ऐसे सुख का अनुभव कर रहा था, जो इधर महीनों से उसे न मिला था। जबरा शायद समझ रहा था कि स्वर्ग यही है; और हल्कू की पवित्र आत्मा में तो उस कुत्ते के प्रति घृणा की गन्ध तक न थी। अपने किसी अभिन्न मित्र या भाई को भी वह इतनी ही तत्परता से गले लगाता। वह अपनी दीनता से आहत न था, जिसने आज उसे इस दशा को पहुँचा दिया। नहीं, इस अनोखी मैत्री ने जैसे उसकी आत्मा के सब द्वार खोल दिये थे और उसका एक-एक अणु प्रकाश से चमक रहा था।

सहसा जबरा ने किसी जानवर की आहट पाई। इस विशेष आत्मीयता ने उसमें एक नई स्फूर्ति पैदा कर दी थी, जो हवा के ठंडे झोकों को तुच्छ समझती थी। वह झपटकर उठा और छतरी के बाहर आकर भूँकने लगा। हल्कू ने उसे कई बार चुमकारकर बुलाया; पर वह उसके पास न आया। हार में चारों तरफ दौड़-दौड़ कर भूँकता रहा। एक क्षण के लिए आ भी जाता तो तुरंत ही फिर दौड़ता। कर्तव्य उसके हृदय में अरमान की भाँति उछल रहा था।

एक घंटा और गुजर गया। रात ने शीत को हवा से धधकाना शुरू किया। हल्कू उठ बैठा और दोनों घुटनों को छाती से मिलाकर सिर को उसमें छिपा लिया। फिर भी ठंड कम न हुई। ऐसा जान पड़ता था, सारा रक्त जम गया है, धमनियों में रक्त की जगह हिम बह रहा है। उसने झुककर आकाश की ओर देखा, अभी कितनी रात बाकी है। सप्तर्षि अभी अकाश में आधे भी नहीं चढ़े। ऊपर जा आएँगे तक कहीं सबेरा होगा। अभी पहर भर से ऊपर रात है।

हल्कू के खेत से कोई एक गोली के टप्पे पर आमों का बाग था। पतझड़ शुरू हो गई थी। बाग में पत्तियों का ढेर लगा हुआ था। हल्कू ने सोचा, चलकर पत्तियाँ बटोरूँ और उन्हें जलाकर खूब तापूँ। रात को कोई मुझे पत्तियाँ बटोरते देखे तो समझे कोई भूत है। कौन जाने कोई जानवर ही छिपा बैठा हो; मगर अब तो बैठे नहीं रहा जाता।

उसने पास के अरहर के खेत में जाकर पौधे उखाड़ लिया और उनका एक झाड़ू बनाकर हाथ में सुलगता हुआ उपला लिए बगीचे की तरफ चला। जबरा ने उसे आते देखा तो पास आया और दुम हिलाने लगा।

हल्कू ने कहा—अब तो नहीं रहा जाता जबरू! चलो, बगीचे में पत्तियाँ बटोरकर तापें। टाँठे हो जाएँगे, तो फिर आकर सोएँगे। अभी तो रात बहुत है।

जबरा ने कूँ-कूँ करके सहमति प्रकट की और आगे-आगे बगीचे की ओर चला।

बगीचे में खूब अँधेरा छाया हुआ था और अन्धकार में निर्दय पवन पत्तियों को कुचलता हुआ चला जाता था। वृक्षों से ओस की बूँदें टप-टप नीचे टपक रही थीं।

एकाएक एक झोंका मेंहदी के फूलों की खुशबू लिए हुए आया।

हल्कू ने कहा—कैसी अच्छी महक आई जबरू! तुम्हारी नाक में भी सुगन्ध आ रही है?

जबरा को कहीं जमीन पर एक हड्डी पड़ी मिल गई थी। उसे वह चिचोड़ रहा था।

हल्कू ने आग जमीन पर रख दी और पत्तियाँ बटोरने लगा। जरा देर में पत्तियों का एक ढेर लग गया। हाथ ठिठुरे जाते थे। नंगे पाँव गले जाते थे। और वह पत्तियों का पहाड़ खड़ा कर रहा था। इसी अलाव में वह ठंड को जलाकर भस्म कर देगा।

थोड़ी देर में अलाव जल उठा। उसकी लौ ऊपर वाले वृक्ष की पत्तियों को छू-छूकर भागने लगीं। उस अस्थिर प्रकाश में बगीचे के विशाल वृक्ष ऐसे मालूम होते थे, मानो उस अथाह अन्धकार को अपने सिरों पर सँभाले हुए हों। अन्धकार के उस अनन्त सागर में यह प्रकाश एक नौका के समान हिलता, मचलता हुआ जान पड़ता था।

हल्कू अलाव के सामने बैठा आग ताप रहा था। एक क्षण में उसने दोहर उतारकर बगल में दबा ली और दोनों पाँव फैला दिये, मानो ठंड को ललकार रहा हो, तेरे जी में जो आये सो कर। ठंड की असीम शक्ति पर विजय पाकर वह विजय-गर्व को हृदय में छिपा न सकता था।

उसने जबरा से कहा—क्यों जब्बर, अब ठंड नहीं लग रही है?

जब्बर ने कूँ-कूँ करके माने कहा—अब क्या ठंड लगती ही रहेगी।

'पहले से यह उपाय न सूझा, नहीं इतनी ठंड क्यों खाते।'

जबरा ने पूँछ हिलाई।

'अच्छा आओ, इस अलाव को कूद कर पार करें। देखें, कौन निकल जाता है। अगर जल गए बच्चा, तो मैं दवा न करूँगा।'

जबरा ने उस अग्निराशि की ओर कातर नेत्रों से देखा।

'मुन्नी से कल न कह देना नहीं तो लड़ाई करेगी।'

यह कहता हुआ वह उछला और अलाव के ऊपर से साफ निकल गया। पैरों में जरा लपट लगीं; पर वह कोई बात न थी। जबरा आग के गिर्द घूमकर उसके पास आ खड़ा हुआ।

हल्कू ने कहा—चलो-चलो, इसकी सही नहीं। ऊपर से कूदकर आओ। वह फिर कूदा और अलाव के इस पार आ गया।

पत्तियाँ जल चुकी थीं। बगीचे में फिर अँधेरा छाया था। राख के नीचे कुछ-कुछ आग बाकी थी, जो हवा का झोंका आ जाने पर जरा जाग उठती थी; पर एक क्षण में फिर आँखें बन्द कर लेती थी।

हल्कू ने फिर चादर ओढ़ ली और गर्म राख के पास बैठा हुआ एक गीत गुनगुनाने लगा। उसके बदन में गर्मी आ गई थी; पर ज्यों-ज्यों शीत बढ़ती जाती थी, उसे आलस्य दबाये लेता था।

जबरा जोर से भूँककर खेत की ओर भागा। हल्कू को ऐसा मालूम हुआ कि जानवरों का एक झुण्ड उसके खेत में आया है। शायद नीलगायों का झुण्ड था। उनके कूदने-दौड़ने की आवाजें साफ कान में आ रही थीं। फिर ऐसा मालूम हुआ कि वह खेत में चर रही हैं। उनके चबाने की आवाज चर-चर सुनाई देने लगी।

उसने दिल में कहा—नहीं, जबरा के होते कोई जानवर खेत में नहीं आ सकता। नोच ही डाले। मुझे भ्रम हो रहा है। कहाँ! अब तो कुछ नहीं सुनाई देता। मुझे भी कैसा धोखा हुआ।

उसने जोर से आवाज लगायी—जबरा, जबरा।

जबरा भूँकता रहा। उसके पास न आया।

फिर खेत के चरे जाने की आहट मिली। अब वह अपने को धोखा न दे सका। उसे अपनी जगह से हिलना जहर लग रहा था। कैसा दंदाया हुआ था। इस जाड़े-पाले में खेत में जाना, जानवरों के पीछे दौड़ना असूझ जान बैठा पड़ा। वह अपनी जगह से न हिला।

उसने जोर से आवाज लगायी—लिहो-लिहो लिहो!!

जबरा भूँक उठा। जानवर खेत चर रहे थे। फसल तैयार है। कैसी अच्छी खेती थी; पर ये दुष्ट जानवर उसका सर्वनाश किये डालते हैं।

हल्कू पक्का इरादा करके उठा और दो-तीन कदम चला; पर एकाएक हवा का ऐसा ठण्डा, चुभनेवाला, बिच्छू के डंक का-सा झोंका लगा कि वह फिर बुझते हुए अलाव के पास आ बैठा और राख को कुरेदकर अपनी ठण्डी देह को गर्माने लगा।

जबरा अपना गला फाड़े डालता था, नीलगायें खेत का सफाया किये डालती थी। और हल्कू गर्म राख के पास शांत बैठा हुआ था। अकर्मण्यता ने रस्सियों की भाँति उसे चारों तरफ से जकड़ रखा था।

उसी राख के पास गर्म जमीन पर वह चादर ओढ़कर सो गया।

सबेरे जब उसकी नींद खुली, तब चारों तरफ धूप फैल गई थी। और मुन्नी कह रही थी—क्या आज सोते ही रहोगे? तुम यहाँ आकर रम गए और उधर सारा खेत चौपट हो गया।

हल्कू ने उठकर कहा—क्या तू खेत से होकर आ रही है?

मुन्नी बोली—हाँ, सारे खेत का सत्यानाश हो गया। भला ऐसा भी कोई सोता है! तुम्हारे मड़ैया डालने से क्या हुआ?

हल्कू ने बहाना किया—मैं मरते-मरते बचा, तुझे अपने खेत की पड़ी है। पेट में ऐसा दरद हुआ कि मैं ही जानता हूँ।

दोनों फिर खेत के डाँड़ पर आये। देखा, सारा खेत रौंदा पड़ा हुआ है, और जबरा मड़ैया के नीचे चित लेटा है; मानो प्राण ही न हों।

दोनों खेत की दशा देख रहे थे। मुन्नी के मुख पर उदासी छाई थी। पर हल्कू प्रसन्न था।

मुन्नी ने चिंतित होकर कहा—अब मजूरी करके मालगुजारी भरनी पड़ेगी।

हल्कू ने प्रसन्न मुख से कहा—रात की ठण्ड में यहाँ सोना तो न पड़ेगा।

3.

ईदगाह

रमज़ान के पूरे तीस रोज़ों के बाद आज ईद आयी है। कितना मनोहर, कितना सुहावना प्रभात है। वृक्षों पर कुछ अजीब हरियाली है, खेतों में कुछ अजीब रौनक है, आसमान पर कुछ अजीब लालिमा है। आज का सूर्य देखो, कितना प्यारा, कितना शीतल है, मानो संसार को ईद की बधाई दे रहा है। गाँव में कितनी हलचल है। ईदगाह जाने की तैयारियाँ हो रही हैं। किसी के कुरते में बटन नहीं है। पड़ोस के घर से सुई-धागा लेने दौड़ा जा रहा है। किसी के जूते कड़े हो गए हैं। उनमें तेल डालने के लिए तेली के घर भागा जाता है। जल्दी-जल्दी बैलों को सानी-पानी दे दें। ईदगाह से लौटते-लौटते दोपहर हो जाएगी। तीन कोस का पैदल रास्ता, फिर सैकड़ों आदमियों से मिलना-भेंटना। दोपहर के पहले लौटना असंभव है। लड़के सबसे ज्यादा प्रसन्न हैं। किसी ने एक रोज़ा रखा है, वह भी दोपहर तक, किसी ने वह भी नहीं; लेकिन ईदगाह जाने की खुशी उनके हिस्से की चीज है। रोज़े बड़े-बूढ़ों के लिए होंगे। उनके लिए तो ईद है। रोज़ ईद का नाम रटते थे। आज वह आ गई। अब जल्दी पड़ी है कि लोग ईदगाह क्यों नहीं चलते। इन्हें गृहस्थी की चिंताओं से क्या प्रयोजन! सेवैयों के लिए दूध और शक्कर घर में है या नहीं, इनकी बला से, ये तो सेवैयाँ खाएँगे। वह क्या जाने कि अब्बाजान क्यों बदहवास चौधरी कायमअली के घर दौड़े जा रहे हैं। उन्हें क्या खबर कि चौधरी आज आँखें बदल लें, तो यह सारी ईद मुहर्रम हो जाए। उनकी अपनी जेबों में तो कुबेर का धन भरा हुआ है। बार-बार जेब से अपना खजाना निकालकर गिनते

हैं और खुश होकर फिर रख लेते हैं। महमूद गिनता है, एक-दो दस-बारह। उसके पास बारह पैसे हैं। मोहसिन के पास एक, दो, तीन, आठ, नौ पन्द्रह पैसे हैं। इन्हीं अनगिनती पैसों में अनगिनती चीज़ें लाएँगे—खिलौने, मिठाइयाँ, बिगुल, गेंद और न जाने क्या-कया। और सबसे ज्यादा प्रसन्न है हामिद। वह चार-पाँच साल का गरीब-सूरत, दुबला-पतला लड़का, जिसका बाप गत वर्ष हैजे की भेंट हो गया और माँ न जाने क्यों पीली होती-होती एक दिन मर गई। किसी को पता न चला, क्या बीमारी है। कहती भी तो कौन सुनने वाला था। दिल पर जो कुछ बीतती थी, वह दिल में ही सहती थी और जब न सहा गया तो संसार से बिदा हो गई। अब हामिद अपनी बूढ़ी दादी अमीना की गोद में सोता है और उतना ही प्रसन्न है। उसके अब्बाजान रुपये कमाने गए हैं। बहुत-सी थैलियाँ लेकर आएँगे। अम्मीजान अल्लाह मियाँ के घर से उसके लिए बड़ी अच्छी-अच्छी चीज़ें लाने गई हैं; इसलिए हामिद प्रसन्न है। आशा तो बड़ी चीज है, और फिर बच्चों की आशा! उनकी कल्पना तो राई का पर्वत बना लेती है। हामिद के पाँव में जूते नहीं हैं, सिर पर एक पुरानी-धुरानी टोपी है, जिसका गोट काला पड़ गया है, फिर भी वह प्रसन्न है। जब उसके अब्बाजान थैलियाँ और अम्मीजान नियामतें लेकर आएँगी, तो वह दिल के अरमान निकाल लेगा। तब देखेगा महमूद, मोहसिन, नूरे और सम्मी कहाँ से उतने पैसे निकालेंगे। अभागिन अमीना अपनी कोठरी में बैठी रो रही है। आज ईद का दिन और उसके घर में दाना नहीं! आज आबिद होता तो क्या इसी तरह ईद आती और चली जाती! इस अंधकार और निराशा में वह डूबी जा रही थी। किसने बुलाया था इस निगोड़ी ईद को। इस घर में उसका काम नहीं है, लेकिन हामिद! उसे किसी के मरने-जीने से क्या मतलब? उसके अन्दर प्रकाश है, बाहर आशा। विपत्ति अपना सारा दल-बल लेकर आये, हामिद की आनन्द-भरी चितवन उसका विध्वंस कर देगी।

हामिद भीतर जाकर दादी से कहता है—तुम डरना नहीं अम्माँ, मैं सबसे पहले आऊँगा। बिलकुल न डरना!

अमीना का दिल कचोट रहा है। गाँव के बच्चे अपने-अपने बाप के साथ जा रहे हैं। हामिद के बाप अमीना के सिवा और कौन है? उसे कैसे अकेले मेले जाने दे। उस भीड़-भाड़ में बच्चा कहीं खो जाए तो क्या हो। नहीं; अमीना

उसे यों न जाने देगी। नन्हीं-सी जान! तीन कोस चलेगा कैसे! पैर में छाले पड़ जाएँगे। जूते भी तो नहीं हैं। वह थोड़ी-थोड़ी दूर पर उसे गोद ले लेगी; लेकिन यहाँ सेवैयाँ कौन पकायेगा? पैसे होते तो लौटते-लौटते सब सामग्री जमा करके चटपट बना लेती। यहाँ तो घंटो चीजें जमा करते लगेंगे। माँगे ही का तो भरोसा ठहरा। उस दिन फहीमन के कपड़े सिये थे। आठ आने पैसे मिले थे। उस अठन्नी को ईमान की तरह बचाती चली आती थी इसी ईद के लिए, लेकिन कल ग्वालन सिर पर सवार हो गई तो क्या करती। हामिद के लिए कुछ नहीं है, तो दो पैसे का दूध तो चाहिए ही। अब तो कुल दो आने पैसे बच रहे हैं। तीन पैसे हामिद की जेब में, पाँच अमीना के बटवे में। यही तो बिसात है और ईद का त्योहार! अल्लाह ही बेड़ा पार लगावे। धोबन और नाइन और मेहतरानी और चूड़िहारिन सभी तो आयेंगी। सभी को सेवैयाँ चाहिए और थोड़ा किसी की आँखों नहीं लगता। किस-किस से मुँह चुराएगी। और मुँह क्या चुराये? साल भर का त्यौहार है। ज़िन्दगी ख़ैरियत से रहे, उनकी तकदीर भी तो उसी के साथ है। बच्चे को खुदा सलामत रखे, ये दिन भी कट जाएँगे।

गाँव से मेला चला। और बच्चों के साथ हामिद भी जा रहा था। कभी सबके सब दौड़कर आगे निकल जाते। फिर किसी पेड़ के नीचे खड़े होकर साथवालों का इन्तज़ार करते। ये लोग क्यों इतना धीरे-धीरे चल रहे हैं। हामिद के पैरों में तो जैसे पर लग गए हैं। वह कभी थक सकता है! शहर का दामन आ गया। सड़क के दोनों ओर अमीरों के बगीचे हैं। पक्की चारदीवारी बनी हुई है। पेड़ों में आम और लीचियाँ लगी हुई हैं। कभी-कभी कोई लड़का कँकड़ी उठाकर आम पर निशाना लगाता है। माली अन्दर से गाली देता हुआ निकलता है। लड़के वहाँ से एक फर्लांग पर हैं। खूब हँस रहे हैं। माली को कैसे उल्लू बनाया है।

बड़ी-बड़ी इमारतें आने लगीं; यह अदालत है, यह कालेज है, यह क्लब-घर है। इतने बड़े कालेज में कितने लड़के पढ़तें होंगे? सब लड़के नहीं हैं जी! बड़े-बड़े आदमी हैं, सच उनकी बड़ी-बड़ी मूँछे हैं। इतने बड़े हो गए, अभी तक पढ़ने जाते हैं। न जाने कब तक पढ़ेंगे और क्या करेंगे इतना पढ़कर। हामिद के मदरसे में दो-तीन बड़े-बड़े लड़के हैं, बिलकुल तीन कौड़ी के, रोज़ मार खाते हैं, काम से जी चुराने वाले। इस जगह भी उसी तरह के लोग होंगे

और क्या। क्लब-घर में जादू होता है। सुना है, यहाँ मुरदे की खोपड़ियाँ दौड़ती हैं। और बड़े-बड़े तमाशे होते हैं, पर किसी को अन्दर नहीं जाने देते और यहाँ शाम को साहब लोग खेलते हैं। बड़े-बड़े आदमी खेलते हैं, मूँछों-दाढ़ीवाले और मेमें खेलती हैं, सच! हमारी अम्माँ को वह दे दो, क्या नाम, बैट, तो उसे पकड़ ही न सकें। घुमाते ही लुढ़क न जाएँ।

महमूद ने कहा—हमारी अम्मीजान का तो हाथ काँपने लगे, अल्ला कसम।

मोहसिन बोला—अम्मी मनों आटा पीस डालती हैं। जरा-सा बैट पकड़ लेंगी, तो हाथ काँपने लगे। सैकड़ों घड़े पानी रोज़ निकालती हैं। पाँच घड़े तो मेरी भैंस पी जाती है। किसी मेम को एक घड़ा पानी भरना पड़े तो आँखों तले अँधेरा आ जाए।

महमूद—लेकिन दौड़ती तो नहीं, उछल-कूद तो नहीं सकतीं।

मोहसिन—हाँ, उछल-कूद नहीं सकतीं; लेकिन उस दिन मेरी गाय खुल गई थी और चौधरी के खेत में जा पड़ी थी, तो अम्माँ इतनी तेज दौड़ीं कि मैं उन्हें न पा सका, सच?

आगे चले। हलवाइयों की दुकानें शुरू हुईं। आज खूब सजी हुई थीं। इतनी मिठाइयाँ कौन खाता है। देखो न, एक-एक दुकान पर मनों होंगी। सुना है, रात को जिन्नात आकर खरीद ले जाते हैं। अब्बा कहते थे कि आधी रात को एक आदमी हर दुकान पर जाता है और जितना माल बचा होता है, वह तुलवा लेता है और सचमुच के रुपये देता है, बिलकुल ऐसे ही रुपये।

हामिद को यकीन न आया—ऐसे रुपये जिन्नात को कहाँ से मिल जाएँगे?

मोहसिन ने कहा—जिन्नात को रुपये की क्या कमी? जिस खजाने में चाहें, चले जाएँ। लोहे के दरवाजे तक उन्हें नहीं रोक सकते जनाब, आप हैं किस फेर में। हीरे-जवाहरात तक उनके पास रहते हैं, जिससे खुश हो गए, उसे टोकरों जवाहरात दे दिये। अभी यहीं बैठे हैं, पाँच मिनट में कहो कलकत्ता पहुँच जाएँ।

हामिद ने फिर पूछा—जिन्नात बहुत बड़े-बड़े होते होंगे?

मोहसिन—एक-एक आसमान के बराबर होता है जी। जमीन पर खड़ा हो जाए तो उसका सिर आसमान से जा लगे, मगर चाहे तो एक लोटे में घुस जाए।

हामिद—लोग उन्हें खुश करते होंगे? कोई मुझे वह मन्तर बता दे, तो एक जिन्न को खुश कर लूँ।

मोहसिन—अब यह तो मैं नहीं जानत, लेकिन चौधरी साहब के काबू में बहुत से जिन्नात हैं। कोई चीज चोरी चली जाए, चौधरी साहब उसका पता लगा देंगे और चोर का नाम भी बता देंगे। जुमराती का बछवा उस दिन खो गया था। तीस दिन हैरान हुए, कहीं न मिला। तब झख मारकर चौधरी के पास गए। चौधरी ने तुरन्त बता दिया कि मवेशीखाने में है और वहीं मिला। जिन्नात आकर उन्हें सारे जहान की खबरें दे जाते हैं।

अब उसकी समझ में आ गया कि चौधरी के पास क्यों इतना धन है और क्यों उनका इतना सम्मान है।

आगे चले! यह पुलिस लाइन है। यहीं सब कानिसटिबल कवायद करते हैं। रैटन! फाय फो! रात को बेचारे घूम-घूमकर पहरा देते हैं, नहीं चोरियाँ हो जाएँ। मोहसिन ने प्रतिवाद किया—यह कानिसटिबल पहरा देते हैं? तभी तुम बहुत जानते हो। अजी हजरत, वही चोरी कराते हैं। शहर के जितने चोर-डाकू हैं, सब इनसे मिले रहते हैं। रात को ये लोग चोरों से तो कहते हैं, चोरी करो और आप दूसरे मुहल्ले में जाकर 'जागते रहो! जागते रहो!' पुकारते हैं। जभी इन लोगों के पास इतने रुपये आते हैं। मेरे मामू एक थाने में कानिसटिबल हैं। बीस रुपया महीना पाते हैं; लेकिन पचास रुपये घर भेजते हैं। अल्ला कसम! मैंने एक बार पूछा था कि मामू, आप इतने रुपये कहाँ से पाते हैं? हँसकर कहने लगे—बेटा, अल्लाह देता है। फिर आप ही बोले—लोग चाहें तो एक दिन में लाखों मार लायें। हम तो इतना ही लेते हैं, जिसमें अपनी बदनामी न हो और नौकरी न चली जाए।

हामिद ने पूछा—यह लोग चोरी करवाते हैं तो कोई उन्हें पकड़ता नहीं?

मोहसिन उसकी नादानी पर दया दिखाकर बोला—अरे पागल, इन्हें कौन पकड़ेगा। पकड़नेवाला तो यह खुद हैं; लेकिन अल्लाह इन्हें सजा भी खूब देता है। हराम का माल हराम में जाता है। थोड़े ही दिन हुए, मामू के घर में आग लग गई। सारी लेइ-पूँजी जल गई। एक बरतन तक न बचा। कई दिन पेड़ के नीचे सोये, अल्ला कसम, पेड़ के नीचे। फिर न जाने कहाँ से एक सौ कर्ज लाये तो बरतन-भांडे आये।

हामिद—एक सौ तो पचास से ज्यादा होते हैं?

'कहाँ पचास कहाँ एक सौ। पचास एक थैली-भर होता है। सौ तो दो थैलियों में भी न आवे।'

अब बस्ती घनी होने लगी थी। ईदगाह जानेवालों की टोलियाँ नजर आने लगीं। एक-से-एक भड़कीले वस्त्र पहने हुए। कोई इक्के-ताँगे पर सवार, कोई मोटर पर, सभी इत्र में बसे; सभी के दिलों में उमंग। ग्रामीणों का यह छोटा-सा दल अपनी विपन्नता से बेखबर, सन्तोष और धैर्य में मगन चला जा रहा था। बच्चों के लिए नगर की सभी चीजें अनोखी थीं। जिस चीज की ओर ताकते, ताकते ही रह जाते। और पीछे से बार-बार हॉर्न की आवाज होने पर भी न चेतते। हामिद तो मोटर के नीचे आते-आते बचा।

सहसा ईदगाह नजर आया। ऊपर इमली के घने वृक्षों की छाया। नीचे पक्का फर्श है, जिस पर जाजिम बिछा हुआ है। और रोज़ेदारों की पंक्तियाँ एक के पीछे एक न जाने कहाँ तक चली गई हैं, पक्के जगत के नीचे तक, जहाँ जाजिम भी नहीं है। नए आने वाले आकर पीछे की कतार में खड़े हो जाते हैं। आगे जगह नहीं है। यहाँ कोई धन और पद नहीं देखता। इस्लाम की निगाह में सब बराबर हैं। इन ग्रामीणों ने भी वजू किया और पिछली पंक्ति में खड़े हो गए। कितना सुन्दर संचालन है, कितनी सुन्दर व्यवस्था! लाखों सिर एक साथ सिजदे में झुक जाते हैं, फिर सब-के-सब एक साथ खड़े हो जाते हैं, एक साथ झुकते हैं और एक साथ घुटनों के बल बैठ जाते हैं। कई बार यही क्रिया होती है, जैसे बिजली की लाखों बत्तियाँ एक साथ प्रदीप्त हों और एक साथ बुझ जाएँ और यही क्रम चलता रहा। कितना अपूर्व दृश्य था, जिसकी सामूहिक क्रियाएँ, विस्तार और अनन्तता हृदय को श्रद्धा, गर्व और आत्मानन्द से भर देती थीं, मानो भ्रातृत्व का एक सूत्र इन समस्त आत्माओं को एक लड़ी में पिरोये हुए है।

नमाज़ खत्म हो गई है। लोग आपस में गले मिल रहे हैं। तब मिठाई और खिलौने की दुकानों पर धावा होता है। ग्रामीणों का यह दल इस विषय में बालकों से कम उत्साही नहीं है। यह देखो, हिंडोला है। एक पैसा देकर चढ़

जाओ। कभी आसमान पर जाते हुए मालूम होंगे, कभी जमीन पर गिरते हुए। यह चर्खी है, लकड़ी के हाथी, घोड़े, ऊँट छड़ों से लटके हुए हैं। एक पैसा देकर बैठ जाओ और पच्चीस चक्करों का मजा लो। महमूद और मोहसिन और नूरे और सम्मी इन घोड़ों और ऊँटों पर बैठते हैं। हामिद दूर खड़ा है। तीन ही पैसे तो उसके पास हैं। अपने कोष का तिहाई जरा-सा चक्कर खाने के लिए नहीं दे सकता।

सब चर्खियों से उतरते हैं। अब खिलौने लेंगे। इधर दुकानों की कतार लगी हुई है। तरह-तरह के खिलौने हैं—सिपाही और गुजरिया, राजा और वकील, भिश्ती और धोबिन और साधू। वाह! कितने सुन्दर खिलौने हैं। अब बोला ही चाहते हैं। महमूद सिपाही लेता है, खाकी वर्दी और लाल पगड़ीवाला, कन्धे पर बन्दूक रखे हुए। मालूम होता है, अभी कवायद किये चला आ रहा है। मोहसिन को भिश्ती पसन्द आया। कमर झुकी है, ऊपर मशक रखे हुए हैं। मशक का मुँह एक हाथ से पकड़े हुए हैं कितना प्रसन्न है। शायद कोई गीत गा रहा है। बस, मशक से पानी उड़ेला ही चाहता हैं नूरे को वकील से प्रेम है। कैसी विद्वत्ता है उसके मुख पर! काला चोगा, नीचे सफेद अचकन, अचकन के सामने की जेब में घड़ी, सुनहरी जंजीर, एक हाथ में कानून का पोथा लिये हुए। मालूम होता है, अभी किसी अदालत से जिरह या बहस किये चला आ रहा है। यह सब दो-दो पैसे के खिलौने हैं। हामिद के पास कुल तीन पैसे हैं; इतने महँगे खिलौने वह कैसे ले? खिलौना कहीं हाथ से छूट पड़े, तो चूर-चूर हो जाए। जरा पानी पड़े तो सारा रंग धुल जाए। ऐसे खिलौने लेकर वह क्या करेगा; किस काम के!

मोहसिन—मेरा भिश्ती रोज पानी दे जाएगा; साँझ-सबेरे।

महमूद—और मेरा सिपाही घर का पहरा देगा। कोई चोर आवेगा, तो फौरन बन्दूक से फैर कर देगा!

नूरे—और मेरा वकील खूब मुकदमा लड़ेगा।

सम्मी—और मेरी धोबिन रोज कपड़े धोयेगी।

हामिद खिलौनों की निन्दा करता है—मिट्टी ही के तो हैं, गिरें तो चकनाचूर हो जाएँ, लेकिन ललचाई हुई आँखों से खिलौनों को देख रहा है और चाहता है कि जरा देर के लिए उन्हें हाथ में ले सकता। उसके हाथ अनायास

ही लपकते हैं; लेकिन लड़के इतने त्यागी नहीं होते, विशेषकर जब अभी नया शौक है। हामिद ललचता रह जाता है।

खिलौने के बाद मिठाइयाँ आती हैं। किसी ने रेवड़ियाँ ली हैं, किसी ने गुलाबजामुन, किसी ने सोहनहलुआ। मजे से खा रहे हैं। हामिद उनकी बिरादरी से पृथक है। अभागे के पास तीन पैसे हैं। क्यों नहीं कुछ लेकर खाता? ललचायी आँखों से सबकी ओर देखता है।

मोहसिन कहता है—हामिद, रेवड़ी ले जा, कितनी खुशबूदार है।

हामिद को सन्देह हुआ, यह केवल क्रूर विनोद है, मोहसिन इतना उदार नहीं है; लेकिन यह जानकर भी वह उसके पास जाता है। मोहसिन दोने से एक रेवड़ी निकालकर हामिद की ओर बढ़ाता है। हामिद हाथ फैलाता है। मोहसिन रेवड़ी अपने मुँह में रख लेता है। महमूद, नूरे और सम्मी खूब तालियाँ बजा-बजाकर हँसते हैं। हामिद खिसिया जाता है।

मोहसिन—अच्छा, अबकी जरूर देंगे हामिद, अल्ला कसम, ले जाव।

हामिद—रखे रहो। क्या मेरे पास पैसे नहीं हैं?

सम्मी—तीन ही पैसे तो हैं। तीन पैसे में क्या-क्या लोगे?

महमूद—हमसे गुलाबजामुन ले जाव हामिद। मोहसिन बदमाश है।

हामिद—मिठाई कौन बड़ी नेमत है। किताब में इतनी बुराइयाँ लिखी हैं।

मोहसिन—लेकिन दिल में कह रहे होंगे कि मिले तो खा लें। अपने पैसे क्यों नहीं निकालते?

महमूद—हम समझते हैं इसकी चालाकी। जब हमारे सारे पैसे खर्च हो जाएँगे, तो हमें ललचा-ललचाकर खाएगा।

मिठाइयों के बाद कुछ दुकानें लोहे की चीजों की हैं। कुछ गिलट और कुछ नकली गहनों की। लड़कों के लिए यहाँ कोई आकर्षण न था। वह सब आगे बढ़ जाते हैं। हामिद लोहे की दुकान पर रुक जाता है। कई चिमटे रखे हुए थे। उसे खयाल आया, दादी के पास चिमटा नहीं है। तवे से रोटियाँ उतारती हैं, तो हाथ जल जाता है; मगर वह चिमटा ले जाकर दादी को दे दे, तो वह कितनी प्रसन्न होंगी? फिर उनकी उंगलियाँ कभी न जलेंगी। घर में एक काम की चीज हो जाएगी। खिलौने से क्या फायदा। व्यर्थ में खराब होते हैं। जरा देर ही तो खुशी होती है। फिर तो खिलौनों को कोई आँख उठा कर नहीं

देखता। या तो घर पहुँचते-पहुँचते टूट-फूट बराबर हो जाएँगे, या छोटे बच्चे जो मेले में नहीं आए हैं, जिद करके ले लेंगे और तोड़ डालेंगे। चिमटा कितने काम की चीज है। रोटियाँ तवे से उतार लो, चूल्हें में सेंक लो। कोई आग माँगने आवे तो चटपट चूल्हे से आग निकालकर उसे दे दो। अम्माँ बेचारी को कहाँ फुर्सत है कि बाजार आयें, और इतने पैसे ही कहाँ मिलते हैं। रोज हाथ जला लेती हैं। हामिद के साथी आगे बढ़ गए हैं। सबील पर सब-के-सब शर्बत पी रहे हैं। देखो, सब कितने लालची हैं। इतनी मिठाइयाँ लीं, मुझे किसी ने एक भी न दी। उस पर कहते हैं, मेरे साथ खेलो। मेरा यह काम करो। अब अगर किसी ने कोई काम करने को कहा, तो पूछूँगा। खाये मिठाइयाँ, आप मुँह सड़ेगा, फोड़े, फुन्सियाँ निकलेंगी, आप ही जबान चटोरी हो जाएगी। तब घर के पैसे चुराएँगे और मार खाएँगे। किताब में झूठी बातें थोड़े ही लिखी हैं। मेरी ज़बान क्यों खराब होगी? अम्मा चिमटा देखते ही दौड़कर मेरे हाथ से ले लेंगी और कहेंगी—मेरा बच्चा अम्माँ के लिए चिमटा लाया है! हजारों दुआएँ देंगी। फिर पड़ोस की औरतों को दिखाएँगी। सारे गाँव में चरचा होने लगेगी, हामिद चिमटा लाया है। कितना अच्छा लड़का है। इन लोगों में खिलौनों पर कौन इन्हें दुआएँ देगा। बड़ों की दुआएँ सीधे अल्लाह के दरबार में पहुँचती हैं, और तुरन्त सुनी जाती हैं। मेरे पास पैसे नहीं हैं। तभी तो मोहसिन और महमूद यों मिजाज दिखाते हैं। मैं भी इनसे मिजाज दिखाऊँगा। खेलें खिलौने और खायें मिठाइयाँ। मैं नहीं खेलता खिलौने, किसी का मिजाज क्यों सहूँ। मैं गरीब सही, किसी से कुछ माँगने तो नहीं जाता। आखिर अब्बाजान कभी-न-कभी आएँगे। अम्माँ भी आएँगी ही। फिर इन लोगों से पूछूँगा कितने खिलौने लोगे? एक-एक को टोकरियों खिलौने दूँ और दिखा दूँ कि दोस्तों के साथ इस तरह सलूक किया जाता है। यह नहीं कि एक पेसे की रेवड़ियाँ लीं तो चिढ़ा-चिढ़ाकर खाने लगे। सब-के-सब खूब हँसेंगे कि हामिद ने चिमटा लिया है। हँसें! मेरी बला से। उसने दुकानदार से पूछा—यह चिमटा कितने का है?

दुकानदान ने उसकी ओर देखा और कोई आदमी साथ न देखकर कहा—यह तुम्हारे काम का नहीं है जी?

'बिकाऊ क्यों नहीं है। और यहाँ क्यों लाद लाये हैं?

'बिकाऊ है, क्यों नहीं?'

'तो बताते क्यों नहीं, कै पेसे का है?'

'छै पैसे लगेंगे।'

हामिद का दिल बैठ गया।

'ठीक-ठीक पाँच पैसे लगेंगे, लेना हो लो, नहीं चलते बनो।'

हामिद ने कलेजा मजबूत करके कहा—तीन पैसे लोगे?

यह कहता हुआ वह आगे बढ़ गया कि दुकानदार की घुड़कियाँ न सुने। लेकिन दुकानदार ने घुड़कियाँ नहीं दीं। बुलाकर चिमटा दे दिया। हामिद ने उसे इस तरह कन्धे पर रखा मानो बन्दूक है और शान से अकड़ता हुआ संगियों के पास आया। जरा सुनें, सब-के-सब क्या-क्या आलोचनाएँ करते हैं।

मोहसिन ने हँसकर कहा—यह चिमटा क्यों लाया पगले; इसे क्या करेगा? हामिद ने चिमटे को जमीन पर पटककर कहा—जरा अपना भिश्ती जमीन पर गिरा दो। सारी पसलियाँ चूर-चूर हो जाएँ बच्चू की।

महमूद बोला—तो यह चिमटा कोई खिलौना है?

हामिद—खिलौना क्यों नहीं? अभी कन्धे पर रखा, बन्दूक हो गई। हाथ में लिया, फकीरों का चिमटा हो गया। चाहूँ तो इससे मजीरे का काम ले सकता हूँ। एक चिमटा जमा दूँ तो तुमलोगों के सारे खिलौनों की जान निकल जाए। तुम्हारे खिलौने कितना ही जोर लगावें, वे मेरे चिमटे का बाल भी बाँका नहीं कर सकते। मेरा बहादुर शेर है—चिमटा।

सम्मी ने खँजरी ली थी। प्रभावित होकर बोला—मेरी खँजरी से बदलोगे? दो आने की है।

हामिद ने खँजरी की ओर उपेक्षा से देखा—मेरा चिमटा चाहे तो तुम्हारी खँजरी का पेट फाड़ डाले। बस, एक चमड़े की झिल्ली लगा दी, ढब-ढब बोलने लगी। जरा-सा पानी लग जाए तो खतम हो जाए। मेरा बहादुर चिमटा आग में, पानी में, तूफान में बराबर डटा खड़ा रहेगा।

चिमटे ने सभी को मोहित कर लिया; लेकिन जब पैसे किसके पास धरे हैं! फिर मेले से दूर निकल आये हैं, नौ कब के बज गए, धूप तेज हो रही है। घर पहुँचने की जल्दी हो रही है। बाप से जिद भी करें, तो चिमटा नहीं मिल सकता। हामिद है बड़ा चालाक। इसीलिए बदमाश ने अपने पैसे बचा रखे थे!

अब बालकों के दो दल हो गए हैं। मोहसिन, महमूद, सम्मी और नूर एक तरफ हैं, हामिद अकेला दूसरी तरफ। शास्त्रार्थ हो रहा है। सम्मी तो विधर्मी हो गया। दूसरे पक्ष से जा मिला; लेकिन मोहसिन, महमूद और नूरे भी, हामिद से एक-एक, दो-दो साल बड़े होने पर भी हामिद के आघातों से आतंकित हो उठे हैं। उसके पास न्याय का बल है और नीति की शक्ति। एक ओर मिट्टी है, दूसरी ओर लोहा, जो इस वक्त अपने को फौलाद कह रहा है। वह अजेय है, घातक है। अगर कोई शेर आ जाए, तो मियाँ भिश्ती के छक्के छूट जाएँ, मियाँ सिपाही मिट्टी की बन्दूक छोड़कर भागें, वकील साहब की नानी मर जाए, चोगे में मुँह छिपाकर जमीन पर लेट जाएँ। मगर यह चिमटा, यह बहादुर, यह रुस्तमें-हिन्द लपककर शेर की गरदन पर सवार हो जाएगा और उसकी आँखें निकाल लेगा।

मोहसिन ने एड़ी-चोटी का जोर लगाकर कहा—अच्छा, पानी तो नहीं भर सकता।

हामिद ने चिमटे को सीधा खड़ा करके कहा—भिश्ती को एक डाँट बताएगा, तो दौड़ा हुआ पानी लाकर उसके द्वार पर छिड़कने लगेगा।

मोहसिन परास्त हो गया; पर महमूद ने कुमक पहुँचाई—अगर बच्चा पकड़ा जाये तो अदालत में बँधे-बँधे फिरेंगे। तब तो वकील साहब के ही पैरों पड़ेंगे।

हामिद इस प्रबल तर्क का जवाब न दे सका। उसने पूछा—हमें पकड़ने कौन आएगा?

नूरे ने अकड़कर कहाँ—यह सिपाही बन्दूक वाला।

हामिद ने मुँह चिढ़ाकर कहा—यह बेचारे हम बहादुर रुस्तमे-हिन्द को पकड़ेंगे! अच्छा लाओ, अभी जरा कुश्ती हो जाए। इसकी सूरत देखकर दूर से भागेंगे। पकड़ेंगे क्या बेचारे!

मोहसिन को एक नई चोट सूझ गई—तुम्हारे चिमटे का मुँह रोज आग में जलेगा।

उसने समझा था कि हामिद लजवाब हो जाएगा; लेकिन यह बात न हुई। हामिद ने तुरन्त जवाब दिया—आग में बहादुर ही कूदते हैं जनाब, तुम्हारे यह वकील, सिपाही और भिश्ती लौंडियों की तरह घर में घुस जाएँगे। आग में कूदना वह काम है, जो रुस्तमे-हिन्द ही कर सकता है।

महमूद ने एक जोर लगाया—वकील साहब कुर्सी-मेज पर बैठेंगे, तुम्हारा चिमटा तो बावरचीखाने में जमीन पर पड़ा रहेगा।

इस तर्क ने सम्मी और नूरे को भी सजीव कर दिया। कितने ठिकाने की बात कही है पट्ठे ने। चिमटा बावरचीखाने में पड़े रहने के सिवा और क्या कर सकता है?

हामिद को कोई फड़कता हुआ जवाब न सूझा तो उसने धाँधली शुरू की—मेरा चिमटा बावरचीखाने में नहीं रहेगा। वकील साहब कुरसी पर बैठेंगे तो जाकर उन्हें जमीन पर पटक देगा और उनका कानून उनके पेट में डाल देगा।

बात कुछ बनी नहीं। खासी गाली-गलौच थी; कानून को पेट में डालने वाली बात छा गई। ऐसी छा गई थी कि तीनों सूरमा मुँह ताकते रह गए, मानो कोई धेलचा कनकौआ किसी गण्डेवाले कनकौए को काट गया हो। कानून मुँह से बाहर निकलनेवाली चीज है। उसको पेट के अन्दर डाल दिया जावे, बेतुकी-सी बात होने पर भी कुछ नयापन रखती है। हामिद ने मैदान मार लिया। उसका चिमटा रुस्तमे-हिन्द है। अब इसमें मोहसिन, महमूद, नूरे, सम्मी किसी को भी आपत्ति नहीं हो सकती।

विजेता को हारनेवालों से जो सत्कार मिलना स्वाभाविक है, वह हामिद को भी मिला। औरों ने तीन-तीन, चार-चार आने पैसे खर्च किये; पर कोई काम की चीज न ले सके। हामिद ने तीन पैसे में रंग जमा लिया। सच ही तो है, खिलौनों क्या भरोसा? टूट-फूट जाएँगे। हामिद का चिमटा बना रहेगा बरसों!

सन्धि की शर्त तय होने लगी। मोहसिन ने कहा—जरा अपना चिमटा दो, हम भी देखें, तुम हमारा भिश्ती लेकर देखो।

महमूद और नूरे ने भी अपने-अपने खिलौने पेश किये।

हामिद को इन शर्तों के मनाने में कोई आपत्ति न थी। चिमटा बारी-बारी से सबके हाथ में गया; और उनके खिलौने बारी-बारी से हामिद के हाथ में आये। कितने खूबसूरत खिलौने हैं!

हामिद ने हारनेवाले के आँसू पोंछे—मैं तुम्हें चिढ़ा रहा था, सच। यह लोहे का चिमटा भला इन खिलौनों की क्या बराबरी करेगा; मालूम होता है, अब बोले, अब बोले।

लेकिन मोहसिन की पार्टी को इस दिलासे से संतोष नहीं होता। चिमटे का सिक्का खूब बैठ गया है। चिपका हुआ टिकट अब पानी से नहीं छूट रहा है।

मोहसिन—लेकिन इन खिलौनों के लिए कोई हमें दुआ तो न देगा।

महमूद—दुआ को लिए फिरते हो। उलटे मार न पड़े। अम्माँ जरूर कहेंगी कि मेले में मिट्टी के खिलौने तुम्हें मिले?

हामिद को स्वीकार करना पड़ा कि खिलौनों को देखकर किसी की माँ इतनी खुश न होंगी, जितनी दादी चिमटे को देखकर होंगी। तीन पैसों में ही तो उसे सब कुछ करना था और उन पैसों के इस उपयोग पर पछतावे की बिलकुल जरूरत न थी। फिर अब तो चिमटा रुस्तमे-हिन्द है और सभी खिलौनों का बादशाह।

रास्ते में महमूद को भूख लगी। उसके बाप ने केले खाने को दिये। महमूद ने केवल हामिद को साझी बनाया। उसके अन्य मित्र मुँह ताकते रह गए। यह उस चिमटे का प्रसाद था।

ग्यारह बजे सारे गाँव में हलचल मच गई। मेलेवाले आ गए। मोहसिन की छोटी बहन ने दौड़कर भिश्ती उसके हाथ से छीन लिया और मारे खुशी के जो उछली, तो मियाँ भिश्ती नीचे आ रहे और सुरलोक सिधारे। इस पर भाई-बहन में मार-पीट हुई। दोनों खूब रोये। उनकी अम्माँ यह शोर सुनकर बिगड़ीं और दोनों को ऊपर से दो-दो चाँटे और लगाये।

मियाँ नूरे के वकील का अन्त उसकी प्रतिष्ठानुकूल इससे ज्यादा गौरवमय हुआ। वकील जमीन पर या ताक पर तो नहीं बैठ सकता। उसकी मर्यादा का विचार तो रखना ही होगा। दीवार में दो खूटियाँ गाड़ी गईं। उन पर लकड़ी का एक पटरा रखा गया। पटरे पर कागज का कालीन बिछाया गया। वकील साहब राजा भोज की भाँति सिंहासन पर विराजे। नूरे ने उन्हें पंखा झलना शुरू किया। अदालतों में खस की टट्टियाँ और बिजली के पंखे रहते हैं। क्या यहाँ मामूली पंखा भी न हो। कानून की गर्मी दिमाग पर चढ़ जाएगी कि नहीं। बाँस का पंखा आया और नूरे हवा करने लगे। मालूम नहीं, पंखे की हवा से या पंखे

की चोट से वकील साहब स्वर्गलोक से मृत्युलोक में आ रहे और उनका माटी का चोला माटी में मिल गया। फिर बड़े जोर-शोर से मातम हुआ और वकील साहब की अस्थि घूर पर डाल दी गई।

अब रहा महमूद का सिपाही। उसे चटपट गाँव का पहरा देने का चार्ज मिल गया; लेकिन पुलिस का सिपाही कोई साधारण व्यक्ति तो था नहीं; जो अपने पैरों चले। वह पालकी पर चलेगा। एक टोकरी आयी, उसमें कुछ लाल रंग के फटे-पुराने चिथड़े बिछाये गए, जिसमें सिपाही साहब आराम से लेटे। नूरे ने यह टोकरी उठायी और अपने द्वार का चक्कर लगाने लगे। उनके दोनों छोटे भाई सिपाही की तरफ से 'छोने वाले, जागते लहो' पुकारते चलते हैं। मगर रात तो अँधेरी ही होनी चाहिए। महमूद को ठोकर लग जाती है। टोकरी उसके हाथ से छूटकर गिर पड़ती है और मियाँ सिपाही अपनी बन्दूक लिये जमीन पर आ जाते हैं और उनकी एक टाँग में विकार आ जाता है। महमूद को आज ज्ञात हुआ कि वह अच्छा डाक्टर है। उसको ऐसा मरहम मिल गया है, जिससे वह टूटी टाँग को आनन-फानन जोड़ सकता है। केवल गूलर का दूध चाहिए। गूलर का दूध आता है। टाँग जोड़ दी जाती है; लेकिन सिपाही की ज्यों ही खड़ा किया जाता है, टाँग जवाब दे जाती है। शल्यक्रिया असफल हुई, तब उसकी दूसरी टाँग भी तोड़ दी जाती है। अब कम-से-कम एक जगह आराम से बैठ तो सकता है। एक टाँग से तो न चल सकता था न बैठ सकता था। अब वह सिपाही सन्यासी हो गया है। अपनी जगह पर बैठा-बैठा पहरा देता है। कभी-कभी देवता भी बन जाता है। उसके सिर का झालरदार साफा खुरच दिया गया है। अब उसका जितना रूपान्तर चाहो, कर सकते हो। कभी-कभी तो उससे बाट का काम भी लिया जाता है।

अब मियाँ हामिद का हाल सुनिए। अमीना उसकी आवाज सुनते ही दौड़ी और उसे गोद में उठाकर प्यार करने लगी। सहसा उसके हाथ में चिमटा देखकर वह चौंकी।

'यह चिमटा कहाँ था?'

'मैंने मोल लिया है।'

'कै पैसे में?'

'तीन पैसे दिये।'

अमीना ने छाती पीट ली। यह कैसा बेसमझ लड़का है कि दोपहर हुआ, कुछ खाया न पिया। लाया क्या यह चिमटा! सारे मेले में तुझे और कोई चीज न मिली, जो यह लोहे का चिमटा उठा लाया।

हामिद ने अपराधी भाव से कहा—तुम्हारी उँगलियाँ तवे से जल जाती थीं, इसलिए मैंने इसे ले लिया।

बुढ़िया का क्रोध तुरन्त स्नेह में बदल गया और स्नेह भी वह नहीं, जो प्रगल्भ होता है और अपनी सारी कसक शब्दों में बिखेर देता है। यह मूक-स्नेह था, खूब ठोस, रस और स्वाद से भरा हुआ। बच्चे में कितना त्याग, कितना सद्भाव और कितना विवेक है! दूसरों को खिलौने लेते और मिठाई खाते देखकर उसका मन कितना ललचाया होगा। इतना जब्त इससे हुआ कैसे? वहाँ भी उसे अपनी बुढ़िया दादी की याद बनी रही। अमीना का मन गद्गद हो गया।

और अब एक बड़ी विचित्र बात हुई। हामिद के इस चिमटे से भी विचित्र। बच्चे हामिद ने बूढ़े हामिद का पार्ट खेला था। बुढ़िया अमीना बालिका अमीना बन गई। वह रोने लगी। दामन फैलाकर हामिद को दुआएँ देती जाती थी और आँसू की बड़ी-बड़ी बूँदें गिराती जाती थी। हामिद इसका रहस्य क्या समझता!

4.

नमक का दारोगा

जब नमक का नया विभाग बना और ईश्वरप्रदत्त वस्तु के व्यवहार करने का निषेध हो गया तो लोग चोरी-छिपे इसका व्यवहार करने लगे। अनेक प्रकार के छल-प्रपंचों का सूत्रपात हुआ, कोई घूस से काम निकालता था, कोई चालाकी से। अधिकारियों के पौ-बारह थे। पटवारीगिरी का सर्वसम्मानित पद छोड़-छोड़ कर लोग इस विभाग की बरकंदाजी करते थे। इसके दारोगा पद के लिए तो वकीलों का भी जी ललचाता था। यह वह समय था जब अँगरेजी शिक्षा और

ईसाई मत को लोग एक ही वस्तु समझते थे। फारसी का प्राबल्य था। प्रेम की कथाएँ और शृंगार रस के काव्य पढ़ कर फारसीदाँ लोग सर्वोच्च पदों पर नियुक्त हो जाया करते थे। मुंशी वंशीधर भी जुलेखा की विरहकथा समाप्त करके मजनूँ और फरहाद के प्रेम-वृत्तांत को नल और नील की लड़ाई और अमेरिका के आविष्कार से अधिक महत्व की बातें समझते हुए रोजगार की खोज में निकले। उनके पिता एक अनुभवी पुरुष थे। समझाने लगे, बेटा, घर की दुर्दशा देख रहे हो। ऋण के बोझ से दबे हुए हैं। लड़कियाँ हैं, वह घास-फूस की तरह बढ़ती चली जाती हैं। मैं कगारे पर का वृक्ष हो रहा हूँ, न मालूम कब गिर पड़ूँ! अब तुम्हीं घर के मालिक-मुख्तार हो। नौकरी में ओहदे की ओर ध्यान मत देना, यह तो पीर का मजार है। निगाह चढ़ावे और चादर पर रखनी चाहिए। ऐसा काम ढूँढ़ना जहाँ कुछ ऊपरी आय हो। मासिक वेतन तो पूर्णमासी का चाँद है, जो एक दिन दिखायी देता है और घटते-घटते लुप्त हो जाता है। ऊपरी आय बहता हुआ स्रोत है जिससे सदैव प्यास बुझती है। वेतन मनुष्य देता है, इसी से उसमें वृद्धि नहीं होती। ऊपरी आमदनी ईश्वर देता है, इसी से उसकी बरकत होती है, तुम स्वयं विद्वान् हो, तुम्हें क्या समझाऊँ। इस विषय में विवेक की बड़ी आवश्यकता है। मनुष्य को देखो, उसकी आवश्यकता को देखो और अवसर देखो, उसके उपरांत जो उचित समझो, करो। गरजवाले आदमी के साथ कठोरता करने में लाभ ही लाभ है। लेकिन बेगरज को दाँव पर पाना जरा कठिन है। इन बातों को निगाह में बाँध लो। यह मेरी जन्म भर की कमाई है।

इस उपदेश के बाद पिता जी ने आशीर्वाद दिया। वंशीधर आज्ञाकारी पुत्र थे। ये बातें ध्यान से सुनीं और तब घर से चल खड़े हुए। इस विस्तृत संसार में उनके लिए धैर्य अपना मित्र, बुद्धि अपनी पथप्रदर्शक और आत्मावलम्बन ही अपना सहायक था। लेकिन अच्छे शकुन से चले थे, जाते ही जाते नमक विभाग के दारोगा पर पद प्रतिष्ठित हो गए। वेतन अच्छा और ऊपरी आय का तो ठिकाना ही न था। वृद्ध मुंशी जी को सुख-संवाद मिला तो फूले न समाये। महाजन कुछ नरम पड़े, कलवार की आशा जाड़े के दिन थे और रात का समय। नमक के सिपाही, चौकीदार नशे में मस्त थे। मुंशी वंशीधर को यहाँ आये अभी छह महीनों से अधिक न हुए थे, लेकिन इस थोड़े समय में

ही उन्होंने अपनी कार्यकुशलता और उत्तम आचार से अफसरों को मोहित कर लिया था। अफसर लोग उन पर बहुत विश्वास करने लगे। नमक के दफ्तर से एक मील पूर्व की ओर जमुना बहती थी, उस पर नावों का एक पुल बना हुआ था। दारोगा जी किवाड़ बंद किये मीठी नींद से सो रहे थे। अचानक आँख खुली तो नदी के प्रवाह की जगह गाड़ियों की गड़गड़ाहट तथा मल्लाहों का कोलाहल सुनायी दिया। उठ बैठे। इतनी रात गए गाड़ियाँ क्यों नदी के पार जाती हैं? अवश्य कुछ न कुछ गोलमाल है। तर्क ने भ्रम को पुष्ट किया। वरदी पहनी, तमंचा जेब में रखा और बात की बात में घोड़ा बढ़ाये हुए पुल पर आ पहुँचे। गाड़ियों की एक लम्बी कतार पुल के पार जाती देखी। डाँट कर पूछा, किसकी गाड़ियाँ हैं।

थोड़ी देर तक सन्नाटा रहा। आदमियों में कुछ कानाफूसी हुई तब आगे वाले ने कहा—'पंडित अलोपीदीन की।'

''कौन पंडित अलोपीदीन!''

''दातागंज के।''

मुंशी वंशीधर चौंके। पंडित अलोपीदीन इस इलाके के सबसे प्रतिष्ठित जमींदार थे। लाखों रुपये का लेन-देन करते थे, इधर छोटे से बड़े कौन ऐसे थे जो उनके ऋणी न हों। व्यापार भी बड़ा लम्बा-चौड़ा था। बड़े चलते-पुरजे आदमी थे। अँगरेज अफसर उनके इलाके में शिकार खेलने आते और उनके मेहमान होते। बारहों मास सदाव्रत चलता था।

मुंशीजी ने पूछा, गाड़ियाँ कहाँ जाएँगी? उत्तर मिला, कानपुर। लेकिन इस प्रश्न पर कि इनमें क्या है, सन्नाटा छा गया। दारोगा साहब का संदेह और भी बढ़ा। कुछ देर तक उत्तर की बाट देख कर वह जोर से बोले, क्या गूँगे हो गए हो? हम पूछते हैं, इनमें क्या लदा है?

जब इस बार भी कोई उत्तर न मिला तो उन्होंने घोड़े को एक गाड़ी से मिला कर बोरे को टटोला। भ्रम दूर हो गया। यह नमक के ढेले थे।

पंडित अलोपीदीन अपने सजीले रथ पर सवार, कुछ सोते, कुछ जागते चले आते थे। अचानक कई गाड़ीवानों ने घबराये हुए आ कर जगाया और

बोले—महाराज! दारोगा ने गाड़ियाँ रोक दी हैं और घाट पर खड़े आपको बुलाते हैं।

पंडित अलोपीदीन का लक्ष्मी जी पर अखंड विश्वास था। वह कहा करते थे कि संसार का तो कहना ही क्या, स्वर्ग में भी लक्ष्मी का ही राज्य है। उनका यह कहना यथार्थ ही था। न्याय और नीति सब लक्ष्मी के ही खिलौने हैं, इन्हें वह जैसे चाहती हैं नचाती हैं। लेटे ही लेटे गर्व से बोले, चलो हम आते हैं। यह कह कर पंडित जी ने बड़ी निश्चिंतता से पान के बीड़े लगा कर खाये। फिर लिहाफ ओढ़े हुए दारोगा के पास आकर बोले, बाबू जी आशीर्वाद! कहिए, हमसे ऐसा कौन-सा अपराध हुआ कि गाड़ियाँ रोक दी गईं। हम ब्राह्मणें पर तो आपकी कृपा-दृष्टि रहनी चाहिए।

वंशीधर रुखाई से बोले, सरकारी हुक्म!

पं. अलोपीदीन ने हँस कर कहा, हम सरकारी हुक्म को नहीं जानते और न सरकार को। हमारे सरकार तो आप ही हैं। हमारा और आपका तो घर का मामला है, हम कभी आपसे बाहर हो सकते हैं? आपने व्यर्थ का कष्ट उठाया। यह हो नहीं सकता कि इधर से जाएँ और इस घाट के देवता को भेंट न चढ़ावें। मैं तो आपकी सेवा में स्वयं ही आ रहा था। वंशीधर पर ऐश्वर्य की मोहिनी वंशी का कुछ प्रभाव न पड़ा। ईमानदारी की नई उमंग थी। कड़क कर बोले, हम उन नमकहरामों में नहीं हैं जो कौड़ियों पर अपना ईमान बेचते फिरते हैं। आप इस समय हिरासत में हैं। आपका कायदे के अनुसार चालान होगा। बस, मुझे अधिक बातों की फुर्सत नहीं है। जमादार बदलूसिंह! तुम इन्हें हिरासत में ले चलो, मैं हुक्म देता हूँ।

पं. अलोपीदीन स्तम्भित हो गए। गाड़ीवानों में हलचल मच गई। पंडित जी के जीवन के कदाचित् यह पहला ही अवसर था कि पंडित को ऐसी कठोर बातें सुननी पड़ीं। बदलूसिंह आगे बढ़ा, किन्तु रोब के मारे यह साहस न हुआ कि उनका हाथ पकड़ सके। पंडित जी ने धर्म को धन का ऐसा निरादर करते कभी न देखा था। विचार किया कि यह अभी उद्दंड लड़का है। माया-मोह के जाल में अभी नहीं पड़ा। अल्हड़ है, झिझकता है। बहुत दीन-भाव से बोले, बाबू साहब, ऐसा न कीजिए, हम मिट जाएँगे। इज्जत धूल में मिल जाएगी। हमारा अपमान करने से आपके हाथ क्या आएगा। हम किसी तरह आपसे बाहर थोड़े ही हैं!

वंशीधर ने कठोर स्वर में कहा, हम ऐसी बातें नहीं सुनना चाहते।

अलोपीदीन ने जिस सहारे को चट्टान समझ रखा था, वह पैरों के नीचे खिसकता हुआ मालूम हुआ। स्वाभिमान और धन-ऐश्वर्य को कड़ी चोट लगी। किन्तु अभी तक धन की सांख्यिक शक्ति का पूरा भरोसा था। अपने मुख्तार से बोले, लाला जी, एक हजार के नोट बाबू साहब की भेंट करो, आप इस समय भूखे सिंह हो रहे हैं।

वंशीधर ने गरम होकर कहा, एक हजार नहीं, एक लाख भी मुझे सच्चे मार्ग से नहीं हटा सकते।

धर्म की इस बुद्धिहीन दृढ़ता और देव-दुर्लभ त्याग पर मन बहुत झुँझलाया। अब दोनों शक्तियों में संग्राम होने लगा। धन ने उछल-उछल कर आक्रमण करने शुरू किये। एक से पाँच, पाँच से दस, दस से पन्द्रह और पन्द्रह से बीस हजार तक नौबत पहुँची, किन्तु धर्म अलौकिक वीरता के साथ इस बहुसंख्यक सेना के सम्मुख अकेला पर्वत की भाँति अटल, अविचलित खड़ा था।

अलोपीदीन निराश होकर बोले—अब इससे अधिक मेरा साहस नहीं। आगे आपको अधिकार है।

वंशीधर ने अपने जमादार को ललकारा। बदलूसिंह मन में दारोगा जी को गालियाँ देता हुआ पंडित अलोपीदीन की ओर बढ़ा। पंडित जी घबड़ा कर दो-तीन कदम पीछे हट गए। अत्यंत दीनता से बोले—बाबू साहब, ईश्वर के लिए मुझ पर दया कीजिए, मैं पच्चीस हजार पर निपटारा करने को तैयार हूँ।

'असम्भव बात है।'

'तीस हजार पर।'

'किसी तरह भी सम्भव नहीं।'

'क्या चालीस हजार पर भी नहीं?'

'चालीस हजार नहीं, चालीस लाख पर भी असम्भव है।'

'बदलूसिंह, इस आदमी को अभी हिरासत में ले लो। अब मैं एक शब्द भी नहीं सुनना चाहता।'

धर्म ने धन को पैरों तले कुचल डाला। अलोपीदीन ने एक हृष्ट-पुष्ट मनुष्य को हथकड़ियाँ लिए हुए अपनी तरफ आते देखा। चारों ओर निराश और कातर दृष्टि से देखने लगे। इसके बाद मूर्च्छित हो कर गिर पड़े।

दुनिया सोती थी पर दुनिया की जीभ जागती थी। सबेरे देखिए तो बालक-वृद्ध सबके मुँह से यही बात सुनाई देती थी। जिसे देखिए वही पंडित जी के इस व्यवहार पर टीका-टिप्पणी कर रहा था, निंदा की बौछारें हो रहीं थीं, मानो संसार से अब पापी का पाप कट गया। पानी को दूध के नाम से बेचनेवाला ग्वाला, कल्पित रोजनामचे भरने वाले अधिकारी वर्ग, रेल में बिना टिकट सफर करनेवाले बाबू लोग, जाली दस्तावेज बनाने वाले सेठ और साहूकार यह सब के सब देवताओं की भाँति गर्दनें चला रहे थे। जब दूसरे दिन पंडित अलोपीदीन अभियुक्त हो कर कांस्टेबलों के साथ, हाथों में हथकड़ियाँ, हृदय में ग्लानि और क्षोभ भरे, लज्जा से गर्दन झुकाये अदालत की तरफ चले तो सारे शहर में हलचल मच गई। मेलों में कदाचित् आँखें इतनी व्यग्र न होती होंगी। भीड़ के मारे छत और दीवार में कोई भेद न रहा।

किंतु अदालत में पहुँचने की देर थी। पंडित अलोपीदीन इस अगाध वन के सिंह थे। अधिकारी वर्ग उनके भक्त, अमले उनके सेवक, वकील-मुख्तार उनके आज्ञापालक और अरदली, चपरासी तथा चौकीदार तो उनके बिना मोल के गुलाम थे। उन्हें देखते ही लोग चारों तरफ से दौड़े। सभी लोग विस्मित हो रहे थे। इसलिए नहीं कि अलोपीदीन ने क्यों यह कर्म किया बल्कि इसलिए कि वह कानून के पंजे में कैसे आये। ऐसा मनुष्य जिसके पास असाध्य साधन करने वाला धन और अनन्य वाचालता हो, वह क्यों कानून के पंजे में आये। प्रत्येक मनुष्य उनसे सहानुभूति प्रकट करता था। बड़ी तत्परता से इस आक्रमण को रोकने के निमित्त वकीलों की एक सेना तैयार की गई। न्याय के मैदान में धर्म और धन में युद्ध ठन गया। वंशीधर चुपचाप खड़े थे। उनके पास सत्य के सिवा न कोई बल था, न स्पष्ट भाषण के अतिरिक्त कोई शस्त्र। गवाह थे, किंतु लोभ से डाँवाँडोल।

यहाँ तक कि मुंशी जी को न्याय भी अपनी ओर से कुछ खिंचा हुआ दीख पड़ता था। वह न्याय का दरबार था, परन्तु उसके कर्मचारियों पर पक्षपात का नशा छाया हुआ था। किंतु पक्षपात और न्याय का क्या मेल? जहाँ पक्षपात हो, वहाँ न्याय की कल्पना भी नहीं की जा सकती। मुकदमा शीघ्र ही समाप्त हो गया। डिप्टी मजिस्ट्रेट ने अपनी तजवीज में लिखा, पंडित अलोपीदीन के विरुद्ध दिये गए प्रमाण निर्मूल और भ्रमात्मक हैं। वह एक बड़े भारी आदमी

हैं। यह बात कल्पना के बाहर है कि उन्होंने थोड़े लाभ के लिए ऐसा दुस्साहस किया हो। यद्यपि नमक के दारोगा मुंशी वंशीधर का अधिक दोष नहीं, लेकिन यह बड़े खेद की बात है कि उसकी उद्दंडता और विचारहीनता के कारण एक भलेमानुस को कष्ट झेलना पड़ा। हम प्रसन्न हैं कि वह अपने काम से सजग और सचेत रहता है, किंतु नमक से मुकदमे की बढ़ी हुई नमकहलाली ने उसके विवेक और बुद्धि को भ्रष्ट कर दिया। भविष्य में उसे होशियार रहना चाहिए।

वकीलों ने यह फैसला सुना और उछल पड़े। पंडित अलोपीदीन मुस्कराते हुए बाहर निकले। स्वजन बांधवों ने रुपयों की लूट की। उदारता का सागर उमड़ पड़ा। उसकी लहरों ने अदालत की नींव तक हिला दी। जब वंशीधर बाहर निकले तो चारों ओर से उनके ऊपर व्यंगबाणों की वर्षा होने लगी। चपरासियों ने झुक-झुक कर सलाम किये। किन्तु इस समय एक-एक कटु वाक्य, एक-एक संकेत उनकी गर्वाग्नि को प्रज्ज्वलित कर रहा था। कदाचित् इस मुकदमे में सफल हो कर वह इस तरह अकड़ते हुए न चलते। आज उन्हें संसार का एक खेदजनक विचित्र अनुभव हुआ। न्याय और विद्वत्ता, लम्बी-चौड़ी उपाधियाँ, बड़ी-बड़ी दाढ़ियाँ और ढीले चोंगे एक भी सच्चे आदर के पात्र नहीं हैं।

वंशीधर ने धन से बैर मोल लिया था, उसका मूल्य चुकाना अनिवार्य था। कठिनता से एक सप्ताह बीता होगा कि मुअत्तली का परवाना आ पहुँचा। कार्यपरायणता का दंड मिला। बेचारे भग्नहृदय, शोक और खेद से व्यथित घर को चले। बूढ़े मुंशी जी तो पहले ही से कुड़बुड़ा रहे थे कि चलते-चलते इस लड़के को समझाया था, लेकिन इससे एक न सुनी। सब मनमानी करता है। हम तो कलवार और कसाई के तगादे सहें, बुढ़ापे में भगत बन कर बैठें और वहाँ बस वही सूखी तनख्वाह! हमने भी तो नौकरी की है और कोई ओहदेदार नहीं थे, लेकिन काम किया, दिल खोल कर किया और आप ईमानदार बनने चले हैं। घर में चाहे अँधेरा हो, मस्जिद में अवश्य दीया जलाएँगे। खेद ऐसी समझ पर! पढ़ना-लिखना सब अकारथ गया। इसके थोड़े ही दिनों बाद, जब मुंशी वंशीधर इस दुरवस्था में घर पहुँचे और बूढ़े पिता जी ने समाचार सुना तो सिर पीट लिया। बोले, जी चाहता है कि तुम्हारा और अपना सिर फोड़ लूँ। बहुत देर तक पछता-पछता कर हाथ मलते रहे। क्रोध में कुछ कठोर बातें भी

कहीं और यदि वंशीधर वहाँ से टल न जाते तो अवश्य ही यह क्रोध विकट रूप धारण करता। वृद्धा माता को भी दुःख हुआ। जगन्नाथ और रामेश्वर यात्रा की कामनाएँ मिट्टी में मिल गईं। पत्नी ने तो कई दिन तक सीधे मुँह से बात भी नहीं की।

इसी प्रकार एक सप्ताह बीत गया। संध्या का समय था। बूढ़े मुंशी जी बैठे राम-नाम की माला जप रहे थे। इसी समय उनके द्वार पर सजा हुआ रथ आ कर रुका। हरे और गुलाबी परदे, पछाहियें बैलों की जोड़ी, उनकी गर्दनों में नीले धागे, सींगें पीतल से जड़ी हुईं। कई नौकर लाठियाँ कंधों पर रखे साथ थे। मुंशी जी अगवानी को दौड़ें देखा तो पंडित अलोपीदीन हैं। झुक कर दंडवत् की और लल्लो-चप्पो की बातें करने लगे, हमारा भाग्य उदय हुआ जो आपके चरण इस द्वार पर आये। आप हमारे पूज्य देवता हैं, आपको कौन-सा मुँह दिखावें, मुँह में तो कालिख लगी हुई है। किन्तु क्या करें, लड़का अभागा कपूत है, नहीं तो आपसे क्यों मुँह छिपाना पड़ता? ईश्वर निस्संतान चाहे रक्खे पर ऐसी संतान न दे।

अलोपीदीन ने कहा—नहीं भाई साहब, ऐसा न कहिए।

मुंशी जी ने चकित होकर कहा—ऐसी संतान को और क्या कहूँ।

अलोपीदीन ने वात्सल्यपूर्ण स्वर में कहा—कुलतिलक और पुरखों की कीर्ति उज्ज्वल करने वाले संसार में ऐसे कितने धर्मपरायण मनुष्य हैं जो धर्म पर अपना सब कुछ अर्पण कर सकें?

पं. अलोपीदन ने वंशीधर से कहा—दारोगा जी, इसे खुशामद न समझिए, खुशामद करने के लिए मुझे इतना कष्ट उठाने की जरूरत न थी। उस रात को आपने अपने अधिकार-बल से मुझे अपनी हिरासत में लिया था, किंतु आज मैं स्वेच्छा से आपकी हिरासत में आया हूँ। मैंने हजारों रईस और अमीर देखे, हजारों उच्च पदाधिकारियों से काम पड़ा। किन्तु मुझे परास्त किया तो आपने। मैंने सबको अपना और अपने धन का गुलाम बना कर छोड़ दिया। मुझे आज्ञा दीजिए कि आपसे कुछ विनय करूँ।

वंशीधर ने अलोपीदीन को आते देखा तो उठ कर सत्कार किया; किंतु स्वाभिमान सहित। समझ गए कि यह महाशय मुझे लज्जित करने और जलाने आये हैं। क्षमा-प्रार्थना की चेष्टा नहीं की, वरन् उन्हें अपने पिता की

यह ठकुरसुहाती की बात असह्य-सी प्रतीत हुई। पर पंडित जी की बातें सुनीं तो मन की मैल मिट गया। पंडित जी की ओर उड़ती हुई दृष्टि से देखा। सद्भाव झलक रहा था। गर्व ने लज्जा के सामने सिर झुका दिया। शर्माते हुए बोले—यह आपकी उदारता है जो ऐसा कहते हैं। मुझसे जो कुछ अविनय हुई, उसे क्षमा कीजिए। मैं धर्म की बेड़ी में जकड़ा हुआ था, नहीं तो वैसे मैं आपका दास हूँ। जो आज्ञा होगी, वह मेरे सिर-माथे पर।

अलोपीदीन ने विनीत भाव से कहा—नहीं, तट पर आपने मेरी प्रार्थना नहीं स्वीकार की थी, किंतु आज स्वीकार करनी पड़ेगी।

वंशीधर बोले—मैं किस योग्य हूँ, किंतु जो कुछ सेवा मुझसे हो सकती है उसमें त्रुटि न होगी।

अलोपीदीन ने एक स्टाम्प लगा हुआ पत्र निकाला और उसे वंशीधर के सामने रख कर बोले—इस पद को स्वीकार कीजिए और अपने हस्ताक्षर कर दीजिए। मैं ब्राह्मण हूँ, जब तक यह सवाल पूरा न कीजिएगा, द्वार से न हटूँगा।

मुंशी वंशीधर ने उस कागज को पढ़ा तो कृतज्ञता से आँखों में आँसू भर आये। पंडित अलोपीदीन ने उनको अपनी सारी जायदाद का स्थायी मैनेजर नियत किया था। छह हजार वार्षिक वेतन के अतिरिक्त रोजाना खर्च अलग, सवारी के लिए घोड़ा, रहने को बँगला, नौकर-चाकर मुफ्त। कम्पित स्वर में बोले—पंडित जी, मुझमें इतनी सामर्थ्य नहीं है कि आपकी उदारता की प्रशंसा कर सकूँ। किंतु ऐसे उच्च पद के योग्य नहीं हूँ।

अलोपीदीन हँस कर बोले—मुझे इस समय एक अयोग्य मनुष्य की ही जरूरत है।

वंशीधर ने गम्भीर भाव से कहा—यों मैं आपका दास हूँ। आप जैसे कीर्तिवान, सज्जन पुरुष की सेवा करना मेरे लिए सौभाग्य की बात है। किंतु मुझमें न विद्या है, न बुद्धि, न वह स्वभाव जो इन त्रुटियों की पूर्ति कर देता है। ऐसे महान् कार्य के लिए एक बड़े मर्मज्ञ अनुभवी मनुष्य की जरूरत है।

अलोपीदीन ने कलमदान से कलम निकाली और उसे वंशीधर के हाथ में दे कर बोले, न मुझे विद्वता की चाह है, न अनुभव की, न मर्मज्ञता की, न कार्य-कुशलता की। इन गुणों के महत्व का परिचय खूब पा चुका हूँ। अब सौभाग्य और सुअवसर ने मुझे वह मोती दे दिया है जिसके सामने योग्यता

और विद्वता की चमक फीकी पड़ जाती है। यह कलम लीजिए, अधिक सोच-विचार न कीजिए, दस्तखत कर दीजिए। परमात्मा से यही प्रार्थना है कि वह आपको सदैव वही नदी के किनारे वाला बेमुरौवत, उद्दंड, कठोर परन्तु धर्मनिष्ठ दारोगा बनाये रखे।

वशींधर की आँखें डबडबा आईं। हृदय के संकुचित पात्र में इतना एहसान न समा सका। एक बार फिर पंडित जी की ओर भक्ति और श्रद्धा की दृष्टि से देखा और काँपते हुए हाथ से मैनेजरी पर हस्ताक्षर कर दिये।

अलोपीदीन ने प्रफुल्लित हो कर उन्हें गले लगा लिया।

5.

शतरंज के खिलाड़ी

वाजिदअली शाह का समय था। लखनऊ विलासिता के रंग में डूबा हुआ था। छोटे-बड़े, गरीब-अमीर सभी विलासिता में डूबे हुए थे। कोई नृत्य और गान की मजलिस सजाता था, तो कोई अफीम की पीनक ही में मजे लेता था। जीवन के प्रत्येक विभाग में आमोद-प्रमोद का प्राधान्य था। शासन-विभाग में, साहित्य-क्षेत्र में, सामाजिक अवस्था में, कला-कौशल में, उद्योग-धंधों में, आहार-व्यवहार में सर्वत्र विलासित व्याप्त हो रही थी। राजकर्मचारी विषय-वासना में, कविगण प्रेम और विरह के वर्णन में, कारीगर कलाबत्तू और चिकन बनाने में, व्यवसायी सुरमे, इत्र, मिस्सी और उबटन का रोजगार करने में लिप्त थे। सभी की आँखों में विलासिता का मद छाया हुआ था। संसार में क्या हो रहा है, इसकी किसी को खबर न थी। बटेर लड़ रहे हैं। तीतरों की लड़ाई के लिए पाली बदी जा रही है। कहीं चौसर बिछी हुई है; पौ-बारह का शोर मचा हुआ है। कहीं शतरंज का घोर संग्राम छिड़ा हुआ है। राजा से लेकर रंक तक इसी धुन में मस्त थे। यहाँ तक कि फकीरों को पैसे मिलते तो वे रोटियाँ न लेकर अफीम खाते या मदक पीते। शतरंज, ताश, गंजीफ़ा खेलने से बुद्धि तीव्र होती है, विचार-शक्ति का विकास होता है, पेंचीदा मसलों को

सुलझाने की आदत पड़ती है। वे दलीलें जोरों के साथ पेश की जाती थीं। (इस सम्प्रदाय के लोगों से दुनिया अब भी खाली नहीं है।) इसलिए अगर मिरज़ा सज्जादअली और मीर रौशनअली अपना अधिकांश समय बुद्धि तीव्र करने में व्यतीत करते थे, तो किसी विचारशील पुरुष को क्या आपत्ति हो सकती थी? दोनों के पास मौरूसी जागीरें थीं; जीविका की कोई चिंता न थी; कि घर में बैठे चखौतियाँ करते थे। आखिर और करते ही क्या? प्रातःकाल दोनों मित्र नाश्ता करके बिसात बिछा कर बैठ जाते, मुहरे सज जाते और लड़ाई के दाव-पेंच होने लगते। फिर खबर न होती थी कि कब दोपहर हुई, कब तीसरा पहर, कब शाम! घर के भीतर से बार-बार बुलावा आता है कि खाना तैयार है। यहाँ से जवाब मिला—चलो, आते हैं, दस्तरख्वान बिछाओ। यहाँ तक कि बावरची विवश हो के कमरे ही में खाना रख जाता था और दोनों मित्र दोनों काम साथ-साथ करते थे। मिरज़ा सज्जाद अली के घर में कोई बड़ा-बूढ़ा न था, इसलिए उन्हीं के दीवानखाने में बाजियाँ होती थीं। मगर यह बात न थी मिरज़ा के घर के और लोग उनसे इस व्यवहार से खुश हों। घरवालों का तो कहना ही क्या, मुहल्लेवाले, घर के नौकर-चाकर तक नित्य द्वेषपूर्ण टिप्पणियाँ किया करते थे—बड़ा मनहूस खेल है। घर को तबाह कर देता है। खुदा न करे, किसी को इसकी चाट पड़े, आदमी दीन-दुनिया किसी के काम का नहीं रहता, न घर का, न घाट का। बुरा रोग है। यहाँ तक कि मिरज़ा की बेगम साहबा को इससे इतना द्वेष था कि अवसर खोज-खोजकर पति को लताड़ती थीं। पर उन्हें इसका अवसर मुश्किल से मिलता था। वह सोती रहती थीं, तब तक बाजी बिछ जाती थीं। और रात को जब सो जाती थीं, तब कहीं मिरज़ाजी घर में आते थे। हाँ, नौकरों पर वह अपना गुस्सा उतारती रहती थीं—क्या पान माँगे हैं? कह दो, आकर ले जाएँ। खाने की फुरसत नहीं है? ले जाकर खाना सिर पर पटक दो, खाएँ चाहे कुत्ते को खिलाये। पर रूबरू वह भी कुछ न कह सकती थीं। उनको अपने पति से उतना मलाल न था, जितना मीर साहब से। उन्होंने उनका, नाम मीर बिगाड़ू रख छोड़ा था। शायद मिरज़ाजी अपनी सफाई देने के लिए सारा इलजाम मीर साहब ही के सर थोप देते थे।

एक दिन बेगम साहबा के सिर में दर्द होने लगा। उन्होंने लौंडी से कहा—जाकर मिरज़ा साहब को बुला लो। किसी हकीम के यहाँ से दवा लायें।

दौड़, जल्दी कर। लौंडी गई तो मिरज़ाजी ने कहा—चल, अभी आते हैं। बेगम साहबा का मिजाज गरम था। इतनी ताब कहाँ कि उनके सिर में दर्द हो और पति शतरंज खेलता रहे। चेहरा सुर्ख हो गया। लौंडी से कहा—जाकर कह, अभी चलिए, नहीं तो वह आप ही हकीम के यहाँ चली जायेंगी। मिरज़ाजी बड़ी दिलचस्प बाजी खेल रहे थे, दो ही किस्तों में मीर साहब की मात हुई जाती थी। झुँझलाकर बोले—क्या ऐसा दम लबों पर है? जरा सब्र नहीं होता?

मीर—अरे, तो जाकर सुन ही आइए न! औरतें नाजुक-मिजाज की होती ही हैं।

मिरज़ा—जी हाँ, चला क्यों न जाऊँ! दो किस्तों में आपकी मात होती है।

मीर—जनाब, इस भरोसे न रहिएगा। वह चाल सोची है कि आपके मुहरे धरे रहें और मात हो जाए। पर जाइए, सुन आइए। क्यों खामख्वाह उनका दिल दुखाइएगा?

मिरज़ा—इसी बात पर मात ही करके जाऊँगा।

मीर—मैं खेलूँगा ही नहीं। आप जाकर सुन आइए।

मिरज़ा—अरे यार, जाना पड़ेगा हकीम के यहाँ। सिर-दर्द खाक नहीं है, मुझे परेशान करने का बहाना है।

मीर—कुछ भी हो, उनकी खातिर तो करनी ही पड़ेगी।

मिरज़ा—अच्छा, एक चाल और चल लूँ।

मीर—हरगिज़ नहीं, जब तक आप सुन न आएँगे, मैं मुहरे में हाथ ही न लगाऊँगा।

मिरज़ा साहब मजबूर होकर अंदर गए तो बेगम साहबा ने त्योरियाँ बदलकर, लेकिन कराहते हुए कहा—तुम्हें निगोड़ी शतरंज इतनी प्यारी है! चाहे कोई मर ही जाए, पर उठने का नाम नहीं लेते! नौज, कोई तुम-जैसा आदमी हो!

मिरज़ा—क्या कहूँ, मीर साहब मानते ही न थे। बड़ी मुश्किल से पीछा छुड़ाकर आया हूँ।

बेगम—क्या जैसे वह खुद निखट्टू हैं, वैसे ही सबको समझते हैं। उनके भी तो बाल-बच्चे हैं; या सबका सफाया कर डाला?

मिरज़ा—बड़ा लती आदमी है। जब आ जाता है, तब मजबूर होकर मुझे भी खेलना पड़ता है।

बेगम–दुत्कार क्यों नहीं देते?

मिरज़ा–बराबर के आदमी हैं; उम्र में, दर्जे में मुझसे दो अंगुल ऊँचें। मुलाहिज़ा करना ही पड़ता है।

बेगम–तो मैं ही दुत्कारे देती हूँ। नाराज हो जाएँगे, हो जाएँ। कौन किसी की रोटियाँ चला देता हैं रानी रूठेंगी, अपना सुहाग लेंगी। हरिया; जा बाहर से शतरंज उठा ला। मीर साहब से कहना, मियाँ अब न खेलेंगे; आप तशरीफ ले जाइए।

मिरज़ा–हाँ-हाँ, कहीं ऐसा गजब भी न करना! जलील करना चाहती हो क्या? ठहर हरिया, कहाँ जाती है।

बेगम–जाने क्यों नहीं देते? मेरा ही खून पिये, जो उसे रोके। अच्छा, उसे रोका, मुझे रोको, तो जानूँ?

यह कहकर बेगम साहबा झल्लाई हुई दीवानखाने की तरफ चलीं। मिरज़ा बेचारे का रंग उड़ गया। बीबी की मिन्नतें करने लगे–खुदा के लिए, तुम्हें हजरत हुसैन की कसम है। मेरी ही मैयत देखे, जो उधर जाए। लेकिन बेगम ने एक न मानी। दीवानखाने के द्वार तक गईं, पर एकाएक पर-पुरुष के सामने जाते हुए पाँव बँध-से गए। भीतर झाँका, संयोग से कमरा खाली था। मीर साहब ने दो-एक मुहरे इधर-उधर कर दिये थे, और अपनी सफाई जताने के लिए बाहर टहल रहे थे। फिर क्या था, बेगम ने अंदर पहुँचकर बाजी उलट दी, मुहरे कुछ तख्त के नीचे फेंक दिये, कुछ बाहर और किवाड़ अंदर से बंद करके कुंडी लगा दी। मीर साहब दरवाजे पर तो थे ही, मुहरे बाहर फेंके जाते देखे, चूड़ियों की झनक भी कान में पड़ी। फिर दरवाजा बंद हुआ, तो समझ गए, बेगम साहबा बिगड़ गईं। चुपके से घर की राह ली।

मिरज़ा ने कहा–तुमने गजब किया।

बेगम–अब मीर साहब इधर आये, तो खड़े-खड़े निकलवा दूँगी। इतनी लौ खुदा से लगाते, तो वली हो जाते! आप तो शतरंज खेलें, और मैं यहाँ चूल्हे-चक्की की फिक्र में सिर खपाऊँ! जाते हो हकीम साहब के यहाँ कि अब भी ताम्मुल है।

मिरज़ा घर से निकले, तो हकीम के घर जाने के बदले मीर साहब के घर पहुँचे और सारा वृत्तांत कहा। मीर साहब बोले–मैंने तो जब मुहरे बाहर

आते देखे, तभी ताड़ गया। फौरन भागा। बड़ी गुस्सेवर मालूम होती हैं। मगर आपने उन्हें यों सिर चढ़ा रखा है, यह मुनासिब नहीं। उन्हें इससे क्या मतलब है कि आप बाहर क्या करते हैं। घर का इंतजाम करना उनका काम है; दूसरी बातों से उन्हें क्या सरोकार?

मिरज़ा—खैर, यह तो बताइए, अब कहाँ जमाव होगा?

मीर—इसका क्या गम है। इतना बड़ा घर पड़ा हुआ है। बस यहीं जमें।

मिरज़ा—लेकिन बेगम साहबा को कैसे मनाऊँगा? घर पर बैठा रहता था, तब तो वह इतना बिगड़ती थीं; यहाँ बैठक होगी, तो शायद जिंदा न छोडेंगी।

मीर—अजी बकने भी दीजिए, दो-चार रोज में आप ही ठीक हो जाएँगी। हाँ, आप इतना कीजिए कि आज से जरा तन जाइए।

मीर साहब की बेगम किसी अज्ञात कारण से मीर साहब का घर से दूर रहना ही उपयुक्त समझती थीं। इसलिए वह उनके शतरंज-प्रेम की कभी आलोचना न करती थीं; बल्कि कभी-कभी मीर साहब को देर हो जाती, तो याद दिला देती थीं। इन कारणों से मीर साहब को भ्रम हो गया था कि मेरी स्त्री अत्यन्त विनयशील और गंभीर है। लेकिन जब दीवानखाने में बिसात बिछने लगी, और मीर साहब दिन-भर घर में रहने लगे, तो बेगम साहबा को बड़ा कष्ट होने लगा। उनकी स्वाधीनता में बाधा पड़ गई। दिन-भर दरवाजे पर झाँकने को तरस जातीं।

उधर नौकरों में भी कानाफूसी होने लगी। अब तक दिन-भर पड़े-पड़े मक्खियाँ मारा करते थे। घर में कोई आये, कोई जाये, उनसे कुछ मतलब न था। अब आठों पहर की धौंस हो गई। पान लाने का हुक्म होता, कभी मिठाई का। और हुक्का तो किसी प्रेमी के हृदय की भाँति नित्य जलता ही रहता था। वे बेगम साहबा से जा-जाकर कहते—हुजूर, मियाँ की शतरंज तो हमारे जी का जंजाल हो गई। दिन-भर दौड़ते-दौड़ते पैरों में छाले पड़ गए। यह भी कोई खेल कि सुबह को बैठे तो शाम कर दी। घड़ी आध घड़ी दिल-बहलाव के लिए खेल खेलना बहुत है। खैर, हमें तो कोई शिकायत नहीं; हुजूर के गुलाम हैं, जो हुक्म होगा, बजा ही लाएँगे; मगर यह खेल मनहूस है। इसका खेलनेवाला

कभी पनपता नहीं; घर पर कोई-न-कोई आफत जरूर आती है। यहाँ तक कि एक के पीछे महल्ले-के-महल्ले तबाह होते देखे गए हैं। सारे मुहल्ले में यही चरचा रहती है। हुजूर का नमक खाते हैं, अपने आक़ा की बुराई सुन-सुनकर रंज होता है? मगर क्या करें? इस पर बेगम साहबा कहती हैं—मैं तो खुद इसको पसंद नहीं करती। पर वह किसी की सुनते ही नहीं, क्या किया जाए।

मुहल्ले में भी जो दो-चार पुराने जमाने के लोग थे, आपस में भाँति-भाँति की अमंगल कल्पनाएँ करने लगे—अब खैरियत नहीं। जब हमारे रईसों का यह हाल है, तो मुल्क का खुदा ही हाफिज़ है। यह बादशाहत शतरंज के हाथों तबाह होगी। आसार बुरे हैं।

राज्य में हाहाकार मचा हुआ था। प्रजा दिन-दहाड़े लूटी जाती थी। कोई फरियाद सुननेवाला न था। देहातों की सारी दौलत लखनऊ में खिंची आती थी और वह वेश्याओं में, भाँडों में और विलासिता के अन्य अंगों की पूर्ति में उड़ जाती थी। अंग्रेज कम्पनी का ऋण दिन-दिन बढ़ता जाता था। कमली दिन-दिन भीगकर भारी होती जाती थी। देश में सुव्यवस्था न होने के कारण वार्षिक कर भी वसूल न होता था। रेजीडेंट बार-बार चेतावनी देता था, पर यहाँ तो लोग विलासिता के नशे में चूर थे, किसी के कानों पर जूँ न रेंगती थी।

खैर, मीर साहब के दीवानखाने में शतरंज होते कई महीने गुजर गए। नए-नए नक्शे हल किए जाते; नए-नए किले बनाए जाते; नित्य नई व्यूह-रचना होती; कभी-कभी खेलते-खेलते झौड़ हो जाती; तू-तू मैं-मैं तक की नौबत आ जाती; पर शीघ्र ही दोनों मित्रों में मेल हो जाता। कभी-कभी ऐसा भी होता कि बाजी उठा दी जाती; मिरज़ाजी रूठकर अपने घर चले जाते। मीर साहब अपने घर में जा बैठते। पर रात भर की निद्रा के साथ सारा मनोमालिन्य शांत हो जाता था। प्रातःकाल दोनों मित्र दीवानखाने में आ पहुँचते थे।

एक दिन दोनों मित्र बैठे हुए शतरंज की दलदल में गोते खा रहे थे कि इतने में घोड़े पर सवार एक बादशाही फौज का अफसर मीर साहब का नाम पूछता हुआ आ पहुँचा। मीर साहब के होश उड़ गए। यह क्या बला सिर पर आयी। यह तलबी किस लिए हुई है? अब खैरियत नहीं नजर आती। घर के दरवाजे बंद कर लिये। नौकरों से बोले—कह दो, घर में नहीं हैं।

सवार—घर में नहीं, तो कहाँ हैं?

नौकर—यह मैं नहीं जानता। क्या काम है?

सवार—काम तुझे क्या बताऊँगा? हुजूर में तलबी है। शायद फौज के लिए कुछ सिपाही माँगे गए हैं। जागीरदार हैं कि दिल्लगी! मोरचे पर जाना पड़ेगा, तो आटे-दाल का भाव मालूम हो जाएगा!

नौकर—अच्छा, तो जाइए, कह दिया जाएगा?

सवार—कहने की बात नहीं है। मैं कल खुद आऊँगा, साथ ले जाने का हुक्म हुआ है।

सवार चला गया। मीर साहब की आत्मा काँप उठी। मिरज़ाजी से बोले—कहिए जनाब, अब क्या होगा?

मिरज़ा—बड़ी मुसीबत है। कहीं मेरी तलबी भी न हो।

मीर—कम्बख्त कल फिर आने को कह गया हैं

मिरज़ा—आफत है, और कया। कहीं मोरचे पर जाना पड़ा, तो बेमौत मरे।

मीर—बस, यही एक तदबीर है कि घर पर मिलो ही नहीं। कल से गोमती पर कहीं वीराने में नख्शा जमे। वहाँ किसे खबर होगी। हजरत आकर आप लौट जाएँगे।

मिरज़ा—वल्लाह, आपको खूब सूझी! इसके सिवाय और कोई तदबीर ही नहीं है।

इधर मीर साहब की बेगम उस सवार से कह रही थी, तुमने खूब धता बताया।

उसने जवाब दिया—ऐसे गावदियों को तो चुटकियों पर नचाता हूँ। इनकी सारी अक्ल और हिम्मत तो शतरंज ने चर ली। अब भूल कर भी घर पर न रहेंगे।

दूसरे दिन से दोनों मित्र मुँह अँधेरे घर से निकल खड़े होते। बगल में एक छोटी-सी दरी दबाये, डिब्बे में गिलौरियाँ भरे, गोमती पार की एक पुरानी वीरान मस्जिद में चले जाते, जिसे शायद नवाब आसफ़उद्दौला ने बनवाया था। रास्ते में तम्बाकू, चिलम और मदरिया ले लेते और मस्जिद में पहुँच, दरी बिछा, हुक्का भरकर शतरंज खेलने बैठ जाते थे। फिर उन्हें दीन-दुनिया की फिक्र न

रहती थी। किश्त, शह आदि दो-एक शब्दों के सिवा उनके मुँह से और कोई वाक्य नहीं निकलता था। कोई योगी भी समाधि में इतना एकाग्र न होता होगा। दोपहर को जब भूख मालूम होती तो दोनों मित्र किसी नानबाई की दूकान पर जाकर खाना खाते और एक चिलम हुक्का पीकर फिर संग्राम-क्षेत्र में डट जाते। कभी-कभी तो उन्हें भोजन का भी ख्याल न रहता था।

इधर देश की राजनीतिक दशा भयंकर होती जा रही थी। कम्पनी की फौजें लखनऊ की तरफ बढ़ी चली आती थीं। शहर में हलचल मची हुई थी। लोग बाल-बच्चों को लेकर देहातों में भाग रहे थे। पर हमारे दोनों खिलाड़ियों को इनकी ज़रा भी फ़िक्र न थी। वे घर से आते तो गलियों में होकर। डर था कि कहीं किसी बादशाही मुलाजिम की निगाह न पड़ जाए, जो बेकार में पकड़ जाएँ। हजारों रुपये सालाना की जागीर मुफ्त ही हजम करना चाहते थे।

एक दिन दोनों मित्र मसजिद के खंडहर में बैठे हुए शतरंज खेल रहे थे। मिरज़ा की बाजी कुछ कमजोर थी। मीर साहब उन्हें किश्त-पर-किश्त दे रहे थे। इतने में कम्पनी के सैनिक आते हुए दिखाई दिए। वह गौरों की फौज थी, जो लखनऊ पर अधिकार जमाने के लिए आ रही थी।

मीर साहब बोले—अंग्रेजी फौज आ रही है; खुदा खैर करे।

मिरज़ा—आने दीजिए, किश्त बचाइए। यह किश्त।

मीर—जरा देखना चाहिए, यहीं आड़ में खड़े हो जाएँ!

मिरज़ा—देख लीजिएगा, जल्दी क्या है, फिर किश्त!

मीर—तोपखाना भी है। कोई पाँच हजार आदमी होंगे कैसे-कैसे जवान हैं। लाल बन्दरों के-से मुँह। सूरत देखकर खौफ मालूम होता है।

मिरज़ा—जनाब, हीले न कीजिए। ये चकमे किसी और को दीजिएगा। यह किश्त!

मीर—आप भी अजीब आदमी हैं। यहाँ तो शहर पर आफत आयी हुई है और आपको किश्त की सूझी है! कुछ इसकी भी खबर है कि शहर घिर गया, तो घर कैसे चलेंगे?

मिरज़ा—जब घर चलने का वक्त आएगा, तो देखा जाएगा—यह किश्त! बस, अबकी शह में मात है।

फौज निकल गई। दस बजे का समय था। फिर बाजी बिछ गई।

मिरज़ा—आज खाने की कैसे ठहरेगी?

मीर—अजी, आज तो रोज़ा है। क्या आपको ज्यादा भूख मालूम होती है?

मिरज़ा—जी नहीं। शहर में न जाने क्या हो रहा है!

मीर—शहर में कुछ न हो रहा होगा। लोग खाना खा-खाकर आराम से सो रहे होंगे। हुज़ूर नवाब साहब भी ऐशगाह में होंगे।

दोनों सज्जन फिर जो खेलने बैठे, तो तीन बज गए। अबकी मिरज़ा जी की बाजी कमजोर थी। चार का गजर बज ही रहा था कि फौज की वापसी की आहट मिली। नवाब वाजिदअली पकड़ लिये गए थे और सेना उन्हें किसी अज्ञात स्थान को लिये जा रही थी। शहर में न कोई हलचल थी, न मार-काट। एक बूँद भी खून नहीं गिरा था। आज तक किसी स्वाधीन देश के राजा की पराजय इतनी शांति से, इस तरह खून बहे बिना न हुई होगी। यह वह अहिंसा न थी, जिस पर देवगण प्रसन्न होते हैं। यह वह कायरपन था, जिस पर बड़े-बड़े कायर भी आँसू बहाते हैं। अवध के विशाल देश का नवाब बन्दी चला जाता था, और लखनऊ ऐश की नींद में मस्त था। यह राजनीतिक अधःपतन की चरम सीमा थी।

मिरज़ा ने कहा—हुज़ूर नवाब साहब को जालिमों ने कैद कर लिया है।

मीर—होगा, यह लीजिए शह।

मिरज़ा—जनाब जरा ठहरिए। इस वक्त इधर तबीयत नहीं लगती। बेचारे नवाब साहब इस वक्त खून के आँसू रो रहे होंगे।

मीर—रोया ही चाहें। यह ऐश वहाँ कहाँ नसीब होगा। यह किश्त!

मिरज़ा—किसी के दिन बराबर नहीं जाते। कितनी दर्दनाक हालत है।

मीर—हाँ, सो तो है ही—यह लो, फिर किश्त! बस, अबकी किश्त में मात है, बच नहीं सकते।

मिरज़ा—खुदा की कसम, आप बड़े बेदर्द हैं। इतना बड़ा हादसा देखकर भी आपको दुःख नहीं होता। हाय, गरीब वाजिदअली शाह!

मीर—पहले अपने बादशाह को तो बचाइए फिर नवाब साहब का मातम कीजिएगा। यह किश्त और यह मात! लाना हाथ!

बादशाह को लिये हुए सेना सामने से निकल गई। उनके जाते ही मिरज़ा ने फिर बाजी बिछा दी। हार की चोट बुरी होती है। मीर ने कहा—आइए,

नवाब साहब के मातम में एक मरसिया कह डालें। लेकिन मिरज़ा की राजभक्ति अपनी हार के साथ लुप्त हो चुकी थी। वह हार का बदला चुकाने के लिए अधीर हो रहे थे।

शाम हो गई। खंडहर में चमगादड़ों ने खींचना शुरू किया। अबाबीलें आ-आकर अपने-अपने घोसलों में चिमटीं। पर दोनों खिलाड़ी डटे हुए थे, मानो दो खून के प्यासे सुरमा आपस में लड़ रहे हों। मिरज़ाजी तीन बाजियाँ लगातार हार चुके थे; इस चौथी बाजी का रंग भी अच्छा न था। वह बार-बार जीतने का दृढ़ निश्चय करके सँभलकर खेलते थे लेकिन एक-न-एक चाल ऐसी बेढब आ पड़ती थी, जिससे बाजी खराब हो जाती थी। हर बार हार के साथ प्रतिकार की भावना और भी उग्र होती थी। उधर मीर साहब मारे उमंग के गजलें गाते थे, चुटकियाँ लेते थे, मानो कोई गुप्त धन पा गए हों। मिरज़ाजी सुन-सुनकर झुँझलाते और हार की झेंप को मिटाने के लिए उनकी दाद देते थे। पर ज्यों-ज्यों बाजी कमजोर पड़ती थी, धैर्य हाथ से निकला जाता था। यहाँ तक कि वह बात-बात पर झुँझलाने लगे—जनाब, आप चाल बदला न कीजिए। जब तक आपको चाल न सूझे, मुहरा छुइये ही नहीं। आप एक-एक चाल आध घंटे में चलते हैं। इसकी सनद नहीं। जिसे एक चाल चलने में पाँच मिनट से ज्यादा लगे, उसकी मात समझी जाए। फिर आपने चाल बदली! चुपके से मुहरा वहीं रख दीजिए।

मीर साहब का फरजी पिटता था। बोले—मैंने चाल चली ही कब थी?

मिरज़ा—आप चाल चल चुके हैं। मुहरा वहीं रख दीजिए—उसी घर में!

मीर—उस घर में क्यों रखूँ? मैंने हाथ से मुहरा छोड़ा ही कब था?

मिरज़ा—मुहरा आप कयामत तक न छोड़ें, तो क्या चाल ही न होगी? फरजी पिटते देखा तो धाँधली करने लगे।

मीर—धाँधली आप करते हैं। हार-जीत तकदीर से होती है, धाँधली करने से कोई नहीं जीतता?

मिरज़ा—तो इस बाजी में तो आपकी मात हो गई।

मीर—मुझे क्यों मात होने लगी?

मिरज़ा—तो आप मुहरा उसी घर में रख दीजिए, जहाँ पहले रक्खा था।

मीर—वहाँ क्यों रखूँ? नहीं रखता।

मिरज़ा—क्यों न रखिएगा? आपको रखना होगा।

तकरार बढ़ने लगी। दोनों अपनी-अपनी टेक पर अड़े थे। न यह दबता था न वह। अप्रासंगिक बातें होने लगीं, मिरज़ा बोले—किसी ने खानदान में शतरंज खेली होती, तब तो इसके कायदे जानते। वे तो हमेशा, घास छीला करते, आप शतरंज क्या खेलिएगा। रियासत और ही चीज है। जागीर मिल जाने से ही कोई रईस नहीं हो जाता।

मीर—क्या? घास आपके अब्बाजान छीलते होंगे। यहाँ तो पीढ़ियों से शतरंज खेलते चले आ रहे हैं।

मिरज़ा—अजी, आइए भी, गाजीउद्दीन हैदर के यहाँ बावरची का काम करते-करते उम्र गुजर गई आज रईस बनने चले हैं। रईस बनना कुछ दिल्लगी नहीं हैं

मीर—क्यों अपने बुजुर्गों के मुँह में कालिख लगाते हो—वे ही बावरची का काम करते होंगे। यहाँ तो हमेशा बादशाह के दस्तरख्वान पर खाना खाते चले आये हैं।

मिरज़ा—अरे चल चरकटे, बहुत बढ़-बढ़कर बातें न कर।

मीर—जबान सँभालिये, वरना बुरा होगा। मैं ऐसी बातें सुनने का आदी नहीं हूँ। यहाँ तो किसी ने आँखें दिखाईं कि उसकी आँखें निकालीं। है हौसला?

मिरज़ा—आप मेरा हौसला देखना चाहते हैं, तो फिर आइए। आज दो-दो हाथ हो जाएँ, इधर या उधर।

मीर—तो यहाँ तुमसे दबने वाला कौन?

दोनों दोस्तों ने कमर से तलवारें निकाल लीं। नवाबी जमाना था; सभी तलवार, पेशकब्ज, कटार वगैरह बाँधते थे। दोनों विलासी थे, पर कायर न थे। उनमें राजनीतिक भावों का अधःपतन हो गया था—बादशाह के लिए, बादशाहत के लिए क्यों मरें; पर व्यक्तिगत वीरता का अभाव न था। दोनों जख्म खाकर गिरे, और दोनों ने वहीं तड़प-तड़पकर जानें दे दीं। अपने बादशाह के लिए जिनकी आँखों से एक बूँद आँसू न निकला, उन्हीं दोनों प्राणियों ने शतरंज के वजीर की रक्षा में प्राण दे दिये।

अँधेरा हो चला था। बाजी बिछी हुई थी। दोनों बादशाह अपने-अपने सिंहासनों पर बैठे हुए मानो इन दोनों वीरों की मृत्यु पर रो रहे थे!

चारों तरफ सन्नाटा छाया हुआ था। खंडहर की टूटी हुई मेहराबें, गिरी हुई दीवारें और धूल-धूसरित मीनारें इन लाशों को देखतीं और सिर धुनती थीं।

6.

बेटी का धन

बेतवा नदी दो ऊँचे कगारों के बीच इस तरह मुँह छिपाये हुए थी जैसे निर्मल हृदयों में साहस और उत्साह की मद्धम ज्योति छिपी रहती है। इसके एक कगार पर एक छोटा-सा गाँव बसा है जो अपने भग्न जातीय चिह्नों के लिए बहुत ही प्रसिद्ध है। जातीय गाथाओं और चिह्नों पर मिटनेवाले लोग इस भावनस्थान पर बड़े प्रेम और श्रद्धा के साथ आते और गाँव का बूढ़ा केवट सुक्खू चौधरी उन्हें उसकी परिक्रमा कराता और रानी के महल, राजा का दरबार और कुँवर की बैठक के मिटे हुए चिह्नों को दिखाता। यह एक उच्छ्वास लेकर रुँधे हुए गले से कहता, महाशय! एक वह समय था कि केवटों को मछलियों के इनाम में अशर्फियाँ मिलती थीं। कहार महल में झाड़ू देते हुए अशर्फियाँ बटोर ले जाते थे। बेतवा नदी रोज चढ़ कर महाराज के चरण छूने आती थी। यह प्रताप और यह तेज था, परन्तु आज इसकी यह दशा है। इन सुन्दर उक्तियों पर किसी का विश्वास जमाना चौधरी के वश की बात न थी, पर सुननेवाले उसकी सहृदयता तथा अनुराग के जरूर कायल हो जाते थे।

सुक्खू चौधरी उदार पुरुष थे, परन्तु जितना बड़ा मुँह था, उतना बड़ा ग्रास न था। तीन लड़के, तीन बहुएँ और कई पौत्र-पौत्रियाँ थीं। लड़की केवल एक गंगाजली थी जिसका अभी तक गौना नहीं हुआ था। चौधरी की यह सबसे पिछली संतान थी। स्त्री के मर जाने पर उसने इसको बकरी का दूध पिला-पिला कर पाला था। परिवार में खानेवाले तो इतने थे, पर खेती सिर्फ एक हल की होती थी। ज्यों-त्यों कर निर्वाह होता था, परन्तु सुक्खू की

वृद्धावस्था और पुरातत्व ज्ञान ने उसे गाँव में वह मान और प्रतिष्ठा प्रदान कर रक्खी थी, जिसे देख कर झगड़ू साहु भीतर ही भीतर जलते थे। सुक्खू जब गाँववालों के समक्ष, हाकिमों से हाथ फेंक-फेंक कर बातें करने लगता और खंडहरों को घुमा-फिरा कर दिखाने लगता था तो झगड़ू साहु—जो चपरासियों के धक्के खाने के डर से करीब नहीं फटकते थे—तड़प-तड़प कर रह जाते थे। अतः वे सदा इस शुभ अवसर की प्रतीक्षा करते रहते थे, जब सुक्खू पर अपने धन द्वारा प्रभुत्व जमा सकें।

इस गाँव के जमींदार ठाकुर जीतनसिंह थे, जिनकी बेगार के मारे गाँववालों का नाकों दम था। उस साल जब जिला मजिस्ट्रेट का दौरा हुआ और वह यहाँ के पुरातन चिह्नों की सैर करने के लिए पधारे, तो सुक्खू चौधरी ने दबी जबान से अपने गाँववालों की दुःख-कहानी उन्हें सुनायी। हाकिमों से वार्तालाप करने में उसे तनिक भी भय न होता था। सुक्खू चौधरी को खूब मालूम था कि जीतनसिंह से रार मचाना सिंह के मुँह में सिर देना है। किंतु जब गाँववाले कहते थे कि चौधरी तुम्हारी ऐसे-ऐसे हाकिमों से मिताई है और हम लोगों को रात-दिन रोते कटता है तो फिर तुम्हारी यह मित्रता किस दिन काम आवेगी। परोपकाराय सताम् विभूतयः। तब सुक्खू का मिज़ाज आसमान पर चढ़ जाता था। घड़ी भर के लिए वह जीतनसिंह को भूल जाता था। मजिस्ट्रेट ने जीतनसिंह से इसका उत्तर माँगा। उधर झगड़ू साहु ने चौधरी के इस साहसपूर्ण स्वामीद्रोह की रिपोर्ट जीतनसिंह को दी। ठाकुर साहब जल कर आग हो गए। अपने कारिंदे से बकाया लगान की बही माँगी। संयोगवश चौधरी के जिम्मे इस साल का कुछ लगान बाकी था। कुछ तो पैदावार कम हुई, उस पर गंगाजली का ब्याह करना पड़ा। छोटी बहू नथ की रट लगाये हुए थी; वह बनवानी पड़ी। इन सब खर्चों ने हाथ बिलकुल खाली कर दिया था। लगान के लिए कुछ अधिक चिंता नहीं थी। वह इस अभिमान में भूला हुआ था कि जिस जबान में हाकिमों को प्रसन्न करने की शक्ति है, क्या वह ठाकुर साहब को अपना लक्ष्य न बना सकेगी? बूढ़े चौधरी इधर तो अपने गर्व में निश्चिंत थे और उधर उन पर बकाया लगान की नालिश ठुक गई। सम्मन आ पहुँचा। दूसरे दिन पेशी की तारीख पड़ गई। चौधरी को अपना जादू चलाने का अवसर न मिला।

जिन लोगों के बढ़ावे में आकर सुक्खू ने ठाकुर से छेड़छाड़ की थी, उनका दर्शन मिलना दुर्लभ हो गया। ठाकुर साहब के सहने और प्यादे गाँव में चील की तरह मँडराने लगे। उनके भय से किसी को चौधरी की परछाई काटने का साहस न होता था। कचहरी वहाँ से तीन मील पर थी। बरसात के दिन, रास्ते में ठौर-ठौर पानी, उमड़ी हुई नदियाँ, रास्ता कच्चा, बैलगाड़ी का निबाह नहीं, पैरों में बल नहीं, अतः अदमपैरवी में मुकदमे का एकतरफा फैसला हो गया।

कुर्की का नोटिस पहुँचा तो चौधरी के हाथ-पाँव फूल गए। सारी चतुराई भूल गई। चुपचाप अपनी खाट पर पड़ा-पड़ा नदी की ओर ताकता और अपने मन में कहता, क्या मेरे जीते जी घर मिट्टी में मिल जाएगा। मेरे इन बैलों की सुंदर जोड़ी के गले में आह! क्या दूसरों का जुआ पड़ेगा? यह सोचते-सोचते उसकी आँखें भर आतीं। वह बैलों से लिपट कर रोने लगा, परंतु बैलों की आँखों से क्यों आँसू जारी थे? वे नाँद में मुँह क्यों नहीं डालते थे। क्या उनके हृदय पर भी अपने स्वामी के दुःख की चोट पहुँच रही थी!

फिर वह अपने झोपड़े को विकल नयनों से निहार कर देखता। और मन में सोचता, क्या हमको इस घर से निकलना पड़ेगा? यह पूर्वजों की निशानी क्या हमारे जीते जी छिन जाएगी?

कुछ लोग परीक्षा में दृढ़ रहते हैं और कुछ लोग उसकी हलकी आँच भी नहीं सह सकते। चौधरी अपनी खाट पर उदास पड़े घंटों अपने कुलदेव महावीर और महादेव को मनाया करता और उनका गुण गाया करता। उसकी चिंतादग्ध आत्मा को और कोई सहारा न था।

इसमें कोई संदेह न था कि चौधरी की तीनों बहुओं के पास गहने थे, पर स्त्री का गहना ऊख का रस है, जो पेरने ही से निकलता है। चौधरी जाति का ओछा पर स्वभाव का ऊँचा था। उसे ऐसी नीच बात बहुओं से कहते संकोच होता था। कदाचित् यह नीच विचार उसके हृदय में उत्पन्न ही नहीं हुआ था, किंतु तीनों बेटे यदि जरा भी बुद्धि से काम लेते तो बूढ़े को देवताओं की शरण लेने की आवश्यकता न होती। परंतु यहाँ तो बात ही निराली थी। बड़े

लड़के को घाट के काम से फुरसत न थी। बाकी दो लड़के इस जटिल प्रश्न को विचित्र रूप से हल करने के मंसूबे बाँध रहे थे।

मँझले झींगुर ने मुँह बना कर कहा—ऊँह! इस गाँव में क्या धरा है। जहाँ ही कमाऊँगा, वहीं खाऊँगा पर जीतनसिंह की मूँछे एक-एक करके चुन लूँगा।

छोटे फक्कड़ ऐंठ कर बोले—मूँछे तुम चुन लेना! नाक मैं उड़ा लूँगा। नकटा बना घूमेगा।

इस पर दोनों खूब हँसे और मछली मारने चल दिये।

इस गाँव में एक बूढ़े ब्राह्मण भी रहते थे। मंदिर में पूजा करते और नित्य अपने यजमानों को दर्शन देने नदी पार जाते, पर खेवे के पैसे न देते। तीसरे दिन वह जमींदार के गुप्तचरों की आँख बचाकर सुक्खू के पास आये और सहानुभूति के स्वर में बोले—चौधरी! कल ही तक मियाद है और तुम अभी तक पड़े-पड़े सो रहे हो। क्यों नहीं घर की चीज ढूँढ़-ढाँढ़ कर किसी और जगह भेज देते? न हो समधियाने पठवा दो। जो कुछ बच रहे, वही सही। घर की मिट्टी खोद कर थोड़े ही कोई ले जाएगा।

चौधरी लेटा था, उठ बैठा और आकाश की ओर निहार कर बोला—जो कुछ उसकी इच्छा है, वह होगा। मुझसे यह जाल न होगा।

इधर कई दिन की निरंतर भक्ति और उपासना के कारण चौधरी का मन शुद्ध और पवित्र हो गया था। उसे छल-प्रपंच से घृणा हो गई थी। पंडित जी जी इस काम से सिद्धहस्त थे, लज्जित हो गए।

परंतु चौधरी के घर के अन्य लोगों को ईश्वरेच्छा पर इतना भरोसा न था। धीरे-धीरे घर के बर्तन-भाँड़े खिसकाये जाते थे। अनाज का एक दाना भी घर में न रहने पाया। रात को नाव लदी हुई जाती और उधर से खाली लौटती थी। तीनदिन तक घर में चूल्हा न जला। बूढ़े चौधरी के मुँह में अन्न की कौन कहे पानी की एक बूँद भी न पड़ी। स्त्रियाँ भाड़ से चले भुना कर चबातीं, और लड़के मछलियाँ भून-भून कर उड़ाते। परंतु बूढ़े की इस एकादशी में यदि कोई शरीक था तो वह उसकी बेटी गंगाजली थी। यह बेचारी अपने बूढ़े बाप को चारपाई पर निर्जल छटपटाते देख बिलख-बिलख कर रोती।

लड़कों को अपने माता-पिता से वह प्रेम नहीं होता जो लड़कियों को होता है। गंगाजली इस सोच-विचार में मग्न रहती थी कि दादा की किस भाँति

सहायता करूँ। यदि हम सब भाई-बहन मिल कर जीतन सिंह के पास जाकर दया-भिक्षा की प्रार्थना करें तो वे अवश्य मान जाएँगे; परंतु दादा को कब यह स्वीकार होगा। वह यदि एक दिन बड़े साहब के पास चले जाएँ तो सब कुछ बात की बात न बन जाए। किंतु उनकी तो जैसे बुद्धि ही मारी गई है। इसी उधेड़बुन में उसे एक उपाय सूझ पड़ा, कुम्हलाया हुआ मुखारविंद खिल उठा।

पुजारी जी सुक्खू चौधरी के पास से उठ कर चले गये थे और चौधरी उच्च स्वर से अपने सोये हुए देवताओं को पुकार-पुकार कर बुला रहे थे। निदान गंगाजली उनके पास जा कर खड़ी हो गई। चौधरी ने उसे देख कर विस्मित स्वर में पूछा—क्यों बेटी? इतनी रात गए क्यों बाहर आयी?

गंगाजली ने कहा—बाहर आना तो भाग्य में लिखा है, घर में कैसे रहूँ।

सुक्खू ने जोर से हाँक लगायी, कहाँ गये तुम कृष्णमुरारी, मेरे दुःख हरो।

गंगाजली खड़ी थी, बैठ गई और धीरे से बोली—भजन गाते तो आज तीन दिन हो गये। घर बचाने का भी कुछ उपाय सोचा कि इसे यों ही मिट्टी में मिला दोगे? हम लोगों को क्या पेड़ तले रखोगे?

चौधरी ने व्यथित स्वर से कहा—बेटी, मुझे तो कोई उपाय नहीं सूझता। भगवान् जो चाहेंगे, होगा। वेग चलो गिरधर गोपाल, काहे विलम्ब करो।

गंगाजली ने कहा—मैंने एक उपाय सोचा हे, कहो तो कहूँ।

चौधरी उठ कर बैठ गए और पूछा—कौन उपाय है बेटी?

गंगाजली ने कहा—मेरे गहने झगडू साहु के यहाँ गिरों रख दो। मैंने जोड़ लिया है। देने भर के रुपये हो जाएँगे।

चौधरी ने ठंडी साँस ले कर कहा—बेटी! तुमको मुझसे यह बात कहते लाज नहीं आती। वेद-शास्त्र में मुझे तुम्हारे गाँव के कुएँ का पानी पीना भी मना है। तुम्हारी ड्योढ़ी में भी पैर रखने का निषेध है। क्या तुम मुझे नरक में ढकेलना चाहती हो?

गंगाजली उत्तर के लिए पहले ही से तैयार थी। बोली—मैं अपने गहने तुम्हें दिये थोड़े ही देती हूँ। इस समय लेकर काम चलाओ, चैत में छुड़ा देना। चौधरी ने कड़क कर कहा—यह मुझसे न होगा।

गंगाजली उत्तेजित होकर बोली—तुमसे यह न होगा तो मैं आप ही जाऊँगी, मुझसे घर की यह दुर्दशा नहीं देखी जाती।

चौधरी ने झुँझला कर कहा—बिरादरी में कौन मुँह दिखाऊँगा?

गंगाजली ने चिढ़ कर कहा—बिरादरी में कौन ढिंढोरा पीटने जाता है।

चौधरी ने फैसला सुनाया—जगहँसाई के लिए मैं अपना धर्म न बिगाडूँगा।

गंगाजली बिगड़कर बोली—मेरी बात नहीं मानोगे तो तुम्हारे ऊपर मेरी हत्या पड़ेगी। मैं आज ही इस बेतवा नदी में कूद पडूँगी। तुमसे चाहे घर में आग लगते देखा जाए, पर मुझसे तो न देखा जाएगा।

चौधरी ने ठंडी साँस लेकर कातर स्वर में कहा—बेटी, मेरा धर्म नाश मत करो। यदि ऐसा ही है तो अपनी किसी भावज के गहने माँग कर लाओ।

गंगाजली ने गम्भीर स्वर में कहा—भावजों से कौन अपना मुँह नोचवाने जाएगा। उनको फिकर होती तो क्या मुँह में दही जमा था, कहतीं नहीं।

चौधरी निरुत्तर हो गए। गंगाजली घर में जाकर गहनों की पिटारी लायी और एक-एक करके सब गहने चौधरी के अँगोछे में बाँध दिए। चौधरी ने आँखों में आँसू भर कर कहा—हाय राम, इस शरीर की क्या गति लिखी है! यह कह कर उठे। बहुत सम्हालने पर भी आँखों में आँसू न छिपे।

रात का समय था। बेतवा नदी के किनारे-किनारे मार्ग को छोड़कर सुक्खू चौधरी गहनों की गठरी काँख में दबाये इस तरह चुपके-चुपके चल रहे थे मानो पाप की गठरी लिए जाते हैं। जब वह झगडू साहु के मकान के पास पहुँचे तो ठहर गए, आँखें खूब साफ कीं, जिससे किसी को यह न बोध हो कि चौधरी रोता था।

झगडू साहू धागे की कमानी की एक मोटी ऐनक लगाये बहीखाता फैलाये हुक्का पी रहे थे, और दीपक के धुँधले प्रकाश में उन अक्षरों को पढ़ने की व्यर्थ चेष्टा में लगे थे जिनमें स्याही की किफायत की गई थी। बार-बार ऐनक को साफ करते और आँख मलते, पर चिराग की बत्ती उकसाना या दोहरी बत्ती लगाना शायद इसलिए उचित नहीं समझते थे कि तेल का अपव्यय होगा। इसी समय सुक्खू चौधरी ने आ कर कहा—जयराम जी।

झगडू साहु ने देखा। पहचान कर बोले—जयराम चौधरी! कहो मुकदमे में क्या हुआ? यह लेन-देन बड़े झंझट का काम है। दिन भर सिर उठाने की छुट्टी नहीं मिलती।

चौधरी ने पोटली को खूब सावधानी से छिपा कर लापरवाही के साथ कहा—अभी तक तो कुछ नहीं हुआ। कल इजरायडिगरी होने वाली है। ठाकुर साहब ने न जाने कब का बैर निकाला है। हमको दो-तीन दिन की भी मुहलत होती तो डिगरी न जारी होने पाती। छोटे साहब और बड़े साहब दोनों हमको अच्छी तरह जानते हैं। अभी इसी साल मैंने उनसे नदी किनारे घंटों बातें कीं, किंतु एक तो बरसात के दिन, दूसरे एक दिन की भी मुहलत नहीं, क्या करता! इस समय मुझे रुपयों की चिंता है।

झगडू साहु ने विस्मित होकर पूछा—तुमको रुपयों की चिंता! घर में भरा है वह किस दिन काम आवेगा। झगडू साहू ने यह व्यंग्यबाण नहीं छोड़ा था। वास्तव में उन्हें और सारे गाँव को विश्वास था कि चौधरी के घर में लक्ष्मी महारानी का अखंड राज्य है। चौधरी का रंग बदलने लगा। बोले—साहु जी! रुपया होता तो किस बात की चिंता थी? तुमसे कौन छिपाव है। आज तीन दिन से घर में चूल्हा नहीं जला, रोना-पीटना पड़ा है। अब तो तुम्हारे बसाये बसूँगा। ठाकुर साहब ने तो उजाड़ने में कोई कसर न छोड़ी।

झगडू साहु जीतनसिंह को खुश रखना जरूर चाहते थे, पर साथ ही चौधरी को भी नाखुश करना मंजूर न था। यदि सूद-दर-सूद छोड़ कर मूल तथा ब्याज सहज वसूल हो जाए तो उन्हें चौधरी पर मुफ्त का एहसान लादने में कोई आपत्ति न थी। यदि चौधरी के अफसरों की जान-पहचान के कारण साहु जी का टैक्स से गला छूट जाए, जो अनेक उपाय करने—अहलकारों की मुट्ठी गरम करने—पर भी नित्य प्रति उनकी तोंद की तरह बढ़ता ही जा रहा था तो क्या पूछना! बोले—

क्या कहें चौधरी जी, खर्च के मारे आजकल हम भी तबाह हैं। लहने वसूल नहीं होते। टैक्स का रुपया देना पड़ा। हाथ बिलकुल खाली हो गया। तुम्हें कितना रुपया चाहिए?

चौधरी ने कहा—सौ रुपये की डिगरी है। खर्च-बर्च मिला कर दो सौ के लगभग समझो।

झगडू अब अपने दाँव खेलने लगे। पूछा—तुम्हारे लड़को ने तुम्हारी कुछ भी मदद न की। वह सब भी तो कुछ-न-कुछ कमाते ही हैं।

साहु जी का यह निशाना ठीक पड़ा—लड़कों ने लापरवाही से चौधरी के मन में जो कुत्सित भाव भरे थे वह सजीव हो गए। बोले—भाई, लड़के किसी

काम के होते तो यह दिन क्यों देखना पड़ता। उन्हें तो अपने भोग-विलास से मतलब। घर-गृहस्थी का बोझ तो मेरे सिर पर है। मैं जैसे चाहूँ, सँभालूँ उनसे कुछ सरोकार नहीं, मरते दम भी गला नहीं छूटता। मरूँगा तो सब खाल में भूसा भरा कर रख छोड़ेंगे। 'गृह कारज नाना जंजाला।'

झगडू ने तीसरा तीर मारा—क्या बहुओं से भी कुछ न बन पड़ा।

चौधरी ने उत्तर दिया—बहू-बेटे सब अपनी-अपनी मौज में मस्त हैं। मैं तीन दिन तक द्वार पर बिना अन्न-जल के पड़ा था, किसी ने बात भी नहीं पूछी। कहाँ की सलाह, कहाँ की बातचीत। बहुओं के पास रुपये न हों, पर गहने तो हैं और वे भी मेरे बनाये हुए। इस दुर्दिन के समय यदि दो-दो थान उतार देतीं तो क्या मैं छुड़ा न देता? सदा यही दिन थोड़े ही रहेंगे।

झगडू समझ गए कि यह महज जबान का सौदा है और वह जबान का सौदा भूलकर भी न करते थे। बोले—तुम्हारे घर के लोग भी अनूठे हैं। क्या इतना भी नहीं जानते कि बूढ़ा रुपये कहाँ से लावेगा? अब समय बदल गया। या तो कुछ जायदाद लिखो या गहने गिरों रखो तब जा कर रुपये मिले। इसके बिना रुपये कहाँ। इसमें भी जायदाद में सैकड़ों बखेड़े पड़े हैं। सुभीता गिरों रखने में ही है। हाँ, तो जब घरवालों को कोई इसकी फिक्र नहीं तो तुम क्यों व्यर्थ जान देते हो। यही न होगा कि लोग हँसेंगे सो यह लाज कहाँ तक निबाहोगे?

चौधरी ने अत्यन्त विनीत होकर कहा—साहु जी, यह लाज तो मारे डालती है। तुमसे क्या छिपा है। एक वह दिन था कि हमारे दादा-बाबा महाराज की सवारी के साथ चलते थे, अब एक दिन यह कि घर-घर की दीवार तक बिकने की नौबत आ गई है। कहीं मुँह दिखाने को भी जी नहीं चाहता। यह लो गहनों की पोटली। यदि लोकलाज न होती तो इसे लेकर कभी यहाँ न आता, परन्तु यह अधर्म इसी लाज निबाहने के कारण करना पड़ा है।

झगडू साहु ने आश्चर्य में होकर पूछा—यह गहने किसके हैं? चौधरी ने सिर झुका कर बड़ी कठिनता से कहा—मेरी बेटी गंगाजली के। झगडू साहु स्तम्भित हो गए। बोले—अरे! राम-राम!

चौधरी ने कातर स्वर में कहा—डूब मरने को जी चाहता है।

झगडू ने बड़ी धार्मिकता के साथ स्थिर होकर कहा—शास्त्र में बेटी के गाँव का पेड़ देखना मना है।

चौधरी ने दीर्घ निःश्वास छोड़ कर करुण स्वर में कहा—न जाने नारायण कब मौत देंगे। भाई की तीन लड़कियाँ ब्याहीं। कभी भूल कर भी उनके द्वार का मुँह नहीं देखा। परमात्मा ने अब तक तो टेक निबाही है, पर अब न जाने मिट्टी की क्या दुर्दशा होने वाली है।

झगड़ू साहु 'लेखा जौ-जौ बखशीश सौ-सौ' के सिद्धांत पर चलते थे। सूद की एक कौड़ी भी छोड़ना उनके लिए हराम था। यदि एक महीने का एक दिन भी लग जाता तो पूरे महीने का सूद वसूल कर लेते। परन्तु नवरात्र में नित्य दुर्गा-पाठ करवाते थे। पितृपक्ष में रोज ब्राह्मणों को सीधा बाँटते थे। बनियों की धर्म में बड़ी निष्ठा होती है। यदि कोई दीन ब्राह्मण लड़की ब्याहने के लिए उनके सामने हाथ पसारता तो वह खाली हाथ न लौटता, भीख माँगने वाले ब्राह्मणों को चाहे वह कितने ही संडे-मुसंडे हों, उनके दरवाजे पर फटकार नहीं सुननी पड़ती थी। उनके धर्म-शास्त्र में कन्या के गाँव के कुएँ का पानी पीने से प्यासा मर जाना अच्छा है। वह स्वयं इस सिद्धांत के भक्त थे और इस सिद्धांत के अन्य पक्षपाती उनके लिए महामान्य देवता थे। वे पिघल गए। मन में सोचा, यह मनुष्य तो कभी ओछे विचारों को मन में नहीं लाया।

निर्दय काल की ठोकर से अधर्म मार्ग पर उतर आया है, तो उसके धर्म की रक्षा करना हमारा कर्त्तव्य-धर्म है। यह विचार मन में आते ही झगड़ू साहु गद्दी से मसनद के सहारे उठ बैठे और दृढ़ स्वर से कहा—वही परमात्मा जिसने अब तक तुम्हारी टेक निबाही है, अब भी निबाहेंगे। लड़की के गहने लड़की को दे दो। लड़की जैसी तुम्हारी है वैसी मेरी भी है। यह लो रुपये। आज काम चलाओ। जब हाथ में रुपये आ जाएँ, दे देना।

चौधरी पर इस सहानुभूति का गहरा असर पड़ा। वह जोर-जोर से रोने लगा। उसे अपने भावों की धुन में कृष्ण भगवान् की मोहिनी मूर्ति सामने विराजमान दिखायी दी। वही झगड़ू जो सारे गाँव में बदनाम था, जिसकी उसने खुद कई बार हाकिमों से शिकायत की थी, आज साक्षात् देवता जान पड़ता था। रुँधे हुए कंठ से गद्‌गद हो बोला—

झगड़ू, तुमने इस समय मेरी बात, मेरी लाज, मेरा धर्म, कहाँ तक कहूँ, मेरा सब कुछ रख लिया। मेरी डूबती नाव पार लगा दी। कृष्ण मुरारी तुम्हारे इस उपकार का फल देंगे और मैं तो तुम्हारा गुण जब तक जीऊँगा, गाता रहूँगा।

7.

दो बैलों की कथा

जानवरों में गधा सबसे ज्यादा बुद्धिहीन समझा जाता है। हम जब किसी आदमी को पल्ले दरजे का बेवकूफ कहना चाहते हैं, तो उसे गधा कहते हैं। गधा सचमुच बेवकूफ है, या उसके सीधेपन, उसकी निरापद सहिष्णुता ने उसे यह पदवी दे दी है, इसका निश्चय नहीं किया जा सकता। गायें सींग मारती हैं, ब्यायी हुई गाय तो अनायास ही सिंहनी का रूप धारण कर लेती है। कुत्ता भी बहुत गरीब जानवर है, लेकिन कभी-कभी उसे भी क्रोध आ ही जाता है; किन्तु गधे को कभी क्रोध करते नहीं सुना, न देखा। जितना चाहो गरीब को मारो, चाहे जैसी खराब, सड़ी हुई घास सामने डाल दो, उसके चेहरे पर कभी असन्तोष की छाया भी न दिखायी देगी। वैशाख में चाहे एकाध बार कुलेल कर लेता हो; पर हमने तो उसे कभी खुश होते नहीं देखा। उसके चेहरे पर एक स्थायी विषाद रूप से छाया रहता है। सुख-दुःख, हानि-लाभ, किसी भी दशा में उसे बदलते नहीं देखा। ऋषियों-मुनियों के जितने गुण हैं, वे सभी उसमें पराकाष्ठा को पहुँच गए है; पर आदमी उसे बेवकूफ कहता है। सद्‌गुणों का इतना अनादर कहीं नहीं देखा। कदाचित् सीधापन संसार के लिए उपयुक्त नहीं है। देखिये न, भारतवासियों की अफ्रीका में क्या दुर्दशा हो रही है? क्यों अमरीका में उन्हें घुसने नहीं दिया जाता? बेचारे शराब नहीं पीते, चार पैसे कुसमय के लिए बचाकर रखते हैं, जी तोड़कर काम करते हैं, किसी से लड़ाई-झगड़ा नहीं करते, चार बातें सुनकर गम खा जाते हैं फिर भी बदनाम हैं। कहा जाता है, वे जीवन के आदर्श को नीचा करते हैं। अगर वे भी ईंट का जवाब पत्थर से देना सीख जाते, तो शायद सभ्य कहलाने लगते। जापान की मिसाल सामने है। एक ही विजय ने उसे संसार की सभ्य जातियों में गण्य बना दिया।

लेकिन गधे का एक छोटा भाई और भी है, जो उससे कम ही गधा है, और वह है 'बैल'। जिस अर्थ में हम गधा का प्रयोग करते हैं, कुछ उसी से

मिलते-जुलते अर्थ में 'बछिया के ताऊ' का भी प्रयोग करते हैं। कुछ लोग बैल को शायद बेवकूफों में सर्वश्रेष्ठ कहेंगे; मगर हमारा विचार ऐसा नहीं है। बैल कभी-कभी मारता भी है, कभी-कभी अड़ियल बैल भी देखने में आता है। और भी कई रीतियों से अपना असन्तोष प्रकट कर देता है; अतएव उसका स्थान गधे से नीचा है।

झूरी काछी के दोनों बैलों के नाम थे हीरा और मोती। दोनों पछाईं जाति के थे—देखने में सुन्दर, काम में चौकस, डील में ऊँचे। बहुत दिनों साथ रहते-रहते दोनों में भाईचारा हो गया था। दोनों आमने-सामने या आस-पास बैठे हुए एक-दूसरे से मूक-भाषा में विचार-विनिमय करते थे। एक-दूसरे के मन की बात कैसे समझ जाता था, हम नहीं कह सकते। अवश्य ही उनमें कोई ऐसी गुप्त शक्ति थी, जिससे जीवों में श्रेष्ठता का दावा करने वाला मनुष्य वंचित है। दोनों एक-दूसरे को चाटकर और सूँघकर अपना प्रेम प्रकट करते, कभी-कभी दोनों सींग भी मिला लिया करते थे—विग्रह के नाते से नहीं, केवल विनोद के भाव से, आत्मीयता के भाव से, जैसे दोस्तों में घनिष्ठता होते ही धौल-धप्पा होने लगता है। इसके बिना दोस्ती कुछ फुसफुसी, कुछ हलकी-सी रहती है, जिस पर ज्यादा विश्वास नहीं किया जा सकता। जिस वक्त ये दोनों बैल हल या गाड़ी में जोत दिये जाते और गरदन हिला-हिलाकर चलते, उस वक्त हर एक की यही चेष्टा होती थी कि ज्यादा-से-ज्यादा बोझ मेरी ही गरदन पर रहे। दिन-भर के बाद दोपहर या सन्ध्या को दोनों खुलते, तो एक-दूसरे को चाट-चूटकर अपनी थकान मिटा लिया करते। नाँद में खली-भूसा पड़ जाने के बाद दोनों साथ उठते, साथ नाँद में मुँह डालते और साथ ही बैठते थे। एक मुँह हटा लेता, तो दूसरा भी हटा लेता था।

संयोग की बात, झूरी ने एक बार गोईं को ससुराल भेज दिया। बैलों को क्या मालूम, वे क्यों भेजे जा रहे हैं। समझे, मालिक ने हमें बेच दिया। अपना यों बेचा जाना उन्हें अच्छा लगा या बुरा, कौन जाने, पर झूरी के साले गया को घर तक गोईं ले जाने में दाँतों पसीना आ गया। पीछे से हाँकता तो दोनों दाँयें-बाँयें भागते; पगहिया पकड़कर आगे से खींचता, तो दोनों पीछे को जोर लगाते। मारता तो दोनों सींग नीचे करके हुँकारते। अगर ईश्वर ने उन्हें वाणी दी होती, तो झूरी से पूछते—तुम हम गरीबों को क्यों निकाल रहे हो? हमने तो

तुम्हारी सेवा करने में कोई कसर नहीं उठा रखी। अगर इतनी मेहनत से काम न चलता था तो और काम ले लेते। हमें तो तुम्हारी चाकरी में मर जाना कबूल था। हमने कभी दाने-चारे की शिकायत नहीं की। तुमने जो कुछ खिलाया, वह सिर झुकाकर खा लिया, फिर तुमने हमें इस जालिम के हाथ क्यों बेच दिया?

संध्या समय दोनों बैल अपने नये स्थान पर पहुँचे। दिन-भर के भूखे थे, लेकिन जब नाँद में लगाये गए, तो एक ने भी उसमें मुँह न डाला। दिल भारी हो रहा था। जिसे उन्होंने अपना घर समझ रखा था, वह आज उनसे छूट गया था। यह नया घर, नया गाँव, नये आदमी, उन्हें बेगानों-से लगते थे।

दोनों ने अपनी मूक-भाषा में सलाह की, एक-दूसरे को कनखियों से देखा और लेट गए। जब गाँव में सोता पड़ गया, तो दोनों ने जोर मारकर पगहे तुड़ा डाले और घर की तरफ चले। पगहे बहुत मजबूत थे। अनुमान न हो सकता था कि कोई बैल उन्हें तोड़ सकेगा; पर इन दोनों में इस समय दूनी शक्ति आ गई थी। एक-एक झटके में रस्सियाँ टूट गईं।

झूरी प्रातःकाल सोकर उठा, तो देखा कि दोनों बैल चरनी पर खड़े हैं। दोनों की गरदनों में आधा-आधा गराँव लटक रहा है। घुटने तक पाँव कीचड़ से भरे हैं और दोनों की आँखों में विद्रोहमय स्नेह झलक रहा है।

झूरी बैलों को देखकर स्नेह से गद्‌गद हो गया। दौड़कर उन्हें गले लगा लिया। प्रेमालिंगन और चुम्बन का वह दृश्य बड़ा ही मनोहर था।

घर और गाँव के लड़के जमा हो गए और तालियाँ बजा-बजाकर उनका स्वागत करने लगे। गाँव के इतिहास में यह घटना अभूतपूर्व न होने पर भी महत्वपूर्ण थी। बाल-सभा ने निश्चय किया, दोनों पशु-वीरों को अभिनन्दन पत्र देना चाहिए। कोई अपने घर से रोटियाँ लाया, कोई गुड़, कोई चोकर, कोई भूसी।

एक बालक ने कहा—ऐसे बैल किसी के पास न होंगे।

दूसरे ने समर्थन किया—इतनी दूर से दोनों अकेले चले आये।

तीसरा बोला—बैल नहीं हैं वे, उस जनम के आदमी हैं।

इसका प्रतिवाद करने का किसी को साहस न हुआ।

झूरी की स्त्री ने बैलों को द्वार पर देखा, तो जल उठी। बोली—कैसे नमक-हराम बैल हैं कि एक दिन वहाँ काम न किया; भाग खड़े हुए।

झूरी अपने बैलों पर यह आक्षेप न सुन सका—नमकहराम क्यों हैं? चारा-दाना न दिया होगा, तो क्या करते?

स्त्री ने रोब के साथ कहा—बस, तुम्हीं तो बैलों को खिलाना जानते हो, और तो सभी पानी पिला-पिलाकर रखते हैं।

झूरी ने चिढ़ाया—चारा मिलता तो क्यों भागते?

स्त्री चिढ़ी—भागे इसलिए कि वे लोग तुम-जैसे बुद्धुओं की तरह बैलों को सहलाते नहीं। खिलाते हैं, तो रगड़कर जोतते भी हैं। ये दोनों ठहरे कामचोर, भाग निकले। अब देखूँ, कहाँ से खली और चोकर मिलता है! सूखे भूसे के सिवा कुछ न दूँगी, खायें चाहें मरें।

वही हुआ। मजूर की कड़ी ताकीद कर दी गई कि बैलों को खाली सूखा भूसा दिया जाए।

बैलों ने नाँद में मुँह डाला, तो फीका-फीका। न कोई चिकनाहट, न कोई रस! क्या खाएँ? आशा-भरी आँखों से द्वार की ओर ताकने लगे।

झूरी ने मजूर से कहा—थोड़ी-सी खली क्यों नहीं डाल देता बे?

'मालकिन मुझे मार ही डालेंगी।'

'चुराकर डाल आ।'

'ना दादा, पीछे से तुम भी उन्हीं की-सी कहोगे।'

दूसरे दिन झूरी का साला फिर आया और बैलों को ले चला। अबकी उसने दोनों को गाड़ी में जोता।

दो-चार बार मोती ने गाड़ी को सड़क की खाई में गिराना चाहा; पर हीरा ने सँभाल लिया। वह ज्यादा सहनशील था।

संध्या-समय घर पहुँचकर उसने दोनों को मोटी रस्सियों से बाँधा और कल की शरारत का मजा चखया। फिर वही सूखा भूसा डाल दिया। अपने दोनों बैलों को खली, चूनी सब कुछ दी।

दोनों बैलों का ऐसा अपमान कभी न हुआ था। झूरी उन्हें फूल की छड़ी से भी न छूता था। उसकी टिटकार पर दोनों उड़ने लगते थे। यहाँ मार पड़ी। आहत-सम्मान की व्यथा तो थी ही, उस पर मिला सूखा भूसा!

नाँद की तरफ आँखें तक न उठायीं।

दूसरे दिन गया ने बैलों को हल में जोता, पर इन दोनों ने जैसे पाँव न उठाने की कसम खा ली थी। वह मारते-मारते थक गया; पर दोनों ने पाँव न उठाया। एक बार जब उस निर्दयी ने हीरा की नाक पर खूब डण्डे जमाये, तो मोती का गुस्सा काबू के बाहर हो गया। हल लेकर भागा। हल, रस्सी, जुआ, जोत, सब टूट-टाट कर बराबर हो गया। गले में बड़ी-बड़ी रस्सियाँ न होतीं, तो दोनों पकड़ाई में न आते।

हीरा ने मूक-भाषा में कहा—भागना व्यर्थ है।

मोती ने उत्तर दिया—तुम्हारी तो इसने जान ही ले ली थी।

अबकी बड़ी मार पड़ेगी।

'पड़ने दो, बैल का जन्म लिया है, तो मार से कहाँ तक बचेंगे?'

'गया दो आदमियों के साथ दौड़ा आ रहा है। दोनों के हाथों में लाठियाँ हैं।'

मोती बोला—कहो तो दिखा दूँ कुछ मजा मैं भी। लाठी लेकर आ रहा है।

हीरा ने समझाया—नहीं भाई! खड़े हो जाओ।

'मुझे मारेगा, तो मैं भी एक-दो को गिरा दूँगा!'

'नहीं। हमारी जाति का यह धर्म नहीं है।'

मोती दिल में ऐंठकर रह गया। गया आ पहुँचा और दोनों को पकड़कर ले चला। कुशल हुई कि उसने इस वक्त मारपीट न की, नहीं तो मोती भी पलट पड़ता। उसके तेवर देखकर गया और उसके सहायक समझ गये कि इस वक्त टाल जाना ही मसलहत है।

आज दोनों के सामने फिर वही सूखा भूसा लाया गया। दोनों चुपचाप खड़े रहे। घर के लोग भोजन करने लगे। उस वक्त छोटी-सी लड़की दो रोटियाँ लिये निकली, और दोनों के मुँह में देकर चली गई। उस एक रोटी से इनकी भूख तो क्या शान्त होती; पर दोनों के हृदय को मानो भोजन मिल गया। यहाँ भी किसी सज्जन का वास है। लड़की भैरो की थी। उसकी माँ मर चुकी थी। सौतेली माँ उसे मारती रहती थी, इसलिए इन बैलों से उसे एक प्रकार की आत्मीयता हो गई थी।

दोनों दिन-भर जोते जाते, डण्डे खाते, अड़ते। शाम को थान पर बाँध दिये जाते और रात को वही बालिका उन्हें दो रोटियाँ खिला जाती। प्रेम के

इस प्रसाद की यह बरकत थी कि दो-दो गाल सूखा भूसा खाकर भी दोनों दुर्बल न होते थे, मगर दोनों की आँखों में रोम-रोम में विद्रोह भरा हुआ था।

एक दिन मोती ने मूक-भाषा में कहा—अब तो नहीं सहा जाता, हीरा!

'क्या करना चाहते हो?'

'एकाध को सींगों पर उठाकर फेंक दूँगा।'

'लेकिन जानते हो, वह प्यारी लड़की, जो हमें रोटियाँ खिलाती हैं, उसी की लड़की है, जो इस घर का मालिक है। यह बेचारी अनाथ न हो जाएगी?'

'तो मालकिन को न फेंक दूँ। वही तो उस लड़की को मारती है।'

'लेकिन औरत जात पर सींग चलाना मना है, यह भूले जाते हो।'

'तुम तो किसी तरह निकलने ही नहीं देते। बताओ, तुड़ाकर भाग चलें।'

'हाँ, यह मैं स्वीकार करता हूँ, लेकिन इतनी मोटी रस्सी टूटेगी कैसे?'

'इसका एक उपाय है। पहले रस्सी को थोड़ा-सा चबा लो। फिर एक झटके में जाती है।'

रात को जब बालिका रोटियाँ खिलाकर चली गई, दोनों रस्सियाँ चबाने लगे, पर मोटी रस्सी मुँह में न आती थी। बेचारे बार-बार जोर लगाकर रह जाते थे।

सहसा घर का द्वारा खुला और वही लड़की निकली। दोनों सिर झुकाकर उसका हाथ चाटने लगे। दोनों की पूँछें खड़ी हो गईं। उसने उनके माथे सहलाये और बोली—खोल देती हूँ। चुपके से भाग जाओ, नहीं तो यहाँ लोग मार डालेंगे। आज घर में सलाह हो रही है कि इनकी नाकों में नाथ डाल दी जाएँ।

उसने गराँव खोल दिया, पर दोनों चुपचाप खड़े रहे।

मोती ने अपनी भाषा में पूछा—अब चलते क्यों नहीं।

हीरा ने कहा—चलें तो लेकिन कल इस अनाथ पर आफत आयेगी। सब इसी पर सन्देह करेंगे। सहसा बालिका चिल्लायी—दोनों फूफावाले बैल भागे जा रहे हैं। ओ दादा! दादा! दोनों बैल भागे जा रहे हैं, जल्दी दौड़ो।

गया हड़बड़ाकर भीतर से निकला और बैलों को पकड़ने चला। वे दोनों भागे। गया ने पीछा किया। और भी तेज हुए। गया ने शोर मचाया। फिर गाँव के कुछ आदमियों को भी साथ लेने के लिए लौटा। दोनों मित्रों को भागने का मौका मिल गया। सीधे दौड़ते चले गए। यहाँ तक कि मार्ग का ज्ञान न रहा। जिस

परिचित मार्ग से आये थे, उसका यहाँ पता न था। नए-नए गाँव मिलने लगे। तब दोनों एक खेत के किनारे खड़े होकर सोचने लगे, अब क्या करना चाहिए।

हीरा ने कहा—मालूम होता है, राह भूल गए।

'तुम भी बेतहाशा भागे। वहीं उसे मार गिराना था।'

'उसे मार गिराते, तो दुनिया क्या कहती? वह अपना धर्म छोड़ दे, लेकिन हम अपना धर्म क्यों छोड़ें?'

दोनों भूख से व्याकुल हो रहे थे। खेत में मटर खड़ी थी। चरने लगे। रह-रहकर आहट ले लेते थे, कोई आता तो नहीं है।

जब पेट भर गया, दोनों ने आजादी का अनुभव किया, तो मस्त होकर उछलने-कूदने लगे। पहले दोनों ने डकार ली। फिर सींग मिलाये और एक-दूसरे को ठेलने लगे। मोती ने हीरा को कई कदम पीछे हटा दिया, यहाँ तक कि वह खाई में गिर गया। तब उसे भी क्रोध आया। सँभलकर उठा और फिर मोती से मिल गया। मोती ने देखा—खेल में झगड़ा हुआ चाहता है, तो किनारे हट गया।

अरे! यह क्या? कोई साँड़ डौंकता चला आ रहा है। हाँ, साँड़ ही है। वह सामने आ पहुँचा। दोनों मित्र बगलें झाँक रहे हैं। साँड़ पूरा हाथी है। उससे भिड़ना जान से हाथ धोना है; लेकिन न भिड़ने पर भी जान बचती नहीं नजर आती। इन्हीं की तरफ आ भी रहा है। कितनी भयंकर सूरत है!

मोती ने मूक-भाषा में कहा—बुरे फँसे। जान बचेगी? कोई उपाय सोचो।

हीरा ने चिन्तित स्वर में कहा—अपने घमंड में भूला हुआ है। आरजू-विनती न सुनेगा।

'भाग क्यों न चलें?'

'भागना कायरता है।'

'तो फिर यहीं मरो। बन्दा तो नौ-दौ-ग्यारह होता है।'

'और जो दौड़ाये?'

'तो फिर कोई उपाय सोचो जल्द!'

'उपाय यही है कि उस पर दोनों जने एक साथ चोट करें? मैं आगे से रगेदता हूँ, तुम पीछे से रगेदो, दोहरी मार पड़ेगी, तो भाग खड़ा होगा। मेरी ओर झपटे, तुम बगल से उसके पेट में सींग घुसेड़ देना। जान जोखिम है; पर दूसरा उपाय नहीं है।'

दोनों मित्र जान हथेलियों पर लेकर लपके। साँड़ को भी संगठित शत्रुओं से लड़ने का तजरबा न था। वह तो एक शत्रु से मल्लयुद्ध करने का आदी था। ज्यों ही हीरा पर झपटा, मोती ने पीछे से दौड़ाया। साँड़ उसकी तरफ मुड़ा, तो हीरा ने रगेदा। साँड़ चाहता था कि एक-एक करके दोनों को गिरा ले; पर ये दोनों भी उस्ताद थे। उसे वह अवसर न देते थे। एक बार साँड़ झल्लाकर हीरा का अन्त कर देने के लिए चला कि मोती ने बगल से आकर पेट में सींग भोंक दिया। साँड़ क्रोध में आकर पीछे फिरा तो हीरा ने दूसरे पहलू में सींग चुभा दिया। आखिर बेचारा जख्मी होकर भागा और दोनों मित्रों ने दूर तक उसका पीछा किया। यहाँ तक कि साँड़ बेदम होकर गिर पड़ा। तब दोनों ने उसे छोड़ दिया।

दोनों मित्र विजय के नशे में झूमते चले जाते थे।

मोती ने अपनी सांकेतिक भाषा में कहा—मेरा जी तो चाहता था कि बच्चा को मार ही डालूँ।

हीरा ने तिरस्कार किया—गिरे हुए बैरी पर सींग न चलाना चाहिए।

'यह सब ढोंग है। बैरी को ऐसा मारना चाहिए कि फिर न उठे।'

'अब घर कैसे पहुँचेंगे, वह सोचो।'

'पहले कुछ खा लें, तो सोचें।'

सामने मटर का खेत था ही। मोती उसमें घुस गया। हीरा मना करता रहा, पर उसने एक न सुनी। अभी दो ही चार ग्रास खाये थे कि दो आदमी लाठियाँ लिए दौड़ पड़े, और दोनों मित्रों को घेर लिया। हीरा तो मेड़ पर था, निकल गया। मोती सींचे हुए खेत में था। उसके खुर कीचड़ में धँसने लगे। न भाग सका। पकड़ लिया। हीरा ने देखा, संगी संकट में है, तो लौट पड़ा। फँसेंगे तो दोनों फँसेंगे। रखवालों ने उसे भी पकड़ लिया।

प्रातःकाल दोनों मित्र काँजीहौस में बन्द कर दिये गए।

दोनों मित्रों को जीवन में पहली बार ऐसा साबिका पड़ा कि सारा दिन बीत गया और खाने को एक तिनका भी न मिला। समझ ही में न आता था, यह कैसा स्वामी है। इससे तो गया फिर भी अच्छा था। यहाँ कई भैंसे थीं, कई बकरियाँ, कई घोड़े, कई गधे; पर किसी के सामने चारा न था, सब जमीन पर

मुरदों की तरह पड़े थे। कई तो इतने कमजोर हो गए थे कि खड़े भी न हो सकते थे। सारा दिन दोनों मित्र फाटक की ओर टकटकी लगाये ताकते रहे; पर कोई चारा लेकर आता न दिखायी दिया। तब दोनों ने दीवार की नमकीन मिट्टी चाटनी शुरू की, पर इससे क्या तृप्ति होती?

रात को भी जब कुछ भोजन न मिला, तो हीरा के दिल में विद्रोह की ज्वाला दहक उठी। मोती से बोला—अब तो नहीं रहा जाता मोती!

मोती ने सिर लटकाये हुए जवाब दिया—मुझे तो मालूम होता है, प्राण निकल रहे हैं।

'इतनी जल्द हिम्मत न हारो भाई! यहाँ से भागने का कोई उपाय निकालना चाहिए।'

'आओ दीवार तोड़ डालें।'

'मुझसे वो अब कुछ नहीं होगा।'

'बस इसी बूते पर अकड़ते थे!'

'सारी अकड़ निकल गई।'

बाड़े की दीवार कच्ची थी। हीरा मजबूत तो था ही, अपने नुकीले सींग दीवार में गड़ा दिये और जोर मारा, तो मिट्टी का एक चिप्पड़ निकल आया। फिर तो उसका साहस बढ़ा। इसने दौड़-दौड़कर दीवार पर चोटें कीं और हर चोट में थोड़ी-थोड़ी मिट्टी गिराने लगा।

उसी समय काँजीहोस का चौकीदार लालटेन लेकर जानवरों की हाजिरी लेने आ निकला। हीरा का उजड्डपन देखकर उसने उसे कई डंडे रसीद किये और मोटी-सी रस्सी से बाँध दिया।

मोती ने पड़े-पड़े कहा—आखिर मार खायी, क्या मिला?

'अपने बूते-भर जोर तो मार दिया।'

'ऐसा जोर मारना किस काम का कि और बंधन में पड़ गये।'

'जोर तो मारता ही जाऊँगा, चाहे कितने ही बंधन पड़ते जाएँ।'

'जान से हाथ धोना पड़ेगा।'

'कुछ परवाह नहीं। यों भी तो मरना ही है। सोचो, दीवार खुद जाती, तो कितनी जानें बच जातीं। इतने भाई यहाँ बन्द हैं। किसी की देह में जान नहीं है। दो-चार दिन और यही हाल रहा, तो सब मर जाएँगे।'

'हाँ, यह बात तो है। अच्छा, तो ला, फिर मैं भी जोर लगाता हूँ।'

मोती ने भी दीवार में उसी जगह सींग मारा। थोड़ी-सी मिट्टी गिरी और फिर हिम्मत बढ़ी। फिर तो वह दीवार में सींग लगाकर इस तरह जोर करने लगा, मानो किसी प्रतिद्वन्द्वी से लड़ रहा है। आखिर कोई दो घंटे की जोर-आजमाई के बाद दीवार ऊपर से लगभग एक हाथ गिर गई। उसने दूनी शक्ति से दूसरा धक्का मारा, तो आधी दीवार गिर पड़ी।

दीवार का गिरना था कि अधमरे-से पड़े हुए सभी जानवर चेत उठे। तीनों घोड़ियाँ सरपट भाग निकलीं। फिर बकरियाँ निकलीं। इसके बाद भैंस भी खिसक गईं; पर गधे अभी तक ज्यों-के-त्यों खड़े थे।

हीरा ने पूछा—तुम दोनों क्यों नहीं भाग जाते?

एक गधे ने कहा—जो कहीं फिर पकड़ लिये जाएँ।

'तो क्या हरज है। अभी तो भागने का अवसर है।'

'हमें तो डर लगता है, हम यहीं पड़े रहेंगे।'

आधी रात से ऊपर जा चुकी थी। दोनों गधे अभी तक खड़े सोच रहे थे कि भागें या ना भागें, और मोती अपने मित्र की रस्सी तोड़ने में लगा हुआ था। जब वह हार गया, तो हीरा ने कहा—तुम जाओ, मुझे यहीं पड़ा रहने दो शायद कहीं भेंट हो जाए।

मोती ने आँखों में आँसू लाकर कहा—तुम मुझे इतना स्वार्थी समझते हो, हीरा? हम और तुम इतने दिनों एक साथ रहे हैं। आज तुम विपत्ति में पड़ गये, तो मैं तुम्हें छोड़कर अलग हो जाऊँ।

हीरा ने कहा—बहुत मार पड़ेगी। लोग समझ जाएँगे, यह तुम्हारी शरारत है।

मोती गर्व से बोला—जिस अपराध के लिए तुम्हारे गले में बंधन पड़ा, उसके लिए अगर मुझ पर मार पड़े, तो क्या चिन्ता। इतना तो हो ही गया कि नौ-दस प्राणियों की जान बच गई। वे सब तो आशीर्वाद देंगे।

यह कहते हुए मोती ने दोनों गधों को सींगों से मार-मारकर बाड़े के बाहर निकाला और तब अपने बन्धु के पास आकर सो रहा।

भोर होते ही मुंशी और चौकीदार तथा अन्य कर्मचारियों में कैसी खलबली मची, इसके लिखने की जरूरत नहीं। बस, इतना की काफी है कि मोती की खूब मरम्मत हुई और उसे भी मोटी रस्सी से बाँध दिया गया।

एक सप्ताह तक दोनों मित्र वहाँ बँधे पड़े रहे। किसी ने चारे का एक तृण भी न डाला। हाँ, एक बार पानी दिखा दिया जाता था। यही उनका आधार था। दोनों इतने दुर्बल हो गए थे कि उठा तक न जाता था; ठठरियाँ निकल आयी थीं।

एक दिन बाड़े के सामने डुगी बजने लगी और दोपहर होते-होते वहाँ पचास-साठ आदमी जमा हो गए। तब दोनों मित्र निकाले गए और उनकी देखभाल होने लगी। लोग आ-आकर उनकी सूरत देखते और मन फीका करके चले जाते। ऐसे मृतक बैलों का कौन ख़रीदार होता?

सहसा एक दढ़ियल आदमी, जिसकी आँखें लाल थीं और मुद्रा अत्यन्त कठोर, आया और दोनों मित्रों के कूल्हों में उँगली गोदकर मुंशीजी से बातें करने लगा। उसका चेहरा देखकर अन्तर्ज्ञान से दोनों मित्रों के दिल काँप उठे। वह कौन है और उन्हें क्यों टटोल रहा है, इस विषय में उन्हें कोई सन्देह न हुआ। दोनों ने एक-दूसरे को भीत नेत्रों से देखा और सिर झुका लिया।

हीरा ने कहा—गया के घर से नाहक भागे। अब जान न बचेगी।

मोती ने अश्रद्धा भाव के भाव से उत्तर दिया—कहते हैं, भगवान सबके ऊपर दया करते हैं। उन्हें हमारे ऊपर क्यों दया नहीं आती?

'भगवान् के लिए हमारा मरना-जीना दोनों बराबर है। चलो, अच्छा ही है, कुछ दिन उसके पास तो रहेंगे। एक बार भगवान् ने उस लड़की के रूप में हमें बचाया था। क्या अब न बचाएँगे?'

'यह आदमी छुरी चलाएगा। देख लेना।'

'तो क्या चिन्ता है? माँस, खाल, सींग, हड्डी सब किसी-न-किसी काम आ जाएँगे।'

नीलाम हो जाने के बाद दोनों मित्र उस दढ़ियाल के साथ चले। दोनों की बोटी-बोटी काँप रही थी। बेचारे पाँव तक न उठा सकते थे, पर भय के मारे गिरते-पड़ते भागे जाते थे; क्योंकि वह जरा भी चाल धीमी हो जाने पर जोर से डंडा जमा देता था।

राह में गाय-बैलों का एक रेवड़ हरे-हरे हार में चरता नजर आया। सभी जानवर प्रसन्न थे, चिकने, चपल। कोई उछलता था, कोई आनन्द से बैठा पागुर करता था। कितनी सुखी जीवन था इनका; पर कितने स्वार्थी हैं सब। किसी को चिन्ता नहीं कि उनके दो भाई बधिक से हाथ पड़े कैसे दुःखी हैं।

सहसा दोनों को ऐसा मालूम हुआ कि यह परिचित राह है। हाँ, इसी रास्ते से गया उन्हें ले गया था। वही खेत, वही बाग, वही गाँव मिलने लगे। प्रतिक्षण उनकी चाल तेज होने लगी। सारी थकान, सारी दुर्बलता गायब हो गई। आह? यह लो! अपना ही हार आ गया। इसी कुएँ पर हम पुर चलाने आया करते थे; यही कुआँ है।

मोती ने कहा—हमारा घर नगीच आ गया।

हीरा बोला—भगवान् की दया है।

'मैं तो अब घर भागता हूँ।'

'यह जाने देगा?'

'इसे मैं मार गिराता हूँ।'

'नहीं-नहीं, दौड़कर थान पर चलो। वहाँ से हम आगे न जाएँगे।'

दोनों उन्मत्त होकर बछ्डों की भाँति कुलेलें करते हुए घर की ओर दौड़े। वह हमारा थान है। दोनों दौड़कर अपने थान पर आये और खड़े हो गए। दढ़ियल भी पीछे-पीछे दौड़ा चला आता था।

झूरी द्वार पर बैठा धूप खा रहा था। बैलों को देखते ही दौड़ा और उन्हें बारी-बारी से गले लगाने लगा। मित्रों की आँखों से आनन्द के आँसू बहने लगे। एक झूरी का हाथ चाट रहा था।

दढ़ियल ने जाकर बैलों की रस्सियाँ पकड़ लीं।

झूरी ने कहा—मेरे बैल हैं।

'तुम्हारे बैल कैसे? मैं मवेशीखाने से नीलाम लिये आता हूँ।'

'मैं तो समझता हूँ चुराये लिये आते हो! चुपके से चले जाओ। मेरे बैल हैं। मैं बेचूँगा तो बिकेंगे। किसी को मेरे बैल नीलाम करने का क्या अख्तियार है?'

'जाकर थाने में रपट कर दूँगा।'

'मेरे बैल हैं। इसका सबूत यह है कि मेरे द्वार पर खड़े हैं।'

दढ़ियाल झल्लाकर बैलों को जबरदस्ती पकड़ ले जाने के लिए बढ़ा। उसी वक्त मोती ने सींग चलाया। दढ़ियल पीछे हटा। मोती ने पीछा किया। दढ़ियल भागा। मोती पीछे दौड़ा। गाँव के बाहर निकल जाने पर वह रुका; पर खड़ा दढ़ियल का रास्ता देख रहा था। दढ़ियल दूर खड़ा धमकियाँ दे रहा था,

गालियाँ निकाल रहा था, पत्थर फेंक रहा था। और मोती विजयी शूर की भाँति उसका रास्ता रोके खड़ा था। गाँव के लोग यह तमाशा देखते थे और हँसते थे।

जब दढ़ियल हारकर चला गया, तो मोती अकड़ता हुआ लौटा।

हीरा ने कहा—मैं डर रहा था कि कहीं तुम गुस्से में आकर मार न बैठो।

'अगर वह मुझे पकड़ता, तो मैं बे-मारे न छोड़ता।'

'आएगा तो दूर ही से खबर लूँगा। देखूँ, कैसे ले जाता है।'

'जो गोली मरवा दे?'

'मर जाऊँगा; पर उसके काम तो न आऊँगा।'

'हमारी जान को कोई जान ही नहीं समझता।'

'इसीलिए कि हम इतने सीधे हैं।'

जरा देर में नाँदों में खली, भूसा, चोकर और दाना भर दिया गया और दोनों मित्र खाने लगे। झूरी खड़ा दोनों को सहला रहा था और बीसों लड़के तमाशा देख रहे थे। सारे गाँव में उछाह-सा मालूम होता था।

उसी समय मालकिन ने आकर दोनों के माथे चूम लिए।

8.

बूढ़ी काकी

बुढ़ापा बहुधा बचपन का पुनरागमन हुआ करता है। बूढ़ी काकी में जिह्वा-स्वाद के सिवा और कोई चेष्टा शेष न थी और न अपने कष्टों की ओर आकर्षित करने का, रोने के अतिरिक्त कोई दूसरा सहारा ही। समस्त इन्द्रियाँ, नेत्र, हाथ और पैर जवाब दे चुके थे! पृथ्वी पर पड़ी रहती और घर वाले कोई बात उनकी इच्छा के प्रतिकूल करते, भोजन का समय टल जाता या उसका परिमाण पूर्ण न होता, अथवा बाजार से कोई वस्तु आती और न मिलती तो ये रोने लगती थीं। उनका रोना-सिसकना साधारण रोना न था, वे गला फाड़-फाड़ कर रोती थीं।

उनके पतिदेव को स्वर्ग सिधारे कालांतर हो चुका था। बेटे तरुण हो-हो कर चल बसे थे। अब एक भतीजे के सिवा और कोई न था। उसी भतीजे के

नाम उन्होंने अपनी सारी सम्पत्ति लिख दी। भतीजे ने सारी सम्पत्ति लिखाते समय खूब लम्बे-चौड़े वादे किये, किंतु वे सब वादे केवल कुली डिपो के दलालों के दिखाये हुए सब्जबाग थे। यद्यपि उस सम्पत्ति की वार्षिक आय डेढ़-दो सौ रुपये से कम न थी तथापि बूढ़ी काकी को पेट भर भोजन भी कठिनाई से मिलता था। इसमें उनके भतीजे पंडित बुद्धिराम का अपराध था अथवा उनकी अर्द्धांगिनी श्रीमती रूपा का, इसका निर्णय करना सहज नहीं। बुद्धिराम स्वभाव के सज्जन थे, किन्तु उसी समय तक जब कि उनके कोष पर कोई आँच न आये। रूपा स्वभाव से तीव्र थी सही, पर ईश्वर से डरती थी। अतएव बूढ़ी काकी को उसकी तीव्रता न खलती थी जितनी बुद्धिराम की भलमनसाहत।

बुद्धिराम को कभी-कभी अपने अत्याचार का खेद होता था। विचारते कि इसी सम्पत्ति के कारण मैं इस समय भलामानुष बना बैठा हूँ। यदि मौखिक आश्वासन और सूखी सहानुभूति से स्थिति में सुधार हो सकता है तो उन्हें कदाचित् कोई आपत्ति न होती, परंतु विशेष व्यय का भय उनकी सुचेष्टा को दबाये रखता था। यहाँ तक कि यदि द्वार पर कोई भला आदमी बैठा होता और बूढ़ी काकी उस समय अपना राग अलापने लगतीं तो वह आग हो जाते और घर में आकर उन्हें जोर से डाँटते। लड़कों को बुढ्ढों से स्वाभाविक विद्वेष होता ही है और फिर जब माता-पिता का यह रंग देखते तो वे बूढ़ी काकी को और सताया करते कोई चुटकी काट कर भागता, कोई उन पर पानी की कुल्ली कर देता! काकी चीख मार कर रोतीं, परंतु यह बात प्रसिद्ध थी कि वह केवल खाने के लिए रोती हैं, अतएव उनके संताप और आर्त्तनाद पर कोई ध्यान नहीं देता था। हाँ, काकी क्रोधातुर हो कर बच्चों को गालियाँ देने लगतीं तो रूपा घटनास्थल पर आ पहुँचती। इस भय से काकी अपनी जिह्वा कृपाण का कदाचित् ही प्रयोग करती थीं, यद्यपि उपद्रव-शांति का यह उपाय रोने से कहीं अधिक उपयुक्त था।

रात का समय था। बुद्धिराम के द्वार पर शहनाई बज रही थी और गाँव के बच्चों का झुंड विस्मयपूर्ण नेत्रों से गाने का रसास्वादन कर रहा था। चारपाइयों पर मेहमान विश्राम करते हुए नाइयों से मुक्कियाँ लगवा रहे थे। समीप ही खड़ा

हुआ भाट विरुदावली सुना रहा था और कुछ भावज्ञ मेहमानों की 'वाह, वाह' पर ऐसा खुश हो रहा था मानों इस वाह-वाह का यथार्थ में वही अधिकारी है। दो-एक अंग्रेजी पढ़े हुए नवयुवक इन व्यवहारों से उदासीन थे। वे इस गँवार मंडली में बोलना अथवा सम्मिलित होना अपनी प्रतिष्ठा के प्रतिकूल समझते थे।

आज बुद्धिराम के बड़े लड़के मुखराम का तिलक आया है। यह उसी का उत्सव है। घर के भीतर स्त्रियाँ गा रही थीं और रूपा मेहमानों के लिए भोजन के प्रबनध में व्यस्त थी। भट्ठियों पर कड़ाह चढ़ रहे थे। एक में पूड़ियाँ-कचौड़ियाँ निकल रही थीं, दूसरे में अन्य पकवान बनते थे। एक बड़े हण्डे में मसालेदार तरकारी पक रही थी। घी और मसाले की क्षुधावर्द्धक सुगंधि चारों ओर फैली हुई थी।

बूढ़ी काकी अपनी कोठरी में शोकमय विचार की भाँति बैठी हुई थीं। यह स्वाद-मिश्रित सुगंधि उन्हें बेचैन कर रही थी। वे मन-ही-मन विचार कर रही थीं, सम्भवतः मुझे पूड़ियाँ न मिलेंगी। इतनी देर हो गई, कोई भोजन लेकर नहीं आया। मालूम होता है, सब लोग भोजन कर चुके हैं। मेरे लिए कुछ न बचा। यह सोच कर उन्हें रोना आया, परन्तु अशकुन के भय से वह रो न सकीं।

'आहा! कैसी सुगंधि है? अब मुझे कौन पूछता है? जब रोटियों ही के लाले पड़े हैं तब ऐसे भाग्य कहाँ कि भरपेट पूड़ियाँ मिलें?' यह विचार कर उन्हें रोना आया, कलेजे में हूक-सी उठने लगी। परन्तु रूपा के भय से उन्होंने फिर मौन धारण कर लिया।

बूढ़ी काकी देर तक इन्हीं दुःखदायक विचारों में डूबी रहीं। घी और मसालों की सुगंधि रह-रह कर मन को आपे से बाहर किये देती थी। मुँह में पानी भर-भर आता था। पूड़ियों का स्वाद स्मरण करके हृदय में गुदगुदी होने लगती थी। किसे पुकारूँ, आज लाड़ली बेटी भी नहीं आयी। दोनों छोकड़े सदा दिक किया करते हैं। आज उनका भी कहीं पता नहीं, कुछ मालूम तो होता कि क्या बन रहा है।

बूढ़ी काकी की कल्पना में पूड़ियों की तस्वीर नाचने लगी। खूब लाल-लाल, फूली-फूली, नरम-नरम होंगी। रूपा ने भली-भाँति भोजन किया होगा। कचौड़ियों में अजवाइन और इलायची की महक आ रही होगी। एक पूड़ी मिलती तो जरा हाथ में लेकर देखती। क्यों न चल कर कड़ाह के सामने

ही बैठूँ। पूड़ियाँ छन-छन कर तैयार होंगी। कड़ाह से गरम-गरम निकालकर थाल में रखी जाती होंगी। फूल हम घर में भी सूँघ सकते हैं; परन्तु वाटिका में कुछ और बात होती है। इस प्रकार निर्णय करके बूढ़ी काकी उकड़ूँ बैठ कर हाथों के बल सरकती हुई बड़ी कठिनाई से चौखट से उतरीं और धीरे-धीरे रेंगती हुई कड़ाह के पास आ बैठीं। यहाँ आने पर उन्हें उतना ही धैर्य हुआ जितना भूखे कुत्ते को खाने वाले के सम्मुख बैठने में होता है।

रूपा उस समय कार्य-भार से उद्विग्न हो रही थी। कभी इस कोठे में जाती, कभी उस कोठे में, कभी कड़ाह के पास आती, कभी भंडार में जाती। किसी ने बाहर से आकर कहा—'महाराज ठंडाई माँग रहे हैं।' ठंडाई देने लगी। इतने में फिर किसी ने आकर कहा—'भाट आया है, उसे कुछ दे दो। भाट के लिए सीधा निकाल रही थी कि एक तीसरे आदमी ने आकर पूछा—'अभी भोजन तैयार होने में कितना विलम्ब है? जरा ढोल-मजीरा उतार दो।' बेचारी अकेली स्त्री दौड़ते-दौड़ते व्याकुल हो रही थी, झुँझलाती थी, कुढ़ती थी, परन्तु क्रोध प्रकट करने का अवसर न पाती थी। भय होता, कहीं पड़ोसिनें यह न कहने लगें कि इतने में उबल पड़ीं। प्यास से स्वयं कंठ सूख रहा था। गर्मी के मारे फूँकी जाती थी, परन्तु इतना अवकाश भी नहीं था कि जरा पानी पी ले अथवा पंखा ले कर झले। यह भी खटका था कि जरा आँख हटी और चीजों की लूट मची। इस अवस्था में उसने बूढ़ी काकी को कड़ाह के पास बैठी देखा तो जल गई। क्रोध न रुक सका। इसका भी ध्यान न रहा कि पड़ोसिनें बैठी हुई हैं, मन में क्या कहेंगी, पुरुषों में लोग सुनेंगे तो क्या कहेंगे। जिस प्रकार मेंढक केंचुए पर झपटता है, उसी प्रकार वह बूढ़ी काकी पर झपटी और उन्हें दोनों हाथों से झटककर बोली—ऐसे पेट में आग लगे, पेट है या भाड़? कोठरी में बैठते हुए क्या दम घुटता था? अभी मेहमानों ने नहीं खाया, भगवान् को भोग नहीं लगा, तब तक धैर्य न हो सका? आ कर छाती पर सवार हो गई। जल जाय ऐसी जीभ। दिन भर खाती न होती तो न जाने किसकी हाँड़ी में मुँह डालती? गाँव देखेगा तो कहेगा कि बुढ़िया भरपेट खाने को नहीं पाती तभी तो इस तरह मुँह बाये फिरती है। डायन न मरे न माँचा छोड़े। नाम बेचने पर लगी है। नाक कटवा कर दम लेगी। इतना ठूँसती है, न जाने कहाँ भस्म हो जाता है। भला चाहती हो तो जाकर कोठरी में बैठो, जब घर के लोग खाने

लगेंगे तब तुम्हें भी मिलेगा। तुम कोई देवी नहीं हो कि चाहे किसी के मुँह में पानी न जाए, परन्तु तुम्हारी पूजा पहले हो ही जाए।

बूढ़ी काकी ने सिर उठाया; न रोई न बोलीं। चुपचाप रेंगती हुई अपनी कोठरी में चली गईं। आवाज ऐसी कठोर थी कि हृदय और मस्तिष्क की सम्पूर्ण शक्तियाँ, सम्पूर्ण विचार और सम्पूर्ण भार उसी ओर आकर्षित हो गए थे। नदी में जब कगार का कोई वृहद् खंड कट कर गिरता है तो आस-पास का जलसमूह चारों ओर उसी स्थान को पूरा करने के लिए दौड़ता है!

भोजन तैयार हो गया है। आँगन में पत्तलें पड़ गईं, मेहमान खाने लगे। स्त्रियों ने जेवनार-गीत गाना आरम्भ कर दिया। मेहमानों के नाई और सेवकगण भी उसी मंडली के साथ किंतु कुछ हट कर भोजन करने बैठे थे, परन्तु सभ्यतानुसार जब तक सब-के-सब खा न चुके कोई उठ नहीं सकता था। दो-एक मेहमान जो कुछ पढ़े-लिखे थे, सेवकों के दीर्घाहार पर झुँझला रहे थे। वे इस बंधन को व्यर्थ और बेसिर-पैर की बात समझते थे।

बूढ़ी काकी अपनी कोठरी में जा कर पश्चात्ताप कर रही थीं कि मैं कहाँ से कहाँ गई। उन्हें रूपा पर क्रोध नहीं था। अपनी जल्दबाजी पर दुःख था। सच ही तो है जब तक मेहमान लोग भोजन कर न चुकेंगे, घर वाले कैसे खाएँगे। मुझसे इतनी देर भी न रहा गया। सबके सामने पानी उतर गया। अब जब तक कोई बुलाने न आएगा, न जाऊँगी।

मन-ही-मन इसी प्रकार का विचार कर वह बुलाने की प्रतीक्षा करने लगीं। परन्तु घी की रुचिकर सुबास बड़ी धैर्य-परीक्षक प्रतीत हो रही थी। उन्हें एक-एक पल एक-एक युग के समान मालूम होता था। अब पत्तलें बिछ गई होंगी। अब मेहमान आ गए होंगे। लोग हाथ-पैर धो रहे हैं, नाई पानी दे रहा है। मालूम होता है लोग खाने बैठ गए। जेवनार गाया जा रहा है, यह विचार कर वह मन को बहलाने के लिए लेट गईं। धीरे-धीरे एक गीत गुनगुनाने लगीं। उन्हें मालूम हुआ कि मुझे गाते देर हो गई। क्या इतनी देर तक लोग भोजन कर ही रहे होंगे। किसी की आवाज नहीं सुनायी देती। अवश्य ही लोग खा-पीकर चले गये। मुझे कोई बुलाने नहीं आया। रूपा

चिढ़ गई है, क्या जाने न बुलाये। सोचती हो कि आप ही आवेंगी, वह कोई मेहमान तो नहीं जो उन्हें बुलाऊँ। बूढ़ी काकी चलने के लिए तैयार हुई। यह विश्वास कि एक मिनट में पूड़ियाँ और मसालेदार तरकारियाँ सामने आयेंगी, उनकी स्वादेन्द्रियों को गुदगुदाने लगा। उन्होंने मन में तरह-तरह के मनसूबे बाँधे—पहले तरकारी से पूड़ियाँ खाऊँगी, फिर दही और शक्कर से, कचौरियाँ रायते के साथ मजेदार मालूम होंगी। चाहे कोई बुरा माने चाहे भला, मैं तो माँग-माँग कर खाऊँगी। यही न लोग कहेंगे कि इन्हें विचार नहीं। कहा करें, इतने दिन के बाद पूड़ियाँ मिल रही हैं तो मुँह जूठा करके थोड़े ही उठ जाऊँगी।

वह उकड़ूँ बैठ कर हाथों के बल सरकती हुई आँगन में आयीं। परंतु हा दुर्भाग्य! अभिलाषा ने अपने पुराने स्वभाव के अनुसार समय की मिथ्या कल्पना की थी। मेहमान मंडली अभी बैठी हुई थी। कोई खा कर उँगलियाँ चाटता था, कोई तिरछे नेत्रों से देखता था कि और लोग अभी खा रहे हैं या नहीं। कोई इस चिंता में था कि पत्तल पर पूड़ियाँ छूटी जाती हैं किसी तरह इन्हें भीतर रख लेता। कोई दही खा कर जीभ चटकारता था, परंतु दूसरा दोना माँगते संकोच करता था कि इतने में बूढ़ी काकी रेंगती हुई उनके बीच में जा पहुँचीं। कई आदमी चौंक कर उठ खड़े हुए। पुकारने लगे—अरे यह बुढ़िया कौन है। यह कहाँ से आ गई? देखो किसी को छू न दे।

पंडित बुद्धिराम काकी को देखते ही क्रोध से तिलमिला गए। पूड़ियों का थाल लिए खड़े थे। थाल को जमीन पर पटक दिया और जिस प्रकार निर्दयी महाजन अपने किसी बेईमान और भगोड़े कर्जदार को देखते ही झपटकर उसका टेंटुआ पकड़ लेता है उसी तरह लपक कर उन्होंने काकी के दोनों हाथ पकड़े और घसीटते हुए लाकर उन्हें अँधेरी कोठरी में धम से पटक दिया। आशा-रूपी वाटिका लू के एक झोंके में नष्ट-विनष्ट हो गई।

मेहमानों ने भोजन किया। घरवालों ने भोजन किया। बाजेवाले, धोबी, चमार भी भोजन कर चुके, परंतु बूढ़ी काकी को किसी ने न पूछा। बुद्धिराम और रूपा दोनों ही बूढ़ी काकी को उनकी निर्लज्जता के लिए दंड देने का निश्चय कर चुके थे। उनके बुढ़ापे पर, दीनता पर, हतज्ञान पर किसी को करुणा न आयी थी, अकेली लाडली उनके लिए कुढ़ रही थी।

लाडली को काकी से अत्यंत प्रेम था। बेचारी भोली लड़की थी। बाल-विनोद और चंचलता की उसमें गंध तक न थी। दोनों बार जब उसके माता-पिता ने काकी को निर्दयता से घसीटा तो लाडली का हृदय ऐंठ कर रह गया। वह झुँझला रही थी कि यह लोग काकी को क्यों बहुत-सी पूड़ियाँ नहीं दे देते। क्या मेहमान सब-की-सब खा जाएँगे? और यदि काकी ने मेहमानों के पहले खा लिया तो क्या बिगड़ जाएगा? वह काकी के पास जा कर उन्हें धैर्य देना चाहती थी, परंतु माता के भय से न जाती थी। उसने अपने हिस्से की पूड़ियाँ बिलकुल न खायी थीं। अपनी गुड़ियों की पिटारी में बन्द कर रक्खी थीं। उन पूड़ियों को काकी के पास ले जाना चाहती थी। उसका हृदय अधीर हो रहा था। बूढ़ी काकी मेरी बात सुनते ही उठ बैठेंगी, पूड़ियाँ देख कर कैसी प्रसन्न होंगी! मुझे खूब प्यार करेंगी।

रात को ग्यारह बज गये थे। रूपा आँगन में पड़ी सो रही थी। लाडली की आँखों में नींद न आती थी। काकी को पूड़ियाँ खिलाने की खुशी उसे सोने न देती थी। उसने गुड़ियों की पिटारी सामने ही रखी थी। जब विश्वास हो गया कि अम्माँ सो रही हैं, तो वह चुपके से उठी और विचारने लगी, कैसे चलूँ। चारों ओर अँधेरा था। केवल चूल्हों में आग चमक रही थी और चूल्हों के पास एक कुत्ता लेटा हुआ था। लाडली की दृष्टि द्वार के सामने वाले नीम की ओर गई। उसे मालूम हुआ कि उस पर हनुमान जी बैठे हुए हैं। उनकी पूँछ, उनकी गदा, सब स्पष्ट दिखलाई दे रही है। मारे भय के उसने आँखें बन्द कर लीं। इतने में कुत्ता उठ बैठा, लाडली को ढाढ़स हुआ। कई सोये हुए मनुष्यों के बदले एक भागता हुआ कुत्ता उसके लिए अधिक धैर्य का कारण हुआ। उसने पिटारी उठायी और बूढ़ी काकी की कोठरी की ओर चली।

बूढ़ी काकी को केवल इतना स्मरण था कि किसी ने मेरे हाथ पकड़ कर घसीटे, फिर ऐसा मालूम हुआ कि जैसे कोई पहाड़ पर उड़ाये लिये जाता है।

उनके पैर बार-बार पत्थरों से टकराये तब किसी ने उन्हें पहाड़ पर से पटका, वे मूर्छित हो गईं।

जब वे सचेत हुईं तो किसी की जरा भी आहट न मिलती थी। समझी कि सब लोग खा-पीकर सो गए और उनके साथ मेरी तकदीर भी सो गई। रात कैसे कटेगी? राम! क्या खाऊँ? पेट में अग्नि धधक रही है। हा! किसी ने मेरी सुधि न ली! क्या मेरा पेट काटने से धन जुड़ जाएगा? इन लोगों को इतनी भी दया नहीं आती कि न जाने बुढ़िया कब मर जाए? उसका जी क्यों दुखावें? मैं पेट की रोटियाँ ही खाती हूँ कि और कुछ? इस पर यह हाल। मैं अंधी, अपाहिज ठहरी, न कुछ सुनूँ न बूझूँ। यदि आँगन में चली गई तो क्या बुद्धिराम से इतना कहते न बनता था कि काकी, अभी लोग खा रहे हैं, फिर आना। मुझे घसीटा, पटका। उन्हीं पूड़ियों के लिए रूपा ने सबके सामने गालियाँ दीं। उन्हीं पूड़ियों के लिए इतनी दुर्गति करने पर भी उनका पत्थर का कलेजा न पसीजा। सबको खिलाया, मेरी बात तक न पूछी। जब तब ही न दीं, तब अब क्या देंगे?

यह विचार कर काकी निराशामय संतोष के साथ लेट गईं। ग्लानि से गला भर-भर आता था, परन्तु मेहमानों के भय से रोती न थीं।

सहसा उनके कानों में आवाज़ आयी—''काकी उठो; मैं पूड़ियाँ लायी हूँ।'' काकी ने लाडली की बोली पहचानी। चटपट उठ बैठीं। दोनों हाथों से लाडली को टटोला और उसे गोद में बैठा लिया। लाडली ने पूड़ियाँ निकाल कर दीं।

काकी ने पूछा—क्या तुम्हारी अम्माँ ने दी हैं?

लाडली ने कहा—नहीं, यह मेरे हिस्से की हैं।

काकी पूड़ियों पर टूट पड़ीं। पाँच मिनट में पिटारी खाली हो गई।

लाडली ने पूछा—काकी, पेट भर गया।

जैसी थोड़ी-सी वर्षा ठंडके स्थान पर और भी गर्मी पैदा कर देती है उसी भाँति इन थोड़ी पूड़ियों ने काकी की क्षुधा और इच्छा को और उत्तेजित कर दिया था। बोलीं—नहीं बेटी, जाकर अम्माँ से और माँग लाओ।

लाडली ने कहा—अम्मा सोती हैं, जगाऊँगी तो मारेंगी।

काकी ने पिटारी को फिर टटोला। उसमें कुछ खुर्चन गिरे थे। उन्हें निकाल कर वे खा गईं। बार-बार होंठ चाटती थीं, चटखारें भरती थीं।

हृदय मसोस रहा था कि पूड़ियाँ कैसे पाऊँ। संतोष-सेतु जब टूट जाता है तब इच्छा का बहाव अपरिमित हो जाता है। मतवालों को मद का स्मरण करना उन्हें मदांध बनाता है। काकी का अधीर मन इच्छा के प्रबल प्रवाह में बह गया। उचित और अनुचित का विचार जाता रहा। वे कुछ देर तक उस इच्छा को रोकती रहीं। सहसा लाडली से बोलीं—मेरा हाथ पकड़ कर वहाँ ले चलो जहाँ मेहमानों ने बैठ कर भोजन किया है।

लाडली उनका अभिप्राय समझ न सकी। उसने काकी का हाथ पकड़ा और ले जा कर जूठे पत्तलों के पास बैठा दिया। दीन, क्षुधातुर, हतज्ञान बुढ़िया पत्तलों से पूड़ियों के टुकड़े चुन-चुन कर भक्षण करने लगी। ओह, दही कितना स्वादिष्ट था, कचौड़ियाँ कितनी सलोनी, खस्ता कितने सुकोमल। काकी बुद्धि हीन होते हुए भी इतना जानती थीं कि मैं वह काम कर रही हूँ, जो मुझे कदापि न करना चाहिए। मैं दूसरों की जूठी पत्तल चाट रही हूँ। परन्तु बुढ़ापा तृष्णा रोग का अंतिम समय है, जब सम्पूर्ण इच्छाएँ एक ही केंद्र पर आ लगती हैं। बूढ़ी काकी में यह केन्द्र उनकी स्वादेन्द्रिय थी।

ठीक उसी समय रूपा की आँखें खुलीं। उसे मालूम हुआ कि लाडली मेरे पास नहीं है। वह चौंकी, चारपाई के इधर-उधर ताकने लगी कि कहीं नीचे तो नहीं गिर पड़ी। उसे वहाँ न पाकर वह उठी तो क्या देखती है कि लाडली जूठे पत्तलों के पास चुपचाप खड़ी है और बूढ़ी काकी पत्तलों पर से पूड़ियों के टुकड़े उठा-उठा कर खा रही है। रूपा का हृदय सन्न हो गया। किसी गाय की गर्दन पर छुरी चलते देख कर जो अवस्था उसकी होती, वही उस समय हुई। एक ब्राह्मणी दूसरों की जूठी पत्तल टटोले, इससे अधिक शोकमय दृश्य असम्भव था। पूड़ियों के कुछ ग्रासों के लिए उसकी चचेरी सास ऐसा पतित और निकृष्ट कर्म कर रही है। यह वह दृश्य था जिसे देखकर देखनेवालों के हृदय काँप उठते हैं। ऐसा प्रतीत होता मानो जमीन रुक गई, आसमान चक्कर खा रहा है। संसार पर कोई आपत्ति आने वाली है। रूपा को क्रोध न आया। शोक के सम्मुख क्रोध कहाँ? करुणा और भय से उसकी आँखें भर आयीं! इस अधर्म के पाप का भागी कौन है? उसने सच्चे हृदय से गगन-मंडल की ओर हाथ उठाकर कहा—परमात्मा, मेरे बच्चों पर दया करो। इस अधर्म का दण्ड मुझे मत दो, नहीं तो मेरा सत्यानाश हो जाएगा।

रूपा को अपनी स्वार्थपरता और अन्याय इस प्रकार प्रत्यक्ष रूप में कभी न देख पड़े थे। वह सोचने लगी—हाय! कितनी निर्दय हूँ। जिसकी सम्पत्ति से मुझे दो सौ रुपया वार्षिक आय हो रही है, उसकी यह दुर्गति! और मेरे कारण! हे दयामय भगवान्! मुझसे बड़ी भारी चूक हुई है, मुझे क्षमा करो! आज मेरे बेटे का तिलक था। सैकड़ों मनुष्यों ने भोजन पाया। मैं उनके इशारों की दासी बनी रही। अपने नाम के लिए सैकड़ों रुपये व्यय कर दिये; परंतु जिसकी बदौलत हजारों रुपये खाये, उसे इस उत्सव में भी भरपेट भोजन न दे सकी। केवल इसी कारण तो, वह वृद्धा असहाय है।

रूपा ने दीया जलाया, अपने भंडार का द्वार खोला और एक थाली में सम्पूर्ण सामग्रियाँ सजा कर लिए हुए बूढ़ी काकी की ओर चली।

आधी रात जा चुकी थी, आकाश पर तारों के थाल सजे हुए थे और उन पर बैठे हुए देवगण स्वर्गीय पदार्थ सजा रहे थे, परंतु उनमें किसी को वह परमानंद प्राप्त न हो सकता था, जो बूढ़ी काकी को अपने सम्मुख थाल देख कर प्राप्त हुआ। रूपा ने कंठावरुद्ध स्वर में कहा—काकी उठो, भोजन कर लो। मुझसे आज बड़ी भूल हुई, उसका बुरा न मानना। परमात्मा से प्रार्थना कर दो कि वह मेरा अपराध क्षमा कर दें।

भोले-भाले बच्चों की भाँति, जो मिठाइयाँ पा कर मार और तिरस्कार सब भूल जाता है, बूढ़ी काकी वैसे ही सब भुला कर बैठी हुई खाना खा रही थीं। उनके एक-एक रोयें से सच्ची सदिच्छाएँ निकल रही थीं और रूपा बैठी इस स्वर्गीय दृश्य का आनंद लेने में निमग्न थी।

9.

सद्गति

दुखी चमार द्वार पर झाड़ू लगा रहा था और उसकी पत्नी झुरिया, घर को गोबर से लीप रही थी। दोनों अपने-अपने काम से फुर्सत पा चुके थे, तो चमारिन ने कहा—तो जाके पंडित बाबा से कह आओ न। ऐसा न हो कहीं चले जाएँ।

दुखी—हाँ जाता हूँ, लेकिन यह तो सोच, बैठेंगे किस चीज पर?

झुरिया—कहीं से खटिया न मिल जाएगी? ठकुराने से माँग लाना।

दुखी—तू तो कभी-कभी ऐसी बात कह देती है कि देह जल जाती है। ठकुराने वाले मुझे खटिया देंगे! आग तक तो घर से निकलती नहीं, खटिया देंगे! कैथाने में जाकर एक लोटा पानी माँगू तो न मिले। भला खटिया कौन देगा! हमारे उपले, सेंठे, भूसा, लकड़ी थोड़े ही हैं कि जो चाहे उठा ले जाएँ। ले अपनी खटोली धोकर रख दे। गरमी के तो दिन हैं। उनके आते-आते सूख जाएगी।

झुरिया—वह हमारी खटोली पर बैठेंगे नहीं। देखते नहीं कितने नेम-धरम से रहते हैं।

दुखी ने जरा चिंतित होकर कहा—हाँ, यह बात तो है। महुए के पत्ते तोड़कर एक पत्तल बना लूँ तो ठीक हो जाए। पत्तल में बड़े-बड़े आदमी खाते हैं। वह पवित्तर है। ला तो डंडा, पत्ते तोड़ लूँ।

झुरिया—पत्तल मैं बना लूँगी, तुम जाओ। लेकिन हाँ, उन्हें सीधा भी तो देना होगा। अपनी थाली में रख दूँ?

दुखी—कहीं ऐसा गजब न करना, नहीं तो सीधा भी जाए और थाली भी फूटे! बाबा थाली उठाकर पटक देंगे। उनको बड़ी जल्दी विरोध चढ़ आता है। किरोध में पंडिताइन तक को छोड़ते नहीं, लड़के को ऐसा पीटा कि आज तक टूटा हाथ लिये फिरता है। पत्तल में सीधा भी देना, हाँ। मुदा तू छूना मत। झूरी गोंड़ की लड़की को लेकर साह की दूकान से सब चीजें ले आना। सीधा भरपूर हो। सेर पर आटा, आध सेर चावल, पाव भर दाल, आध पाव घी, नोन, हल्दी और पत्तल में एक किनारे चार आने पैसे रख देना। गोंड़ की लड़की न मिले तो भुर्जिन के हाथ-पैर जोड़कर ले जाना। तू कुछ मत छूना, नहीं गजब हो जाएगा।

इन बातों की ताकीद करके दुखी ने लकड़ी उठाई और घास का एक बड़ा-सा गट्ठा लेकर पंडितजी से अर्ज करने चला। खाली हाथ बाबाजी की सेवा में कैसे जाता। नजराने के लिए उसके पास घास के सिवाय और क्या था। उसे खाली देखकर तो बाबा दूर ही से दुत्कारते।

पं. घासीराम ईश्वर के परम भक्त थे। नींद खुलते ही ईशोपासन में लग जाते। मुँह-हाथ धोते आठ बजे, तब असली पूजा शुरू होती, जिसका पहला

भाग भंग की तैयारी थी। उसके बाद आध घण्टे तक चन्दन रगड़ते, फिर आइने के सामने एक तिनके से माथे पर तिलक लगाते। चन्दन की दो रेखाओं के बीच में लाल रोरी की बिन्दी होती थी। फिर छाती पर बाहों पर चन्दन की गोल-गोल मुद्रिकाएँ बनाते। फिर ठाकुरजी की मूर्ति निकालकर उसे नहलाते, चन्दन लगाते, फूल चढ़ाते, आरती करते, घंटी बजाते। दस बजते-बजते वह पूजन से उठते और भंग छानकर बाहर आते। तब तक दो-चार जजमान द्वार पर आ जाते! ईशोपासन का तत्काल फल मिल जाता। वही उनकी खेती थी।

आज वह पूजन-गृह से निकले, तो देखा दुखी चमार घास का एक गट्ठा लिये बैठा है। दुखी उन्हें देखते ही उठ खड़ा हुआ और उन्हें साष्टांग दंडवत् करके हाथ बाँधकर खड़ा हो गया। यह तेजस्वी मूर्ति देखकर उसका हृदय श्रद्धा से परिपूर्ण हो गया! कितनी दिव्य मूर्ति थी। छोटा-सा गोल-मटोल आदमी, चिकना सिर, फूले गाल, ब्रह्मतेज से प्रदीप्त आँखें। रोरी और चंदन देवताओं की प्रतिभा प्रदान कर रही थी। दुखी को देखकर श्रीमुख से बोले—आज कैसे चला रे दुखिया?

दुखी ने सिर झुकाकर कहा—बिटिया की सगाई कर रहा हूँ महाराज। कुछ साइत-सगुन विचारना है। कब मर्जी होगी?

घासी—आज मुझे छुट्टी नहीं। हाँ साँझ तक आ जाऊँगा।

दुखी—नहीं महाराज, जल्दी मर्जी हो जाए। सब सामान ठीक कर आया हूँ। यह घास कहाँ रख दूँ?

घासी—इसे गाय के सामने डाल दे और जरा झाड़ू लेकर द्वार तो साफ कर दे। यह बैठक भी कई दिन से लीपी नहीं गई। उसे भी गोबर से लीप दे। तब तक मैं भोजन कर लूँ। फिर जरा आराम करके चलूँगा। हाँ, यह लकड़ी भी चीर देना। खलिहान में चार खाँची भूसा पड़ा है। उसे भी उठा लेना और भुसौली में रख देना।

दुखी फौरन हुक्म की तामील करने लगा। द्वार पर झाड़ू लगाई, बैठक को गोबर से लीपा। तब बारह बज गये। पंडितजी भोजन करने चले गए। दुखी ने सुबह से कुछ नहीं खाया था। उसे भी जोर की भूख लगी; पर वहाँ खाने को क्या धरा था। घर यहाँ से मील भर था। वहाँ खाने चला जाए, तो पंडितजी बिगड़ जाएँ। बेचारे ने भूख दबाई और लकड़ी फाड़ने लगा।

लकड़ी की मोटी-सी गाँठ थी; जिस पर पहले कितने ही भक्तों ने अपना जोर आजमा लिया था। वह उसी दम-खम के साथ लोहे से लोहा लेने के लिए तैयार थी। दुखी घास छीलकर बाजार ले जाता था। लकड़ी चीरने का उसे अभ्यास न था। घास उसके खुरपे के सामने सिर झुका देती थी। यहाँ कस-कसकर कुल्हाड़ी का भरपूर हाथ लगाता; पर उस गाँठ पर निशान तक न पड़ता था। कुल्हाड़ी उचट जाती। पसीने में तर था, हाँफता था, थककर बैठ जाता था, फिर उठता था। हाथ उठाये न उठते थे, पाँव काँप रहे थे, कमर न सीधी होती थी, आँखों तले अँधेरा हो रहा था, सिर में चक्कर आ रहे थे, तितलियाँ उड़ रही थीं, फिर भी अपना काम किये जाता था। अगर एक चिलम तम्बाकू पीने को मिल जाती, तो शायद कुछ ताकत आती। उसने सोचा, यहाँ चिलम और तम्बाकू कहाँ मिलेगी। बाह्मनों का पूरा है। बाह्मन लोग हम नीच जातों की तरह तम्बाकू थोड़े ही पीते हैं। सहसा उसे याद आया कि गाँव में एक गोंड़ भी रहता है। उसके यहाँ जरूर चिलम-तमाखू होगी। तुरंत उसके घर दौड़ा। खैर मेहनत सुफल हुई। उसने तमाखू भी दी और चिलम भी दी; पर आग यहाँ न थी। दुखी ने कहा—आग की चिन्ता न करो भाई। मैं जाता हूँ, पंडित जी के घर से आग माँग लूँगा। वहाँ तो अभी रसोई बन रही थी।

यह कहता हुआ वह दोनों चीज़ें लेकर चला आया और पंडितजी के घर में बरौठे के द्वार पर खड़ा होकर बोला—मालिक, रचिके आग मिल जाए, तो चिलम पी लें।

पंडित जी भोजन कर रहे थे। पंडिताइन ने पूछा—यह कौन आदमी आग माँग रहा है?

पंडित—अरे वही ससुरा दुखिया चमार है। कहा है थोड़ी-सी लकड़ी चीर दे। आग तो है, दे दो।

पंडिताइन ने भँवें चढ़ाकर कहा—तुम्हें तो जैसे पोथी-पत्रे के फेर में धरम-करम किसी बात की सुधि ही नहीं रही। चमार हो, धोबी हो, पासी हो, मुँह उठाये घर में चला आये। हिन्दू का घर न हुआ, कोई सराय हुई। कह दो दाढ़ीजार से चला जाए, नहीं तो इस लुआठे से मुँह झुलस दूँगी। आग माँगने चले हैं।

पंडितजी ने उन्हें समझाकर कहा—भीतर आ गया, तो क्या हुआ। तुम्हारी कोई चीज तो नहीं छुई। धरती पवित्र है। जरा-सी आग दे क्यों नहीं देती, काम

तो हमारा ही कर रहा है। कोई लोनिया यही लकड़ी फाड़ता, तो कम-से-कम चार आने लेता।

पंडिताइन ने गरजकर कहा—वह घर में आया क्यों!

पंडित ने हारकर कहा—ससुरे का अभाग था और क्या!

पंडिताइन—अच्छा, इस बखत तो आग दिये देती हूँ, लेकिन फिर जो इस तरह घर में आएगा, तो उसका मुँह ही जला दूँगी।

दुखी के कानों में इन बातों की भनक पड़ रही थी। पछता रहा था, नाहक आया। सच तो कहती हैं। पंडित के घर में चमार कैसे चला आये। बड़े पवित्तर होते हैं यह लोग, तभी तो संसार पूजता है, तभी तो इतना मान है। भर-चमार थोड़े ही हैं। इसी गाँव में बूढ़ा हो गया; मगर मुझे इतनी अकल भी न आई।

इसलिए जब पंडिताइन आग लेकर निकलीं, तो वह मानो स्वर्ग का वरदान पा गया। दोनों हाथ जोड़कर जमीन पर माथा टेकता हुआ बोला—पड़ाइन माता, मुझसे बड़ी भूल हुई कि घर में चला आया। चमार की अकल ही तो ठहरी। इतने मूरख न होते, तो लात क्यों खाते। पंडिताइन चिमटे से पकड़कर आग लाई थी। पाँच हाथ की दूरी से घूँघट की आड़ से दुखी की तरफ आग फेंकी। आग की बड़ी-सी चिनगारी दुखी के सिर पर पड़ गई। जल्दी से पीछे हटकर सिर के झोटे देने लगा। उसने मन में कहा—यह एक पवित्तर बाह्मन के घर को अपवित्तर करने का फल है। भगवान ने कितनी जल्दी फल दे दिया। इसी से तो संसार पंडितों से डरता है। और सबके रुपये मारे जाते हैं बाह्मन के रुपये भला कोई मार तो ले! घर भर का सत्यानाश हो जाए, पाँव गल-गलकर गिरने लगे।

बाहर आकर उसने चिलम पी और फिर कुल्हाड़ी लेकर जुट गया। खट-खट की आवाजें आने लगीं।

उस पर आग पड़ गई, तो पंडिताइन को उस पर कुछ दया आ गई। पंडितजी भोजन करके उठे, तो बोलीं—इस चमरवा को भी कुछ खाने को दे दो, बेचारा कब से काम कर रहा है। भूखा होगा।

पंडितजी ने इस प्रस्ताव को व्यावहारिक क्षेत्र से दूर समझकर पूछा—रोटियाँ हैं?

पंडिताइन—दो-चार बच जाएँगी।

पंडित—दो-चार रोटियों में क्या होगा? चमार है, कम-से-कम सेर भर चढ़ा जाएगा। पंडिताइन कानों पर हाथ रखकर बोलीं—अरे बाप रे! सेर भर! तो फिर रहने दो।

पंडितजी ने अब शेर बनकर कहा—कुछ भूसी-चोकर हो तो आटे में मिलाकर दो ठो लिट्टा ठोंक दो। साले का पेट भर जाएगा। पतली रोटियों से इन नीचों का पेट नहीं भरता। इन्हें तो जुआर का लिट्टा चाहिए।

पंडिताइन ने कहा—अब जाने भी दो, धूप में कौन मरे।

दुखी ने चिलम पीकर फिर कुल्हाड़ी सँभाली। दम लेने से जरा हाथों में ताकत आ गई थी। कोई आध घण्टे तक फिर कुल्हाड़ी चलाता रहा। फिर बेदम होकर वहीं सिर पकड़ के बैठ गया।

इतने में वही गोंड़ आ गया। बोला—क्यों जान देते हो बूढ़े दादा, तुम्हारे फाड़े यह गाँठ न फटेगी। नाहक हलाकान होते हो।

दुखी ने माथे पर पसीना पोंछकर कहा—अभी गाड़ी भर भूसा ढोना है भाई!

गोंड़—कुछ खाने को मिला कि काम ही कराना जानते हैं। जाके माँगते क्यों नहीं?

दुखी—कैसी बात करते हो चिखुरी, बाह्मन की रोटी हमको पचेगी!

गोंड़—पचने को पच जाएगी, पहले मिले तो। मूँछों पर ताव देकर भोजन किया और आराम से सोये, तुम्हें लकड़ी फाड़ने का हुक्म लगा दिया। जमींदार भी कुछ खाने को देता है। हाकिम भी बेगार लेता है, तो थोड़ी बहुत मजूरी देता है। यह उनसे भी बढ़ गये, उस पर धर्मात्मा बनते हैं।

दुखी—धीरे-धीरे बोलो, भाई, कहीं सुन लें तो आफत आ जाए।

यह कहकर दुखी फिर सँभल पड़ा और कुल्हाड़ी की चोट मारने लगा। चिखुरी को उस पर दया आई। आकर कुल्हाड़ी उसके हाथ से छीन ली और कोई आध घंटे खूब कस-कसकर कुल्हाड़ी चलाई; पर गाँठ में एक दरार भी न पड़ी। तब उसने कुल्हाड़ी फेंक दी और यह कहकर चला गया—तुम्हारे फाड़े यह न फटेगी, जान भले निकल जाए।

दुखी सोचने लगा, बाबा ने यह गाँठ कहाँ रख रख छोड़ी थी कि फाड़े नहीं फटती। कहीं दरार तक तो नहीं पड़ती। मैं कब तक इसे चीरता रहूँगा। अभी घर पर सौ काम पड़े हैं। कार-परोजन का घर है, एक-न-एक चीज घटी ही रहती है; पर इन्हें इसकी क्या चिंता। चलूँ जब तक भूसा ही उठा लाऊँ। कह दूँगा, बाबा, आज तो लकड़ी नहीं फटी, कल आकर फाड़ दूँगा।

उसने झौवा उठाया और भूसा ढोने लगा। खलिहान यहाँ से दो फरलांग से कम न था। अगर झौवा खूब भर-भर कर लाता तो काम जल्द खत्म हो जाता; फिर झौवे को उठाता कौन। अकेले भरा हुआ झौवा उससे न उठ सकता था। इसलिए थोड़ा-थोड़ा लाता था। चार बजे कहीं भूसा खत्म हुआ। पंडितजी की नींद भी खुली। मुँह-हाथ धोया, पान खाया और बाहर निकले। देखा, तो दुखी झौवा सिर पर रखे सो रहा है। जोर से बोले—अरे, दुखिया तू सो रहा है? लकड़ी तो अभी ज्यों की त्यों पड़ी हुई है। इतनी देर तू करता क्या रहा? मुट्ठी भर भूसा ढोने में संझा कर दी! उस पर सो रहा है। उठा ले कुल्हाड़ी और लकड़ी फाड़ डाल। तुमसे जरा-सी लकड़ी नहीं फटती। फिर साइत भी वैसी ही निकलेगी, मुझे दोष मत देना! इसी से कहा है कि नीच के घर में खाने को हुआ और उसकी आँख बदली।

दुखी ने फिर कुल्हाड़ी उठाई। जो बातें पहले से सोच रखी थीं, वह सब भूल गईं। पेट पीठ में धँसा जाता था, आज सबेरे जलपान तक न किया था। अवकाश ही न मिला। उठना ही पहाड़ मालूम होता था। जी डूबा जाता था, पर दिल को समझाकर उठा। पंडित हैं, कहीं साइत ठीक न विचारें, तो फिर सत्यानाश ही हो जाए। जभी तो संसार में इतना मान है। साइत ही का तो सब खेल है। जिसे चाहे बिगाड़ दें। पंडितजी गाँठ के पास आकर खड़े हो गए और बढ़ावा देने लगे—हाँ, मार कसके, और मार—कसके मार—अबे जोर से मार—तेरे हाथ में तो जैसे दम ही नहीं है—लगा कसके, खड़ा सोचने क्या लगता है—हाँ—बस फटा ही चाहती है! दे उसी दरार में!

दुखी अपने होश में न था। न जाने कौन-सी गुप्तशक्ति उसके हाथों को चला रही थी। वह थकान, भूख, कमजोरी सब मानो भाग गई। उसे अपने बाहुबल पर स्वयं आश्चर्य हो रहा था। एक-एक चोट वज्र की तरह पड़ती थी। आध घण्टे तक वह इसी उन्माद की दशा में हाथ चलाता रहा, यहाँ तक कि

लकड़ी बीच में फट गई—और दुखी के हाथ से कुल्हाड़ी छूटकर गिर पड़ी। इसके साथ वह भी चक्कर खाकर गिर पड़ा। भूखा, प्यासा, थका हुआ शरीर जवाब दे गया।

पंडितजी ने पुकारा—उठके दो-चार हाथ और लगा दे। पतली-पतली चैलियाँ हो जाएँ। दुखी न उठा। पंडितजी ने अब उसे दिक करना उचित न समझा। भीतर जाकर बूटी छानी, शौच गए, स्नान किया और पंडिताई बाना पहनकर बाहर निकले! दुखी अभी तक वहीं पड़ा हुआ था। जोर से पुकारा—अरे क्या पड़े ही रहोगे दुखी चलो तुम्हारे ही घर चल रहा हूँ। सब सामान ठीक-ठीक है न? दुखी फिर भी न उठा।

अब पंडितजी को कुछ शंका हुई। पास जाकर देखा, तो दुखी अकड़ा पड़ा हुआ था। बदहवास होकर भागे और पंडिताइन से बोले—दुखिया तो जैसे मर गया।

पंडिताइन हकबकाकर बोलीं—वह तो अभी लकड़ी चीर रहा था न?

पंडित—हाँ लकड़ी चीरते-चीरते मर गया। अब क्या होगा?

पंडिताइन ने शान्त होकर कहा—होगा क्या, चमरौने में कहला भेजो मुर्दा उठा ले जाएँ।

एक क्षण में गाँव भर में खर हो गई। पूरे में ब्राह्मनों की ही बस्ती थी। केवल एक घर गोंड़ का था। लोगों ने इधर का रास्ता छोड़ दिया। कुएँ का रास्ता उधर ही से था, पानी कैसे भरा जाए! चमार की लाश के पास से होकर पानी भरने कौन जाए। एक बुढ़िया ने पण्डितजी से कहा—अब मुर्दा फेंकवाते क्यों नहीं? कोई गाँव में पानी पीयेगा या नहीं।

इधर गोंड़ ने चमरौने में जाकर सबसे कह दिया—खबरदार, मुर्दा उठाने मत जाना। अभी पुलिस की तहकीकात होगी। दिल्लगी है कि एक गरीब की जान ले ली। पंडितजी होंगे, तो अपने घर के होंगे। लाश उठाओगे तो तुम भी पकड़ जाओगे।

इसके बाद ही पंडितजी पहुँचे; पर चमरौने का कोई आदमी लाश उठा लाने को तैयार न हुआ, हाँ दुखी की स्त्री और कन्या दोनों हाय-हाय करती वहाँ चलीं और पंडितजी के द्वार पर आकर सिर पीट-पीटकर रोने लगीं। उनके साथ दस-पाँच और चमारिनें थीं। कोई रोती थी, कोई समझाती थी, पर चमार

एक भी न था। पण्डितजी ने चमारों को बहुत धमकाया, समझाया, मिन्नत की; पर चमारों के दिल पर पुलिस का रोब छाया हुआ था, एक भी न मिनका। आखिर निराश होकर लौट आये।

आधी रात तक रोना-पीटना जारी रहा। देवताओं का सोना मुश्किल हो गया। पर लाश उठाने कोई चमार न आया और ब्राह्मन चमार की लाश कैसे उठाते! भला ऐसा किसी शास्त्र-पुराण में लिखा है? कहीं कोई दिखा दे।

पंडिताइन ने झुँझलाकर कहा—इन डाइनों ने तो खोपड़ी चाट डाली। सभों का गला भी नहीं पकता।

पंडित ने कहा—रोने दो चुड़ैलों को, कब तक रोयेंगी। जीता था, तो कोई बात न पूछता था। मर गया, तो कोलाहल मचाने के लिए सब की सब आ पहुँचीं।

पंडिताइन—चमार का रोना मनहूस है।

पंडित—हाँ, बहुत मनहूस।

पंडिताइन—अभी से दुर्गन्ध उठने लगी।

पंडित—चमार था ससुरा कि नहीं। साध-असाध किसी का विचार है इन सबों को।

पंडिताइन—इन सबों को घिन भी नहीं लगती।

पंडित—भ्रष्ट हैं सब।

रात तो किसी तरह कटी; मगर सबेरे भी कोई चमार न आया। चमारिनें भी रो-पीटकर चली गईं। दुर्गन्ध कुछ-कुछ फैलने लगी।

पंडितजी ने एक रस्सी निकाली। उसका फन्दा बनाकर मुरदे के पैर में डाला और फन्दे को खींचकर कस दिया। अभी कुछ-कुछ धुँधलका था। पंडितजी ने रस्सी पकड़कर लाश को घसीटना शुरू किया और गाँव के बाहर घसीट ले गए। वहाँ से आकर तुरन्त स्नान किया, दुर्गापाठ पढ़ा और घर में गंगाजल छिड़का।

उधर दुखी की लाश को खेत में गीदड़ और गिद्ध, कुत्ते और कौए नोच रहे थे। यही जीवन-पर्यन्त की भक्ति, सेवा और निष्ठा का पुरस्कार था।

10.

कफ़न

झोंपड़े के द्वार पर बाप और बेटा दोनों एक बुझे हुए अलाव के सामने चुपचाप बैठे हुए थे और अंदर बेटे की जवान बीवी बुधिया प्रसव-वेदना से पछाड़ खा रही थी। रह-रहकर उसके मुँह से ऐसी दिल हिला देने वाली आवाज निकलती थी, कि दोनों कलेजा थाम लेते थे। जाड़े की रात थी, प्रकृति सन्नाटे में डूबी हुई, सारा गाँव अंधकार में लय हो गया था।

घीसू ने कहा, ''मालूम होता है, बचेगी नहीं। सारा दिन दौड़ते हो गया, जा देख तो आ।''

माधव चिढ़कर बोला—''मरना ही है, तो जल्दी मर क्यों नहीं जाती? देखकर क्या करूँ?''

''तू बड़ा बेदर्द है बे! साल-भर जिसके साथ सुख-चैन से रहा, उसी के साथ इतनी बेवफाई!''

''तो मुझसे तो उसका तड़पना और हाथ-पाँव पटकना नहीं देखा जाता।''

चमारों का कुनबा था और सारे गाँव में बदनाम। घीसू एक दिन काम करता तो तीन दिन आराम। माधव इतना कामचोर था कि आध घंटे काम करता तो घंटे-भर चिलम पीता। इसलिए उन्हें कहीं मजदूरी नहीं मिलती थी। घर में मुट्ठी-भर भी अनाज मौजूद हो, तो उनके लिए काम करने की कसम थी। जब दो-चार फाके हो जाते तो घीसू पेड़ पर चढ़कर लकड़ियाँ तोड़ लाता और माधव बाजार में बेच आता और जब तक वह पैसे रहते, दोनों इधर-उधर मारे-मारे फिरते। जब फाके की नौबत आ जाती, तो फिर लकड़ियाँ तोड़ते या मजदूरी तलाश करते। गाँव में काम की कमी न थी। किसानों का गाँव था, मेहनती आदमी के लिए पचास काम थे मगर इन दोनों को लोग उसी वक्त बुलाते, जब दो आदमियों से एक का काम पाकर भी संतोष कर लेने के सिवा और कोई चारा न होता। अगर दोनों साधु होते, तो उन्हें संतोष और धैर्य के लिए संयम और नियम की बिलकुल जरूरत न होती। यह तो इनकी प्रकृति

थी। विचित्र जीवन था इनका। घर में मिट्टी के दो-चार बर्तनों के सिवा कोई सम्पत्ति नहीं। फटे चीथड़ों से अपनी नग्नता को ढाँके हुए जिए जाते थे। संसार की चिंताओं से मुक्त! कर्ज से लदे हुए। गालियाँ भी खाते, मार भी खाते, मगर कोई भी गम नहीं। दीन इतने कि वसूली की बिलकुल आशा न रहने पर भी लोग इन्हें कुछ-न-कुछ कर्ज दे देते थे। मटर-आलू की फसल में दूसरों के खेतों से मटर या आलू उखाड़ लाते और भून-भानकर खा लेते या दस-पाँच ऊख उखाड़ लाते और रात को चूसते। घीसू ने इसी आकाश-वृत्ति से साठ साल की उम्र काट दी और माधव भी सपूत बेटे की तरह बाप ही के पद-चिह्नों पर चल रहा था, बल्कि उसका नाम और भी उजागर कर रहा था। इस वक्त भी दोनों अलाव के सामने बैठकर आलू भून रहे थे, जो कि किसी के खेत से खोद लाए थे। घीसू की स्त्री का तो बहुत दिन हुए देहांत हो गया था। माधव का ब्याह पिछले साल हुआ था। जब से यह औरत आई थी, उसने इस खानदान में व्यवस्था की नींव डाली थी। पिसाई करके या घास छीलकर वह सेर-भर आटे का इंतजाम कर लेती थी और इन दोनों बे-गैरतों का दोजख भरती रहती थी। जब से वह आई, यह दोनों और भी आलसी और आराम-तलब हो गए थे। बल्कि कुछ अकड़ने भी लगे थे। कोई कार्य करने को बुलाता, तो निर्व्याज भाव से दुगुनी मजदूरी माँगते। वही औरत आज प्रसव-वेदना से मर रही थी और ये दोनों शायद इसी इंतजार में थे कि वह मर जाए, तो आराम से सोएँ।

घीसू ने आलू निकालकर छीलते हुए कहा, ''जाकर देख तो क्या दशा है उसकी? चुड़ैल का फिसाद होगा, और क्या? यहाँ तो ओझा भी एक रुपया माँगता है।''

माधव को भय था कि वह कोठरी में गया, तो घीसू आलुओं का बड़ा भाग साफ कर देगा। बोला, ''मुझे वहाँ जाते डर लगता है।''

''डर किस बात का है? मैं तो यहाँ हूँ ही!''

''तो तुम्हीं जाकर देखो न?''

''मेरी औरत जब मरी थी, तो मैं तीन दिन तक उसके पास से हिला तक नहीं और फिर मुझसे लजाएगी कि नहीं? जिसका कभी मुँह नहीं देखा, आज उसका उघड़ा हुआ बदन देखूँ! उसे तन की सुध भी तो न होगी? मुझे देख लेगी तो खुलकर हाथ-पाँव भी न पटक सकेगी!''

"मैं सोचता हूँ, कोई बाल-बच्चा हो गया तो क्या होगा? सोंठ, गुड़, तेल, कुछ भी तो नहीं घर में!"

"सब कुछ आ जाएगा। भगवान् दें तो? जो लोग अभी एक पैसा नहीं दे रहे हैं, वे ही कल बुलाकर रुपए देंगे। मेरे नौ लड़के हुए, घर में कभी कुछ न था, मगर भगवान् ने किसी-न-किसी तरह बेड़ा पार लगाया।"

जिस समाज में रात-दिन मेहनत करनेवालों की हालत उनकी हालत से कुछ बहुत अच्छी न थी और किसानों के मुकाबले में वे लोग, जो किसानों की दुर्बलताओं से लाभ उठाना जानते थे, कहीं ज्यादा संपन्न थे, वहाँ इस तरह की मनोवृत्ति का पैदा हो जाना कोई अचरज की बात न थी। हम तो कहेंगे, घीसू किसानों से कहीं ज्यादा विचारवान था और किसानों के विचारशून्य समूह में शामिल होने के बदले बैठकबाजों की कुत्सित मंडली में जा मिला था। हाँ, उसमें यह शक्ति न थी कि बैठकबाजों के नियम और नीति का पालन करता। इसलिए जहाँ उसकी मंडली के और लोग गाँव के सरगना और मुखिया बने हुए थे, उस पर सारा गाँव उँगली उठाता था। फिर भी उसे यह तसकीन तो थी ही कि अगर वह फटेहाल है तो कम-से-कम उसे किसानों की-सी-जी-तोड़ मेहनत तो नहीं करनी पड़ती। और उसकी सरलता और निरीहता से दूसरे लोग फायदा तो नहीं उठाते!

दोनों आलू निकाल-निकालकर जलते-जलते खाने लगे। कल से कुछ नहीं खाया था। इतना सब्र न था कि ठण्डा हो जाने दें। कई बार दोनों की जबानें जल गईं। छिल जाने पर आलू का बाहरी हिस्सा तो बहुत ज्यादा गर्म न मालूम होता, लेकिन दाँतों के तले पड़ते ही अंदर का हिस्सा जबान और हलक और तालू को जला देता था और उस अंगारे को मुँह में रखने से ज्यादा खैरियत इसी में थी कि वह अंदर पहुँच जाए। वहाँ उसे ठंडा करने के लिए काफी सामान थे। इसलिए दोनों जल्द-जल्द निगल जाते। हालाँकि इस कोशिश में उनकी आँखों में आँसू निकल आते।

घीसू को उस वक्त ठाकुर की बारात याद आई, जिसमें बीस साल पहले वह गया था। उस दावत में उसे जो तृप्ति मिली थी, वह उसके जीवन में एक याद रखने लायक बात थी और आज भी उसकी याद ताजी थी! बोला, "वह भोज नहीं भूलता। तब से फिर उस तरह का खाना और भरपेट नहीं मिला।

लड़कीवालों ने सबको भरपेट पूड़ियाँ खिलाई थीं, सबको! छोटे-बड़े सबने पूड़ियाँ खाई और असली घी की! चटनी, रायता, तीन तरह के सूखे साग, एक रसेदार तरकारी, दही, चटनी, मिठाई अब क्या बताऊँ कि उस भोज में क्या स्वाद मिला! कोई रोक-टोक नहीं थी। जो चीज चाहो माँगों और जितना चाहो खाओ। लोगों ने ऐसा खाया, ऐसा खाया, किसी से पानी न पिया गया। मगर परोसनेवाले हैं कि पत्तल में गर्म-गर्म गोल-गोल सुवासित कचौड़ियाँ डाले देते हैं। मना करते हैं कि नहीं चाहिए, पत्तल पर हाथ रोके हुए हैं मगर वह हैं कि दिए जाते हैं। और जब मुँह धो लिया, तो पान-इलायची भी मिली। मगर मुझे पान लेने की कहाँ सुध थी? खड़ा न हुआ जाता था। चटपट जाकर अपने कंबल पर लेट गया। ऐसा दिल-दरिआब था वह ठाकुर!"

माधव ने इन पदार्थों का मन-ही-मन मजा लेते हुए कहा, "अब हमें कोई भोज नहीं खिलाता।"

"अब कोई क्या खिलाएगा? वह ज़माना दूसरा था। अब तो सबको किफायत सूझती है। शादी-ब्याह में मत खर्च करो, क्रिया-कर्म में मत खर्च करो, पूछो, गरीबों का माल बटोर-बटोरकर कहाँ रखोगे? बटोरने में तो कमी नहीं है। हाँ, खर्च में किफायत सूझती है।"

"तुमने एक बीस पूरियाँ खाई होंगी?"

"बीस से ज्यादा खाई थीं!"

"मैं पचास खा जाता!"

"पचास से कम मैंने न खाई होंगी। अच्छा पट्ठा था! तू तो मेरा आधा भी नहीं है।"

आलू खाकर दोनों ने पानी पिया और वहीं अलाव के सामने अपनी धोतियाँ ओढ़कर पाँव पेट में डाल सो रहे। जैसे दो बड़े-बड़े अजगर गेडुलियाँ मारे पड़े हों।

और बुधिया अभी तक कराह रही थी।

सवेरे माधव ने कोठरी में जाकर देखा, तो उसकी स्त्री ठंडी हो गई थी। उसके मुँह पर मक्खियाँ भिनक रही थीं। पथराई हुई आँखें ऊपर टँगी हुई थीं। सारी देह धूल से लथपथ हो रही थी। उसके पेट में बच्चा मर गया था।

माधव भाग हुआ घीसू के पास आया। फिर दोनों जोर-जोर से हाय-हाय करने और छाती पीटने लगे। पड़ोसवालों ने यह रोना-धोना सुना, तो दौड़े आए और पुरानी मर्यादा के अनुसार इन अभागों को समझाने लगे।

मगर ज्यादा रोने-पीटने का अवसर न था। कफ़न की और लकड़ी की फिक्र करनी थी। घर में तो पैसा इस तरह गायब था, जैसे चील के घोंसले में माँस।

बाप-बेटे रोते हुए गाँव के जमींदार के पास गए। वह इन दोनों की सूरत से नफरत करते थे। कई बार इन्हें अपने हाथों पीट चुके थे। चोरी करने के लिए, वादे पर काम पर न आने के लिए। पूछा, "क्या है बे घिसुआ, रोता क्यों है? अब तो तू कहीं दिखाई भी नहीं देता! मालूम होता है, इस गाँव में रहना नहीं चाहता।"

घीसू ने जमीन पर सिर रखकर आँखों में आँसू भरे हुए कहा, 'सरकार! बड़ी विपत्ति में हूँ। माधव की घरवाली रात को गुजर गई। रात-भर तड़पती रही सरकार! हम दोनों उसके सिरहाने बैठे रहे। दवा-दारू जो कुछ हो सका, सब कुछ किया, मुदा वह हमें दगा दे गई। अब कोई एक रोटी देनेवाला भी न रहा मालिक! तबाह हो गए। घर उजड़ गया। आपका गुलाम हूँ, अब आपके सिवा कौन उसकी मिट्टी पार लगाएगा? हमारे हाथ में तो जो कुछ था, वह सब तो दवा-दारू में उठ गया। सरकार ही की दया होगी तो उसकी मिट्टी उठेगी। आपके सिवा किसके द्वार पर जाऊँ?"

जमींदार साहब दयालु थे। मगर घीसू पर दया करना काले कंबल पर रंग चढ़ाना था। जी में तो आया, कह दें, चल, दूर हो यहाँ से; यों तो बुलाने से भी नहीं आता, आज जब गरज पड़ी तो आकर खुशामद कर रहा है। हरामखोर कहीं का, बदमाश! लेकिन यह क्रोध या दंड का अवसर न था। जी में कुढ़ते हुए दो रुपए निकालकर फेंक दिए। मगर सांत्वना का एक शब्द भी मुँह से न निकाला। उसकी तरफ ताका नहीं। जैसे सिर का बोझ उतारा हो।

जब जमींदार साहब ने दो रुपए दिए, तो गाँव के बनिए महाजनों को इनकार का साहस कैसे होता? घीसू जमींदार के नाम का ढिंढोरा भी पीटना जानता था। किसी ने दो आने दिए, किसी ने चार आने। एक घंटे में घीसू के पास पाँच रुपए की अच्छी रकम जमा हो गई। कहीं से अनाज मिल गया,

कहीं से लकड़ी और दोपहर को घीसू और माधव बाजार से कफ़न लाने चले। इधर लोग बाँस-वाँस काटने लगे।

गाँव की नर्मदिल स्त्रियाँ आ-आकर लाश को देखती थीं और उसकी बेकसी पर दो बूँद आँसू गिराकर चली जाती थीं।

बाजार में पहुँचकर घीसू बोला, ''लकड़ी तो उसे जलाने-भर को मिल गई है, क्यों माधव!''

माधव बोला, ''हाँ, लकड़ी तो बहुत है, अब कफ़न चाहिए!''

''तो चलो, कोई हल्का-सा कफ़न ले लें।''

''हाँ और क्या! लाश उठते-उठते रात हो जाएगी। रात को कफ़न कौन देखता है?''

''कैसा बुरा रिवाज है कि जिसे जीते-जी तन ढाँकने को चीथड़ा भी न मिले, उसे मरने पर नया कफ़न चाहिए।''

''कफ़न लाश के साथ ही तो जल जाता है।''

''और क्या रखा रहता है? यही पाँच रुपए पहले मिलते, तो कुछ दवा-दारू कर लेते।''

दोनों एक-दूसरे के मन की बात ताड़ रहे थे। बाजार में इधर-उधर घूमते रहे। कभी इस बजाज की दुकान पर गए, कभी उसकी दुकान पर। तरह-तरह के कपड़े, रेशमी और सूती देखे, मगर कुछ जँचा नहीं। यहाँ तक कि शाम हो गई। तब दोनों न जाने किस दैवी प्रेरणा से एक मधुशाला के सामने आ पहुँचे और जैसे किसी पूर्व-निश्चित अवस्था से अंदर चले गए। यहाँ जरा देर तक दोनों असमंजस में खड़े रहे। फिर घीसू ने गद्दी के सामने जाकर कहा, ''साहूजी, एक बोतल हमें भी देना।''

इसके बाद कुछ चिखौना आया, तली हुई मछलियाँ आईं और दोनों बरामदे में बैठकर शांतिपूर्वक पीने लगे।

कई कुज्जियाँ ताबड़-तोड़ पीने के बाद दोनों सरूर में आ गए।

घीसू बोला—''कफ़न लगाने से क्या मिलता? आखिर जल ही तो जाता। कुछ बहू के साथ तो न जाता।''

माधव आसमान की तरफ देखकर बोला, मानो देवताओं की अपनी निष्पापता का साक्षी बना रहा हो—"दुनिया का दस्तूर है, नहीं लोग बाँभनों को हजारों रुपए क्यों देते हैं। कौन देखता है, परलोक मिलता है या नहीं!"

"बड़े आदमियों के पास धन है, फूँकें! हमारे पास फूँकने को क्या है?"

"लेकिन लोगों को जवाब क्या दोगे? लोग पूछेंगे नहीं, कफ़न कहाँ है?"

घीसू हँसा, "अबे कह देंगे कि रुपए कमर से खिसक गए, बहुत ढूँढा, मिले नहीं। लोगों को विश्वास तो न आएगा, लेकिन फिर वही रुपए देंगे।"

माधव भी हँसा, इस अनपेक्षित सौभाग्य पर। बोला, "बड़ी अच्छी थी बेचारी। मरी तो खूब खिला-पिलाकर।"

आधी बोतल से ज्यादा उड़ गई। घीसू ने दो सेर पूड़ियाँ मँगाई। चटनी, अचार, कलेजियाँ। शराबखाने के सामने ही दुकान थी। माधव लपककर दो पत्तलों में सारा सामान ले आया। पूरा डेढ़ रुपया खर्च हो गया। सिर्फ थोड़े से पैसे बच रहे।

दोनों इस वक्त शान से बैठे हुए पूड़ियाँ खा रहे थे जैसे जंगल में कोई शेर शिकार उड़ा रहा हो। न जवाबदेही का शौक था, न बदनामी की फिक्र। इन भावनाओं को उन्होंने बहुत पहले ही जीत लिया था।

घीसू दार्शनिक भाव से बोला, "हमारी आत्मा प्रसन्न हो रही है, तो क्या उसे पुन्य न होगा?"

माधव ने श्रद्धा से सिर झुकाकर तसदीक की, "जरूर-से-जरूर होगा। भगवान्, तुम अंतर्यामी हो! उसे बैकुंठ ले जाना। हम दोनों हृदय से आशीर्वाद दे रहे हैं। आज जो भोजन मिला, वह कभी उम्र-भर न मिला था।"

एक क्षण के बाद माधव के मन में एक शंका जागी, बोला, "क्यों दादा, हम लोग भी तो एक-न-एक दिन वहाँ जाएँगे ही?"

घीसू ने इस भोले-भाले सवाल का कुछ उत्तर न दिया। वह परलोक की बात सोचकर आनंद में बाधा न डालना चाहता था।

"जो वहाँ वह हम लोगों से पूछे कि तुमने हमें कफ़न क्यों नहीं दिया, तो क्या कहोगे?"

"कहेंगे, तुम्हारा सिर।"

"पूछेगी तो जरूर!"

''तू कैसे जानता है कि उसे कफ़न न मिलेगा? तू मुझे ऐसा गधा समझता है? क्या साठ साल दुनिया में घास खोदता रहा हूँ! उसको कफ़न मिलेगा और इससे बहुत अच्छा मिलेगा!''

माधव को विश्वास न आया। बोला, 'कौन देगा? रुपये तो तुमने चट कर दिए। वह तो मुझसे पूछेगी। उसकी माँग में तो सिंदूर मैंने डाला था।''

घीसू गर्म होकर बोला, ''मैं कहता हूँ, उसे कफ़न मिलेगा, तू मानता क्यों नहीं?''

''कौन देगा, बताते क्यों नहीं?''

''वही लोग देंगे, जिन्होंने अबकी दिया। हाँ, अबकी रुपए हमारे हाथ न आएँगे।''

ज्यों-ज्यों अँधेरा बढ़ता था और सितारों की चमक तेज होती थी, मधुशाला की रौनक भी बढ़ती जाती थी। कोई गाता था, कोई डींग मारता था, कोई अपने संगी के गले में लिपटा जाता था। कोई अपने दोस्त के मुँह में कुल्हड़ लगाए देता था।

यहाँ के वातावरण में सरूर था, हवा में नशा। कितने तो यहाँ आकर एक चुल्लू में मस्त हो जाते थे। शराब से ज्यादा यहाँ की हवा उन पर नशा करती थी। जीवन की बाधाएँ यहाँ खींच लाती थीं और कुछ देर के लिए वे यह भूल जाते थे कि वे जीते हैं या मरते हैं, या न जीते है, न मरते हैं।

और यह दोनों बाप-बेटे अब भी मजे ले-लेकर चुसकियाँ ले रहे थे। सबकी निगाहें इनकी ओर जमी हुई थीं। दोनों कितने भाग्य के बली हैं। पूरी बोतल बीच में है।

भरपेट खाकर माधव ने बची हुई पूड़ियों का पत्तल उठाकर एक भिखारी को दे दिया, जो खड़ा इनकी ओर भूखी आँखों से देख रहा था। और 'देने' के गौरव, आनंद और उल्लास का अपने जीवन में पहली बार अनुभव किया।

घीसू ने कहा, ''ले जा, खूब खा और आशीर्वाद दे। जिसकी कमाई है, वह तो मर गई। मगर तेरा आशीर्वाद उसे जरूर पहुँचेगा। रोएँ-रोएँ से आशीर्वाद दे, बड़ी गाढ़ी कमाई के पैसे हैं।''

माधव ने फिर आसमान की तरफ देखकर कहा, ''वह बैकुंठ में जाएगी दादा, बैकुंठ की रानी बनेगी।''

घीसू खड़ा हो गया और जैसे उल्लास की लहरों में तैरता हुआ बोला, "हाँ बेटा, बैकुंठ में जाएगी। किसी को सताया नहीं, किसी को दबाया नहीं। मरते-मरते हमारी जिंदगी की सबसे बड़ी लालसा पूरी कर गई। वह न बैकुंठ में जाएगी तो क्या ये मोटे-मोटे लोग जाएँगे जो गरीबों को दोनों हाथों से लूटते हैं और अपने पाप को धोने के लिए गंगा में नहाते हैं और मंदिरों में जल चढ़ाते हैं!"

श्रद्धालुता का यह रंग तुरंत ही बदल गया। अस्थिरता नशे की खासियत है। दुःख और निराशा का दौरा हुआ।

माधव बोला, "मगर दादा, बेचारी ने जिंदगी में बड़ा दुःख भोगा, कितना दुःख झेलकर मरी!"

वह आँखों पर हाथ रखकर रोने लगा, चीखें मार-मारकर।

घीसू ने समझाया, "क्यों रोता है बेटा, खुश हो कि वह मायाजाल से मुक्त हो गई। जंजाल से छूट गई, बड़ी भाग्यवान थी, जो इतनी जल्दी माया-मोह से बंधन तोड़ दिए।"

और दोनों खड़े होकर गाने लगे—

"ठगिनी क्यों नैना झमकावे! ठगिनी!"

पियक्कड़ों की आँखें इनकी ओर लगी हुई थीं और ये दोनों अपने दिल में मस्त गाए जाते थे। फिर दोनों नाचने लगे। उछले भी, कूदे भी। गिरे भी, मटके भी। भाव भी बताए, अभिनय भी किए और आखिर नशे से मदमस्त होकर वहीं गिर पड़े।

11.

दारोगाजी

कल शाम को एक जरूरत से ताँगे पर बैठा हुआ जा रहा था कि रास्ते में एक और महाशय ताँगे पर आ बैठे। ताँगेवाला उन्हें बैठाना तो न चाहता था, पर इनकार भी न कर सकता था। पुलिस के आदमी से झगड़ा कौन मोल ले। यह

साहब किसी थाने के दारोगा थे। एक मुकदमे की पैरवी करने सदर आये थे! मेरी आदत है कि पुलिसवालों से बहुत कम बोलता हूँ। सच पूछिए, तो मुझे उनकी सूरत से नफरत है। उनके हाथों प्रजा को कितने कष्ट उठाने पड़ते हैं, इसका अनुभव इस जीवन में कई बार कर चुका हूँ। मैं जरा एक तरफ खिसक गया और मुँह फेरकर दूसरी ओर देखने लगा कि दारोगाजी बोले—जनाब, यह आम शिकायत है कि पुलिसवाले बहुत रिश्वत लेते हैं; लेकिन यह कोई नहीं देखता कि पुलिसवाले रिश्वत लेने के लिए कितने मजबूर किये जाते हैं। अगर पुलिसवाले रिश्वत लेना बन्द कर दें तो मैं हलफ से कहता हूँ, ये जो बड़े-बड़े ऊँची पगड़ियोंवाले रईस नजर आते हैं, सब-के-सब जेलखाने के अन्दर बैठे दिखाई दें। अगर हर एक मामले का चालान करने लगें, तो दुनिया पुलिसवालों को और भी बदनाम करे। आपको यकीन न आएगा जनाब, रुपये की थैलियाँ गले लगाई जाती हैं। हम हजार इनकार करें, पर चारों तरफ से ऐसे दबाव पड़ते हैं कि लाचार होकर लेना ही पड़ता है।

मैंने उपहास के भाव से कहा—जो काम रुपये लेकर किया जाता है, वही काम बिना रुपये लिए भी तो किया जा सकता है।

दारोगाजी हँसकर बोले—वह तो गुनाह बेलज्जत होगा, बंदापरवर। पुलिस का आदमी इतना कट्टर देवता नहीं होता, और मेरा खयाल है कि शायद कोई इंसान भी इतना बेलौस नहीं हो सकता। और सींगों के लोगों को भी देखता हूँ, मुझे तो कोई देवता न मिला..

मैं अभी इसका कुछ जवाब दे ही रहा था कि एक मियाँ साहब लम्बी अचकन पहने, तुर्की टोपी लगाये, ताँगे के सामने से निकले। दारोगाजी ने उन्हें देखते ही झुककर सलाम किया और शायद मिजाज शरीफ पूछना चाहते थे कि उस भले आदमी ने सलाम का जवाब गालियों से देना शुरू किया। जब ताँगा कई कदम आगे निकल आया, तो वह एक पत्थर लेकर ताँगे के पीछे दौड़ा। ताँगेवाले ने घोड़े को तेज किया। उस भलेमानुस ने भी कदम तेज किये और पत्थर फेंका। मेरा सिर बाल-बाल बच गया। उसने दूसरा पत्थर उठाया, वह हमारे सामने आकर गिरा। तीसरा पत्थर इतनी जोर से आया कि दारोगाजी के घुटने में बड़ी चोट आयी; पर इतनी देर में ताँगा इतनी दूर निकल आया था कि हम पत्थरों की मार से दूर हो गए थे। हाँ, गालियों की मार अभी तक

जारी थी। जब तक वह आदमी आँखों से ओझल न हो गया, हम उसे एक हाथ में पत्थर उठाये, गालियाँ बकते हुए देखते रहे।

जब जरा चित्त शान्त हुआ, मैंने दारोगाजी से पूछा—यह कौन आदमी है, साहब? कोई पागल तो नहीं है?

दारोगाजी ने घुटने को सहलाते हुए कहा—पागल नहीं है साहब, मेरा पुराना दुश्मन है। मैंने समझा था, जालिम पिछली बातें भूल गया होगा। वरना मुझे क्या पड़ी थी कि सलाम करने जाता।

मैंने पूछा—आपने इसे किसी मुकदमे में सजा दिलाई होगी?

'बड़ी लम्बी दास्तान है जनाब! बस इतना ही समझ लीजिए कि इसका बस चले, तो मुझे जिन्दा ही निगल जाए।'

'आप तो शोक की आग को और भड़का रहे हैं। अब तो वह दास्तान सुने बगैर तस्कीन न होगी।'

दारोगाजी ने पहलू बदलकर कहा—अच्छी बात है, सुनिए। कई साल हुए, मैं सदर में ही तैनात था। बेफिक्री के दिन थे, ताजा खून, एक माशूक से आँख लड़ गई। आमदरफ्त शुरू हुई। अब भी जब उस हसीना की याद आती है, तो आँखों में आँसू निकल आते हैं। बाजारू औरतों में इतनी हया, इतनी वफा, इतनी मुरव्वत मैंने नहीं देखी। दो साल उसके साथ इतने लुत्फ से गुजरे कि आज भी उसकी याद करके रोता हूँ। मगर किस्से को बढ़ाऊँगा नहीं, वरना अधूरा ही रह जाएगा। मुख्तसर यह कि दो साल के बाद मेरे तबादले का हुक्म आ गया। उस वक्त दिल को जितना सदमा पहुँचा, उसका जिक्र करने के लिए दफ्तर चाहिए। बस, यही जी चाहता था कि इस्तीफा दे दूँ। उस हसीना ने यह खबर सुनी, तो उसकी जान-सी निकल गई। सफर की तैयारी के लिए मुझे तीन दिन मिले थे। ये तीन दिन हमने मंसूबे बाँधने में काटे। उस वक्त मुझे अनुभव हुआ कि औरतों को अक्ल से खाली समझने में हमने कितनी बड़ी गलती की है। मेरे मंसूबे शेखचिल्ली के-से होते थे। कलकत्ते भाग चलें, वहाँ कोई दूकान खोल दें, या उसी तरह कोई दूसरी तजवीज करता। लेकिन वह यही जवाब देती कि अभी वहाँ जाकर अपना काम करो। जब मकान का बन्दोबस्त हो जाए, तो मुझे बुला लेना। मैं दौड़ी चली आऊँगी।

आखिर जुदाई की घड़ी आई। मुझे मालूम होता था कि अब जान न बचेगी। गाड़ी का वक्त निकला जाता था और मैं उसके पास से उठने का नाम न लेता था। मगर मैं फिर किस्से को तूल देने लगा। खुलासा यह कि मैं उसे दो-तीन दिन में बुलाने का वादा करके रुखसत हुआ। पर अफसोस! वे दो-तीन दिन कभी न आये। पहले दस-पाँच दिन तो अफसरों से मिलने और इलाके की देखभाल में गुजरे। इसके बाद घर से खत आ गया कि तुम्हारी शादी तय हो गई; रुखसत लेकर चले आओ। शादी की खुशी में उस वफा की देवी की मुझे फिक्र न रही। शादी करके महीने-भर बाद लौटा, तो बीवी साथ थी। रही-सही याद भी जाती रही। उसने एक महीने के बाद एक खत भेजा; पर मैंने उसका जवाब न दिया। डरता रहता था कि कहीं एक दिन वह आकर सिर पर सवार न हो जाए; फिर बीवी को मुँह दिखाने लायक भी न रह जाऊँ।

साल भर के बाद मुझे एक काम में सदर आना पड़ा। उस वक्त मुझे उस औरत की याद आई; सोचा, जरा चलकर देखना चाहिए, किस हालत में है। फौरन अपने खत न भेजने और इतने दिनों तक न जाने का जवाब सोच लिया और उसके द्वार पर जा पहुँचा। दरवाजा साफ-सुथरा था, मकान की हालत भी पहले से अच्छी थी। दिल की खुशी हुई कि इसकी हालत उतनी खराब नहीं है, जितनी मैंने समझी थी। और, क्यों खराब होने लगी। मुझ जैसे दुनिया में क्या और आदमी ही नहीं हैं।

मैंने दरवाजा खटखटाया। अंदर से वह बंद था। आवाज आई—कौन है?

मैंने कहा—वाह! इतनी जल्दी भूल गई, मैं हूँ, बशीर...

कोई जवाब न मिला, आवाज उसी की थी, इसमें शक नहीं, फिर दरवाजा क्यों नहीं खोलती? जरूर मुझसे नाराज है। मैंने फिर किवाड़ खटखटाये और लगा अपनी मुसीबतों का किस्सा सुनाने। कोई पन्द्रह मिनट के बाद दरवाजा खुला। हसीना ने मुझे इशारे से अन्दर बुलाया और चट किवाड़ बन्द कर लिये। मैंने कहा—मैं तुमसे मुआफी माँगने आया हूँ। यहाँ से जाकर मैं बड़ी मुश्किल में फँस गया। इलाका इतना खराब है कि दम मारने की मुहलत नहीं मिलती।

हसीना ने मेरी तरफ न देखकर जमीन की तरफ ताकते हुए कहा—मुआफी किस बात की? तुमसे मेरा निकाह तो हुआ न था। दिल कहीं और लग गया, तो मेरी याद क्यों आती। मुझे तुमसे कोई शिकायत नहीं। जैसा और लोग

करते हैं, वैसा ही तुमने किया। यही क्या कम है कि इतने दिनों के बाद इधर आ तो गए। रहे तो खैरियत से?

'किसी तरह जिंदा हूँ।'

'शायद जुदाई में घुलते-घुलते यह तोंद निकल आई है। खुदा झूठ न बुलवाये, तब से दूने हो गए।'

मैंने झेंपते हुए कहा—यह सारा बलगम का फिसाद है। भला मोटा मैं क्या होता। उधर का पानी निहायत बलगमी है। तुमने तो मेरी याद ही भुला दी।

उसने अबकी मेरी ओर तेज निगाहों से देखा और बोली—खत का जवाब तक न दिया, उलटे मुझी को इलजाम देते हो। मैं तुम्हें शुरू से बेवफा समझती थी और तुम वैसे ही निकले। बीवी लाये और मुझे खत तक न लिखा?

मैंने ताज्जुब से पूछा—तुम्हें कैसे मालूम हुआ कि मेरी शादी हो गई?

उसने रुखाई से कहा—यह पूछकर क्या करोगे? झूठ तो नहीं कहती। बेवफा बहुत देखे, लेकिन तुम सबसे बढ़कर निकले। तुम्हारी आवाज सुनकर जी में तो आया कि दुत्कार दूँ; लेकिन यह सोचकर दरवाजा खोल दिया कि अपने दरवाज़े पर किसी को क्या जलील करूँ।

मैंने कोट उतारकर खूँटी पर लटका दिया, जूते भी उतार डाले और चारपाई पर लेटकर बोला—लैली, देखो, इतनी बेरहमी से न पेश आओ। मैं तो अपनी खताओं को खुद तस्लीम करता हूँ और इसीलिए अब तुमसे मुआफी माँगने आया हूँ। जरा अपने नाजुक हाथों से एक पान तो खिला दो। सच कहना, तुम्हें मेरी याद काहे को आती होगी। कोई और यार मिल गया होगा।

लैली पानदान खोलकर पान बनाने लगी कि एकाएक किसी ने किवाड़ खटखटाये। मैंने घबराकर पूछा—यह कौन शैतान आ पहुँचा?

हसीना ने होंठों पर उँगली रखते हुए कहा—यह मेरे शौहर हैं। तुम्हारी तरफ से जब निराश हो गई, तो मैंने इनके साथ निकाह कर लिया।

मैंने त्योरियाँ चढ़ाकर कहा—तो तुमने मुझसे पहले ही क्यों न बता दिया, मैं उलटे पाँव लौट न जाता, यह नौबत क्यों आती। न जाने कब की यह कसर निकाली।

'मुझे क्या मालूम कि यह इतने जल्द आ पहुँचेंगे। रोज तो पहर रात गए आते थे। फिर तुम इतनी दूर से आये थे, तुम्हारी कुछ खातिर भी तो करनी थी।'

'यह अच्छी खातिर की। बताओ; अब मैं जाऊँ कहाँ?'

'मेरी समझ में खुद कुछ नहीं आ रहा है। या अल्लाह! किस अजाब में फँसी।'

इतने में उन साहब ने दरवाजा खटखटाया। ऐसा मालूम होता था कि किवाड़ तोड़ डालेगा। हसीना के चेहरे पर एक रंग आता था, एक रंग जाता था। बेचारी खड़ी काँप रही थी। बस, जबान से यही निकलता था–या अल्लाह, रहम कर।

बाहर से आवाज आई–अरे, तुम क्या सरेशाम से सो गई? अभी तो आठ भी नहीं बजे। कहीं साँप तो नहीं सूँघ गया। अल्लाह जानता है, अब और देर की, तो किवाड़ चिड़वा डालूँगा।

मैंने गिड़गिड़ाकर कहा–खुदा के लिए मेरे छिपने की कोई जगह बताओ। पिछवाड़े कोई दरवाजा नहीं?

'ना!'

'संडास तो है?'

'सबसे पहले वह वहीं जाएँगे।'

'अच्छा, वह सामने कोठरी कैसी है?'

'हाँ, है तो, लेकिन कहीं कोठरी खोलकर देखा तो?'

'क्या बहुत डबल आदमी है?'

'तुम जैसे दो को बगल में दबा ले।'

'तो खोल दो कोठरी। वह ज्यों ही अन्दर आएगा, मैं दरवाजा खोलकर निकल भागूँगा।'

हसीना ने कोठरी खोल दी। मैं अन्दर जा घुसा। दरवाजा फिर बन्द हो गया।

मुझे कोठरी में बन्द करके हसीना ने जाकर सदर दरवाजा खोला और बोली–क्यों किवाड़ तोड़े डालते हो? आ तो रही हूँ।

मैंने कोठरी के किवाड़ों के दराजों से देखा। आदमी क्या पूरा देव था। अन्दर आते ही बोला–तुम सरेशाम से सो गई थीं!

'हाँ, जरा आँख लग गई थी।'

'मुझे तो ऐसा मालूम हो रहा था कि तुम किसी से बातें कर रही हो।'

'वहम की दवा तो लुकमान के पास भी नहीं।'

'मैंने साफ सुना। कोई-न-कोई था जरूर। तुमने उसे कहीं छिपा रखा है।'

'इन्हीं बातों पर तुमसे मेरा जी जलता है। सारा घर तो पड़ा है, देख क्यों नहीं लेते।'

'देखूँगा तो मैं जरूर ही, लेकिन तुमसे सीधे-सीधे पूछता हूँ, बतला दो, कौन था?'

हसीना ने कुंजियों का गुच्छा फेंकते हुए कहा—और कोई था तो घर ही में न होगा। लो, सब जगह देख आओ। सुई तो है नहीं कि मैंने कहीं छिपा दी हो।

वह शैतान इन चकमों में न आया। शायद पहले भी ऐसा ही चरका खा चुका था। कुंजियों का गुच्छा उठाकर सबसे पहले मेरी कोठरी के द्वार पर आया और उसके ताले को खोलने की कोशिश करने लगा! गुच्छे में उस ताले की कुंजी न थी। बोला—इस कोठरी की कुंजी कहाँ है?

हसीना ने बनावटी ताज्जुब से कहा—अरे, तो क्या उसमें कोई छिपा बैठा है? वह तो लकड़ियों से भरी पड़ी है।

'तुम कुंजी दे दो न।'

'तुम भी कभी-कभी पागलों के-से काम करने लगते हो। अँधेरे में कोई साँप-बिच्छू निकल आये तो। ना भैया, मैं उसकी कुंजी न दूँगी।'

'बला से साँप निकल आएगा। अच्छा ही हो, निकल आये। इस बेहयाई की जिंदगी से तो मौत ही अच्छी!'

हसीना ने इधर-उधर तलाश करके कहा—'न जाने उसकी कुंजी कहाँ रख दी। खयाल नहीं आता।'

'इस कोठरी में तो मैंने और कभी ताला नहीं देखा।'

'मैं तो रोज लगाती हूँ। शायद कभी लगाना भूल गई हूँ, तो नहीं कह सकती।'

'तो तुम कुंजी न दोगी?'

'कहती तो हूँ इस वक्त नहीं मिल रही है।'

'कहे देता हूँ, कच्चा ही खा जाऊँगा।'

अब तक तो मैं किसी तरह जब्त किये खड़ा रहा। बार-बार अपने ऊपर गुस्सा आ रहा था कि यहाँ क्यों आया। न-जाने यह शैतान कैसे पेश आये।

कहीं तैश में आकर मार ही न डाले। मेरे हाथों में तो कोई छुरी भी नहीं। या खुदा! अब तू ही मालिक है। दम रोके हुए खड़ा था कि एक पल का भी मौका मिले, तो निकल भागूँ; लेकिन जब उस मरदूद ने किवाड़ों को जोर से धमधमाना शुरू किया, तब तो रूह ही फना हो गई। इधर-उधर निगाह डाली कि किसी कोने में छिपने की जगह है, या नहीं। किवाड़ के दराजों से कुछ रोशनी आ रही थी! ऊपर जो निगाह उठाई, तो एक मचान-सा दिखाई दिया। डूबते को तिनके का सहारा मिल गया। उचककर चाहता था कि ऊपर चढ़ जाऊँ कि मचान पर एक आदमी को बैठे देखकर उस हालत में मेरे मुँह से चीख निकल गई। यह हजरत अचकन पहने, घड़ी लगाये, एक खूबसूरत साफा बाँधे, उकड़ूँ बैठे हुए थे। अब मालूम हुआ कि मेरे लिए दरवाजा खोलने में हसीना ने इतनी देर क्यों की थी। अभी इनको देख ही रहा था कि दरवाजे पर मूसल की चोटें पड़ने लगीं। मामूली किवाड़ तो थे ही, तीन-चार चोटों में दोनों किवाड़े नीचे आ रहे और वह मरदूद लालटेन लिए कमरे में घुसा। उस वक्त मेरी क्या हालत थी, इसका अंदाज आप खुद कर सकते हैं। उसने मुझे देखते ही लालटेन रख दी और मेरी गर्दन पकड़कर बोला—अच्छा, आप यहाँ तशरीफ रखते हैं। आइए, आपकी कुछ खातिर करूँ। ऐसे मेहमान रोज कहाँ मिलते हैं।

यह कहते हुए उसने मेरा एक हाथ पकड़कर इतने जोर से बाहर की तरफ ढकेला कि मैं आँगन में औंधा जा गिरा। उस शैतान की आँखों से अंगारे निकल रहे थे। मालूम होता था, उसके होंठ मेरा खून चूसने के लिए बढ़े जा रहे हैं। मैं अभी जमीन से उठने भी न पाया था कि वह कसाई एक बड़ा-सा तेज छुरा लिए मेरी गरदन पर आ पहुँचा; मगर जनाब, हूँ पुलिस का आदमी। उस वक्त मुझे एक चाल सूझ गई। उसने मेरी जान बचा ली, वरना आज आपके साथ ताँगे पर न बैठा होता। मैंने हाथ जोड़कर कहा—हुजूर, मैं बिलकुल बेकसूर हूँ। मैं तो मीर साहब के साथ आया था।

उसने गरजकर पूछा—कौन मीर साहब? मैंने जी कड़ा करके कहा—वही, जो मचान पर बैठे हुए हैं। मैं तो हुजूर का गुलाम ठहरा, जहाँ हुक्म पाऊँगा, उनके साथ जाऊँगा। मेरी इसमें क्या खता है?

'अच्छा, तो कोई मीर साहब मचान पर भी तशरीफ रखते हैं?'

उसने मेरा हाथ पकड़ लिया और कोठरी में जाकर मचान पर देखा। वह हजरत सिमटे-सिमटाये, भीगी बिल्ली बने बैठे थे। चेहरा ऐसा पीला पड़ गया था, गोया बदन में जान ही नहीं।

उसने उनका हाथ पकड़कर एक झटका दिया, तो आप धम-से नीचे आ रहे। उनका ठाठ देखकर अब इसमें कोई शुबहा न रहा कि वह मेरे मालिक हैं। उनकी सूरत देखकर उस वक्त तरस के साथ हँसी आती थी।

'तू कौन है बे?'

'जी, मैं...मेरा मकान, यह आदमी झूठा हे, यह मेरा नौकर नहीं है।'

'तू यहाँ क्या करने आया था?'

'मुझे यही बदमाश (मेरी तरफ देखकर) धोखा देकर लाया था।'

'यह क्यों नहीं कहता कि मजे उड़ाने आया था। दूसरों पर इल्जाम रखकर अपनी जान बचाना चाहता है, सुअर? ले, तू भी क्या समझेगा कि किसके पाले पड़ा था।'

यह कहकर उसने उसी तेज छुरे से उन साहब की नाक काट ली। मैं मौका पाकर बेतहाशा भागा, लेकिन हाय-हाय की आवाज मेरे कानों में आ रही थी। इसके बाद उन दोनों में कैसी छनी, हसीना के सिर पर क्या आफत आई, इसकी मुझे कुछ खबर नहीं। मैं तब से बीसों बार सदर आ चुका हूँ, पर उधर भूलकर भी नहीं गया। यह पत्थर फेंकनेवाले हजरत यही हैं, जिनकी नाक कटी थी। आज न जाने कहाँ से दिखाई पड़ गए और मेरी शामत आई कि उन्हें सलाम कर बैठा। आपने उनकी नाक की तरफ शायद खयाल नहीं किया।

मुझे अब खयाल आया कि उस आदमी की नाक कुछ चिपटी थी। बोला—हाँ, नाक कुछ चिपटी तो थी मगर आपने उस गरीब को बुरा चरका दिया।

'और करता ही क्या?'

'जरूर दबा लेते; मगर चोर का दिल आधा होता है। उस वक्त अपनी-अपनी पड़ी थी कि मुकाबला करने की सूझती। कहीं उस रमझल्ले में धर लिया जाता, तो आबरू अलग जाती और नौकरी से अलग हाथ धोता। मगर अब इस आदमी से होशियार रहना पड़ेगा।'

इतने में चौक आ गया और हम दोनों ने अपनी-अपनी राह ली।

12.

सवा सेर गेहूँ

किसी गाँव में शंकर नाम का एक कुरमी किसान रहता था। सीधा-सादा गरीब आदमी था, अपने काम-से-काम, न किसी के लेने में, न किसी के देने में। छक्का-पंजा न जानता था, छल-प्रपंच की उसे छूत भी न लगी थी, ठगे जाने की चिन्ता न थी, ठगविद्या न जानता था, भोजन मिला, खा लिया, न मिला, चबेने पर काट दी, चबैना भी न मिला, तो पानी पी लिया और राम का नाम लेकर सो रहा। किन्तु जब कोई अतिथि द्वार पर आ जाता था तो उसे इस निवृत्तिमार्ग का त्याग करना पड़ता था। विशेषकर जब साधु-महात्मा पदार्पण करते थे, तो उसे अनिवार्यतः सांसारिकता की शरण लेनी पड़ती थी। खुद भूखा सो सकता था, पर साधु को कैसे भूखा सुलाता, भगवान् के भक्त जो ठहरे!

एक दिन संध्या समय एक महात्मा ने आकर उसके द्वार पर डेरा जमाया। तेजस्वी मूर्ति थी, पीताम्बर गले में, जटा सिर पर, पीतल का कमंडल हाथ में, खड़ाऊँ पैर में, ऐनक आँखों पर, सम्पूर्ण वेष उन महात्माओं का-सा था जो रईसों के प्रासादों में तपस्या, हवागाड़ियों पर देवस्थानों की परिक्रमा और योग-सिद्धि प्राप्त करने के लिए रुचिकर भोजन करते हैं। घर में जौ का आटा था, वह उन्हें कैसे खिलाता। प्राचीनकाल में जौ का चाहे जो कुछ महत्व रहा हो, पर वर्तमान युग में जौ का भोजन सिद्ध पुरुषों के लिए दुष्पाच्य होता है। बड़ी चिन्ता हुई, महात्माजी को क्या खिलाऊँ। आखिर निश्चय किया कि कहीं से गेहूँ का आटा उधार लाऊँ, पर गाँव-भर में गेहूँ का आटा न मिला। गाँव में सब मनुष्य-ही-मनुष्य थे, देवता एक भी न था, अतएव देवताओं का खाद्य पदार्थ कैसे मिलता। सौभाग्य से गाँव के विप्र महाजन के यहाँ से थोड़ा-सा मिल गए। उनसे सवा सेर गेहूँ उधार लिया और स्त्री से कहा कि पीस दे। महात्मा ने भोजन किया, लम्बी तानकर सोये। प्रातःकाल आशीर्वाद देकर अपनी राह ली।

विप्र महाराज साल में दो बार खलिहानी लिया करते थे। शंकर ने दिल में कहा, सवा सेर गेहूँ इन्हें क्या लौटाऊँ, पंसेरी बदले कुछ ज्यादा खलिहानी दे

दूँगा, यह भी समझ जाएँगे, मैं भी समझ जाऊँगा। चैत में जब विप्रजी पहुँचे तो उन्हें डेढ़ पंसेरी के लगभग गेहूँ दे दिया और अपने को उऋण समझकर उसकी कोई चरचा न की। विप्रजी ने फिर कभी न माँगा। सरल शंकर को क्या मालूम था कि यह सवा सेर गेहूँ चुकाने के लिए मुझे दूसरा जन्म लेना पड़ेगा।

सात साल गुजर गए। विप्रजी विप्र से महाजन हुए, शंकर किसान से मजूर हो गया। उसका छोटा भाई मंगल उससे अलग हो गया था। एक साथ रहकर दोनों किसान थे, अलग होकर मजूर हो गए थे। शंकर ने चाहा कि द्वेष की आग भड़कने न पाये, किन्तु परिस्थिति ने उसे विवश कर दिया। जिस दिन अलग-अलग चूल्हे जले, वह फूट-फूटकर रोया। आज से भाई-भाई शत्रु हो जाएँगे, एक रोयेगा, दूसरा हँसेगा, एक के घर मातम होगा तो दूसरे के घर गुलगुले पकेंगे, प्रेम का बंधन, खून का बंधन, दूध का बंधन आज टूटा जाता है। उसने भगीरथ परिश्रम से कुल-मर्यादा का वृक्ष लगाया था, उसे अपने रक्त से सींचा था, उसको जड़ से उखड़ता देखकर उसके हृदय के टुकड़े हुए जाते थे। सात दिनों तक उसने दाने की सूरत तक न देखी। दिन-भर जेठ की धूप में काम करता और रात को मुँह लपेटकर सो रहता। इस भीषण वेदना और दुस्सह कष्ट ने रक्त को जला दिया, मांस और मज्जा को घुला दिया। बीमार पड़ा तो महीनों खाट से न उठा। अब गुजर-बसर कैसे हो? पाँच बीधे के आधे रह गये, एक बैल रह गया, खेती क्या खाक होती! अन्त को यहाँ तक नौबत पहुँची कि खेती केवल मर्यादा-रक्षा का साधन-मात्र रह गई, जीविका का भार मजूरी पर आ पड़ा।

सात वर्ष बीत गए, एक दिन शंकर मजूरी करके लौटा, तो राह में विप्रजी ने टोककर कहा—शंकर, कल आकर के अपने बीज-बेंग का हिसाब कर ले। तेरे यहाँ साढ़े पाँच मन गेहूँ कबके बाकी पड़े हुए हैं और तू देने का नाम नहीं लेता, हजम करने का मन है क्या?

शंकर ने चकित होकर कहा—मैंने तुमसे कब गेहूँ लिए थे जो साढ़े पाँच मन हो गए? तुम भूलते हो, मेरे यहाँ किसी का छटाँक-भर न अनाज है, न एक पैसा उधार।

विप्र—इसी नीयत का तो यह फल भोग रहे हो कि खाने को नहीं जुड़ता।

यह कहकर विप्रजी ने उस सवा सेर गेहूँ का जिक्र किया, जो आज के सात वर्ष पहले शंकर को दिये थे। शंकर सुनकर अवाक् रह गया। ईश्वर मैंने इन्हें कितनी बार खलिहानी दी, इन्होंने मेरा कौन-सा काम किया? जब पोथी-पत्रा देखने, साइत-सगुन विचारने द्वार पर आते थे, कुछ-न-कुछ 'दक्षिणा' ले ही जाते थे। इतना स्वार्थ! सवा सेर अनाज को अंडे की भाँति सेकर आज यह पिशाच खड़ा कर दिया, जो मुझे निगल जाएगा। इतने दिनों में एक बार भी कह देते तो मैं गेहूँ तौलकर दे देता, क्या इसी नीयत से चुप साधे बैठे रहे? बोला—महाराज, नाम लेकर तो मैंने उतना अनाज नहीं दिया, पर कई बार खलिहानों में सेर-सेर, दो-दो सेर दिया है। अब आप आज साढ़े पाँच मन माँगते हैं, मैं कहाँ से दूँगा?

विप्र—लेखा जौ-जौ, बखसीस सौ-सौ, तुमने जो कुछ दिया होगा, उसका कोई हिसाब नहीं, चाहे एक की जगह चार पसेरी दे दो। तुम्हारे नाम बही में साढ़े पाँच मन लिखा हुआ है; जिससे चाहे हिसाब लगवा लो। दे दो तो तुम्हारा नाम छेक दूँ, नहीं तो और भी बढ़ता रहेगा।

शंकर—पांडे, क्यों एक गरीब को सताते हो, मेरे खाने का ठिकाना नहीं, इतना गेहूँ किसके घर से लाऊँगा?

विप्र—जिसके घर से चाहे लाओ, मैं छटाँक-भर भी न छोडूँगा, यहाँ न दोगे, भगवान् के घर तो दोगे।

शंकर काँप उठा। हम पढ़े-लिखे आदमी होते तो कह देते, अच्छी बात है, ईश्वर के घर ही देंगे; वहाँ की तीन तौल यहाँ से कुछ बड़ी तो न होगी। कम-से-कम इसका कोई प्रमाण हमारे पास नहीं, फिर उसकी क्या चिन्ता। किन्तु शंकर इतना तार्किक, इतना व्यवहार-चतुर न था। एक तो ऋण—वह भी ब्राह्मण का—बही में नाम रह गया तो सीधे नरक में जाऊँगा, इस खयाल ही से उसे रोमांच हो गया। बोला—महाराज, तुम्हारा जितना होगा यहीं दूँगा, ईश्वर के यहाँ क्यों दूँ, इस जनम में तो ठोकर खा ही रहा हूँ, उस जनम के लिए क्यों काँटे बोऊँ? मगर यह कोई नियाव नहीं है। तुमने राई का पर्वत बना दिया, ब्राह्मण हो के तुम्हें ऐसा नहीं करना चाहिए था। उसी घड़ी तगादा करके ले लिया होता, तो आज मेरे सिर पर

इतना बड़ा बोझ क्यों पड़ता। मैं तो दे दूँगा, लेकिन तुम्हें भगवान् के यहाँ जवाब देना पड़ेगा।

विप्र—वहाँ का डर तुम्हें होगा, मुझे क्यों होने लगा। वहाँ तो सब अपने ही भाई-बन्धु हैं। ऋषि-मुनि, सब तो ब्राह्मण ही हैं; देवता ब्राह्मण हैं, जो कुछ बने-बिगड़ेगी, सँभाल लेंगे। तो कब देते हो?

शंकर—मेरे पास रक्खा तो है नहीं, किसी से माँग-जाँचकर लाऊँगा तभी न दूँगा!

विप्र—मैं यह न मानूँगा। सात साल हो गए, अब एक दिन का भी मुलाहिजा न करूँगा। गेहूँ नहीं दे सकते, तो दस्तावेज लिख दो।

शंकर—मुझे तो देना है, चाहे गेहूँ लो चाहे दस्तावेज, लिखाओ; किस हिसाब से दाम रक्खोगे?

विप्र—बाजार-भाव पाँच सेर का है, तुम्हें सवा पाँच सेर का काट दूँगा।

शंकर—जब दे ही रहा हूँ तो बाजार-भाव काटूँगा, पाव-भर छुड़ाकर क्यों दोषी बनूँ।

हिसाब लगाया तो गेहूँ के दाम 60 हुए। 60 का दस्तावेज लिखा गया, 3 सैकड़े सूद। साल-भर में न देने पर सूद की दर ढाई रुपये। सैकड़े। आठ आने का स्टाम्प, चार आने, दस्तावेज की तहरीर शंकर को ऊपर से देनी पड़ी।

गाँव भर ने विप्रजी की निन्दा की, लेकिन मुँह पर नहीं। महाजन से सभी का काम पड़ता हे, उसके मुँह कौन आये।

शंकर ने साल भर तक कठिन तपस्या की। मीयाद के पहले रुपये अदा करने का उसने व्रत-सा कर लिया। दोपहर को पहले भी चूल्हा न जलता था, चबैने पर बसर होती थी, अब वह भी बंद हुआ। केवल लड़के के लिए रात को रोटियाँ रख दी जातीं! पैसे रोज का तंबाकू पी जाता था, यही एक व्यसन था जिसका वह कभी न त्याग कर सका था। अब वह व्यसन भी इस कठिन व्रत की भेंट हो गया। उसने चिलम पटक दी, हुक्का तोड़ दिया और तमाखू की हाँड़ी चूर-चूर कर डाली। कपड़े पहले भी त्याग की चरम सीमा तक पहुँच चुके थे, अब वह प्रकृति की न्यूनतम रेखाओं में आबद्ध हो गए। शिशिर की अस्थिबेधक

शीत को उसने आग तापकर काट दिया। इस ध्रुव-संकल्प का फल आशा से बढ़कर निकला। साल के अन्त में उसके पास 60 रु. जमा हो गए। उसने समझा पंडितजी को इतने रुपये दे दूँगा और कहूँगा महाराज, बाकी रुपये भी जल्द ही आपके सामने हाजिर करूँगा। 15 रुपये की तो और बात है, क्या पंडितजी इतना भी न मानेंगे! उसने रुपये लिए और ले जाकर पंडितजी के चरण-कमलों पर अर्पण कर दिये। पंडितजी ने विस्मित होकर पूछा—किसी से उधार लिये क्या?

शंकर—नहीं महाराज, आपके असीस से अबकी मजूरी अच्छी मिली।

विप्र—लेकिन यह तो 60 रु. ही हैं!

शंकर—हाँ महाराज, इतने अभी ले लीजिए, बाकी मैं दो-तीन महीने में दे दूँगा, मुझे उरिन कर दीजिए।

विप्र—उरिन तो जभी होंगे जबकि मेरी कौड़ी-कौड़ी चुका दोगे। जाकर मेरे 15 रुपए और लाओ।

शंकर—महाराज, इतनी दया करो; अब साँझ की रोटियों का भी ठिकाना नहीं है, गाँव में हूँ तो कभी-न-कभी दे ही दूँगा।

विप्र—मैं यह रोग नहीं पालता, न बहुत बातें करना जानता हूँ। अगर मेरे पूरे रुपये न मिलेंगे तो आज से 3 रुपये सैकड़े का ब्याज लगेगा। अपने रुपये चाहे अपने घर में रक्खो, चाहे मेरे यहाँ छोड़ जाओ।

शंकर—अच्छा जितना लाया हूँ उतना रख लीजिए। मैं जाता हूँ, कहीं से 15 रुपये और लाने की फिक्र करता हूँ।

शंकर ने सारा गाँव छान मारा, मगर किसी ने रुपये न दिये, इसलिए नहीं कि उसका विश्वास न था, या किसी के पास रुपये न थे, बल्कि इसलिए कि पंडितजी के शिकार को छेड़ने की किसी की हिम्मत न थी।

क्रिया के पश्चात् प्रतिक्रिया नैसर्गिक नियम है। शंकर साल-भर तक तपस्या करने पर भी जब ऋण से मुक्त होने में सफल न हो सका तो उसका संयम निराशा के रूप में परिणत हो गया। उसने समझ लिया कि जब इतना कष्ट सहने पर भी साल-भर में 60 रुपये से अधिक न जमा कर सका, तो अब और

कौन सा उपाय है जिसके द्वारा इसके दूने रुपये जमा हों। जब सिर पर ऋण का बोझ ही लादना है तो क्या मन-भर का और क्या सवा मन का। उसका उत्साह क्षीण हो गया, मिहनत से घृणा हो गई। आशा उत्साह की जननी है, आशा में तेज है, बल है जीवन है। आशा ही संसार की संचालक शक्ति है। शंकर आशाहीन होकर उदासीन हो गया। वह जरूरतें जिनको उसने साल-भर तक टाल रखा था, अब द्वार पर खड़ी होनेवाली भिखारिणी न थीं, बल्कि छाती पर सवार होनेवाली पिशाचनियाँ थीं, जो अपनी भेंट लिये बिना जान नहीं छोड़तीं। कपड़ों में चकत्तियों के लगने की भी एक सीमा होती हैं अब शंकर को चिट्ठा मिलता तो वह रुपये जमा न करता, कभी कपड़े लाता, कभी खाने की कोई वस्तु। जहाँ पहले तमाखू ही पिया करता था, वहाँ अब गाँजे और चरस का चस्का भी लगा। उसे अब रुपये अदा करने की कोई चिन्ता न थी मानो उसके ऊपर किसी का पैसा भी नहीं आता। पहले जूड़ी चढ़ी होती थी, पर वह काम करने अवश्य जाता था, अब काम पर न जाने के लिए बहाना खोजा करता।

इस भाँति तीन वर्ष निकले गए। विप्रजी महाराज ने एक बार भी तक़ाजा न किया। वह चतुर शिकारी की भाँति अचूक निशाना लगाना चाहते थे। पहले से शिकार को चौंकाना उनकी नीति के विरुद्ध था।

एक दिन पंडितजी ने शंकर को बुलाकर हिसाब दिखाया। 60 रुपये जो जमा थे वह मिनहा करने पर अब भी शंकर के जिम्मे 120 रुपये निकले।

शंकर—इतने रुपये तो उसी जन्म में दूँगा, इस जन्म में नहीं हो सकते।

विप्र—मैं इसी जन्म में लूँगा। मूल न सही, सूद तो देना ही पड़ेगा।

शंकर—एक बैल है, वह ले लीजिए और मेरे पास रक्खा क्या है।

विप्र—मुझे बैल-बधिया लेकर क्या करना है। मुझे देने को तुम्हारे पास बहुत कुछ है।

शंकर—और क्या है महाराज?

विप्र—कुछ है, तुम तो हो। आखिर तुम भी कहीं मजूरी करने जाते ही हो, मुझे भी खेती के लिए मजूर रखना ही पड़ता है। सूद में तुम हमारे यहाँ काम किया करो, जब सुभीता हो मूल को दे देना। सच तो यों है कि अब तुम किसी दूसरी जगह काम करने नहीं जा सकते जब तक मेरे रुपये नहीं चुका

दो। तुम्हारे पास कोई जायदाद नहीं है, इतनी बड़ी गठरी मैं किस एतबार पर छोड़ दूँ। कौन उसका जिम्मा लेगा कि तुम मुझे महीने-महीने सूद देते जाओगे। और कहीं कमाकर जब तुम मुझे सूद भी नहीं दे सकते, तो मूल की कौन कहे?

शंकर—महाराज, सूद में तो काम करूँगा और खाऊँगा क्या?

विप्र—तुम्हारी घरवाली है, लड़के हैं, क्या वे हाथ-पाँव कटाके बैठेंगे। रहा मैं, तुम्हें आध सेर जौ रोज कलेवा के लिए दे दिया करूँगा। ओढ़ने को साल में एक कम्बल पा जाओगे, एक मिरजई भी बनवा दिया करूँगा और क्या चाहिए। यह सच है कि और लोग तुम्हें छः आने देते हैं लेकिन मुझे ऐसी गरज नहीं है, मैं तो तुम्हें रुपये भरने के लिए रखता हूँ।

शंकर के कुछ देर तक गहरी चिन्ता में पड़े रहने के बाद कहा—महाराज यह तो जन्म-भर की गुलामी हुई।

विप्र—गुलामी समझो, चाहे मजूरी समझो। मैं अपने रुपये भराये बिना तुमको कभी न छोडूँगा। तुम भागोगे तो तुम्हारा लड़का भरेगा। हाँ, जब कोई न रहेगा तब की बात दूसरी है।

इस निर्णय की कहीं अपील न थी। मजूर की जमानत कौन करता, कहीं शरण न थी, भागकर कहाँ जाता, दूसरे दिन से उसने विप्रजी के यहाँ काम करना शुरू कर दिया। सवा सेर गेहूँ की बदौलत उम्र-भर के लिए गुलामी की बेड़ी पैरों में डालनी पड़ी। उस अभागे को अब अगर किसी विचार से संतोष होता था तो यह था कि वह मेरे पूर्व-जन्म का संस्कार है। स्त्री को वे काम करने पड़ते थे, जो उसने कभी न किये थे, बच्चे दानों को तरसते थे, लेकिन शंकर चुपचाप देखने के सिवा और कुछ न कर सकता था। वह गेहूँ के दाने किसी देवता के शाप की भाँति यावज्जीवन उसके सिर से न उतरे।

शंकर ने विप्रजी के यहाँ 20 वर्ष तक गुलामी करने के बाद इस दुस्सार संसार से प्रस्थान किया। 120 अभी तक उसके लिए सवार थे। पंडितजी ने उस गरीब को ईश्वर के दरबार में कष्ट देना उचित न समझा, इतने अन्यायी, इतने निर्दयी न थे। उसके जवान बेटे की गरदन पकड़ी। आज तक यह विप्रजी के यहाँ काम करता है। उसका उद्धार कब होगा; होगा भी या नहीं, ईश्वर ही जाने।

पाठक! इस वृत्तांत को कपोल-कल्पित न समझिए। यह सत्य घटना है। ऐसे शंकरों और ऐसे विप्रों से दुनिया खाली नहीं है।

13.

मंत्र

पंडित लीलाधर चौबे की जबान में जादू था। जिस वक्त वह मंच पर खड़े होकर अपनी वाणी की सुधावृष्टि करने लगते थे; श्रोताओं की आत्माएँ तृप्त हो जाती थीं, लोगों पर अनुराग का नशा छा जाता था। चौबेजी के व्याख्यानों में तत्त्व तो बहुत कम होता था, शब्द-योजना भी बहुत सुन्दर न होती थी; लेकिन बार-बार दुहराने पर भी उसका असर कम न होता, बल्कि घन की चोटों की भाँति और प्रभावोत्पादक हो जाता था। हमें तो विश्वास नहीं आता, किन्तु सुननेवाले कहते हैं, उन्होंने केवल एक व्याख्यान रट रखा है। और उसी को वह शब्दशः प्रत्येक सभा में एक नए अन्दाज से दुहराया करते हैं। जातीय गौरव-गान उनके व्याख्यानों का प्रधान गुण था; मंच पर आते ही भारत के प्राचीन गौरव और पूर्वजों के अमर-कीर्ति का राग छेड़ कर सभा को मुग्ध कर देते थे। यथा—

'सज्जनो! हमारी अधोगति की कथा सुन कर किसकी आँखों से अश्रुधारा न निकल पड़ेगी? हमें प्राचीन गौरव को याद करके संदेह होने लगता है कि हम वहीं हैं, या बदल गए। जिसने कल सिंह से पंजा लिया, वह आज चूहे को देख कर बिल खोज रहा है। इस पतन की भी सीमा है। दूर क्यों जाइए, महाराज चंद्रगुप्त के समय को ही ले लीजिए। यूनान का सुविज्ञ इतिहासकार लिखता है कि उस जमाने में यहाँ द्वार पर ताले न डाले जाते थे, चोरी कहीं सुनने में न आती थी, व्यभिचार का नाम-निशान न था, दस्तावेजों का आविष्कार ही न हुआ था, पुर्जों पर लाखों का लेन-देन हो जाता था, न्याय पद पर बैठे हुए कर्मचारी मक्खियाँ मारा करते थे। सज्जनो! उन दिनों कोई आदमी जवान न मरता था। (तालियाँ) हाँ, उन दिनों कोई आदमी जवान न मरता था। बाप के

सामने बेटे का अवसान हो जाना एक अभूतपूर्व—एक असंभव—घटना थी। आज ऐसे कितने माता-पिता हैं, जिनके कलेजे पर जवान बेटे का दाग न हो! वह भारत नहीं रहा, भारत गारत हो गया!'

यह चौबे जी की शैली थी। वह वर्तमान की अधोगति और दुर्दशा तथा भूत की समृद्धि और सुदशा का राग अलाप कर लोगों में जातीय स्वाभिमान जाग्रत कर देते थे। इसी सिद्धि की बदौलत उनकी नेताओं में गणना होती थी। विशेषतः हिंदू-सभा के तो वह कर्णधार ही समझे जाते थे। हिंदू-सभा के उपासकों में कोई ऐसा उत्साही, ऐसा दक्ष, ऐसा नीति-चतुर दूसरा न था। यों कहिए कि सभा के लिए उन्होंने अपना जीवन ही उत्सर्ग कर दिया था। धन तो उनके पास न था, कम से कम लोगों का विचार यही था; लेकिन साहस, धैर्य और बुद्धि जैसे अमूल्य रत्न उनके पास थे, और ये सभी सभा को अर्पण थे। 'शुद्धि' के तो मानो प्राण ही थे। हिंदू-जाति का उत्थान और पतन, जीवन और मरण उनके विचार में इसी प्रश्न पर अवलम्बित था। शुद्धि के सिवा अब हिंदू जाति के पुनर्जीवन का और कोई उपाय न थ। जाति की समस्त नैतिक, शारीरिक, मानसिक, सामाजिक, आर्थिक और धार्मिक बीमारियो की दवा इसी आन्दोलन की सफलता में मर्यादित थी, और वह तन, मन से इसका उद्योग किया करते थे। चंदे वसूल करने में चौबे जी सिद्धहस्त थे। ईश्वर ने उन्हें वह 'गुन' बता दिया था कि पत्थर से भी तेल निकाल सकते थे। कंजूसों को तो वह ऐसा उलटे छुरे से मूड़ते थे कि उन महाशयों को सदा के लिए शिक्षा मिल जाती थी। इस विषय में पंडित जी साम, दाम, दंड और भेद इन चारों नीतियों से काम लेते थे, यहाँ तक कि राष्ट्र-हित के लिए डाका और चोरी को भी क्षम्य समझते थे।

गरमी के दिन थे। लीलाधर जी किसी शीतल पार्वत्य प्रदेश को जाने की तैयारियाँ कर रहे थे कि सैर की सैर हो जाएगी औ बन पड़ा तो कुछ चंदा भी वसूल कर लाएँगे। उनको जब भ्रमण की इच्छा होती, तो मित्रों के साथ एक डेपुटेशन के रूप में निकल खड़े होते; अगर एक हजार रुपये वसूल करके वह इसका आधा सैर-सपाटे में खर्च भी कर दें, तो किसी की क्या हानि? हिंदू

सभा को तो कुछ न कुछ मिल ही जाता था। वह न उद्योग करते, तो इतना भी तो न मिलता! पंडित जी ने अब की सपरिवार जाने का निश्चय किया था। जब से 'शुद्धि' का आविर्भाव हुआ था, उनकी आर्थिक दशा, जो पहले बहुत शोचनीय रहती थी, बहुत कुछ सम्हल गई थी।

लेकिन जाति के उपासकों का ऐसा सौभाग्य कहाँ कि शांति-निवास का आनन्द उठा सकें। उनका तो जन्म ही मारे-मारे फिरने के लिए होता है। खबर आयी कि मद्रास-प्रांत में तबलीग वालों ने तूफान मचा रखा है। हिन्दुओं के गाँव के गाँव मुसलमान होते जाते हैं। मुल्लाओं ने बड़े जोश से तबलीग का काम शुरू किया है; अगर हिन्दू-सभा ने इस प्रवाह को रोकने की आयोजना न की, तो सारा प्रांत हिन्दुओं से शून्य हो जाएगा—किसी शिखाधारी की सूरत तक न नजर आयेगी।

हिन्दू-सभा में खलबली मच गई। तुरन्त एक विशेष अधिवेशन हुआ और नेताओं के सामने यह समस्या उपस्थित की गई। बहुत सोच-विचार के बाद निश्चय हुआ कि चौबे जी पर इस कार्य का भार रखा जाए। उनसे प्रार्थना की जाए कि वह तुरंत मद्रास चले जायें, और धर्म-विमुख बंधुओं का उद्धार करें। कहने ही की देर थी। चौबे जी तो हिंदू-जाति की सेवा के लिए अपने को अर्पण ही कर चुके थे; पर्वत-यात्रा का विचार रोक दिया और मद्रास जाने को तैयार हो गए। हिन्दू-सभा के मंत्री ने आँखों में आँसू भर कर उनसे विनय की कि महाराज, यह बीड़ा आप ही उठा सकते हैं। आप ही को परमात्मा ने इतनी सामर्थ्य दी है। आपके सिवा ऐसा कोई दूसरा मनुष्य भारतवर्ष में नहीं है, जो इस घोर विपत्ति में काम आये। जाति की दीन-हीन दशा पर दया कीजिए। चौबे जी इस प्रार्थना को अस्वीकार न कर सके। फौरन सेवकों की एक मंडली बनी और पंडित जी के नेतृत्व में रवाना हुई। हिन्दू-सभा ने उसे बड़ी धूम से बिदाई का भोज दिया। एक उदार रईस ने चौबे जी को एक थैली भेंट की, और रेलवे-स्टेशन पर हजारों आदमी उन्हें बिदा करने आये।

यात्रा का वृत्तांत लिखने की जरूरत नहीं। हर एक बड़े स्टेशन पर सेवकों का सम्मानपूर्ण स्वागत हुआ। कई जगह थैलियाँ मिलीं। रतलाम की रियासत ने एक शामियाना भेंट किया। बड़ौदा ने एक मोटर दी कि सेवकों को पैदल चलने का कष्ट न उठाना पड़े, यहाँ तक कि मद्रास पहुँचते-पहुँचते सेवा-दल के

पास एक माकूल रकम के अतिरिक्त जरूरत की कितनी चीज़ें जमा हो गईं। वहाँ आबादी से दूर खुले हुए मैदान में हिंदू-सभा का पड़ाव पड़ा। शामियाने पर राष्ट्रीय झंडा लहराने लगा। सेवकों ने अपनी-अपनी वर्दियाँ निकालीं, स्थानीय धन-कुबेरों ने दावत के सामान भेजे, रावटियाँ पड़ गईं। चारों ओर ऐसी चहल-पहल हो गई, मानो किसी राजा का कैम्प है।

रात के आठ बजे थे। अछूतों की एक बस्ती के समीप, सेवक-दल का कैम्प गैस के प्रकाश से जगमगा रहा था। कई हजार आदमियों का जमाव था, जिनमें अधिकांश अछूत ही थे। उनके लिए अलग टाट बिछा दिये गए थे। ऊँचे वर्ण के हिंदू कालीनों पर बैठे हुए थे। पंडित लीलाधर का धुआँधार व्याख्यान हो रहा था—तुम उन्हीं ऋषियों की संतान हो, जो आकाश के नीचे एक नई दृष्टि की रचना कर सकते थे! जिनके न्याय, बुद्धि और विचार-शक्ति के सामने आज सारा संसार सिर झुका रहा है।

सहसा एक बूढ़े अछूत ने उठ कर पूछा—हम लोग भी उन्हीं ऋषियों की संतान हैं?

लीलाधर—निस्संदेह! तुम्हारी धमनियों में भी उन्हीं ऋषियों का रक्त दौड़ रहा है और यद्यपि आज का निर्दयी, कठोर, विचारहीन और संकुचित हिंदू-समाज तुम्हें अवहेलना की दृष्टि से देख रहा है; तथापि तुम किसी हिन्दू से नीच नहीं हो, चाहे वह अपने को कितना ही ऊँचा समझता हो।

बूढ़ा—तुम्हारी सभा हम लोगों की सुधि क्यों नहीं लेती?

लीलाधर—हिंदू-सभा का जन्म अभी थोड़े ही दिन हुए हुआ है और इस अल्पकाल में उसने जितने काम किये हैं, उस पर उसे अभिमान हो सकता है। हिंदू-जाति शताब्दियों के बाद गहरी नींद से चौंकी है, और अब वह समय निकट है, जब भारतवर्ष में कोई हिंदू किसी हिंदू को नीच न समझेगा, जब वे सब एक-दूसरे को भाई समझेंगे। श्रीरामचन्द्र ने निषाद को छाती से लगाया था, शबरी के जूठे बेर खाये थे...

बूढ़ा—आप जब इन्हीं महात्माओं की संतान हैं, तो फिर ऊँच-नीच में क्यों इतना भेद मानते हैं?

लीलाधर—इसलिए कि हम पतित हो गए हैं—अज्ञान में पड़कर उन महात्माओं को भूल गए हैं।

बूढ़ा—अब तो आपकी निद्रा टूटी है, हमारे साथ भोजन करोगे?

लीलाधर—मुझे कोई आपत्ति नहीं है।

बूढ़ा—मेरे लड़के से अपनी कन्या का विवाह कीजिएगा?

लीलाधर—जब तक तुम्हारे जन्म-संस्कार न बदल जाएँ, जब तक तुम्हारे आहार-व्यवहार में परिवर्तन न हो जाए, हम तुमसे विवाह का संबंध नहीं कर सकते, मांस खाना छोड़ो, मदिरा पीना छोड़ो, शिक्षा ग्रहण करो, तभी तुम उच्च-वर्ण के हिंदुओं में मिल सकते हो।

बूढ़ा—हम कितने ही ऐसे कुलीन ब्राह्मणों को जानते हैं, जो रात-दिन नशे में डूबे रहते हैं, मांस के बिना कौर नहीं उठाते; और कितने ही ऐसे हैं, जो एक अक्षर भी नहीं पढ़े हैं; पर आपको उनके साथ भोजन करते देखता हूँ। उनसे विवाह-संबंध करने में आपको कदाचित् इनकार न होगा। जब आप खुद अज्ञान में पड़े हुए हैं, तो हमारा उद्धार कैसे कर सकते हैं? आपका हृदय अभी तक अभिमान से भरा हुआ है। जाइए, अभी कुछ दिन और अपनी आत्मा का सुधार कीजिए। हमारा उद्धार आपके किये न होगा। हिंदू-समाज में रह कर हमारे माथे से नीचता का कलंक न मिटेगा। हम कितने ही विद्वान्, कितने ही आचारवान् हो जाएँ, आप हमें यों ही नीच समझते रहेंगे। हिंदुओं की आत्मा मर गई है, और उसका स्थान अहंकार ने ले लिया है! हम अब देवता की शरण जा रहे हैं, जिनके माननेवाले हमसे गले मिलने को आज ही तैयार हैं। वे यह नहीं कहते कि तुम अपने संस्कार बदल कर आओ। हम अच्छे हैं या बुरे, वे इसी दशा में हमें अपने पास बुला रहे हैं। आप अगर ऊँचे हैं, तो ऊँचे बने रहिए। हमें उड़ना न पड़ेगा।

लीलाधर—एक ऋषि-संतान के मुँह से ऐसी बातें सुन कर मुझे आश्चर्य हो रहा हैं वर्ण-भेद तो ऋषियों ही का किया हुआ है। उसे तुम कैसे मिटा सकते हो?

बूढ़ा—ऋषियों को मत बदनाम कीजिए। यह सब पाखंड आप लोगों का रचा हुआ है। आप कहते हैं—तुम मदिरा पीते हो; लेकिन आप मदिरा पीने वालों की जूतियाँ चाटते हैं। आप हमसे मांस खाने के कारण घिनाते हैं; लेकिन आप गो-मांस खानेवालों के सामने नाक रगड़ते हैं। इसलिए न कि वे आप से

बलवान् हैं! हम भी आज राजा हो जाएँ, तो आप हमारे सामने हाथ बाँध खड़े होंगे। आपके धर्म में वही ऊँचा है, जो बलवान् है; वही नीच है, जो निर्बल है। यही आपका धर्म है?

यह कह कर बूढ़ा वहाँ से चला गया और उसके साथ ही और लोग भी उठ खड़े हुए। केवल चौबे जी और उनके दलवाले मंच पर रह गए, मानो मंचगान समाप्त हो जाने के बाद उसकी प्रतिध्वनि वायु में गूँज रही हो।

तबलीगवालों ने जब से चौबे जी के आने की खबर सुनी थी, इस फिक्र में थे कि किसी उपाय से इन सबको यहाँ से दूर करना चाहिए। चौबे जी का नाम दूर-दूर तक प्रसिद्ध था। जानते थे, यह यहाँ जम गया, तो हमारी सारी-की करायी मेहनत व्यर्थ हो जाएगी। इसके कदम यहाँ जमने न पायें। मुल्लाओं ने उपाय सोचना शुरू किया। बहुत वाद-विवाद, हुज्जत और दलील के बाद निश्चय हुआ कि इस काफिर को कत्ल कर दिया जाए। ऐसा सवाब लूटने के लिए आदमियों की क्या कमी? उसके लिए तो जन्नत का दरवाजा खुल जाएगा, हूरें उसकी बलाएँ लेंगी, फरिश्ते उसके कदमों की खाक़ का सुरमा बनाएँगे, रसूल उसके सर पर बरकत का हाथ रखेंगे, खुदाबन्द-करीम उसे सीने से लगाएंगे और कहेंगे—तू मेरा प्यारा दोस्त है। दो हट्टे-कट्टे जवानों ने तुरन्त बीड़ा उठा लिया।

रात के दस बज गए थे। हिन्दू-सभा के कैंप में सन्नाटा था। केवल चौबे जी अपनी रावटी में बैठे हिन्दू-सभा के मंत्री को पत्र लिख रहे थे—यहाँ सबसे बड़ी आवश्यकता धन की है। रुपया, रुपया रुपया! जितना भेज सकें, भेजिए। डेपुटेशन भेज कर वसूल कीजिए, मोटे महाजनों की जेब टटोलिए, भिक्षा माँगिए। बिना धन के इन अभागों का उद्धार न होगा। जब तक कोई पाठशाला न खुले, कोई चिकित्सालय न स्थापित हो, कोई वाचनालय न हो, इन्हें कैसे विश्वास आयेगा कि हिन्दू-सभा उनकी हितचिंतक है। तबलीगवाले जितना खर्च कर रहे हैं, उसका आधा भी मुझे मिल जाए, तो हिंदू-धर्म की पताका फहराने लगे। केवल व्याख्यानों से काम न चलेगा। असीसों से कोई जिंदा नहीं रहता।

सहसा किसी की आहट पा कर वह चौंक पड़े। आँखें ऊपर उठायीं तो देखा, दो आदमी सामने खड़े हैं। पंडित जी ने शंकित होकर पूछा—तुम कौन हो? क्या काम है?

उत्तर मिला—हम इजराईल के फरिश्ते हैं। तुम्हारी रूह कब्ज करने आये हैं। इजराईल ने तुम्हें याद किया है।

पंडित जी यों बहुत ही बलिष्ठ पुरुष थे, उन दोनों को एक धक्के में गिरा सकते थे। प्रातःकाल तीन पाव मोहनभोग और दो सेर दूध का नाश्ता करते थे। दोपहर के समय पाव भर घी दाल में खाते, तीसरे पहर दूधिया भंग छानते, जिसमें सेर भर मलाई और आधा सेर बदाम मिली रहती। रात को डट कर ब्यालू करते; क्योंकि प्रातःकाल तक फिर कुछ न खाते थे। इस पर तुर्रा यह कि पैदल पग भर भी न चलते थे! पालकी मिले, तो पूछना ही क्या, जैसे घर पर पलंग उड़ा जा रहा हो। कुछ न हो, तो इक्का तो था ही; यद्यपि काशी में ही दो ही चार इक्केवाले ऐसे थे जो उन्हें देख कर कह न दें कि 'इक्का खाली नहीं है।' ऐसा मनुष्य नर्म अखाड़े में पट पड़ कर ऊपरवाले पहलवान को थका सकता था, चुस्ती और फुर्ती के अवसर पर तो वह रेत पर निकला हुआ कछुआ था।

पंडित जी ने एक बार कनखियों से दरवाजे की तरफ देखा। भागने का कोई मौका न था। तब उनमें साहस का संचार हुआ। भय की पराकाष्ठा ही साहस है। अपने सोंटे की तरफ हाथ बढ़ाया और गरज कर बोले—निकल जाओ यहाँ से!

बात मुँह से पूरी न निकली थी कि लाठियों का वार पड़ा। पंडित जी मूर्च्छित होकर गिर पड़े। शत्रुओं ने समीप आ कर देखा, जीवन का कोई लक्षण न था। समझ गए, काम तमाम हो गया। लूटने का विचार न था; पर जब कोई पूछनेवाला न हो, तो हाथ बढ़ाने में क्या हर्ज? जो कुछ हाथ लगा, ले-दे कर चलते बने।

प्रातःकाल बूढ़ा भी उधर से निकला, तो सन्नाटा छाया हुआ था, न आदमी, न आदमजाद। छौलदारियाँ भी गायब! चकराया, यह माजरा क्या है? रात ही

भर में अलादीन के महल की तरह सब कुछ गायब हो गया। उन महात्माओं में से एक भी नजर नहीं आता, जो प्रातःकाल मोहनभोग उड़ाते और संध्या समय भंग घोटते दिखायी देते थे। जरा और समीप जा कर पंडित लीलाधर की रावटी में झाँका, तो कलेजा सन्न से हो गया! पंडित जी जमीन पर मुर्दे की तरह पड़े हुए थे। मुँह पर मक्खियाँ भिनक रही थीं। सिर के बालों में रक्त ऐसा मज गया था, जैसे किसी चित्रकार के ब्रश में रंग। सारे कपड़े लहूलुहान हो रहे थे। समझ गया, पंडित जी के साथियों ने उन्हें मार कर अपनी राह ली। सहसा पंडित जी के मुँह से कराहने की आवाज निकली। अभी जान बाकी थी। बूढ़ा तुरन्त दौड़ा हुआ गाँव में गया और कई आदमियों को लाकर पंडित जी को अपने घर उठवा ले गया।

मरहम-पट्टी होने लगी। बूढ़ा दिन के दिन और रात की रात पंडित जी के पास बैठा रहता उसके घरवाले उनकी शुश्रुषा में लगे रहते। गाँव वाले भी यथाशक्ति सहायता करते। इस बेचारे का कौन अपना बैठा हुआ है? अपने हैं तो हम, बेगाने हैं तो हम। हमारे ही उद्धार के लिए तो बेचारा यहाँ आया था, नहीं तो यहाँ उसे क्यों आना था? कई बार पंडित जी अपने घर पर बीमार पड़ चुके थे, पर उनके घरवालों ने इतनी तन्मयता से उनकी तीमारदारी न की थी। सारा घर और घर ही नहीं; सारा गाँव उनका गुलाम बना हुआ था। अतिथि-सेवा उनके धर्म का एक अंग था। सभ्य-स्वार्थ ने अभी उस भाव का गला नहीं घोंटा था। साँप का मंत्र जाननेवाला देहाती अब भी माघ-पूस की अँधेरी मेघाच्छन्न रात्रि में मंत्र झाड़ने के लिए दस-पाँच कोस पैदल दौड़ता हुआ चला जाता है। उसे डबल फीस और सवारी की जरूरत नहीं होती। बूढ़ा मल-मूत्र तक अपने हाथों उठा कर फेंकता, पंडित जी की घुड़कियाँ सुनता, सारे गाँव से दूध माँग कर उन्हें पिलाता। पर उसकी त्योरियाँ कभी मैली न होतीं। अगर उसके कहीं चले जाने पर घरवाले लापरवाही करते तो आ कर सबको डाँटता।

महीने भर के बाद पंडित जी चलने-फिरने लगे और अब उन्हें ज्ञात हुआ कि इन लोगों ने मेरे साथ कितना उपकार किया है। इन्हीं लोगों का काम था कि मुझे मौत के मुँह से निकाला, नहीं तो मरने में क्या कसर रह गई थी? उन्हें अनुभव हुआ कि मैं जिन लोगों को नीच समझता था, और जिनके उद्धार

का बीड़ा उठा कर आया था वे मुझसे कहीं ऊँचे हैं। मैं इस परिस्थिति में कदाचित् रोगी को किसी अस्पताल में भेज कर ही अपनी कर्त्तव्य-निष्ठा पर गर्व करता; समझता मैंने दधीचि और हरिश्चन्द्र का मुख उज्ज्वल कर दिया। उनके रोएँ-रोएँ से इन देव-तुल्य प्राणियों के प्रति आशीर्वाद निकलने लगा।

तीन महीने गुजर गए। न तो हिन्दू-सभा ने पंडित जी की खबर ली और न घरवालों ने। सभा के मुख-पत्र में उनकी मृत्यु पर आँसू बहाये गए, उनके कामों की प्रशंसा की गई, और उनका स्मारक बनाने के लिए चन्दा खोल दिया गया। घरवाले भी रो-पीट कर बैठ रहे।

उधर पंडित जी दूध और घी खा कर चौक-चौबंद हो गए। चेहरे पर खून की सुर्खी दौड़ गई, देह भर आयी। देहात के जलवायु ने वह काम कर दिखाया जो कभी मलाई और मक्खन से न हुआ था। पहले की तरह तैयार तो वह न हुए; पर फुर्ती और चुस्ती दुगुनी हो गई। मोटाई का आलस्य अब नाम को भी न था। उनमें एक नए जीवन का संचार हो गया।

जाड़ा शुरू हो गया था। पंडित जी घर लौटने की तैयारियाँ कर रहे थे। इतने में प्लेग का आक्रमण हुआ, और गाँव के तीन आदमी बीमार हो गए। बूढ़ा चौधरी भी उन्हीं में था। घरवाले इन रोगियों को छोड़कर भाग खड़े हुए। वहाँ का दस्तूर था कि जिन बीमारियों को वे लोग देवी का कोप समझते थे, उनके रोगियों को छोड़ कर चले जाते थे। उन्हें बचाना देवताओं से बैर मोल लेना था, और देवताओं से बैर कर के कहाँ जाते? जिस प्राणी को देवता ने चुन लिया, उसे भला वे उसके हाथों से छीनने का साहस कैसे करते? पंडित जी को भी लोगों ने साथ ले जाना चाहा; किन्तु पंडित जी न गए। उन्होंने गाँव में रह कर रोगियों की रक्षा करने का निश्चय किया। जिस प्राणी ने उन्हें मौत के पंजे से छुड़ाया था; उसे इस दशा में छोड़कर वह कैसे जाते? उपकार ने उनकी आत्मा को जगा दिया था। बूढ़े चौधरी ने तीसरे दिन होश आने पर जब उन्हें अपने पास खड़े देखा, तो बोला—महाराज, तुम यहाँ क्यों आ गए? मेरे लिए देवताओं का हुक्म आ गया है। जब मैं किसी तरह नहीं रुक सकता। तुम क्यों अपनी जान जोखिम में डालते हो? मुझ पर दया करो, चले जाओ।

लेकिन पंडित जी पर कोई असर न हुआ। वह बारी-बारी से तीनों रोगियों के पास जाते और कभी उनकी गिल्टियाँ सेंकते, कभी उन्हें पुराणों की कथाएँ सुनाते। घरों में नाज़, बरतन आदि जब ज्यों के त्यों रखे हुए थे। पंडित जी पथ्य बनाकर रोगियों को खिलाते। रात को जब रोगी सो जाते और सारा गाँव भाँय-भाँय करने लगता तो पंडित जी को भयंकर जंतु दिखायी देते। उनके कलेजे में धड़कन होने लगती; लेकिन वहाँ से टलने का नाम न लेते। उन्होंने निश्चय कर लिया था कि या तो इन लोगों को बचा ही लूँगा या इन पर अपने को बलिदान ही कर दूँगा।

जब तीन दिन सेंक-बाँध करने पर भी रोगियों की हालत न सँभली, तो पंडित जी को बड़ी चिंता हुई। शहर वहाँ से बीस मील पर था। रेल का कहीं पता नहीं, रास्ता बीहड़ और सवारी कोई नहीं। इधर यह भय कि अकेले रोगियों की न जाने क्या दशा हो। बेचारे बड़े संकट में पड़े। अंत को चौथे दिन, पहर रात रहे, वह अकेले शहर को चल दिए और दस बजते-बजते वहाँ जा पहुँचे। अस्पताल से दवा लेने में बड़ी कठिनाई का सामना करना पड़ा। गँवारों से अस्पतालवाले दवाओं का मनमाना दाम वसूल करते थे। पंडित जी को मुफ्त क्यों देने लगे? डाक्टर ने मुंशी से कहा—दवा तैयार नहीं है।

पंडित जी ने गिड़गिड़ा कर कहा—सरकार, बड़ी दूर से आया हूँ। कई आदमी बीमार पड़े हैं। दवा न मिलेगी, तो सब मर माएँगे।

मुंशी ने बिगड़ कर कहा—क्यों सिर खाये जाते हो? कह तो दिया, दवा तैयार नहीं है, न तो इतनी जल्दी हो ही सकती है।

पंडित जी अत्यंत दीनभाव से बोले—सरकार, ब्राह्मण हूँ; आपके बाल-बच्चों को भगवान चिरंजीवी करें, दया कीजिए। आपका अकबाल चमकता रहे।

रिश्वती कर्मचारी में दया कहाँ? वे तो रुपये के गुलाम हैं। ज्यों-ज्यों पंडित जी उसकी खुशामद करते थे और भी झल्लाता था। अपने जीवन में पंडित जी ने कभी इतनी दीनता न प्रकट की थी। उनके पास इस वक्त एक धेला भी न था; अगर वह जानते कि दवा मिलने में इतनी दिक्कत होगी, तो गाँववालों से ही कुछ माँग-जाँच कर लाये होते। बेचारे हतबुद्धि-से खड़े सोच रहे थे कि अब क्या करना चाहिए? सहसा डाक्टर साहब स्वयं बंगले से निकल आये। पंडित जी लपक कर उनके पैरों पर गिर पड़े और करुण स्वर

में बोले—दीनबंधु, मेरे घर के तीन आदमी ताऊन में पड़े हुए हैं। बड़ा गरीब हूँ, सरकार, कोई दवा मिले।

डाक्टर साहब के पास ऐसे गरीब लोग नित्य आया करते थे। उनके चरण पर किसी का गिर पड़ना, उनके सामने पड़े हुए आर्त्तनाद करना, उनके लिए कुछ नई बातें न थीं। अगर इस तरह वह दया करने लगते तो दवा ही भर को होते; यह ठाट-बाट कहाँ से निभता? मगर दिल के चाहे कितने ही बुरे हों, बातें मीठी-मीठी करते थे। पैर हटा कर बोले—रोगी कहाँ है?

पंडित जी—सरकार, वे तो घर पर हैं। इतनी दूर कैसे लाता?

डाक्टर—रोगी घर, और तुम दवा लेने आया हो? कितने मजे की बात है! रोगी को देखे बिना कैसे दवा दे सकता हूँ?

पंडित जी को अपनी भूल मालूम हुई। वास्तव में बिना रोगी को देखे रोग की पहचान कैसे हो सकती है; लेकिन तीन-तीन रोगियों को इतनी दूर लाला आसान न था। अगर गाँववाले उनकी सहायता करते तो डोलियों का प्रबंध हो सकता था; पर वहाँ तो सब कुछ अपने ही बूते पर करना था, गाँववालों से इसमें सहायता मिलने की कोई आशा न थी। सहायता की कौन कहे, वे तो उनके शत्रु हो रहे थे। उन्हें भय होता था कि यह दुष्ट देवताओं से वैर बढ़ा कर हम लोगों पर न जाने क्या विपत्ति लाएगा। अगर कोई दूसरा आदमी होता, तो वह उसे कब का मार चुके होते। पंडित जी से उन्हें प्रेम हो गया था, इसलिए छोड़ दिया था।

यह जवाब सुन कर पंडित जी को कुछ बोलने का साहस तो न था; पर कलेजा मजबूत करके बोले—सरकार, अब कुछ नहीं हो सकता?

डाक्टर—अस्पताल से दवा नहीं मिल सकती। हम अपने पास से, दाम लेकर दवा दे सकते हैं।

पंडित जी—यह दवा कितने की होगी, सरकार।

डाक्टर साहब ने दवा का दाम 10 रुपये बतलाया और यह भी कहा कि इस दवा से जितना लाभ होगा, उतना अस्पताल की दवा से नहीं हो सकता। बोले—वहाँ पुरानी दवाई रखा रहता है। गरीब लोग आता है; दवाई ले जाता है; जिसको जीना होता है, जीता है; जिसे मरना होता है, मरता है; हमसे कुछ मतलब नहीं। हम तुमको जो दवा देगा, वह सच्चा दवा होगा।

दस रुपये!—इस समय पंडित जी को दस रुपये दस लाख जान पड़े। इतने रुपये वह एक दिन में भंग बूटी में उड़ा दिया करते थे; पर इस समय तो धेले-धेले को मुहताज थे। किसी से उधार मिलने की आशा कहाँ। हाँ, सम्भव है, भिक्षा माँगने से कुछ मिल जाए; लेकिन इतनी जल्द दस रुपये किसी भी उपाय से न मिल सकते थे। आधे घंटे तक वह इसी उधेड़बुन में खड़े रहे। भिक्षा के सिवा दूसरा कोई उपाय न सूझता था और भिक्षा उन्होंने कभी माँगी न थी। वह चंदे जमा कर चुके थे, एक-एक बार में हजारों वसूल कर लेते थे; पर वह दूसरी बात थी। धर्म के रक्षक, जाति के सेवक और दलितों के उद्धारक बन कर चंदा लेने में एक गौरव था, चंदा लेकर वह देनेवालों पर एहसान करते थे; पर यहाँ तो भिखारियों की तरह हाथ फैलाना, गिड़गिड़ाना और फटकारें सहनी पड़ेंगी। कोई कहेगा—इतने मोटे-ताजे तो हो, मिहनत क्यों नहीं करते, तुम्हें भीख माँगते शर्म भी नहीं आती? कोई कहेगा—घास खोद लाओ, मैं तुम्हें अच्छी मजदूरी दूँगा। किसी को उनके ब्राह्मण होने का विश्वास न आएगा। अगर यहाँ उनका रेशमी अचकन और रेशमी साफा होता, केसरिया रंगवाला दुपट्टा ही मिल जाता, तो वह कोई स्वाँग भर लेते। ज्योतिषी बन कर वह किसी धनी सेठ को फाँस सकते थे, और इस फन में वह उस्ताद भी थे; पर यहाँ वह सामान कहाँ—कपड़े-लत्ते तो सब कुछ लुट चुके थे। विपत्ति में कदाचित् बुद्धि भी भ्रष्ट हो जाती है। अगर वह मैदान में खड़े होकर कोई मनोहर व्याख्यान दे देते, तो शायद उनके दस-पाँच भक्त पैदा हो जाते, लेकिन इस तरफ इनका ध्यान ही न गया। वह सजे हुए पंडाल में, फूलों से सुसज्जित मेज के सामने, मंच पर खड़े हो कर अपनी वाणी का चमत्कार दिखला सकते थे। इस दुरवस्था में कौन उनका व्याख्यान सुनेगा। लोग समझेंगे, कोई पागल बक रहा है।

मगर दोपहर ढली जा रही थी, अधिक सोच-विचार पर अवकाश न था। यहीं संध्या हो गई, तो रात को लौटना असम्भव हो जाएगा। फिर रोगियों की न जाने क्या दशा हो। वह अब इस अनिश्चित दशा में खड़े न रह सके, चाहे जितना तिरस्कार हो, कितना ही अपमान सहना पड़े, भिक्षा के सिवा और कोई उपाय न था।

वह बाजार में जाकर एक दूकान के सामने खड़े हो गए; पर कुछ माँगने की हिम्मत न पड़ी!

दूकानदार ने पूछा—क्या लोगे?

पंडित जी बोले—चावल का क्या भाव है?

मगर दूसरी दूकान पर पहुँच कर वह ज्यादा सावधान हो गए। सेठ जी गद्दी पर बैठे हुए थे। पंडित जी आ कर उनके सामने खड़े हो गए और गीता का एक श्लोक पढ़ सुनाया। उनका शुद्ध उच्चारण और मधुर वाणी सुन कर सेठ जी चकित हो गए, पूछा—कहाँ स्थान है?

पंडित जी—काशी से आ रहा हूँ।

यह कह कर पंडित जी ने सेठ जी को धर्म के दसों लक्षण बतलाये और श्लोक की ऐसी अच्छी व्याख्या कि वह मुग्ध हो गए। बोले—महाराज, आज चल कर मेरे स्थान को पवित्र कीजिए।

कोई स्वार्थी आदमी होता, तो इस प्रस्ताव को सहर्ष स्वीकार कर लेता; लेकिन पंडित जी को लौटने की पड़ी थी। बोले—नहीं सेठ जी, मुझे अवकाश नहीं है।

सेठ—महाराज, आपको हमारी इतनी खातिरी करनी पड़ेगी।

पंडित जी जब किसी तरह ठहरने पर राजी न हुए, तो सेठ जी ने उदास होकर कहा—फिर हम आपकी क्या सेवा करें? कुछ आज्ञा दीजिए। आपकी वाणी से तो तृप्ति नहीं हुई। फिर कभी इधर आना हो, तो अवश्य दर्शन दीजिएगा।

पंडित जी—आपकी इतनी श्रद्धा है तो अवश्य आऊँगा।

यह कह कर पंडित जी फिर उठ खड़े हुए। संकोच ने फिर उनकी जबान बंद कर दी। यह आदर-सत्कार इसीलिए तो है कि मैं अपना स्वार्थ-भाव छिपाये हुए हूँ। कोई इच्छा प्रकट की और इनकी आँखें बदलीं। सूखा जवाब चाहे न मिले; पर श्रद्धा न रहेगी। वह नीचे उतर गए और सड़क पर एक क्षण के लिए खड़े हो कर सोचने लगे—अब कहाँ जाऊँ? उधर जाड़े का दिन किसी विलासी के धन की भाँति भागा चला जाता था। वह अपने ही ऊपर झुँझला रहे थे—जब किसी से माँगूँगा नहीं, तो कोई क्यों देने लगा? कोई क्या मेरे मन का हाल जानता है? वे दिन गए, जब धनी लोग ब्राह्मणों की पूजा किया करते थे। यह आशा छोड़ दो कि कोई महाशय आ कर तुम्हारे हाथ में रुपये रख देंगे। वह धीरे-धीरे आगे बढ़े।

सहसा सेठ जी ने पीछे से पुकारा—पंडित जी, जरा ठहरिए।

पंडित जी ठहर गए। फिर घर चलने के लिए आग्रह करने आता होगा। यह तो न हुआ कि एक रुपये का नोट ला कर देता, मुझे घर ले जाकर न जाने क्या करेगा?

मगर जब सेठ जी ने सचमुच एक गिनी निकाल कर उनके पैरों पर रख दी; तो उनकी आँखों में एहसान के आँसू छलक आये। हैं! अब भी सच्चे धर्मात्मा जीव संसार में हैं, नहीं तो यह पृथ्वी रसातल को न चली जाती? अगर इस वक्त उन्हें सेठ जी के कल्याण के लिए अपनी देह का सेर-आध सेर रक्त भी देना पड़ता, तो भी शौक से दे देते। गद्‌गद कंठ से बोले—इसका तो कुछ काम न था, सेठ जी! मैं भिक्षुक नहीं हूँ, आपका सेवक हूँ।

सेठ जी श्रद्धा-विनयपूर्ण शब्दों में बोले—भगवान् इसे स्वीकार कीजिए। यह दान नहीं, भेंट है। मैं भी आदमी पहचानता हूँ। बहुतेरे साधु-संत, योगी-यती देश और धर्म के सेवक आते रहते हैं; पर न जाने क्यों किसी के प्रति मेरे मन में श्रद्धा नहीं उत्पन्न होती? उनसे किसी तरह पिंड छुड़ाने की पड़ जाती है। आपका संकोच देख कर मैं समझ गया कि आपका यह पेशा नहीं है। आप विद्वान् हैं, धर्मात्मा हैं; पर किसी संकट में पड़े हुए हैं। इस तुच्छ भेंट को स्वीकार कीजिए और मुझे आशीर्वाद दीजिए। पंडित जी दवाएँ लेकर घर चले, तो हर्ष, उल्लास और विजय से उनका हृदय उछला पड़ता था। हनुमान जी भी संजीवन-बूटी ला कर इतने प्रसन्न न हुए होंगे। ऐसा सच्चा आनंद उन्हें कभी प्राप्त न हुआ था। उनके हृदय में इतने पवित्र भावों का संचार कभी न हुआ था।

दिन बहुत थोड़ा रह गया था। सूर्यदेव अविरल गति से पश्चिम की ओर दौड़ते चले जाते थे। क्या उन्हें भी किसी रोगी को दवा देनी थी? वह बड़े वेग से दौड़ते हुए पर्वत की ओट में छिप गए। पंडित जी और भी फुर्ती से पाँव बढ़ाने लगे, मानो उन्होंने सूर्यदेव को पकड़ लेने की ठानी है।

देखते-देखते अँधेरा छा गया। आकाश में दो-एक तारे दिखायी देने लगे। अभी दस मील की मंजिल बाकी थी। जिस तरह काली घटा को सिर पर मँड़राते देख कर गृहिणी दौड़-दौड़ कर सुखावन समेटने लगती है, उसी भाँति लीलाधर ने भी दौड़ना शुरू किया। उन्हें अकेले पड़ जाने का भय न था, भय था अँधेरे में राह भूल जाने का। दायें-बायें बस्तियाँ छूटती जाती थीं। पंडित

जी को ये गाँव इस समय बहुत ही सुहावने मालूम होते थे। कितने आनंद से लोग अलाव के सामने बैठ ताप रहे हैं?

सहसा उन्हें एक कुत्ता दिखायी दिया। न जाने किधर से आ कर वह उनके सामने पगडंडी पर चलने लगा। पंडित जी चौंक पड़े; पर एक क्षण में उन्होंने कुत्ते को पहचान लिया। वह बूढ़े चौधरी का कुत्ता मोती था। वह गाँव छोड़ कर आज इधर इतनी दूर कैसे आ निकला? क्या वह जानता है? पंडित जी दवा लेकर आ रहे होंगे, कहीं रास्ता भूल जाएँ? कौन जानता है? पंडित जी ने एक बार मोती कह कर पुकारा, तो कुत्ते ने दुम हिलायी; पर रुका नहीं। वह इससे अधिक परिचय दे कर समय नष्ट न करना चाहता था। पंडित जी को ज्ञात हुआ कि ईश्वर मेरे साथ हैं, वही मेरी रक्षा कर रहे हैं। अब उन्हें कुशल से घर पहुँचने का विश्वास हो गया।

दस बजते-बजते पंडित जी घर पहुँच गए।

रोग घातक न था; पर यश पंडित जी को बदा था। एक सप्ताह के बाद तीनों रोगी चंगे हो गए। पंडित जी की कीर्ति दूर-दूर तक फैल गई। उन्होंने यम-देवता से घोर संग्राम करके इन आदमियों को बचा लिया था। उन्होंने देवताओं पर भी विजय पा ली थी—असम्भव को सम्भव कर दिखाया था। वह साक्षात् भगवान् थे। उनके दर्शनों के लिए लोग दूर-दूर से आने लगे; किंतु पंडित जी को अपनी कीर्ति से इतना आनन्द न होता था, जितना रोगियों को चलते-फिरते देख कर।

चौधरी ने कहा—महाराज, तुम साक्षात् भगवान् हो। तुम न आ जाते, तो हम न बचते।

पंडित जी बोले—मैंने कुछ नहीं किया। यह सब ईश्वर की दया है।

चौधरी—अब हम तुम्हें कभी न जाने देंगे। जा कर अपने बाल-बच्चों को भी ले आओ।

पंडित जी—हाँ, मैं भी यही सोच रहा हूँ। तुमको छोड़ कर अब नहीं जा सकता।

मुल्लाओं ने मैदान खाली पाकर आस-पास के देहातों में खूब जोर बाँध रखा था। गाँव के गाँव मुसलमान होते जाते थे। उधर हिन्दू-सभा ने सन्नाटा खींच

लिया था। किसी की हिम्मत न पड़ती थी कि इधर आये। लोग दूर बैठे हुए मुसलमानों पर गोला-बारूद चला रहे थे। इस हत्या का बदला कैसे लिया जाए, यही उनके सामने सबसे बड़ी समस्या थी। अधिकारियों के पास बार-बार प्रार्थना-पत्र भेजे जा रहे थे कि इस मामले की छानबीन की जाए और बार-बार यही जवाब मिलता था कि हत्याकारियों का पता नहीं चलता। उधर पंडित जी के स्मारक के लिए चंदा भी जमा किया जा रहा था।

मगर इस नई ज्योति ने मुल्लाओं का रंग फीका कर दिया। वहाँ एक ऐसे देवता का अवतार हुआ था, जो मुर्दों को जिला देता था, जो अपने भक्तों के कल्याण के लिए अपने प्राणों का बलिदान कर सकता था। मुल्लाओं के यहाँ यह सिद्धि कहाँ, यह विभूति कहाँ, यह चमत्कार कहाँ? इस ज्वलंत उपकार के सामने जन्नत और अखूबत (भातृ-भाव) की कोरी दलीलें कब ठहर सकती थीं? पंडित जी अब वह अपने ब्राह्मणत्व पर घमंड करनेवाले पंडित जी न थे। उन्होंने शुद्रों और भीलों का आदर करना सीख लिया था। उन्हें छाती से लगाते हुए अब पंडित जी को घृणा न होती थी। अपना घर अँधेरा पा कर ही ये इस्लामी दीपक की ओर झुके थे। जब अपने घर में सूर्य का प्रकाश हो गया, तो उन्हें दूसरों के यहाँ जाने की क्या जरूरत थी। सनातन-धर्म की विजय हो गई। गाँव-गाँव मे मंदिर बनने लगे और शाम-सबेरे मन्दिरों में शंख और घंटे की ध्वनि सुनायी देने लगी। लोगों के आचरण आप ही आप सुधरने लगे। पंडित जी ने किसी को शुद्ध नहीं किया। उन्हें अब शुद्धि का नाम लेते शर्म आती थी—मैं भला इन्हें क्या शुद्ध करूँगा, पहले अपने को तो शुद्ध कर लूँ। ऐसी निर्मल एवं पवित्र आत्माओं को शुद्धि के ढोंग से अपमानित नहीं कर सकता।

यह मंत्र था, जो उन्होंने उन चांडालों से सीखा था और इसी बल से वह अपने धर्म की रक्षा करने में सफल हुए थे।

पंडित जी अभी जीवित हैं; पर अब सपरिवार उसी प्रांत में, उन्हीं भीलों के साथ रहते हैं।

14.

सोहाग का शव

मध्यप्रदेश के एक पहाड़ी गाँव में एक छोटे-से घर की छत पर एक युवक मानो संध्या की निस्तब्धता में लीन बैठा था। सामने चन्द्रमा के मलिन प्रकाश में ऊदी पर्वतमालाएँ अनन्त के स्वप्न की भाँति गम्भीर, रहस्यमय, संगीतमय, गनोहर मालूम होती थीं, उन पहाड़ियों के नीचे जल-धारा की एक रौप्य रेखा ऐसी मालूम होती थी, मानो उन पर्वतों का समस्त संगीत, समस्य गाम्भीर्य, सम्पूर्ण रहस्य इसी उज्ज्वल प्रवाह में लीन हो गया हो। युवक की वेशभूषा से प्रकट होता था कि उसकी दशा बहुत सम्पन्न नहीं है। हाँ, उसके मुख से तेज और मनस्विता झलक रही थी। उसकी आँखों पर ऐनक न थी, न मूँछें मुड़ी हुई थीं, न बाल सँवारे हुए थे, कलाई पर घड़ी न थी; यहाँ तक कि कोट की जेब में फाउन्टेनपेन भी न था। या तो वह सिद्धान्तों का प्रेमी था, या आडम्बरों का शत्रु।

युवक विचारों में मौन उसी पर्वतमाला की ओर देख रहा था कि सहसा बादल की गरज से भी भयंकर ध्वनि सुनायी दी। नदी का मधुर गान उस भीषण नाद में डूब गया। ऐसा मालूम हुआ, मानो उस भयंकर नाद ने पर्वतों को भी हिला दिया है, मानो पर्वतों में कोई घोर संग्राम छिड़ गया है। यह रेलगाड़ी थी, जो नदी पर बने हुए पुल से चली आ रही थी।

एक युवती कमरे से निकल कर छत पर आयी और बोली—आज अभी से गाड़ी आ गई? इसे भी आज ही वैर निभाना था।

युवक ने युवती का हाथ पकड़ कर कहा—प्रिये! मेरा जी चाहता है; कहीं न जाऊँ; मैंने निश्चय कर लिया है। मैंने तुम्हारी खातिर से हामी भर ली थी, पर अब जाने की इच्छा नहीं होती। तीन साल कैसे कटेंगे?

युवती ने कातर स्वर में कहा—तीन साल के वियोग के बाद फिर तो जीवनपर्यन्त कोई बाधा न खड़ी होगी। एक बार जो निश्चय कर लिया है, उसे पूरा ही कर डालो, अनंत सुख की आशा में मैं सारे कष्ट झेल लूँगी।

यह कहते हुए युवती जलपान लाने के बहाने से फिर भीतर चली गई। आँसुओं का आवेग उसके काबू से बाहर हो गया। इन दोनों प्राणियों के वैवाहिक जीवन की पहली ही वर्षगाँठ थी। युवक बम्बई विश्वविद्यालय से एम.ए. की उपाधि लेकर नागपुर के एक कालेज में अध्यापक था। नवीन युग की नई-नई वैवाहिक और सामाजिक क्रांतियों ने उसे लेशमात्र भी विचलित न किया था। पुरानी प्रथाओं से ऐसी प्रगाढ़ ममता कदाचित् वृद्धजनों को भी कम होगी। प्रोफेसर हो जाने के बाद उसके माता-पिता ने इस बालिका से उसका विवाह कर दिया था। प्रथानुसार ही उस आँखमिचौनी के खेल में उन्हें प्रेम का रत्न मिल गया। केवल छुट्टियों में यहाँ पहली गाड़ी से आता और आखिरी गाड़ी से जाता। ये दो-चार दिन मीठे स्वप्न के समान कट जाते थे। दोनों बालकों की भाँति रो-रो कर बिदा होते। इसी कोठे पर खड़ी होकर वह उसको देखा करती, जब तक निर्दयी पहाड़ियाँ उसे आड़ में न कर लेतीं। पर अभी साल भी न गुजरने पाया था कि वियोग ने अपना षड्यंत्र रचना शुरू कर दिया। केशव को विदेश जा कर शिक्षा पूरी करने के लिए एक वृत्ति मिल गई। मित्रों ने बधाइयाँ दीं। किसके ऐसे भाग्य हैं, जिसे बिना माँगे स्वभाग्य-निर्माण का ऐसा अवसर प्राप्त हो। केशव बहुत प्रसन्न न था। वह इसी दुविधा में पड़ा हुआ घर आया। माता-पिता और अन्य संबंधियों ने इस यात्रा का घोर विरोध किया। नगर में जितनी बधाइयाँ मिली थीं, यहाँ उससे कहीं अधिक बाधाएँ मिलीं। किंतु सुभद्रा की उच्चाकांक्षाओं की सीमा न थी। वह कदाचित् केशव को इंद्रासन पर बैठा हुआ देखना चाहती थी। उसके सामने तब भी वही पति सेवा का आदर्श होता था। वह तब भी उसके सिर में तेल डालेगी, उसकी धोती छाँटेगी, उसके पाँव दबायेगी और उसको पंखा झलेगी। उपासक की महत्त्वाकांक्षा उपास्य ही के प्रति होती हैं वह उसको सोने का मंदिर बनवायेगा, उसके सिंहासन को रत्नों से सजायेगा, स्वर्ग से पुष्प लाकर भेंट करेगा; पर वह स्वयं वही उपासक रहेगा। जटा के स्थान पर मुकुट या कौपीन की जगह पिताम्बर की लालसा उसे कभी नहीं सताती। सुभद्रा ने उस वक्त तक दम न लिया जब तक केशव ने विलायत जाने का वादा न कर लिया माता-पिता ने उसे कलंकिनी और न जाने क्या-क्या कहा, पर अंत में सहमत हो गए। सब तैयारियाँ हो गईं। स्टेशन

समीप ही था। यहाँ गाड़ी देर तक खड़ी रहती थी। स्टेशनों के समीपस्थ गाँव के निवासियों के लिए गाड़ी का आना शत्रु का धावा नहीं, मित्र का पदार्पण है। गाड़ी आ गई। सुभद्रा जलपान बना कर पति का हाथ धुलाने आयी थी। इस समय केशव की प्रेम-कातर आपत्ति ने उसे एक क्षण के लिए विचलित कर दिया। हाँ! कौन जानता है, तीन साल में क्या हो जाए! मन में एक आवेश उठा–कह दूँ, प्यारे मत जाओ। थोड़ा ही खाएँगे, मोटा ही पहनेंगे, रो-रो कर दिन तो न कटेंगे। कभी केशव के आने में एक-आधा महीना लग जाता था, तो वह विकल हो जाया करती थी। यही जी चाहता था, उड़ कर उनके पास पहुँच जाऊँ। फिर ये निर्दयी तीन वर्ष कैसे कटेंगे! लेकिन उसने बड़ी कठोरता से इन निराशाजनक भावों को ठुकरा दिया और काँपते कंठ से बोली–जी तो मेरा भी यही चाहता है। जब तीन साल का अनुमान करती हूँ, तो एक कल्प-सा मालूम होता है। लेकिन जब विलायत में तुम्हारे सम्मान और आदर का ध्यान करती हूँ, तो ये तीन साल तीन दिन-से मालूम होते हैं। तुम तो जहाज पर पहुँचते ही मुझे भूल जाओगे। नए-नए दृश्य तुम्हारे मनोरंजन के लिए आ खड़े होंगे। योरोप पहुँच कर विद्वानों के सत्संग में तुम्हें घर की याद भी न आएगी। मुझे तो रोने के सिवा और कोई धंधा नहीं है। यही स्मृतियाँ ही मेरे जीवन का आधार होंगी। लेकिन क्या करूँ, जीवन की भोग-लालसा तो नहीं मानती। फिर जिस वियोग का अंत जीवन की सारी विभूतियाँ अपने साथ लाएगा, वह वास्तव में तपस्या है। तपस्या के बिना तो वरदान नहीं मिलता।

केशव को भी अब ज्ञात हुआ कि क्षणिक मोह के आवेश में स्वभाग्य निर्माण का ऐसा अच्छा अवसर त्याग देना मूर्खता है। खड़े होकर बोले–रोना-धोना मत, नहीं तो मेरा जी न लगेगा।

सुभद्रा ने उसका हाथ पकड़ कर हृदय से लगाते हुए उनके मुँह की ओर सजल नेत्रों से देखा और बोली–पत्र बराबर भेजते रहना।

सुभद्रा ने फिर आँखों में आँसू भरे हुए मुस्करा कर कहा–देखना, विलायती मिसों के जाल में न फँस जाना।

केशव फिर चारपाई पर बैठ गया और बोला–अगर तुम्हें यह संदेह है, तो लो, मैं जाऊँगा ही नहीं।

सुभद्रा ने उसके गले में बाँहें डाल कर विश्वासपूर्ण दृष्टि से देखा और बोली—मैं दिल्लगी कर रही थी।

'अगर इंद्रलोक की अप्सरा भी आ जाए, तो आँख उठा कर न देखूँ। ब्रह्मा ने ऐसी दूसरी सृष्टि की ही नहीं।'

'बीच में कोई छुट्टी मिले, तो एक बार चले आना।'

'नहीं प्रिये, बीच में शायद छुट्टी न मिलेगी। मगर जो मैंने सुना कि तुम रो-रो कर घुली जाती हो, दाना-पानी छोड़ दिया है, तो मैं अवश्य चला आऊँगा। ये फूल जरा भी कुम्हलाने न पायें।'

दोनों गले मिल कर विदा हो गए। बाहर संबंधियों और मित्रों का एक समूह खड़ा था। केशव ने बड़ों के चरण छुए, छोटों को गले लगाया और स्टेशन की ओर चले। मित्रगण स्टेशन तक पहुँचाने गए। एक क्षण में गाडी यात्री को ले कर चल दी।

उधर केशव गाड़ी में बैठा हुआ पहाड़ियों की बहार देख रहा था; इधर सुभद्रा भूमि पर पड़ी सिसकियाँ भर रही थी।

दिन गुजरने लगे। उसी तरह, जैसे बीमारी के दिन कटते हैं—दिन पहाड़, रात काली बला। रात भर मनाते गुजरती थी कि किसी तरह भोर हो। भोर होता, तो मनाने लगती कि जल्दी शाम को। मैके गई कि वहाँ जी बहलेगा। दस-पाँच दिन परिवर्तन का कुछ असर हुआ, फिर उससे भी बुरी दशा हुई, भाग कर ससुराल चली आयी। रोगी करवट बदल कर आराम का अनुभव करता है।

पहले पाँच-छह महीनों तक तो केशव के पत्र पंद्रहवें दिन बराबर मिलते रहे। उसमें वियोग के दुःख कम, नए-नए दृश्यों का वर्णन अधिक होता था। पर सुभद्रा संतुष्ट थी। पत्र आते हैं, वह प्रसन्न हैं, कुशल से हैं, उसके लिए यही काफी था। प्रतिकूल वह पत्र लिखती, तो विरह-व्यथा के सिवा उसे कुछ सूझता ही न था। कभी-कभी जब जी बेचैन हो जाता, तो पछताती कि व्यर्थ जाने दिया। कहीं एक दिन मर जाऊँ, तो उनके दर्शन भी न हों।

लेकिन छठे महीने से पत्रों में भी विलम्ब होने लगा। कई महीने तक तो महीने में एक पत्र आता रहा, फिर वह भी बंद हो गया। सुभद्रा के चार-छह

पत्र पहुँच जाते, तो एक पत्र आ जाता; वह भी बेदिली से लिखा हुआ, काम की अधिकता और समय के अभाव के रोने से भरा हुआ। एक वाक्य भी ऐसा नहीं, जिससे हृदय को शांति हो, जो टपकते हुए दिल पर मरहम रखे। हाँ! आदि से अंत तक 'प्रिये' शब्द का नाम नहीं। सुभद्रा अधीर हो उठी। उसने योरोप-यात्रा का निश्चय कर लिया। वह सारे कष्ट सह लेगी, सिर पर जो कुछ पड़ेगी, सह लेगी; केशव को आँखों से देखती तो रहेगी। वह इस बात को उनसे गुप्त रखेगी, उनकी कठिनाइयों को और न बढ़ायेगी, उनसे बोलेगी भी नहीं! केवल उन्हें कभी-कभी आँख भर कर देख लेगी। यही उसकी शांति के लिए काफी होगा। उसे क्या मालूम था कि उसका केशव अब उसका नहीं रहा। वह अब एक दूसरी ही कामिनी के प्रेम का भिखारी है।

सुभद्रा कई दिनों तक इस प्रस्ताव को मन में रखे हुए सेती रही। उसे किसी प्रकार की शंका न होती थी। समाचार-पत्रों के पढ़ते रहने से उसे समुद्री यात्रा का हाल मालूम होता रहता था। एक दिन उसने अपने सास-ससुर के सामने अपना निश्चय प्रकट किया। उन लोगों ने बहुत समझाया; रोकने की बहुत चेष्टा की; लेकिन सुभद्रा ने अपना हठ न छोड़ा। आखिर जब लोगों ने देखा कि यह किसी तरह नहीं मानती, तो राजी हो गए। मैकेवाले भी समझा कर हार गये। कुछ रुपये उसने स्वयं जमा कर रखे थे, कुछ ससुराल में मिले। माँ-बाप ने भी मदद की। रास्ते के खर्च की चिंता न रही। इंग्लैंड पहुँच कर वह क्या करेगी, इसका अभी उसने कुछ निश्चय न किया। इतना जानती थी कि परिश्रम करनेवालों को रोटियों की कहीं कमी नहीं रहती।

विदा होते समय सास और ससुर दोनों स्टेशन तक आये। जब गाड़ी ने सीटी दी, तो सुभद्रा ने हाथ जोड़ कर कहा—मेरे जाने का समाचार वहाँ न लिखिएगा। नहीं तो उन्हें चिंता होगी और पढ़ने में उनका जी न लगेगा।

ससुर ने आश्वासन दिया। गाड़ी चल दी।

लंदन के उस हिस्से में, जहाँ इस समृद्धि के समय में भी दरिद्रता का राज है, ऊपर के एक छोटे-से कमरे में सुभद्रा एक कुर्सी पर बैठी है। उसे यहाँ आये आज एक महीना हो गया है। यात्रा के पहले उसके मन में जितनी शंकाएँ थीं,

सभी शांत होती जा रही हैं। बम्बई-बंदर में जहाज पर जगह पाने का प्रश्न बड़ी आसानी से हल हो गया। वह अकेली औरत न थी जो योरोप जा रही हो। पाँच-छह स्त्रियाँ और भी उसी जहाज से जा रही थीं। सुभद्रा को न जगह मिलने में कोई कठिनाई हुई, न मार्ग में। यहाँ पहुँच कर और स्त्रियों से संग छूट गया। कोई किसी विद्यालय में चली गई; दो-तीन अपने पतियों के पास चली गईं, जो यहाँ पहले आ गए थे। सुभद्रा ने इस मुहल्ले में एक कमरा ले लिया। जीविका का प्रश्न भी उसके लिए बहुत कठिन न रहा। जिन महिलाओं के साथ वह आयी थी, उनमें कई उच्च-अधिकारियों की पत्नियाँ थीं। कई अच्छे-अच्छे अंगरेज घरानों से उनका परिचय था। सुभद्रा को दो महिलाओं को भारतीय संगीत और हिन्दी-भाषा सिखाने का काम मिल गया। शेष समय में वह भारतीय संगीत और हिन्दी-भाषा सिखाने का काम कर लेती है। केशव का निवास-स्थान यहाँ से निकट है, इसीलिए सुभद्रा ने इस मुहल्ले को पसंद किया है। कल केशव उसे दिखायी दिया था। ओह! उन्हें 'बस' से उतरते देख कर उसका चित्त जितना आतुर हो उठा था। बस यही मन में आता था कि दौड़ कर उनके गले से लिपट जाए और पूछे—क्यों जी, तुम यहाँ आते ही बदल गए। याद है, तुमने चलते समय क्या-क्या वादे किये थे? उसने बड़ी मुश्किल से अपने को रोका था। तब से उस वक्त तक उसे मानो नशा-सा छाया हुआ है, वह उनके इतने समीप है! चाहे रोज उन्हें देख सकती है, उनकी बातें सुन सकती है; हाँ, उन्हें स्पर्श तक कर सकती है। अब यह उससे भाग कर कहाँ जाएँगे? उनके पत्रों की अब उसे क्या चिंता है? कुछ दिनों के बाद सम्भव है वह उनके होटल के नौकरों से जो चाहे, पूछ सकती है।

संध्या हो गई थी। धुएँ में बिजली की लालटेंने रोती आँखों की भाँति ज्योतिहीन-सी हो रही थीं। गली में स्त्री-पुरुष सैर करने जा रहे थे। सुभद्रा सोचने लगी—इन लोगों को आमोद से कितना प्रेम है, मानो किसी को चिंता ही नहीं, मानो सभी सम्पन्न हैं, जभी ये लोग इतने एकाग्र हो कर सब काम कर सकते हैं। जिस समय जो काम करते हैं, जी-जान से करते हैं। खेलने की उमंग है, तो काम करने की भी उमंग है और एक हम हैं कि न हँसते हैं, न रोते हैं; मौन बैठे रहते हैं। स्फूर्ति का कहीं नाम नहीं, काम तो सारे दिन करते हैं, भोजन करने की फुरसत भी नहीं मिलती, पर वास्तव में चौथाई समय भी

काम में नहीं लगाते। केवल काम करने का बहाना करते हैं। मालूम होता है, जाति प्राण-शून्य हो गई है।

सहसा उसने केशव को जाते देखा। हाँ, केशव ही था। कुर्सी से उठ कर बरामदे में चली गई। प्रबल इच्छा हुई कि जा कर उनके गले से लिपट जाए। उसने अगर अपराध किया है, तो उन्हीं के कारण तो। यदि वह बराबर पत्र लिखते जाते, तो वह क्यों आती?

लेकिन केशव के साथ यह युवती कौन है? अरे! केशव उसका हाथ पकड़े हुए हैं। दोनों मुस्करा-मुस्करा कर बातें करते चले जाते हैं। यह युवती कौन है?

सुभद्रा ने ध्यान से देखा। युवती का रंग साँवला था। वह भारतीय बालिका थी। उसका पहनावा भारतीय था। इससे ज्यादा सुभद्रा को और कुछ न दिखायी दिया। उसने तुरंत जूते पहने, द्वार बंद किया और एक क्षण में गली में आ पहुँची! केशव अब दिखायी न देता था, पर वह जिधर गया था, उधर ही वह बड़ी तेजी से लपकी चली जाती थी। यह युवती कौन है? वह उन दोनों की बातें सुनना चाहती थी, उस युवती को देखना चाहती थी, उसके पाँव इतनी तेजी से उठ रहे थे, मानो दौड़ रही हो। पर इतनी जल्द दोनों कहाँ अदृश्य हो गए? अब तक उसे उन लोगों के समीप पहुँच जाना चाहिए था। शायद दोनों किसी 'बस' पर जा बैठे।

अब वह गली समाप्त करके एक चौड़ी सड़क पर आ पहुँची थी। दोनों तरफ बड़ी-बड़ी जगमगाती हुई दूकानें थीं, जिनमें संसार की विभूतियाँ गर्व से फूली बैठी थीं। कदम-कदम पर होटल और रेस्ट्राँ थे। सुभद्रा दोनों ओर नेत्रों से ताकती, पग-पग पर भ्राँति के कारण मचलती कितनी दूर निकल गई, कुछ खबर नहीं।

फिर उसने सोचा—यों कहाँ तक चली जाऊँगी? कौन जाने, किधर गए। चल कर फिर अपने बरामदे से देखूँ। आखिर इधर से गए हैं, तो इधर ही से लौटेंगे भी। यह खयाल आते ही वह घूम पड़ी, और उसी तरह दौड़ती हुई अपने स्थान की ओर चली। जब वहाँ पहुँची, तो बारह बज गए थे। और इतनी देर उसे चलते ही गुजरा! एक क्षण भी उसने कहीं विश्राम नहीं किया!

वह ऊपर पहुँची, तो गृह-स्वामिनी ने कहा—तुम्हारे लिए बड़ी देर से भोजन रखा हुआ है।

सुभद्रा ने भोजन अपने कमरे में मँगा लिया पर खाने की सुधि किसे थी! वह उसी बरामदे में, उसी तरफ टकटकी लगाये खड़ी थी, जिधर से केशव गया था।

एक बज गया, दो बजा, फिर भी केशव नहीं लौटा। उसने मन में कहा—वह किसी दूसरे मार्ग से चले गए। मेरा यहाँ खड़ा रहना व्यर्थ है। चलूँ, सो रहूँ। लेकिन फिर खयाल आ गया, कहीं आ न रहे हों।

मालूम नहीं, उसे कब नींद आ गई।

दूसरे दिन प्रातःकाल सुभद्रा अपने काम पर जाने को तैयार हो रही थी कि एक युवती रेशमी साड़ी पहने आ कर खड़ी हो गई और मुस्करा कर बोली—क्षमा कीजिएगा, मैंने बहुत सवेरे आपको कष्ट दिया। आप तो कहीं जाने को तैयार मालूम होती हैं

सुभद्रा ने एक कुर्सी बढ़ाते हुए कहा—हाँ, एक काम से बाहर जा रही थी। मैं आपकी क्या सेवा कर सकती हूँ?

यह कहते हुए सुभद्रा ने युवती को सिर से पाँव तक उसी आलोचनात्मक दृष्टि से देखा, जिससे स्त्रियाँ ही देख सकती हैं। सौंदर्य की किसी परिभाषा से भी उसे सुन्दरी न कहा जा सकता था। उसका रंग साँवला, मुँह कुछ चौड़ा, नाक कुछ चिपटी, कद भी छोटा और शरीर भी कुछ स्थूल था। आँखों में एनक लगी हुई थी। लेकिन इन सब कारणों के होते हुए भी उसमें कुछ ऐसी बात थी, जो आँखों को अपनी ओर खींच लेती थी। उसकी वाणी इतनी मधुर, इतनी संयमित, इतनी विनम्र थी कि जान पड़ता था किसी देवी के वरदान हों। एक-एक अंग से प्रतिभा विकीर्ण हो रही थी। सुभद्रा उसके सामने हलकी एवं तुच्छ मालूम होती थी। युवती ने कुर्सी पर बैठते हुए कहा—

'अगर मैं भूलती हूँ, तो मुझे क्षमा कीजिएगा। मैंने सुना है कि आप कुछ कपड़े भी सीती हैं, जिसका प्रमाण यह है कि यहाँ सीविंग मशीन मौजूद है।'

सुभद्रा—मैं दो लेडियों को भाषा पढ़ाने जाया करती हूँ, शेष समय में कुछ सिलाई भी कर लेती हूँ। आप कपड़े लायी हैं?

युवती—नहीं, अभी कपड़े नहीं लायी। यह कहते हुए उसने लज्जा से सिर झुका कर मुस्कराते हुए कहा—बात यह है कि मेरी शादी होने जा रही है। मैं वस्त्राभूषण सब हिंदुस्तानी रखना चाहती हूँ। विवाह भी वैदिक रीति से ही होगा। ऐसे कपड़े यहाँ आप ही तैयार कर सकती हैं।

सुभद्रा ने हँस कर कहा—मैं ऐसे अवसर पर आपके जोड़े तैयार करके अपने को धन्य समझूँगी। वह शुभ तिथि कब है?

युवती ने सकुचाते हुए कहा—वह तो कहते हैं, इसी सप्ताह में हो जाय; पर मैं उन्हें टालती आती हूँ। मैंने तो चाहा कि भारत लौटने पर विवाह होता, पर वह इतने उतावले हो रहे हैं कि कुछ कहते नहीं बनता। अभी तो मैंने यही कह कर टाला है कि मेरे कपड़े सिल रहे हैं।

सुभद्रा—तो मैं आपके जोड़े बहुत जल्द दे दूँगी।

युवती ने हँस कर कहा—मैं तो चाहती थी कि आप महीनों लगा देतीं।

सुभद्रा—वाह, मैं इस शुभ कार्य में क्यों विघ्न डालने लगी? मैं इसी सप्ताह में आपके कपड़े दे दूँगी, और उनसे इसका पुरस्कार लूँगी।

युवती खिलखिला कर हँसी। कमरे में प्रकाश की लहरें-सी उठ गईं। बोली—इसके लिए तो पुरस्कार वह देंगे, बड़ी खुशी से देंगे और तुम्हारे कृतज्ञ होंगे। मैंने प्रतिज्ञा की थी कि विवाह के बंधन में पड़ूँगी ही नहीं; पर उन्होंने मेरी प्रतिज्ञा तोड़ दी। अब मुझे मालूम हो रहा है कि प्रेम की बेड़ियाँ कितनी आनंदमय होती हैं। तुम तो अभी हाल ही में आयी हो। तुम्हारे पति भी साथ होंगे?

सुभद्रा ने बहाना किया। बोली—वह इस समय जर्मनी में हैं। संगीत से उन्हें बहुत प्रेम है। संगीत ही का अध्ययन करने के लिए वहाँ गए हैं।

'तुम भी संगीत जानती हो?'

'बहुत थोड़ा।'

'केशव को संगीत से बड़ा प्रेम है।'

केशव का नाम सुन कर सुभद्रा को ऐसा मालूम हुआ, जैसे बिच्छू ने काट लिया हो। वह चौंक पड़ी।

युवती ने पूछा—आप चौंक कैसे गईं? क्या केशव को जानती है?

सुभद्रा ने बात बना कर कहा—नहीं, मैंने यह नाम कभी नहीं सुना। वह यहाँ क्या करते हैं?

सुभद्रा को खयाल आया, क्या केशव किसी दूसरे आदमी का नाम नहीं हो सकता? इसलिए उसने यह प्रश्न किया था। उसी जवाब पर उसकी जिंदगी का फैसला था।

युवती ने कहा—यहाँ विद्यालय में पढ़ते हैं। भारत सरकार ने उन्हें भेजा है। अभी साल भर भी तो आये नहीं हुआ। तुम देख कर प्रसन्न होगी। तेज और बुद्धि की मूर्ति समझ लो। यहाँ के अच्छे-अच्छे प्रोफेसर उनका आदर करते है। ऐसा सुन्दर भाषण तो मैंने किसी के मुँह से सुना ही नहीं। जीवन आदर्श है। मुझसे उन्हें क्यों प्रेम हो गया है, मुझे इसका आश्चर्य है। मुझमें न रूप है, न लावण्य। यह मेरा सौभाग्य है। तो मैं शाम को कपड़े लेकर आऊँगी।

सुभद्रा ने मन में उठते हुए वेग को सँभाल कर कहा—अच्छी बात है।

जब युवती चली गई, तो सुभद्रा फूट-फूट कर रोने लगी। ऐसा जान पड़ता था, मानो देह में रक्त ही नहीं, मानो प्राण निकल गए हैं। वह कितनी निस्सहाय, कितनी दुर्बल है, इसका आज अनुभव हुआ। ऐसा मालूम हुआ, मानो संसार में उसका कोई नहीं हैं अब उसका जीवन व्यर्थ है। उसके लिए अब जीवन में रोने के सिवा और क्या है? उसकी सारी ज्ञानेंद्रियाँ शिथिल-सी हो गई थीं मानो वह किसी ऊँचे वृक्ष से गिर पड़ी हो। हा! यह उसके प्रेम और भक्ति का पुरस्कार है। उसने कितना आग्रह करके केशव को यहाँ भेजा था, इसलिए कि यहाँ आते ही उसका सर्वनाश कर दें?

पुरानी बातें याद आने लगीं। केशव की वह प्रेमातुर आँखें सामने आ गईं। वह सरल, सहज मूर्ति आँखों के सामने नाचने लगी। उसका जरा सिर धमकता था, तो केशव कितना व्याकुल हो जाता था। एक बार जब उसे फसली बुखार आ गया था, तो केशव घबरा कर, पंद्रह दिन की छुट्टी लेकर घर आ गया था और उसके सिरहाने बैठा रात भर पंखा झलता रहा था। वही केशव अब इतनी जल्द उससे ऊब उठा! उसके लिए सुभद्रा ने कौन-सी बात उठा रखी। वह तो उसी को अपना प्राणाधार, अपना जीवन-धन, अपना सर्वस्व समझती थी। नहीं-नहीं, केशव का दोष नहीं, सारा दोष इसी का है। इसी ने अपनी मधुर बातों से उन्हें वशीभूत कर लिया है। इसकी विद्या, बुद्धि और वाक्पटुता ही ने उनके हृदय पर विजय पायी है। हाय! उसने कितनी

बार केशव से कहा था मुझे भी पढ़ाया करो, लेकिन उन्होंने हमेशा यही जवाब दिया, तुम जैसी हो, मुझे वैसी ही पसन्द हो। मैं तुम्हारी स्वाभाविक सरलता को पढ़ा-पढ़ा कर मिटाना नहीं चाहता। केशव ने उसके साथ कितना बड़ा अन्याय किया है! लेकिन यह उनका दोष नहीं, यह इसी यौवन मतवाली छोकरी की माया है।

सुभद्रा को इस ईर्ष्या और दुःख के आवेश में अपने काम पर जाने की सुध न रही। वह कमरे में इस तरह टहलने लगी, जैसे किसी ने जबरदस्ती उसे बंद कर दिया हो। कभी दोनों मुट्ठियाँ बँध जातीं, कभी दाँत पीसने लगती, कभी होंठ काटती। उन्माद की-सी दशा हो गई। आँखों में भी एक तीव्र ज्वाला चमक उठी। ज्यों-ज्यों केशव के इस निष्ठुर आघात को सोचती, उन कष्टों को याद करती, जो उसने उसके लिए झेले थे, उसका चित्त प्रतिकार के लिए विकल होता जाता था। अगर कोई बात हुई होती, आपस में कुछ मनोमालिन्य का लेश भी होता, तो उसे इतना दुःख न होता। यह तो उसे ऐसा मालूम होता था कि मानो कोई हँसते-हँसते अचानक गले पर चढ़ बैठे। अगर वह उनके योग्य नहीं थी, तो उन्होंने उससे विवाह ही क्यों किया था? विवाह करने के बाद भी उसे क्यों न ठुकरा दिया था? क्यों प्रेम का बीज बोया था? और आज जब वह बीज पल्लवों से लहराने लगा, उसकी जड़ें उसके अंतस्तल के एक-एक अणु में प्रविष्ट हो गईं, उसका रक्त, उसका सारा उत्सर्ग वृक्ष को सींचने और पालने में प्रवृत्त हो गया, तो वह आज उसे उखाड़ कर फेंक देना चाहते हैं। क्या हृदय के टुकड़े-टुकड़े हुए बिना वृख उखड़ जाएगा?

सहसा उसे एक बात याद आ गई। हिंसात्मक संतोष से उसका उत्तेजित मुख-मंडल और भी कठोर हो गया। केशव ने अपने पहले विवाह की बात इस युवती से गुप्त रखी होगी! सुभद्रा उसका भंडाफोड़ करके केशव के सारे मंसूबों को धूल में मिला देगी। उसे अपने ऊपर क्रोध आया कि युवती का पता क्यों न पूछ लिया। उसे एक पत्र लिख कर केशव की नीचता, स्वार्थपरता और कायरता की कलई खोल देती—उसके पांडित्य, प्रतिभा और प्रतिष्ठा को धूल में मिला देती। खैर, संध्या-समय तो वह कपड़े ले कर आयेगी ही। उस समय उसे सारा कच्चा चिट्ठा बयान कर दूँगी।

सुभद्रा दिन-भर युवती का इंतजार करती रही। कभी बरामदे में आकर इधर-उधर निगाह दौड़ाती, कभी सड़क पर देखती, पर उसका कहीं पता न था। मन में झुँझलाती थी कि उसने क्यों उसी वक्त सारा वृत्तांत न कह सुनाया।

केशव का पता उसे मालूम था। उस मकान और गली का नम्बर तक याद था, जहाँ से वह उसे पत्र लिखा करता था। ज्यों-ज्यों दिल ढलने लगा और युवती के आने में विलम्ब होने लगा, उसके मन में एक तरंग-सी उठने लगी कि जा कर केशव को फटकारे, उसका सारा नशा उतार दे, कहे—तुम इतने भयंकर हिंसक हो, इतने महान् धूर्त हो, यह मुझे मालूम न था। तुम यही विद्या सीखने आये थे। तुम्हारे पांडित्य का यही फल है! तुम एक अबला को जिसने तुम्हारे ऊपर सर्वस्व अर्पण कर दिया, यों छल सकते हो। तुममें क्या मनुष्यता नाम को भी रह गई? आखिर तुमने मेरे लिए क्या सोचा है? मैं सारी जिंदगी तुम्हारे नाम को रोती रहूँ! लेकिन अभिमान हर बार उसके पैरों को रोक लेता। नहीं, जिसने उसके साथ ऐसा कपट किया है, उसका इतना अपमान किया है, उसके पास वह न जाएगी। वह उसे देख कर अपने आँसुओं को रोक सकेगी या नहीं, इसमें उसे संदेह था, और केशव के सामने वह रोना नहीं चाहती थी। अगर केशव उससे घृणा करता है, तो वह भी केशव से घृणा करेगी। संध्या भी हो गई, पर युवती न आयी। बत्तियाँ भी जलीं, पर उसका पता नहीं।

एकाएक उसे अपने कमरे के द्वार पर किसी के आने का आहट मालूम हुई। वह कूद कर बाहर निकल आयी। युवती कपड़ों का एक पुलिंदा लिये सामने खड़ी थी। सुभद्रा को देखते ही बोली—क्षमा करना, मुझे आने में देर हो गई। बात यह है कि केशव को किसी बड़े जरूरी काम से जर्मनी जाना है। वहाँ उन्हें एक महीने से ज्यादा लग जाएगा। वह चाहते हैं कि मैं भी उनके साथ चलूँ। मुझसे उन्हें अपनी थीसिस लिखने में बड़ी सहायता मिलेगी। बर्लिन के पुस्तकालयों को छानना पड़ेगा। मैंने भी स्वीकार कर लिया है। केशव की इच्छा है कि जर्मनी जाने से पहले हमारा विवाह हो गाए। कल संध्या समय संस्कार हो जाएगा। अब ये कपड़े मुझे आप जर्मनी से लौटने पर दीजिएगा। विवाह के अवसर पर हम मामूली कपड़े पहन लेंगे। और क्या करती? इसके सिवा कोई उपाय न था, केशव का जर्मनी जाना अनिवार्य है।

सुभद्रा ने कपड़ों को मेज पर रख कर कहा—आपको धोखा दिया गया है।

युवती ने घबरा कर पूछा—धोखा? कैसे धोखा? मैं बिलकुल नहीं समझी। तुम्हारा मतलब क्या है?

सुभद्रा ने संकोच के आवरण को हटाने की चेष्टा करते हुए कहा—केशव तुम्हें धोखा दे कर तुमसे विवाह करना चाहता है।

'केशव ऐसा आदमी नहीं है, जो किसी को धोखा दे। क्या तुम केशव को जानती हो?'

'केशव ने तुमसे अपने विषय में सब-कुछ कह दिया है?'

'सब-कुछ।'

'कोई भी बात नहीं छिपायी?'

'मेरा तो यही विचार है कि उन्होंने एक बात भी नहीं छिपायी!'

'तुम्हें मालूम है कि उसका विवाह हो चुका है?'

युवती की मुख-ज्योति कुछ मलिन पड़ गई, उसकी गर्दन लज्जा से झुक गई। अटक-अटक कर बोली—हाँ, उन्होंने मुझसे...यह बात कही थी।

सुभद्रा परास्त हो गई। घृणा-सूचक नेत्रों से देखती हुई बोली—यह जानते हुए भी तुम केशव से विवाह करने पर तैयार हो?

युवती ने अभिमान से देख कर कहा—तुमने केशव को देखा है?

'नहीं, मैंने उन्हें कभी नहीं देखा है।'

'फिर, तुम उन्हें कैसे जानती हो?'

'मेरे एक मित्र ने मुझसे यह बात कही है, वह केशव को जानता है।'

'अगर तुम एक बार केशव को देख लेतीं, एक बार उससे बातें कर लेतीं, तो मुझसे यह प्रश्न न करतीं। एक नहीं, अगर उन्होंने एक सौ विवाह किये होते, तो मैं इनकार न करती। उन्हें देख कर मैं अपने को बिलकुल भूल जाती हूँ। अगर उनसे विवाह न करूँ, तो फिर मुझे जीवन भर अविवाहित ही रहना पड़ेगा। जिस समय वह मुझसे बातें करने लगते हैं, मुझे ऐसा अनुभव होता है कि मेरी आत्मा पुष्प की भाँति खिली जा रही है। मैं उसमें प्रकाश और विकास का प्रत्यक्ष अनुभव करती हूँ। दुनिया चाहे जितना हँसे, चाहे जितनी निंदा करे, मैं केशव को अब नहीं छोड़ सकती। उनका विवाह हो चुका है, यह सत्य है; पर उस स्त्री से उनका मन कभी न मिला। यथार्थ में उनका विवाह अभी नहीं

हुआ है। वह कोई साधारण, अर्द्धशिक्षिता बालिका है। तुम्हीं सोचो, केशव जैसा विद्वान, उदारचेता, मनस्वी पुरुष ऐसी बालिका के साथ कैसे प्रसन्न रह सकता है? तुम्हें कल मेरे विवाह में चलना पड़ेगा।'

सुभद्रा का चेहरा तमतमाया जा रहा था। केशव ने उसे इतने काले रंगों में रँगा है, यह सोच कर उसका रक्त खौल रहा था। जी में आता था, इसी क्षण इसको दुत्कार दूँ, लेकिन उसके मन में कुछ और ही मंसूबे पैदा होने लगे थे। उसने गंभीर, पर उदासीनता के भाव से पूछा—केशव ने कुछ उस स्त्री के विषय में नहीं कहा?

युवती ने तत्परता से कहा—घर पहुँचने पर वह उससे केवल यही कह देंगे कि हम और तुम अब स्त्री और पुरुष नहीं रह सकते। उसके भरण-पोषण का वह उसके इच्छानुसार प्रबंध कर देंगे, इसके सिवा वह और क्या कर सकते हैं। हिन्दू-नीति में पति-पत्नी में विच्छेद नहीं हो सकता। पर केवल स्त्री को पूर्ण रीति से स्वाधीन कर देने के विचार से वह ईसाई या मुसलमान होने पर भी तैयार हैं। वह तो अभी उसे इसी आशय का एक पत्र लिखने जा रहे थे, पर मैंने ही रोक लिया। मुझे उस अभागिनी पर बड़ी दया आती है, मैं तो यहाँ तक तैयार हूँ कि अगर उसकी इच्छा हो तो वह भी हमारे साथ रहे। मैं उसे अपनी बहन समझूँगी। किंतु केशव इससे सहमत नहीं होते।

सुभद्रा ने व्यंग्य से कहा—रोटी-कपड़ा देने को तैयार ही हैं, स्त्री को इसके सिवा और क्या चाहिए?

युवती ने व्यंग्य की कुछ परवा न करके कहा—तो मुझे लौटने पर कपड़े तैयार मिलेंगे न?

सुभद्रा—हाँ, मिल जाएँगे।

युवती—कल तुम संध्या समय आओगी?

सुभद्रा—नहीं, खेद है, अवकाश नहीं हैं

युवती ने कुछ न कहा। चली गई।

सुभद्रा कितना ही चाहती थी कि इस समस्या पर शांतचित्त हो कर विचार करे, पर हृदय में मानो ज्वाला-सी दहक रही थी! केशव के लिए वह अपने

प्राणों का कोई मूल्य नहीं समझती थी। वही केशव उसे पैरों से ठुकरा रहा है। यह आघात इतना आकस्मिक, इतना कठोर था कि उसकी चेतना की सारी कोमलता मूर्च्छित हो गई! उसका एक-एक अणु प्रतिकार के लिए तड़पने लगा। अगर यही समस्या इसके विपरीत होती, तो क्या सुभद्रा की गरदन पर छुरी न फिर गई होती? केशव उसके खून का प्यासा न हो जाता? क्या पुरुष हो जाने से ही सभी बातें क्षम्य और स्त्री हो जाने से सभी बातें अक्षम्य हो जाती हैं? नहीं, इस निर्णय को सुभद्रा की विद्रोही आत्मा इस समय स्वीकार नहीं कर सकती। उसे नारियों के ऊँचे आदर्शों की परवा नहीं है। उन स्त्रियों में आत्माभिमान न होगा? वे पुरुषों के पैरों की जूतियाँ बन कर रहने ही में अपना सौभाग्य समझती होंगी। सुभद्रा इतनी आत्माभिमान-शून्य नहीं है। वह अपने जीते-जी यह नहीं देख सकती थी कि उसका पति उसके जीवन का सर्वनाश करके चैन की बंशी बजाये। दुनिया उसे हत्यारिनी, पिशाचिनी कहेगी, कहे—उसको परवाह नहीं। रह-रह कर उसके मन में भयंकर प्रेरणा होती थी कि इसी समय उसके पास चली जाए और इसके पहले कि वह उस युवती के प्रेम का आनंद उठाये, उसके जीवन का अंत कर दे। वह केशव की निष्ठुरता को याद करके अपने मन को उत्तेजित करती थी। अपने को धिक्कार-धिक्कार कर नारी-सुलभ शंकाओं को दूर करती थी। क्या वह इतनी दुर्बल है? क्या उसमें इतना साहस भी नहीं है? इस वक्त यदि कोई दुष्ट उसके कमरे में घुस आये और उसके सतीत्व का अपहरण करना चाहे, तो क्या वह उसका प्रतिकार न करेगी? आखिर आत्म-रक्षा ही के लिए तो उसने यह पिस्तौल ले रखी है। केशव ने उसके सत्य का अपहरण ही तो किया है। उसका प्रेम-दर्शन केवल प्रवंचना थी। वह केवल अपनी वासनाओं की तृप्ति के लिए सुभद्रा के साथ प्रेम-स्वाँग भरता था। फिर उसका वध करना क्या सुभद्रा का कर्तव्य नहीं?

उस अंतिम कल्पना से सुभद्रा को वह उत्तेजना मिल गई, जो उसके भयंकर संकल्प को पूरा करने के लिए आवश्यक थी। यही वह अवस्था है, जब स्त्री पुरुष के खून की प्यासी हो जाती है।

उसने खूँटी पर लटकती हुई पिस्तौल उतार ली और ध्यान से देखने लगी, मानो उसे कभी देखा न हो। कल संध्या-समय जब आर्य-मंदिर में केशव और

उसकी प्रेमिका एक-दूसरे के सम्मुख बैठे हुए होंगे, उसी समय वह इस गोली से केशव की प्रेम-लीलाओं का अंत कर देगी। दूसरी गोली अपनी छाती में मार लेगी। क्या वह रो-रो कर अपना अधम जीवन काटेगी?

संध्या का समय था। आर्य-मंदिर के आँगन में वर और वधू इष्ट-मित्रों के साथ बैठे हुए थे। विवाह का संस्कार हो रहा था। उसी समय सुभद्रा पहुँची और बरामदे में एक खम्भे की आड़ में इस भाँति खड़ी हो गई कि केशव का मुँह उसके सामने था। उसकी आँखों में वह दृश्य खिंच गया, जब आज से तीन साल पहले उसने इसी भाँति केशव को मंडप में बैठे हुए आड़ से देखा था। तब उसका हृदय कितना उछ्वासित हो रहा था। अंतस्तल में गुदगुदी-सी हो रही थी, कितना अपार अनुराग था, कितनी असीम अभिलाषाएँ थीं, मानो जीवन-प्रभात का उदय हो रहा हो। जीवन मधुर संगीत की भाँति सुखद था, भविष्य उषा-स्वप्न की भाँति सुन्दर। क्या वह वही केशव है? सुभद्रा को ऐसा भ्रम हुआ, मानो यह केशव नहीं है। हाँ, यह वह केशव नहीं था। यह उसी रूप और उसी नाम का कोई दूसरा मनुष्य था। अब उसकी मुस्कराहट में, उसके नेत्रों में, उसके शब्दों में, उसके हृदय को आकर्षित करने वाली कोई वस्तु न थी। उसे देख कर वह उसी भाँति निस्पंद, निश्चल खड़ी है, मानो कोई अपरिचित व्यक्ति हो। अब तक केशव का-सा रूपवान, तेजस्वी, सौम्य, शीलवान् पुरुष संसार में न था; पर अब सुभद्रा को ऐसा जान पड़ा कि वहाँ बैठे हुए युवकों में और उसमें कोई अंतर नहीं है। वह ईर्ष्याग्नि, जिसमें वह जली जा रही थी, वह हिंसा-कल्पना, जो उसे वहाँ तक लायी थी, मानो एकदम शांत हो गई। विरक्ति हिंसा से भी अधिक हिंसात्मक होती है—सुभद्रा की हिंसा-कल्पना में एक प्रकार का ममत्व था—उसका केशव, उसका प्राणवल्लभ, उसका जीवन-सर्वस्व और किसी का नहीं हो सकता। पर अब वह ममत्व नहीं है। वह उसका नहीं है, उसे अब परवा नहीं कि उस पर किसका अधिकार होता है।

विवाह-संस्कार समाप्त हो गया, मित्रों ने बधाइयाँ दीं, सहेलियों ने मंगलगान किया, फिर लोग मेजों पर जा बैठे, दावत होने लगी, रात के बारह

बज गये; पर सुभद्रा वहीं पाषाण-मूर्ति की भाँति खड़ी रही, मानो कोई विचित्र स्वप्न देख रही हो। हाँ, जैसे कोई बस्ती उजड़ गई हो, जैसे कोई संगीत बंद हो गया हो, जैसे कोई दीपक बुझ गया हो।

जब लोग मंदिर से निकले, तो वह भी निकल आयी; पर उसे कोई मार्ग न सूझता था। परिचित सड़कें उसे भूली हुई-सी जान पड़ने लगीं। सारा संसार ही बदल गया था। वह सारी रात सड़कों पर भटकती फिरी। घर का कहीं पता नहीं। सारी दूकानें बंद हो गईं, सड़कों पर सन्नाटा छा गया, फिर भी वह अपना घर ढूँढ़ती हुई चली जा रही थी। हाय! क्या इसी भाँति उसे जीवन-पथ में भी भटकना पड़ेगा?

सहसा एक पुलिसमैन ने पुकारा—मैडम, तुम कहाँ जा रही हो?

सुभद्रा ने ठिठक कर कहा—कहीं नहीं।

'तुम्हारा स्थान कहाँ है?'

'मेरा स्थान?'

'हाँ, तुम्हारा स्थान कहाँ है? मैं तुम्हें बड़ी देर से इधर-उधर भटकते देख रहा हूँ। किस स्ट्रीट में रहती हो?'

सुभद्रा को उस स्ट्रीट का नाम तक न याद था।

'तुम्हें अपने स्ट्रीट का नाम तक याद नहीं?'

'भूल गई, याद नहीं आता।'

सहसा उसकी दृष्टि सामने के एक साइन बोर्ड की तरफ उठी, ओह! यही तो उसकी स्ट्रीट है। उसने सिर उठा कर इधर-उधर देखा। सामने ही उसका डेरा था। और इसी गली में, अपने ही घर के सामने, न जाने कितनी देर से वह चक्कर लगा रही थी।

अभी प्रातःकाल ही था कि युवती सुभद्रा के कमरे में पहुँची। वह उसके कपड़े सी रही थी। उसका सारा तन-मन कपड़ों में लगा हुआ था। कोई युवती इतनी एकाग्रचित हो कर अपना शृंगार भी न करती होगी। न-जाने उससे कौन-सा पुरस्कार लेना चाहती थी। उसे युवती के आने की खबर न हुई।

युवती ने पूछा—तुम कल मंदिर में नहीं आयीं?

सुभद्रा ने सिर उठा कर देखा, तो ऐसा जान पड़ा मानो किसी कवि की कोमल कल्पना मूर्तिमयी हो गई है। उसकी वह छवि अनिंद्य थी। प्रेम की विभूति रोम-रोम से प्रदर्शित हो रही थी। सुभद्रा दौड़ कर उसके गले से लिपट गई, जैसे उसकी छोटी बहन आ गई हो और बोली—हाँ, गई तो थी।

'मैंने तुम्हें नहीं देखा।'

'हाँ, मैं अलग थी।'

'केशव को देखा?'

'हाँ देखा।'

'धीरे से क्यों बोली? मैंने कुछ झूठ कहा था?'

सुभद्रा ने सहृदयता से मुस्करा कर कहा—मैंने तुम्हारी आँखों से नहीं, अपनी आँखों से देखा। मुझे तो वह तुम्हारे योग्य नहीं जँचे। तुम्हें ठग लिया।

युवती खिलखिला कर हँसी और बोली—वह! मैं समझती हूँ, मैंने उन्हें ठगा है।

सुभद्रा ने गम्भीर हो कर कहा—एक बार वस्त्राभूषणों से सज कर अपनी छवि आईने में देखो तो मालूम हो।

'तब क्या मैं कुछ और हो जाऊँगी।'

'अपने कमरे से फर्श, तसवीरें, हाँड़ियाँ, गमले आदि निकाल कर देख लो, कमरे की शोभा वही रहती है!'

युवती ने सिर हिला कर कहा—ठीक कहती हो। लेकिन आभूषण कहाँ से लाऊँ। न जाने अभी कितने दिनों में बनने की नौबत आये।

'मैं तुम्हें अपने गहने पहना दूँगी।'

'तुम्हारे पास गहने हैं?'

'बहुत। देखो, मैं अभी ला कर तुम्हें पहनाती हूँ।'

युवती ने मुँह से बहुत 'नहीं-नहीं' किया, पर मन में प्रसन्न हो रही थी। सुभद्रा ने अपने सारे गहने पहना दिये। अपने पास एक छल्ला भी न रखा। युवती को यह नया अनुभव था। उसे इस रूप में निकलते शर्म तो आती थी; पर उसका रूप चमक उठा था। इसमें संदेह न था। उसने आईने में अपनी सूरत देखी तो उसकी सूरत जगमगा उठी, मानो किसी वियोगिनी को अपने

प्रियतम का संवाद मिला हो। मन में गुदगुदी होने लगी। वह इतनी रूपवती है, उसे उसकी कल्पना भी न थी।

कहीं केशव इस रूप में उसे देख लेते; यह आकांक्षा उसके मन में उदय हुई, पर कहे कैसे। कुछ देर बाद लज्जा से सिर झुका कर बोली—केशव मुझे इस रूप में देख कर बहुत हँसेंगे।

सुभद्रा—हँसेंगे नहीं, बलैया लेंगे, आँखें खुल जाएँगी। तुम आज इसी रूप में उसके पास जाना।

युवती ने चकित हो कर कहा—सच! आप इसकी अनुमति देती हैं?

सुभद्रा ने कहा—बड़े हर्ष से।

'तुम्हें संदेह न होगा?'

'बिलकुल नहीं।'

'और जो मैं दो-चार दिन पहने रहूँ?'

'तुम दो-चार महीने पहने रहो। आखिर, यहाँ पड़े ही तो हैं!'

'तुम भी मेरे साथ चलो।'

'नहीं, मुझे अवकाश नहीं है।'

'अच्छा, लो मेरे घर का पता नोट कर लो।'

'हाँ, लिख दो, शायद कभी आऊँ।'

एक क्षण में युवती यहाँ से चली गई। सुभद्रा अपनी खिड़की पर से उसे इस भाँति प्रसन्न-मुख खड़ी देख रही थी, मानो उसकी छोटी बहन हो, ईर्ष्या या द्वेष का लेश भी उसके मन में न था।

मुश्किल से, एक घंटा गुजरा होगा कि युवती लौटकर बोली—सुभद्रा क्षमा करना, मैं तुम्हारा समय बहुत खराब कर रही हूँ। केशव बाहर खड़े हैं! बुला लूँ?

एक क्षण, केवल एक क्षण के लिए सुभद्रा कुछ घबरा गई। उसने जल्दी से उठ कर मेज पर पड़ी हुई चीजें इधर-उधर हटा दीं, कपड़े करीने से रख दिये, अपने उलझे हुए बाल सँभाल लिये, फिर उदासीन भाव से मुस्करा कर बोली—उन्हें तुमने क्यों कष्ट दिया? जाओ बुला लो।

एक मिनट में केशव ने कमरे में कदम रखा और चौंक कर पीछे हट गए, मानो पाँव जल गया हो। मुँह से एक चीख निकल गई। सुभद्रा गम्भीर, शांत,

निश्चल अपनी जगह पर खड़ी रही। फिर हाथ बढ़ा कर बोली मानो किसी अपरिचित व्यक्ति से बोल रही हो—आइए मिस्टर केशव, मैं आपको ऐसी सुशील, ऐसी सुन्दरी, ऐसी विदुषी रमणी पाने पर बधाई देती हूँ।

केशव के मुँह पर हवाइयाँ उड़ रही थीं। वह पथ-भ्रष्ट-सा बना खड़ा था। लज्जा और ग्लानि से उसके चेहरे पर एक रंग आता था, एक रंग जाता था। यह बात एक दिन होनेवाली थी अवश्य, पर इस तरह अचानक उसकी सुभद्रा से भेंट होगी, इसका उसे स्पप्न में भी गुमान न था। सुभद्रा से वह बात कैसे कहेगा, इसको उसने खूब सोच लिया था। उसके आक्षेपों का उत्तर सोच लिया था, पत्र के शब्द तक मन में अंकित कर लिये थे। ये सारी तैयारियाँ धरी रह गईं और सुभद्रा से साक्षात् हो गया। सुभद्रा उसे देख कर जरा भी नहीं चौंकी, उसके मुख पर आश्चर्य, घबराहट या दुःख का एक चिह्न भी न दिखायी दिया। उसने उसी भाँति उससे बात की; मानो वह कोई अजनबी हो। यहाँ कब आयी, कैसे आयी, क्यों आयी, कैसे गुजर करती है; यह और इस तरह के असंख्य प्रश्न पूछने के लिए केशव का चित्त चंचल हो उठा। उसने सोचा था सुभद्रा उसे धिक्कारेगी; विष खाने की धमकी देगी—निष्ठुर, निर्दय और न जाने क्या-क्या कहेगी। इन सब आपदाओं के लिए वह तैयार था; पर इस आकस्मिक मिलन, इस गर्वयुक्त उपेक्षा के लिए वह तैयार न था। वह प्रेम-व्रतधारिणी सुभद्रा इतनी कठोर, इतनी हृदय-शून्य हो गई है! अवश्य ही उसे सारी बातें पहले ही मालूम हो चुकी हैं। सबसे तीव्र आघात यह था कि इसने अपने सारे आभूषण इतनी उदारता से दे डाले और कौन जाने वापस भी न लेना चाहती हो। वह परास्त ओर अप्रतिभ हो कर एक कुर्सी पर बैठ गया। उत्तर में एक शब्द भी उसके मुख से न निकला।

युवती ने कृतज्ञता का भाव प्रकट करके कहा—इनके पति इस समय जर्मनी में हैं।

केशव ने आँखें फाड़कर देखा, पर कुछ बोल न सका।

युवती ने फिर कहा—बेचारी संगीत के पाठ पढ़ा कर और कुछ कपड़े सी कर अपना निर्वाह करती हैं। वह महाशय यहाँ आ जाते, तो उन्हें उनके सौभाग्य पर बधाई देती।

केशव इस पर भी कुछ न बोल सका, पर सुभद्रा ने मुस्करा कर कहा—वह मुझसे रूठे हुए हैं, बधाई पा कर और भी झल्लाते।

युवती ने आश्चर्य से कहा—तुम उन्हीं के प्रेम से यहाँ आयीं, अपना घरबार छोड़ा, यहाँ मिहनत-मजूरी करके निर्वाह कर रही हो, फिर भी वह तुमसे रूठे हुए हैं? आश्चर्य!

सुभद्रा ने उसी भाँति प्रसन्न-मुख से कहा—पुरुष-प्रकृति ही आश्चर्य का विषय है, चाहे मि. केशव इसे स्वीकार न करें।

युवती ने फिर केशव की ओर प्रेरणापूर्ण दृष्टि से देखा, लेकिन केशव उसी भाँति अप्रतिभ बैठा रहा। उसके हृदय पर यह नया आघात था। युवती ने उसे चुप देखकर उसकी तरफ से सफाई दी—केशव, स्त्री और पुरुष दोनों ही को समान अधिकार देना चाहते हैं।

केशव डूब रहा था, तिनके का सहारा पा कर उसकी हिम्मत बँध गई। बोला—विवाह एक प्रकार का समझौता है। दोनों पक्षों को अधिकार है, जब चाहे उसे तोड़ दें।

युवती ने हामी भरी—सभ्य-समाज में यह आंदोलन बड़े जोरों पर है।

सुभद्रा ने शंका की—किसी समझौते को तोड़ने के लिए कारण भी तो होना चाहिए?

केशव ने भावों की लाठी का सहारा ले कर कहा—जब इसका अनुभव हो जाए कि हम इस बंधन से मुक्त हो कर अधिक सुखी हो सकते हैं, तो यही कारण काफी है। स्त्री को यदि मालूम हो जाए कि वह दूसरे पुरुष के साथ...

सुभद्रा ने बात काट कर कहा—क्षमा कीजिए मि. केशव, मुझमें इतनी बुद्धि नहीं कि इस विषय पर आपसे बहस कर सकूँ। आदर्श समझौता वही है, जो जीवन-पर्यंत रहे। मैं भारत की नहीं कहती। वहाँ तो स्त्री पुरुष की लौंडी है, मैं इंग्लैंड की कहती हूँ। यहाँ भी कितनी ही औरतों से मेरी बातचीत हुई है। वे तलाकों की बढ़ती हुई संख्या को देख कर खुश नहीं होतीं। विवाह का सबसे ऊँचा आदर्श उसकी पवित्रता और स्थिरता है। पुरुषों ने सदैव इस आदर्श को तोड़ा है, स्त्रियों ने निबाहा है। अब पुरुषों का अन्याय स्त्रियों को किस ओर ले जाएगा, नहीं कह सकती।

इस गम्भीर और संयत कथन ने विवाद का अंत कर दिया। सुभद्रा ने चाय मँगवायी। तीनों आदमियों ने पी। केशव पूछना चाहता था, अभी आप यहाँ कितने दिनों रहेंगी, लेकिन न पूछ सका। वह यहाँ पंद्रह मिनट और रहा, लेकिन विचारों में डूबा हुआ चलते समय उससे न रहा गया। पूछ ही बैठा—अभी आप यहाँ कितने दिन और रहेंगी?

सुभद्रा ने जमीन की ओर ताकते हुए कहा—कह नहीं सकती।

'कोई जरूरत हो, तो मुझे याद कीजिए।'

'इस आश्वासन के लिए आपको धन्यवाद।'

केशव सारे दिन बेचैन रहा। सुभद्रा उसकी आँखों में फिरती रही। सुभद्रा की बातें उसके कानों में गूँजती रहीं। अब उसे इसमें कोई संदेह न था कि उसी के प्रेम में सुभद्रा यहाँ आयी थी। सारी परिस्थिति उसकी समझ में आ गई थी। उस भीषण त्याग का अनुमान करके उसके रोएँ खड़े हो गए। यहाँ सुभद्रा ने क्या-क्या कष्ट झेले होंगे, कैसी-कैसी यातनाएँ सही होंगी, सब उसी के कारण? वह उस पर भार न बनना चाहती थी, इसलिए तो उसने अपने आने की सूचना तक उसे न दी। अगर उसे पहले मालूम होता कि सुभद्रा यहाँ आ गई है, तो कदाचित् उसे उस युवती की ओर इतना आकर्षण ही न होता। चौकीदार के सामने चोर को घर में घुसने का साहस नहीं होता। सुभद्रा को देख कर उसकी कर्त्तव्य-चेतना जाग्रत हो गई। उसके पैरों पर गिर कर उससे क्षमा माँगने के लिए उसका मन अधीर हो उठा। वह उसके मुँह से सारा वृत्तांत सुनेगा। यह मौन उपेक्षा उसके लिए असह्य थी। दिन तो केशव ने किसी तरह काटा, लेकिन ज्यों ही रात के दस बजे, वह सुभद्रा से मिलने चला। युवती ने पूछा—कहाँ जाते हो?

केशव ने बूट का लेस बाँधते हुए कहा—जरा एक प्रोफेसर से मिलना है, इस वक्त आने का वादा कर चुका हूँ?

'जल्द आना।'

'बहुत जल्द आऊँगा।'

केशव घर से निकला, तो उसके मन में कितनी ही विचार-तरंगे उठने लगीं। कहीं सुभद्रा मिलने से इनकार कर दे, तो? नहीं ऐसा नहीं हो सकता। वह इतनी अनुदार नहीं है। हाँ, यह हो सकता है कि वह अपने विषय में कुछ

न कहे। उसे शांत करने के लिए उसने एक कृपा की कल्पना कर डाली। ऐसा बीमार था कि बचने की आशा न थी। उर्मिला ने ऐसा तन्मय होकर उसकी सेवा-शुश्रूषा की कि उसे उससे प्रेम हो गया। कथा का सुभद्रा पर जो असर पड़ेगा, इसके विषय में केशव को कोई संदेह न था। परिस्थिति का बोध होने पर उसे क्षमा कर देगी। लेकिन इसका फल क्या होगा? क्या वह दोनों के साथ एक-सा प्रेम कर सकता है? सुभद्रा को देख लेने के बाद उर्मिला को शायद उसके साथ-साथ रहने में आपत्ति हो। आपत्ति हो ही कैसे सकती है! उससे यह बात छिपी नहीं है। हाँ, यह देखना है कि सुभद्रा भी इसे स्वीकार करती है कि नहीं। उसने जिस उपेक्षा का परिचय दिया है, उसे देखते हुए तो उसके मानने में संदेह ही जान पड़ता है। मगर वह उसे मनायेगा, उसकी विनती करेगा, उसके पैरों पड़ेगा और अंत में उसे मना कर ही छोड़ेगा। सुभद्रा से प्रेम और अनुराग का नया प्रमाण पा कर वह मानो एक कठोर निद्रा से जाग उठा था। उसे अब अनुभव हो रहा था कि सुभद्रा के लिए उसके हृदय में जो स्थान था, वह खाली पड़ा हुआ है। उर्मिला उस स्थान पर अपना आधिपत्य नहीं जमा सकती। अब उसे ज्ञात हुआ कि उर्मिला के प्रति उसका प्रेम केवल वह तृष्णा थी, जो स्वादयुक्त पदार्थों को देखकर ही उत्पन्न होती है। वह सच्ची क्षुधा न थी। अब फिर उसे सरल सामान्य भोजन की इच्छा हो रही थी। विलासिनी उर्मिला कभी इतना त्याग कर सकती है, इसमें उसे संदेह था।

सुभद्रा के घर के निकट पहुँच कर केशव का मन कुछ कातर होने लगा। लेकिन उसने जी कड़ा करके जीने पर कदम रक्खा और एक क्षण में सुभद्रा के द्वार पर पहुँचा, लेकिन कमरे का द्वार बंद था। अंदर भी प्रकाश न था। अवश्य ही वह कहीं गई है, आती ही होगी। तब तक उसने बरामदे में टहलने का निश्चय किया।

सहसा मालकिन आती हुई दिखायी दी। केशव ने बढ़ कर पूछा—आप बता सकती हैं कि यह महिला कहाँ गई हैं?

मालकिन ने उसे सिर से पाँव तक देख कर कहा—वह तो आज यहाँ से चली गईं।

केशव ने हकबका कर पूछा—चली गईं! कहाँ चली गईं?

'यह तो मुझसे कुछ नहीं बताया।'

'कब गईं?'

'वह तो दोपहर को ही चली गईं!'

'अपना असबाब ले कर गईं?'

'असबाब किसके लिए छोड़ जातीं? हाँ, एक छोटा-सा पैकेट अपनी एक सहेली के लिए छोड़ गई हैं। उस पर मिसेज केशव लिखा हुआ है। मुझसे कहा था कि यदि वह आ जाएँ, तो उन्हें दे देना, नहीं तो डाक से भेज देना।'

केशव को अपना हृदय इस तरह बैठता हुआ मालूम हुआ जैसे सूर्य का अस्त होना है। एक गहरी साँस ले कर बोला–

'आप मुझे वह पैकेट दिखा सकती हैं? केशव मेरा ही नाम है।'

मालकिन ने मुस्करा कर कहा–मिसेज केशव को कोई आपत्ति तो न होगी?

'तो फिर मैं उन्हें बुला लाऊँ?'

'हाँ, उचित तो यही है!'

'बहुत दूर जाना पड़ेगा!'

केशव कुछ ठिठकता हुआ जीने की ओर चला, तो मालकिन ने फिर कहा–मैं समझती हूँ, आप इसे लिए ही जाइए, व्यर्थ आपको क्यों दौड़ाऊँ। मगर कल मेरे पास एक रसीद भेज दीजिएगा। शायद उसकी जरूरत पड़े!

यह कहते हुए उसने एक छोटा-सा पैकेट ला कर केशव को दे दिया। केशव पैकेट ले कर इस तरह भागा, मानो कोई चोर भागा जा रहा हो। इस पैकेट में क्या है, यह जानने के लिए उसका हृदय व्याकुल हो रहा था। उसे इतना विलम्ब असह्य था कि अपने स्थान पर जा कर उसे खोले। समीप ही एक पार्क था। वहाँ जा कर उसने बिजली के प्रकाश में इस पैकेट को खोल डाला। उस समय उसके हाथ काँप रहे थे और हृदय इतने वेग से धड़क रहा था, मानो किसी बंधु की बीमारी के समाचार के बाद तार मिला हो।

पैकेट का खुलना था कि केशव की आँखों से आँसुओं की झड़ी लग गई। उसमें एक पीले रंग की साड़ी थी, एक छोटी-सी सेंदूर की डिबिया और एक केशव का फोटो चित्र के साथ ही एक लिफाफा भी था। केशव ने उसे खोल कर पढ़ा। उसमें लिखा था–

'बहन, मैं जाती हूँ। यह मेरे सोहाग का शव है। उसे टेम्स नदी में विसर्जित कर देना। तुम्हीं लोगों के हाथों यह संस्कार भी हो जाए, तो अच्छा।

तुम्हारी,

सुभद्रा'

केशव मर्माहत-सा पत्र हाथ में लिये वहीं घास पर लेट गया और फूट-फूट कर रोने लगा।

15.

कप्तान साहब

जगतसिंह को स्कूल जाना कुनैन खाने या मछली का तेल पीने से कम अप्रिय न था। वह सैलानी, आवारा, घुमक्कड़ युवक था। कभी अमरूद के बागों की ओर निकल जाता और अमरूदों के साथ माली की गालियाँ बड़े शौक से खाता। कभी दरिया की सैर करता और मल्लाहों की डोंगियों में बैठकर उस पार के देहातों में निकल जाता। गालियाँ खाने में उसे मजा आता था। गालियाँ खाने का कोई अवसर वह हाथ से न जाने देता। सवार के घोड़े के पीछे ताली बजाना एक्कों को पीछे से पकड़ कर अपनी ओर खींचना, बूढ़ों की चाल की नकल करना उसके मनोरंजन के विषय थे। आलसी काम तो नहीं करता; पर दुर्व्यसनों का दास होता है और दुर्व्यसन धन के बिना पूरे नहीं होते। जगतसिंह को जब अवसर मिलता, घर से रुपये उड़ा ले जाता। नकद न मिले, तो बरतन और कपड़े उठा ले जाने में भी उसे संकोच न होता था। घर में शीशियाँ और बोतलें थीं, वह सब उसने एक-एक करके गुदड़ी-बाजार पहुँचा दीं। पुराने दिनों की कितनी चीज़ें घर में पड़ी थीं, उसके मारे एक भी न बची। इस कला में ऐसा दक्ष और निपुण था कि उसकी चतुराई और पटुता पर आश्चर्य होता था। एक बार बाहर की बाहर, केवल कार्निसों के सहारे अपने दो-मंजिला मकान की छत पर चढ़ गया और ऊपर ही से पीतल की एक बड़ी थाली ले कर उतर आया। घर वालों को आहट तक न मिली।

उसके पिता ठाकुर भक्तसिंह अपने कस्बे के डाकखाने के मुंशी थे। अफसरों ने उन्हें शहर का डाकखाना बड़ी दौड़धूप करने पर दिया था; किन्तु भक्तसिंह जिन इरादों से यहाँ आये थे, उनमें से एक भी पूरा न हुआ। उलटी हानि यह हुई कि देहातों में जो भाजी-साग, उपले-ईंधन मुफ्त मिल जाते थे, वे सब यहाँ बंद हो गए। यहाँ सबसे पुराना घराँव था। न किसी को दबा सकते थे, न सता सकते थे। इस दुरवस्था में जगतसिंह की हथ-लपकियाँ बहुत अखरतीं। उन्होंने कितनी ही बार उसे बड़ी निर्दयता से पीटा। जगतसिंह भीमकाय होने पर भी चुपके से मार खा लिया करता था। अगर वह अपने पिता के हाथ पकड़ लेता, तो वह हिल भी न सकते; पर जगतसिंह इतना सीनाजोर न था, हाँ, मार-पीट, घुड़की-धमकी किसी का भी उस पर असर न होता था।

जगतसिंह ज्यों ही घर में कदम रखता; चारों ओर से काँव-काँव मच जाती, माँ दुर-दुर करके दौडती, बहने गालियाँ देने लगतीं; मानो घर में कोई साँड घुस आया हो। बेचारा उलटे पाँव भागता। कभी-कभी दो-दो, तीन-तीन दिन भूखा रह जाता। घरवाले उसकी सूरत से जलते थे। इन तिरस्कारों ने उसे निर्लज्ज बना दिया था। कष्टों के ज्ञान से वह निर्द्वन्द्व-सा हो गया था। जहाँ नींद आ जाती, वहीं पड़ रहता; जो कुछ मिल जाता वही खा लेता।

ज्यों-ज्यों घर वालों को उसकी चोर-कला के गुप्त साधनों का ज्ञान होता जाता, वे उससे चौकन्ने होते जाते थे। यहाँ तक कि एक बार पूरे महीने-भर तक उसकी दाल न गली। चरसवाले के कई रुपये ऊपर चढ़ गये। गाँजेवाले ने धुआँधार तकाजे करने शुरू किये। हलवाई कड़वी बातें सुनाने लगा। बेचारे जगत को निकलना मुश्किल हो गया। रात-दिन ताक-झाँक में रहता; पर घात न मिलती थी। आखिर एक दिन बिल्ली के भागों छींका टूटा। भक्तसिंह दोपहर को डाकखाने से चले, तो एक बीमा-रजिस्ट्री जेब में डाल ली। कौन जाने हरकारा या डाकिया शरारत कर जाय; किंतु घर आये तो लिफाफे को अचकन की जेब से निकालने की सुधि न रही। जगतसिंह तो ताक लगाये हुए था ही। पैसे के लोभ से जेब टटोली, तो लिफाफा मिल गया। उस पर कई आने के टिकट लगे थे। वह कई बार टिकट चुरा कर आधे दामों पर बेच चुका था। चट लिफाफा उड़ा दिया। यदि उसे मालूम होता कि उसमें नोट हैं, तो कदाचित् वह न छूता; लेकिन जब उसने लिफाफा फाड़ डाला और उसमें से नोट निकल पड़े

तो वह बड़े संकट में पड़ गया। वह फटा हुआ लिफाफा गला फाड़-फाड़ कर उसके दुष्कृत्य को धिक्कारने लगा। उसकी दशा उस शिकारी की-सी हो गई, जो चिड़ियों का शिकार करने जाय और अनजाने में किसी आदमी पर निशाना मार दे। उसके मन में पश्चात्ताप था, लज्जा थी, दुःख था, पर उस भूल का दंड सहने की शक्ति न थी। उसने नोट लिफाफे में रख दिये और बाहर चला गया।

गरमी के दिन थे। दोपहर को सारा घर सो रहा था; पर जगत की आँखों में नींद न थी। आज उसकी बुरी तरह कुंदी होगी—इसमें संदेह न था। उसका घर पर रहना ठीक नहीं, दस-पाँच दिन के लिए उसे कहीं खिसक जाना चाहिए। तब तक लोगों का क्रोध शांत हो जाता। लेकिन कहीं दूर गए बिना काम न चलेगा। बस्ती में वह कई दिन तक अज्ञातवास नहीं कर सकता। कोई-न-कोई जरूर ही उसका पता देगा और वह पकड़ लिया जाएगा। दूर जाने के लिए कुछ-न-कुछ खर्च तो पास होना ही चाहिए। क्यों न वह लिफाफे में से एक नोट निकाल ले? यह तो मालूम ही हो जाएगा कि उसी ने लिफाफा फाड़ा है, फिर एक नोट निकाल लेने में क्या हानि है? दादा के पास रुपये तो हैं ही, झक मार कर दे देंगे। यह सोचकर उसने दस रुपये का एक नोट उड़ा लिया; मगर उसी वक्त उसके मन में एक नई कल्पना का प्रादुर्भाव हुआ। अगर ये सब रुपये ले कर किसी दूसरे शहर में कोई दूकान खोल ले, तो बड़ा मजा हो। फिर एक-एक पैसे के लिए उसे क्यों किसी की चोरी करनी पड़े! कुछ दिनों में वह बहुत-सा रुपया जमा करके घर आयेगा; तो लोग कितने चकित हो जाएँगे!

उसने लिफाफे को फिर निकाला। उसमें कुल 200 रुपये के नोट थे। दो सौ में दूध की दूकान खूब चल सकती है। आखिर मुरारी की दूकान में दो-चार कढ़ाव और दो-चार पीतल के थालों के सिवा और क्या है? लेकिन कितने ठाट से रहता है! रुपयों की चरस उड़ा देता है। एक-एक दाँव पर दस-दस रुपये रख देता है, नफा न होता, तो वह ठाट कहाँ से निभाता? इस आनन्द-कल्पना में वह इतना मग्न हुआ कि उसका मन उसके काबू से बाहर हो गया, जैसे प्रवाह में किसी के पाँव उखड़ जायें और वह लहरों में बह जाए।

उसी दिन शाम को वह बम्बई चल दिया। दूसरे ही दिन मुंशी भक्तसिंह पर गबन का मुकदमा दायर हो गया।

बम्बई के किले के मैदान में बैंड बज रहा था और राजपूत रेजिमेंट के सजीले सुंदर जवान कवायद कर रहे थे, जिस प्रकार हवा बादलों को नए-नए रूप में बनाती और बिगाड़ती है, उसी भाँति सेना का नायक सैनिकों को नए-नए रूप में बना-बिगाड़ रहा था।

जब कवायद खतम हो गई, तो एक छरहरे डील का युवक नायक के सामने आ कर खड़ा हो गया। नायक ने पूछा—क्या नाम है? सैनिक ने फौजी सलाम करके कहा—जगतसिंह?

'क्या चाहते हो।'

'फौज में भरती कर लीजिए।'

'मरने से तो नहीं डरते?'

'बिलकुल नहीं—राजपूत हूँ।'

'बहुत कड़ी मेहनत करनी पड़ेगी।'

'इसका भी डर नहीं।'

'अदन जाना पड़ेगा।'

'खुशी से जाऊँगा।'

कप्तान ने देखा, बला का हाजिर-जवाब, मनचला, हिम्मत का धनी जवान है, तुरंत फौज में भरती कर लिया। तीसरे दिन रेजिमेंट अदन को रवाना हुआ। मगर ज्यों-ज्यों जहाज आगे चलता था, जगत का दिल पीछे रह जाता था। जब तक जमीन का किनारा नजर आता रहा, वह जहाज के डेक पर खड़ा अनुरक्त नेत्रों से उसे देखता रहा। जब वह भूमि-तट जल में विलीन हो गया तो उसने एक ठंडी साँस ली और मुँह ढाँप कर रोने लगा। आज जीवन में पहली बार उसे प्रियजनों की याद आयी। वह छोटा-सा अपना कस्बा, वह गाँजे की दूकान, वह सैर-सपाटे, वह सुहृद-मित्रों का जमघट आँखों में फिरने लगे। कौन जाने, फिर कभी उनसे भेंट होगी या नहीं। एक बार वह इतना बेचैन हुआ कि जी में आया, पानी में कूद पड़े।

जगतसिंह को अदन में रहते तीन महीने गुजर गए। भाँति-भाँति की नवीनताओं ने कई दिनों तक उसे मुग्ध किए रखा; लेकिन पुराने संस्कार फिर जागृत होने

लगे। अब कभी-कभी उस स्नेहमयी माता की याद आने लगी, जो पिता के क्रोध, बहनों के धिक्कार और स्वजनों के तिरस्कार में भी उसकी रक्षा करती थी। उसे वह दिन याद आया, जब एक बार वह बीमार पड़ा था। उसके बचने की कोई आशा न थी; पर न तो पिता को उसकी कुछ चिंता थी, न बहनों को। केवल माता थी, जो रात की रात उसके सिरहाने बैठी अपनी मधुर स्नेहमयी बातों से उसकी पीड़ा शांत करती रही थी। उन दिनों कितनी बार उसने उस देवी को नीरव रात्रि में रोते देखा था। वह स्वयं रोगों से जीर्ण हो रही थी; लेकिन उसकी सेवा-शुश्रुषा में वह अपनी व्यथा को ऐसी भूल गई थी, मानो उसे कोई कष्ट ही नहीं। क्या उसे माता के दर्शन फिर होंगे? वह इसी क्षोभ और नैराश्य में समुद्र-तट पर चला जाता और घंटों अनंत जल-प्रवाह को देखा करता। कई दिनों से उसे घर पर एक पत्र भेजने की इच्छा हो रही थी; किंतु लज्जा और ग्लानि के कारण वह टालता जाता था। आखिर, एक दिन उससे न रहा गया। उसने पत्र लिखा और अपने अपराधों के लिए क्षमा माँगी। पत्र आदि से अंत तक भक्ति से भरा हुआ था। अंत में उसने इन शब्दों में अपनी माता को आश्वासन दिया था—माताजी मैंने बड़े-बड़े उत्पात किए हैं, आप लोग मुझसे तंग आ गई थीं, मैं उन सारी भूलों के लिए सच्चे हृदय से लज्जित हूँ और आपको विश्वास दिलाता हूँ कि जीता रहा, तो कुछ-न-कुछ करके दिखाऊँगा। तब कदाचित् आपको मुझे अपना पुत्र कहने में संकोच न होगा। मुझे आशीर्वाद दीजिए कि अपनी प्रतिज्ञा का पालन कर सकूँ।

यह पत्र लिखकर उसने डाकखाने में छोड़ा और उसी दिन से उत्तर की प्रतीक्षा करने लगा; किन्तु एक महीना गुजर गया कोई जवाब न आया। उसका जी घबड़ाने लगा। जवाब क्यों नहीं आता—कहीं माताजी बीमार तो नहीं हैं? शायद दादा ने क्रोधवश जवाब न लिखा होगा। कोई और आपत्ति तो नहीं आ पड़ी? कैम्प में एक वृक्ष के नीचे कुछ सिवाहियों ने शालग्राम की एक मूर्ति रख छोड़ी थी। कुछ श्रद्धालु सैनिक रोज उस प्रतिमा पर जल चढ़ाया करते थे। जगतसिंह उनकी हँसी उड़ाया करता; पर आज वह विक्षिप्तों की भाँति प्रतिमा के सम्मुख जाकर बड़ी देर तक मस्तक झुकाए बैठा रहा। वह इसी ध्यानावस्था में बैठा था कि किसी से उसका नाम लेकर पुकारा, यह दफ्तर का चपरासी

था और उसके नाम की चिट्ठी लेकर आया था। जगतसिंह ने पत्र हाथ में लिया, तो उसकी सारी देह काँप उठी। ईश्वर की स्तुति करके उसने लिफाफा खोला और पत्र पढ़ा। लिखा था—तुम्हारे दादा को गबन के अभियोग में 5 वर्ष की सजा हो गई है। तुम्हारी माता इस शोक में मरणासन्न है। छुट्टी मिले, तो घर चले आओ।

जगतसिंह ने उसी वक्त कप्तान के पास जाकर कहा—हुजूर, मेरी माँ बीमार है मुझे छुट्टी दे दीजिए।

कप्तान ने कठोर आँखों से देखकर कहा—अभी छुट्टी नहीं मिल सकती।

'तो मेरा इस्तीफा ले लीजिए।'

'अभी इस्तीफा भी नहीं लिया जा सकता।'

'मैं अब यहाँ एक क्षण भी नहीं रह सकता।'

'रहना पड़ेगा। तुम लोगों को बहुत जल्द लाम पर जाना पड़ेगा।'

लड़ाई छिड़ गई है! आह, तब मैं घर नहीं जाऊँगा। हम लोग कब तक यहाँ से जाएँगे?

बहुत जल्द, दो ही चार दिनों में।

चार वर्ष बीत गए। कैप्टन जगतसिंह का-सा योद्धा उस रेजिमेंट में नहीं है। कठिन अवस्थाओं में उसका साहस और भी उत्तेजित हो जाता! जिस मुहिम में सबकी हिम्मतें जवाब दे जाती हैं, उसे सर करना उसी का काम है। हल्ले और धावे में वह सदैव सबसे आगे रहता है, उसकी त्योरियों पर कभी मैल नहीं आता; इसके साथ ही वह इतना विनम्र, इतना गम्भीर, इतना प्रसन्न चित्त है कि सारे अफसर और मातहत उसकी बड़ाई करते हैं। उसका पुनर्जीवन-सा हो गया। उस पर अफसरों का इतना विश्वास है कि अब वे प्रत्येक विषय में उससे परामर्श करते हैं। जिससे पूछिए, वही वीर जगतसिंह की विरुदावली सुना देगा—कैसे उसने जर्मनों की मेगजीन में आग लगायी, कैसे अपने कप्तान को मशीनगनों की मार से निकाला, कैसे अपने एक मातहत सिपाही को कंधे पर लेकर निकल आया। ऐसा जान पड़ता है, उसे अपने प्राणों का मोह ही नहीं मानो वह काल को खोजता फिरता हो!

लेकिन नित्य रात्रि के समय, जब जगतसिंह को अवकाश मिलता है, वह अपनी छोलदारी में अकेले बैठकर घरवालों की याद कर लिया करता है—दो-चार आँसू की बूँदें अवश्य गिरा देता है। वह प्रति मास अपने वेतन का बड़ा भाग घर भेज देता है, और ऐसा कोई सप्ताह नहीं जाता जब कि वह माता को पत्र न लिखता हो। सबसे बड़ी चिंता उसे अपने पिता की है, जो आज उसी के दुष्कर्मों के कारण कारावास की यातना झेल रहे हैं। हाय! वह कौन दिन होगा, जब कि वह उनके चरणों पर सिर रखकर अपना अपराध क्षमा कराएगा और वह उसके सिर पर हाथ रखकर आशीर्वाद देंगे?

सवा चार वर्ष बीत गए। संध्या का समय है। नैनी जेल के द्वार पर भीड़ लगी हुई है। कितने ही कैदियों की मीआद पूरी हो गई है। उन्हें लिवा जाने के लिए उनके घरवाले आये हुए हैं; किंतु बूढ़ा भक्तसिंह अपनी अँधेरी कोठरी में सिर झुकाए उदास बैठा हुआ है। उसकी कमर झुककर कमान हो गई है। देह अस्थि-पंजर-मात्र रह गई है। ऐसा जान पड़ता है, किसी चतुर शिल्पी ने एक अकाल-पीड़ित मनुष्य की मूर्ति बनाकर रख दी है। उसकी भी मीआद पूरी हो गई है; लेकिन उसके घर से कोई नहीं आया। कौन आये? आनेवाला था ही कौन?

एक बूढ़े किंतु हृष्ट-पुष्ट कैदी ने आकर उसका कंधा हिलाया और बोला—कहो भगत, कोई घर से आया?

भक्तसिंह ने कंपित कंठ-स्वर से कहा—"घर पर है ही कौन?

'घर तो चलोगे ही?'

'मेरा घर कहाँ है?'

'तो क्या यहीं पड़े रहोगे?'

'अगर ये लोग निकाल न देंगे, तो यहीं पड़ा रहूँगा।'

आज चार साल के बाद भक्तसिंह को अपने प्रताड़ित, निर्वासित पुत्र की याद आ रही थी। जिसके कारण जीवन का सर्वनाश हो गया, आबरू मिट गई, घर बरबाद हो गया, उसकी स्मृति भी उन्हें असह्य थी; किंतु आज नैराश्य और दुःख के अथाह सागर में डूबते हुए उन्होंने उसी तिनके का सहारा लिया। न जाने उस बेचारे की क्या दशा हुई? लाख बुरा है, तो भी अपना लड़का है।

खानदान की निशानी तो है। मरूँगा तो चार आँसू तो बहायेगा, दो चिल्लू पानी तो देगा। हाय! मैंने उसके साथ कभी प्रेम का व्यवहार नहीं किया! जरा भी शरारत करता, तो यमदूत की भाँति उसकी गर्दन पर सवार हो जाता। एक बार रसोई में बिना पैर धोए चले जाने के दंड में मैंने उसे उलटा लटका दिया था। कितनी बार केवल जोर से बोलने पर मैंने उसे तमाचे लगाए थे। पुत्र-सा रत्न पाकर मैंने उसका आदर न किया। उसी का दंड है। जहाँ प्रेम का बन्धन शिथिल हो, वहाँ परिवार की रक्षा कैसे हो सकती है?

सबेरा हुआ। आशा का सूर्य निकला। आज उसकी रश्मियाँ कितनी कोमल और मधुर थीं, वायु कितनी सुखद, आकाश कितना मनोहर, वृक्ष कितने हरे-भरे, पक्षियों का कलरव कितना मीठा है! सारी प्रकृति आशा के रंग में रंगी हुई थी! पर भक्तसिंह के लिए चारों ओर घोर अँधकार था।

जेल का अफसर आया। कैदी एक पंक्ति में खड़े हुए। अफसर एक-एक का नाम लेकर रिहाई का परवाना देने लगा। कैदियों ने चेहरे आशा से प्रफुल्लित थे। जिसका नाम आता, वह खुश-खुश अफसर के पास जाता, परवाना लेता, झुककर सलाम करता और तब अपने विपत्तिकाल के संगियों से गले मिलकर बाहर निकल जाता। उसके घरवाले दौड़कर उससे लिपट जाते। कोई पैसे लुटा रहा था, कहीं मिठाइयाँ बाँटी जा रही थीं, कहीं जेल के कर्मचारियों को इनाम दिया जा रहा था। आज नरक के पुतले विनम्रता के देवता बने हुए थे।

अंत में भक्तसिंह का नाम आया। वह सिर झुकाए, आहिस्ता-आहिस्ता जेलर के पास गए और उदासीन भाव से परवाना लेकर जेल के द्वार की ओर चले, मानो सामने कोई समुद्र लहरें मार रहा हो। द्वार से बाहर निकलकर वह जमीन पर बैठ गए। कहाँ जाएँ?

सहसा उन्होंने एक सैनिक अफसर को घोड़े पर सवार, जेल की ओर आते देखा। उसकी देह पर खाकी वरदी थी, सिर पर कारचोबी साफा। अजीब शान से घोड़े पर बैठा हुआ था। उसके पीछे-पीछे एक फिटन आ रही थी। जेल के सिपाहियों ने अफसर को देखते ही बंदूकें सँभालीं और लाइन में खड़े होकर सलाम किया।

भक्तसिंह ने मन में कहा—एक भाग्यवान वह है, जिसके लिए फिटन आ रही है; और एक अभागा मैं हूँ, जिसका कहीं ठिकाना नहीं।

फौजी अफसर ने इधर-उधर देखा और घोड़े से उतरकर सीधे भक्तसिंह के सामने आकर खड़ा हो गया।

भक्तसिंह ने उसे ध्यान से देखा और तब चौंककर उठ खड़े हुए और बोले— अरे! बेटा जगतसिंह।

जगतसिंह रोता हुआ उनके पैरों पर गिर पड़ा।

16.

मैकू

कादिर और मैकू ताड़ीखाने के सामने पहुँचे, तो वहाँ कांग्रेस के वालंटियर झंडा लिए खड़े नजर आये। दरवाजे के इधर-उधर हजारों दर्शक खड़े थे। शाम का वक्त था। इस वक्त गली में पियक्कड़ों के सिवा और कोई न आता था। भले आदमी इधर से निकलते झिझकते। पियक्कड़ों की छोटी-छोटी टोलियाँ आती-जाती रहती थीं। दो-चार वेश्याएँ दूकान के सामने खड़ी नजर आती थीं। आज यह भीड़-भाड़ देखकर मैकू ने कहा—बड़ी भीड़ है बे, कोई दो-तीन सौ आदमी होंगे।

कादिर ने मुस्करा कर कहा—भीड़ देख कर डर गये क्या? यह सब हुर्र हो जाएँगे, एक भी न टिकेगा। यह लोग तमाशा देखने आये हैं, लाठियाँ खाने नहीं आये हैं।

मैकू ने संदेह के स्वर में कहा—पुलिस के सिपाही भी बैठे हैं। ठीकेदार ने तो कहा था, पुलिस न बोलेगी।

कादिर—हाँ, बे पुलिस न बोलेगी, तेरी नानी क्यों मरी जा रही है। पुलिस वहाँ बोलती है, जहाँ चार पैसे मिलते हैं या जहाँ कोई औरत का मामला होता है। ऐसी बेफजूल बातों में पुलिस नहीं पड़ती। पुलिस तो और शह दे रही है।

ठीकेदार से साल में सैकड़ों रुपये मिलते हैं। पुलिस इस वक्त उसकी मदद न करेगी तो कब करेगी?

मैकू—चलो, आज दस हमारे भी सीधे हुए। मुफ्त में पियेंगे वह अलग, मगर सुनते हैं, कांग्रेसवालों में बड़े-बड़े मालदार लोग शरीक हैं। वह कहीं हम लोगों से कसर निकालें तो बुरा होगा।

कादिर—अबे, कोई कसर-वसर नहीं निकालेगा, तेरी जान क्यों निकल रही है? कांग्रेसवाले किसी पर हाथ नहीं उठाते, चाहे कोई उन्हें मार ही डाले। नहीं तो उस दिन जुलूस में दस-बारह चौकीदारों की मजाल थी कि दस हजार आदमियों को पीटकर रख देते। चार तो वहीं ठंडे हो गए थे, मगर एक ने हाथ नहीं उठाया। इनके जो महात्मा हैं, वह बड़े भारी फकीर हैं! उनका हुक्म है कि चुपके से मार खा लो, लड़ाई मत करो।

यों बातें करते-करते दोनों ताड़ीखाने के द्वार पर पहुँच गए। एक स्वयंसेवक हाथ जोड़कर सामने आ गया और बोला—भाई साहब, आपके मजहब में ताड़ी हराम है।

मैकू ने बात का जवाब चाँटे से दिया। ऐसा तमाचा मारा कि स्वयंसेवक की आँखों में खून आ गया। ऐसा मालूम होता था, गिरा चाहता है। दूसरे स्वयंसेवक ने दौड़कर उसे सँभाला। पाँचों उँगलियों का रक्तमय प्रतिबिम्ब झलक रहा था।

मगर वालंटियर तमाचा खा कर भी अपने स्थान पर खड़ा रहा। मैकू ने कहा—अब हटता है कि और लेगा?

स्वयंसेवक ने नम्रता से कहा—अगर आपकी यही इच्छा है, तो सिर सामने किये हुए हूँ। जितना चाहिए, मार लीजिए। मगर अंदर न जाइए।

यह कहता हुआ वह मैकू के सामने बैठ गया।

मैकू ने स्वयंसेवक के चेहरे पर निगाह डाली। उसकी पाँचों उँगलियों के निशान झलक रहे थे। मैकू ने इसके पहले अपनी लाठी से टूटे हुए कितने ही सिर देखे थे, पर आज की-सी ग्लानि उसे कभी न हुई थी। वह पाँचों उँगलियों के निशान किसी पंचशूल की भाँति उसके हृदय में चुभ रहे थे।

कादिर चौकीदारों के पास खड़ा सिगरेट पीने लगा। वहीं खड़े-खड़े बोला—अब, खड़ा देखता क्या है, लगा कसके एक हाथ।

मैकू ने स्वयंसेवक से कहा—तुम उठ जाओ, मुझे अंदर जाने दो।

'आप मेरी छाती पर पाँव रखकर चले जा सकते हैं।'

'मैं कहता हूँ, उठ जाओ, मैं अन्दर ताड़ी न पीऊँगा, एक दूसरा ही काम है।'

उसने यह बात कुछ इस दृढ़ता से कही कि स्वयंसेवक उठ कर रास्ते से हट गया। मैकू ने मुस्करा कर उसकी ओर ताका। स्वयंसेवक ने फिर हाथ जोड़कर कहा—अपना वादा भूल न जाना।

एक चौकीदार बोला—लात के आगे भूत भागता है, एक ही तमाचे में ठीक हो गया!

कादिर ने कहा—यह तमाचा बच्चा को जन्म-भर याद रहेगा। मैकू के तमाचे सह लेना मामूली काम नहीं है।

चौकीदार—आज ऐसा ठोंको इन सबों को कि फिर इधर आने का नाम न लें।

कादिर—खुदा ने चाहा, तो फिर इधर आएँगे भी नहीं। मगर हैं सब बड़े हिम्मती। जान को हथेली पर लिये फिरते हैं।

मैकू भीतर पहुँचा, तो ठीकेदार ने स्वागत किया—आओ मैकू मियाँ! एक ही तमाचा लगाकर क्यों रह गए? एक तमाचे का भला इन पर क्या असर होगा? बड़े लतखोर हैं सब। कितना ही पीटो, असर ही नहीं होता। बस आज सबों के हाथ-पाँव तोड़ दो; फिर इधर न आयें!

मैकू—तो क्या और न आएँगे?

ठीकेदार—फिर आते सबों की नानी मरेगी।

मैकू—और जो कहीं इन तमाशा देखनेवालों ने मेरे ऊपर डंडे चलाये तो!

ठीकेदार—तो पुलिस उनको मार भगायेगी। एक झड़प में मैदान साफ हो जाएगा। लो, जब तक एकाध बोतल पी लो। मैं तो आज मुफ्त की पिला रहा हूँ।

मैकू—क्या इन ग्राहकों को भी मुफ्त?

ठीकेदार—क्या करता, कोई आता ही न था। सुना कि मुफ्त मिलेगी, तो सब धँस पड़े।

मैकू—मैं तो आज न पीऊँगा।

ठीकेदार—क्यों? तुम्हारे लिए तो आज ताजी ताड़ी मँगवायी है।

मैकू—यों ही, आज पीने की इच्छा नहीं है। लाओ, कोई लकड़ी निकालो, हाथ से मारते नहीं बनता।

ठीकेदार ने लपक कर एक मोटा सोंटा मैकू के हाथ में दे दिया, और डंडेबाजी का तमाशा देखने के लिए द्वार पर खड़ा हो गया।

मैकू ने एक क्षण डंडे को तौला, तब उछल कर ठीकेदार को ऐसा डंडा रसीद किया कि वहीं दोहरा होकर द्वार में गिर पड़ा। इसके बाद मैकू ने पियक्कड़ों की ओर रुख किया और लगा डंडों की वर्षा करने। न आगे देखता था, न पीछे, बस डंडे चलाये जाता था।

ताड़ीबाजों के नशे हिरन हुए। घबड़ा-घबड़ा कर भागने लगे, पर किवाड़ों के बीच में ठीकेदार की देह बिंधी पड़ी थी। उधर से फिर भीतर की ओर लपके। मैकू ने फिर डंडों से आवाहन किया। आखिर सब ठीकेदार की देह को रौंद-रौंद कर भागे। किसी का हाथ टूटा, किसी का सिर फूटा, किसी की कमर टूटी। ऐसी भगदड़ मची कि एक मिनट के अंदर ताड़ीखाने में एक चिड़िये का पूत भी न रह गया।

एकाएक मटकों के टूटने की आवाज आयी। स्वयंसेवक ने भीतर झाँककर देखा, तो मैकू मटकों को विध्वंस करने में जुटा हुआ था। बोला—भाई साहब, अजी भाई साहब, यह आप गजब कर रहे हैं। इससे तो कहीं अच्छा कि आपने हमारे ही ऊपर अपना गुस्सा उतारा होता।

मैकू ने दो-तीन हाथ चला कर बाकी बची हुई बोतलों और मटकों का सफाया कर दिया और तब चलते-चलते ठीकेदार को एक लात जमा कर बाहर निकल आया।

कादिर ने उसको रोक कर पूछा—तू पागल तो नहीं हो गया बे? क्या करने आया था, और क्या कर रहा है।

मैकू ने लाल-लाल आँखों से उसकी ओर देख कर कहा—हाँ, अल्लाह का शुक्र है कि मैं जो कुछ करने आया था, वह न करके कुछ और ही कर बैठा। तुम में कूवत हो, तो वालंटरों को मारो, मुझमें कूवत नहीं है। मैंने तो एक थप्पड़ लगाया, उसका रंज अभी तक है और हमेशा रहेगा! तमाचे के निशान मेरे कलेजे पर बन गए हैं। जो लोग दूसरों को गुनाह से बचाने के लिए अपनी

जान देने को खड़े हैं, उन पर वही हाथ उठाएगा, जो पाजी है, कमीना है, नामर्द है। मैकू फिसादी है, लठैत, गुंडा, पर कमीना और नामर्द नहीं है। कह दो पुलिसवालों से, चाहें तो मुझे गिरफ्तार कर लें।

कई ताड़ीबाज खड़े सिर सहलाते हुए, उसकी ओर सहमी हुई आँखों से ताक रहे थे। कुछ बोलने की हिम्मत न पड़ती थी। मैकू ने उनकी ओर देख कर कहा—मैं कल फिर आऊँगा। अगर तुममें से किसी को यहाँ देखा तो खून ही पी जाऊँगा! जेल और फाँसी से नहीं डरता। तुम्हारी भलमनसी इसी में है कि अब भूल कर भी इधर न आना। यह कांग्रेसवाले तुम्हारे दुश्मन नहीं हैं। तुम्हारे और तुम्हारे बाल-बच्चों की भलाई के लिए ही तुम्हें पीने से रोकते हैं। इन पैसों से अपने बाल-बच्चों की परवरिश करो, घी-दूध खाओ। घर में तो फाके हो रहे हैं, घरवाली तुम्हारे नाम को रो रही है, और तुम यहाँ बैठे पी रहे हो? लानत है इस नशेबाजी पर।

मैकू ने वहीं डंडा फेंक दिया और कदम बढ़ाता हुआ घर चला। इस वक्त तक हजारों आदमियों का हुजूम हो गया था। सभी श्रद्धा, प्रेम और गर्व की आँखों से मैकू को देख रहे थे।

17.

समर-यात्रा

आज सबेरे से ही गाँव में हलचल मची हुई थी। कच्ची झोंपड़ियाँ हँसती हुई जान पड़ती थीं। आज सत्याग्रहियों का जत्था गाँव में आएगा। कोदई चौधरी के द्वार पर चँदोवा तना हुआ है। आटा, घी, तरकारी, दूध और दही जगा किया जा रहा है। सबके चेहरों पर उमंग है, हौसला है, आनन्द है। वही बिंदा अहीर, जो दौरे के हाकिमों के पड़ाव पर पाव-पाव भर दूध के लिए मुँह छिपाता फिरता था, आज दूध और दही के दो मटके अहिराने से बटोर कर रख गया है। कुम्हार, जो घर छोड़कर भाग जाया करता था, मिट्टी के बर्तनों का अटम लगा गया है। गाँव के नाई-कहार सब आप ही आप दौड़े चले आ रहे हैं।

अगर कोई प्राणी दुखी है, तो वह नोहरी बुढ़िया है। वह अपनी झोंपड़ी के द्वार पर बैठी हुई अपनी पचहत्तर साल की बूढ़ी सिकुड़ी हुई आँखों से यह समारोह देख रही है और पछता रही है। उसके पास क्या है, जिसे ले कर कोदई के द्वार पर जाए और कहे—मैं यह लायी हूँ। वह तो दानों को मुहताज है।

मगर नोहरी ने अच्छे दिन भी देखे हैं। एक दिन उसके पास धन, जन सब कुछ था। गाँव पर उसी का राज्य था। कोदई को उसने हमेशा नीचे दबाये रखा। वह स्त्री होकर भी पुरुष थी। उसका पति घर में सोता था, वह खेत में सोने जाती थी। मामले-मुकदमे की पैरवी खुद ही करती थी। लेना-देना सब उसी के हाथों में था लेकिन वह सब कुछ विधाता ने हर लिया; न धन रहा, न जन रहे—अब उनके नामों को रोने के लिए वही बाकी थी। आँखों से सूझता न था, कानों से सुनायी न देता था। जगह से हिलना मुश्किल था। किसी तरह जिंदगी के दिन पूरे कर रही थी और उधर कोदई के भाग उदय हो गए थे। अब चारों ओर से कोदई की पूछ थी—पहुँच थी। आज जलसा भी कोदई के द्वार पर हो रहा है। नोहरी को अब कौन पूछेगा। यह सोचकर उसका मनस्वी हृदय मानो किसी पत्थर से कुचल उठा। हाय! मगर भगवान ने उसे इतना अपंग न कर दिया होता, तो आज झोपड़े की लीपती, द्वार पर बाजे बजवाती, कढ़ाव चढ़ा देती, पूड़ियाँ बनवाती और जब वह लोग खा चुकते; तो अँजुली भर रुपये उनकी भेंट कर देती।

उसे वह दिन याद आया, जब वह अपने बूढ़े पति को लेकर यहाँ से बीस कोस महात्मा जी के दर्शन करने गई थी। वह उत्साह, वह सात्विक प्रेम, वह श्रद्धा, आज उसके हृदय में आकाश के मटियाले मेघों की भाँति उमड़ने लगी।

कोदई ने आकर पोपले मुँह से कहा—भाभी, आज महात्मा जी का जत्था आ रहा है, तुम्हें भी कुछ देना है।

नोहरी ने चौधरी को कटार भरी हुई आँखों से देखा। निर्दयी मुझे जलाने आया है। मुझे नीचा दिखाना चाहता है। जैसे आकाश पर चढ़कर बोली—मुझे जो कुछ देना है, वह उन्हीं लोगों को दूँगी। तुम्हें क्यों दिखाऊँ!

कोदई ने मुस्करा कर कहा—हम किसी से कहेंगे नहीं, सच कहते हैं भाभी, निकालो वह पुरानी हाँड़ी! अब किस दिन के लिए रखे हुए हो। किसी ने कुछ नहीं दिया। गाँव की लाज कैसे रहेगी?

नोहरी ने कठोर दीनता के भाव से कहा—जले पर नमक न छिड़को, देवर जी! भगवान ने दिया होता, तो तुम्हें कहना न पड़ता। इसी द्वार पर एक दिन साधु-संत, जोगी-जती, हाकिम-सूबा सभी आते थे; मगर सब दिन बराबर नहीं जाते!

कोदई लज्जित हो गया। उसके मुख की झुर्रियाँ मानो रेंगने लगीं। बोला—तुम तो हँसी-हँसी में बिगड़ जाती हो भाभी! मैंने तो इसलिए कहा था कि पीछे से तुम यह न कहने लगो—मुझसे तो किसी ने कुछ कहा ही नहीं।

यह कहता हुआ वह चला गया। नोहरी वहीं बैठी उसकी ओर ताकती रही। उसका वह व्यंग्य सर्प की भाँति उसके सामने बैठा हुआ मालूम होता था।

नोहरी अभी बैठी हुई थी कि शोर मचा—जत्था आ गया। पश्चिम में गर्द उड़ती हुई नजर आ रही थी, मानो पृथ्वी उन यात्रियों के स्वागत में अपने राज-रत्नों की वर्षा कर रही हो। गाँव के सब स्त्री-पुरुष सब काम छोड़-छोड़कर उनका अभिवादन करने चले। एक क्षण में तिरंगी पताका हवा में फहराती दिखायी दी, मानो स्वराज्य ऊँचे आसन पर बैठा हुआ सबको आशीर्वाद दे रहा है।

स्त्रियाँ मंगल-गान करने लगीं। जरा देर में यात्रियों का दल साफ नजर आने लगा। दो-दो आदमियों की कतारें थीं। हर एक ही देह पर खद्दर का कुर्त्ता था, सिर पर गाँधी टोपी, बगल में थैला लटकता हुआ, दोनों हाथ खाली, मानो स्वराज्य का आलिंगन करने को तैयार हों। फिर उनका कण्ठ-स्वर सुनायी देने लगा। उनके मरदाने गलों से एक कौमी तराना निकल रहा था, गर्म, गहरा, दिलों में स्फूर्ति डालनेवाला—

एक दिन वह था कि हम सारे जहाँ में फर्द थे,
एक दिन यह है कि हम-सा बेहया कोई नहीं।
एक दिन वह था कि अपनी शान पर देते थे जान,
एक दिन यह है कि हम-सा बेहया कोई नहीं।

गाँववालों ने कई कदम आगे बढ़कर यात्रियों का स्वागत किया। बेचारों के सिरों पर धूल जमी हुई थी, ओंठ सूखे हुए, चेहरे सँवलाये; पर आँखों में जैसे आजादी की ज्योति चमक रही थी।

स्त्रियाँ गा रही थीं, बालक उछल रहे थे और पुरुष अपने अँगोछों से यात्रियों को हवा कर रहे थे। इस समारोह में नोहरी की ओर किसी का ध्यान न गया, वह अपनी लठिया पकड़े सबके पीछे सजीव आशीर्वाद बनी खड़ी थी। उसकी आँखें डबडबायी हुई थीं, मुख से गौरव की ऐसी झलक आ रही थी मानो वह कोई रानी है, मानो यह सारा गाँव उसका है, वे सभी युवक उसके बालक हैं। अपने मन में उसने ऐसी शक्ति, ऐसे विकास, ऐसे उत्थान का अनुभव कभी न किया था।

सहसा उसने लाठी फेंक दी और भीड़ को चीरती हुई यात्रियों के सामने आ खड़ी हुई, जैसे लाठी के साथ ही उसने बुढ़ापे और दुःख के बोझ को फेंक दिया हो! वह एक पल अनुरक्त आँखों से आजादी के सैनिकों की ओर ताकती रही, मानो उनकी शक्ति को अपने अंदर भर रही हो, तब वह नाचने लगी, इस तरह नाचने लगी, जैसे कोई सुन्दरी नवयौवना प्रेम और उल्लास के मद से विह्वल होकर नाचे। लोग दो-दो, चार-चार कदम पीछे हट गये, छोटा-सा आँगन बन गया और उस आँगन में वह बुढ़िया अपना अतीत नृत्य कौशल दिखाने लगी। इस अलौकिक आनंद के रेले में वह अपना सारा दुःख और संताप भूल गई। उसके जीर्ण अंगों में जहाँ सदा वायु का प्रकोप रहता था, वहाँ न जाने इतनी चपलता, इतनी लचक, इतनी फरती कहाँ से आ गई थी! पहले कुछ देर तो लोग मजाक से उसकी ओर ताकते रहे जैसे बालक बंदर का नाच देखते हैं, फिर अनुराग के इस पावन प्रवाह ने सभी को मतवाला कर दिया। उन्हें ऐसा जान पड़ा कि सारी प्रकृति एक विराट व्यापक नृत्य की गोद में खेल रही है।

कोदई ने कहा—बस करो भाभी, बस करो।

नोहरी ने थिरकते हुए कहा—खड़े क्यों हो, आओ न जरा देखूँ कैसा नाचते हो!

कोदई बोले—अब बुढ़ापे में क्या नाचूँ?

नोहरी ने रुक कर कहा—क्या तुम आज भी बूढ़े हो? मेरा बुढ़ापा तो जैसे भाग गया। इन वीरों को देख कर भी तुम्हारी छाती नहीं फूलती? हमारा ही दुःख-दर्द हरने के लिए तो उन्होंने यह परन ठाना है। इन्हीं हाथों से हाकिमों की बेगार बजायी है, इन्हीं कानों से उनकी गालियाँ और घुड़कियाँ सुनी हैं। अब तो उस जोर-जुलुम का नाश होगा।—हम और तुम क्या अभी बूढ़े होने

जोग थे? हमें पेट की आग ने जलाया है। बोलो ईमान से, यहाँ इतने आदमी हैं, किसी ने इधर छह महीने से पेट-भर रोटी खायी है? घी किसी को सूँघने को मिला है! कभी नींद-भर सोये हो! जिस खेत का लगान तीन रुपये देते थे, अब उसी के नौ-दस देते हो। क्या धरती सोना उगलेगी? काम करते-करते छाती फट गई। हमीं हैं कि इतना सह कर भी जीते हैं। दूसरा होता, तो या तो मार डालता, या मर जाता। धन्य हैं महात्मा और उनके चेले कि दीनों का दुःख समझते हैं, उनके उद्धार का जतन करते हैं। और तो सभी हमें पीसकर हमारा रक्त निकालना जानते हैं।

यात्रियों के चेहरे चमक उठे, हृदय खिल उठे। प्रेम की डूबी हुई ध्वनि निकली–

एक दिन था कि पारस थी यहाँ की सरजमीन,
एक दिन यह है कि यों बे-दस्तोपा कोई नहीं।

कोदई के द्वार पर मशालें जल रही थीं। कई गाँवों के आदमी जमा हो गए थे। यात्रियों के भोजन कर लेने के बाद सभा शुरू हुई। दल के नायक ने खड़े होकर कहा–

भाइयों, आपने आज हम लोगों का जो आदर-सत्कार किया, उसमें हमें यह आशा हो रही है कि हमारी बेड़ियाँ जल्द ही कट जाएँगी। मैंने पूरब और पश्चिम के बहुत से देशों को देखा है और मैं तजरबे से कहता हूँ कि आपमें जो सरलता, जो ईमानदारी, जो श्रम और धर्मबुद्धि है, वह संसार के और किसी देश में नहीं। मैं तो यही कहूँगा कि आप मनुष्य नहीं, देवता हैं। आपको भोग-विलास से मतलब नहीं, नशा-पानी से मतलब नहीं, अपना काम करना और अपनी दशा पर संतोष रखना। यह आपका आदर्श है, लेकिन आपका यही देवत्व, आपका यही सीधापन आपके हक में घातक हो रहा है। बुरा न मानिएगा, आप लोग इस संसार में रहने के योग्य नहीं। आपको तो स्वर्ग में कोई स्थान पाना चाहिए था। खेतों का लगान बरसाती नाले की तरह बढ़ता जाता है, आप चूँ नहीं करते। अमले और अहलकार आपको नोचते रहते हैं, आप जबान नहीं हिलाते। इसका यह नतीजा हो रहा है कि आपको लोग दोनों

हाथों लूट रहे हैं, पर आपको खबर नहीं। आपके हाथों से सभी रोजगार छिनते जाते हैं, आपका सर्वनाश हो रहा है, पर आप आँखें खोल कर नहीं देखते। पहले लाखों भाई सूत कात कर, कपड़े बुनकर गुजर करते थे। अब सब कपड़ा विदेश से आता है। पहले लाखों आदमी यहीं नमक बनाते थे। अब नमक बाहर से आता है। यहाँ नमक बनाना जुर्म है। आपके देश में इतना नमक है कि सारे संसार का दो सौ साल तक उससे काम चल सकता है, पर आप सात करोड़ रुपये सिर्फ नमक के लिए देते हैं। आपके ऊसरों में, झीलों में नमक भरा पड़ा है, आप उसे छू नहीं सकते। शायद कुछ दिनों में आपके कुओं पर भी महसूल लग जाए। क्या आप अब भी यह अन्याय सहते रहेंगे।

एक आवाज आयी—हम किस लायक हैं?

नायक—यही तो आपका भ्रम है। आप ही की गर्दन पर इतना बड़ा राज्य थमा हुआ है। आप ही इन बड़ी-बड़ी फौजों, इन बड़े-बड़े अफसरों के मालिक हैं; मगर फिर भी आप भूखों मरते हैं, अन्याय सहते हैं। इसलिए कि आपको अपनी शक्ति का ज्ञान नहीं। यह समझ लीजिए कि संसार में जो आदमी अपनी रक्षा नहीं कर सकता, वह सदैव स्वार्थी और अन्यायी आदमियों का शिकार बना रहेगा! आज संसार का सबसे बड़ा आदमी अपने प्राणों की बाजी खेल रहा है। हजारों जवान अपनी जानें हथेली पर लिए आपके दुःखों का अंत करने के लिए तैयार हैं। जो लोग आपको असहाय समझ कर दोनों हाथों से आपको लूट रहे हैं, वह कब चाहेंगे कि उनका शिकार उनके मुँह से छिन जाए। वे आपके इन सिपाहियों के साथ जितनी सख्तियाँ कर सकते हैं, कर रहे हैं; मगर हम लोग सब कुछ सहने को तैयार हैं। अब सोचिए कि आप हमारी कुछ मदद करेंगे? मरदों की तरह निकल कर अपने को अन्याय से बचायेंगे या कायरों की तरह बैठे हुए तकदीर को कोसते रहेंगे? ऐसा अवसर फिर शायद कभी न आये। अगर इस वक्त चूके, तो फिर हमेशा हाथ मलते रहिएगा। हम न्याय और सत्य के लिए लड़ रहे हैं; इसलिए न्याय और सत्य के ही हथियारों से हमें लड़ना है। हमें ऐसे वीरों की जरूरत है, जो हिंसा और क्रोध को दिल से निकाल डालें और ईश्वर पर अटल विश्वास रख कर धर्म के लिए सब कुछ झेल सकें! बोलिए आप क्या मदद कर सकते हैं?

कोई आगे नहीं बढ़ता। सन्नाटा छाया रहता है।

एकाएक शोर मचा—पुलिस! पुलिस आ गई!!

पुलिस का दारोगा कांस्टेबलों के एक दल के साथ आकर सामने खड़ा हो गया। लोगों ने सहमी हुई आँखों और धड़कते हुए दिलों से उकी ओर देखा और छिपने के लिए बिल खोजने लगे।

दारोगा जी ने हुक्म किया—मार कर भगा दो इन बदमाशों को?

कांस्टेबलों ने अपने डंडे सँभाले; मगर इससे पहले कि वे किसी पर हाथ चलायें, सभी लोग हुर्र हो गए! कोई इधर से भागा, कोई उधर से। भगदड़ मच गई। दस मिनट में वहाँ गाँव का एक आदमी भी न रहा। हाँ, नायक अपने स्थान पर अब भी खड़ा था और जत्था उसके पीछे बैठा हुआ था; केवल कोदई चौधरी नायक के समीप बैठे हुए थिर आँखों से भूमि की ओर ताक रहे थे।

दारोगा ने कोदई की ओर कठोर आँखों से देख कर कहा—क्यों रे कोदइया, तूने इन बदमाशों को क्यों ठहराया यहाँ?

कोदई ने लाल-लाल आँखों से दारोगा की ओर देखा और जहर की तरह गुस्से को पी गए। आज अगर उनके सिर गृहस्थी का बखेड़ा न होता, लेना-देना न होता तो वह भी इसका मुँहतोड़ जवाब देते। जिस गृहस्थी पर उन्होंने अपने जीवन के पचास साल होम कर दिये थे, वह इस समय एक विषैले सर्प की भाँति उनकी आत्मा में लिपटी हुई थी।

कोदई ने अभी कोई जवाब न दिया था कि नोहरी पीछे से आ कर बोली—क्या लाल पगड़ी बाँध कर तुम्हारी जीभ ऐंठ गई है? कोदई क्या तुम्हारे गुलाम हैं कि कोदइया-कोदइया कर रहे हो? हमारा ही पैसा खाते हो और हमीं को आँखें दिखाते हो? तुम्हें लाज नहीं आती?

नोहरी इस वक्त दोपहरी की धूप की तरह काँप रही थी। दारोगा एक क्षण के लिए सन्नाटे में आ गया। फिर कुछ सोचकर और औरत के मुँह लगना अपनी शान के खिलाफ समझ कर कोदई से बोला—यह कौन शैतान की खाला है, कोदई! खुदा का खौफ न होता तो इसकी जबान तालू से खींच लेता।

बुढ़िया लाठी टेक कर दारोगा की ओर घूमती हुई बोली—क्यों खुदा की दुहाई दे कर खुदा को बदनाम करते हो। तुम्हारे खुदा तो तुम्हारे अफसर हैं, जिनकी तुम जूतियाँ चाटते हो। तुम्हें तो चाहिए था कि डूब मरते चुल्लू भर पानी में! जानते हो, यह लोग जो यहाँ आये हैं, कौन हैं? यह वह लोग

हैं, जो हम गरीबों के लिए अपनी जान तक होमने को तैयार हैं। तुम उन्हें बदमाश कहते हो! तुम जो घूस के रुपये खाते हो, जुआ खेलाते हो, चोरियाँ करवाते हो, डाके डलवाते हो, भले आदमियों को फँसा कर मुट्ठियाँ गरम करते हो और अपने देवताओं की जूतियों पर नाक रगड़ते हो, तुम इन्हें बदमाश कहते हो!

नोहरी की तीक्ष्ण बातें सुनकर बहुत-से लोग जो इधर-उधर दबक गए थे, फिर जमा हो गए। दारोगा ने देखा, भीड़ बढ़ती जाती हे, तो अपना हंटर लेकर उन पर पिल पड़े। लोग फिर तितर-बितर हो गए। एक हंटर नोहरी पर भी पड़ा। उसे ऐसा मालूम हुआ कि कोई चिनगारी सारी पीठ पर दौड़ गई। उसकी आँखों तले अँधेरा छा गया, पर अपनी बची हुई शक्ति को एकत्र करके ऊँचे स्वर से बोली—लड़कों, क्यों भागते हो? क्या नेवता खाने आये थे या कोई नाच तमाशा हो रहा था? तुम्हारे इसी लेड़ीपन ने इन सबों को शेर बना रखा है। कब तक यह मार-धाड़, गाली-गुप्ता सहते रहोगे।

एक सिपाही ने बुढ़िया की गदरन पकड़ कर जोर से धक्का दिया। बुढ़िया दो-तीन कदम पर औंधे मुँह गिरा चाहती थी कि कोदई से लपक कर उसे सँभाल लिया और बोला—क्या एक दुखिया पर गुस्सा दिखाते हो यारो? क्या गुलामी ने तुम्हें नामर्द भी बना दिया है? औरतों पर, बूढ़ों पर, निहत्थों पर, वार करते हो, यह मरदों का काम नहीं है।

नोहरी ने जमीन पर पड़े-पड़े कहा—मर्द होते, तो गुलाम ही क्यों होते! भगवान! आदमी इतना निर्दयी भी हो सकता है? भला अँगरेज इस तरह बेदरदी करे तो एक बात है। उसका राज है। तुम तो उसके चाकर हो, तुम्हें राज तो न मिलेगा, मगर राँड माँड में ही खुश! इन्हें कोई तलब देता जाए, दूसरों की गरदन भी काटने में इन्हें संकोच नहीं!

अब दारोगा ने नायक को डाँटना शुरू किया—तुम किसके हुक्म से इस गाँव में आये?

नायक ने शांत भाव से कहा—खुदा के हुक्म से।

दारोगा—तुम रिआया के अमन में खलल डालते हो?

नायक—अगर तुम्हें उनकी हालत बताना उनके अमन में खलल डालना है तो बेशक हमें उनके अमन में खलल डाल रहे हैं।

भागनेवालों के कदम एक बार फिर रुक गए। कोदई ने उनकी ओर निराश आँखों से देखकर काँपते हुए स्वर में कहा—भाइयो, इस बखत कई गाँवों के आदमी यहाँ जमा हैं? दारोगा ने हमारी जैसे बेआबरूई की है, क्या उसे सह कर तुम आराम की नींद सो सकते हो? इसकी फरियाद कौन सुनेगा? हाकिम लोग क्या हमारी फरियाद सुनेंगे? कभी नहीं। आज अगर हम लोग मार डाले जाएँ, तो भी कुछ न होगा। यह है हमारी इज्जत और आबरू? थुड़ी है इस जिंदगी पर!

समूह स्थिर भाव से खड़ा हो गया, जैसे बहता हुआ पानी मेंड़ से रुक जाए। भय का धुआँ जो लोगों के हृदय पर छा गया था, एकाएक हट गया। उनके चेहरे कठोर हो गए। दारोगा ने उनके तीवर देखे, तो तुरन्त घोड़े पर सवार हो गया और कोदई को गिरफ्तार करने का हुक्म दिया। दो सिपाहियों ने बढ़ कर कोदई की बाँह पकड़ ली। कोदई ने कहा—घबड़ाते क्यों हो, मैं कहीं भागूँगा नहीं। चलो, कहाँ चलते हो?

ज्यों ही कोदई दोनों सिपाहियों के साथ चला, उसके दोनों जवान बेटे कई आदमियों के साथ सिपाहियों की ओर लपके कि कोदई को उनके हाथों से छीन लें। सभी आदमी विकट आवेश में आ कर पुलिसवालों के चारों ओर जमा हो गए।

दारोगा ने कहा—तुम लोग हट जाओ वरना मैं फायर कर दूँगा। समूह ने इस धमकी का जवाब 'भारत माता की जय!' से दिया और एकाएक दो-दो कदम और आगे खिसक आये।

दारोगा ने देखा, अब जान बचती नहीं नजर आती है। नम्रता से बोला—नायक साहब, यह लोग फसाद पर आमादा हैं। इसका नतीजा अच्छा न होगा।

नायक ने कहा—नहीं, जब तक हममें एक आदमी भी यहाँ रहेगा, आपके ऊपर कोई हाथ न उठा सकेगा। आपसे हमारी कोई दुश्मनी नहीं है। हम और आप दोनों एक ही पैरों के तले दबे हुए हैं। यह हमारी बदनसीबी है कि हम, आप दो विरोधी दलों में खड़े हैं।

यह कहते हुए नायक ने गाँववालों को समझाया—भाइयों, मैं आपसे कह चुका हूँ, यह न्याय और धर्म की लड़ाई है और हमें न्याय और धर्म के

हथियार से ही लड़ना है। हमें अपने भाइयों से नहीं लड़ना है। हमें तो किसी से भी लड़ना नहीं है। दारोगा की जगह कोई अँगरेज होता, तो भी हम उसकी इतनी ही रक्षा करते। दारोगा ने कोदई चौधरी को गिरफ्तार किया है। मैं इसे चौधरी का सौभाग्य समझता हूँ। धन्य हैं वे लोग जो आजादी की लड़ाई में सजा पायें। यह बिगड़ने या घबड़ाने की बात नहीं है। आप लोग हट जाएँ और पुलिस को जाने दें।

दारोगा और सिपाही कोदई को लेकर चले। लोगों ने जयध्वनि की—'भारत माता की जय।'

कोदई ने जवाब दिया—राम-राम भाइयों, राम-राम डटे रहना मैदान में। घबड़ाने की कोई बात नहीं। भगवान् सबका मालिक है।

दोनों लड़के आँखों में आँसू भरे आये और कातर स्वर में बोले—हमें क्या कहे जाते हो दादा!

कोदई ने उन्हें बढ़ावा देते हुए कहा—भगवान का भरोसा मत छोड़ना और वह करना जो मरदों को करना चाहिए। भय सारी बुराइयों की जड़ है। इसे मन से निकाल डालो, फिर तुम्हारा कोई कुछ नहीं कर सका। सत्य की कभी हार नहीं होती।

आज पुलिस के सिपाहियों के बीच में कोदई को निर्भयता का जैसा अनुभव हो रहा था, वैसा पहले कभी न हुआ था। जेल और फाँसी उसके लिए आज भय की वस्तु नहीं, गौरव की वस्तु हो गई थी! सत्य का प्रत्यक्ष रूप आज उसने पहली बार देखा मानो वह कवच की भाँति उसकी रक्षा कर रहा हो।

गाँववालों के लिए कोदई का पकड़ लिया जाना लज्जाजनक मालूम हो रहा था। उनकी आँखों के सामने उनके चौधरी इस तरह पकड़ लिये गए और वे कुछ न कर सके। अब वे मुँह कैसे दिखायें! हर एक के मुख पर गहरी वेदना झलक रही थी जैसे गाँव लुट गया।

सहसा नोहरी ने चिल्लाकर कहा—अब सब जने खड़े क्या पछता रहे हो? देख ली अपनी दुर्दशा, या अभी कुछ बाकी है! आज तुमने देख लिया न कि हमारे ऊपर कानून से नहीं लाठी से राज हो रहा है! आज हम इतने

बेशरम हैं कि इतनी दुर्दशा होने पर भी कुछ नहीं बोलते! हम इतने स्वार्थी, इतने कायर न होते, तो उनकी मजाल थी कि हमें कोड़ों से पीटते। जब तक तुम गुलाम बने रहोगे, उनकी सेवा-टहल करते रहोगे, तुम्हें भूसा-चोकर मिलता रहेगा, लेकिन जिस दिन तुमने कंधा टेढ़ा किया, उसी दिन मार पड़ने लगेगी। कब तक इस तरह मार खाते रहोगे? कब तक मुर्दों की तरह पड़े गिद्धों से अपने आपको नोचवाते रहोगे? अब दिखा दो कि तुम भी जीते-जागते हो और तुम्हें भी अपनी इज्जत-आबरू का कुछ खयाल है। जब इज्जत ही न रही तो क्या करोगे खेती-बारी करके, धर्म कमा कर? जी कर ही क्या करोगे? क्या इसीलिए जी रहे हो कि तुम्हारे बाल-बच्चे इसी तरह लातें खाते जाएँ, इसी तरह कुचले जाएँ? छोड़ो यह कायरता! आखिर एक दिन खाट पर पड़े-पड़े मर जाओगे। क्यों नहीं इस धरम की लड़ाई में आकर वीरों की तरह मरते! मैं तो बूढ़ी औरत हूँ, लेकन और कुछ न कर सकूँगी, तो जहाँ यह लोग सोयेंगे वहाँ झाड़ू तो लगा दूँगी, इन्हें पंखा तो झलूँगी।

कोदई का बड़ा लड़का मैकू बोला—हमारे जीते-जी तुम जाओगी काकी, हमारे जीवन को धिक्कार है! अभी तो हम तुम्हारे बालक जीते ही हैं। मैं चलता हूँ उधर! खेती-बारी गंगा देखेगा।

गंगा उसका छोटा भाई था। बोला—भैया तुम यह अन्याय करते हो। मेरे रहते तुम नहीं जा सकते। तुम रहोगे, तो गिरस्ती सँभालोगे। मुझसे तो कुछ न होगा। मुझे जाने दो।

मैकू—इसे काकी पर छोड़ दो। इस तरह हमारी-तुम्हारी लड़ाई होगी। जिसे काकी का हुक्म हो वह जाए।

नोहरी ने गर्व से मुस्करा कर कहा—जो मुझे घूस देगा, उसी को जिताऊँगी।

मैकू—क्या तुम्हारी कचहरी में भी वही घूस चलेगा काकी? हमने तो समझा था, यहाँ ईमान का फैसला होगा!

नोहरी—चलो रहने दो। मरती दायीं राज मिला है तो कुछ तो कमा लूँ।

गंगा हँसता हुआ बोला—मैं तुम्हें घूस दूँगा काकी। अबकी बाजार जाऊँगा, तो तुम्हारे लिए पूर्वी तमाखू का पत्ता लाऊँगा।

नोहरी—तो बस तेरी ही जीत है, तू ही जाना।

मैकू—काकी, तुम न्याय नहीं कर रही हो।

नोहरी—अदालत का फैसला कभी दोनों फरीक ने पसन्द किया है कि तुम्हीं करोगे?

गंगा ने नोहरी के चरण छुए, फिर भाई से गले मिला और बोला—कल दादा को कहला भेजना कि मैं जाता हूँ।

एक आदमी ने कहा—मेरा भी नाम लिख लो भाई—सेवाराम।

सबने जय-घोष किया। सेवाराम आकर नायक के पास खड़ा हो गया।

दूसरी आवाज आयी—मेरा नाम लिख लो—भजन सिंह।

सबने जय-घोष किया। भजनसिंह जाकर नायक के पास खड़ा हो गया।

भजनसिंह दस-पाँच गाँवों में पहलवानी के लिए मशहूर था। यह अपनी चौड़ी छाती ताने, सिर उठाये नायक के पास खड़ा हुआ, तो जैसे मंडप के नीचे एक नए जीवन का उदय हो गया।

तुरन्त ही तीसरी आवाज आयी—मेरा नाम लिखो—घूरे।

यह गाँव का चौकीदार था। लोगों ने सिर उठा-उठाकर उसे देखा। सहसा किसी को विश्वास न आता था कि घूरे अपना नाम लिखायेगा।

भजनसिंह ने हँसते हुए पूछा—तुम्हें क्या हुआ है घूरे?

घूरे ने कहा—मुझे वही हुआ है, जो तुम्हें हुआ है। बीस साल तक गुलामी करते-करते थक गया।

फिर आवाज आयी—मेरा नाम लिखो—काले खाँ।

वह जमींदार का सहना था, बड़ा ही जाबिर और दबंग। फिर लोगों को आश्चर्य हुआ।

मैकू बोला—मालूम होता है, हमको लूट-लूटकर घर भर लिया है, क्यों।

काले खाँ गम्भीर स्वर में बोला—क्या जो आदमी भटका रहे, उसे कभी सीधे रास्ते पर न आने दोगे भाई अब तक जिसका नमक खाता था, उसका हुक्म बजाता था। तुमको लूट-लूटकर उसका घर भरता था। अब मालूम हुआ कि मैं बड़े भारी मुगालते में पड़ा हुआ था। तुम सब भाइयों को मैंने बहुत सताया है। अब मुझे माफी दो।

पाँचों रँगरूट एक-दूसरे से लिपटते थे, उछलते थे, चीखते थे, मानो उन्होंने सचमुच स्वराज्य पा लिया हो, और वास्तव में उन्हें स्वराज्य मिल गया

था। स्वराज्य चित्त की वृत्तिमात्र है। ज्यों ही पराधीनता का आतंक दिल से निकल गया, आपको स्वराज्य मिल गया। भय ही पराधीनता है, निर्भयता ही स्वराज्य है। व्यवस्था और संगठन तो गौण हैं।

नायक ने उन सेवकों को सम्बोधित करके कहा—मित्रो! आप आज आजादी के सिपाहियों में आ मिले, इस पर मैं आपको बधाई देता हूँ। आपको मालूम है, हम किस तरह लड़ाई करने जा रहे हैं? आपके ऊपर तरह-तरह की सख्तियाँ की जाएँगी, मगर याद रखिए, जिस तरह आज आपने मोह और लोभ का त्याग कर दिया है, उसी तरह हिंसा और क्रोध का भी त्याग कर दीजिए। हम धर्म संग्राम में जा रहे हैं। हमें धर्म के रास्ते पर जमा रहना होगा। आप इसके लिए तैयार हैं?

पाँचों ने एक स्वर में कहा—तैयार हैं!

नायक ने आशीर्वाद दिया—ईश्वर आपकी मदद करे।

उस सुहावने-सुनहले प्रभात में जैसे उमंग घुली हुई थी। समीर के हलके-हलके झोंको में, प्रकाश की हलकी-हलकी किरणों में उमंग सनी हुई थी। लोग जैसे दीवाने हो गए थे। मानो आजादी की देवी उन्हें अपनी ओर बुला रही हो। वही खेत-खलिहान हैं, वही बाग-बगीचे हैं, वही स्त्री-पुरुष हैं पर आज के प्रभात में जो आशीर्वाद है, जो वरदान है, जो विभूति है, वह और कभी न थी। वही खेत-खलिहान, बाग-बगीचे, स्त्री-पुरुष आज एक नई विभूति में रंग गए हैं।

सूर्य निकलने के पहले ही कई हजार आदमियों का जमाव हो गया था। जब सत्याग्रहियों का दल निकला तो लोगों की मस्तानी आवाजों में आकाश गूँज उठा। नए सैनिकों की विदाई, उनकी रमणियों का कातर धैर्य, माता-पिता का आर्द्र गर्व, सैनिकों के परित्याग का दृश्य लोगों को मस्त किये देता था।

सहसा नोहरी लाठी टेकती हुई आ कर खड़ी हो गई।

मैकू ने कहा—काकी, हमें आशीर्वाद दो।

नोहरी—मैं तुम्हारे साथ चलती हूँ बेटा! कितना आशीर्वाद लोगे?

कई आदमियों ने एक स्वर से कहा—काकी, तुम चली जाओगी, तो यहाँ कौन रहेगा?

नोहरी ने शुभ-कामना से भरे हुए स्वर में कहा—भैया, जाने के तो अब दिन ही हैं, आज न जाऊँगी, दो-चार महीने बाद जाऊँगी। अभी जाऊँगी, तो जीवन सफल हो जाएगा। दो-चार महीने में खाट पर पड़े-पड़े जाऊँगी, तो मन की आस मन में ही रह जाएगी। इतने बालक हैं, इनकी सेवा से मेरी मुकुत बन जाएगी। भगवान करे, तुम लोगों के सुदिन आयें और मैं अपनी जिंदगी में तुम्हारा सुख देख लूँ।

यह कहते हुए नोहरी ने सबको आशीर्वाद दिया और नायक के पास जाकर खड़ी हो गई।

लोग खड़े देख रहे थे और जत्था गाता हुआ जाता था।

एक दिन वह था कि हम सारे जहाँ में फ़र्द थे।
एक दिन यह है कि हम-सा बेहया कोई नहीं।

नोहरी के पाँव जमीन पर न पड़ते थे, मानो विमान पर बैठी हुई स्वर्ग जा रही हो।

18.

दो भाई

प्रातःकाल सूर्य की सुहावनी सुनहरी धूप में कलावती दोनों बेटों को जाँघों पर बैठा दूध और रोटी खिलाती। केदार बड़ा था, माधव छोटा। दोनों मुँह में कौर लिए, कई पग उछल-कूद कर फिर जाँघों पर आ बैठते और अपनी तोतली बोली में इस प्रार्थना की रट लगाते थे, जिसमें एक पुराने सहृदय कवि ने किसी जाड़े के सताये हुए बालक के हृदयोद्गार को प्रकट किया है—

दैव-दैव घाम करो तुम्हारे बालक को लगता जाड़

माँ उन्हें चुमकार कर बुलाती और बड़े-बड़े कौर खिलाती। उसके हृदय में प्रेम की उमंग थी और नेत्रों में गर्व की झलक। दोनों भाई बड़े हुए। साथ-साथ गले में बाँहे डाले खेलते थे। केदार की बुद्धि चुस्त थी। माधव का शरीर। दोनों में इतना स्नेह था कि साथ-साथ पाठशाला जाते, साथ-साथ खाते और साथ ही

साथ रहते थे! दोनों भाइयों का ब्याह हुआ। केदार की वधू चम्पा अमित-भाषिणी और चंचला थी। माधव की वधू श्यामा साँवली-सलोनी, रूपराशि की खान थी। बड़ी ही मृदुभाषिणी, बड़ ही सुशीला और शांत स्वभावा थी।

केदार चम्पा पर मोहे और माधव श्यामा पर रीझे। परंतु कलावती का मन किसी से न मिला। वह दोनों से प्रसन्न और दोनों से अप्रसन्न थी। उसकी शिक्षा-दीक्षा का बहुत अंश इस व्यर्थ के प्रयत्न में व्यय होता था कि चम्पा अपनी कार्यकुशलता का एक भाग श्यामा के शांत स्वभाव से बदल ले।

दोनों भाई संतानवान हुए। हरा-भरा वृक्ष खूब फैला और फलों से लद गया। कुत्सित वृक्ष में केवल एक फल दृष्टिगोचर हुआ, वह भी कुछ पीला-सा, मुरझाया हुआ; किंतु दोनों अप्रसन्न थे। माधव को धन-सम्पत्ति की लालसा थी और केदार को संतान की अभिलाषा।

भाग्य की इस कूटनीति ने शनैःशनैः द्वेष का रूप धारण किया, जो स्वाभाविक था। श्यामा अपने लड़कों को सँवारने-सुधारने में लगी रहती; उसे सिर उठाने की फुरसत नहीं मिलती थी। बेचारी चम्पा को चूल्हें में जलना और चक्की में पिसना पड़ता। यह अनीति कभी-कभी कटु शब्दों से निकल जाती। श्यामा सुनती, कुढ़ती और चुपचाप सह लेती। परन्तु उसकी यह सहनशीलता चम्पा के क्रोध को शांत करने के बदले और बढ़ाती। यहाँ तक कि प्याला लबालब भर गया। हिरन भागने की राह न पाकर शिकारी की तरफ लपका। चम्बा और श्यामा समकोण बनानेवाली रेखाओं की भाँति अलग हो गईं। उस दिन एक ही घर में दो चूल्हे जले, परन्तु भाइयों ने दाने की सूरत न देखी और कलावती सारे दिन रोती रही।

कई वर्ष बीत गए। दोनों भाई जो किसी समय एक ही पालथी पर बैठते थे, एक ही थाली में खाते थे और एक ही छाती से दूध पीते थे, उन्हें अब एक घर में, एक गाँव में रहना कठिन हो गया। परन्तु कुल की साख में बट्टा न लगे, इसलिए ईर्ष्या और द्वेष की धधकी हुई आग को राख के नीचे दबाने की व्यर्थ चेष्टा की जाती थी। उन लोगों में अब भ्रातृ-स्नेह न था। केवल भाई के नाम की लाज थी। माँ भी जीवित थी, पर दोनों बेटों का वैमनस्य देख कर

आँसू बहाया करती। हृदय में प्रेम था, पर नेत्रों में अभिमान न था। कुसुम वही था, परंतु वह छटा न थी।

दोनों भाई जब लड़के थे, तब एक को रोते देख दूसरा भी रोने लगता था, तब वह नादान बेसमझ और भोले थे। आज एक को रोते हुए देख दूसरा हँसता और तालियाँ बजाता। अब वह समझदार और बुद्धिमान हो गए थे।

जब उन्हें अपने-पराये की पहचान न थी, उस समय यदि कोई छेड़ने के लिए एक को अपने साथ ले जाने की धमकी देता, तो दूसरा जमीन पर लोट जाता और उस आदमी का कुर्ता पकड़ लेता। अब यदि एक भाई को मृत्यु भी धमकाती तो दूसरे के नेत्रों में आँसू न आते। अब उन्हें अपने-पराये की पहचान हो गई थी।

बेचारे माधव की दशा शोचनीय थी। खर्च अधिक था और आमदनी कम। उस पर कुल-मर्यादा का निर्वाह। हृदय चाहे रोये, पर होंठ हँसते रहें। हृदय चाहे मलिन हो, पर कपड़े मैले न हों। चार पुत्र थे, चार पुत्रियाँ और आवश्यक वस्तुएँ मोतियों के मोल। कुछ पाइयों की जमींदारी कहाँ तक सम्हालती। लड़कों का ब्याह अपने वश की बात थी। पर लड़कियों का विवाह कैसे टल सकता। दो पाई जमीन पहली कन्या के विवाह में भेंट हो गई। उस पर भी बराती बिना भात खाये आँगन से उठ गए। शेष दूसरी कन्या के विवाह में निकल गई। साल भर बाद तीसरी लड़की का विवाह हुआ, पेड़-पत्ते भी न बचे। हाँ, अब की डाल भरपूर थी। परन्तु दरिद्रता और धरोहर में वही संबंध है जो मांस कुत्ते में।

इस कन्या का अभी गौना न हुआ था कि माधव पर दो साल के बकाया लगान का वारंट आ पहुँचा। कन्या के गहने गिरों (बंधक) रखे गए। गला छूटा। चम्पा इसी समय की ताक में थी। तुरन्त नए नातेदारों को सूचना दी। तुम लोग बेसुध बैठे हो, यहाँ गहनों का सफाया हुआ जाता है। दूसरे दिन एक नाई और दो ब्राह्मण माधव के दरवाजे पर आकर बैठ गए। बेचारे के गले में फाँसी पड़ गई। रुपये कहाँ से आवें, न जमीन, न जायदाद, न बाग, न बगीचा। रहा विश्वास, वह कभी का उठ चुका था। अब यदि कोई सम्पत्ति

थी, तो केवल वही दो कोठरियाँ, जिसमें उसने अपनी सारी आयु बितायी थी और उनका कोई ग्राहक न था। विलम्ब से नाक कटी जाती थी। विवश होकर केदार के पास आया और आँखों में आँसू भरे बोला, भैया इस समय मैं बड़े संकट में हूँ, मेरी सहायता करो।

केदार ने उत्तर दिया—मद्धू! आजकल मैं भी तंग हो रहा हूँ, तुमसे सच कहता हूँ।

चम्पा अधिकारपूर्ण स्वर से बोली—अरे, तो क्या इनके लिए भी तंग हो रहे हैं! अलग भोज करने से क्या इज्जत अलग हो जाएगी।

केदार ने स्त्री की ओर कनखियों से ताक कर कहा—नहीं-नहीं, मेरा यह प्रयोजन नहीं था। हाथ तंग है तो क्या, कोई-न-कोई प्रबन्ध किया ही जाएगा।

चम्पा ने माधव से पूछा—पाँच बीस से कुछ ऊपर ही पर गहने रखे थे न।

माधव ने उत्तर दिया—हाँ, ब्याज सहित कोई सवा सौ रुपये होते हैं।

केदार रामायण पढ़ रहे थे। फिर पढ़ने में लग गए। चम्पा ने तत्व की बातचीत शुरू की—रुपया बहुत है, हमारे पास होता तो कोई बात न थी परन्तु हमें भी दूसरे से दिलाना पड़ेगा और महाजन बिना कुछ लिखाये-पढ़ाये रुपया देते नहीं।

माधव ने सोचा, यदि मेरे पास कुछ लिखाने-पढ़ाने को होता, तो क्या और महाजन मर गए थे, तुम्हारे दरवाजे आता क्यों? बोला—लिखने-पढ़ने को मेरे पास है ही क्या? जो कुछ जगह-जायदाद है, वह यही घर है।

केदार और चम्पा ने एक-दूसरे को मर्मभेदी नयनों से देखा और मन-ही-मन कहा—क्या आज सचमुच जीवन की प्यारी अभिलाषाएँ पूरी होंगी। परन्तु हृदय की यह उमंग मुँह तक आते-आते गम्भीर रूप धारण कर गई। चम्पा बड़ी गम्भीरता से बोली—घर पर तो कोई महाजन कदाचित् ही रुपया दे। शहर हो तो कुछ किराया ही आवे, पर गँवई में तो कोई सेंत में रहने वाला भी नहीं। फिर साझे की चीज ठहरी।

केदार डरे कि कहीं चम्पा की कठोरता से खेल बिगड़ न जाए। बोले—एक महाजन से मेरी जान-पहचान है। वह कदाचित् कहने-सुनने में आ जाए!

चम्पा ने गर्दन हिला कर इस युक्ति की सराहना की और बोली—पर दो-तीन बीस से अधिक मिलना कठिन है।

केदार ने जान पर खेल कर कहा—अरे, बहुत दबाने पर चार बीस हो जाएँगे। और क्या!

अबकी चम्पा ने तीव्र दृष्टि से केदार को देखा और अनमनी-सी होकर बोली—महाजन ऐसे अंधे नहीं होते।

माधव अपने भाई-भावज के इस गुप्त रहस्य को कुछ-कुछ समझता था। वह चकित था कि इन्हें इतनी बुद्धि कहाँ से मिल गई। बोला—और रुपये कहाँ से आवेंगे।

चम्पा चिढ़ कर बोली—और रुपयों के लिए फिक्र करो। सवा सौ रुपये इन दो कोठरियों के इस जनम में कोई न देगा, चार बीस चाहो तो एक महाजन से दिला दूँ, लिखा-पढ़ी कर लो।

माधव इन रहस्यमय बातों से सशंक हो गया। उसे भय हुआ कि यह लोग मेरे साथ कोई गहरी चाल चल रहे हैं, दृढ़ता के साथ अड़ कर बोला—और कौन सी फिक्र करूँ? गहने होते तो कहता, लाओ रख दूँ। यहाँ तो कच्चा सूत भी नहीं हैं जब बदनाम हुए तो क्या दस के लिए क्या पचास के लिए, दोनों एक ही बात है। यदि घर बेच कर मेरा नाम रह जाए, तो यहाँ तक तो स्वीकार है; परंतु घर भी बेचूँ और उस पर भी प्रतिष्ठा धूल में मिले, ऐसा मैं न करूँगा। केवल नाम का ध्यान है, नहीं एक बार नहीं कर जाऊँ तो मेरा कोई क्या करेगा। और सच पूछो तो मुझे अपने नाम की कोई चिंता नहीं है। मुझे कौन जानता है? संसार तो भैया को हँसेगा।

केदार का मुँह सूख गया। चम्पा भी चकरा गई। वह बड़ी चतुर वाक्निपुण रमणी थी। उसे माधव जैसे गँवार से ऐसी दृढ़ता की आशा न थी। उसकी ओर आदर से देख कर बोली—लालू, कभी-कभी तुम भी लड़कों की-सी बातें करते हो? भला इस झोंपड़ी पर कौन सौ रुपये निकाल कर देगा? तुम सवा सौ के बदले सौ ही दिलाओ, मैं आज ही अपना हिस्सा बेचती हूँ। उतना ही मेरा भी तो है? घर पर तो तुमको वही चार बीस मिलेंगे, हाँ और रुपयों का प्रबंध हम-आप कर देंगे। इज्जत हमारी-तुम्हारी एक ही है, वह न जाने पाएगी। वह रुपया अलग खाते में चढ़ा लिया जाएगा।

माधव की इच्छाएँ पूरी हुईं। उसने मैदान मार लिया। सोचने लगा, मुझे तो रुपयों से काम है। चाहे एक नहीं, दस खाते में चढ़ा लो। रहा मकान, वह

जीते जी नहीं छोड़ने का। प्रसन्न होकर चला। उसके जाने के बाद केदार और चम्पा ने कपट-भेष त्याग दिया और बड़ी देर तक एक-दूसरे को इस कड़े सौदे का दोषी सिद्ध करने की चेष्टा करते रहे। अंत में मन को इस संतोष दिया की भोजन बहुत मधुर नहीं, किंतु भर-कठौत तो है। घर, हाँ देखेंगे कि श्यामा रानी इस घर में कैसे राज करती हैं।

केदार के दरवाज़े पर दो बैल खड़े हैं। इनमें कितनी संघ-शक्ति, कितनी मित्रता और कितना प्रेम है। दोनों एक ही जुए में चलते हैं, बस इनमें इतना ही नाता है। किंतु अभी कुछ दिन हुए, जब इनमें से एक चम्पा के मैके मँगनी गया था, तो दूसरे ने तीन दिन तक नाद में मुँह नहीं डाला। परंतु शोक, एक गोद के खेले भाई, एक छाती से दूध पीनेवाले आज इतने बेगाने हो रहे हैं कि एक घर में रहना भी नहीं चाहते।

प्रातःकाल था। केदार के द्वार पर गाँव के मुखिया और नंबरदार विराजमान थे। मुंशी दातादयाल अभिमान से चारपाई पर बैठे रेहन का मसविदा तैयार करने में लगे थे। बार-बार कलम बनाते और बार-बार खत रखते, पर खत की शान न सुधरती थी। केदार का मुखारविंद विकसित था और चम्पा फूली नहीं समाती थी। माधव कुम्हलाया और म्लान था।

मुखिया ने कहा—भाई ऐसा हित, न भाई ऐसा शत्रु। केदार ने छोटे भाई की लाज रख ली।

नम्बरदार ने अनुमोदन किया—भाई हो तो ऐसा हो।

मुख़्तार ने कहा—भाई, सपूतों का यही काम है।

दातादयाल ने पूछा—रेहन लिखनेवाले का नाम?

बड़े भाई बोले—माधव वल्द शिवदत्त।

'और लिखानेवाले का?'

'केदार वल्द शिवदत्त।'

माधव ने बड़े भाई की ओर चकित हो कर देखा। आँखें डबडबा आयीं। केदार उसकी ओर देख न सका। नंबरदार, मुखिया और मुख़्तार भी विस्मित हुए। क्या केदार खुद ही रुपया दे रहा है? बातचीत तो किसी साहूकार की

थी। जब घर ही में रुपया मौजूद है तो इस रेहननामे की आवश्यकता ही क्या थी? भाई-भाई में इतना अविश्वास। अरे, राम! राम! क्या माधव 80 रुपये का भी महँगा है। और यदि दबा ही बैठता, तो क्या रुपये पानी में चले जाते।

सभी की आँखें सैन द्वारा परस्पर बातें करने लगीं, मानो आश्चर्य की अथाह नदी में नौकाएँ डगमगाने लगीं।

श्यामा दरवाजे की चौखट पर खड़ी थी। वह सदा केदार की प्रतिष्ठा करती थी, परंतु आज केवल लोकरीति ने उसे अपने जेठ को आड़े हाथों लेने से रोका।

बूढ़ी अम्माँ ने सुना तो सूखी नदी उमड़ आयी। उसने एक बार आकाश की ओर देखा और माथा ठोंक लिया।

अब उसे उस दिन का स्मरण हो आया जब ऐसा ही सुहावना सुनहरा प्रभात था और दो प्यारे-प्यारे बच्चे उसकी गोद में बैठे हुए उछल-कूद कर दूध-रोटी खाते थे। उस समय माता के नेत्रों में कितना अभिमान था, हृदय में कितनी उमंग और कितना उत्साह।

परन्तु आज, आह! आज नयनों में लज्जा है और हृदय में शोक-संताप। उसने पृथ्वी की ओर देख कर कातर स्वर में कहा—हे नारायण! क्या ऐसे पुत्रों को मेरी ही कोख में जन्म लेना था?

19.

सुहाग की साड़ी

यह कहना भूल है कि दाम्पत्य-सुख के लिए स्त्री-पुरुष के स्वभाव में मेल होना आवश्यक है। श्रीमती गौरा और श्रीमान् कुँवर रतनसिंह में कोई बात न मिलती थी। गौरा उदार थी, रतनसिंह कौड़ी-कौड़ी को दाँतों से पकड़ते थे। वह हँसमुख थी, रतनसिंह चिंताशील थे। वह कुल-मर्यादा पर जान देती थी, रतनसिंह इसे आडम्बर समझते थे। उनके सामाजिक व्यवहार और विचार में भी घोर अंतर था। यहाँ उदारता की बाजी रतनसिंह के हाथ थी। गौरा को सहभोज से

आपत्ति थी, विधवा-विवाह से घृणा और अछूतों के प्रश्न से विरोध। रतनसिंह इन सभी व्यवस्थाओं के अनुमोदक थे। राजनीतिक विषयों में यह विभिन्नता और भी जटिल थी! गौरा वर्तमान स्थिति को अटल, अमर, अपरिहार्य समझती थी, इसलिए वह नरम-गरम, कांग्रेस, स्वराज्य, होमरूल सभी से विरक्त थी। कहती—"ये मुट्ठी भर पढ़े-लिखे आदमी क्या बना लेंगे, चने कहीं भाड़ फोड़ सकते हैं?" रतनसिंह पक्के आशावादी थे, राजनीतिक सभा की पहली पंक्तियों में बैठनेवाले, कर्मक्षेत्र में सबसे पहले कदम उठानेवाले, स्वदेशव्रतधारी और बहिष्कार के पूरे अनुयायी। इतनी विषमताओं पर भी उनका दाम्पत्य-जीवन सुखमय था। कभी-कभी उनमें मतभेद अवश्य हो जाता था, पर वे समीर के वे झोंके थे, जो स्थिर जल को हलकी-हलकी लहरों से आभूषित कर देते हैं; वे प्रचंड झोंके नहीं जिनसे सागर विप्लवक्षेत्र बन जाता है। थोड़ी-सी सदिच्छा सारी विषमताओं और मतभेदों का प्रतिकार कर देती थी।

विदेशी कपड़ों की होलियाँ जलायी जा रही थीं। स्वयंसेवकों के जत्थे भिखारियों की भाँति द्वारों पर खड़े हो-हो कर विलायती कपड़ों की भिक्षा माँगते थे और ऐसा कदाचित् ही कोई द्वार था जहाँ उन्हें निराश होना पड़ता हो। खद्दर और गाढ़े के दिन फिर गये थे। नयनसुख, नयनदुख, मलमल और तनजेब तनबेध हो गये थे। रतनसिंह ने आकर गौरा से कहा—लाओ, अब सब विदेशी कपड़े संदूक से निकाल दो, दे दूँ।

गौरा—अरे तो इसी घड़ी कोई साइत निकली जाती है, फिर कभी दे देना।

रतन—वाह, लोग द्वार पर खड़े कोलाहल मचा रहे हैं और तुम कहती हो, फिर कभी दे देना।

गौरा—तो यह कुंजी लो, निकाल कर दे दो। मगर यह सब है लड़कों का खेल। घर फूँकने से स्वराज्य न कभी मिला है और न मिलेगा।

रतन—मैंने कल ही तो इस विषय पर तुमसे घंटों सिरपच्ची की थी और उस समय तुम मुझसे सहमत हो गयी थीं, आज तुम फिर वही शंकाएँ करने लगीं?

गौरा—मैं तुम्हारे अप्रसन्न हो जाने के डर से चुप हो गयी थी।

रतन—अच्छा, शंकाएँ फिर कर लेना, इस समय जो करना है वह करो।

गौरा—लेकिन मेरे कपड़े तो न लोगे न?

रतन—सब देने पड़ेंगे, विलायत का एक सूत भी घर में रखना मेरे प्रण को भंग कर देगा।

इतने में रामटहल साईस ने बाहर से पुकारा—सरकार, लोग जल्दी मचा रहे हैं, कहते हैं, अभी कई मुहल्लों का चक्कर लगाना है। कोई गाढ़े का टुकड़ा हो तो मुझे भी मिल जाय, मैंने भी अपने कपड़े दे दिये।

केसर महरी कपड़ों की एक गठरी लेकर बाहर जाती हुई दिखायी दी। रतनसिंह ने पूछा—क्या तुम भी अपने कपड़े देने जाती हो?

केसर ने लजाते हुए कहा—हाँ सरकार, जब देश छोड़ रहा है तो मैं कैसे पहनूँ?

रतनसिंह ने गौरा की ओर आदेशपूर्ण नेत्रों से देखा। अब वह विलम्ब न कर सकी। लज्जा से सिर झुकाये सदूक खोलकर कपड़े निकालने लगी। एक संदूक खाली हो गया तो उसने दूसरा संदूक खोला। सबसे ऊपर एक सुंदर रेशमी सूट रखा हुआ था जो कुँवर साहब ने किसी अँगरेजी कारखाने में सिलाया था।

गौरा ने पूछा—क्या सूट भी निकाल दूँ?

रतन—हाँ-हाँ, इसे किस दिन के लिए रखोगी?

गौरा—यदि मैं यह जानती कि इतनी जल्दी हवा बदलेगी तो कभी यह सूट न बनवाने देती। सारे रुपये खून हो गये।

रतनसिंह ने कुछ उत्तर न दिया। तब गौरा ने अपना संदूक खोला और जलन के मारे स्वदेशी-विदेशी सभी कपड़े निकाल-निकाल कर फेंकने लगी। वह आवेश-प्रवाह में आ गयी। उनमें कितनी ही बहुमूल्य फैंसी जाकेट और साड़ियाँ थीं जिन्हें किसी समय पहन कर वह फूली न समाती थी। बाज-बाज साड़ियों के लिए तो उसे रतनसिंह से बार-बार तकाजे करने पड़े थे। पर इस समय सब की सब आँखों में खटक रही थीं। रतनसिंह उसके भावों को ताड़ रहे थे। स्वदेशी कपड़ों का निकाला जाना उन्हें अखर रहा था, पर इस समय चुप रहने ही में कुशल समझते थे। तिस पर भी दो-एक बार वाद-विवाद की नौबत आ ही गई। एक बनारसी साड़ी के लिए तो वह झगड़ बैठे, उसे गौरा के हाथों से छीन लेना चाहा, पर गौरा ने एक न मानी, निकाल ही फेंका।

सहसा संदूक में से एक केसरिया रंग की तनजेब की साड़ी निकल आयी जिस पर पक्के आँचल और पल्ले टँके हुए थे। गौरा ने उसे जल्दी से लेकर अपनी गोद में छिपा लिया।

रतनसिंह ने पूछा—कैसी साड़ी है।

गौरा—कुछ नहीं, तनजेब की साड़ी है। आँचल पक्का है।

रतन—तनजेब की है तब तो जरूर ही विलायती होगी। उसे अलग क्यों रख लिया? क्या वह बनारसी साड़ियों से अच्छी है?

गौरा—अच्छी तो नहीं है, पर मैं इसे न दूँगी।

रतन—वाह, विलायती चीज को मैं न रखने दूँगा। लाओ इधर।

गौरा—नहीं, मेरी खातिर से इसे रहने दो।

रतन—तुमने मेरी खातिर से एक भी चीज न रखी, मैं क्यों तुम्हारी खातिर करूँ।

गौरा—पैरों पड़ती हूँ, जिद न करो।

रतन—स्वदेशी साड़ियों में से जो चाहो रख लो, लेकिन इस विलायती चीज को मैं न रखने दूँगा। इसी कपड़े की बदौलत हम गुलाम बने, यह गुलामी का दाग़ मैं अब नहीं रख सकता। लाओ इधर।

गौरा—मैं इसे न दूँगी, एक बार नहीं हज़ार बार कहती हूँ कि न दूँगी।

रतन—मैं इसे लेकर छोड़ूँगा, इस गुलामी के पटके को, इस दासत्व के बंधन को किसी तरह न रखूँगा।

गौरा—नाहक जिद करते हो।

रतन—आखिर तुमको इससे क्यों इतना प्रेम है?

गौरा—तुम तो बाल की खाल निकालने लगते हो। इतने कपड़े थोड़े हैं? एक साड़ी रख ही ली तो क्या?

रतन—तुमने अभी तक इन होलियों का आशय ही नहीं समझा।

गौरा—खूब समझती हूँ। सब ढोंग है। चार दिन में जोश ठंडा पड़ जायेगा।

रतन—तुम केवल इतना बतला दो कि यह साड़ी तुम्हें क्यों इतनी प्यारी है, तो शायद मैं मान जाऊँ।

गौरा—यह मेरी सुहाग की साड़ी है।

रतन—(जरा देर सोच कर) तब तो मैं इसे कभी न रखूँगा। मैं विदेशी वस्त्र को यह शुभस्थान नहीं दे सकता। इस पवित्र संस्कार का यह अपवित्र स्मृति-चिह्न घर में नहीं रख सकता। मैं इसे सबसे पहले होली की भेंट करूँगा। लोग कितने हतबुद्धि हो गये थे कि ऐसे शुभ कार्यों में भी विदेशी वस्तुओं का व्यवहार करने में संकोच न करते थे। मैं इसे अवश्य होली में दूँगा।

गौरा—कैसा असगुन मुँह से निकालते हो।

रतन—ऐसी सुहाग की साड़ी का घर में रखना ही अशकुन, अमंगल, अनिष्ट और अनर्थ है।

गौरा—यों चाहे जबरदस्ती छीन ले जाओ, पर खुशी से न दूँगी।

रतन—तो फिर मैं जबरदस्ती ही करूँगा। मजबूरी है।

यह कह कर वह लपके कि गौरा के हाथों से साड़ी छीन लूँ। गौरा ने उसे मजबूती से पकड़ लिया और रतन की ओर कातर नेत्रों से देखकर कहा—तुम्हें मेरे सिर की कसम।

केसर महरी बोली—बहू जी की इच्छा है तो रहने दीजिए।

रतनसिंह के बढ़े हुए हाथ रुक गये, मुख मलिन हो गया। उदास हो कर बोले—मुझे अपना व्रत तोड़ना पड़ेगा। प्रतिज्ञा-पत्र पर झूठे हस्ताक्षर करने पड़ेंगे। खैर, यही सही।

शाम हो गयी थी। द्वार पर स्वयंसेवकगण शोर मचा रहे थे, कुँवर साहब जल्दी आइए, श्रीमती जी से भी कह दीजिए, हमारी प्रार्थना स्वीकार करें। बहुत देर हो रही है। उधर रतनसिंह असमंजस में पड़े हुए थे कि प्रतिज्ञा-पत्र पर कैसे हस्ताक्षर करूँ। विदेशी वस्त्र घर में रख कर स्वदेशी व्रत का पालन क्योंकर होगा? आगे कदम बढ़ा चुका हूँ, पीछे नहीं हट सकता। लेकिन प्रतिज्ञा का अक्षरशः पालन करना अभीष्ट भी तो नहीं, केवल उसके आशय पर लक्ष्य रहना चाहिए। इस विचार से मुझे प्रतिज्ञा-पत्र पर हस्ताक्षर करने का पूरा अधिकार है। त्रिया-हठ के सामने किसी की नहीं चलती। यों चाहूँ तो एक ताने में काम निकल सकता है, पर उसे बहुत दुःख होगा, बड़ी भावुक है, उसके भावों का आदर करना मेरा कर्तव्य है।

गौरा भी चिंता में डूबी हुई थी। सुहाग की साड़ी सुहाग का चिह्न है, उसे आग...कितने अशकुन की बात है। ये कभी-कभी बालकों की भाँति जिद करने लगते हैं, अपनी धुन में किसी की सुनते नहीं। बिगड़ते हैं तो मानो मुँह ही नहीं सीधा होता।

लेकिन वे बेचारे भी तो अपने सिद्धांतों से मजबूर हैं। झूठ से उन्हें घृणा है। प्रतिज्ञा-पत्र पर झूठी स्वीकृति लिखनी पड़ेगी, उनकी आत्मा को बड़ा दुःख होगा, घोर धर्मसंकट में पड़े होंगे, यह भी तो नहीं हो सकता कि सारे शहर में स्वदेशानुरागियों के सिरमौर बन कर उस प्रतिज्ञा-पत्र पर हस्ताक्षर करने से आनाकानी करें। कहीं मुँह दिखाने को जगह न रहेगी, लोग समझेंगे, बना हुआ है। पर शकुन की चीज कैसे दूँ?

इतने में उसने रामटहल साईस को सिर पर कपड़ों का गट्ठर लिये बाहर जाते देखा। केसर महरी भी एक गट्ठर सिर पर रखे हुए थी। पीछे-पीछे रतनसिंह हाथ में प्रतिज्ञा-पत्र लिये जा रहे थे। उनके चेहरे पर ग्लानि की झलक थी जैसे कोई सच्चा आदमी झूठी गवाही देने जा रहा हो। गौरा को देखकर उन्होंने आँखें फेर लीं और चाहा कि उसकी निगाह बचाकर निकल जाऊँ। गौरा को ऐसा जान पड़ा कि उनकी आँखें डबडबायी हुई हैं। वह राह रोककर बोली—जरा सुनते जाओ।

रतन—जाने दो, दिक न करो; लोग बाहर खड़े हैं।

उन्होंने चाहा कि पत्र को छिपा लूँ; पर गौरा ने उसे उनके हाथ से छीन लिया, उसे गौर से पढ़ा और एक क्षण चिन्तामग्न रहने के बाद बोली—वह साड़ी भी लेते जाओ।

रतन—रहने दो, अब तो मैंने झूठ लिख ही दिया।

गौरा—मैं क्या जानती थी कि तुम ऐसी कड़ी प्रतिज्ञा कर रहे हो।

रतन—यह तो मैं तुमसे पहले कह चुका था।

गौरा—मेरी भूल थी, क्षमा कर दो और इसे लेते जाओ।

रतन—जब तुम इसे देना अशकुन समझती हो तो रहने दो। तुम्हारी खातिर थोड़ा-सा झूठ बोलने में मुझे कोई आपत्ति नहीं है।

गौरा—नहीं, लेते जाओ। अमंगल के भय से तुम्हारी आत्मा का हनन नहीं करना चाहती।

यह कहकर उसने अपनी सुहाग की साड़ी उठाकर पति के हाथों में रख दी। रतन ने देखा, गौरा के चेहरे पर एक रंग आता है, एक रंग जाता है, जैसे कोई रोगी अंतरस्थ विषम वेदना को दबाने की चेष्टा कर रहा हो। उन्हें अपनी अहृदयता पर लज्जा आयी। हा! केवल अपने सिद्धान्त की रक्षा के लिए, अपनी आत्मा के सम्मान के लिए, मैं इस देवी के भावों का वध कर रहा हूँ! यह अत्याचार है। साड़ी गौरा को दे कर बोले—तुम इसे रख लो, मैं प्रतिज्ञा-पत्र को फाड़े डालता हूँ।

गौरा ने दृढ़ता से कहा—तुम न ले जाओगे तो मैं खुद जा कर दे आऊँगी।

रतनसिंह विवश हो गये। साड़ी ली और बाहर चले आये।

उसी दिन से गौरा के हृदय पर एक बोझ-सा रहने लगा। वह दिल बहलाने के लिए नाना उपाय करती; जलसों में भाग लेती, सैर करने जाती, मनोरंजक पुस्तकें पढ़ती, यहाँ तक कि कई बार नियम के विरुद्ध थियेटरों में भी गयी, किसी प्रकार अमंगल कल्पना को शान्त करना चाहती थी, पर यह आशंका एक मेघमंडल की भाँति उसके हृदय पर छायी रहती थी।

जब एक पूरा महीना गुजर गया और उसकी मानसिक वेदना दिनोंदिन बढ़ती ही गयी तो कुँवर साहब ने उसे कुछ दिनों के लिए अपने इलाके पर ले जाने का निश्चय किया। उसका मन उन्हें उनके आदर्श-प्रेम का नित्य तिरस्कार किया करता था। वह अक्सर देहातों में प्रचार का काम करने जाया करते थे! पर अब अपने गाँवों से बाहर न जाते, या जाते तो संध्या तक जरूर लौट आते। उनकी एक दिन की देर, उनका साधारण सिर दर्द और जुकाम उसे अव्यवस्थित कर देते थे। वह बहुधा बुरे स्वप्न देखा करती। किसी अनिष्ट के काल्पनिक अस्तित्व की छाया उसे अपने चारों ओर मँडराती हुई प्रतीत होती थी।

वह तो देहात में पड़ी हुई आशंकाओं की कठपुतली बनी हुई थी। इधर उसकी सुहाग की साड़ी स्वदेश-प्रेम की वेदी पर भस्म होकर ऋद्धि-प्रदायिनी भभूत बनी हुई थी।

दूसरे महीने के अन्त में रतनसिंह उसे ले कर लौट आये।

गौरा को वापस आये तीन-चार दिन हो चुके थे, पर असबाब के सँभालने और नियत स्थान पर रखने में वह इतनी व्यस्त रही कि घर से बाहर न निकल सकी थी। कारण यह था कि केसर महरी उसके जाने के दूसरे ही दिन छोड़कर चली गयी थी और अभी उतनी चतुर दूसरी महरी मिली न थी। कुँवर साहब का साईस रामटहल भी छोड़ गया था। बेचारे कोचवान को साईस का भी काम करना पड़ता था।

संध्या का समय था। गौरा बरामदे में बैठी आकाश की ओर एकटक होकर ताक रही थी। चिन्ताग्रस्त प्राणियों का एकमात्र यही अवलम्ब है! सहसा रतनसिंह ने आकर कहा—चलो, आज तुम्हें स्वदेशी बाजार की सैर करा लावें। यह मेरा ही प्रस्ताव था, पर चार दिन यहाँ आये हो गये, उधर जाने का अवकाश ही न मिला।

गौरा—मेरा तो जाने को जी नहीं चाहता। यहीं बैठकर कुछ बातें करो।

रतन—नहीं, चलो देख आवें। एक घंटे में लौट आवेंगे।

अंत में गौरा राजी हो गयी। इधर महीनों से बाहर न निकली थी। आज उसे चारों तरफ एक विचित्र शोभा दिखायी दी। बाजार कभी इतनी रौनक पर न था। वह स्वदेशी बाजार में पहुँची तो जुलाहों और कोरियों को अपनी-अपनी दुकानें सजाये बैठे देखा। सहसा एक वृद्ध कोरी ने आकर रतनसिंह को सलाम किया। रतनसिंह चौंककर बोले—रामटहल, तुम अब कहाँ हो?

रामटहल का चेहरा श्रीसम्पन्न था। उसके अंग-अंग से आत्म-सम्मान की आभा झलक रही थी। आँखों में गौरव-ज्योति थी। रतनसिंह को कभी अनुमान न हुआ था कि अस्तबल साफ करनेवाला बुड्ढा रामटहल इतना सौम्य, इतना भद्र पुरुष है। वह बोला—सरकार, अब तो अपना कारबार करता हूँ। जब से आपकी गुलामी छोड़ी तब से अपने काम में लग गया। आप लोगों की निगाह हम गरीबों पर हो गयी हमारा भी गुजर हो रहा है, नहीं तो आप जानते ही हैं, कि किस हालत में पड़ा हुआ था। जात का कोरी हूँ, पर पापी पेट के लिए चमार बन गया था।

रतन—तो भाई, अब मुँह मीठा कराओ। यह बाजार लगाने की मेरी ही सलाह थी, बिक्री तो अच्छी होती है।

रामटहल—हाँ सरकार! आजकल खूब बिक्री हो रही है। माल हाथो-हाथ

उड़ जाता है। यहाँ बैठते हुए एक महीना हो गया है, पर आपकी कृपा से लोगों के चार पैसे थे वे बेबाक हो गये। भगवान् की दया से रूखा-सूखा भोजन भी दोनों समय मिल जाता है और क्या चाहिए। मलकिन की सुहाग की साड़ी का होली में आना कहिए और बाजार का चमकना कहिए। लोगों ने कहा, जब इतने बड़े आदमी हो कर ऐसे शकुन की चीज की परवाह नहीं करते तो फिर हम विदेशी कपड़े क्यों रखें। जिस दिन होली जली है उसके दो-तीन दिन पहले ही सरकार इलाके पर चले गये थे। उसके पहले भी सरकार कई दिनों तक घर से बहुत कम निकलते थे। मैं तो यही कहूँगा कि यह सारी माया उसी सुहाग की साड़ी की है।

इतने में एक अधेड़ स्त्री गौरा के सामने आ कर बोली—बहू जी, मुझे भूल तो नहीं गईं?

गौरा ने सिर उठाया तो सामने केसर महरी खड़ी थी। वह सुंदर साड़ी पहने हुए थी, हाथ-पाँव में मामूली गहने भी थे, चेहरा खिला हुआ था। स्वाधीन जीवन का गौरव एक-एक भाव से प्रस्फुटित हो रहा था।

गौरा ने कहा—इतनी जल्दी भूल जाऊँगी? अब कहाँ हो? हमें लौटने भी न दिया, बीच में ही उड़ भागी।

केसर—क्या करूँ सरकार, अपना काम चलते देख कर सबर न हो सका। जब तक रोजगार न चलता था तब तक लाचारी थी। पेट के लिए सेवा-टहल, करम-कुकरम सभी करना पड़ता था। अब आप लोगों की दया से हमारे भी दिन लौटे हैं, अब दूसरा काम नहीं किया जाता। अगर बाजार का यही रंग रहा तो अपनी कमाई खाये न चुकेगी। यह सब आपकी साड़ी की महिमा है। उसकी बदौलत हम गरीबों के कितने ही घर बस गए। एक महीना पहले इन दूकानवालों में से किसी को रोटियों का ठिकाना न था। कोई साईसी करता था, कोई तासे बजाता था, यहाँ तक कि कई आदमी मेहतर का काम करते थे। कितने ही भीख माँगते थे। अब सब अपने धंधे में लग गए हैं। सच पूछो तो तुम्हारी सुहाग की साड़ी ने हमें सुहागिन बना दिया, नहीं तो हम सुहागिन होते हुए भी विधवाएँ थीं। सच कहती हूँ, सैकड़ों जबानों से नित्य यही दुआ निकलती है कि आपका सुहाग अमर हो, जिसने हमारी राँड़ जात को सुहाग दान दिया।

रतनसिंह एक दूकान पर बैठकर कुछ कपड़े देखने लगे। गौरा का भावुक हृदय आनंद से पुलकित हो रहा था। उसकी सारी अमंगल कल्पनाएँ स्वप्नवत् विच्छिन्न होती जाती थीं। आँखें सजल हो गई थीं और सुहाग की देवी अश्रुसंचित नेत्रों के सामने खड़ी आँचल फैला कर उसे आशीर्वाद दे रही थी।

उसने रतनसिंह को भक्तिपूर्ण आँखों से देख कर कहा—मेरे लिए भी एक साड़ी ले लो।

जब गौरा यहाँ से चली तो सड़क की बिजलियाँ जल चुकी थीं। सड़कों पर खूब प्रकाश था। उसका हृदय भी आनंद के प्रकाश से जगमगा रहा था।

रतनसिंह ने पूछा—सीधे घर चलूँ?

गौरा—नहीं, छावनी की तरफ होते चलो।

रतन—बाजार खूब सजा हुआ था।

गौरा—यह जमीन ले कर एक स्थायी बाजार बनवा दो। स्वदेशी कपड़ों की दूकानें हों और किसी से किराया न लिया जाय।

रतन—बहुत खर्च पड़ेगा।

गौरा—मकान बेच दो, रुपये ही रुपये हो जायेंगे।

रतन—और रहें, पेड़ तले?

गौरा—नहीं, गाँववाले मकान में।

रतन—सोचूँगा।

गौरा—(जरा देर में) इलाके-भर में खूब कपास की खेती कराओ, जो कपास बोये उसकी बेगार माफ कर दो।

रतन—हाँ, तदबीर अच्छी है, दूनी उपज हो जायेगी।

गौरा—(कुछ देर सोचने के बाद) लकड़ी बिना दाम दो तो कैसा हो? जो चाहे, चरखे बनवाने के लिए काट ले जाये।

रतन—लूट मच जायेगी।

गौरा—ऐसी बेईमानी कोई न करेगा।

जब उसने गाड़ी से उतर कर घर में कदम रखा तो चित्त शुभ-कल्पनाओं से प्रफुल्लित हो रहा था। मानो कोई बछड़ा खूँटे से छूटकर किलोलें कर रहा हो।

20.

माता का हृदय

माधवी की आँखों में सारा संसार अँधेरा हो रहा था। कोई अपना मददगार दिखाई न देता था। कहीं आशा की झलक न थी। उस निर्धन घर में वह अकेली पड़ी रोती थी और कोई आँसू पोंछनेवाला न था। उसके पति को मरे हुए 22 वर्ष हो गए थे। घर में कोई सम्पत्ति न थी। उसने न-जाने किन तकलीफों से अपने बच्चे को पाल-पोसकर बड़ा किया था। वही जवान बेटा आज उसकी गोद से छीन लिया गया था और छीनने वाले कौन थे? अगर मृत्यु ने छीना होता तो वह सब्र कर लेती। मौत से किसी को द्वेष नहीं होता। मगर स्वार्थियों के हाथों यह अत्याचार असह्य हो रहा था। इस घोर संताप की दशा में उसका जी रह-रह कर इतना विफल हो जाता कि इसी समय चलूँ और उस अत्याचारी से इसका बदला लूँ जिसने उस पर निष्ठुर आघात किया है। मारूँ या मर जाऊँ। दोनों ही में संतोष हो जाएगा। कितना सुंदर, कितना होनहार बालक था! यही उसके पति की निशानी, उसके जीवन का आधार उसकी उम्र-भर की कमाई थी। वही लड़का इस वक्त जेल मे पड़ा न जाने क्या-क्या तकलीफें झेल रहा होगा! और उसका अपराध क्या था? कुछ नही। सारा मुहल्ला उस पर जान देता था। विधालय के अध्यापक उस पर जान देते थे। अपने-बेगाने सभी तो उसे प्यार करते थे। कभी उसकी कोई शिकायत सुनने में नहीं आयी। ऐसे बालक की माता होने पर अन्य माताएँ उसे बधाई देती थीं। कैसा सज्जन, कैसा उदार, कैसा परमार्थी! खुद भूखों सो रहे मगर क्या मजाल कि द्वार पर आने वाले अतिथि को रूखा जबाब दे। ऐसा बालक क्या इस योग्य था कि जेल में जाता! उसका अपराध यही था, वह कभी-कभी सुनने वालों को अपने दुखी भाइयों का दुखड़ा सुनाया करता था। अत्याचार से पीड़ित प्राणियों की मदद के लिए हमेशा तैयार रहता था। क्या यही उसका अपराध था? दूसरो की सेवा करना भी अपराध है? किसी अतिथि को आश्रय देना भी अपराध है?

इस युवक का नाम आत्मानंद था। दुर्भाग्यवश उसमें वे सभी सद्गुण थे जो जेल का द्वार खोल देते है। वह निर्भीक था, स्पष्टवादी था, साहसी था, स्वदेश-प्रेमी था, निःस्वार्थ था, कर्तव्यपरायण था। जेल जाने के लिए इन्हीं गुणों की जरूरत है। स्वाधीन प्राणियों के लिए वे गुण स्वर्ग का द्वार खोल देते हैं, पराधीनो के लिए नरक के! आत्मानंद के सेवा-कार्य ने, उसकी वक्तृताओं ने और उसके राजनीतिक लेखों ने उसे सरकारी कर्मचारियों की नजरों में चढ़ा दिया था। सारा पुलिस-विभाग नीचे से ऊपर तक उससे सर्तक रहता था, सबकी निगाहें उस पर लगी रहती थीं। आखिर जिले में एक भयंकर डाके ने उन्हे इच्छित अवसर प्रदान कर दिया। आत्मानंद के घर की तलाशी हुई, कुछ पत्र और लेख मिले, जिन्हें पुलिस ने डाके का बीजक सिद्ध किया। लगभग 20 युवकों की एक टोली फाँस ली गई। आत्मानंद इसका मुखिया ठहराया गया। शहादतें हुईं। इस बेकारी और गिरानी के जमाने में आत्मा से ज्यादा सस्ती और कौन वस्तु हो सकती है। बेचने को और किसी के पास रह ही क्या गया है! नाममात्र का प्रलोभन देकर अच्छी-से-अच्छी शहादतें मिल सकती हैं, और पुलिस के हाथ पड़कर तो निकृष्ट-से-निकृष्ट गवाहियाँ भी देववाणी का महत्व प्राप्त कर लेती हैं। शहादतें मिल गईं, महीनें-भर तक मुकदमा क्या चला एक स्वाँग चलता रहा और सारे अभियुक्तों को सजाएँ दे दी गईं। आत्मानंद को सबसे कठोर दंड मिला 8 वर्ष का कठिन कारावास! माधवी रोज कचहरी जाती; एक कोने में बैठी सारी कार्रवाई देखा करती। मानवी चरित्र कितना दुर्बल, कितना नीच है, इसका उसे अब तक अनुमान भी न हुआ था। जब आत्मानंद को सजा सुना दी गई और वह माता को प्रणाम करके सिपाहियों के साथ चला तो माधवी मूर्छित होकर गिर पड़ी। दो-चार सज्जनों ने उसे एक ताँगे पर बैठाकर घर तक पहुँचाया। जब से वह होश में आयी है उसके हृदय में शूल-सा उठ रहा है। किसी तरह धैर्य नही होता। उस घोर आत्म-वेदना की दशा में अब जीवन का एक लक्ष्य दिखाई देता है और वह इस अत्याचार का बदला है।

अब तक पुत्र उसके जीवन का आधार था। अब शत्रुओं से बदला लेना ही उसके जीवन का आधार होगा। जीवन में उसके लिए कोई आशा न थी। इस अत्याचार का बदला लेकर वह अपना जन्म सफल समझेगी। इस अभागे

नर-पिशाच बागची ने जिस तरह उसे रक्त के आँसू रुलाये हैं उसी भाँति यह भी उसे रुलायेगी। नारी-हृदय कोमल है, लेकिन केवल अनुकूल दशा में; जिस दशा में पुरुष दूसरों को दबाता है, स्त्री शील और विनय की देवी हो जाती है। लेकिन जिसके हाथों में अपना सर्वनाश हो गया हो उसके प्रति स्त्री को पुरुष से कम घृणा और क्रोध नहीं होता अंतर इतना ही है कि पुरुष शस्त्रों से काम लेता है, स्त्री कौशल से।

रात भीगती जाती थी और माधवी उठने का नाम न लेती थी। उसका दुःख प्रतिकार के आवेश में विलीन होता जाता था। यहाँ तक कि इसके सिवा उसे और किसी बात की याद ही न रही। उसने सोचा, कैसे यह काम होगा? कभी घर से नहीं निकली। वैधव्य के 22 साल इसी घर कट गये; लेकिन अब निकलूँगीं। जबरदस्ती निकलूँगी, भिखारिन बनूँगी, टहलनी बनूँगी, झूठ बोलूँगी, सब कुकर्म करूँगी। सत्कर्म के लिए संसार में स्थान नहीं। ईश्वर ने निराश होकर कदाचित् इसकी ओर से मुँह फेर लिया है। जभी तो यहाँ ऐसे-ऐसे अत्याचार होते हैं। और पापियों को दंड नहीं मिलता। अब इन्हीं हाथों से उसे दंड दूंगी।

संध्या का समय था। लखनऊ के एक सजे हुए बँगले में मित्रों की महफिल जमी हुई थी। गाना-बजाना हो रहा था। एक तरफ आतशबाजियाँ रखी हुई थीं। दूसरे कमरे में मेजों पर खाना चुना जा रहा था। चारों तरफ पुलिस के कर्मचारी नजर आते थे। वह पुलिस के सुपरिंटेंडेंट मिस्टर बागची का बँगला है। कई दिन हुए उन्होंने एक मार्के का मुकदमा जीता था। अफसरो ने खुश होकर उनकी तरक्की की दी थी। और उसी की खुशी में यह उत्सव मनाया जा रहा था। यहाँ आये दिन ऐसे उत्सव होते रहते थे। मुफ्त के गवैये मिल जाते थे, मुफ्त की आतशबाजी; फल और मेवे और मिठाईयां आधे दामों पर बाजार से आ जाती थीं और चट दावत हो जाती थी। दूसरों के जहाँ सौ लगते, वहाँ इनका दस से काम चल जाता था। दौड़-धूप करने को सिपाहियों की फौज थी ही। और यह मार्के का मुकदमा क्या था? वह जिसमें निरपराध युवकों को बनावटी शहादत से जेल में ठूँस दिया गया था।

गाना समाप्त होने पर लोग भोजन करने बैठे। बेगार के मजदूर और पल्लेदार जो बाजार से दावत और सजावट के सामान लाये थे, रोते या दिल में गालियाँ देते चले गये थे; पर एक बुढ़िया अभी तक द्वार पर बैठी हुई थी। और अन्य मजदूरों की तरह वह भुनभुना कर काम न करती थी। हुक्म पाते ही खुश-दिल मजदूर की तरह दौड़-दौड़कर हुक्म बजा लाती थी। यह माधवी थी, जो इस समय मजूरनी का वेष धारण करके अपना घातक संकल्प पूरा करने आयी थी।

मेहमान चले गये। महफिल उठ गयी। दावत का समान समेट दिया गया। चारों ओर सन्नाटा छा गया; लेकिन माधवी अभी तक वहीं बैठी थी।

सहसा मिस्टर बागची ने पूछा—बुड्डी, तू यहाँ क्यों बैठी है? तुझे कुछ खाने को मिल गया?

माधवी—हाँ हुजूर, मिल गया।

बागची—तो जाती क्यों नहीं?

माधवी—कहाँ जाऊँ सरकार, मेरा कोई घर-द्वार थोड़े ही है। हुकुम हो तो यहीं पड़ी रहूँ। पाव-भर आटे की परवस्ती हो जाय हुजुर।

बागची—नौकरी करेगी?

माधवी—क्यो न करूँगी सरकार, यही तो चाहती हूँ।

बागची—लड़का खिला सकती है?

माधवी—हाँ हुजूर, वह मेरे मन का काम है।

बागची—अच्छी बात है। तू आज ही से रह। जा घर में देख, जो काम बतायें, वह कर।

एक महीना गुजर गया। माधवी इतना तन-मन से काम करती है कि सारा घर उससे खुश है। बहूजी का मिजाज बहुत ही चिड़चिड़ा है। वह दिन-भर खाट पर पड़ी रहती है और बात-बात पर नौकरों पर झल्लाया करती है। लेकिन माधवी उनकी घुड़कियों को भी सहर्ष सह लेती है। अब तक मुश्किल से कोई दाई एक सप्ताह से अधिक ठहरी थी। माधवी का कलेजा है कि जली-कटी सुनकर भी मुख पर मैल नहीं आने देती।

मिस्टर बागची के कई लड़के हो चुके थे, पर यही सबसे छोटा बच्चा बच रहा था। बच्चे पैदा तो हृष्ट-पुष्ट होते, किन्तु जन्म लेते ही उन्हें एक-न-एक रोग लग जाता था और कोई दो-चार महीनें, कोई साल-भर जीकर चल देते थे। माँ-बाप दोनों इस शिशु पर प्राण देते थे। उसे जरा जुकाम भी हो तो दोनों विकल हो जाते। स्त्री-पुरुष दोनों शिक्षित थे, पर बच्चे की रक्षा के लिए टोना-टोटका, दुआ-ताबीज, जन्तर-मंतर एक से भी उन्हें इनकार न था।

माधवी से यह बालक इतना हिल गया कि एक क्षण के लिए भी उसकी गोद से न उतरता। वह कहीं एक क्षण के लिए चली जाती तो रो-रो कर दुनिया सिर पर उठा लेता। वह सुलाती तो सोता, वह दूध पिलाती तो पीता, वह खिलाती तो खेलता, उसी को वह अपनी माता समझता। माधवी के सिवा उसके लिए संसार में कोई अपना न था। बाप को तो वह दिन-भर में केवल दो चार बार देखता और समझता यह कोई परदेशी आदमी है। माँ आलस्य और कमजोरी के मारे गोद में लेकर टहल न सकती थी। उसे वह अपनी रक्षा का भार सँभालने के योग्य न समझता था, और नौकर-चाकर उसे गोद में ले लेते तो इतनी बेदर्दी से कि उसके कोमल अंगो मे पीड़ा होने लगती थी। कोई उसे ऊपर उछाल देता था, यहाँ तक कि अबोध शिशु का कलेजा मुँह को आ जाता था। उन सबों से वह डरता था। केवल माधवी थी जो उसके स्वभाव को समझती थी। वह जानती थी कि कब क्या करने से बालक प्रसन्न होगा। इसलिए बालक को भी उससे प्रेम था।

माधवी ने समझा था, यहाँ कंचन बरसता होगा; लेकिन उसे देखकर कितना विस्मय हुआ कि बड़ी मुश्किल से महीने का खर्च पूरा पड़ता है। नौकरों से एक-एक पैसे का हिसाब लिया जाता था और बहुधा आवश्यक वस्तुएँ भी टाल दी जाती थीं। एक दिन माधवी ने कहा—बच्चे के लिए कोई तेज गाड़ी क्यों नहीं मँगवा देतीं। गोद में उसकी बाढ़ मारी जाती है।

मिसेज़ बागजी ने कुंठित होकर कहा—कहाँ से मँगवा दूँ? कम-से-कम 50-60 रुपये में आयेगी। इतने रुपये कहाँ है?

माधवी—मालकिन, आप भी ऐसा कहती हैं!

मिसेज़ बागची—झूठ नहीं कहती। बाबू जी की पहली स्त्री से पाँच लड़कियाँ और हैं। सब इस समय इलाहाबाद के एक स्कूल में पढ़ रही हैं।

बड़ी की उम्र 15-16 वर्ष से कम न होगी। आधा वेतन तो उधर ही चला जाता है। फिर उनकी शादी की भी तो फिक्र है। पाँचों के विवाह में कम-से-कम 25 हजार लगेंगे। इतने रूपये कहाँ से आयेगें। मैं चिंता के मारे मरी जाती हूँ। मुझे कोई दूसरी बीमारी नहीं है, केवल चिंता का रोग है।

माधवी—घूस भी तो मिलती है।

मिसेज़ बागची—बुढ़िया, ऐसी कमाई में बरकत नहीं होती। यही क्यों सच पूछो तो इसी घूस ने हमारी यह दुर्गति कर रखी है। क्या जाने औरों को कैसे हजम होती है। यहाँ तो जब ऐसे रुपये आते हैं तो कोई-न-कोई नुकसान भी अवश्य हो जाता है। एक आता है तो दो लेकर जाता है। बार-बार मना करती हूँ, हराम की कौड़ी घर मे न लाया करो, लेकिन मेरी कौन सुनता है।

बात यह थी कि माधवी को बालक से स्नेह होता जाता था। उसके अमंगल की कल्पना भी वह न कर सकती थी। वह अब उसी की नींद सोती और उसी की नींद जागती थी। अपने सर्वनाश की बात याद करके एक क्षण के लिए बागची पर क्रोध तो हो आता था और घाव फिर हरा हो जाता था; पर मन पर कुत्सित भावों का आधिपत्य न था। घाव भर रहा था, केवल ठेस लगने से दर्द हो जाता था। उसमें स्वंय टीस या जलन न थी। इस परिवार पर अब उसे दया आती थी। सोचती, बेचारे यह छीन-झपट न करें तो कैसे गुजर हो। लड़कियों का विवाह कहाँ से करेगें! स्त्री को जब देखो बीमार ही रहती है। उन पर बाबूजी को एक बोतल शराब भी रोज चाहिए। यह लोग स्वयं अभागे हैं। जिसके घर में 5-5 क्वाँरी कन्याएँ हों, बालक हो-हो कर मर जाते हों, घरनी सदा बीमार रहती हो, स्वामी शराब का लती हो, उस पर तो यों ही ईश्वर का कोप है। इनसे तो मैं अभागिन ही अच्छी!

दुर्बल बालकों के लिए बरसात बुरी बला है। कभी खाँसी है, कभी ज्वर, कभी दस्त। जब हवा में ही शीत भरी हो तो कोई कहाँ तक बचाये। माधवी एक दिन अपने घर चली गई थी। बच्चा रोने लगा तो माँ ने एक नौकर को दिया, इसे बाहर से बहला ला। नौकर ने बाहर ले जाकर हरी-हरी घास पर बैठा दिया। पानी बरस कर निकल गया था। भूमि गीली हो रही थी। कहीं-कहीं पानी भी

जमा हो गया था। बालक को पानी में छपके लगाने से ज्यादा प्यारा और कौन खेल हो सकता है। खूब प्रेम से उमग-उमगकर पानी में लोटने लगा। नौकर बैठा और आदमियों के साथ गप-शप करता घंटो गुजर गए। बच्चे ने खूब सर्दी खायी। घर आया तो उसकी नाक बह रही थी। रात को माधवी ने आकर देखा तो बच्चा खाँस रहा था। आधी रात के करीब उसके गले से खुरखुर की आवाज निकलने लगी। माधवी का कलेजा सन से हो गया। स्वामिनी को जगाकर बोली—देखो तो बच्चे को क्या हो गया है। क्या सर्दी-वर्दी तो नहीं लग गयी। हाँ, सर्दी ही मालूम होती है।

स्वामिनी हकबका कर उठ बैठी और बालक की खुरखराहट सुनी तो पाँव तले जमीन निकल गई यह भयंकर आवाज उसने कई बार सुनी थी और उसे खूब पहचानती थी। व्यग्र होकर बोली—जरा आग जलाओ। थोड़ा-सा चोकर लाकर एक पोटली बनाओ, सेंकने से लाभ होता है। इन नौकरों तग आ गई। आज कहार जरा देर के लिए बाहर ले गया था, उसी ने सर्दी में छोड़ दिया होगा।

सारी रात दोनों बालक को सेंकती रहीं। किसी तरह सबेरा हुआ। मिस्टर बागची को खबर मिली तो सीधे डाक्टर के यहाँ दौड़े। खैरियत इतनी थी कि जल्द एहतियात की गई। तीन दिन में अच्छा हो गया; लेकिन इतना दुर्बल हो गया था कि उसे देखकर डर लगता था। सच पूछो तो माधवी की तपस्या ने बालक को बचाया। माता सोती, पिता सो जाता, किंतु माधवी की आँखों में नींद न थी। खाना-पीना तक भूल गई। देवताओं की मनौतियाँ करती थी, बच्चे की बलाएँ लेती थी, बिल्कुल पागल हो गई थी, यह वही माधवी है जो अपने सर्वनाश का बदला लेने आयी थी। अपकार की जगह उपकार कर रही थी। विष पिलाने आयी थी, सुधा पिला रही थी। मनुष्य में देवता कितना प्रबल है!

प्रातःकाल का समय था। मिस्टर बागची शिशु के झूले के पास बैठे हुए थे। स्त्री के सिर में पीड़ा हो रही थी। वहीं चारपाई पर लेटी हुई थी और माधवी समीप बैठी बच्चे के लिए दूध गरम कर रही थी। सहसा बागची ने कहा—बूढ़ा, हम जब तक जियेंगे तुम्हारा यश गाएँगे। तुमने बच्चे को जिला लिया।

स्त्री—यह देवी बनकर हमारा कष्ट निवारण करने के लिए आ गई। यह न होती तो न जाने क्या होता। बूढ़ा, तुमसे मेरी एक विनती है। यों तो

मरना-जीना प्रारब्ध के हाथ है, लेकिन अपना-अपना पौरा भी बड़ी चीज है। मैं अभागिनी हूँ। अबकी तुम्हारे ही पुण्य-प्रताप से बच्चा सँभल गया। मुझे डर लग रहा है कि ईश्वर इसे हमारे हाथ से छीन न लें। सच कहतीं हूँ बूढ़ा, मुझे इसको गोद में लेते डर लगता है। इसे तुम आज से अपना बच्चा समझो। तुम्हारा होकर शायद बच जाय। हम अभागे हैं, हमारा होकर इस पर नित्य कोई-न-कोई संकट आता रहेगा। आज से तुम इसकी माता हो जाओ। तुम इसे अपने घर ले जाओ, जहाँ चाहे ले जाओ, तुम्हारी गोंद मे देकर मुझे फिर कोई चिंता न रहेगी। वास्तव में तुम्हीं इसकी माता हो, मै तो राक्षसी हूँ।

माधवी—बहूजी, भगवान् सब कुशल करेगें, क्यों जी इतना छोटा करती हो?

मिस्टर बागची—नहीं-नहीं बूढ़ी माता, इसमें कोई हरज नहीं है। मै मस्तिष्क से तो इन बातों को ढकोसला ही समझता हूँ; लेकिन हृदय से इन्हें दूर नहीं कर सकता। मुझे स्वयं मेरी माता जी ने एक धोबिन के हाथ बेच दिया था। मेरे तीन भाई मर चुके थे। मै जो बच गया तो माँ-बाप ने समझा बेचने से ही इसकी जान बच गई। तुम इस शिशु को पालो-पासो। इसे अपना पुत्र समझो। खर्च हम बराबर देते रहेंगे। इसकी कोई चिंता मत करना। कभी-कभी जब हमारा जी चाहेगा, आकर देख लिया करेंगे। हमें विश्वास है कि तुम इसकी रक्षा हम लोगों से कहीं अच्छी तरह कर सकती हो। मैं कुकर्मी हूँ। जिस पेशे में हूँ, उसमें कुकर्म किए बगैर काम नहीं चल सकता। झूठी शहादतें बनानी ही पड़ती है, निरपराधों को फँसाना ही पड़ता है। आत्मा इतनी दुर्बल हो गई है कि प्रलोभन में पड़ ही जाता हूँ। जानता ही हूँ कि बुराई का फल बुरा ही होता है; पर परिस्थिति से मजबूर हूँ। अगर न करूँ तो आज नालायक बनाकर निकाल दिया जाऊँ। अँग्रेज हजारों भूलें करें, कोई नहीं पूछता। हिंदुस्तानी एक भूल भी कर बैठे तो सारे अफसर उसके सिर हो जाते हैं। हिंदुस्तानियों को तो कोई बड़ा पद न मिले, वही अच्छा। पद पाकर तो उनकी आत्मा का पतन हो जाता है। उनको हिन्दुस्तानियत का दोष मिटाने के लिए कितनी ही ऐसी बातें करनी पड़ती हैं जिनका अंग्रेज के दिल में कभी ख्याल ही नहीं पैदा हो सकता। तो बोलो, स्वीकार करती हो?

माधवी गद्‌गद्‌ होकर बोली—बाबू जी, आपकी इच्छा है तो मुझसे भी जो कुछ बन पड़ेगा, आपकी सेवा कर दूँगी। भगवान्‌ बालक को अमर करें, मेरी तो उनसे यही विनती है।

माधवी को ऐसा मालूम हो रहा था कि स्वर्ग के द्वार सामने खुले हैं और स्वर्ग की देवियाँ अंचल फैला-फैला कर आशीर्वाद दे रही हैं, मानो उसके अंतस्तल में प्रकाश की लहरें-सी उठ रही हैं। स्नेहमय सेवा में कितनी शांति थी।

बालक अभी तक चादर ओढ़े सो रहा था। माधवी ने दूध गरम हो जाने पर उसे झूले पर से उठाया, तो चिल्ला पड़ी। बालक की देह ठंडी हो गई थी और मुँह पर वह पीलापन आ गया था जिसे देखकर कलेजा हिल जाता है, कंठ से आह निकल आती है और आँखों से आसूँ बहने लगते हैं। जिसने इसे एक बार देखा है फिर कभी नहीं भूल सकता। माधवी ने शिशु को गोद से चिपटा लिया, हालाँकि नीचे उतार दोना चाहिए था।

कुहराम मच गया। माँ बच्चे को गले से लगाये रोती थी; पर उसे जमीन पर न सुलाती थी। क्या बातें हो रही रही थीं और क्या हो गया। मौत को धोखा देने में आनंद आता है। वह उस वक्त कभी नहीं आती जब लोग उसकी राह देखते होते हैं। रोगी जब सँभल जाता है, जब वह पथ्य लेने लगता है, उठने-बैठने लगता है, घर-भर खुशियाँ मनाने लगता है, सबको विश्वास हो जाता है कि संकट टल गया, उस वक्त घात में बैठी हुई मौत सिर पर आ जाती है। यही उसकी निठुर लीला है।

आशाओं के बाग लगाने में हम कितने कुशल हैं। यहाँ हम रक्त के बीज बोकर सुधा के फल खाते हैं। अग्नि से पौधों को सींचकर शीतल छाँह में बैठते हैं। हा, मंदबुद्धि!

दिन-भर मातम होता रहा; बाप रोता था, माँ तड़पती थी और माधवी बारी-बारी से दोनों को समझाती थी। यदि अपने प्राण देकर वह बालक को जिला सकती तो इस समय अपना धन्य भाग समझती। वह अहित का संकल्प करके यहाँ आयी थी और आज जब उसकी मनोकामना पूरी हो गई और उसे खुशी से फूला न समाना चाहिए था, उसे उससे कहीं घोर पीड़ा हो रही थी जो अपने पुत्र की जेल-यात्रा में हुई थी। रुलाने आयी थी और खुद रोती जा रही थी। माता का हृदय दया का आगार है। उसे जलाओ तो उसमें दया की

ही सुगंध निकलती है, पीसो तो दया का ही रस निकलता है। वह देवी है। विपत्ति की क्रूर लीलाएँ भी उस स्वच्छ निर्मल स्रोत को मलिन नहीं कर सकतीं।

21.

बड़े भाई साहब

मेरे भाई साहब मुझसे पाँच साल बड़े थे; लेकिन तीन दरजे आगे। उन्होंने भी उसी उम्र में पढ़ना शुरू किया था, जब मैने शुरू किया; लेकिन तालीम जैसे महत्व के मामले में वह जल्दीबाजी से काम लेना पसंद न करते थे। इस भवन की बुनियाद खूब मजबूत डालना चाहते थे, जिस पर आलीशान महल बन सके। एक साल का काम दो साल में करते थे। कभी-कभी तीन साल भी लग जाते थे। बुनियाद ही पुख्ता न हो, तो मकान कैसे पाएदार बने!

मैं छोटा था, वह बड़े थे। मेरी उम्र नौ साल कि थी, वह चौदह साल के थे। उन्हें मेरी तम्बीह और निगरानी का पूरा जन्मसिद्ध अधिकार था। और मेरी शालीनता इसी में थी कि उनके हुक्म को कानून समझूँ।

वह स्वभाव से बड़े अध्ययनशील थे। हरदम किताब खोले बैठे रहते और शायद दिमाग को आराम देने के लिए कभी कापी पर, कभी किताब के हाशियों पर चिड़ियों, कुत्तों, बिल्लियों की तस्वीरें बनाया करते थे। कभी-कभी एक ही नाम या शब्द या वाक्य दस-बीस बार लिख डालते। कभी एक शेर को बार-बार सुन्दर अक्षरों से नकल करते। कभी ऐसी शब्द-रचना करते, जिसमें न कोई अर्थ होता, न कोई सामंजस्य! मसलन एक बार उनकी कापी पर मैंने यह इबारत देखी—स्पेशल, अमीना, भाइयों-भाइयों, दर-असल, भाई-भाई, राधेश्याम, श्रीयुत राधेश्याम, एक घंटे तक—इसके बाद एक आदमी का चेहरा बना हुआ था। और उनसे पूछने का साहस न हुआ। वह नवीं जमात में थे, मैं पाँचवीं में। उनकी रचनाओं को समझना मेरे लिए छोटा मुँह बड़ी बात थी।

मेरा जी पढ़ने में बिलकुल न लगता था। एक घंटा भी किताब लेकर बैठना पहाड़ था। मौका पाते ही होस्टल से निकल कर मैदान में आ जाता और

कभी कंकरियाँ उछालता, कभी कागज की तितलियाँ उड़ाता, और कहीं कोई साथी मिल गया तो पूछना ही क्या। कभी चारदीवारी पर चढ़कर नीचे कूद रहे हैं, कभी फाटक पर सवार, उसे आगे-पीछे चलाते हुए मोटरकार का आनंद उठा रहे हैं। लेकिन कमरे में आते ही भाई साहब का रौद्र रूप देखकर प्राण सूख जाते! उनका पहला सवाल होता–'कहाँ थे?' हमेशा यही सवाल, इसी ध्वनि में पूछा जाता था और इसका जवाब मेरे पास केवल मौन था। न जाने मुँह से यह बात क्यों न निकलती कि जरा बाहर खेल रहा था। मेरा मौन कह देता था कि मुझे अपना अपराध स्वीकार है और भाई साहब के लिए इसके सिवा और कोई इलाज न था कि स्नेह और रोष से मिले हुए शब्दों में मेरा सत्कार करें।

'इस तरह अंग्रेजी पढ़ोगे, तो जिन्दगी-भर पढ़ते रहोगे और एक हर्फ न आएगा। अँग्रेजी पढ़ना कोई हँसी-खेल नहीं है कि जो चाहे, पढ़ ले; नहीं, ऐरा-गैरा नत्थू-खैरा सभी अंग्रेजी कि विद्वान हो जाते। यहाँ रात-दिन आँखे फोड़नी पड़ती हैं और खून जलाना पड़ता है, तब कहीं यह विद्या आती है। और आती क्या है, हाँ, कहने को आ जाती है। बड़े-बड़े विद्वान भी शुद्ध अंग्रेजी नहीं लिख सकते, बोलना तो दूर रहा। और मैं कहता हूँ, तुम कितने घोंघा हो कि मुझे देखकर भी सबक नहीं लेते। मैं कितनी मेहनत करता हूँ, यह तुम अपनी आँखों से देखते हो, अगर नहीं देखते, जो यह तुम्हारी आँखो का कसूर है, तुम्हारी बुद्धि का कसूर है। इतने मेले-तमाशे होते हैं, मुझे तुमने कभी देखने जाते देखा है? रोज ही क्रिकेट और हाकी मैच होते हैं। मैं पास नही फटकता। हमेशा पढ़ता रहता हूँ, उस पर भी एक-एक दरजे में दो-दो, तीन-तीन साल पड़ा रहता हूँ; फिर तुम कैसे आशा करते हो कि तुम यों खेल-कुद में वक्त गँवाकर पास हो जाओगे? मुझे तो दो-ही-तीन साल लगते हैं, तुम उम्र-भर इसी दरजे में पड़े सड़ते रहोगे! अगर तुम्हें इस तरह उम्र गँवानी है, तो बेहतर है; घर चले जाओ और मजे से गुल्ली-डंडा खेलो। दादा की गाढ़ी कमाई के रुपये क्यों बरबाद करते हो?'

मैं यह लताड़ सुनकर आँसू बहाने लगता। जवाब ही क्या था। अपराध तो मैंने किया, लताड़ कौन सहे? भाई साहब उपदेश की कला में निपुण थे। ऐसी-ऐसी लगती बातें कहते, ऐसे-ऐसे सूक्ति-बाण चलाते कि मेरे जिगर के टुकड़े-टुकड़े हो जाते और हिम्मत टूट जाती। इस तरह जान तोड़कर मेहनत करने कि शक्ति मैं अपने में न पाता था और उस निराशा में जरा देर के लिए

मैं सोचने लगता—क्यों न घर चला जाऊँ। जो काम मेरे बूते के बाहर है, उसमे हाथ डालकर क्यों अपनी जिन्दगी खराब करूँ। मुझे अपना मूर्ख रहना मंजूर था; लेकिन उतनी मेहनत! मुझे तो चक्कर आ जाता था; लेकिन घंटे-दो-घंटे बाद निराशा के बादल छँट जाते और मैं इरादा करता कि आगे से खूब जी लगाकर पढ़ूँगा। चटपट एक टाइम-टेबिल बना डालता। बिना पहले से नक्शा बनाए, बिना कोई स्कीम तैयार किए काम कैसे शुरू करूँ? टाइम-टेबिल में, खेल-कूद की मद बिलकुल उड़ जाती। प्रातःकाल उठना, छः बजे मुँह-हाथ धो, नाश्ता कर पढ़ने बैठ जाना। छः से आठ तक अंग्रेजी, आठ से नौ तक हिसाब, नौ से साढ़े नौ तक इतिहास, फिर भोजन और स्कूल। साढ़े तीन बजे स्कूल से वापस होकर आधा घण्टा आराम, चार से पाँच तक भूगोल, पाँच से छः तक ग्रामर, आधा घण्टा होस्टल के सामने टहलना, साढे छः से सात तक अंग्रेजी कम्पोजीशन, फिर भोजन करके आठ से नौ तक अनुवाद, नौ से दस तक हिन्दी, दस से ग्यारह तक विविध विषय, फिर विश्राम।

मगर टाइम-टेबिल बना लेना एक बात है, उस पर अमल करना दूसरी बात। पहले ही दिन से उसकी अवहेलना शुरू हो जाती। मैदान की वह सुखद हरियाली, हवा के वह हल्के-हल्के झोंके, फुटबाल की उछल-कूद, कबड्डी के वह दाँव-घात, बाली-बाल की वह तेजी और फुरती, मुझे अज्ञात और अनिर्वाय रूप से खींच ले जाती और वहाँ जाते ही मैं सब कुछ भूल जाता। वह जानलेवा टाइम-टेबिल, आँखफोड़ पुस्तकें किसी को याद न रहतीं, और भाई साहब को नसीहत और फजीहत का अवसर मिल जाता। मैं उनके साये से भागता, उनकी आँखो से दूर रहने कि चेष्टा करता। कमरे मे इस तरह दबे पाँव आता कि उन्हें खबर न हो। उनकी नजर मेरी ओर उठी और मेरे प्राण निकले। हमेशा सिर पर नंगी तलवार-सी लटकती मालूम होती। फिर भी जैसे मौत और विपत्ति के बीच मे भी आदमी मोह और माया के बंधन में जकड़ा रहता है, मैं फटकार और घुड़कियाँ खाकर भी खेल-कूद का तिरस्कार न कर सकता।

सालाना इम्तहान हुआ। भाई साहब फेल हो गए, मैं पास हो गया और दरजे में प्रथम आया। मेरे और उनके बीच केवल दो साल का अन्तर रह गया। जी

में आया, भाई साहब को आड़ें हाथो लूँ—आपकी वह घोर तपस्या कहाँ गई? मुझे देखिए, मजे से खेलता भी रहा और दरजे में अव्वल भी हूँ। लेकिन वह इतने दुःखी और उदास थे कि मुझे उनसे दिली हमदर्दी हुई और उनके घाव पर नमक छिड़कने का विचार ही लज्जास्पद जान पडा। हाँ, अब मुझे अपने ऊपर कुछ अभिमान हुआ और आत्माभिमान भी बढ़ा। भाई साहब का वह रौब मुझ पर न रहा। आजादी से खेलकूद में शरीक होने लगा। दिल मजबूत था। अगर उन्होंने फिर मेरी फजीहत की, तो साफ कह दूँगा—आपने अपना खून जलाकर कौन-सा तीर मार लिया। मैं तो खेलते-कूदते दरजे में अव्वल आ गया। जबान से यह हेकड़ी जताने का साहस न होने पर भी मेरे रंग-ढंग से साफ जाहिर होता था कि भाई साहब का वह आतंक अब मुझ पर नहीं है। भाई साहब ने इसे भाँप लिया—उनकी सहज-बुद्धि बड़ी तीव्र थी और एक दिन जब मैं भोर का सारा समय गुल्ली-डंडे की भेंट करके ठीक भोजन के समय लौटा, तो भाई साइब ने मानो तलवार खींच ली और मुझ पर टूट पड़े—देखता हूँ, इस साल पास हो गए और दरजे में अव्वल आ गए, तो तुम्हें दिमाग हो गया है; मगर भाईजान, घमंड तो बड़े-बड़े का नहीं रहा, तुम्हारी क्या हस्ती है? इतिहास में रावण का हाल तो पढ़ा ही होगा। उसके चरित्र से तुमने कौन-सा उपदेश लिया? या यों ही पढ़ गए? महज इम्तहान पास कर लेना कोई चीज नहीं, असल चीज है बुद्धि का विकास। जो कुछ पढ़ो, उसका अभिप्राय समझो। रावण भूमंडल का स्वामी था। ऐसे राजाओं को चक्रवर्ती कहते हैं। आजकल अंग्रेजों के राज्य का विस्तार बहुत बढ़ा हुआ है, पर इन्हें चक्रवर्ती नहीं कह सकते। संसार में अनेको राष्ट्र अँग्रेजों का आधिपत्य स्वीकार नहीं करते। बिलकुल स्वाधीन हैं। रावण चक्रवर्ती राजा था। संसार के सभी महीप उसे कर देते थे। बड़े-बड़े देवता उसकी गुलामी करते थे। आग और पानी के देवता भी उसके दास थे; मगर उसका अंत क्या हुआ, घमंड ने उसका नामो-निशान तक मिटा दिया, कोई उसे एक चुल्लू पानी देनेवाला भी न बचा। आदमी जो कुकर्म चाहे करे; पर अभिमान न करे, इतराए नही। अभिमान किया और दीन-दुनिया दोनों से गया। शैतान का हाल भी पढ़ा ही होगा। उसे यह अभिमान हुआ था कि ईश्वर का उससे बढ़कर सच्चा भक्त कोई है ही नहीं! अन्त में यह हुआ कि स्वर्ग से नरक में ढकेल दिया गया।

शाहेरूम ने भी एक बार अहंकार किया था। भीख माँग-माँगकर मर गया। तुमने तो अभी केवल एक दरजा पास किया है, और अभी से तुम्हारा सिर फिर गया, तब तो तुम आगे पढ़ चुके। यह समझ लो कि तुम अपनी मेहनत से नहीं पास हुए, अन्धे के हाथ बटेर लग गई। मगर बटेर केवल एक बार हाथ लग सकती है, बार-बार नहीं। कभी-कभी गुल्ली-डंडे में भी अंधा चोट निशाना पड़ जाता है। उससे कोई सफल खिलाड़ी नहीं हो जाता। सफल खिलाड़ी वह है, जिसका कोई निशान खाली न जाए। मेरे फेल होने पर न जाओ। मेरे दरजे में आओगे, तो दाँतो पसीना आयगा। जब अलजबरा और जामेट्री के लोहे के चने चबाने पड़ेंगे और इंगलिस्तान का इतिहास पढ़ना पड़ेगा! बादशाहों के नाम याद रखना आसान नहीं। आठ-आठ हेनरी ही गुजरे हैं। कौन-सा कांड किस हेनरी के समय हुआ, क्या यह याद कर लेना आसान समझते हो? हेनरी सातवें की जगह हेनरी आठवाँ लिखा और सब नम्बर गायब! सफाचट। सिफर भी न मिलेगा, सिफर भी! हो किस खयाल में! दरजनों तो जेम्स हुए हैं, दरजनों विलियम, कोड़ियों चार्ल्स! दिमाग चक्कर खाने लगता है। आँधी रोग हो जाता है। इन अभागों को नाम भी न जुड़ते थे। एक ही नाम के पीछे दोयम, सोयम, चहारुम, पंचुम लगाते चले गए। मुझसे पूछते, तो दस लाख नाम बता देता और जामेट्री तो बस खुदा की पनाह! अ ब ज की जगह अ ज ब लिख दिया और सारे नम्बर कट गए। कोई इन निर्दयी मुमतहिनों से नहीं पूछता कि आखिर अ ब ज और अ ज ब में क्या फर्क है और व्यर्थ की बात के लिए क्यों छात्रों का खून करते हो दाल-भात-रोटी या भात-दाल-रोटी खाई, इसमें क्या रखा है; मगर इन परीक्षकों को क्या परवाह! वह तो वही देखते हैं, जो पुस्तक में लिखा है। चाहते हैं कि लड़के अक्षर-अक्षर रट डालें। और इसी रटन्त का नाम शिक्षा रख छोड़ा है और आखिर इन बे-सिर-पैर की बातों के पढ़ने से क्या फायदा? इस रेखा पर वह लम्ब गिरा दो, तो आधार लम्ब से दुगना होगा। पूछिए, इससे प्रयोजन? दुगना नहीं, चौगुना हो जाए, या आधा ही रहे, मेरी बला से, लेकिन परीक्षा में पास होना है, तो यह सब खुराफात याद करनी पड़ेगी। कह दिया—'समय की पाबंदी' पर एक निबन्ध लिखो, जो चार पन्नो से कम न हो। अब आप कापी सामने खोले, कलम हाथ में लिए, उसके नाम को रोइए।

कौन नहीं जानता कि समय की पाबन्दी बहुत अच्छी बात है। इससे आदमी के जीवन में संयम आ जाता है, दूसरों का उस पर स्नेह होने लगता है और उसके करोबार में उन्नति होती है; लेकिन इस जरा-सी बात पर चार पन्ने कैसे लिखें? जो बात एक वाक्य में कही जा सके, उसे चार पन्नों में लिखने की जरूरत? मैं तो इसे हिमाकत कहता हूँ। यह तो समय की किफायत नहीं; बल्कि उसका दुरुपयोग है कि व्यर्थ में किसी बात को ठूँस दिया। हम चाहते हैं, आदमी को जो कुछ कहना हो, चटपट कह दे और अपनी राह ले। मगर नही, आपको चार पन्ने रँगने पड़ेंगे, चाहे जैसे लिखिए और पन्ने भी पूरे फुलस्केप आकार के। यह छात्रों पर अत्याचार नहीं तो और क्या है? अनर्थ तो यह है कि कहा जाता है, संक्षेप में लिखो। समय की पाबन्दी पर संक्षेप में एक निबन्ध लिखो, जो चार पन्नो से कम न हो। ठीक! संक्षेप में चार पन्ने हुए, नहीं शायद सौ-दो सौ पन्ने लिखवाते। तेज भी दौड़िए और धीरे-धीरे भी। उल्टी बात है या नहीं? बालक भी इतनी-सी बात समझ सकता है; लेकिन इन अध्यापकों को इतनी तमीज भी नहीं। उस पर दावा है कि हम अध्यापक हैं। मेरे दरजे में आओगे लाला, तो ये सारे पापड़ बेलने पड़ेंगे और तब आटे-दाल का भाव मालूम होगा। इस दरजे में अव्वल आ गए हो, तो जमीन पर पाँव नहीं रखते इसलिए मेरा कहना मानिए। लाख फेल हो गया हूँ, लेकिन तुमसे बड़ा हूँ, संसार का मुझे तुमसे कहीं ज्यादा अनुभव है, जो कुछ कहता हूँ, उसे गिरह बाँधिए नही पछताएँगे।

स्कूल का समय निकट था, नहीं ईश्वर जाने, यह उपदेश-माला कब समाप्त होती। भोजन आज मुझे निःस्वाद-सा लग रहा था। जब पास होने पर यह तिरस्कार हो रहा है, तो फेल हो जाने पर तो शायद प्राण ही ले लिए जाएँ। भाई साहब ने अपने दरजे की पढ़ाई का जो भयंकर चित्र खींचा था; उसने मुझे भयभीत कर दिया। स्कूल छोड़कर घर नहीं भागा, यही ताज्जुब है; लेकिन इतने तिरस्कार पर भी पुस्तकों में मेरी अरूचि ज्यो-की-त्यों बनी रही। खेल-कूद का कोई अवसर हाथ से न जाने देता। पढ़ता भी; मगर बहुत कम। बस, इतना ही कि रोज का टास्क पूरा हो जाए और दरजे में जलील न होना पड़े। अपने ऊपर जो विश्वास पैदा हुआ था, वह फिर लुप्त हो गया और फिर चोरों का-सा जीवन कटने लगा।

फिर सालाना इम्तहान हुआ और कुछ ऐसा संयोग हुआ कि मैं फिर पास हुआ और भाई साहब फिर फेल हो गए। मैंने बहुत मेहनत न की; पर न जाने, कैसे दरजे में अव्वल आ गया। मुझे खुद अचरज हुआ। भाई साहब ने प्राणांतक परिश्रम किया था। कोर्स का एक-एक शब्द चाट गए थे; दस बजे रात तक इधर, चार बजे भोर से उधर, छः से साढ़े नौ तक स्कूल जाने के पहले। मुद्रा कांति-हीन हो गई थी; मगर बेचारे फेल हो गए। मुझे उन पर दया आती थी! नतीजा सुनाया गया, तो वह रो पड़े और मैं भी रोने लगा। अपने पास होने वाली खुशी आधी हो गई! मैं भी फेल हो गया होता, तो भाई साहब को इतना दुःख न होता, लेकिन विधि की बात कौन टाले?

मेरे और भाई साहब के बीच में अब केवल एक दरजे का अन्तर और रह गया। मेरे मन में एक कुटिल भावना उदय हुई कि कहीं भाई साहब एक साल और फेल हो जाएँ, तो मै उनके बराबर हो जाऊँ, फिर वह किस आधार पर मेरी फजीहत कर सकेंगे, लेकिन मैंने इस कमीने विचार को दिल से बलपूर्वक निकाल डाला। आखिर वह मुझे मेरे हित के विचार से ही तो डाँटते हैं। मुझे उस वक्त अप्रिय लगता है अवश्य, मगर यह शायद उनके उपदेशों का ही असर हो कि मैं दनानद पास होता जाता हूँ और इतने अच्छे नम्बरों से।

अब भाई साहब बहुत-कुछ नर्म पड़ गए थे। कई बार मुझे डाँटने का अवसर पाकर भी उन्होंने धीरज से काम लिया। शायद अब वह खुद समझने लगे थे कि मुझे डाँटने का अधिकार उन्हें नहीं रहा, या रहा तो बहुत कम। मेरी स्वच्छंदता भी बढ़ी। मैं उनकी सहिष्णुता का अनुचित लाभ उठाने लगा। मुझे कुछ ऐसी धारणा हुई कि मैं तो पास ही हो जाऊँगा, पढ़ूँ या न पढ़ूँ मेरी तकदीर बलवान् है, इसलिए भाई साहब के डर से जो थोड़ा-बहुत पढ़ लिया करता था, वह भी बंद हुआ। मुझे कनकौए उड़ाने का नया शौक पैदा हो गया था और अब सारा समय पतंगबाजी ही की भेंट होता था, फिर भी मैं भाई साहब का अदब करता था, और उनकी नजर बचाकर कनकौए उड़ाता था। माँझा देना, कन्ने बाँधना, पतंग टूर्नामेंट की तैयारियाँ आदि समस्याएँ अब गुप्त रूप से हल की जाती थीं। भाई साहब को यह संदेह न करने देना चाहता था कि उनका सम्मान और लिहाज मेरी नजरों से कम हो गया है।

एक दिन संध्या समय होस्टल से दूर मैं एक कनकौआ लूटने बेतहाशा दौड़ा जा रहा था। आँखें आसमान की ओर थीं और मन उस आकाशगामी पथिक की ओर, जो मन्द गति से झूमता पतन की ओर चला जा रहा था, मानो कोई आत्मा स्वर्ग से निकलकर विरक्त मन से नए संस्कार ग्रहण करने जा रही हो। बालकों की एक पूरी सेना लग्गे और झाड़दार बाँस लिये इसका स्वागत करने को दौड़ी आ रही थी। किसी को अपने आगे-पीछे की खबर न थी। सभी मानो उस पतंग के साथ ही आकाश में उड़ रहे थे, जहाँ सब कुछ समतल है, न मोटरकारें हैं, न ट्राम, न गाड़ियाँ।

सहसा भाई साहब से मेरी मुठभेड़ हो गई, जो शायद बाजार से लौट रहे थे। उन्होंने वहीं मेरा हाथ पकड़ लिया और उग्र भाव से बोले—इन बाजारी लौंडों के साथ धेले के कनकौए के लिए दौड़ते तुम्हें शर्म नही आती? तुम्हें इसका भी कुछ लिहाज नहीं कि अब नीची जमाअत में नहीं हो; बल्कि आठवीं जमाअत में आ गये हो और मुझसे केवल एक दरजा नीचे हो। आखिर आदमी को कुछ तो अपनी पोजीशन का खयाल करना चाहिए। एक जमाना था कि लोग आठवाँ दरजा पास करके नायब तहसीलदार हो जाते थे। मैं कितने ही मिडिलचियों को जानता हूँ, जो आज अव्वल दरजे के डिप्टी मैजिस्ट्रेट या सुपरिटेंडेंट हैं। कितने ही आठवीं जमाअत वाले हमारे लीडर और समाचार-पत्रों के सम्पादक हैं। बड़े-बड़े विद्वान उनकी मातहती में काम करते हैं और तुम उसी आठवें दरजे में आकर बाजारी लौंडों के साथ कनकौए के लिए दौड़ रहे हो। मुझे तुम्हारी इस कमअक्ली पर दुःख होता है। तुम जहीन हो, इसमें शक नही, लेकिन वह जेहन किस काम का, जो हमारे आत्म-गौरव की हत्या कर डाले। तुम अपने दिल में समझते होंगे, मैं भाई साहब से महज एक दरजा नीचे हूँ और अब उन्हें मुझको कुछ कहने का हक नहीं; लेकिन यह तुम्हारी गलती है। मैं तुमसे पाँच साल बड़ा हूँ और चाहे आज तुम मेरी ही जमाअत में आ जाओ—और परीक्षकों का यही हाल है, तो निस्संदेह अगले साल तुम मेरे समकक्ष हो जाओगे और शायद एक साल बाद तुम मुझसे आगे निकल जाओ—लेकिन मुझमें और तुममें जो पाँच साल का अन्तर है, उसे तुम क्या, खुदा भी नही मिटा सकता। मैं तुमसे पाँच साल बड़ा हूँ और हमेशा रहूँगा! मुझे दुनिया का और जिन्दगी

का जो तजरबा है, तुम उसकी बराबरी नहीं कर सकते, चाहे तुम एम.ए., डी.फिल. और डी.लिट्. ही क्यों न हो जाओ। समझ किताबें पढ़ने से नहीं आती, दुनिया देखने से आती है। हमारी अम्माँ ने कोई दरजा पास नहीं किया, और दादा भी शायद पाँचवीं-छठी जमाअत के आगे नहीं गये, ले. किन हम दोनों चाहे सारी दुनिया की विद्या पढ़ लें, अम्माँ और दादा को हमें समझाने और सुधारने का अधिकार हमेशा रहेगा। केवल इसलिए नहीं कि वे हमारे जन्मदाता हैं, बल्कि इसलिए कि उन्हें दुनिया का हमसे ज्यादा जतरबा है और रहेगा। अमेरिका में किस तरह कि राज्य-व्यवस्था है, और आठवें हेनरी ने कितने ब्याह किये और आकाश में कितने नक्षत्र हैं, यह बातें चाहे उन्हें न मालूम हो, लेकिन हजारों ऐसी बातें हैं, जिनका ज्ञान उन्हें हमसे और तुमसे ज्यादा है। दैव न करें, आज मैं बीमार हो आऊँ, तो तुम्हारे हाथ-पाँव फूल जाएँगे। दादा को तार देने के सिवा तुम्हें और कुछ न सूझेगा; लेकिन तुम्हारी जगह पर दादा हों, तो किसी को तार न दें, न घबराएँ, न बदहवास हों। पहले खुद मरज पहचानकर इलाज करेंगे, उसमें सफल न हुए, तो किसी डाक्टर को बुलाएँगे। बीमारी तो खैर बड़ी चीज़ है। हम-तुम तो इतना भी नहीं जानते कि महीने-भर का खर्च महीना-भर कैसे चले। जो कुछ दादा भेजते हैं, उसे हम बीस-बाईस तक खर्च कर डालते हैं और पैसे-पैसे को मोहताज हो जाते हैं। नाश्ता बंद हो जाता है, धोबी और नाई से मुँह चुराने लगते हैं; लेकिन जितना आज हम और तुम खर्च कर रहे हैं, उसके आधे में दादा ने अपनी उम्र का बड़ा भाग इज्जत और नेकनामी के साथ निभाया है और एक कुटुम्ब का पालन किया है, जिसमें सब मिलाकर नौ आदमी थे। अपने हेडमास्टर साहब ही को देखो। एम. ए. हैं कि नहीं, और यहाँ के एम.ए. नहीं, ऑक्सफोर्ड के। एक हजार रुपये पाते हैं, लेकिन उनके घर इंतजाम कौन करता है? उनकी बूढ़ी माँ। हेडमास्टर साहब की डिग्री यहाँ बेकार हो गई। पहले खुद घर का इंतजाम करते थे। खर्च पूरा न पड़ता था। करजदार रहते थे। जब से उनकी माताजी ने प्रबंध अपने हाथ में ले लिया है, जैसे घर में लक्ष्मी आ गई है। तो भाईजान, यह गरूर दिल से निकाल डालो कि तुम मेरे समीप आ गये हो और अब स्वतंत्र हो। मेरे देखते तुम बेराह नही चल पाओगे। अगर तुम यों न मानोगे, तो मैं (थप्पड़

दिखाकर) इसका प्रयोग भी कर सकता हूँ। मैं जानता हूँ, तुम्हें मेरी बातें जहर लग रही हैं...।

मैं उनकी इस नई युक्ति से नत-मस्तक हो गया। मुझे आज सचमुच अपनी लघुता का अनुभव हुआ और भाई साहब के प्रति मेरे मन में श्रद्धा उत्पन्न हुई। मैंने सजल आँखों से कहा—हरगिज नहीं। आप जो कुछ फरमा रहे हैं, वह बिलकुल सच है और आपको कहने का अधिकार है।

भाई साहब ने मुझे गले लगा लिया और बोले—कनकौए उड़ाने को मना नहीं करता। मेरा जी भी ललचाता है, लेकिन क्या करूँ, खुद बेराह चलूँ तो तुम्हारी रक्षा कैसे करूँ? यह कर्त्तव्य भी तो मेरे सिर पर है!

संयोग से उसी वक्त एक कटा हुआ कनकौआ हमारे ऊपर से गुजरा। उसकी डोर लटक रही थी। लड़कों का एक गोल पीछे-पीछे दौड़ा चला आता था। भाई साहब लंबे हैं ही! उछलकर उसकी डोर पकड़ ली और बेतहाशा होस्टल की तरफ दौड़े। मैं पीछे-पीछे दौड़ रहा था।

22.

ठाकुर का कुआँ

जोखू ने लोटा मुँह से लगाया तो पानी में सख्त बदबू आई। गंगी से बोला—यह कैसा पानी है? मारे बास के पिया नहीं जाता। गला सूखा जा रहा है और तू सड़ा पानी पिलाए देती है।

गंगी प्रतिदिन शाम पानी भर लिया करती थी। कुआँ दूर था; बार-बार जाना मुश्किल था। कल वह पानी लायी, तो उसमें बू बिलकुल न थी, आज पानी में बदबू कैसी? लोटा नाक से लगाया, तो सचमुच बदबू थी। जरूर कोई जानवर कुएँ में गिरकर मर गया होगा, मगर दूसरा पानी आवे कहाँ से?

ठाकुर के कुँए पर कौन चढ़ने देगा? दूर से लोग डाँट बताएँगे। साहू का कुआँ गाँव के उस सिरे पर है, परन्तु वहाँ कौन पानी भरने देगा? चौथा कुआँ गाँव में नहीं है।

जोखू कई दिन से बीमार है। कुछ देर तक तो प्यास रोके चुप पड़ा रहा, फिर बोला—अब तो मारे प्यास के रहा नहीं जाता। ला, थोड़ा पानी नाक बंद करके पी लूँ।

गंगी ने पानी न दिया। खराब पानी से बीमारी बढ़ जाएगी—इतना जानती थी, परंतु यह न जानती थी कि पानी को उबाल देने से उसकी खराबी जाती रहती है। बोली—यह पानी कैसे पियोगे? न जाने कौन जानवर मरा है। कुँए से मैं दूसरा पानी लाए देती हूँ।

जोखू ने आश्चर्य से उसकी ओर देखा—दूसरा पानी कहाँ से लाएगी?

'ठाकुर और साहू के दो कुएँ तो हैं। क्या एक लोटा पानी न भरने देंगे?

'हाथ-पाँव तुड़वा आएगी और कुछ न होगा। बैठ चुपके से। ब्रह्म-देवता आशीर्वाद देंगे, ठाकुर लाठी मारेंगे, साहूजी एक के पाँच लेंगे। गरीबों का दर्द कौन समझता है! हम तो मर भी जाते हैं, तो कोई दुआर पर झाँकने नहीं आता, कंधा देना तो बड़ी बात है। ऐसे लोग कुएँ से पानी भरने देंगे?'

इन शब्दों में कड़वा सत्य था। गंगी क्या जवाब देती; किन्तु उसने वह बदबूदार पानी पीने को न दिया ।

रात के नौ बजे थे। थके-माँदे मजदूर तो सो चुके थे, ठाकुर के दरवाजे पर दस-पाँच बेफिक्रे जमा थे। मैदानी बहादुरी का तो न जमाना रहा है, न मौका। कानूनी बहादुरी की बातें हो रही थीं; कितनी होशियारी से ठाकुर ने थानेदार को एक खास मुकदमे में रिश्वत दे दी और साफ निकल गए। कितनी अक्लमन्दी से एक मार्के के मुकदमें की नकल ले आये। नाजिर और मोहतिमिम, सभी कहते थे, नकल नहीं मिल सकती। कोई पचास माँगता; कोई सौ। यहाँ बे-पैसे-कौड़ी नकल उड़ा दी। काम करने का ढंग चाहिए।

इसी समय गंगी कुएँ से पानी लेने पहुँची।

कुप्पी की धुँधली रोशनी कुएँ पर आ रही थी। गंगी जगत की आड़ में बैठी मौके का इंतजार करने लगी। इस कुँए का पानी सारा गाँव पीता है। किसी के लिए रोक नहीं, सिर्फ ये बदनसीब नहीं भर सकते।

गंगी का विद्रोही दिल रिवाजी पाबंदियों और मजबूरियों पर चोटें करने लगा—हम क्यों नीच हैं और ये लोग क्यों ऊँच हैं? इसलिए कि ये लोग गले

में तागा डाल लेते हैं? यहाँ तो जितने हैं, एक-से-एक छँटे हैं। चोरी ये करें, जाल-फरेब ये करें, झूठे मुकदमे ये करें। अभी इस ठाकुर ने तो उस दिन बेचारे गड़रिए की भेड़ चुरा ली थी और बाद मे मारकर खा गया। इन्हीं पण्डितजी के घर में तो बारहों मास जुआ होता है। यही साहूजी तो घी में तेल मिलाकर बेचते हैं। काम करा लेते हैं, मजूरी देते नानी मरती है। किस बात में हैं हमसे ऊँचे! हाँ मुँह में हमसे ऊँचे हैं। हम गली-गली चिल्लाते नहीं कि हम ऊँचे हैं, हम ऊँचे हैं। कभी गाँव में आ जाती हूँ, तो रस-भरी आँखों से देखने लगते हैं। जैसे सबकी छाती पर साँप लोटने लगता है, परंतु घमंड यह कि हम ऊँचे हैं।

कुएँ पर किसी के आने की आहट हुई। गंगी की छाती धक-धक करने लगी। कहीं देख ले तो गजब हो जाए।

एक लात भी तो नीचे न पड़े। उसने घड़ा और रस्सी उठा ली और झुककर चलती हुई एक वृक्ष के अँधेरे साये में जा खड़ी हुई। कब इन लोगों को दया आती है किसी पर। बेचारे महँगू को इतना मारा कि महीनो लहू थूकता रहा। इसीलिए कि उसने बेगार न दी थी। इस पर ये लोग ऊँचे बनते हैं।

कुएँ पर दो स्त्रियाँ पानी भरने आयी थीं। इनमें बातें हो रही थीं।

'खाना खाने चले और हुक्म हुआ कि ताजा पानी भर लाओ। घड़े के लिए पैसे नहीं है।'

'हम लोगों को आराम से बैठे देखकर जैसे मरदों को जलन होती है।'

'हाँ, यह तो न हुआ कि कलसिया उठाकर भर लाते। बस, हुकुम चला दिया कि ताजा पानी लाओ, जैसे हम लौंडियाँ ही तो हैं।'

'लौडियाँ नहीं तो और क्या हो तुम? रोटी-कपड़ा नहीं पातीं? दस-पाँच रुपये भी छीन-झपट कर ले ही लेती हो। और लौंडिया कैसी होती हैं!'

'मत लजाओ दीदी! छिन भर आराम करने को जी तरस कर रह जाता है। इतना काम किसी दूसरे के घर कर देती, तो इससे कहीं आराम से रहती। ऊपर से वह एहसान मानता। यहाँ काम करते-करते मर जाओ; पर किसी का मुँह ही नहीं सीधा नहीं होता।'

दोनों पानी भरकर चली गईं, तो गंगी वृक्ष की छाया से निकली और कुएँ की जगत के पास आयी। बेफिक्रे चले गऐ थे। ठाकुर भी दरवाजा बंद कर अंदर आँगन में सोने जा रहे थे। गंगी ने क्षणिक सुख की साँस ली। किसी

तरह मैदान तो साफ हुआ। अमृत चुरा लाने के लिए जो राजकुमार किसी जमाने में गया था, वह भी शायद इतनी सावधानी के साथ और समझ-बूझकर न गया हो। गंगी दबे पाँव कुएँ की जगत पर चढ़ी, विजय का ऐसा अनुभव उसे पहले कभी न हुआ।

उसने रस्सी का फंदा घड़े में डाला। दायें-बायें चौकन्नी दृष्टी से देखा, जैसे कोई सिपाही रात को शत्रु के किले में सुराख कर रहा हो। अगर इस समय वह पकड़ ली गई, तो फिर उसके लिए माफी या रियायत की रत्ती-भर उम्मीद नहीं। अंत मे देवताओं को याद करके उसने कलेजा मजबूत किया और घड़ा कुएँ में डाल दिया।

घड़े ने पानी में गोता लगाया, बहुत ही आहिस्ता। जरा-सी आवाज न हुई। गंगी ने दो-चार हाथ जल्दी-जल्दी मारे। घड़ा कुएँ के मुँह तक आ पहुँचा। कोई बड़ा शहज़ोर पहलवान भी इतनी तेजी से न खींच सकता था।

गंगी झुकी कि घड़े को पकड़कर जगत पर रखे, कि एकाएक ठाकुर साहब का दरवाजा खुल गया। शेर का मुँह इससे अधिक भयानक न होगा।

गंगी के हाथ रस्सी छूट गई। रस्सी के साथ घड़ा धड़ाम से पानी में गिरा और कई क्षण तक पानी में हिलकोरे की आवाजें सुनाई देती रहीं।

ठाकुर, कौन है, कौन है?' पुकारते हुए कुएँ की तरफ आ रहे थे और गंगी जगत से कूदकर भागी जा रही थी।

घर पहुँचकर देखा कि जोखू लोटा मुँह से लगाये वही मैला-गंदा पानी पी रहा है।

23.

अनुभव

प्रियतम को एक वर्ष की सजा हो गयी। और अपराध केवल इतना था, कि तीन दिन पहले जेठ की तपती दोपहरी में उन्होंने राष्ट्र के कई सेवकों का शर्बत-पान से सत्कार किया था। मैं उस वक्त अदालत में खड़ी थी। कमरे

के बाहर सारे नगर की राजनैतिक चेतना किसी बंदी पशु की भाँति खड़ी चीत्कार कर रही थी। मेरे प्राणधन हथकड़ियों से जकड़े हुए लाये गए। चारों ओर सन्नाटा छा गया। मेरे भीतर हाहाकार मचा हुआ था, मानो प्राण पिघला जा रहा हो। आवेश की लहरें-सी उठ-उठकर समस्त शरीर को रोमांचित किये देती थीं। ओह इतना गर्व मुझे कभी नहीं हुआ था। वह अदालत, कुरसी पर बैठा हुआ अंग्रेज अफसर, लाल जरीदार पगड़ियाँ बाँधे हुए पुलिस के कर्मचारी सब मेरी आँखों में तुच्छ जान पड़ते थे। बार-बार जी में आता था, दौड़कर जीवन-धन के चरणों में लिपट जाऊँ और उसी दशा में प्राण त्याग दूँ। कितनी शांत, अविचलित, तेज और स्वाभिमान से प्रदीप्त मूर्ति थी। ग्लानि, विषाद या शोक की छाया भी न थी। नहीं, उन ओठों पर एक स्फूर्ति से भरी हुई मनोहारिणी, ओजस्वी मुस्कान थी। इस अपराध के लिए एक वर्ष का कठिन कारावास! वाह रे न्याय! तेरी बलिहारी है! मैं ऐसे हजार अपराध करने को तैयार थी। प्राणनाथ ने चलते समय एक बार मेरी ओर देखा, कुछ मुस्कराये, फिर उनकी मुद्रा कठोर हो गई। अदालत से लौटकर मैंने पाँच रुपये की मिठाई मँगवायी और स्वयंसेवकों को बुलाकर खिलाया। और संध्या समय मैं पहली बार कांग्रेस के जलसे में शरीक हुई—शरीक ही नहीं हुई, मंच पर जाकर बोली, और सत्याग्रह की प्रतिज्ञा ले ली। मेरी आत्मा में इतनी शक्ति कहाँ से आ गई, नहीं कह सकती। सर्वस्व लुट जाने के बाद फिर किसकी शंका और किसका डर। विधाता का कठोर-से-कठोर आघात भी अब मेरा क्या अहित कर सकता था?

दूसरे दिन मैंने दो तार दिये। एक पिताजी को, दूसरा ससुरजी को। ससुरजी पेंशन पाते थे। पिताजी जंगल के महकमे में अच्छे पद पर थे; पर सारा दिन गुजर गया, तार का जवाब नदारद! दूसरे दिन भी कोई जवाब नहीं। तीसरे दिन दोनों महाशयों के पत्र आये। दोनों जामे से बाहर थे। ससुरजी ने लिखा—आशा थी, तुम लोग बुढ़ापे में मेरा पालन करोगे। तुमने उस आशा पर पानी फेर दिया। क्या अब चाहती हो, मैं भिक्षा माँगूँ। मैं सरकार से पेंशन पाता हूँ। तुम्हें आश्रय देकर मैं अपनी पेंशन से हाथ नहीं धो सकता। पिताजी के शब्द इतने

कठोर न थे, पर भाव लगभग ऐसा ही था। इसी साल उन्हें ग्रेड मिलने वाला था। वह मुझे बुलाएँगे, तो संभव है, ग्रेड से वंचित होना पड़े। हाँ, वह मेरी सहायता मौखिक रूप से करने को तैयार थे। मैंने दोनों पत्र फाड़कर फेंक दिए और उन्हें कोई पत्र न लिखा। हा स्वार्थ! तेरी माया कितनी प्रबल है! अपना ही पिता, केवल स्वार्थ में बाधा पड़ने के भय से, लड़की की तरफ से इतना निर्दय हो जाय। अपना ससुर अपनी बहू की ओर से इतना उदासीन हो जाय! मगर अभी मेरी उम्र ही क्या है! अभी तो सारी दुनिया देखने को पड़ी है।

अब तक मैं अपने विषय में निश्चिंत थी; लेकिन अब यह नयी चिंता सवार हुई। इस निर्जन घर में, निराधार, निराश्रय कैसे रहूँगी। मगर जाऊँगी कहाँ? अगर कोई मर्द होती, तो कांग्रेस के आश्रम में चली जाती, या कोई मजूरी कर लेती। मेरे पैरों में नारीत्व की बेड़ियाँ पड़ी हुई थीं। अपनी रक्षा की इतनी चिंता न थी, जितनी अपने नारीत्व की रक्षा की। अपनी जान की फिक्र न थी; पर नारीत्व की ओर किसी की आँख भी न उठनी चाहिए।

किसी की आहट पाकर मैंने नीचे देखा। दो आदमी खड़े थे। जी में आया, पूछूँ तुम कौन हो। यहाँ क्यों खड़े हो? मगर फिर खयाल आया, मुझे यह पूछने का क्या हक? आम रास्ता है। जिसका जी चाहे खड़ा हो।

पर मुझे खटका हो गया। उस शंका को किसी तरह दिल से न निकाल सकती थी। वह एक चिनगारी की भाँति हृदय के अंदर समा गई थी।

गरमी से देह फुँकी जाती थी; पर मैंने कमरे का द्वार भीतर से बंद कर लिया। घर में एक बड़ा-सा चाकू था। उसे निकालकर सिरहाने रख लिया। वह शंका सामने बैठी घूरती हुई मालूम होती थी।

किसी ने पुकारा। मेरे रोयें खड़े हो गये। मैंने द्वार से कान लगाया। कोई मेरी कुंडी खटखटा रहा था। कलेजा धक्-धक् करने लगा। वही दोनों बदमाश होंगे। क्यों कुंडी खटखटा रहे हैं? मुझसे क्या काम है? मुझे झुँझलाहट आ गई। मैंने द्वार खोला और छज्जे पर खड़ी होकर जोर से बोली—कौन कुंडी खड़खड़ा रहा है?

आवाज सुनकर मेरी शंका शांत हो गई। कितना ढाढ़स हो गया! यह बाबू ज्ञानचंद थे। मेरे पति के मित्रों में इनसे ज्यादा सज्जन दूसरा नहीं है। मैंने नीचे जाकर द्वार खोल दिया। देखा तो एक स्त्री भी थी। वह मिसेज ज्ञानचंद

थीं। यह मुझसे बड़ी थीं। पहले-पहल मेरे घर आयी थीं। मैंने उनके चरण स्पर्श किये। हमारे वहाँ मित्रता मर्दों ही तक रहती है। औरतों तक नहीं जाने पाती।

दोनों जने ऊपर आये! ज्ञान बाबू एक स्कूल में मास्टर हैं। बड़े ही उदार, विद्वान, निष्कपट, पर आज मुझे मालूम हुआ कि उनकी पथ-प्रदर्शिका उनकी स्त्री हैं। वह दोहरे बदन की, प्रतिभाशाली महिला थीं। चेहरे पर ऐसा रोब था, मानो कोई रानी हों। सिर से पाँव तक गहनों से लदी हुई। मुख सुंदर न होने पर भी आकर्षक था। शायद मैं उन्हें कहीं और देखती; तो मुँह फेर लेती। गर्व की सजीव प्रतिमा थीं; वह बाहर जितनी कठोर, भीतर उतनी ही दयालु।

'घर कोई पत्र लिखा?' यह प्रश्न उन्होंने कुछ हिचकते हुए किया।

मैंने कहा—हाँ, लिखा था।

'कोई लेने आ रहा है?'

'जी नहीं। न पिताजी अपने पास रखना चाहते हैं, न ससुरजी।'

'तो फिर?'

'फिर क्या, अभी तो यहीं पड़ी हूँ।'

'तो मेरे घर क्यों नहीं चलतीं? अकेले तो इस घर में मैं न रहने दूँगी।'

'खुफिया के दो आदमी इस वक्त भी डटे हुए हैं।'

'मैं पहले ही समझ गई थी, दोनों खुफिया के आदमी होंगे।'

ज्ञान बाबू ने पत्नी की ओर देखकर, मानो उसकी आज्ञा से कहा—तो मैं जाकर ताँगा लाऊँ?

देवीजी ने इस तरह देखा, मानो कह रही हों, क्या अभी तुम यहीं खड़े हो?

मास्टर साहब चुपके से द्वार की ओर चले।

'ठहरो'—देवीजी बोलीं-कै ताँगे लाओगे?'

'कै!' मास्टर साहब घबड़ा गये।

'हाँ कै! एक ताँगे पर तीन सवारियाँ ही बैठेंगी। संदूक, बिछावन, बरतन-भाँडे क्या मेरे सिर पर जायेंगे?'

'तो दो लेता आऊँगा।'—मास्टर साहब डरते-डरते बोले।

'एक ताँगे में कितना सामान भर दोगे?'

'तो तीन लेता आऊँ?'

'अरे तो जाओगे भी। जरा-सी बात के लिए घंटा भर लगा दिया।'

मैं कुछ कहने न पायी थी, कि ज्ञान बाबू चल दिये। मैंने सकुचाते हुए कहा—बहन, तुम्हें मेरे जाने से कष्ट होगा और...

देवीजी ने तीक्ष्ण स्वर में कहा—हाँ, होगा तो अवश्य। तुम दोनों जून में दो-तीन पाव भर आटा खाओगी, कमरे के एक कोने में अड्डा जमा लोगी, सिर में आने का तेल डालोगी। यह क्या थोड़ा कष्ट है!'

मैंने झेंपते हुए कहा—आप तो बना रही हैं।

देवीजी ने सहृदय भाव से मेरा कंधा पकड़कर कहा—जब तुम्हारे बाबूजी, लौट आवें; तो मुझे भी अपने घर मेहमान रख लेना। मेरा घाटा पूरा हो जाएगा। अब तो राजी हुई। चलो असबाब बाँधो। खाट-वाट कल मँगवा लेंगे।

मैंने ऐसी सहृदय, उदार, मीठी बातें करनेवाली स्त्री नहीं देखी। मैं उनकी छोटी बहन होती, तो भी शायद इससे अच्छी तरह न रखतीं। चिंता या क्रोध को तो जैसे उन्होंने जीत लिया हो। सदैव उनके मुख पर मधुर विनोद खेला करता था। कोई लड़का-बाला न था, पर मैंने उन्हें कभी दुखी नहीं देखा। ऊपर के काम के लिए लौंडा रख लिया था। भीतर का सारा काम खुद करतीं। इतना कम खाकर और इतनी मेहनत करके वह कैसे इतनी हृष्ट-पुष्ट थीं, मैं नहीं कह सकती। विश्राम तो जैसे उनके भाग्य में ही नहीं लिखा था। जेठ की दुपहरी में भी न लेटती थीं! हाँ, मुझे कुछ न करने देतीं, उस पर जब देखो कुछ खिलाने को सिर पर सवार। मुझे यहाँ बस यही एक तकलीफ थी।

मगर आठ ही दिन गुजरे थे कि एक दिन मैंने उन्हीं दोनों खुफियों को नीचे बैठा देखा। मेरा माथा ठनका। यह अभागे यहाँ भी मेरे पीछे पड़े हैं। मैंने तुरंत बहनजी से कहा—वे दोनों बदमाश यहाँ भी मँडरा रहे हैं।

उन्होंने हिकारत से कहा—कुत्ते हैं। फिरने दो।

मैं चिंतित होकर बोली—कोई स्वाँग न खड़ा करें।

उसी बेपरवाही से बोलीं—भूँकने के सिवा और क्या कर सकते हैं?

मैंने कहा—काट भी तो सकते हैं।

हँसकर बोलीं—इसके डर से कोई भाग तो नहीं जाता न!

मगर मेरी दाल में मक्खी पड़ गई। बार-बार छज्जे पर जाकर उन्हें टहलते देख आती। यह सब मेरे पीछे पड़े हुए हैं! आखिर मैं नौकरशाही का क्या बिगाड़ सकती हूँ। मेरी सामर्थ्य ही क्या है? क्या यह सब इस तरह से मुझे यहाँ से भगाने पर तुले हैं। इससे उन्हें क्या मिलेगा? यही तो कि मैं मारी-मारी फिरूँ! कितनी नीची तबियत है?

एक हफ्ता और गुजर गया। खुफिया ने पिंड न छोड़ा। मेरे प्राण सूखते जाते थे। ऐसी दशा में यहाँ रहना मुझे अनुचित मालूम होता था; पर देवीजी से कुछ कह न सकती थी।

एक दिन शाम को ज्ञान बाबू आये, तो घबड़ाये हुए थे। मैं बरामदे में थी। परवल छील रही थी। ज्ञान बाबू ने कमरे में जाकर देवीजी को इशारे से बुलाया।

देवीजी ने बैठे-बैठे कहा—पहले कपड़े-वपड़े उतारो, मुँह-हाथ धोओ, कुछ खाओ, फिर जो कहना हो, कह देना।

ज्ञान बाबू को धैर्य कहाँ? पेट में बात की गन्ध तक न पचती थी। आग्रह से बुलाया—तुमसे उठा नहीं जाता। मेरी जान आफत में है।

देवी ने बैठे-बैठे कहा—तो कहते क्यों नहीं, क्या कहना है?

'यहाँ आओ।'

'क्या यहाँ कोई और बैठा हुआ है?'

मैं वहाँ से चली। बहन ने मेरा हाथ पकड़ लिया। मैं जोर करने पर भी न छुड़ा सकी। ज्ञान बाबू मेरे सामने न कहना चाहते थे; पर इतना सब्र भी न था कि जरा देर रुक जाते। बोले—प्रिन्सिपल से मेरी लड़ाई हो गई।

देवी ने बनावटी गम्भीरता से कहा—सच! तुमने उसे खूब पीटा न?

'तुम्हें दिल्लगी सूझती है! यहाँ नौकरी जा रही है।'

'जब यह डर था, तो लड़े क्यों?'

'मैं थोड़े ही लड़ा। उसी ने मुझे बुलाकर डाँटा।'

'बेकसूर?'

'अब तुमसे क्या कहूँ।'

'फिर वही पर्दा। मैं कह चुकी, यह मेरी बहन है। मैं इससे कोई पर्दा नहीं रखना चाहती।'

'और जो इन्हीं के बारे में कोई बात हो, तो?'

देवीजी ने जैसे पहेली बूझकर कहा—अच्छा समझ गई। कुछ खुफियों का झगड़ा होगा। पुलिस ने तुम्हारे प्रिन्सिपल से शिकायत की होगी।

ज्ञान बाबू ने इतनी आसानी से अपनी पहेली का बूझा जाना स्वीकार न किया।

बोले—पुलिस ने प्रिन्सिपल से नहीं, हाकिम जिला से कहा। उसने प्रिन्सिपल को बुलाकर मुझसे जवाब-तलब करने का हुक्म दिया।

देवी ने अन्दाज से कहा—समझ गई। प्रिन्सिपल ने तुमसे कहा होगा, कि उस स्त्री को घर से निकाल दो।

'हाँ, यही समझ लो!'

'तो तुमने क्या जवाब दिया?'

'अभी कोई जवाब नहीं दिया। वहाँ खड़े-खड़े क्या कहता!'

देवीजी ने उन्हें आड़े हाथों लिया—'जिस प्रश्न का एक ही जवाब हो, उसमें सोच-विचार कैसा?'

ज्ञान बाबू सिटपिटाकर बोले—लेकिन कुछ सोचना तो जरूरी था।

देवीजी की त्योरियाँ बदल गईं। आज मैंने पहली बार उनका यह रूप देखा! बोलीं—तुम उस प्रिन्सिपल से जाकर कह दो, मैं उसे किसी तरह नहीं छोड़ सकता और न माने, तो इस्तीफा दे दो। अभी जाओ। लौटकर हाथ-मुँह धोना।

मैंने रोकर कहा—बहन मेरे लिए...

देवी ने डाँट बताई—तू चप रह, नहीं कान पकड़ लूँगी। तू क्यों बीच में कूदती है! रहेंगे, तो साथ रहेंगे। मरेंगे तो साथ मरेंगे। इस मर्दुए को मैं क्या कहूँ? आधी उम्र बीत गई और बात करना न आया। (पति से) खड़े सोच क्या रहे हो, तुम्हें डर लगता हो; तो मैं जाकर कह आऊँ?

ज्ञान बाबू ने खिसियाकर कहा—तो कल कह दूँगा, इस वक्त कहाँ होगा, कौन जाने।

रात-भर मुझे नींद नहीं आयी। बाप और ससुर जिसका मुँह नहीं देखना चाहते, उसका यह आदर! राह की भिखारिन का यह सम्मान। देवी, तू सचमुच देवी है।

दूसरे दिन ज्ञान बाबू चले तो देवी ने फिर कहा—फैसला करके घर आना। यह न हो कि फिर सोचकर जवाब देने की जरूरत पड़े।

ज्ञान बाबू के चले जाने के बाद मैंने कहा—तुम मेरे साथ बड़ा अन्याय कर रही हो बहनजी। मैं यह कभी नहीं देख सकती कि मेरे कारण तुम्हें यह विपत्ति झेलनी पड़े।

देवी ने हास्य-भाव से कहा—कह चुकी या कुछ और कहना है।

'कह चुकी; मगर अभी बहुत कुछ कहूँगी!'

'अच्छा बता तेरे प्रियतम क्यों जेल गए? इसीलिए तो कि स्वयंसेवकों का सत्कार किया था। स्वयंसेवक कौन हैं? यह हमारी सेना के वीर हैं, जो हमारी लडाइयाँ लड़ रहे हैं। स्वयंसेवकों के भी तो बाल-बच्चे होंगे, माँ-बाप होंगे, वह भी तो कोई कारोबार करते होंगे; पर देश की लड़ाई लड़ने के लिए उन्होंने सब कुछ त्याग दिया है। ऐसे वीरों का सत्कार करने के लिए जो आदमी जेल में डाल दिया जाए, उसकी स्त्री के दर्शनों से भी आत्मा पवित्र होती है। मैं तुझ पर एहसान नहीं कर रही हूँ, तू मुझ पर एहसान कर रही है।

मैं इस दया-सागर में डुबकियाँ खाने लगी। बोलती क्या।

शाम को जब ज्ञान बाबू लौटे, तो उनके मुख पर विजय का आनन्द था।

देवी ने पूछा—हार की जीत?

ज्ञान बाबू ने अकड़कर कहा—जीत! मैंने इस्तीफा दे दिया तो चक्कर में आ गया। उसी वक्त हाकिम जिला के पास गया। वहाँ न जाने मोटर पर बैठकर दोनों में क्या बातें हुई। लौटकर मुझसे बोला—आप पोलिटिकल जलसों में तो नहीं जाते।

मैंने कहा—कभी भूल कर भी नहीं।

'कांग्रेस के मेम्बर तो नहीं हैं?'

मैंने कहा—मेम्बर क्या, मेम्बर का दोस्त भी नहीं।

'कांग्रेस-फंड में चन्दा तो नहीं देते?;

'मैंने कहा—'कानी कौड़ी भी कभी नहीं देता।'

'तो हमें आपसे कुछ नहीं कहना है। मैं आपका इस्तीफा वापस करता हूँ।'

देवीजी ने मुझे गले लगा लिया।

24.

मोटर के छींटे

क्या नाम कि प्रातःकाल स्नान-पूजा से निपट, तिलक लगा, पीताम्बर पहन, खड़ाऊँ पाँव में डाल, बगल में पत्रा दबा, हाथ में मोटा-सा शत्रु-मस्तक-भंजन ले एक जजमान के घर चला। विवाह की साइत विचारनी थी। कम-से-कम एक कलदार का डौल था। जलपान ऊपर से। और मेरा जलपान मामूली जलपान नहीं है। बाबुओं को तो मुझे निमन्त्रित करने की हिम्मत ही नहीं पड़ती। उनका महीने-भर का नाश्ता मेरा एक दिन का जलपान है। इस विषय में तो हम अपने सेठों-साहूकारों के कायल हैं—ऐसा खिलाते हैं, ऐसा खिलाते हैं, और इतने खुले मन से कि चोला आनन्दित हो उठता है। जजमान का दिल देखकर ही मैं उनका निमन्त्रण स्वीकार करता हूँ। खिलाते समय किसी ने रोनी सूरत बनायी और मेरी क्षुधा गायब हुई। रोकर किसी ने खिलाया तो क्या? ऐसा भोजन कम-से-कम मुझे नहीं पचता। जजमान ऐसा चाहिए कि ललकारता जाय—लो शास्त्रीजी, एक बालूशाही और, मैं कहता जाऊँ...नहीं जजमान अब नहीं!

रात खूब वर्षा हुई थी, सड़क पर जगह-जगह पानी जमा था। मैं अपने विचारों में मगन चला जाता था कि एक मोटर छप-छप करती हुई निकल गई। मुँह पर छींटे पड़े। जो देखता हूँ, तो धोती पर मानो किसी ने कीचड़ घोलकर डाल दिया हो। कपड़े भ्रष्ट हुए, वह अलग, देह भ्रष्ट हुई, वह अलग, आर्थिक क्षति जो हुई, वह अलग। अगर मोटरवालों को पकड़ पाता, तो ऐसी गरम्मत करता कि वे भी याद करते। मन मसोसकर रह गया। इस वेश में जजमान के घर तो जा नहीं सकता था, अपना घर भी मील-भर से कम न था। फिर आने-जाने वाले सब मेरी ओर देख-देखकर तालियाँ बजा रहे थे। ऐसी दुर्गति मेरी कभी नहीं हुई थी। अब क्या करोगे मन? घर जाओगे, तो पण्डिताइन क्या कहेंगी?

मैंने चटपट अपने कर्तव्य का निश्चय कर लिया। इधर-उधर से दस-बारह पत्थर के टुकड़े बटोर लिये और दूसरी मोटर की राह देखने लगा। ब्रह्मतेज सिर पर चढ़ बैठा! अभी दस मिनट भी न गुजरे होंगे कि एक मोटर आती

हुई दिखायी दी! ओहो वही मोटर थी। शायद स्वामी को स्टेशन से लेकर लौट रही थी। ज्यों ही समीप आयी, मैंने एक पत्थर चलाया, भरपूर जोर लगाकर चलाया। साहब की टोपी उड़कर सड़क के उस बाजू पर गिरी। मोटर की चाल धीमी हुई। मैंने दूसरा फैर किया। खिड़की के शीशे चूर-चूर हो गये और एक टुकड़ा साहब बहादुर के गाल में भी लगा। खून बहने लगा। मोटर रुकी और साहब उतरकर मेरी तरफ आये और घूँसा तानकर बोले—सूअर, हम तुमको पुलिस में देगा। इतना सुनना था कि मैंने पोथी-पत्रा जमीन पर फेंका और साहब की कमर पकड़कर अड़ंगी लगायी, तो कीचड़ में भद-से गिरे। मैंने चट सवारी गाँठी और गरदन पर एक पचीस रद्दे ताबड़तोड़ जमाये कि साहब चौंधिया गए। इतने में उनकी पत्नी जी उतर आयीं। ऊँची एड़ी का जूता, रेशमी साड़ी, गालों पर पाउडर, ओठों पर रंग, भँवों पर स्याही, मुझे छाते से गोदने लगीं। मैंने साहब को छोड़ दिया और डंडा सम्भालता हुआ बोला—देवीजी, आप मरदों के बीच में न पड़ें, कहीं चोट-चपेट आ जाय, तो मुझे दुःख होगा।

साहब ने अवसर पाया, तो सम्हलकर उठे और अपने बूटदार पैरों से मुझे एक ठोकर जमायी। मेरे घुटने में बड़ी चोट लगी। मैंने बौखलाकर डंडा उठा लिया। और साहब के पाँव में जमा दिया। वह कटे पेड़ की तरह गिरे। मेम साहब छतरी तानकर दौड़ीं। मैंने धीरे से उनकी छतरी छीनकर फेंक दी। ड्राइवर अभी तक बैठा था। अब वह भी उतरा और छड़ी लेकर मुझ पर पिल पड़ा। मैंने एक डंडा उसके भी जमाया, लोट गया। पचासों आदमी तमाशा देखने जमा हो गए। साहब भूमि पर पड़े-पड़े बोले—रैस्केल, हम तुमको पुलिस में देगा।

मैंने फिर डंडा सँभाला और चाहता था कि खोपड़ी पर जमाऊँ कि साहब ने हाथ जोड़कर कहा—नहीं-नहीं, बाबा, हम पुलिस में नहीं जायगा, माफी दो।

मैंने कहा—हाँ, पुलिस का नाम न लेना, नहीं तो यहीं खोपड़ी रंग दूँगा। बहुत होगा छः महीने की सजा हो जाएगी, मगर तुम्हारी आदत छुड़ा दूँगा। मोटर चलाते हो, तो छींटे उड़ाते चलते हो, मारे घमण्ड के अन्धे हो जाते हो। सामने या बगल में कौन जा रहा है, इसका कुछ ध्यान ही नहीं रखते।

एक दर्शक ने आलोचना की—अरे महाराज, मोटरवाले जान-बूझकर छींटे उड़ाते हैं और जब आदमी लथपथ हो जाता है, तो सब उसका तमाशा देखते हैं। और खूब हँसते हैं। आपने बड़ा अच्छा किया, कि एक को ठीक कर दिया।

मैंने साहब को ललकारकर कहा—सुनता है कुछ, जनता क्या कहती है। साहब ने उस आदमी की ओर लाल-लाल आँखों से देखकर कहा—तुम झूठ बोलता है, बिलकुल झूठ बोलता है।

मैंने डाँटा—अभी तुम्हारी हेकड़ी कम नहीं हुई, आऊँ फिर और दूँ एक सोंटा कसके?

साहब ने घिघियाकर कहा—अरे नहीं बाबा, सच बोलता है, सच बोलता है। अब तो खुश हुआ।

दूसरा दर्शक बोला—अभी जो चाहें कह दें, लेकिन ज्यों ही गाड़ी पर बैठे, फिर वही हरकत शुरू कर देंगे। गाड़ी पर बैठते ही सब अपने को नवाब का नाती समझने लगते हैं।

दूसरे महाशय बोले—इससे कहिए थूककर चाटे।

तीसरे सज्जन ने कहा—नहीं, कान पकड़कर उठाइए-बैठाइए।

चौथा बोला—अरे ड्राइवर को भी। ये सब और बदमाश होते हैं। मालदार आदमी घमण्ड करे, तो एक बात है, तुम किस बात पर अकड़ते हो। चक्कर हाथ में लिया और आँखों पर परदा पड़ा।

मैंने यह प्रस्ताव स्वीकार किया। ड्राइवर और मालिक दोनों ही को कान पकड़कर उठाना-बैठाना चाहिए और मेम साहब गिनें। सुनो मेम साहब, तुमको गिनना होगा। पूरी सौ बैठकें। एक भी कम नहीं, ज्यादा जितनी चाहें, हो जायँ।

दो आदमियों ने साहब का हाथ पकड़कर उठाया, दो ने ड्राइवर महोदय का। ड्राइवर बेचारे की टाँग में चोट थी, फिर भी वह बैठकें लगाने लगा। साहब की अकड़ अभी काफी थी। आप लेट गये और ऊल-जलूल बकने लगे। मैं उस समय रुद्र बना हुआ था। दिल में ठान लिया था कि इससे बिना सौ बैठकें लगवाये न छोड़ूँगा। चार आदमियों को हुक्म दिया कि गाड़ी को ढकेलकर सड़क के नीचे गिरा दो।

हुक्म की देर थी। चार की जगह पचास आदमी लिपट गये और गाड़ी को ढकेलने लगे। वह सड़क बहुत ऊँची थी। दोनों तरफ की जमीन नीची। गाड़ी नीचे गिरती और टूट-टाटकर ढेर हो जाती। गाड़ी सड़क के किनारे तक पहुँच चुकी थी, कि साहब काँखकर उठ खड़े हुए और बोले—बाबा, गाड़ी को मत तोड़ो, हम उठे-बैठेगा।

मैंने आदमियों को अलग हट जाने का हुक्म दिया; मगर सबों को एक दिल्लगी मिल गई थी। किसी ने मेरी ओर ध्यान न दिया। लेकिन जब मैं डंडा लेकर उनकी ओर दौड़ा तब सब गाड़ी छोड़कर भागे और साहब ने आँखें बन्द करके बैठकें लगानी शुरू कीं।

मैंने दस बैठकों के बाद मेम साहब से पूछा—कितनी बैठकें हुईं?

मेम साहब ने रोब से जवाब दिया—हम नहीं गिनता।

'तो इस तरह साहब दिन-भर काँखते रहेंगे और मैं न छोड़ूँगा। अगर उनको कुशल से घर ले जाना चाहती हो, तो बैठकें गिन दो। मैं उनको रिहा कर दूँगा।

साहब ने देखा कि बिना दंड भोगे जान न बचेगी, तो बैठकें लगाने लगे। एक, दो, तीन, चार, पाँच।

सहसा एक दूसरी मोटर आती दिखायी दी। साहब ने देखा और नाक रगड़कर बोले—पंडितजी, आप मेरा बाप है! मुझ पर दया करो, अब हम कभी मोटर पर न बैठेगा। मुझे भी दया आ गया। बोला—नहीं, मोटर पर बैठने से मैं नहीं रोकता, इतना ही कहता हूँ कि मोटर पर बैठकर भी आदमियों को आदमी समझो।

दूसरी गाड़ी तेज चली आती थी। मैंने इशारा किया। सब आदमियों ने दो-दो पत्थर उठा लिये। उस गाड़ी का मालिक स्वयं ड्राइव कर रहा था। गाड़ी धीमी करके धीरे से सरक जाना चाहता था कि मैंने बढ़कर उसके दोनों कान पकड़े और खूब जोर से हिलाकर और दोनों गालों पर एक-एक पड़ाका देकर बोला—गाड़ी से छींटा न उड़ाया करो, समझे। चुपके से चले जाओ।

यह महोदय बक-झक तो करते रहे; मगर एक सौ आदमियों को पत्थर लिये खड़ा देखा, तो बिना कान-पूँछ डुलाये चलते हुए।

उनके जाने के एक ही मिनट बाद दूसरी गाड़ी आयी। मैंने 50 आदमियों को राह रोक लेने का हुक्म दिया। गाड़ी रुक गयी। मैंने उन्हें भी चार पड़ाके देकर विदा किया; मगर यह बेचारे भले आदमी थे। मजे से चाँटें खाकर चलते हुए।

सहसा एक आदमी ने कहा—पुलिस आ रही है।

और सब-के-सब हुर्र हो गये! मैं भी सड़क के नीचे उतर गया और एक गली में घुसकर गायब हो गया !

25.

मिस पद्मा

कानून में अच्छी सफलता प्राप्त कर लेने के बाद मिस पद्मा को एक नया अनुभव हुआ, वह था जीवन का सूनापन। विवाह को उसने एक अप्राकृतिक बंधन समझा था और निश्चय कर लिया था कि स्वतन्त्र रहकर जीवन का उपभोग करूँगी। एम.ए. की डिग्री ली, फिर कानून पास किया और प्रैक्टिस शुरू कर दी। रूपवती थी, युवती थी, मृदुभाषिणी थी और प्रतिभाशालिनी भी थी। मार्ग में कोई बाधा न थी। देखते-देखते वह अपने साथी नौजवान मर्द वकीलों को पीछे छोड़कर आगे निकल गई और अब उसकी आमदनी कभी-कभी एक हज़ार से भी ऊपर बढ़ जाती। अब उतने परिश्रम और सिर-मगजन की आवश्यकता न रही। मुकदमे अधिकतर वही होते थे, जिनका उसे पूरा अनुभव हो चुका था, उनके विषय में किसी तरह की तैयारी की उसे जरूरत न मालूम होती। अपनी शक्तियों पर कुछ विश्वास भी हो गया था। कानून में कैसे विजय मिला करती है, इसके कुछ लटके भी उसे मालूम हो गये थे। इसलिए उसे अब बहुत अवकाश मिलता था और इसे वह किस्से-कहानियाँ पढ़ने, सैर करने, सिनेमा देखने, मिलने-मिलाने में खर्च करती थी। जीवन को सुखी बनाने के लिए किसी व्यसन की जरूरत को वह खूब समझती थी। उसने फूल और पौधे लगाने का व्यसन पाल लिया था। तरह-तरह के बीज और पौधे मँगाती और उन्हें उगते-बढ़ते, फूलते-फलते देखकर खुश होती; मगर फिर भी जीवन में सूनेपन का अनुभव होता रहता था। यह बात न थी कि उसे पुरुषों से विरक्ति हो। नहीं, उसके प्रेमियों की कमी न थी। अगर उसके पास केवल रूप और यौवन होता, तो भी उपासकों का अभाव न रहता; मगर यहाँ तो रूप और यौवन के साथ धन भी था। फिर रसिक-वृन्द क्यों चूक जाते? पद्मा को विलास से घृणा थी नहीं, घृणा थी पराधीनता से, विवाह को जीवन का व्यवसाय बनाने से। जब स्वतन्त्र रहकर भोग-विलास का आनन्द उड़ाया जा सकता है, तो फिर क्यों न उड़ाया जाए? भोग में उसे कोई नैतिक

बाधा न थी, इसे वह केवल देह की एक भूख समझती थी। इस भूख को किसी साफ-सुथरी दूकान से भी शान्त किया जा सकता है। और पद्मा को साफ-सुथरी दूकान की हमेशा तलाश रहती थी। ग्राहक दूकान में वही चीज लेता है, जो उसे पसन्द आती है। पद्मा भी वही चीज चाहती थी। यों उसके दर्जनों आशिक थे—कई वकील, कई प्रोफेसर, कई डाक्टर, कई रईस। मगर ये सब-के-सब ऐयाश थे बेफिक्र, केवल भौंरे की तरह रस लेकर उड़ जाने वाले। ऐसा एक भी न था, जिस पर वह विश्वास कर सकती। अब उसे मालूम हुआ कि उसका मन केवल भोग नहीं चाहता, कुछ और भी चाहता है। वह चीज क्या थी? पूरा आत्म-समर्पण और यह उसे न मिलती थी।

उसके प्रेमियों में एक मि. प्रसाद था—बड़ा ही रूपवान और धुरन्धर विद्वान। एक कालेज में प्रोफेसर था। वह भी मुक्त-भोग के आदर्श का उपासक था और पद्मा उस पर फिदा थी। चाहती थी उसे बाँधकर रखे, सम्पूर्णतः अपना बना ले; लेकिन प्रसाद चंगुल में न आता था।

सन्ध्या हो गई थी। पद्मा सैर करने जा रही थी कि प्रसाद आ गया। सैर करना मुल्तवी हो गया। बातचीत में सैर से कहीं ज्यादा आनन्द था और पद्मा आज प्रसाद से कुछ दिल की बात कहने वाली थी। कई दिन के सोच-विचार के बाद उसने कह डालने ही का निश्चय किया था।

उसने प्रसाद की नशीली आँखों से आँखें मिलाकर कहा—तुम यहीं मेरे बँगले में आकर क्यों नहीं रहते?

प्रसाद ने कुटिल-विनोद के साथ कहा—नतीजा यह होगा कि दो-चार महीने में यह मुलाकात भी बन्द हो जाएगी।

'मेरी समझ में नहीं आया, तुम्हारा क्या आशय है।'

'आशय वही है, जो मैं कह रहा हूँ।'

'आखिर क्यों?'

'मैं अपनी स्वतन्त्रता न खोना चाहूँगा, तुम अपनी स्वतन्त्रता न खोना चाहोगी। तुम्हारे पास तुम्हारे आशिक आएँगे, मुझे जलन होगी। मेरे पास मेरी प्रेमिकाएँ आएँगी, तुम्हें जलन होगी। मन-मुटाव होगा, फिर वैमनस्य होगा और तुम मुझे घर से निकाल दोगी। घर तुम्हारा है ही! मुझे बुरा लगेगा ही, फिर यह मैत्री कैसे निभेगी?'

दोनों कई मिनट तक मौन रहे। प्रसाद ने परिस्थिति को इतने स्पष्ट बेलाग, लट्ठमार शब्दों में खोलकर रख दिया था कि कुछ कहने की जगह न मिलती थी!

आखिर प्रसाद ही को नुकता सूझा। बोला–जब तक हम दोनों यह प्रतिज्ञा न कर लें कि आज से मैं तुम्हारा हूँ और तुम मेरी हो, तब तक एक साथ निर्वाह नहीं हो सकता।

'तुम यह प्रतिज्ञा करोगे?'

'पहले तुम बतलाओ।'

'मैं करूँगी।'

'तो मैं भी करूँगा।'

'मगर इस एक बात के सिवा मैं और सभी बातों में स्वतंत्र रहूँगी!'

'और मैं भी इस एक बात के सिवा हर बात में स्वतंत्र रहूँगा।'

'मंजूर।'

'मंजूर!'

'तो कब से?'

'जब से तुम कहो।'

'मैं तो कहती हूँ, कल ही से।'

'तय। लेकिन अगर तुमने इसके विरुद्ध आचरण किया तो?'

'और तुमने किया तो?'

'तुम मुझे घर से निकाल सकती हो; लेकिन मैं तुम्हें क्या सजा दूँगा?'

'तुम मुझे त्याग देना, और क्या करोगे?'

'जी नहीं, तब इतने से चित्त को शान्ति न मिलेगी। तब मैं चाहूँगा तुम्हें जलील करना; बल्कि तुम्हारी हत्या करना।'

'तुम बड़े निर्दयी हो, प्रसाद?'

'जब तक हम दोनों स्वाधीन हैं, हमें किसी को कुछ कहने का हक नहीं, लेकिन एक बार प्रतिज्ञा में बँध जाने के बाद फिर न मैं उसकी अवज्ञा सह सकूँगा, न तुम सह सकोगी। तुम्हारे पास दण्ड का साधन है, मेरे पास नहीं है। कानून मुझे कोई भी अधिकार नहीं देगा। मैं तो केवल अपने पशुबल से प्रतिज्ञा का पालन कराऊँगा और तुम्हारे इतने नौकरों के सामने मैं अकेला क्या कर सकूँगा?'

'तुम तो चित्र का श्याम पक्ष ही देखते हो! जब मैं तुम्हारी हो रही हूँ, तो यह मकान, नौकर-चाकर और जायदाद सबकुछ तुम्हारा है। हम-तुम दोनों जानते हैं कि ईर्ष्या से ज्यादा घृणित कोई सामाजिक पाप नहीं है। तुम्हें मुझसे प्रेम है या नहीं, मैं नहीं कह सकती; लेकिन तुम्हारे लिए मैं सबकुछ सहने, सबकुछ करने को तैयार हूँ।'

'दिल से कहती हो पद्मा?'

'सच्चे दिल से।'

'मगर न-जाने क्यों तुम्हारे ऊपर विश्वास नहीं आ रहा है?'

'मैं तो तुम्हारे ऊपर विश्वास कर रही हूँ।'

'यह समझ लो, मैं मेहमान बनकर तुम्हारे घर में न रहूँगा, स्वामी बनकर रहूँगा।'

'तुम घर के स्वामी ही नहीं, मेरे स्वामी बनकर रहोगे। मैं तुम्हारी स्वामिनी बनकर रहूँगी।'

प्रो. प्रसाद और मिस पद्मा दोनों साथ रहते हैं और प्रसन्न हैं। दोनों ही ने जीवन का जो आदर्श मन में स्थिर कर लिया था, वह सत्य बन गया है। प्रसाद को केवल दो सौ रुपये वेतन मिलता है; मगर अब वह अपनी आमदनी का दुगुना भी खर्च कर दे तो परवाह नहीं। पहले वह कभी-कभी शराब पीता था, अब रात-दिन शराब में मस्त रहता है। अब उसके लिए अलग अपनी कार है, अलग अपने नौकर हैं, तरह-तरह की बहुमूल्य चीजें मँगवाता रहता है और पद्मा बड़े हर्ष से उसकी सारी फिजूलखर्चियाँ बर्दाश्त करती है। नहीं, बर्दाश्त करने का प्रश्न नहीं। वह खुद उसे अच्छे-से-अच्छे सूट पहनाकर अच्छे-से-अच्छे ठाठ में रखकर, प्रसन्न होती है। जैसी घड़ी इस वक्त प्रो. प्रसाद के पास है, शहर के बड़े-से-बड़े रईस के पास न होगी और पद्मा जितना ही उससे दबती है प्रसाद उतना ही उसे दबाता है। कभी-कभी उसे नागवार भी लगता है, पर किसी अज्ञात कारण से अपने को उसके वश में पाती है। प्रसाद को जरा भी उदास या चिन्तित देखकर उसका मन चंचल हो जाता है। उस पर आवाजें कसी जाती हैं; फबतियाँ चुस्त की जाती हैं। जो उसके पुराने प्रेमी थे, वे उसे

जलाने और कुढ़ाने का प्रयास भी करते हैं; पर वह प्रसाद के पास आते ही सब कुछ भूल जाती है। प्रसाद ने उस पर पूरा आधिपत्य पा लिया है और उसने इसका ज्ञान पद्मा की बारीक आँखों से पढ़ा है और उसका आसन अच्छी तरह पा गया है।

मगर जैसे राजनीति के क्षेत्र में अधिकार दुरुपयोग की ओर जाता है, उसी तरह प्रेम के क्षेत्र में भी वह दुरुपयोग की ओर ही जाता है और जो कमजोर है, उसे तावान देना पड़ता है। आत्माभिमानी पद्मा अब प्रसाद की लौंडी थी और प्रसाद उसकी दुर्बलता का फायदा उठाने से क्यों चूकता? उसने कील की पतली नोक चुभा दी थी और बड़ी कुशलता से उत्तरोत्तर उसे अन्दर ठोंकता जाता था। यहाँ तक कि उसने रात को देर में घर आना शुरू किया। पद्मा को अपने साथ न ले जाता, उससे बहाना करता कि मेरे सिर में दर्द है और जब पद्मा घूमने जाती तो अपनी कार निकाल लेता और उड़ जाता। दो साल गुजर गये थे और पद्मा को गर्भ था। वह स्थूल भी हो चली थी। उसके रूप में पहले की-सी नवीनता और मादकता न रह गई थी। वह घर की मुर्गी थी, साग बराबर।

एक दिन इसी तरह पद्मा लौटकर आयी, तो प्रसाद गायब थे। वह झुँझला उठी। इधर कई दिन से वह प्रसाद का रंग बदला हुआ देख रही थी। आज उसने कुछ स्पष्ट बातें कहने का साहस बटोरा। दस बज गये, ग्यारह बज गये, बारह बज गये, पद्मा उसके इन्तजार में बैठी थी। भोजन ठण्डा हो गया, नौकर-चाकर सो गये। वह बार-बार उठती, फाटक पर जाकर नजर दौड़ाती। एक बजे के करीब प्रसाद घर आया।

पद्मा ने साहस तो बहुत बटोरा था; पर प्रसाद के सामने जाते ही उसे इतनी कमजोरी मालूम हुई। फिर भी उसने जरा कड़े स्वर में पूछा—आज इतनी रात तक कहाँ थे? कुछ खबर है, कितनी रात गई?

प्रसाद को वह इस वक्त असुन्दरता की मूर्ति-सी लगी। वह एक विद्यालय की छात्रा के साथ सिनेमा देखने गया था। बोला—तुमको आराम से सो जाना चाहिए था। तुम जिस दशा में हो, उसमें तुम्हें, जहाँ तक हो सके, आराम से रहना चाहिए।

पद्मा का साहस कुछ प्रबल हुआ, तुमसे मैं जो पूछती हूँ, उसका जवाब दो। मुझे जहन्नुम में भेजो!

'तो तुम भी मुझे जहन्नुम में जाने दो।'

'तुम मेरे साथ दगा कर रहे हो, यह मैं साफ देख रही हूँ।'

'तुम्हारी आँखों की ज्योति कुछ बढ़ गई होगी!'

'मैं इधर कई दिन से तुम्हारा मिजाज कुछ बदला हुआ देख रही हूँ।'

'मैंने तुम्हारे साथ अपने को बेचा नहीं है। अगर तुम्हारा जी मुझसे भर गया हो, तो मैं आज जाने को तैयार हूँ।'

'तुम जाने की धमकी क्यों देते हो! यहाँ तुमने आकर कोई बड़ा त्याग नहीं किया है।'

'मैंने त्याग नहीं किया है? तुम यह कहने का साहस कर रही हो? मैं देखता हूँ, तुम्हारा मिजाज बिगड़ रहा है। तुम समझती हो, मैंने इसे अपंग कर दिया। मगर मैं इसी वक्त तुम्हें ठोकर मारने को तैयार हूँ, इसी वक्त, इसी वक्त!'

पद्मा का साहस जैसे बुझ गया था। प्रसाद अपना ट्रंक सँभाल रहा था। पद्मा ने दीन-भाव से कहा—मैंने तो ऐसी कोई बात नहीं कही, जो तुम इतना बिगड़ उठे। मैं तो केवल तुमसे पूछ रही थी, कहाँ थे। क्या मुझे इतना भी अधिकार नहीं देना चाहते? मैं कभी तुम्हारी इच्छा के विरुद्ध कोई काम नहीं करती और तुम मुझे बात-बात पर डाँटते रहते हो। तुम्हें मुझ पर जरा भी दया नहीं आती! मुझे तुमसे कुछ भी तो सहानुभूति मिलनी चाहिए। मैं तुम्हारे लिए क्या कुछ करने को तैयार नहीं हूँ? और आज जो मेरी दशा हो गई है, तो तुम मुझसे आँखें फेर लेते हो...

उसका कण्ठ रुँध गया और मेज पर सिर रखकर फूट-फूटकर रोने लगी। प्रसाद ने पूरी विजय पायी।

पद्मा के लिए मातृत्व अब बड़ा ही अप्रिय प्रसंग था। उस पर एक चिंता मँडराती रहती। कभी-कभी वह भय से काँप उठती और पछताती। प्रसाद की निरंकुशता दिन-दिन बढ़ती जाती थी। क्या करे, क्या न करे। गर्भ पूरा हो गया था, वह कोर्ट न जाती थी। दिन-भर अकेली बैठी रहती। प्रसाद सन्ध्या समय आता, चाय-वाय पीकर फिर उड़ जाता, तो ग्यारह-बारह बजे के पहले न लौटता। वह कहाँ जाता है, यह भी उससे छिपा न था। प्रसाद को जैसे उसकी

सूरत से नफरत थी। पूर्ण गर्भ, पीला मुख, चिन्तित, सशंक, उदास। फिर भी वह प्रसाद को श्रृंगार और आभूषणों से बाँधने की चेष्टा से बाज न आती थी। मगर वह जितना ही प्रयास करती, उतना ही प्रसाद का मन उसकी ओर से फिरता था। इस अवस्था में श्रृंगार उसे और भद्दा लगता।

प्रसव-वेदना हो रही थी। प्रसाद का पता नहीं। नर्स मौजूद थी, लेडी डाक्टर मौजूद थी; मगर प्रसाद का न रहना पद्मा की प्रसव-वेदना को और भी दारुण बना रहा था। बालक को गोद में देखकर उसका कलेजा फूल उठा, मगर फिर प्रसाद को सामने न पाकर उसने बालक की ओर से मुँह फेर लिया। मीठे फल में जैसे कीड़े पड़ गये हों।

पाँच दिन सौर-गृह में काटने के बाद जैसे पद्मा जेलखाने से निकली... नंगी तलवार बनी हुई। माता बनकर वह अपने में एक अद्भुत शक्ति का अनुभव कर रही थी।

उसने चपरासी को चेक देकर बैंक भेजा। प्रसव-सम्बन्धी कई बिल अदा करने थे। चपरासी खाली हाथ लौट आया।

पद्मा ने पूछा—रुपये?

'बैंक के बाबू ने कहा, रुपये सब प्रसाद बाबू निकाल ले गये।'

पद्मा को गोली लग गई। बीस हजार रुपये प्राणों की तरह संचित कर रखे थे, इसी शिशु के लिए। हाय! सौर से निकलने पर मालूम हुआ, प्रसाद विद्यालय की एक बालिका को लेकर इंगलैण्ड की सैर करने चला गया। झल्लायी हुई घर में आयी, प्रसाद की तसवीर उठाकर जमीन पर पटक दी और उसे पैरों से कुचला। उसका जितना सामान था, उसे जमा करके दियासलाई लगा दी और उसके नाम पर थूक दिया।

एक महीना बीत गया था। पद्मा अपने बँगले के फाटक पर शिशु को गोद में लिए खड़ी थी। उसका क्रोध अब शोकमय निराशा बन चुका था। बालक पर कभी दया आती, कभी प्यार आता, कभी घृणा आती। उसने सड़क पर देखा, एक यूरोपियन लेडी अपने पति के साथ अपने बालक को बच्चों की गाड़ी में बिठाये लिए चली जा रही थी। उसने हसरत-भरी आँखों से उस खुशनसीब जोड़े को देखा और उसकी आँखें सजल हो गईं।

26.

मुफ्त का यश

उन दिनों संयोग से हाकिम-जिला एक रसिक सज्जन थे। इतिहास और पुराने सिक्कों की खोज में उन्होंने अच्छी ख्याति प्राप्त कर ली थी। ईश्वर जाने दफ्तर के सूखे कामों से उन्हें ऐतिहासिक छान-बीन के लिए कैसे समय मिल जाता था। वहाँ तो जब किसी अफसर से पूछिए, तो वह यही कहता है—'मारे काम के मरा जाता हूँ, सिर उठाने की फुरसत नहीं मिलती।' शायद शिकार और सैर भी उनके काम में शामिल है? उन सज्जन की कीर्तियाँ मैंने देखी थीं और मन में उनका आदर करता था; लेकिन उनकी अफसरी किसी प्रकार की घनिष्ठता में बाधक थी। मुझे संकोच था कि अगर मेरी ओर से पहल हुई तो लोग यही कहेंगे कि इसमें मेरा कोई स्वार्थ है और मैं किसी दशा में भी यह इलजाम अपने सिर नहीं लेना चाहता। मैं तो हुक्काम की दावतों और सार्वजनिक उत्सवों में नेवता देने का भी विरोधी हूँ और जब कभी सुनता हूँ कि किसी अफसर को किसी आम जलसे का सभापति बनाया गया या कोई स्कूल, औषधालय या विधवाश्रम किसी गवर्नर के नाम से खोला गया, तो अपने देश-बन्धुओं की दास-मनोवृत्ति पर घंटों अफसोस करता हूँ; मगर जब एक दिन हाकिम-जिला ने खुद मेरे नाम एक रुक्का भेजा कि मैं आपसे मिलना चाहता हूँ; क्या आप मेरे बँगले पर आने का कष्ट स्वीकार करेंगे, तो मैं बड़े दुविधा में पड़ गया। क्या जवाब दूँ? अपने दो-एक मित्रों से सलाह ली। उन्होंने कहा—'साफ लिख दीजिए, मुझे फुरसत नहीं। वह हाकिम-जिला होंगे, तो अपने घर के होंगे, कोई सरकारी वा जाब्ते का काम होता, तो आपका जाना अनिवार्य था; लेकिन निजी मुलाकात के लिए जाना आपकी शान के खिलाफ है। आखिर वह खुद आपके मकान पर क्यों नहीं आये? इससे क्या उनकी शान में बट्टा लगा जाता था? इसीलिए तो खुद नहीं आये कि वह हाकिम-जिला हैं। इन अहमक हिन्दुस्तानियों को कब यह समझ आयेगी कि दफ्तर के बाहर वे भी वैसे ही साधरण मनुष्य हैं, जैसे हम या आप। शायद

ये लोग अपनी घरवालियों से भी अफसरी जताते होंगे। अपना पद उन्हें कभी नहीं भूलता।'

एक मित्र ने, जो लतीफों के चलते-फिरते तिजोरी हैं, हिन्दुस्तानी अफसरों के विषय में कई बड़ी मनोरंजक घटनाएँ सुनायीं। एक अफसर साहब ससुराल गए। शायद स्त्री को विदा कराना था। जैसा आम रिवाज है, ससुर जी ने पहले ही वादे पर लड़की को विदा करना उचित न समझा। कहने लगे—बेटा, इतने दिनों के बाद आयी है अभी कैसे विदा कर दूँ? भला, छः महीने तो रहने दो। उधर धर्मपत्नीजी ने भी नाइन से सन्देश कहला भेजा—अभी मैं नहीं जाना चाहती। आखिर माता-पिता से भी तो मेरा कोई नाता है। कुछ तुम्हारे हाथ बिक थोड़े ही गई हूँ? दामाद साहब अफसर थे, जामे से बाहर हो गए। तुरन्त घोड़े पर बैठे और सदर की राह ली। दूसरे ही दिन ससुरजी पर सम्मन जारी कर दिया। बेचारा बूढ़ा आदमी तुरन्त लड़की को साथ लेकर दामाद की सेवा में जा पहुँचा। तब जाके उनकी जान बची। ये लोग ऐसे मिथ्याभिमानी होते हैं और फिर तुम्हें हाकिम-जिला से लेना ही क्या है? अगर तुम कोई विद्रोहात्मक गल्प वा लेख लिखोगे, तो फौरन गिरफ्तार कर लिए जाओगे। हाकिम-जिला जरा भी मुरौवत न करेंगे। कह देंगे—यह गवर्नमेंट का हुक्म है, मैं क्या करूँ? अपने लड़के के लिए कानूनगोई या नायब तहसीलदारी की लालसा तुम्हें है नहीं। व्यर्थ क्यों दौड़े जाओ।

लेकिन, मुझे मित्रों की यह सलाह पसन्द न आयी। एक भला आदमी जब निमन्त्रण देता है, तो केवल इसलिए अस्वीकार कर देना कि हाकिम-जिला ने भेजा है, मुटमर्दी है। बेशक हाकिम साहब मेरे घर आ जाते, तो उनकी शान कम न होती। उदार हृदय वाला आदमी बेतकल्लुफ चला आता; लेकिन भाई, जिले की अफसरी बड़ी चीज है। और एक उपन्यासकार की हस्ती ही क्या है। इंगलैंड या अमेरिका में गल्प लेखकों और उपन्यासकारों की मेज पर निमंत्रित होने में प्रधानमंत्री भी अपना गौरव समझेगा, हाकिम-जिला की तो गिनती ही क्या है? लेकिन यह भारतवर्ष है, जहाँ हर एक रईस के दरबार में कवि-सम्राटों का जत्था रईस के कीर्तिमान के लिए जमा रहता था और आज भी ताजपोशी में हमारे लेखक-वृन्द बिना बुलाये राजाओं की खिदमत में हाजिर होते हैं, कसीदे पेश करते हैं और इनाम के लिए हाथ पसारते हैं। तुम ऐसे

कहाँ के बड़े वह हो कि हाकिम-जिला तुम्हारे घर चला आये। जब तुममें इतनी अकड़ और तुनुकमिजाजी है, तो वह तो जिले का बादशाह है। अगर उसे कुछ अभिमान भी हो तो उचित है। इसे उसकी कमजोरी कहो, बेहूदगी कहो, मूर्खता कहो, उजड्डता कहो, फिर भी उचित है। देवता होना गर्व की बात है; लेकिन मनुष्य होना भी अपराध नहीं।

और मैं तो कहता हूँ—ईश्वर को धन्यवाद दो कि हाकिम-जिला तुम्हारे घर नहीं आये; वरना तुम्हारी कितनी भद होती। उनके आदर-सत्कार का सामान तुम्हारे पास कहाँ था? गत की एक कुर्सी भी नहीं है। उन्हें क्या तीन टाँगोंवाले सिंहासन पर बैठाते या मटमैले जाजिम पर? तीन पैसे की चौबीस बीड़ियाँ पीकर दिल खुश कर लेते हो। है सामर्थ्य रुपये के दो सिगार खरीदने की? तुम तो इतना भी नहीं जानते कि वह सिगार मिलता कहाँ है; उसका नाम क्या है। अपना भाग्य सराहो कि अफसर साहब तुम्हारे घर नहीं आये और तुम्हें बुला लिया। चार-पाँच रुपये बिगड़ भी जाते और लज्जित भी होना पड़ता। और कहीं तुम्हारे परम दुर्भाग्य और पापों के दण्डस्वरूप उनकी धर्मपत्नी भी उनके साथ होतीं, तब तो तुम्हें धरती में समा जाने के सिवा और कोई ठिकाना न था। तुम या तुम्हारी धर्मपत्नी उस महिला का सत्कार कर सकती थी? तुम्हारी तो घिग्घी बँध जाती साहब, बदहवास हो जाते! वह तुम्हारे दीवानखाने तक ही न रहती जिसे तुमने गरीबामऊ ढंग से सजा रखा है। वहाँ तुम्हारी गरीबी अवश्य है, पर फूहड़पन नहीं। अन्दर तो पग-पग पर फूहड़पन के दृश्य नजर आते। तुम अपने में फटे-पुराने पहनकर और अपनी विपन्नता में मगन रहकर जिन्दगी बसर कर सकते हो; लेकिन कोई भी आत्माभिमानी आदमी यह पसन्द नहीं कर सकता कि उसकी दुरवस्था दूसरों के लिए विनोद की वस्तु बने। इन लेडी साहिबा के सामने तो तुम्हारी जबान बंद हो जाती।

चुनाँचे मैंने हाकिम-जिला का निमन्त्रण स्वीकार कर लिया और यद्यपि उनके स्वभाव में कुछ अनावश्यक अफसरी की शान थी; लेकिन उनके स्नेह और उदारता ने उसे यथासाध्य प्रकट न होने दिया। कम-से-कम उन्होंने मुझे शिकायत का कोई मौका न दिया। अफसराना प्रकृति को तब्दील करना उनकी शक्ति के बाहर था।

मुझे इस प्रसंग को कोई महत्त्व देने की कोई बात भी न थी, महत्त्व न दिया। उन्होंने मुझे बुलाया, मैं चला गया। कुछ गप-शप किया और लौट आया। किसी से इसका जिक्र करने की जरूरत ही क्या? मानो भाजी खरीदने बाजार गया था।

लेकिन टोहियों ने जाने कैसे टोह लगा लिया। विशेष समुदायों में यह चर्चा होने लगी कि हाकिम-जिला से मेरी बड़ी गहरी मैत्री है और वह मेरा बड़ा सम्मान करते हैं। अतिशयोक्ति ने मेरा सम्मान और भी बढ़ा दिया। यहाँ तक मशहूर हुआ कि वह मुझसे सलाह लिये बगैर कोई फैसला या रिपोर्ट नहीं लिखते।

कोई भी समझदार आदमी इस ख्याति से लाभ उठा सकता था। स्वार्थ में आदमी बावला हो जाता है। तिनके का सहारा ढूँढ़ता फिरता है। ऐसों को विश्वास दिलाना कुछ मुश्किल न था कि मेरे द्वारा उनका काम निकल सकता है, लेकिन मैं ऐसी बातों से घृणा करता हूँ। सैकड़ों व्यक्ति अपनी कथाएँ लेकर मेरे पास आये। किसी के साथ पुलिस ने बेजा ज्यादती की थी। कोई इन्कम टैक्स वालों की सख्तियों से दुःखी था, किसी की यह शिकायत थी कि दफ्तर में उसकी हकतलफी हो रही है और उसके पीछे के आदमियों को दनादन तरक्कियाँ मिल रही हैं। उसका नम्बर आता है, तो कोई परवाह नहीं करता। इस तरह का कोई-न-कोई प्रसंग नित्य ही मेरे पास आने लगा, लेकिन मेरे पास उन सबके लिए एक ही जवाब था—मुझसे कोई मतलब नहीं।

एक दिन मैं अपने कमरे में बैठा था, कि मेरे बचपन के एक सहपाठी मित्र आ टपके। हम दोनों एक ही मकतब में पढ़ने जाया करते थे। कोई 45 साल की पुरानी बात है। मेरी उम्र 19 साल से अधिक न थी। वह भी लगभग इसी उम्र के रहे होंगे; लेकिन मुझसे कहीं बलवान और हृष्ट-पुष्ट। मैं जहीन था, वह निरे कौदन। मौलवी साहब उनसे हार गए थे और उन्हें सबक पढ़ाने का भार मुझ पर डाल दिया था। अपने से दुगुने व्यक्ति को पढ़ाना मैं अपने लिए गौरव की बात समझता था और खूब मन लगाकर पढ़ाता। फल यह हुआ कि मौलवी साहब की छड़ी जहाँ असफल रही, वहाँ मेरा प्रेम सफल हो गया। बलदेव चल निकला, खालिकबारी तक जा पहुँचा, मगर इस बीच में मौलवी साहब का स्वर्गवास हो गया और वह शाखा टूट गयी। उनके छात्र भी इधर-उधर हो गए। तब से बलदेव को केवल मैंने दो-तीन बार रास्ते में

देखा, (मैं अब भी वही सींकिया पहलवान हूँ और वह अब भी वही भीमकाय) राम-राम हुई, क्षेम-कुशल पूछा, और अपनी-अपनी राह चले गए।

मैंने उनसे हाथ मिलाते हुए कहा—आओ भाई बलदेव, मजे में तो हो? कैसे याद किया, क्या करते हो आजकल?

बलदेव ने व्यथित कंठ से कहा—ज़िन्दगी के दिन पूरे कर रहे हैं, भाई, और क्या। तुमसे मिलने की बहुत दिनों से इच्छा थी। याद करो वह मकतबवाली बात, जब तुम मुझे पढ़ाया करते थे। तुम्हारी बदौलत चार अक्षर पढ़ गया और अपनी जमींदारी का काम सँभाल लेता हूँ, नहीं तो मूर्ख ही बना रहता। तुम मेरे गुरु हो भाई, सच कहता हूँ; मुझ-जैसे गधो को पढ़ाना तुम्हारा ही काम था। न-जाने क्या बात थी कि मौलवी साहब से सबक पढ़कर अपनी जगह पर आया नहीं कि बिलकुल साफ। तुम जो पढ़ाते थे, वह बिना याद किये ही याद हो जाता था। तुम तब भी बड़े जहीन थे।

यह कहकर उन्होंने मुझे सगर्व नेत्रों से देखा।

मैं बचपन के साथियों को देखकर फूल उठता हूँ। सजल नेत्र होकर बोला,—मैं तो जब तुम्हें देखता हूँ, तो यही जी में आता है कि दौड़कर तुम्हारे गले लिपट जाऊँ। 45 वर्ष का युग मानो बिलकुल गायब हो जाता है। वह मकतब आँखों के सामने फिरने लगता है और बचपन सारी मनोहरताओं के साथ ताजा हो जाता है।

बलदेव ने भी द्रवित कंठ से उत्तर दिया—मैंने तो भाई, तुम्हें सदैव अपना इष्टदेव समझा है। जब तुम्हें देखता हूँ, तो छाती गज-भर की हो जाती है कि वह मेरा बचपन का संगी जा रहा है, जो समय आ पड़ने पर कभी दगा न देगा। तुम्हारी बड़ाई सुन-सुनकर मन-ही-मन प्रसन्न हो जाता हूँ, लेकिन यह बताओ, क्या तुम्हें खाना नहीं मिलता? कुछ खाते-पीते क्यों नहीं? सूखते क्यों जाते हो? घी न मिलता हो, तो दो-चार कनस्तर भिजवा दूँ। अब तुम भी बूढ़े हुए, खूब डटकर खाया करो। अब तो देह में जो कुछ तेज और बल है, वह केवल भोजन के अधीन है। मैं तो अब भी सेर-भर दूध और पाव-भर घी उड़ाये जाता हूँ। इधर थोड़ा मक्खन भी खाने लगा हूँ। जिन्दगी-भर बाल-बच्चों के लिए मर मिटे। अब कोई यह नहीं पूछता कि तुम्हारी तबियत कैसी है। अगर आज कंधा डाल दूँ, तो कोई एक लोटे पानी को न पूछे। इसलिए खूब खाता

हूँ और सबसे ज्यादा काम करता हूँ। घर पर अपना रोब बना हुआ है। वही जो तुम्हारा जेठा लड़का है, उस पर पुलिस ने एक झूठा मुकदमा चला दिया है। जवानी के मद में किसी को कुछ समझता नहीं है। है भी अच्छा-खासा पहलवान। दारोगाजी से एक बार कुछ कहा-सुनी हो गई। तब से घात में लगे हुए थे। इधर गाँव में एक डाका पड़ गया। दारोगाजी ने तहकीकात में उसे भी फाँस लिया। आज एक सप्ताह से हिरासत में है। मुकदमा मुहम्मद खलील, डिप्टी के इजलास में है और मुहम्मद खलील और दारोगाजी से दाँत-काटी रोटी है। अवश्य सजा हो जाएगी। अब तुम्हीं बचाओ, तो उसकी जान बच सकती है। और कोई आशा नहीं है। सजा तो जो होगी वह होगी ही; इज्जत भी खाक में मिल जाएगी। तुम जाकर हाकिम-जिला से इतना कह दो कि मुकदमा झूठा है, आप खुद चलकर तहकीकात कर लें! बस, देखो भाई, बचपन के साथी हो, 'नहीं' न करना। जानता हूँ, तुम इन मुआमलों में नहीं पड़ते और तुम्हारे-जैसे आदमी को पड़ना भी न चाहिए। तुम प्रजा की लड़ाई लड़ने वाले जीव हो, तुम्हें सरकार के आदमियों से मेल-जोल बढ़ाना उचित नहीं; नहीं तो जनता की नजरों से गिर जाओगे। लेकिन यह घर का मुआमला है। इतना समझ लो कि मुआमला बिलकुल झूठ न होता, तो मैं कभी तुम्हारे पास न आता। लड़के की माँ रो-रोकर जान दिए डालती है, बहू ने दाना-पानी छोड़ रखा है। सात दिन से घर में चूल्हा नहीं जला। मैं तो थोड़ा-सा दूध पी लेता हूँ, लेकिन दोनों सास-बहू तो निराहार पड़ी हुई हैं, अगर बच्चा को सजा हो गई, तो दोनों मर जाएँगी। मैंने यही कहकर उन्हें ढाढ़स दिया है कि जब तक हमारा छोटा भाई सलामत है, कोई हमारा बाल बाँका नहीं कर सकता। तुम्हारी भाभी ने तुम्हारी एक पुस्तक पढ़ी है। वह तो तुम्हें देवतुल्य समझती है और जब कोई बात होती है, तुम्हारी नजीर देकर मुझे लज्जित करती है। मैं भी साफ कह देता हूँ—मैं उस छोकरे की-सी बुद्धि कहाँ से लाऊँ? तुम्हें उसकी नजरों से गिराने के लिए तुम्हें छोकरा, मरियल सभी कुछ कहता हूँ, पर तुम्हारे सामने मेरा रंग नहीं जमता।

मैं बड़े संकट में पड़ गया। मेरी ओर से जितनी आपत्तियाँ हो सकती थीं, उन सबका जवाब बलदेवसिंह ने पहले ही से दे दिया था। इनको फिर दुहराना व्यर्थ था। इसके सिवा कोई जवाब न सूझा कि मैं जाकर साहब से कहूँगा। हाँ, इतना मैंने अपनी तरफ से और बढ़ा दिया कि मुझे आशा नहीं कि मेरे कहने

का विशेष खयाल किया जाए, क्योंकि सरकारी मुआमलों में हुक्काम हमेशा अपने मातहतों का पक्ष लिया करते हैं।

बलदेवसिंह ने प्रसन्न होकर कहा—इसकी चिन्ता नहीं, तकदीर में जो लिखा है, वह तो होगा ही। बस, तुम जाकर कह भर दो।

‘अच्छी बात है।’

‘तो कल जाओगे?’

‘हाँ अवश्य, जाऊँगा?’

‘यह जरूर कहना कि आप चलकर तहकीकात कर लें।’

‘हाँ, यह जरूर कहूँगा।’

‘और यह भी कह देना कि बलदेवसिंह मेरा भाई है।’

‘झूठ बोलने के लिए मुझे मजबूर न करो।’

‘तुम मेरे भाई नहीं हो? मैंने तो हमेशा तुम्हें अपना भाई समझा है।’

‘अच्छा, यह भी कह दूँगा।’

बलदेवसिंह को विदा करके मैंने अपना खेल समाप्त किया और आराम से भोजन करके लेटा। मैंने उससे गला छुड़ाने के लिए झूठा वादा कर दिया। मेरा इरादा हाकिम-जिला से कुछ कहने का नहीं था। मैंने पेशबन्दी के तौर पर पहले ही जता दिया था कि हुक्काम आम तौर पर पुलिस के मुआमलों में दखल नहीं देते; इसलिए सजा हो भी गई, तो मुझे यह कहने की काफी गुंजाइश थी कि साहब ने मेरी बात स्वीकार नहीं की।

कई दिन गुजर गए थे। मैं इस वाकिये को बिलकुल भूल गया था। सहसा एक दिन बलदेवसिंह अपने पहलवान बेटे के साथ मेरे कमरे में दाखिल हुए। बेटे ने मेरे चरणों पर सिर रख दिया और अदब से एक किनारे खड़ा हो गया। बलदेवसिंह बोले—बिलकुल बरी हो गया भैया! साहब ने दारोगा को बुलाकर खूब डाँटा कि तुम भले आदमियों को सताते और बदनाम करते हो। अगर फिर ऐसा झूठा मुकदमा लाये, तो बर्खास्त कर दिये जाओगे। दारोगाजी बहुत झेंपे। मैंने उन्हें झुककर सलाम किया। बचा पर घड़ों पानी पड़ गया। यह तुम्हारी सिफारिश का चमत्कार है, भाईजान! अगर तुमने मदद न की होती, तो हम तबाह हो गए थे। यह समझ लो कि तुमने चार प्राणियों की जान बचा ली। मैं तुम्हारे पास बहुत डरते-डरते आया था। लोगों ने कहा था—उनके पास नाहक

जाते हो, वह बड़ा बेमुरौवत आदमी है, उसकी जात से किसी का उपकार नहीं हो सकता। आदमी वह है; जो दूसरों का हित करे। वह क्या आदमी है, जो किसी की कुछ सुने ही नहीं! लेकिन भाईजान, मैंने किसी की बात न मानी। मेरे दिल में मेरा राम बैठा कह रहा था—तुम चाहे कितने ही रूखे और बेलाग हो, लेकिन मुझ पर अवश्य दया करोगे।

यह कहकर बलदेवसिंह ने अपने बेटे को इशारा किया। वह बाहर गया और एक बड़ा-सा गट्ठर उठा लाया, जिसमें भाँति-भाँति की देहाती सौगातें बँधी हुई थीं। हालांकि मैं बराबर कहे जाता था—तुम ये चीज़ें नाहक लाए, इनकी क्या जरूरत थी, कितने गँवार हो, आखिर तो ठहरे देहाती, मैंने कुछ नहीं कहा, मैं तो साहब के पास गया भी नहीं, लेकिन कौन सुनता है। खोया, दही, मटर की फलियाँ, अमावट, ताजा गुड़ और जाने क्या-क्या आ गया।

मैंने कहने को तो एक तरह से कह दिया—मैं साहब के पास गया ही नहीं, जो कुछ हुआ, खुद हुआ, मेरा कोई एहसान नहीं है, लेकिन उसका मतलब यह निकाला गया कि मैं केवल नम्रता से और सौगातों को लौटा देने का कोई बहाना ढूँढ़ने के लिए ऐसा कह रहा हूँ। मुझे इतनी हिम्मत न हुई कि मैं इस बात का विश्वास दिलाता। इसका जो अर्थ निकाला गया, वही मैं चाहता था। मुफ्त का एहसान छोड़ने का जी न चाहता था, अन्त में जब मैंने जोर देकर कहा कि किसी से इस बात का जिक्र न करना, नहीं तो मेरे पास फरियादों का मेला लग जाएगा, तो मानो मैंने स्वीकार कर लिया कि मैंने सिफारिश की—और जोरों से की।

27.

जादू

नीला—तुमने उसे क्यों लिखा?

मीना—किसको?

'उसी को?'

'मैं नहीं समझती!'

'खूब समझती हो! जिस आदमी ने मेरा अपमान किया, गली-गली मेरा नाम बेचता फिरा, उसे तुम मुँह लगाती हो, क्या यह उचित है?'

'तुम गलत कहती हो!'

'तुमने उसे खत नहीं लिखा?'

'कभी नहीं।'

'तो मेरी गलती थी, क्षमा करो। तुम मेरी बहन न होतीं, तो मैं तुमसे यह सवाल भी न पूछती।'

'मैंने किसी को खत नहीं लिखा।'

'मुझे यह सुनकर खुशी हुई।'

'तुम मुस्कराती क्यों हो?'

'मैं!'

'जी हाँ, आप!'

'मैं तो जरा भी नहीं मुस्करायी।'

'क्या मैं अन्धी हूँ?'

'यह तो तुम अपने मुँह से ही कहती हो।'

'तुम क्यों मुस्कराईं?'

'मैं सच कहती हूँ, जरा भी नहीं मुसकरायी।'

'मैंने अपनी आँखों देखा।'

'अब मैं कैसे तुम्हें विश्वास दिलाऊँ?'

'तुम आँखों में धूल झोंकती हो।'

'अच्छा मुस्करायी। बस, या जान लोगी?'

'तुम्हें किसी के ऊपर मुस्कराने का क्या अधिकार है?'

'तेरे पैरों पड़ती हूँ नीला, मेरा गला छोड़ दे। मैं बिलकुल नहीं मुस्करायी।'

'मैं ऐसी अनीली नहीं हूँ।'

'यह मैं जानती हूँ।'

'तुमने मुझे हमेशा झूठी समझा है।'

'तू आज किसका मुँह देखकर उठी है?'

'तुम्हारा।'

'तू मुझे थोड़ा संखिया क्यों नहीं दे देती।'

'हाँ, मैं तो हत्यारिन हूँ ही।'

'मैं तो नहीं कहती।'

'अब और कैसे कहोगी, क्या ढोल बजाकर? मैं हत्यारिन हूँ, मदमाती हूँ, दीदा-दिलेर हूँ; तुम सर्वगुणागारी हो, सीता हो, सावित्री हो। अब खुश हुईं?'

'लो कहती हूँ, मैंने उन्हें पत्र लिखा फिर तुमसे मतलब? तुम कौन होती हो मुझसे जवाब-तलब करनेवाली?'

'अच्छा किया, लिखा, सचमुच मेरी बेवकूफी थी कि मैंने तुमसे पूछा।'

'हमारी खुशी, हम जिसको चाहेंगे खत लिखेंगे। जिससे चाहेंगे बोलेंगे। तुम कौन होती हो रोकनेवाली? तुमसे तो मैं नहीं पूछने जाती; हालाँकि रोज तुम्हें पुलिन्दों पत्र लिखते देखती हूँ।'

'जब तुमने शर्म ही भून खायी, तो जो चाहो करो, अख्तियार है।'

'और तुम कब से बड़ी लज्जावती बन गईं? सोचती होगी, अम्माँ से कह दूँगी, यहाँ इसकी परवाह नहीं है। मैंने उन्हें पत्र भी लिखा, उनसे पार्क में मिली भी। बातचीत भी की, जाकर अम्माँ से, दादा से और सारे मुहल्ले से कह दो।'

'जो जैसा करेगा, आप भोगेगा, मैं क्यों किसी से कहने जाऊँ?'

'ओ हो, बड़ी धैर्यवाली, यह क्यों नहीं कहतीं, अंगूर खट्टे हैं?'

'जो तुम कहो, वही ठीक है।'

'दिल में जली जाती हो।'

'मेरी बला जले।'

'रो दो जरा।'

'तुम खुद रोओ, मेरा अँगूठा रोये।'

'मुझे उन्होंने एक रिस्टवाच भेंट दी है, दिखाऊँ?'

'मुबारक हो, मेरी आँखों का सनीचर न दूर होगा।'

'मैं कहती हूँ, तुम इतनी जलती क्यों हो?'

'अगर मैं तुमसे जलती हूँ, तो मेरी आँखें पट्टम हो जाएँ।'

'तुम जितना ही जलोगी, मैं उतना ही जलाऊँगी।'

'मैं जलूँगी ही नहीं।'

'जल रही हो साफ।'

'कब सन्देशा आयेगा?'

'जल मरो।'

'पहले तेरी भाँवरें देख लूँ।'

'भाँवरों की चाट तुम्हीं को रहती है।'

'अच्छा! तो क्या बिना भाँवरों का ब्याह होगा?'

'यह ढकोसले तुम्हें मुबारक रहें, मेरे लिए प्रेम काफी है।'

'तो क्या तू सचमुच...!'

'मैं किसी से नहीं डरती।'

'यहाँ तक नौबत पहुँच गई? और तू कह रही थी, मैंने उसे पत्र नहीं लिखा और कसमें खा रही थी।'

'क्यों अपने दिल का हाल बतलाऊँ?'

'मैं तो तुझसे पूछती न थी, मगर तू आप-ही-आप बक चली।'

'तुम मुस्करायीं क्यों?'

'इसलिए कि वह शैतान तुम्हारे साथ भी वही दगा करेगा, जो उसने मेरे साथ किया और फिर तुम्हारे विषय में भी वैसी ही बातें कहता फिरेगा। और फिर तुम मेरी तरह उसके नाम को रोओगी।'

'तुमसे उन्हें प्रेम नहीं था?'

'मुझसे! मेरे पैरों पर सिर रखकर रोता था और कहता था कि मैं मर जाऊँगा और जहर खा लूँगा।'

'सच कहती हो?'

'बिलकुल सच।'

'यह तो वह मुझसे भी कहते हैं।'

'सच?'

'तुम्हारे सिर की कसम।'

'और मैं समझ रही थी, अभी वह दाने बिखेर रहा है।'

'क्या वह सचमुच?'

'पक्का शिकारी है।'

मीना सिर पर हाथ रखकर चिन्ता में डूब जाती है।

28.

नरक का मार्ग

रात 'भक्तमाल' पढ़ते-पढ़ते न जाने कब नींद आ गई। कैसे-कैसे महात्मा थे जिनके लिए भगवत्-प्रेम ही सब कुछ था, इसी में मग्न रहते थे। ऐसी भक्ति बड़ी तपस्या से मिलती है। क्या मैं वह तपस्या नहीं कर सकती? इस जीवन में और कौन-सा सुख रखा है? आभूषणों से जिसे प्रेम हो जाने, यहाँ तो इनको देखकर आँखे फूटती है; धन-दौलत पर जो प्राण देता हो वह जाने, यहाँ तो इसका नाम सुनकर ज्वर-सा चढ़ आता हैं। कल पगली सुशीला ने कितनी उमंगों से मेरा शृंगार किया था, कितने प्रेम से बालों में फूल गूंथे। कितना मना करती रही, न मानी। आखिर वही हुआ जिसका मुझे भय था। जितनी देर उसके साथ हँसी थी, उससे कहीं ज्यादा रोयी। संसार में ऐसी भी कोई स्त्री है, जिसका पति उसका शृंगार देखकर सिर से पाँव तक जल उठे? कौन ऐसी स्त्री है जो अपने पति के मुँह से ये शब्द सुने—तुम मेरा परलोक बिगाड़ोगी, और कुछ नहीं, तुम्हारे रंग-ढंग कहे देते हैं—और उसका दिल विष खा लेने को न चाहे? भगवान्! संसार में ऐसे भी मनुष्य हैं। आखिर मैं नीचे चली गई और 'भक्तमाल' पढ़ने लगी। अब वृंदावन बिहारी ही की सेवा करूँगी उन्हीं को अपना शृंगार दिखाऊँगी, वह तो देखकर न जलेंगे। वह तो हमारे मन का हाल जानते हैं।

भगवान! मैं अपने मन को कैसे समझाऊँ! तुम अंतर्यामी हो, तुम मेरे रोम-रोम का हाल जानते हो। मैं चाहती हूँ कि उन्हें अपना इष्ट समझूँ, उनके चरणों की सेवा करूँ, उनके इशारे पर चलूँ, उन्हें मेरी किसी बात से, किसी व्यवहार से नाममात्र, भी दुःख न हो। वह निर्दोष हैं, जो कुछ मेरे भाग्य में था वह हुआ, न उनका दोष है, न माता-पिता का, सारा दोष मेरे नसीबों ही का है। लेकिन यह सब जानते हुए भी जब उन्हें आते देखती हूँ, तो

मेरा दिल बैठ जाता है, मुँह पर मुरदनी-सी छा जाती है, सिर भारी हो जाता है, जी चाहता है इनकी सूरत न देखूँ, बात तक करने को जी नही चाहता; कदाचित् शत्रु को भी देखकर किसी का मन इतना क्लांत नहीं होता होगा। उनके आने के समय दिल में धड़कन-सी होने लगती है। दो-एक दिन के लिए कहीं चले जाते हैं तो दिल पर से बोझ उठ जाता है। हँसती भी हूँ, बोलती भी हूँ, जीवन में कुछ आनंद आने लगता है लेकिन उनके आने का समाचार पाते ही फिर चारों ओर अंधकार! चित्त की ऐसी दशा क्यों है, यह मैं नहीं कह सकती। मुझे तो ऐसा जान पड़ता है कि पूर्वजन्म में हम दोनों में वैर था, उसी वैर का बदला लेने के लिए इन्होंने मुझसे विवाह किया है, यही पुराने संस्कार हमारे मन में बने हुए हैं। नहीं तो वह मुझे देख-देखकर क्यों जलते और मैं उनकी सूरत से क्यों घृणा करती? विवाह करने का तो यह मतलब नहीं हुआ करता! मैं अपने घर इससे कहीं सुखी थी। कदाचित् मैं जीवन-पर्यंत अपने घर आनंद से रह सकती थी। लेकिन इस लोक-प्रथा का बुरा हो, जो अभागिन कन्याओं को किसी-न-किसी पुरुष के गलें में बाँध देना अनिवार्य समझती है। वह क्या जानता है कि कितनी युवतियाँ उसके नाम को रो रही हैं, कितने अभिलाषाओं से लहराते हुए, कोमल हृदय उसके पैरों तले रौंदे जा रहे हैं? युवती के लिए पति कैसी-कैसी मधुर कल्पनाओं का स्रोत होता है, पुरुष में जो उत्तम है, श्रेष्ठ है, दर्शनीय है, उसकी सजीव मूर्ति इस शब्द के ध्यान में आते ही उसकी नजरों के सामने आकर खड़ी हो जाती है। लेकिन मेरे लिए यह शब्द क्या है। हृदय में उठने वाला शूल, कलेजे में खटकनेवाला काँटा, आंखों में गड़नेवाली किरकिरी, अंतःकरण को बेधनेवाला व्यंग-बाण! सुशीला को हमेशा हँसते देखती हूँ। वह कभी अपनी दरिद्रता का गिला नहीं करती; गहने नहीं हैं, कपड़े नहीं हैं, भाड़े के नन्हें से मकान में रहती है, अपने हाथों घर का सारा काम-काज करती है, फिर भी उसे रोते नहीं देखती अगर अपने बस की बात होती तो आज अपने धन को उसकी दरिद्रता से बदल लेती। अपने पतिदेव को मुस्कराते हुए घर में आते देखकर उसका सारा दुःख दारिद्रय छूमंतर हो जाता है, छाती गज-भर की हो जाती है। उसके प्रेमालिंगन में वह सुख है, जिस पर तीनों लोक का धन न्योछावर कर दूँ।

आज मुझसे जब्त न हो सका। मैंने पूछा—तुमने मुझसे किसलिए विवाह किया था? यह प्रश्न महीनों से मेरे मन में उठता था, पर मन को रोकती चली आती थी। आज प्याला छलक पड़ा। यह प्रश्न सुनकर कुछ बौखला-से गए, बगलें झाँकने लगे, खीसें निकालकर बोले—घर सँभालने के लिए, गृहस्थी का भार उठाने के लिए, और नहीं क्या भोग-विलास के लिए? घरनी के बिना यह आपको भूत का डेरा-सा मालूम होता था। नौकर-चाकर घर की सम्पत्ति उड़ाये देते थे। जो चीज जहाँ पड़ी रहती थी, कोई उसको देखने वाला न था। तो अब मालूम हुआ कि मैं इस घर की चौकसी के लिए लाई गई हूँ। मुझे इस घर की रक्षा करनी चाहिए और अपने को धन्य समझना चाहिए कि यह सारी सम्पत्ति मेरी है। मुख्य वस्तु सम्पत्ति है, मै तो केवल चौकीदारिन हूँ। ऐसे घर में आज ही आग लग जाए! अब तक तो मैं अनजान में घर की चौकसी करती थी, जितना वह चाहते हैं उतना न सही, पर अपनी बुद्धि के अनुसार अवश्य करती थी। आज से किसी चीज को भूलकर भी छूने की कसम खाती हूँ। यह मैं जानती हूँ। कोई पुरुष घर की चौकसी के लिए विवाह नहीं करता और इन महाशय ने चिढ़कर यह बात मुझसे कही। लेकिन सुशीला ठीक कहती है, इन्हें स्त्री के बिना घर सूना लगता होगा, उसी तरह जैसे पिंजरे में चिड़िया को न देखकर पिंजरा सूना लगता है। यह हम स्त्रियों का भाग्य!

मालूम नहीं, इन्हें मुझ पर इतना संदेह क्यो होता है। जब से नसीब इस घर में लाया है, इन्हें बराबर संदेह-मूलक कटाक्ष करते देखती हूँ। क्या कारण है? जरा बाल गुँथवाकर बैठी और यह होंठ चबाने लगे। कहीं जाती नहीं, कहीं आती नहीं, किसी से बोलती नहीं, फिर भी इतना संदेह! यह अपमान असह्य है। क्या मुझे अपनी आबरू प्यारी नहीं? यह मुझे इतनी छिछोरी क्यों समझते हैं, इन्हें मुझ पर संदेह करते लज्जा भी नहीं आती? काना आदमी किसी को हँसते देखता है तो समझता है लोग मुझी पर हँस रहे हैं। शायद इन्हें भी यही बहम हो गया है कि मैं इन्हें चिढ़ाती हूँ। अपने अधिकार के बाहर कोई काम कर बैठने से कदाचित् हमारे चित्त की यही वृत्ति हो जाती है। भिक्षुक राजा की गद्दी पर बैठकर चैन की नींद नहीं सो सकता। उसे अपने चारों तरफ शत्रु दिखायी देंगे। मैं समझती हूँ, सभी शादी करने वाले बुड्ढों का यही हाल है।

आज सुशीला के कहने से मैं ठाकुर जी की झाँकी देखने जा रही थी। अब यह साधारण बुद्धि का आदमी भी समझ सकता है कि फूहड़ बहू बन कर बाहर निकलना अपनी हँसी उड़ाना है, लेकिन आप उसी वक्त न जाने किधर से टपक पड़े और मेरी ओर तिरस्कापूर्ण नेत्रों से देखकर बोले—कहाँ की तैयारी है?

मैंने कह दिया, जरा ठाकुर जी की झाँकी देखने जा रही हूँ। इतना सुनते ही त्योरियाँ चढ़ाकर बोले—तुम्हारे जाने की कुछ जरुरत नहीं। जो अपने पति की सेवा नहीं कर सकती, उसे देवताओं के दर्शन से पुण्य के बदले पाप होता है। मुझसे उड़ने चली हो। मैं औरतों की नस-नस पहचानता हूँ।

ऐसा क्रोध आया कि बस अब क्या कहूँ। उसी दम कपड़े बदल डाले और प्रण कर लिया कि अब कभी न दर्शन करने जाऊँगी। इस अविश्वास का भी कुछ ठिकाना है! न-जाने क्या सोचकर रुक गई। उनकी बात का जवाब तो यही था कि उसी क्षण घर से चल खड़ी हुई होती, फिर देखती मेरा क्या कर लेते।

इन्हें मेरा उदास और विमन रहने पर आश्चर्य होता है। मुझे मन-में कृतघ्न समझते हैं। अपनी समझ में इन्होंने मेरे से विवाह करके शायद मुझ पर एहसान किया है। इतनी बड़ी जायदाद और विशाल सम्पत्ति की स्वामिनी होकर मुझे फूले न समाना चाहिए था, आठों पहर इनका यशगान करते रहना चाहिये था। मैं यह सब कुछ न करके उलटे और मुँह लटकाए रहती हूँ। कभी-कभी बेचारे पर दया आती है। यह नहीं समझते कि नारी-जीवन में कोई ऐसी वस्तु भी है जिसे खोकर उसकी आँखों में स्वर्ग भी नरकतुल्य हो जाता है।

तीन दिन से बीमार हैं। डाक्टर कहते हैं, बचने की कोई आशा नहीं, निमोनिया हो गया है। पर मुझे न जाने क्यों इनका गम नहीं है। मैं इनती वज्र-हृदय कभी न थी। न-जाने वह मेरी कोमलता कहाँ चली गई। किसी बीमार की सूरत देखकर मेरा हृदय करुणा से चंचल हो जाता था, मैं किसी का रोना नहीं सुन सकती थी। वही मैं हूँ कि आज तीन दिन से उन्हें बगल के कमरे में पड़े कराहते सुनती हूँ और एक बार भी उन्हें देखने न गई, आँखों

में आँसू का जिक्र ही क्या। मुझे ऐसा मालूम होता है, इनसे मेरा कोई नाता ही नहीं मुझे चाहे कोई पिशाचनी कहे, चाहे कुलटा, पर मुझे तो यह कहने में लेशमात्र भी संकोच नहीं है कि इनकी बीमारी से मुझे एक प्रकार का ईर्ष्यामय आनंद आ रहा है। इन्होंने मुझे यहाँ कारावास दे रखा था—मैं इसे विवाह का पवित्र नाम नहीं देना चाहती—यह कारावास ही है। मैं इतनी उदार नहीं हूँ कि, जिसने मुझे कैद मे डाल रखा हो उसकी पूजा करूँ, जो मुझे लात से मारे उसके पैरो को चूमूँ। मुझे तो मालूम हो रहा था। ईश्वर इन्हें इस पाप का दण्ड दे रहे हैं। मै निःसंकोच होकर कहती हूँ कि मेरा इनसे विवाह नहीं हुआ है। स्त्री किसी के गले बाँध दिये जाने से ही उसकी विवाहिता नहीं हो जाती। वही संयोग विवाह का पद पा सकता है। जिसमें कम-से-कम एक बार तो हृदय प्रेम से पुलकित हो जाए! सुनती हूँ, महाशय अपने कमरे में पड़े-पड़े मुझे कोसा करते हैं, अपनी बीमारी का सारा बुखार मुझ पर निकालते हैं, लेकिन यहाँ इसकी परवाह नहीं। जिसका जी चाहे जायदाद ले, धन ले, मुझे इसकी जरुरत नहीं!

आज तीन दिन हुए, मैं विधवा हो गई, कम-से-कम लोग यही कहते हैं। जिसका जो जी चाहे कहे, पर मैं अपने को जो कुछ समझती हूँ वह समझती हूँ। मैंने चूड़ियाँ नहीं तोड़ीं, क्यों तोड़ूँ? माँग में सेंदुर पहले भी न डालती थी, अब भी नहीं डालती। बूढ़े बाबा का क्रिया-कर्म उनके सुपुत्र ने किया, मैं पास न फटकी। घर में मुझ पर मनमानी आलोचनाएँ होती हैं, कोई मेरे गूँथे हुए बालों को देखकर नाक सिकोड़ता है, कोई मेरे आभूषणों पर आँख मटकाता है, यहाँ इसकी चिंता नहीं। इन्हें चिढ़ाने को मैं भी रंग-बिरंगी साड़ियाँ पहनती हूँ, और भी बनती-सँवरती हूँ, मुझे जरा भी दुःख नहीं हैं। मैं तो कैद से छूट गई। इधर कई दिन सुशीला के घर गई। छोटा-सा मकान है, कोई सजावट न सामान, चारपाइयाँ तक नहीं, पर सुशीला कितने आनंद से रहती है। उसका उल्लास देखकर मेरे मन में भी भाँति-भाँति की कल्पनाएँ उठने लगती हैं—उन्हें कुत्सित क्यों कहूँ, जब मेरा मन उन्हें कुत्सित नहीं समझता। इनके जीवन में कितना उत्साह है। आँखे मुस्कराती रहती हैं, होंठों

पर मधुर हास्य खेलता रहता है, बातों में प्रेम का स्रोत बहता हुआ जान पड़ता है। इस आनंद से, चाहे वह कितना ही क्षणिक हो, जीवन सफल हो जाता है, फिर उसे कोई भूल नहीं सकता, उसकी स्मृति अंत तक के लिए काफी हो जाती है, इस मिजराब की चोट हृदय के तारों को अंतकाल तक मधुर स्वरों में कंपित रख सकती है।

एक दिन मैंने सुशीला से कहा—अगर तेरे पतिदेव कहीं परदेश चले जाएँ तो रोत-रोते मर जाएगी!

सुशीला गंभीर भाव से बोली—नहीं बहन, मरूँगी नहीं, उनकी याद सदैव प्रफुल्लित करती रहेगी, चाहे उन्हें परदेश में बरसों लग जाएँ।

मैं यही प्रेम चाहती हूँ, इसी चोट के लिए मेरा मन तड़पता रहता है, मैं भी ऐसी ही स्मृति चाहती हूँ जिससे दिल के तार सदैव बजते रहें, जिसका नशा नित्य छाया रहे।

रात रोते-रोते हिचकियाँ बँध गईं। न-जाने क्यों दिल भर आता था। अपना जीवन सामने एक बीहड़ मैदान की भाँति फैला हुआ मालूम होता था, जहाँ बगूलों के सिवा हरियाली का नाम नहीं। घर फाड़े खाता था, चित्त ऐसा चंचल हो रहा था कि कहीं उड़ जाऊँ। आजकल भक्ति के ग्रंथों की ओर ताकने को जी नहीं चाहता, कही सैर करने जाने की भी इच्छा नहीं होती, क्या चाहती हूँ वह मैं स्वयं भी नहीं जानती। लेकिन मै जो नहीं जानती वह मेरा एक-एक रोम-रोम जानता है, मैं अपनी भावनाओं की सजीव भूमि हूँ, मेरा एक-एक अंग मेरी आंतरिक वेदना का आर्तनाद कर रहा है।

मेरे चित्त की चंचलता उस अंतिम दशा को पहुँच गई है, जब मनुष्य को निंदा की न लज्जा रहती है और न भय। जिन लोभी, स्वार्थी माता-पिता ने मुझे कुएँ में ढकेला, जिस पाषाण-हृदय प्राणी ने मेरी माँग में सेंदुर डालने का स्वाँग किया, उनके प्रति मेरे मन में बार-बार दुष्कामनाएँ उठती हैं। मैं उन्हे लज्जित करना चाहती हूँ। मैं अपने मुँह में कालिख लगा कर उनके मुख में कालिख लगाना चाहती हूँ मैं अपने प्राण देकर उन्हे प्राणदण्ड दिलाना चाहती हूँ। मेरा नारीत्व लुप्त हो गया है, मेरे हृदय में प्रचंड ज्वाला उठी हुई है।

घर के सारे आदमी सो रहे थे। मैं चुपके से नीचे उतरी, द्वार खोला और घर से निकली, जैसे कोई प्राणी गर्मी से व्याकुल होकर घर से निकले और किसी खुली हुई जगह की ओर दौड़े। उस मकान में मेरा दम घुट रहा था।

सड़क पर सन्नाटा था, दुकानें बंद हो चुकी थीं। सहसा एक बुढ़िया आती हुई दिखाई दी। मैं डरी कहीं यह चुड़ैल न हो। बुढ़िया ने मेरे समीप आकर मुझे सिर से पाँव तक देखा और बोली–किसकी राह देख रही हो?

मैंने चिढ़ कर कहा–मौत की!

बुढ़िया–तुम्हारे नसीबों में तो अभी जिन्दगी के बड़े-बड़े सुख भोगने लिखे हैं। अँधेरी रात गुजर गई, आसमान पर सुबह की रोशनी नजर आ रही है।

मैंने हँसकर कहा–अँधेरे में भी तुम्हारी आँखें इतनी तेज हैं कि नसीबों की लिखावट पढ़ लेती हैं?

बुढ़िया–आँखो से नहीं पढ़ती बेटी, अक्ल से पढ़ती हूँ, धूप में चूड़े नहीं सुफेद किए हैं। तुम्हारे बुरे दिन गए और अच्छे दिन आ रहे हैं। हँसो मत बेटी, यही काम करते इतनी उम्र गुजर गई। इसी बुढ़िया की बदौलत जो नदी में कूदने जा रही थीं, वे आज फूलों की सेज पर सो रही हैं, जो जहर का प्याला पीने को तैयार थीं, वे आज दूध की कुल्लियाँ कर रही हैं। इसीलिए इतनी रात गए निकलती हूँ कि अपने हाथों किसी अभागिन का उद्धार हो सके तो करूँ। किसी से कुछ नहीं माँगती, भगवान् का दिया सब कुछ घर में है, केवल यही इच्छा है कि अपने से जहाँ तक हो सके दूसरों का उपकार करूँ। जिन्हें संतान की इच्छा है उन्हें संतान, बस और क्या कहूँ, वह मंत्र बता देती हूँ कि जिसकी जो इच्छा हो वह पूरी हो जाये।

मैंने कहा–मुझे न धन चाहिए न संतान। मेरी मनोकामना तुम्हारे बस की बात नहीं है।

बुढ़िया हँसी–बेटी, जो तुम चाहती हो वह मैं जानती हूँ; तुम वह चीज चाहती हो जो संसार में होते हुए स्वर्ग की है, जो देवताओं के वरदान से भी ज्यादा आनंदप्रद है, जो आकाश-कुसुम है, गूलर का फूल है और अमावस का चाँद है। लेकिन मेरे मंत्र में वह शक्ति है जो भाग्य को भी सँवार सकती है। तुम प्रेम की प्यासी हो, मैं तुम्हे उस नाव पर बैठा सकती हूँ जो प्रेम के सागर में, प्रेम की तंरगों पर क्रीड़ा करती हुई तुम्हें पार उतार दे।

मैंने उत्कंठित होकर पूछा—माता, तुम्हारा घर कहाँ है।

बुढिया—बहुत नजदीक है बेटी, तुम चलो तो मैं अपनी आँखों पर बैठा कर ले चलूँ।

मुझे ऐसा मालूम हुआ कि यह कोई आकाश की देवी है। उसके पीछ-पीछे चल पड़ी।

आह! वह बुढ़िया, जिसे मैं आकाश की देवी समझती थी, नरक की डाइन निकली। मेरा सर्वनाश हो गया। मैं अमृत खोजती थी, विष मिला, निर्मल स्वच्छ प्रेम की प्यासी थी, गंदे विषाक्त नाले में गिर पड़ी। वह वस्तु न मिलनी थी, न मिली। मैं सुशीला का-सा सुख चाहती थी, कुलटाओं की विषय-वासना नहीं। लेकिन जीवन-पथ में एक बार उलटी राह चलकर फिर सीधे मार्ग पर आना कठिन है?

लेकिन मेरे अधःपतन का अपराध मेरे सिर नहीं, मेरे माता-पिता और उस बूढ़े पर है जो मेरा स्वामी बनना चाहता था। मैं यह पंक्तियाँ न लिखतीं, लेकिन इस विचार से लिख रही हूँ कि मेरी आत्म-कथा पढ़कर लोगों की आँखें खुलें; मैं फिर कहती हूँ कि अब भी अपनी बालिकाओं के लिए मत देखो धन, मत देखो जायदाद, मत देखो कुलीनता, केवल वर देखो। अगर उसके लिए जोड़ का वर नहीं पा सकते तो लड़की को क्वाँरी रख छोड़ो, जहर दे कर मार डालो, गला घोंट डालो, पर किसी बूढ़े खूसट से मत ब्याहो। स्त्री सब-कुछ सह सकती है। दारुण से दारुण दुःख, बड़े से बड़ा संकट, अगर नहीं सह सकती तो अपने यौवन-काल की उंमगों का कुचला जाना।

रही मैं, मेरे लिए अब इस जीवन में कोई आशा नहीं। इस अधम दशा को भी उस दशा से न बदलूँगी, जिससे निकल कर आयी हूँ।

29.

स्त्री और पुरुष

विपिन बाबू के लिए स्त्री ही संसार की सुन्दर वस्तु थी। वह कवि थे और उनकी कविता के लिए स्त्रियों के रुप और यौवन की प्रशंसा ही सबसे चित्ताकर्षक विषय था। उनकी दृष्टि में स्त्री जगत में व्याप्त कोमलता, माधुर्य और अलंकारों की सजीव प्रतिमा थी। जबान पर स्त्री का नाम आते ही उनकी आँखें जगमगा उठती थीं, कान खड़े हो जाते थे, मानो किसी रसिक ने गाने की आवाज सुन ली हो। जब से होश सँभाला, तभी से उन्होंने उस सुंदरी की कल्पना करनी शुरू की जो उसके हृदय की रानी होगी; उसमें ऊषा की प्रफुल्लता होगी, पुष्प की कोमलता, कुंदन की चमक, बसंत की छवि, कोयल की ध्वनि—वह कवि वर्णित सभी उपमाओं से विभूषित होगी। वह उस कल्पित मूर्ति के उपासक थे, कविताओं में उसका गुण गाते, वह दिन भी समीप आ गया था, जब उनकी आशाएँ हरे-हरे पत्तों से लहराएँगी, उनकी मुरादें पूरी हो होंगी। कालेज की अंतिम परीक्षा समाप्त हो गई थी और विवाह के संदेश आने लगे थे।

विवाह तय हो गया। बिपिन बाबू ने कन्या को देखने का बहुत आग्रह किया, लेकिन जब उनके मामू ने विश्वास दिलाया कि लड़की बहुत ही रुपवती है, मैंने अपनी आँखों से देखा है, तब वह राजी हो गए। धूमधाम से बारात निकली और विवाह का मुहूर्त आया। वधू आभूषणों से सजी हुई मंडप में आई तो विपिन को उसके हाथ-पाँव नजर आये। कितनी सुंदर उँगलियाँ थीं, मानो दीप-शिखाएँ हों, अंगो की शोभा कितनी मनोहारिणी थी। विपिन फूले न समाये। दूसरे दिन वधू विदा हुई तो वह उसके दर्शनों के लिए इतने अधीर हुए कि ज्यों ही रास्ते में कहारों ने पालकी रखकर मुँह-हाथ धोना शुरू किया, आप चुपके से वधू के पास जा पहुँचे। वह घूँघट हटाये, पालकी से सिर निकाले

बाहर झाँक रही थी। विपिन की निगाह उस पर पड़ गई। घृणा, क्रोध और निराशा की लहर-सी उन पर दौड़ गई। यह वह परम सुन्दरी रमणी न थी जिसकी उन्होंने कल्पना की थी, जिसकी वह बरसों से कल्पना कर रहे थे—यह एक चौड़े मुँह, चिपटी नाक, और फूले हुए गालों वाली कुरूपा स्त्री थी। रंग गोरा था, पर उसमें लाली के बदले सफेदी थी; और फिर रंग कैसा ही सुंदर हो, रूप की कमी नहीं पूरी कर सकता। विपिन का सारा उत्साह ठंडा पड़ गया—हा! इसे मेरे ही गले पड़ना था। क्या इसके लिए समस्त संसार में और कोई न मिलता था? उन्हें अपने मामू पर क्रोध आया जिसने वधू की तारीफों के पुल बाँध दिए थे। अगर इस वक्त वह मिल जाते तो विपिन उनकी ऐसी खबर लेता कि वह भी याद करते।

जब कहारों ने फिर पालकियाँ उठाईं तो विपिन मन में सोचने लगा, इस स्त्री के साथ कैसे मैं बोलूँगा, कैसे इसके साथ जीवन काटूँगा। इसकी ओर तो ताकने ही से घृणा होती है। ऐसी कुरूपा स्त्रियाँ भी संसार में हैं, इसका मुझे अब तक पता न था। क्या मुँह ईश्वर ने बनाया है, क्या आँखे हैं! मैं और सारे ऐबों की ओर से आँखें बंद कर लेता, लेकिन वह चौड़ा-सा मुँह! भगवान! क्या तुम्हें मुझी पर यह वज्रपात करना था।

विपिन को अपना जीवन नरक-सा जान पड़ता था। वह अपने मामू से लड़ा। ससुर को लंबा खर्रा लिखकर फटकारा, माँ-बाप से हुज्जत की और जब इससे शांति न हुई तो कहीं भाग जाने की बात सोचने लगा। आशा पर उसे दया अवश्य आती थी। वह अपने को समझाता कि इसमें उस बेचारी का क्या दोष है, उसने जबरदस्ती तो मुझसे विवाह किया नहीं। लेकिन यह दया और यह विचार उस घृणा को न जीत सकता था जो आशा को देखते ही उसके रोम-रोम में व्याप्त हो जाती थी। आशा अपने अच्छे-से-अच्छे कपड़े पहनती; तरह-तरह से बाल सँवारती, घंटों आइने के सामने खड़ी होकर अपना शृंगार करती, लेकिन विपिन को यह शुतुरग़मज़ा-से मालूम होते। वह दिल से चाहती थी कि उन्हें प्रसन्न करूँ, उनकी सेवा करने के लिए अवसर खोजा करती थी; लेकिन विपिन उससे भागा-भागा फिरता था। अगर कभी

भेंट हो जाती तो कुछ ऐसी जली-कटी बातें करने लगता कि आशा रोती हुई वहाँ से चली जाती।

सबसे बुरी बात यह थी कि उसका चरित्र भ्रष्ट होने लगा। वह यह भूल जाने की चेष्टा करने लगा कि मेरा विवाह हो गया है। कई-कई दिनों तक आशा को उसके दर्शन भी न होते। वह उसके कहकहे की आवाजें बाहर से आती हुई सुनती, झरोखे से देखती कि वह दोस्तों के गले में हाथ डाले सैर करने जा रहे हैं और तड़प कर रह जाती।

एक दिन खाना खाते समय उसने कहा—अब तो आपके दर्शन ही नहीं होते। क्या मेरे कारण घर छोड़ दीजिएगा क्या?

विपिन ने मुँह फेर कर कहा—घर ही पर तो रहता हूँ। आजकल जरा नौकरी की तलाश है इसलिए दौड़-धूप ज्यादा करनी पड़ती है।

आशा—किसी डाक्टर से मेरी सूरत क्यों नहीं बनवा देते? सुनती हूँ, आजकल सूरत बनाने वाले डाक्टर पैदा हुए हैं।

विपिन—क्यों नाहक चिढ़ाती हो, यहाँ तुम्हे किसने बुलाया था?

आशा—आखिर इस मर्ज की दवा कौन करेगा?

विपिन—इस मर्ज की दवा नहीं है। जो काम ईश्वर से न करते बना उसे आदमी क्या बना सकता है?

आशा—यह तो तुम्हीं सोचो कि ईश्वर की भूल के लिए मुझे दंड दे रहे हो। संसार में कौन ऐसा आदमी है जिसे अच्छी सूरत बुरी लगती हो, लेकिन तुमने किसी मर्द को केवल रूपहीन होने के कारण क्वाँरा रहते देखा है, रूपहीन लड़कियाँ भी माँ-बाप के घर नहीं बैठी रहतीं। किसी-न-किसी तरह उनका निर्वाह हो ही जाता है; उसका पति उस पर प्राण न देता हो, लेकिन दूध की मक्खी नहीं समझता।

विपिन ने झुँझला कर कहा—क्यों नाहक सिर खाती हो, मैं तुमसे बहस तो नहीं कर रहा हूँ। दिल पर जब्र नहीं किया जा सकता और न दलीलों का उस पर कोई असर पड़ सकता है। मैं तुम्हें कुछ कहता तो नहीं हूँ, फिर तुम क्यों मुझसे हुज्जत करती हो?

आशा यह झिड़की सुन कर चली गई। उसे मालूम हो गया कि इन्होने मेरी ओर से सदा के लिए हृदय कठोर कर लिया है।

विपिन तो रोज सैर-सपाटे करते, कभी-कभी रात को गायब रहते। इधर आशा चिंता और नैराश्य से घुलते-घुलते बीमार पड़ गई। लेकिन विपिन भूल कर भी उसे देखने न आता, सेवा करना तो दूर रहा। इतना ही नहीं, वह दिल में मानता था कि वह मर जाती तो गला छूटता, अबकी खूब देखभाल कर अपनी पसंद का विवाह करता।

अब वह और भी खुल खेला। पहले आशा से कुछ दबता था, कम-से-कम उसे यह धड़का लगा रहता था कि कोई मेरी चाल-ढाल पर निगाह रखने वाला भी है। अब वह धड़का छूट गया। कुवासनाओं में ऐसा लिप्त हो गया कि मरदाने कमरे में ही जमघटे होने लगे। लेकिन विषय-भोग में धन ही का सर्वनाश नहीं होता, इससे कहीं अधिक बुद्धि और बल का सर्वनाश होता है। विपिन का चेहरा पीला पड़ने लगा, देह भी क्षीण होने लगी, पसलियों की हड्डियाँ निकल आईं आँखों के इर्द-गिर्द गढ़े पड़ गए। अब वह पहले से कहीं ज्यादा शौक करता, नित्य तेल लगता, बाल बनवाता, कपड़े बदलता, किन्तु मुख पर कांति न थी, रंग-रोगन से क्या हो सकता?

एक दिन आशा बरामदे में चारपाई पर लेटी हुई थी। इधर हफ्तों से उसने विपिन को न देखा था। उन्हें देखने की इच्छा हुई। उसे भय था कि वह न आएँगे, फिर भी वह मन को न रोक सकी। विपिन को बुला भेजा। विपिन को भी उस पर कुछ दया आ गई। आकर सामने खड़े हो गये। आशा ने उनके मुँह की ओर देखा तो चौंक पड़ी। वह इतने दुर्बल हो गये थे कि पहचानना मुश्किल था। बोली—तुम भी बीमार हो क्या? तुम तो मुझसे भी ज्यादा घुल गए हो।

विपिन—उँह, जिंदगी में रखा ही क्या है जिसके लिए जीने की फिक्र करूँ!

आशा—जीने की फिक्र न करने से कोई इतना दुबला नहीं हो जाता। तुम अपनी कोई दवा क्यों नहीं करते?

यह कह कर उसने विपिन का दाहिना हाथ पकड़ कर अपनी चारपाई पर बैठा लिया। विपिन ने भी हाथ छुड़ाने की चेष्टा न की। उनके स्वभाव में इस समय एक विचित्र नम्रता थी, जो आशा ने कभी न देखी थी। बातों से भी निराशा टपकती थी। अक्खड़पन या क्रोध की गंध भी न थी। आशा को ऐसा मालूम हुआ कि उनकी आँखों में आँसू भरे हुए हैं।

विपिन चारपाई पर बैठते हुए बोले—मेरी दवा अब मौत करेगी। मै तुम्हें जलाने के लिए नहीं कहता। ईश्वर जानता है, मैं तुम्हे चोट नहीं पहुँचाना चाहता। मैं अब ज्यादा दिनों तक न जिऊँगा। मुझे किसी भयंकर रोग के लक्षण दिखाई दे रहे हैं। डाक्टरों नें भी वही कहा है। मुझे इसका खेद है कि मेरे हाथों तुम्हें कष्ट पहुँचा पर क्षमा करना। कभी-कभी बैठे-बैठे मेरा दिल डूब जाता है, मूर्छा-सी आ जाती है।

यह कहते-कहते एकाएक वह काँप उठे। सारी देह में सनसनी-सी दौड़ गई। मूर्छित हो कर चारपाई पर गिर पड़े और हाथ-पैर पटकने लगे। मुँह से फिचकुर निकलने लगा। सारी देह पसीने से तर हो गई।

आशा का सारा रोग हवा हो गया। वह महीनों से बिस्तर न छोड़ सकी थी। पर इस समय उसके शिथिल अंगो में विचित्र स्फूर्ति दौड़ गई। उसने तेजी से उठ कर विपिन को अच्छी तरह लेटा दिया और उनके मुख पर पानी के छींटे देने लगी। महरी भी दौड़ी आयी और पंखा झलने लगी। बाहर खबर हुई, मित्रों ने दौड़कर डाक्टर को बुलाया। बहुत यत्न करने पर भी विपिन ने आँखें न खोलीं। संध्या होते-होते उनका मुँह टेढ़ा हो गया और बायाँ अंग शून्य पड़ गया। हिलाना तो दूर रहा, मुँह से बात निकालना भी मुश्किल हो गया। यह मूर्छा न थी, फ़ालिज था।

फ़ालिज के भयंकर रोग में रोगी की सेवा करना आसान काम नहीं है। उस पर आशा महीनों से बीमार थी। लेकिन उस रोग के सामने वह अपना रोग भूल गई। 15 दिनों तक विपिन की हालत बहुत नाजुक रही। आशा दिन-के-दिन और रात-की-रात उनके पास बैठी रहती। उनके लिए पथ्य बनाना, उन्हें गोद में सँभाल कर दवा पिलाना, उनके जरा-जरा से इशारों को समझना उसी जैसी धैर्यशीला स्त्री का काम था। अपना सिर दर्द से फटा करता, ज्वर से देह तपा करती, पर इसकी उसे जरा भी परवा न थी।

15 दिनों बाद विपिन की हालत कुछ सँभली। उनका दाहिना पैर तो लुँज पड़ गया था, पर तोतली भाषा में कुछ बोलने लगे थे। सबसे बुरी गत उनके सुन्दर मुख की हुई थी। वह इतना टेढ़ा हो गया था जैसे कोई रबर के खिलौने

को खींचकर बढ़ा दे। बैटरी की मदद से जरा देर के लिए बैठे या खड़े तो हो जाते थे; लेकिन चलने-फिरने की ताकत न थी।

एक दिन लेटे-लेटे उन्हें क्या जाने क्या ख्याल आया। आईना उठाकर अपना मुँह देखने लगे। ऐसा कुरूप आदमी उन्होंने कभी न देखा था। आहिस्ता से बोले—आशा, ईश्वर ने मुझे गरूर की सजा दे दी। वास्तव में यह उसी बुराई का बदला है, जो मैंने तुम्हारे साथ की। अब तुम अगर मेरा मुँह देखकर घृणा से मुँह फेर लो तो मुझे तुमसे शिकायत न होगी। मैं चाहता हूँ कि तुम मुझसे उस दुर्व्यवहार का बदला लो, जो मैंने तुम्हारे साथ किए हैं।

आशा ने पति की ओर कोमल भाव से देखकर कहा—मैं तो आपको अब भी उसी निगाह से देखती हूँ। मुझे तो आपमें कोई अन्तर नहीं दिखाई देता।

विपिन—वाह, बन्दर का-सा मुँह हो गया है, तुम कहती हो कि कोई अन्तर ही नहीं। मैं तो अब कभी बाहर न निकलूँगा। ईश्वर ने मुझे सचमुच दंड दिया।

बहुत यत्न किये गए पर विपिन का मुँह सीधा न हुआ। मुख का बायाँ भाग इतना टेढ़ा हो गया था कि चेहरा देखकर डर मालूम होता था। हाँ, पैरों में इतनी शक्ति आ गई कि अब वह चलने-फिरने लगे।

आशा ने पति की बीमारी में देवी की मनौती की थी। आज उसी की पूजा का उत्सव था। मुहल्ले की स्त्रियाँ बनाव-सिंगार किये जमा थीं। गाना-बजाना हो रहा था।

एक सहेली ने पूछा—क्यों आशा, अब तो तुम्हें उनका मुँह जरा भी अच्छा न लगता होगा।

आशा ने गम्भीर होकर कहा—मुझे तो पहले से कहीं अच्छा मालूम होता है।

'चलो, बातें बनाती हो।'

'नहीं बहन, सच कहती हूँ; रूप के बदले मुझे उनकी आत्मा मिल गई जो रूप से कहीं बढ़कर है।'

विपिन कमरे में बैठे हुए थे। कई मित्र जमा थे। ताश हो रहा था।

कमरे में एक खिड़की थी जो आँगन में खुलती थी। इस वक्त वह बंद थी। एक मित्र ने उसे चुपके से खोल दिया, और शीशे से झाँककर विपिन से कहा—आज तो तुम्हारे यहाँ परियों का अच्छा जमघट है।

विपिन—बंद कर दो।

'अजी जरा देखो तो कैसी-कैसी सूरतें हैं! तुम्हें इन सबों में कौन सबसे अच्छी मालूम होती है?'

विपिन ने उड़ती हुई नजरों से देखकर कहा—मुझे तो वही सबसे अच्छी मालूम होती है जो थाल में फूल रख रही है।

'वाह री आपकी निगाह! क्या सूरत के साथ तुम्हारी निगाह भी बिगड़ गई? मुझे तो वह सबसे बदसूरत मालूम होती है।'

'इसलिए कि तुम उसकी सूरत देखते हो और मै उसकी आत्मा देखता हूँ।'

'अच्छा, यही मिसेज़ विपिन हैं?'

'जी हाँ, यह वही देवी है।'

30.

उद्धार

हिंदू समाज की वैवाहिक प्रथा इतनी दूषित, इतनी चिंताजनक, इतनी भयंकर हो गई है कि कुछ समझ में नहीं आता, उसका सुधार क्योंकर हो। बिरले ही ऐसे माता-पिता होंगे जिनके सात पुत्रों के बाद भी एक कन्या उत्पन्न हो जाए तो वह सहर्ष उसका स्वागत करें। कन्या का जन्म होते ही उसके विवाह की चिंता सिर पर सवार हो जाती है और आदमी उसी में डुबकियाँ खाने लगता है। अवस्था इतनी निराशामय और भयानक हो गई है कि ऐसे माता-पिताओं की कमी नहीं है जो कन्या की मृत्यु पर हृदय से प्रसन्न होते हैं, मानो सिर से बाधा टली। इसका कारण केवल यही है कि दहेज की दर, दिन दूनी रात चौगुनी, पावस-काल के जल-वेग के समान बढ़ती चली जा रही है। जहाँ दहेज की सैकड़ों में बातें होती थीं, वहाँ अब हजारों तक नौबत पहुँच गई है। अभी

बहुत दिन नहीं गुजरे कि एक या दो हजार रुपये दहेज केवल बड़े घरों की बात थी, छोटी-छोटी शादियाँ पाँच सौ से एक हजार तक तय हो जाती थीं; पर अब मामूली-मामूली विवाह भी तीन-चार हजार के नीचे नहीं तय होते। खर्च का तो यह हाल है और शिक्षित समाज की निर्धनता और दरिद्रता दिनों-दिन बढ़ती जाती है। इसका अंत क्या होगा ईश्वर ही जाने। बेटे एक दरजन भी हों तो माता-पिता को चिंता नहीं होती। वह अपने ऊपर उनके विवाह-भार को अनिवार्य नहीं समझता, यह उसके लिए 'कम्पल्सरी' विषय नहीं, 'आप्शनल' विषय है। होगा तो कर देंगे; नहीं कह देंगे—बेटा, खाओ कमाओ, समाई हो तो विवाह कर लेना। बेटों की कुचरित्रता कलंक की बात नहीं समझी जाती; लेकिन कन्या का विवाह तो करना ही पड़ेगा, उससे भागकर कहाँ जाएँगे? अगर विवाह में विलम्ब हुआ और कन्या के पाँव कहीं ऊँचे-नीचे पड़ गए तो फिर कुटुम्ब की नाक कट गई; वह पतित हो गया, टाट बाहर कर दिया गया। अगर वह इस दुर्घटना को सफलता के साथ गुप्त रख सका तब तो कोई बात नहीं; उसको कलंकित करने का किसी को साहस नहीं; लेकिन अभाग्यवश यदि वह इसे छिपा न सका, भंडाफोड़ हो गया तो फिर माता-पिता के लिए, भाई-बंधुओं के लिए संसार में मुँह दिखाने को स्थान नहीं रहता। कोई अपमान इससे दुस्सह, कोई विपत्ति इससे भीषण नहीं। किसी भी व्याधि की इससे भयंकर कल्पना नहीं की जा सकती। लुत्फ़ तो यह है कि जो लोग बेटियों के विवाह की कठिनाइयों को भोग चुके होते हैं वही अपने बेटों के विवाह के अवसर पर बिलकुल भूल जाते हैं कि हमें कितनी ठोकरें खानी पड़ी थीं, जरा भी सहानुभूति नहीं प्रकट करते, बल्कि कन्या के विवाह में जो तावान उठाया था उसे चक्रवृद्धि ब्याज के साथ बेटे के विवाह में वसूल करने पर कटिबद्ध हो जाते हैं। कितने ही माता-पिता इसी चिंता में घुल-घुलकर अकाल मृत्यु को प्राप्त हो जाते हैं; कोई संन्यास ग्रहण कर लेता है, कोई बूढ़े के गले कन्या को मढ़ कर अपना गला छुड़ाता है, पात्र-कुपात्र का विचार करने का मौका कहाँ, ठेलमठेल है।

मुंशी गुलजारीलाल ऐसे ही हतभागे पिताओं में थे। यों उनकी स्थिति बुरी न थी, दो-ढाई सौ रुपये महीने वकालत से पीट लेते थे; पर खानदानी आदमी थे, उदार हृदय, बहुत किफ़ायत करने पर भी माकूल बचत न हो सकती थी।

संबंधियों का आदर-सत्कार न करें तो नहीं बनता, मित्रों की खातिरदारी न करें तो नहीं बनता, फिर ईश्वर के दिये हुए दो-तीन पुत्र थे, उनका पालन-पोषण, शिक्षण का भार था, क्या करते! पहली कन्या का विवाह उन्होंने अपनी हैसियत के अनुसार अच्छी तरह किया पर दूसरी पुत्री का विवाह टेढ़ी खीर हो रहा था। यह आवश्यक था कि विवाह अच्छे घराने में हो, अन्यथा लोग हँसेंगे और अच्छे घराने के लिए कम-से-कम पाँच हजार का तख़मीना था। उधर पुत्री सयानी होती जाती थी। वह अनाज जो लड़के खाते थे, वह भी खाती थी; लेकिन लड़कों को देखो तो जैसे सूखे का रोग लगा हो और लड़की शुक्ल पक्ष का चाँद हो रही थी। बहुत दौड़-धूप करने पर बेचारे को एक लड़का मिला। बाप आबकारी के विभाग में 400 रु. का नौकर था, लड़का भी सुशिक्षित। स्त्री से आकर बोले, लड़का तो मिला और घर-बार एक भी काटने योग्य नहीं; पर कठिनाई यही है कि लड़का कहता है, मैं अपना विवाह न करूँगा, बाप ने कितना समझाया, मैंने कितना समझाया, औरों ने समझाया, पर वह टस-से-मस नहीं होता। कहता है, मैं कभी विवाह न करूँगा। समझ में नहीं आता विवाह से क्यों इतनी घृणा करता है। कोई कारण नहीं बतलाता, बस यही कहता है, मेरी इच्छा। माँ-बाप का इकलौता लड़का है। उनकी परम इच्छा है कि इसका विवाह हो जाय, पर करें क्या? यों उन्होंने फलदान तो रख लिया है पर मुझसे कह दिया है कि लड़का स्वभाव का हठीला है, अगर न मानेगा तो फलदान आपको लौटा दिया जाएगा।

स्त्री ने कहा—तुमने लड़के को एकांत में बुलाकर पूछा नहीं?

गुलजारीलाल—बुलाया था। बैठा रोता रहा, फिर उठकर चला गया। तुमसे क्या कहूँ, उसके पैरों पर गिर पड़ा; लेकिन बिना कुछ कहे उठकर चला गया।

स्त्री—देखो, इस लड़की के पीछे क्या-क्या झेलना पड़ता है?

गुलजारीलाल—कुछ नहीं, आजकल के लौंडे सैलानी होते हैं। अँगरेजी पुस्तकों में पढ़ते हैं कि विलायत में कितने ही लोग अविवाहित रहना ही पसंद करते हैं। बस यही सनक सवार हो जाती है कि निर्द्वंद्व रहने में ही जीवन की सुख और शांति है। जितनी मुसीबतें हैं वह सब विवाह ही में हैं। मैं भी कालेज में था तब सोचा करता था कि अकेला रहूँगा और मजे से सैर-सपाटा करूँगा।

स्त्री—है तो वास्तव में बात यही। विवाह ही तो सारी मुसीबतों की जड़ है। तुमने विवाह न किया होता तो क्यों ये चिंताएँ होतीं? मैं भी क्वाँरी रहती तो चैन करती। इसके एक महीना बाद मुंशी गुलजारीलाल के पास वर ने यह पत्र लिखा—

पूज्यवर,

सादर प्रणाम।

मैं आज बहुत असमंजस में पड़कर यह पत्र लिखने का साहस कर रहा हूँ। इस धृष्टता को क्षमा कीजिएगा।

आपके जाने के बाद से मेरे पिताजी और माताजी दोनों मुझ पर विवाह करने के लिए नाना प्रकार से दबाव डाल रहे हैं। माताजी रोती हैं, पिताजी नाराज होते हैं। वह समझते हैं कि मैं अपनी जिद के कारण विवाह से भागता हूँ। कदाचित् उन्हें यह भी सन्देह हो रहा है कि मेरा चरित्र भ्रष्ट हो गया है। मैं वास्तविक कारण बताते हुए डरता हूँ कि इन लोगों को दुःख होगा और आश्चर्य नहीं कि शोक में उनके प्राणों पर ही बन जाए। इसलिए अब तक मैंने जो बात गुप्त रखी थी, वह आज विवश होकर आपसे प्रकट करता हूँ और आपसे साग्रह निवेदन करता हूँ कि आप इसे गोपनीय समझिएगा और किसी दशा में भी उन लोगों के कानों में इसकी भनक न पड़ने दीजिएगा। जो होना है वह तो होगा ही, पहले ही से क्यों उन्हें शोक में डुबाऊँ। मुझे 5-6 महीनों से यह अनुभव हो रहा है कि मैं क्षय रोग से ग्रसित हूँ। उसके सभी लक्षण प्रकट होते जाते हैं। डाक्टरों की भी यही राय है। यहाँ सबसे अनुभवी जो दो डाक्टर हैं, उन दोनों ही से मैंने अपनी आरोग्य-परीक्षा कराई और दोनों ही ने स्पष्ट कहा कि तुम्हें सिल है। अगर माता-पिता से यह कह दूँ तो वह रो-रोकर मर जाएँगे। जब यह निश्चय है कि मैं संसार में थोड़े ही दिनों का मेहमान हूँ तो मेरे लिए विवाह की कल्पना करना भी पाप है। संभव है कि मैं विशेष प्रयत्न करके साल-दो-साल जीवित रहूँ; पर वह दशा और भी भयंकर होगी, क्योंकि अगर कोई सन्तान हुई तो वह भी मेरे संस्कार से अकाल मृत्यु पाएगी और कदाचित् स्त्री को भी इसी रोग-राक्षस का भक्षण बनना पड़े। मेरे अविवाहित रहने से जो बीतेगी, मुझ ही पर बीतेगी। विवाहित हो जाने से मेरे साथ और कई जीवों का नाश हो जाएगा। इसलिए आपसे

मेरी प्रार्थना है कि मुझे इस बन्धन में डालने के लिए आग्रह न कीजिए, अन्यथा आपको पछताना पड़ेगा।

सेवक,

हजारीलाल।

पत्र पढ़कर गुलजारीलाल ने स्त्री की ओर देखा और बोले—इस पत्र के विषय में तुम्हारा क्या विचार है?

स्त्री—मुझे तो ऐसा मालूम होता है कि उसने बहाना रचा है।

गुलजारीलाल—बस-बस, ठीक यही मेरा भी विचार है। उसने समझा है कि बीमारी का बहाना कर दूँगा तो लोग आप ही हट जाएँगे। असल में बीमारी कुछ नहीं। मैंने तो देखा ही था, चेहरा चमक रहा था। बीमार का मुँह छिपा नहीं रहता।

स्त्री—राम नाम ले के विवाह करो कोई किसी का भाग्य थोड़े ही पढ़े बैठा है।

गुलजारीलाल—यही तो मैं भी सोच रहा हूँ।

स्त्री—न हो किसी डाक्टर से लड़के को दिखाओ। कहीं सचमुच वह बीमारी हो तो बेचारी अम्बा कहीं की न रहे।

गुलजारीलाल—तुम भी पागल हुई हो क्या? सब हीले-हवाले हैं। इन छोकरों का दिल का हाल मैं खूब जानता हूँ। सोचता होगा अभी सैर-सपाटे कर रहा हूँ, विवाह हो जाएगा तो यह गुलछर्रे कैसे उड़ेंगे!

स्त्री—तो शुभ मुहूर्त देखकर लग्न भेजवाने की तैयारी करो।

हजारीलाल बड़े धर्म-संदेह में था। उसके पैरों में जबरदस्ती विवाह की बेड़ी डाली जा रही थी और वह कुछ न कर सकता था। उसने ससुर को अपना कच्चा चिट्ठा कह सुनाया; मगर किसी ने उसकी बातों पर विश्वास न किया। माँ-बाप से अपनी बीमारी का हाल कहने का उसे साहस न होता था, न-जाने उनके दिल पर क्या गुजरे, न-जाने क्या कर बैठें? कभी सोचता किसी डाक्टर की शहादत लेकर ससुर के पास भेज दूँ, मगर फिर ध्यान आता, यदि उन लोगों को उस पर भी विश्वास न आया, तो? आजकल डाक्टरी से सनद ले

लेना कौन-सा मुश्किल काम है। सोचेंगे, किसी डाक्टर को कुछ दे-दिलाकर लिखा लिया होगा। शादी के लिए तो इतना आग्रह हो रहा था, उधर डाक्टरों ने स्पष्ट कह दिया था कि अगर तुमने शादी की तो तुम्हारा जीवन-सूत्र और भी निर्बल हो जाएगा। महीनों की जगह दिनों में वारा-न्यारा हो जाने की संभावना है।

लग्न आ चुकी थी। विवाह की तैयारियाँ हो रही थीं, मेहमान आते-जाते थे और हजारीलाल घर से भागा-भागा फिरता था। कहाँ चला जाऊँ? विवाह की कल्पना ही से उसके प्राण सूख जाते थे। आह! उस अबला की क्या गति होगी? जब उसे यह बात मालूम होगी तो वह मुझे अपने मन में क्या कहेगी? कौन इस पाप का प्रायश्चित्त करेगा? नहीं, उस अबला पर घोर अत्याचार न करूँगा, उसे वैधव्य की आग में न जलाऊँगा। मेरी जिंदगी ही क्या, आज न मरा कल मरूँगा, कल नहीं तो परसों, तो क्यों न आज ही मर जाऊँ। आज ही जीवन का और उसके साथ सारी चिंताओं का, सारी विपत्तियों का अंत कर दूँ। पिताजी रोयेंगे, अम्माँ प्राण त्याग देंगी; लेकिन एक बालिका का जीवन तो सफल हो जाएगा, मेरे बाद कोई अभागा अनाथ तो न रोएगा।

क्यों न चलकर पिताजी से कह दूँ? वह एक-दो दिन दुःखी रहेंगे, अम्माजी दो-एक रोज शोक से निराहार रह जाएँगी, कोई चिंता नहीं। अगर माता-पिता के इतने कष्ट से एक युवती की प्राण-रक्षा हो जाए तो क्या छोटी बात है?

यह सोचकर वह धीरे से उठा और आकर पिता के सामने खड़ा हो गया।

रात के दस बज गये थे। बाबू दरबारीलाल चारपाई पर लेटे हुए हुक्का पी रहे थे। आज उन्हें सारा दिन दौड़ते गुजरा था। शामियाना तय किया; बाजे वालों को बयाना दिया; आतिशबाजी, फुलवारी आदि का प्रबंध किया, घंटों ब्राह्मणों के साथ सिर मारते रहे, इस वक्त जरा कमर सीधी कर रहे थे कि सहसा हजारीलाल को सामने देखकर चौंक पड़े। उसका उतरा हुआ चेहरा, सजल आँखें और कुंठित मुख देखा तो कुछ चिंतित होकर बोले—क्यों लालू, तबीयत तो अच्छी है न? कुछ उदास मालूम होते हो।

हजारीलाल—मैं आपसे कुछ कहना चाहता हूँ; पर भय होता है कि कहीं आप अप्रसन्न न हों।

दरबारीलाल—समझ गया, वही पुरानी बात है न? उसके सिवा कोई दूसरी बात हो तो शौक से कहो।

हजारीलाल—खेद है कि मैं उसी विषय में कुछ कहना चाहता हूँ।

दरबारीलाल—यही कहना चाहते हो न कि मुझे इस बंधन में न डालिए, मैं इसके अयोग्य हूँ, मैं यह भार सह नहीं सकता, बेड़ी मेरी गर्दन को तोड़ देगी, आदि या और कोई नयी बात?

हजारीलाल—जी नहीं, नई बात है। मैं आपकी आज्ञा पालन करने के लिए सब प्रकार से तैयार हूँ; पर एक ऐसी बात है, जिसे मैंने अब तक छिपाया था, उसे भी प्रकट कर देना चाहता हूँ। इसके बाद आप जो कुछ निश्चय करेंगे उसे मैं शिरोधार्य करूँगा।

हजारीलाल ने बड़े विनीत शब्दों में अपना आशय कहा, डाक्टरों की राय भी बयान की और अंत में बोले—ऐसी दशा में मुझे पूरी आशा है कि आप मुझे विवाह करने के लिए बाध्य न करेंगे।

दरबारीलाल ने पुत्र के मुख की ओर गौर से देखा, कहीं जर्दी का नाम न था, इस कथन पर विश्वास न आया; पर अपना अविश्वास छिपाने और अपना हार्दिक शोक प्रकट करने के लिए वह कई मिनट तक गहरी चिंता में मग्न रहे। इसके बाद पीड़ित कंठ से बोले—बेटा, इस दशा में तो विवाह करना और भी आवश्यक है। ईश्वर न करे कि हम वह बुरा दिन देखने के लिए जीते रहें; पर विवाह हो जाने से तुम्हारी कोई निशानी तो रह जाएगी। ईश्वर ने कोई संतान दे दी तो वही हमारे बुढ़ापे की लाठी होगी, उसी का मुँह देख-देख कर दिल को समझायेंगे, जीवन का कुछ आधार तो रहेगा। फिर आगे क्या होगा यह कौन कह सकता है? डाक्टर किसी की कर्म रेखा तो नहीं पढ़े होते, ईश्वर की लीला अपरम्पार है, डाक्टर उसे नहीं समझ सकते। तुम निश्चिंत होकर बैठो, हम जो कुछ करते हैं, करने दो। भगवान चाहेंगे तो सब कल्याण ही होगा।

हजारीलाल ने इसका कोई उत्तर नहीं दिया। आँखें डबडबा आयीं, कंठावरोध के कारण मुँह तक न खोल सका। चुपके से आकर अपने कमरे में लेट रहा।

तीन दिन और गुजर गए, पर हजारीलाल कुछ निश्चय न कर सका। विवाह की तैयारियाँ पूरी हो गई थीं। आँगन में मंडप गड़ गया था; डाल, गहने संदूकों में रखे जा चुके थे। मातृ पूजा हो चुकी थी और द्वार पर बाजों का

शोर मचा हुआ था। मुहल्ले के लड़के जमा होकर बाजा सुनते थे और उल्लास से इधर-उधर दौड़ते थे।

संध्या हो गई थी। बरात आज रात की गाड़ी से जानेवाली थी। बरातियों ने अपने वस्त्राभूषण पहनने शुरू किये। कोई नाई से बाल बनवाता था और चाहता था कि खत ऐसा साफ हो जाय मानो यहाँ बाल कभी थे ही नहीं, बूढ़े अपने पके बाल को उखड़वाकर जवान बनने की चेष्टा कर रहे थे। तेल, साबुन, उबटन की लूट मची हुई थी और हजारीलाल बगीचे में एक वृक्ष के नीचे उदास बैठा हुआ सोच रहा था, क्या करूँ?

अंतिम निश्चय की घड़ी सिर पर खड़ी थी। अब एक क्षण भी विलम्ब करने का मौका न था। अपनी वेदना किससे कहे, कोई सुननेवाला न था।

उसने सोचा हमारे माता-पिता कितने अदूरदर्शी हैं, अपनी उमंग में इन्हें इतना भी नहीं सूझता कि वधू पर क्या गुजरेगी। वधू के माता-पिता भी इतने अंधे हो रहे हैं कि देखकर भी नहीं देखते, जानकर नहीं जानते।

क्या यह विवाह है? कदापि नहीं। यह तो लड़की को कुएँ में डालना है, भाड़ में झोंकना है, कुंद छूरे से रेतना है। कोई यातना इतनी दुस्सह, इतनी हृदयविदारक नहीं हो सकती जितनी वैधव्य और ये लोग जान-बूझकर अपनी पुत्री को वैधव्य के अग्नि-कुंड में डाल देते हैं। यह माता-पिता हैं? कदापि नहीं। यह लड़की के शत्रु हैं, कसाई हैं, बधिक हैं, हत्यारे हैं। क्या इनके लिए कोई दंड नहीं? जो जान-बूझकर अपनी प्रिय संतान के खून से अपने हाथ रँगते हैं, उसके लिए कोई दंड नहीं? समाज भी उन्हें दंड नहीं देता, कोई कुछ नहीं कहता। हाय!

वह सोचकर हजारीलाल उठा और एक ओर चुपचाप चल दिया। उसके मुख पर तेज छाया हुआ था। उसने आत्म-बलिदान से इस कष्ट को निवारण करने का दृढ़ संकल्प कर लिया था। उसे मृत्यु का लेशमात्र भी भय न था। वह उस दशा को पहुँच गया था जब सारी आशाएँ मृत्यु पर ही अवलम्बित हो जाती हैं।

उस दिन से फिर किसी ने हजारीलाल की सूरत नहीं देखी। मालूम नहीं जमीन खा गई या आसमान। नदियों में जाल डाले गए, कुओं में बाँस पड़ गये, पुलिस में हुलिया गया, समाचार-पत्रों में विज्ञप्ति निकाली गई, पर कहीं पता न चला।

कई हफ्तों के बाद, छावनी रेलवे स्टेशन से एक मील पश्चिम की ओर सड़क पर कुछ हड्डियाँ मिलीं। लोगों को अनुमान हुआ कि हजारीलाल ने गाड़ी के नीचे दबकर जान दी, पर निश्चित रूप से कुछ न मालूम हुआ।

भादों का महीना था और तीज का दिन। घरों में सफाई हो रही थी। सौभाग्यवती रमणियाँ सोलहों श्रृंगार किए गंगा-स्नान करने जा रही थीं। अम्बा स्नान करके लौट आयी थी और तुलसी के कच्चे चबूतरे के सामने खड़ी वंदना कर रही थी। पतिगृह में उसकी यह पहली ही तीज थी, बड़ी उमंगों से व्रत रखा था। सहसा उसके पति ने अंदर आकर उसे सहास नेत्रों से देखा और बोला—मुंशी दरबारीलाल तुम्हारे कौन होते हैं, यह उनके यहाँ से तुम्हारे लिए तीज पठौनी आयी है। अभी डाकिया दे गया है।

यह कहकर उसने एक पारसल चारपाई पर रख दिया। दरबारीलाल का नाम सुनते ही अम्बा की आँखें सजल हो गईं। वह लपकी हुई आयी और पारसल को हाथ में लेकर देखने लगी; पर उसकी हिम्मत न पड़ी कि उसे खोले। पिछली स्मृतियाँ जीवित हो गईं, हृदय में हजारीलाल के प्रति श्रद्धा का एक उद्‌गार-सा उठ पड़ा। आह! यह उसी देवात्मा के आत्मबलिदान का पुनीत फल है कि मुझे यह दिन देखना नसीब हुआ। ईश्वर उन्हें सद्‌गति दें। वह आदमी नहीं, देवता थे, जिसने मेरे कल्याण के निमित्त अपने प्राण तक समर्पण कर दिये।

पति ने पूछा—दरबारीलाल तुम्हारे चचा हैं?

अम्बा—हाँ।

पति—इस पत्र में हजारीलाल का नाम लिखा है, यह कौन है?

अम्बा—यह मुंशी दरबारीलाल के बेटे हैं।

पति—तुम्हारे चचेरे भाई?

अम्बा—नहीं, मेरे परम दयालु उद्धारक, जीवनदाता, मुझे अथाह जल में डूबने से बचानेवाले, मुझे सौभाग्य का वरदान देनेवाले।

पति ने इस भाव से कहा मानो कोई भूली हुई बात याद आ गई हो—अहा! मैं समझ गया। वास्तव में वह मनुष्य नहीं देवता थे।

31.

निर्वासन

परशुराम—वहीं-वहीं दालान में ठहरो!

मर्यादा—क्यों, क्या मुझमें कुछ छूत लग गई!

परशुराम—पहले यह बताओ तुम इतने दिनों से कहाँ रहीं, किसके साथ रहीं, किस तरह रहीं और फिर यहाँ किसके साथ आयीं? तब, तब विचार... देखी जाएगी।

मर्यादा—क्या इन बातों को पूछने का यही वक्त है; फिर अवसर न मिलेगा?

परशुराम—हाँ, यही बात है। तुम स्नान करके नदी से तो मेरे साथ ही निकली थीं। मेरे पीछे-पीछे कुछ देर तक आयीं भी; मै पीछे फिर-फिर कर तुम्हें देखता जाता था,फिर एकाएक तुम कहाँ गायब हो गईं?

मर्यादा—तुमने देखा नहीं, नागा साधुओं का एक दल सामने से आ गया। सब आदमी इधर-उधर दौड़ने लगे। मै भी धक्के में पड़कर जाने किधर चली गई। जरा भीड़ कम हुई तो तुम्हें ढूँढ़ने लगी। बासू का नाम ले-ले कर पुकारने लगी, पर तुम न दिखाई दिये।

परशुराम—अच्छा तब?

मर्यादा—तब मै एक किनारे बैठकर रोने लगी, कुछ सूझ ही न पड़ता कि कहाँ जाऊँ, किससे कहूँ, आदमियों से डर लगता था। संध्या तक वहीं बैठी रोती रही।

परशुराम—इतना तूल क्यों देती हो? वहाँ से फिर कहाँ गईं?

मर्यादा—संध्या को एक युवक ने आ कर मुझसे पूछा, तुम्हारे घर के लोग कहीं खो तो नहीं गए हैं? मैने कहा—हाँ। तब उसने तुम्हारा नाम, पता, ठिकाना पूछा। उसने सब एक किताब पर लिख लिया और मुझसे बोला—मेरे साथ आओ, मैं तुम्हें तुम्हारे घर भेज दूँगा।

परशुराम—वह आदमी कौन था?

मर्यादा—वहाँ की सेवा-समिति का स्वयंसेवक था।

परशुराम—तो तुम उसके साथ हो लीं?

मर्यादा—और क्या करती? वह मुझे समिति के कार्यलय में ले गया। वहाँ एक शामियाने में एक लम्बी दाढ़ीवाला मनुष्य बैठा हुआ कुछ लिख रहा था। वही उन सेवकों का अध्यक्ष था। और भी कितने ही सेवक वहाँ खड़े थे। उसने मेरा पता-ठिकाना रजिस्टर में लिखकर मुझे एक अलग शामियाने में भेज दिया, जहाँ और भी कितनी खोई हुई स्त्रियों बैठी हुई थीं।

परशुराम—तुमने उसी वक्त अध्यक्ष से क्यों न कहा कि मुझे पहुँचा दीजिए?

मर्यादा—मैंने एक बार नहीं सैकड़ो बार कहा; लेकिन वह यह कहते रहे, जब तक मेला न खत्म हो जाए और सब खोयी हुई स्त्रियाँ एकत्र न हो जाएँ, मैं भेजने का प्रबन्ध नहीं कर सकता। मेरे पास न इतने आदमी हैं, न इतना धन?

परशुराम—धन की तुम्हे क्या कमी थी, कोई एक सोने की चीज बेच देती तो काफी रूपए मिल जाते।

मर्यादा—आदमी तो नहीं थे।

परशुराम—तुमने यह कहा था कि खर्च की कुछ चिन्ता न कीजिए, मैं अपने गहने बेचकर अदा कर दूँगी?

मर्यादा—सब स्त्रियाँ कहने लगीं, घबरायी क्यों जाती हो? यहाँ किस बात का डर है। हम सभी जल्द अपने घर पहुँचना चाहती है; मगर क्या करें? तब मैं भी चुप हो रही।

परशुराम—और सब स्त्रियाँ कुएँ में गिर पड़तीं तो तुम भी गिर पड़तीं?

मर्यादा—जानती तो थी कि यह लोग धर्म के नाते मेरी रक्षा कर रहे हैं, कुछ मेरे नौकर या मजूर नहीं हैं, फिर आग्रह किस मुँह से करती? यह बात भी है कि बहुत-सी स्त्रियों को वहाँ देखकर मुझे कुछ तसल्ली हो गई।

परशुराम—हाँ, इससे बढ़कर तस्कीन की और क्या बात हो सकती थी? अच्छा, वहाँ कै दिन तस्कीन का आनन्द उठाती रही? मेला तो दूसरे ही दिन उठ गया होगा?

मर्यादा—रात-भर मैं स्त्रियों के साथ उसी शामियाने में रही।

परशुराम—अच्छा, तुमने मुझे तार क्यों न दिलवा दिया?

मर्यादा—मैंने समझा, जब यह लोग पहुँचाने की कहते ही हैं तो तार क्यों दूँ?

परशुराम—खैर, रात को तुम वहीं रही। युवक बार-बार भीतर आते रहे होंगे?

मर्यादा—केवल एक बार एक सेवक भोजन के लिए पूछने आया था, जब हम सबों ने खाने से इन्कार कर दिया तो वह चला गया और फिर कोई न आया। मैं रात-भर जगती रही।

परशुराम—यह मैं कभी न मानूँगा कि इतने युवक वहाँ थे और कोई अन्दर न गया होगा। समिति के युवक आकाश के देवता नहीं होते। खैर, वह दाढ़ीवाला अध्यक्ष तो जरूर ही देखभाल करने गया होगा?

मर्यादा—हाँ, वह आते थे। पर द्वार पर से पूछ-पूछ कर लौट जाते थे। हाँ, जब एक महिला के पेट में दर्द होने लगा था तो दो-तीन बार दवाएँ पिलाने आए थे।

परशुराम—निकली न वही बात! मैं इन धूर्तों की नस-नस पहचानता हूँ। विशेषकर तिलक-मालाधारी दढ़ियलों को मैं गुरु घंटाल ही समझता हूँ। तो वे महाशय कई बार दवाई देने गए? क्यों तुम्हारे पेट में तो दर्द नहीं होने लगा था?

मर्यादा—तुम एक साधु पुरुष पर आक्षेप कर रहे हो। वह बेचारे एक तो मेरे बाप के बराबर थे, दूसरे आँखें नीची किए रहने के सिवाय कभी किसी पर सीधी निगाह नहीं करते थे।

परशुराम—हाँ, वहाँ सब देवता ही देवता जमा थे। खैर, तुम रात-भर वहाँ रहीं। दूसरे दिन क्या हुआ?

मर्यादा—दूसरे दिन भी वहीं रही। एक स्वयंसेवक हम सब स्त्रियों को साथ में लेकर मुख्य-मुख्य पवित्र स्थानों का दर्शन कराने गया। दोपहर को लौट कर सबों ने भोजन किया।

परशुराम—तो वहाँ तुमने सैर-सपाटा भी खूब किया, कोई कष्ट न होने पाया। भोजन के बाद गाना-बजाना हुआ होगा?

मर्यादा—गाना बजाना तो नहीं, हाँ, सब अपना-अपना दुखड़ा रोती रहीं, शाम तक मेला उठ गया तो दो सेवक हम लोगों को लेकर स्टेशन पर आए।

परशुराम—मगर तुम तो आज सातवें दिन आ रही हो और वह भी अकेली?

मर्यादा—स्टेशन पर एक दुर्घटना हो गई।

परशुराम—हाँ, यह तो मैं समझ ही रहा था। क्या दुर्घटना हुई?

मर्यादा—जब सेवक टिकट लेने जा रहा था, तो एक आदमी ने आ कर उससे कहा—यहाँ गोपीनाथ के धर्मशाला में एक आदमी ठहरे हुए हैं, उनकी स्त्री खो गई है, उनका भला-सा नाम है, गोरे-गोरे लम्बे-से खूबसूरत आदमी हैं, लखनऊ मकान है, झवाई टोले में। तुम्हारा हुलिया उसने ऐसा ठीक बयान किया कि मुझे उस पर विश्वास आ गया। मैं सामने आकर बोली, तुम बाबूजी को जानते हो? वह हँसकर बोला, जानता नहीं हूँ तो तुम्हें तलाश क्यों करता फिरता हूँ। तुम्हारा बच्चा रो-रो कर हलकान हो रहा है। सब औरतें कहने लगीं, चली जाओ, तुम्हारे स्वामीजी घबरा रहे होंगे। स्वयंसेवक ने उससे दो-चार बातें पूछ कर मुझे उसके साथ कर दिया। मुझे क्या मालूम था कि मैं किसी नर-पिशाच के हाथों पड़ी जाती हूँ। दिल में खुशी थी कि अब बासू को देखूँगी तुम्हारे दर्शन करूँगी। शायद इसी उत्सुकता ने मुझे असावधान कर दिया।

परशुराम—तो तुम उस आदमी के साथ चल दीं? वह कौन था?

मर्यादा—क्या बतलाऊँ कौन था? मैं तो समझती हूँ, कोई दलाल था?

परशुराम—तुम्हें यह न सूझी कि उससे कहतीं, जा कर बाबूजी को भेज दो?

मर्यादा—अदिन आते हैं तो बुद्धि भ्रष्ट हो जाती है।

परशुराम—कोई आ रहा है।

मर्यादा—मैं गुसलखाने में छिपी जाती हूँ।

परशुराम—आओ भाभी, क्या अभी सोयी नहीं, दस तो बज गए होंगे।

भाभी—वासुदेव को देखने को जी चाहता था भैया, क्या सो गया?

परशुराम—हाँ, वह तो अभी रोते-रोते सो गया।

भाभी—कुछ मर्यादा का पता मिला? अब पता मिले तो भी तुम्हारे किस काम की। घर से निकली स्त्रियाँ थान से छूटी हुई घोड़ी हैं। जिसका कुछ भरोसा नहीं।

परशुराम—कहाँ से कहाँ लेकर मैं उसे नहाने लगा।

भाभी—होनहार है, भैया होनहार। अच्छा, तो मै जाती हूँ।

मर्यादा–(बाहर आकर) होनहार नहीं है, तुम्हारी चाल है। वासुदेव को प्यार करने के बहाने तुम इस घर पर अधिकार जमाना चाहती हो।

परशुराम–बको मत! वह दलाल तुम्हें कहाँ ले गया?

मर्यादा–स्वामी, यह न पूछिए, मुझे कहते लज्जा आती है।

परशुराम–यहाँ आते तो और भी लज्जा आनी चाहिए थी।

मर्यादा–मैं परमात्मा को साक्षी देती हूँ, कि मैंने उसे अपना अंग भी स्पर्श नहीं करने दिया।

पराशुराम–उसका हुलिया बयान कर सकती हो।

मर्यादा–साँवला-सा छोटे डील का आदमी था। नीचा कुरता पहने हुए था।

परशुराम–गले में ताबीजें भी थी?

मर्यादा–हाँ, थी तो।

परशुराम–वह धर्मशाले का मेहतर था। मैंने उसे तुम्हारे गुम हो जाने की चर्चा की थी। उस दुष्ट ने उसका वह स्वाँग रचा।

मर्यादा–मुझे तो वह कोई ब्राह्मण मालूम होता था।

परशुराम–नहीं मेहतर था। वह तुम्हें अपने घर ले गया?

मर्यादा–हाँ, उसने मुझे ताँगे पर बैठाया और एक तंग गली में, एक छोटे-से मकान के अन्दर ले जाकर बोला, तुम यहीं बैठो, तुम्हारें बाबूजी यहीं आयेंगे। अब मुझे विदित हुआ कि मुझे धोखा दिया गया। रोने लगी। वह आदमी थोड़ी देर बाद चला गया और एक बुढ़िया आकर मुझे भाँति-भाँति के प्रलोभन देने लगी। सारी रात रो-रोकर काटी। दूसरे दिन दोनों फिर मुझे समझाने लगे कि रो-रो कर जान दे दोगी, मगर यहाँ कोई तुम्हारी मदद को न आएगा। तुम्हारा एक घर छूट गया। हम तुम्हें उससे कहीं अच्छा घर देंगें जहाँ तुम सोने के कौर खाओगी और सोने से लद जाओगी। तब मैंने देखा कि यहाँ से किसी तरह नहीं निकल सकती तो मैंने कौशल करने का निश्चय किया।

परशुराम–खैर, सुन चुका। मैं तुम्हारा ही कहना मान लेता हूँ कि तुमने अपने सतीत्व की रक्षा की, पर मेरा हृदय तुमसे घृणा करता है, तुम मेरे लिए फिर वह नहीं हो सकती जो पहले थीं। इस घर में तुम्हारे लिए स्थान नहीं है।

मर्यादा–स्वामी जी, यह अन्याय न कीजिए, मैं आपकी वही स्त्री हूँ जो पहले थी। सोचिए, मेरी दशा क्या होगी?

परशुराम—मैं यह सब सोच चुका और निश्चय कर चुका। आज छः दिन से यह सोच रहा हूँ। तुम जानती हो कि मुझे समाज का भय नहीं। छूत-विचार को मैंने पहले ही तिलांजली दे दी, देवी-देवताओं को पहले ही विदा कर चुका; पर जिस स्त्री पर दूसरी निगाहें पड़ चुकीं, जो एक सप्ताह तक न-जाने कहाँ और किस दशा में रही, उसे अंगीकार करना मेरे लिए असम्भव है। अगर अन्याय है तो ईश्वर की ओर से है, मेरा दोष नहीं।

मर्यादा—मेरी विवशता पर आपको जरा भी दया नहीं आती?

परशुराम—जहाँ घृणा है, वहाँ दया कहाँ? मैं अब भी तुम्हारा भरण-पोषण करने को तैयार हूँ। जब तक जीऊँगा, तुम्हें अन्न-वस्त्र का कष्ट न होगा पर तुम मेरी स्त्री नहीं हो सकतीं।

मर्यादा—मैं अपने पुत्र का मुँह न देखूँ अगर किसी ने स्पर्श भी किया हो।

परशुराम—तुम्हारा किसी अन्य पुरुष के साथ क्षण-भर भी एकान्त में रहना तुम्हारे पतिव्रत को नष्ट करने के लिए बहुत है। यह विचित्र बंधन है, रहे तो जन्म-जन्मान्तर तक रहे; टूटे तो क्षण-भर में टूट जाए। तुम्हीं बताओ, किसी मुसलमान ने जबरदस्ती मुझे अपना उच्छिष्ट भोलन खिला दिया होता तो मुझे स्वीकार करतीं?

मर्यादा—वह...वह...तो दूसरी बात है।

परशुराम—नहीं, एक ही बात है। जहाँ भावों का संबंध है, वहाँ तर्क और न्याय से काम नहीं चलता। यहाँ तक अगर कोई कह दे कि तुम्हारे पानी को मेहतर ने छू लिया है, तब भी उसे ग्रहण करने से तुम्हें घृणा आएगी। अपने ही दिल से सोचो कि तुम्हारे साथ न्याय कर रहा हूँ या अन्याय?

मर्यादा—मैं तुम्हारी छुई चीजें न खाती, तुमसे पृथक् रहती पर तुम्हें घर से तो न निकाल सकती थी। मुझे इसलिए न दुत्कार रहे हो कि तुम घर के स्वामी हो और समझते हो कि मैं इसका पालन करता हूँ।

परशुराम—यह बात नहीं है। मैं इतना नीच नहीं हूँ।

मर्यादा—तो तुम्हारा यही अंतिम निश्चय है?

परशुराम—हाँ, अंतिम।

मर्यादा—जानते हो इसका परिणाम क्या होगा?

परशुराम—जानता भी हूँ और नहीं भी जानता।

मर्यादा—मुझे वासुदेव को ले जाने दोगे?

परशुराम—वासुदेव मेरा पुत्र है।

मर्यादा—उसे एक बार प्यार कर लेने दोगे?

परशुराम—अपनी इच्छा से नहीं, तुम्हारी इच्छा हो तो दूर से देख सकती हो।

मर्यादा—तो जाने दो, न देखूँगी। समझ लूँगी कि विधवा हूँ और बाँझ भी। चलो मन, अब इस घर में तुम्हारा निबाह नहीं है। चलो जहाँ भाग्य ले जाय।

32.

कौशल

पंडित बलराम शास्त्री की धर्मपत्नी माया को बहुत दिनों से एक हार की लालसा थी और वह सैकड़ों ही बार पंडितजी से उसके लिए आग्रह कर चुकी थी, किंतु पंडित जी हीला-हवाला करते रहते थे। यह तो साफ-साफ न कहते थे कि मेरे पास रुपये नहीं हैं—इससे उनके पराक्रम में बट्टा लगता था—तर्कनाओं की शरण लिया करते थे। गहनों से कुछ लाभ नहीं एक तो धातु अच्छी नहीं मिलती; उस पर सोनार रुपये के आठ-आठ आने कर देता है और सबसे बड़ी बात यह है कि घर में गहने रखना चोरों को नेवता देना है। घड़ी-भर श्रृंगार के लिए इतनी विपत्ति सिर पर लेना मूर्खों का काम है। बेचारी माया तर्कशास्त्र न पढ़ी थी, इन युक्तियों के सामने निरुत्तर हो जाती थी। पड़ोसिनों को देख-देख कर उसका जी ललचा करता था, पर दुख किससे कहे। यदि पण्डित जी ज्यादा मेहनत करने के योग्य होते तो यह मुश्किल आसान हो जाती। पर वे आलसी जीव थे, अधिकांश समय भोजन और विश्राम में व्यतीत किया करते थे। पत्नीजी की कटूक्तियाँ सुननी मंजूर थीं, लेकिन निद्रा की मात्रा में कमी न कर सकते थे।

एक दिन पण्डित जी पाठशाला से आये तो देखा कि माया के गले में सोने का हार विराज रहा है। हार की चमक से उसकी मुख-ज्योति चमक उठी थी।

उन्होंने उसे कभी इतनी सुन्दर न समझा था। पूछा—यह हार किसका है?

माया बोली—पड़ोस में जो बाबूजी रहते हैं उन्ही की स्त्री का है। आज उनसे मिलने गई थी, यह हार देखा, बहुत पसंद आया। तुम्हें दिखाने के लिए पहन कर चली आई। बस, ऐसा ही एक हार मुझे बनवा दो।

पण्डित—दूसरे की चीज नाहक माँग लायी। कहीं चोरी हो जाए तो हार तो बनवाना ही पड़े, ऊपर से बदनामी भी हो।

माया—मैं तो ऐसा ही हार लूगी। 20 तोले का है।

पण्डित—फिर वही जिद।

माया—जब सभी पहनती हैं तो मैं ही क्यों न पहनूँ?

पण्डित—सब कुएँ में गिर पड़ें तो तुम भी कुएँ में गिर पड़ोगी? सोचो तो, इस वक्त इस हार के बनवाने में 600 रुपये लगेंगे। अगर 1 रुपया प्रति सैकड़ा ब्याज रख लिया जाए तो 5 वर्ष में 600 रुपये के लगभग 1000 रुपये हो जाएँगे। लेकिन 5 वर्ष में तुम्हारा हार मुश्किल से 300 रुपये का रह जाएगा। इतना बड़ा नुकसान उठाकर हार पहनने से क्या सुख? यह हार वापस कर दो, भोजन करो और आराम से पड़ी रहो। यह कहते हुए पण्डित जी बाहर चले गये।

रात को एकाएक माया ने शोर मचाकर कहा—चोर! चोर! हाय, घर में चोर, मुझे घसीटे लिए जाते हैं।

पण्डित जी हकबका कर उठे और बोले—कहाँ, कहाँ? दौड़ो, दौड़ो।

माया—मेरी कोठरी में गया है। मैंने उसकी परछाईं देखी।

पण्डित—लालटेन लाओ, जरा मेरी लकड़ी उठा लेना।

माया—मुझसे तो मारे डर के उठा नहीं जाता।

कई आदमी बाहर से बोले—कहाँ हैं पण्डित जी, कोई सेंध पड़ी है क्या?

माया—नहीं, नहीं, खपरैल पर से उतरे हैं। मेरी नींद खुली तो कोई मेरे ऊपर झुका हुआ था। हाय राम! यह तो हार ही ले गया, पहने-पहने सो गई थी। मुये ने गले से निकाल लिया। हाय भगवान्!

पण्डित—तुमने हार उतार क्यों न दिया था?

माया—मैं क्या जानती थी कि आज ही यह मुसीबत सिर पड़ने वाली है, हाय भगवान्!

पण्डित—अब हाय-हाय करने से क्या होगा? अपने कर्मों को रोओ! इसीलिए कहा करता था कि सब घड़ी बराबर नहीं जाती, न जाने कब क्या हो जाए। अब आयी समझ में मेरी बात! देखो, और कुछ तो नहीं ले गया?

पड़ोसी लालटेन लिए आ पहुँचे। घर में कोना-कोना देखा। करियाँ देखीं, छत पर चढ़कर देखा, अगवाड़े-पिछवाड़े देखा, शौच-गृह में झाँका, कहीं चोर का पता न था।

एक पड़ोसी—किसी जानकार आदमी का काम है।

दूसरा पड़ोसी—बिना घर के भेदिये के कभी चोरी नहीं होती। और कुछ तो नहीं ले गया?

माया—और तो कुछ नहीं ले गया। बरतन सब पड़े हुए हैं। सन्दूक भी बंद पड़े हैं। निगोड़े को ले ही जाना था तो मेरी चीजें ले जाता। परायी चीज ठहरी। भगवान् उन्हें कौन मुँह दिखाऊँगी।

पण्डित—अब गहने का मजा मिल गया न?

माया—हाय, भगवान्, यह अपजस बदा था।

पण्डित—कितना समझा के हार गया, तुम न मानीं, न मानीं। बात की बात में 600 रुपये निकल गए, अब देखूँ भगवान् कैसे लाज रखते हैं।

माया—अभागे मेरे घर का एक-एक तिनका चुन ले जाते तो मुझे इतना दुःख न होता। अभी बेचारी ने नया ही बनवाया था।

पण्डित—खूब मालूम है, 20 तोले का था?

माया—20 ही तोले को तो कहती थी?

पण्डित—बधिया बैठ गई और क्या?

माया—कह दूँगी घर में चोरी हो गई। क्या लेंगी? अब उनके लिए कोई चोरी थोड़े ही करने जाएगा।

पण्डित तुम्हारे घर से चीज गई, तुम्हें देनी पड़ेगी। उन्हे इससे क्या प्रयोजन कि चोर ले गया या तुमने उठाकर रख लिया। पतियायेंगी ही नही।

माया—तो इतने रुपये कहाँ से आएँगे?

पण्डित—कहीं-न-कहीं से तो आएँगे ही, नहीं तो लाज कैसे रहेगी; मगर की तुमने बड़ी भूल।

माया—भगवान् से मँगनी की चीज भी न देखी गई। मुझे काल ने घेरा था, नहीं तो घड़ी-भर गले में डाल लेने से ऐसा कौन-सा बड़ा सुख मिल गया? मैं हूँ ही अभागिनी।

पण्डित—अब पछताने और अपने को कोसने से क्या फायदा? चुप हो के बैठो, पड़ोसिन से कह देना, घबराओ नहीं, तुम्हारी चीज जब तक लौटा न देंगे, तब तक हमें चैन न आएगा।

पण्डित बालकराम को अब नित्य ही चिंता रहने लगी कि किसी तरह हार बने। यों अगर टाट उलट देते तो कोई बात न थी। पड़ोसिन को सन्तोष ही करना पड़ता, ब्राह्मण से डाँड़ कौन लेता; किन्तु पण्डित जी ब्राह्मणत्व के गौरव को इतने सस्ते दामों न बेचना चाहते थे। आलस्य छोड़कर धनोपार्जन में दत्तचित्त हो गए।

छः महीने तक उन्होंने दिन-को-दिन और रात-को-रात नहीं जाना। दोपहर को सोना छोड़ दिया, रात को भी बहुत देर तक जागते। पहले केवल एक पाठशाला में पढ़ाया करते थे। इसके सिवा वह ब्राह्मण के लिए खुले हुए एक सौ एक व्यवसायों में सभी को निंदनीय समझते थे। अब पाठशाला से आकर संध्या एक जगह 'भागवत की कथा' कहने जाते वहाँ से लौट कर 11-12 बजे रात तक जन्म कुंडलियाँ, वर्ष-फल आदि बनाया करते। प्रातःकाल मन्दिर में 'दुर्गाजी का पाठ' करते। माया पण्डितजी का अध्यवसाय देखकर कभी-कभी पछताती कि कहाँ से मैंने यह विपत्ति सिर पर ली। कहीं बीमार पड़ जाएँ तो लेने के देने पड़ें। उनका शरीर क्षीण होते देखकर उसे अब यह चिंता व्यथित करने लगी। यहाँ तक कि पाँच महीने गुजर गए।

एक दिन संध्या समय वह दिया-बत्ती करने जा रही थी कि पण्डित जी आये, जेब से पुड़िया निकालकर उसके सामने फेंक दी और बोले—लो, आज तुम्हारे ऋण से मुक्त हो गया।

माया ने पुड़िया खोली तो उसमें सोने का हार था, उसकी चमक-दमक, उसकी सुन्दर बनावट देखकर उसके अन्तःस्थल में गुदगदी-सी होने लगी। मुख

पर आन्नद की आभा दौड़ गई। उसने कातर नेत्रों से देखकर पूछा—खुश हो कर दे रहे हो या नाराज होकर?

पण्डित—इससे क्या मतलब? ऋण तो चुकाना ही पड़ेगा, चाहे खुशी हो या नाखुशी।

माया—यह ऋण नहीं है।

पण्डित—और क्या है! बदला सही।

माया—बदला भी नहीं है।

पण्डित—फिर क्या है।

माया—तुम्हारी...निशानी।

पण्डित—तो क्या ऋण के लिए कोई दूसरा हार बनवाना पड़ेगा?

माया—नहीं-नहीं, वह हार चोरी नहीं गया था। मैंने झूठ-मूठ शोर मचाया था।

पण्डित—सच?

माया—हाँ, सच कहती हूँ।

पण्डित—मेरी कसम?

माया—तुम्हारे चरण छूकर कहती हूँ।

पण्डित—तो तुमने मुझसे कौशल किया था?

माया—हाँ?

पण्डित—तुम्हें मालूम है, तुम्हारे कौशल का मुझे क्या मूल्य देना पड़ा।

माया—क्या 600 रुपये से ऊपर?

पण्डित—बहुत ऊपर? इसके लिए मुझे अपने आत्मस्वातंत्र्य को बलिदान करना पड़ा।

33.

क्षमा

मुसलमानों को स्पेन-देश पर राज्य करते कई शताब्दियाँ बीत चुकी थीं। कलीसाओं की जगह मसजिदें बनती जाती थीं, घंटों की जगह अजान की

आवाजें सुनाई देती थीं। ग़रनाता और अलहमरा में वे समय की नश्वर गति पर हँसनेवाले प्रासाद बन चुके थे, जिनके खंडहर अब तक देखनेवालों को अपने पूर्व ऐश्वर्य की झलक दिखाते हैं। ईसाइयों के गणमान्य स्त्री और पुरुष मसीह की शरण छोड़कर इस्लामी भ्रातृत्व में सम्मिलित होते जाते थे, और आज तक इतिहासकारों को यह आश्चर्य है कि ईसाइयों का निशान वहाँ क्योंकर बाकी रहा! जो ईसाई-नेता अब तक मुसलमानों के सामने सिर न झुकाते थे, और अपने देश में स्वराज्य स्थापित करने का स्वप्न देख रहे थे उनमें एक सौदागर दाऊद भी था। दाऊद विद्वान और साहसी था। वह अपने इलाके में इस्लाम को कदम न जमाने देता था। दीन और निर्धन ईसाई विद्रोही देश के अन्य प्रांतों से आकर उसके शरणागत होते थे और वह बड़ी उदारता से उनका पालन-पोषण करता था। मुसलमान दाऊद से सशंक रहते थे। वे धर्म-बल से उस पर विजय न पाकर उसे अस्त्र-बल से परास्त करना चाहते थे; पर दाऊद कभी उनका सामना न करता। हाँ, जहाँ कहीं ईसाइयों के मुसलमान होने की खबर पाता, हवा की तरह पहुँच जाता और तर्क या विनय से उन्हें अपने धर्म पर अचल रहने की प्रेरणा देता। अंत में मुसलमानों ने चारों तरफ से घेर कर उसे गिरफ्तार करने की तैयारी की। सेनाओं ने उसके इलाके को घेर लिया। दाऊद को प्राण-रक्षा के लिए अपने सम्बन्धियों के साथ भागना पड़ा। वह घर से भागकर ग़रनाता में आया, जहाँ उन दिनों इस्लामी राजधानी थी। वहाँ सबसे अलग रहकर वह अच्छे दिनों की प्रतीक्षा में जीवन व्यतीत करने लगा। मुसलमानों के गुप्तचर उसका पता लगाने के लिए बहुत सिर मारते थे, उसे पकड़ लाने के लिए बड़े-बड़े इनामों की विज्ञप्ति निकाली जाती थी; पर दाऊद की टोह न मिलती थी।

एक दिन एकांतवास से उकताकर दाऊद ग़रनाता के एक बाग में सैर करने चला गया। संध्या हो गई थी। मुसलमान नीची अबाएँ पहने, बड़े-बड़े अमामे सिर पर बाँधे, कमर से तलवार लटकाये रबिशों में टहल रहे थे। स्त्रियाँ सफेद बुरके ओढ़े, जरी की जूतियाँ पहने बेंचों और कुरसियों पर बैठी हुई थीं। दाऊद सबसे अलग हरी-हरी घास पर लेटा हुआ सोच रहा था कि वह

दिन कब आएगा जब हमारी जन्मभूमि इन अत्याचारियों के पंजे से छूटेगी! वह अतीत काल की कल्पना कर रहा था, जब ईसाई स्त्री और पुरुष इन रबिशों में टहलते होंगे, जब यह स्थान ईसाइयों के परस्पर वाग्विलास से गुलजार होगा।

सहसा एक मुसलमान युवक आकर दाऊद के पास बैठ गया। वह उसे सिर से पाँव तक अपमानसूचक दृष्टि से देखकर बोला—क्या अभी तक तुम्हारा हृदय इस्लाम की ज्योति से प्रकाशित नहीं हुआ?

दाऊद ने गम्भीर भाव से कहा—इस्लाम की ज्योति पर्वत-शृंगों को प्रकाशित कर सकती है। अँधेरी घाटियों में उसका प्रवेश नहीं हो सकता।

उस मुसलमान अरब का नाम जमाल था। यह आक्षेप सुनकर तीखे स्वर में बोला—इससे तुम्हारा क्या मतलब है?

दाऊद—इससे मेरा मतलब यही है कि ईसाइयों में जो लोग उच्च-श्रेणी के हैं, वे जागीरों और राज्याधिकारों के लोभ तथा राजदंड के भय से इस्लाम की शरण में आ सकते हैं; पर दुर्बल और दीन ईसाइयों के लिए इस्लाम में वह आसमान की बादशाहत कहाँ है जो हजरत मसीह के दामन में उन्हें नसीब होगी! इस्लाम का प्रचार तलवार के बल से हुआ है, सेवा के बल से नहीं।

जमाल अपने धर्म का अपमान सुनकर तिलमिला उठा। गरम होकर बोला—यह सर्वथा मिथ्या है। इस्लाम की शक्ति उसका आंतरिक भ्रातृत्व और साम्य है, तलवार नहीं।

दाऊद—इस्लाम ने धर्म के नाम पर जितना रक्त बहाया है, उसमें उसकी सारी मसजिदें डूब जाएँगी।

जमाल—तलवार ने सदा सत्य की रक्षा की है।

दाऊद ने अविचलित भाव से कहा—जिसको तलवार का आश्रय लेना पड़े, वह सत्य ही नहीं।

जमाल जातीय गर्व से उन्मत्त होकर बोला—जब तक मिथ्या के भक्त रहेंगे, तब तक तलवार की जरूरत भी रहेगी।

दाऊद—तलवार का मुँह ताकनेवाला सत्य ही मिथ्या है।

अरब ने तलवार के कब्जे पर हाथ रखकर कहा—खुदा की कसम, अगर तुम निहत्थे न होते, तो तुम्हें इस्लाम की तौहीन करने का मजा चखा देता।

दाऊद ने अपनी छाती में छिपाई हुई कटार निकालकर कहा—नहीं, मैं निहत्था नहीं हूँ। मुसलमानों पर जिस दिन इतना विश्वास करूँगा, उस दिन ईसाई न रहूँगा। तुम अपने दिल के अरमान निकाल लो।

दोनों ने तलवारें खींच लीं। एक-दूसरे पर टूट पड़े। अरब की भारी तलवार ईसाई की हलकी कटार के सामने शिथिल हो गई। एक सर्प की भाँति फन से चोट करती थी, दूसरी नागिन की भाँति उठती थी। लहरों की भाँति लपकती थी, दूसरी जल की मछलियों की भाँति चमकती थी। दोनों योद्धाओं में कुछ देर तक चोटें होती रहीं। सहसा एक बार नागिन उछलकर अरब के अंतस्तल में जा पहुँची। वह भूमि पर गिर पड़ा।

जमाल के गिरते ही चारों तरफ से लोग दौड़ पड़े। वे दाऊद को घेरने की चेष्टा करने लगे। दाऊद ने देखा, लोग तलवारें लिये दौड़े चले आ रहे हैं। प्राण लेकर भागा; पर जिधर जाता था, सामने बाग की दीवार रास्ता रोक लेती थी। दीवार ऊँची थी, उसे फाँदना मुश्किल था। यह जीवन और मृत्यु का संग्राम था। कहीं शरण की आशा नहीं, कहीं छिपने का स्थान नहीं। उधर अरबों की रक्त-पिपासा प्रतिक्षण तीव्र होती जाती थी। यह केवल एक अपराधी को दंड देने की चेष्टा न थी। जातीय अपमान का बदला था। एक विजित ईसाई की यह हिम्मत कि अरब पर हाथ उठाये! ऐसा अनर्थ!

जिस तरह पीछा करनेवाले कुत्तों के सामने गिलहरी इधर-उधर दौड़ती है, किसी वृक्ष पर चढ़ने की बार-बार चेष्टा करती है, पर हाथ-पाँव फूल जाने के कारण बार-बार गिर पड़ती है, वही दशा दाऊद की थी।

दौड़ते-दौड़ते उसका दम फूल गया; पैर मन-मन भर के हो गए। कई बार जी में आया इन सब पर टूट पड़े और जितने महँगे प्राण बिक सकें, उतने महँगे बेचे; पर शत्रुओं की संख्या देखकर हतोत्साह हो जाता था।

लेना, दौड़ना, पकड़ना का शोर मचा हुआ था। कभी-कभी पीछा करनेवाले इतने निकट आ जाते थे कि मालूम होता था, अब संग्राम का अंत हुआ, वह तलवार पड़ी; पर पैरों की एक ही गति, एक कावा, एक कन्नी उसे खून की प्यासी तलवार से बाल-बाल बचा लेती थी।

दाऊद को अब इस संग्राम में खिलाड़ियों का-सा आनंद आने लगा। यह निश्चय था कि उसके प्राण नहीं बच सकते, मुसलमान दया करना नहीं जानते, इसलिए उसे अपने दाँव-पेंच में मजा आ रहा था। किसी वार से बचकर उसे अब इसकी खुशी न होती थी कि उसके प्राण बच गए, बल्कि इसका आनंद होता था कि उसने कातिल को कैसा ज़िच किया।

सहसा उसे अपनी दाहिनी ओर बाग की दीवार कुछ नीची नजर आयी। आह! यह देखते ही उसके पैरों में एक नई शक्ति का संचार हो गया, धमनियों में नया रक्त दौड़ने लगा। वह हिरन की तरह उस तरफ दौड़ा और एक छलाँग में बाग के उस पार पहुँच गया। जिन्दगी और मौत में सिर्फ एक कदम का फासला था। पीछे मृत्यु थी और आगे जीवन का विस्तृत क्षेत्र। जहाँ तक दृष्टि जाती थी, झाड़ियाँ ही झाड़ियाँ नजर आती थीं। जमीन पथरीली थी, कहीं ऊँची, कहीं, नीची। जगह-जगह पत्थर की शिलाएँ पड़ी हुई थीं। दाऊद एक शिला के नीचे छिपकर बैठ गया।

दम-भर में पीछा करने वाले भी वहाँ आ पहुँचे और इधर-उधर झाड़ियों में, वृक्षों पर, गड्ढे में शिलाओं के नीचे तलाश करने लगे। एक अरब उस चट्टान पर आकर खड़ा हो गया, जिसके नीचे दाऊद छिपा हुआ था। दाऊद का कलेजा धक-धक् कर रहा था। अब जान गई! अरब ने जरा नीचे को झाँका और प्राणों का अंत हुआ? संयोग—केवल संयोग पर अब उसका जीवन निर्भर था। दाऊद ने साँस रोक ली, सन्नाटा खींच लिया। एक निगाह पर उसकी जिंदगी का फैसला था, जिंदगी और मौत में कितना सामीप्य है!

मगर अरबों को इतना अवकाश कहाँ था कि वे सावधान होकर शिला के नीचे देखते। वहाँ तो हत्यारे को पकड़ने की जल्दी थी। दाऊद के सिर से बला टल गयी। वे इधर-उधर ताक-झाँककर आगे बढ़ गए।

अँधेरा हो गया। आकाश में तारागण निकल आये और तारों के साथ दाऊद भी शिला के नीचे से निकला। लेकिन देखा, उस समय भी चारों तरफ हलचल मची हुई है, शत्रुओं का दल मशालें लिये झाड़ियों में घूम रहा है; नाकों पर भी पहरा है, कहीं निकल भागने का रास्ता नहीं है। दाऊद एक वृक्ष के नीचे

खड़ा होकर सोचने लगा कि अब क्योंकर जान बचे। उसे अपनी जान की वैसी परवा न थी। वह जीवन के सुख-दुख सब भोग चुका था। अगर उसे जीवन की लालसा थी, तो केवल यही देखने के लिए कि इस संग्राम का अंत क्या होगा? मेरे देशवासी हतोत्साह हो जाएँगे, या अदम्य धैर्य के साथ संग्रामक्षेत्र में अटल रहेंगे।

जब रात अधिक बीत गई और शत्रुओं की घातक चेष्टा कुछ कम न होती दीख पड़ी तो दाऊद खुदा का नाम लेकर झाड़ियों से निकला और दबे-पाँव, वृक्षों की आड़ में, आदमियों की नजर बचाता हुआ, एक तरफ को चला। वह इन झाड़ियों से निकलकर बस्ती में पहुँच जाना चाहता था। निर्जनता किसी की आड़ नहीं कर सकती। बस्ती का जनबाहुल्य स्वयं आड़ है।

कुछ दूर तक तो दाऊद के मार्ग में कोई बाधा न उपस्थित हुई। वन के वृक्षों ने उसकी रक्षा की, किन्तु जब वह असमतल भूमि से निकलकर समतल भूमि पर आया, तो एक अरब की निगाह उस पर पड़ गई। उसने ललकारा। दाऊद भागा। 'कातिल भागा जाता है!' यह आवाज हवा में एक ही बार गूँजी और क्षण-भर में चारों तरफ से अरबों ने उसका पीछा किया। सामने बहुत दूर तक आदमी का नामोनिशान न था। बहुत दूर पर एक धुँधला-सा दीपक टिमटिमा रहा था। किसी तरह वहाँ तक पहुँच जाऊँ। वह उस दीपक की ओर इतनी तेजी से दौड़ रहा था, मानो वहाँ पहुँचते ही अभय पा जाएगा। आशा उसे उड़ाये लिए जाती थी। अरबों का समूह पीछे छूट गया; मशालों की ज्योति निष्प्रभ हो गई। केवल तारागण उसके साथ दौड़े चले आते थे। अंत को वह आशामय दीपक के सामने आ पहुँचा। एक छोटा-सा फूस का मकान था। एक बूढ़ा अरब जमीन पर बैठा हुआ रेहल पर कुरान रखे उसी दीपक के मंद प्रकाश से पढ़ रहा था। दाऊद आगे न जा सका। उसकी हिम्मत ने जवाब दे दिया। वह वहीं शिथिल होकर गिर पड़ा। रास्ते की थकन घर पहुँचने पर मालूम होती है।

अरब ने उठकर कहा—तू कौन है?

दाऊद—एक गरीब ईसाई। मुसीबत में फँस गया हूँ। अब आप ही शरण दें, तो मेरे प्राण बच सकते हैं।

अरब—खुदा-पाक तेरी मदद करेगा। तुम पर क्या मुसीबत पड़ी हुई है?

दाऊद—डरता हूँ कहीं कह दूँ तो आप भी मेरे खून के प्यासे न हो जाएँ।

अरब—अब तू मेरी शरण में आ गया, तो तुझे मुझसे कोई शंका न होनी चाहिए। हम मुसलमान हैं, जिसे एक बार अपनी शरण में ले लेते हैं उसकी जिंदगी-भर रक्षा करते हैं।

दाऊद—मैंने एक मुसलमान युवक की हत्या कर डाली है।

वृद्ध अरब का मुख क्रोध से विकृत हो गया, बोला—उसका नाम?

दाऊद—उसका नाम जमाल था।

अरब सिर पकड़कर वहीं बैठ गया। उसकी आँखें सुर्ख हो गईं; गरदन की नसें तन गईं; मुख पर अलौकिक तेजस्विता की आभा दिखायी दी, नथुने फड़कने लगे। ऐसा मालूम होता था कि उसके मन में भीषण द्वंद्व हो रहा है और वह समस्त विचार-शक्ति से अपने मनोभावों को दबा रहा है। दो-तीन मिनट तक वह इसी उग्र अवस्था में बैठा धरती की ओर ताकता रहा। अंत में अवरुद्ध कंठ से बोला— नहीं-नहीं, शरणागत की रक्षा करनी ही पड़ेगी। आह! जालिम! तू जानता है, मैं कौन हूँ। मैं उसी युवक का अभागा पिता हूँ, जिसकी आज तूने इतनी निर्दयता से हत्या की है। तू जानता है, तूने मुझ पर कितना बड़ा अत्याचार किया है? तूने मेरे खानदान का निशान मिटा दिया है! मेरा चिराग गुल कर दिया! आह, जमाल मेरा इकलौता बेटा था। मेरी सारी अभिलाषाएँ उसी पर निर्भर थीं। वह मेरी आँखों का उजाला, मुझ अँधे का सहारा, मेरे जीवन का आधार, मेरे जर्जर शरीर का प्राण था। अभी-अभी उसे कब्र की गोद में लिटा आया हूँ। आह, मेरा शेर, आज खाक के नीचे सो रहा है। ऐसा दिलेर, ऐसा दीनदार, ऐसा सजीला जवान मेरी कौम में दूसरा न था। जालिम, तुझे उस पर तलवार चलाते जरा भी दया न आयी। तेरा पत्थर का कलेजा जरा भी न पसीजा! तू जानता है, मुझे इस वक्त तुझ पर कितना गुस्सा आ रहा है? मेरा जी चाहता है कि अपने दोनों हाथों से तेरी गरदन पकड़कर इस तरह दबाऊँ कि तेरी जबान बाहर निकल आए, तेरी आँखें कौड़ियों की तरह बाहर निकल पड़ें। पर नहीं, तूने मेरी शरण ली है, कर्तव्य मेरे हाथों को बाँधे हुए है, क्योंकि हमारे रसूल-पाक ने हिदायत की है, कि जो अपनी पनाह में आये, उस पर हाथ न उठाओ। मैं नहीं चाहता कि नबी के हुक्म को तोड़कर दुनिया के साथ अपनी आक़बत भी बिगाड़ लूँ। दुनिया तूने बिगाड़ी, दीन अपने हाथों बिगाड़ूँ? नहीं। सब्र करना मुश्किल है; पर सब्र करूँगा ताकि

नबी के सामने आँखें नीची न करनी पड़ें। आ, घर में आ। तेरा पीछा करनेवाले दौड़े आ रहे हैं। तुझे देख लेंगे, तो फिर मेरी सारी मिन्नत-समाजत तेरी जान न बचा सकेगी। तू नहीं जानता कि अरब लोग खून कभी माफ नहीं करते।

यह कहकर अरब ने दाऊद का हाथ पकड़ लिया, और उसे घर में ले जाकर एक कोठरी में छिपा दिया। वह घर से बाहर निकला ही था कि अरबों का एक दल द्वार पर आ पहुँचा।

एक आदमी ने पूछा—क्यों शेख हसन, तुमने इधर से किसी को भागते देखा है?

'हाँ देखा है।'

'उसे पकड़ क्यों न लिया? वही तो जमाल का कातिल था!'

'यह जानकर भी मैंने उसे छोड़ दिया।'

'ऐं! गजब खुदा का! यह तुमने क्या किया? जमाल हिसाब के दिन हमारा दामन पकड़ेगा तो हम क्या जवाब देंगे?'

'तुम कह देना कि तेरे बाप ने तेरे कातिल को माफ कर दिया।'

'अरब ने कभी कातिल का खून नहीं माफ किया।'

'यह तुम्हारी जिम्मेदारी है, मैं उसे अपने सिर क्यों लूँ?'

अरबों ने शेख हसन से ज्यादा हुज्जत न की, कातिल की तलाश में दौड़े। शेख हसन फिर चटाई पर बैठकर कुरान पढ़ने लगा, लेकिन उसका मन पढ़ने में न लगता था। शत्रु से बदला लेने की प्रवृत्ति अरबों की प्रवृत्ति में बद्धमूल होती थी। खून का बदला खून था। इसके लिए खून की नदियाँ बह जाती थीं, कबीले-के-कबीले मर मिटते थे, शहर-के-शहर वीरान हो जाते थे। उस प्रवृत्ति पर विजय पाना शेख हसन को असाध्य-सा प्रतीत हो रहा था। बार-बार प्यारे पुत्र की सूरत उसकी आँखों के आगे फिरने लगती थी, बार-बार उसके मन में प्रबल उत्तेजना होती थी कि चलकर दाऊद के खून से अपने क्रोध की आग बुझाऊँ। अरब वीर होते थे। कटना-मरना उनके लिए कोई असाधारण बात न थी। मरनेवालों के लिए वे आँसुओं की कुछ बूँदें बहाकर फिर अपने काम में प्रवृत्त हो जाते थे। वे मृत व्यक्ति की स्मृति को केवल उसी दशा में जीवित रखते थे, जब उसके खून का बदला लेना होता था। अन्त को शेख हसन अधीर हो उठा। उसको भय हुआ कि अब मैं अपने ऊपर काबू नहीं रख सकता। उसने

तलवार म्यान से निकाल ली और दबे पाँव उस कोठरी के द्वार पर आकर खड़ा हो गया, जिसमें दाऊद छिपा हुआ था। तलवार को दामन में छिपाकर उसने धीरे से द्वार खोला। दाऊद टहल रहा था। बूढ़े अरब का रौद्र रूप देखकर दाऊद उसके मनोवेग को ताड़ गया। उसे बूढ़े से सहानुभूति हो गई। उसने सोचा, यह धर्म का दोष नहीं, जाति का दोष नहीं। मेरे पुत्र की किसी ने हत्या की होती, तो कदाचित् मैं भी उसके खून का प्यासा हो जाता। यही मानव प्रकृति है।

अरब ने कहा—दाऊद, तुम्हें मालूम है बेटे की मौत का कितना गम होता है?

दाऊद—इसका अनुभव तो नहीं, पर अनुमान कर सकता हूँ। अगर मेरी जान से आपके उस गम का एक हिस्सा भी मिट सके, तो लीजिए, यह सिर हाजिर है। मैं इसे शौक से आपकी नजर करता हूँ। आपने दाऊद का नाम सुना होगा।

अरब—क्या पीटर का बेटा?

दाऊद—जी हाँ। मैं वही बदनसीब दाऊद हूँ। मैं केवल आपके बेटे का घातक ही नहीं, इस्लाम का दुश्मन हूँ। मेरी जान लेकर आप जमाल के खून का बदला ही न लेंगे, बल्कि अपनी जाति और धर्म की सच्ची सेवा भी करेंगे।

शेख हसन ने गम्भीर भाव से कहा—दाऊद, मैंने तुम्हें माफ किया। मैं जानता हूँ, मुसलमानों के हाथ ईसाइयों को बहुत तकलीफें पहुँची हैं, मुसलमानों ने उन पर बड़े-बड़े अत्याचार किये हैं, उनकी स्वाधीनता हर ली है! लेकिन यह इस्लाम का नहीं, मुसलमानों का कसूर है। विजय-गर्व ने मुसलमानों की मति हर ली है। हमारे पाक नबी ने यह शिक्षा नहीं दी थी, जिस पर आज हम चल रहे हैं। वह स्वयं क्षमा और दया का सर्वोच्च आदर्श है। मैं इस्लाम के नाम को बट्टा न लगाऊँगा। मेरी ऊँटनी ले लो और रातों-रात जहाँ तक भागा जाए, भागो। कहीं एक क्षण के लिए भी न ठहरना। अरबों को तुम्हारी बू भी मिल गई, तो तुम्हारी जान की खैरियत नहीं। जाओ, तुम्हें खुदा-ए-पाक घर पहुँचावे। बूढ़े शेख हसन और उसके बेटे जमाल के लिए खुदा से दुआ किया करना।

दाऊद खैरियत से घर पहुँच गया; किंतु अब वह दाऊद न था, जो इस्लाम को जड़ से खोदकर फेंक देना चाहता था। उसके विचारों में गहरा परिवर्तन हो

गया था। अब वह मुसलमानों का आदर करता और इस्लाम का नाम इज्जत से लेता था।

34.

मनुष्य का परम धर्म

होली का दिन है। लड्डू के भक्त और रसगुल्ले के प्रेमी पंडित मोटेराम शास्त्री अपने आँगन में एक टूटी खाट पर सिर झुकाये, चिंता और शोक की मूर्ति बने बैठे हैं। उनकी सहधर्मिणी उनके निकट बैठी हुई उनकी ओर सच्ची सहवेदना की दृष्टि से ताक रही है और अपनी मृदुवाणी से पति की चिंताग्नि को शांत करने की चेष्टा कर रही है।

पंडितजी बहुत देर तक चिंता में डूबे रहने के पश्चात् उदासीन भाव से बोले—नसीबा ससुरा ना जाने कहाँ जाकर सो गया। होली के दिन भी न जागा!

पंडिताइन—दिन ही बुरे आ गये हैं। इहाँ तो जौन ते तुम्हारा हुकुम पावा ओही घड़ी ते साँझ-सबेरे दोनों जून सूरजनरायन से ही बरदान माँगा करिहैं कि कहूँ से बुलौवा आवै, सैकड़न दिया तुलसी माई का चढ़ावा, मुदा सब सोय गए। गाढ़ परे कोऊ काम नाहीं आवत है।

मोटेराम—कुछ नहीं, ये देवी-देवता सब नाम के हैं। हमारे बखत पर काम आवें तब हम जानें कि कोई देवी-देवता। सेंत-मेंत में मालपुआ और हलुवा खानेवाले तो बहुत हैं।

पंडिताइन—का सहर-भर माँ अब कोई भलमनई नाहीं रहा? सब मरि गए?

मोटेराम—सब मर गए, बल्कि सड़ गए। दस-पाँच हैं तो साल-भर में दो-एक बार जीते हैं। वह भी बहुत हिम्मत की तो रुपये की तीन सेर मिठाई खिला दी। मेरा बस चलता तो इन सबों को सीधे कालेपानी भिजवा देता, यह सब इसी अरियासमाज की करनी है।

पंडिताइन—तुमहूँ तो घर माँ बैठे रहत हो। अब ई जमाने में कोई ऐसन दानी नाहीं है कि घर बैठे नेवता भेज देय। कभूँ-कभूँ जुबान लड़ा दिया करौ।

मोटेराम—तुम कैसे जानती हो कि मैंने जबान नहीं लड़ाई? ऐसा कौन रईस इस शहर में है, जिसके यहाँ जाकर मैंने आशीर्वाद न दिया हो; मगर कौन ससुरा सुनता है, सब अपने-अपने रंग में मस्त हैं।

इतने में पंडित चिन्तामणिजी ने पदार्पण किया। यह पंडित मोटेरामजी के परम मित्र थे। हाँ, अवस्था कुछ कम थी और उसी के अनुकूल उनकी तोंद भी कुछ उतनी प्रतिभाशाली न थी।

मोटेराम—कहो मित्र, क्या समाचार लाए? है कहीं डौल?

चिंतामणि—डौल नहीं, अपना सिर है! अब वह नसीब ही नहीं रहा।

मोटेराम—घर ही से आ रहे हो ?

चिंतामणि—भाई, हम तो साधू हो जाएँगे। जब इस जीवन में कोई सुख ही नहीं रहा तो जीकर क्या करेंगे? अब बताओ कि आज के दिन अब उत्तम पदार्थ न मिले तो कोई क्योंकर जिये।

मोटेराम—हाँ भाई, बात तो यथार्थ कहते हो।

चिंतामणि—तो अब तुम्हारा किया कुछ न होगा? साफ-साफ कहो, हम संन्यास ले लें।

मोटेराम—नहीं मित्र, घबराओ मत। जानते नहीं हो, बिना मरे स्वर्ग नहीं मिलता। तर माल खाने के लिए कठिन तपस्या करनी पड़ती है, हमारी राय है कि चलो, इसी समय गंगातट पर चलें और वहाँ व्याख्यान दें। कौन जाने किसी सज्जन की आत्मा जागृत हो जाए।

चिंतामणि—हाँ, बात तो अच्छी है; चलो चलें।

दोनों सज्जन उठकर गंगाजी की ओर चले, प्रातःकाल था। सहस्रों मनुष्य स्नान कर रहे थे। कोई पाठ करता था। कितने ही लोग पंडों की चौकियों पर बैठे तिलक लगा रहे थे। कोई-कोई तो गीली धोती ही पहने घर जा रहे थे।

दोनों महात्माओं को देखते ही चारों तरफ से 'नमस्कार', 'प्रणाम' और 'पालागन' की आवाजें आने लगीं। दोनों मित्र इन अभिवादनों का उत्तर देते गंगातट पर जा पहुँचे और स्नानादि में प्रवृत्त हो गए। तत्पश्चात् एक पंडे की चौकी पर भजन गाने लगे। वह ऐसी विचित्र घटना थी कि सैकड़ों आदमी कौतूहलवश आकर एकत्रित हो गए। जब श्रोताओं की संख्या कई सौ तक पहुँच गई तो पंडित मोटेराम गौरवयुक्त भाव से बोले—सज्जनों, आपको ज्ञात

है कि जब ब्रह्मा ने इस असार संसार की रचना की तो ब्राह्मणों को अपने मुख से निकाला। किसी को इस विषय में शंका तो नहीं है।

श्रोतागण—नहीं महाराज, आप सर्वथा सत्य कहते हो। आपको कौन काट सकता है।

मोटेराम—तो ब्राह्मण ब्रह्मा के मुख से निकले, यह निश्चय है। इसलिए मुख मानव शरीर का श्रेष्ठतम भाग है। अतएव मुख को सुख पहुँचाना, प्रत्येक प्राणी का परम कर्त्तव्य है। है या नहीं? कोई काटता है हमारे वचन को? सामने आये। हम उसे शास्त्र का प्रमाण दे सकते हैं।

श्रोतागण—महाराज, आप ज्ञानी पुरुष हो। आपको काटने का साहस कौन कर सकता है?

मोटेराम—अच्छा, तो जब यह निश्चय हो गया कि मुख को सुख देना प्रत्येक प्राणी का परम धर्म है, तो क्या यह देखना कठिन है कि जो लोग मुख से विमुख हैं, वे दुःख के भागी हैं। कोई काटता है इस वचन को?

श्रोतागण—महाराज, आप धन्य हो, आप न्यायशास्त्र के पंडित हो।

मोटेराम—अब प्रश्न यह होता है कि मुख को सुख कैसे दिया जाए? हम कहते हैं—जैसी तुममें श्रद्धा हो, जैसा तुममें सामर्थ्य हो। इसके अनेक प्रकार हैं, देवताओं के गुण गाओ, ईश्वर-वंदना करो, सत्संग करो और कठोर वचन न बोलो। इन बातों से मुख को सुख प्राप्त होगा। किसी को विपत्ति में देखो तो उसे ढाढ़स दो। इससे मुख को सुख होगा; किंतु इन सब उपायों से श्रेष्ठ, सबसे उत्तम, सबसे उपयोगी एक और ही ढंग है। कोई आप में ऐसा है जो उसे बतला दे? है कोई, बोले।

श्रोतागण—महाराज, आपके सम्मुख कौन मुँह खोल सकता है। आप ही बताने की कृपा कीजिए।

मोटेराम—अच्छा, तो हम चिल्लाकर, गला फाड़-फाड़कर कहते हैं कि वह इन सब विधियों से श्रेष्ठ है। उसी भाँति जैसे चंद्रमा समस्त नक्षत्रों में श्रेष्ठ है।

श्रोतागण—महाराज, अब विलम्ब न कीजिए। यह कौन-सी विधि है?

मोटेराम—अच्छा सुनिए, सावधान होकर सुनिए। वह विधि है मुख को उत्तम पदार्थों का भोजन करवाना, अच्छी-अच्छी वस्तु खिलाना। कोई काटता है हमारी बात को? आये, हम उसे वेद-मंत्रों का प्रमाण दें।

एक मनुष्य ने शंका की—यह समझ में नहीं आता कि सत्यभाषण से मिष्ट-भक्षण क्योंकर मुख के लिए अधिक सुखकारी हो सकता है?

कई मनुष्यों ने कहा—हाँ-हाँ, हमें भी यही शंका है। महाराज, इस शंका का समाधान कीजिए।

मोटेराम—और किसी को कोई शंका है? हम बहुत प्रसन्न होकर उसका निवारण करेंगे। सज्जनो, आप पूछते हैं कि उत्तम पदार्थों का भोजन करना और कराना क्योंकर सत्यभाषण से अधिक सुखदायी है। मेरा उत्तर है कि पहला रूप प्रत्यक्ष है और दूसरा अप्रत्यक्ष। उदाहरणतः कल्पना कीजिए कि मैंने कोई अपराध किया। यदि हाकिम मुझे बुलाकर नम्रतापूर्वक समझाये कि पंडितजी, आपने यह अच्छा काम नहीं किया, आपको ऐसा उचित नहीं था, तो उसका यह दंड मुझे सुमार्ग पर लाने में सफल न होगा। सज्जनो, मैं ऋषि नहीं हूँ, मैं दीन-हीन मायाजाल में फँसा हुआ प्राणी हूँ। मुझ पर इस दंड का कोई प्रभाव न होगा। मैं हाकिम के सामने से हटते ही फिर उसी कुमार्ग पर चलने लगूँगा। मेरी बात समझ में आती है? कोई इसे काटता है?

श्रोतागण—महाराज! आप विद्यासागर हो, आप पंडितों के भूषण हो। आपको धन्य है।

मोटेराम—अच्छा, अब उसी उदाहरण पर फिर विचार करो। हाकिम ने बुलाकर तत्क्षण कारागार में डाल दिया और वहाँ मुझे नाना प्रकार के कष्ट दिये गए। अब जब मैं छुटूँगा, तो बरसों तक यातनाओं को याद करता रहूँगा और सम्भवतः कुमार्ग को त्याग दूँगा। आप पूछेंगे, ऐसा क्यों है? दंड दोनों ही हैं, तो क्यों एक का प्रभाव पड़ता है और दूसरे का नहीं। इसका कारण यही है कि एक का रूप प्रत्यक्ष है और दूसरे का गुप्त। समझे आप लोग?

श्रोतागण—धन्य हो कृपानिधान! आपको ईश्वर ने बड़ी बुद्धि-सामर्थ्य दी है।

मोटेराम—अच्छा, तो अब आपका प्रश्न होता है उत्तम पदार्थ किसे कहते हैं? मैं इसकी विवेचना करता हूँ। जैसे भगवान् ने नाना प्रकार के रंग नेत्रों के विनोदार्थ बनाये, उसी प्रकार मुख के लिए भी अनेक रसों की रचना की; किंतु इन समस्त रसों में श्रेष्ठ कौन है? यह अपनी-अपनी रुचि है; लेकिन वेदों और शास्त्रों के अनुसार मिष्ट रस माना जाता है। देवतागण इसी रस पर मुग्ध

होते हैं, यहाँ तक कि सच्चिदानंद, सर्वशक्तिमान् भगवान् को भी मिष्ट पाकों ही से अधिक रुचि है। कोई ऐसे देवता का नाम बता सकता है जो नमकीन वस्तुओं को ग्रहण करता हो? है कोई जो ऐसी एक भी दिव्य ज्योति का नाम बता सके। कोई नहीं है। इसी भाँति खट्टे, कड़ुवे और चरपरे, कसैले पदार्थों से भी देवताओं को प्रीति नहीं है।

श्रोतागण—महाराज, आपकी बुद्धि अपरम्पार है।

मोटेराम—तो यह सिद्ध हो गया कि मीठे पदार्थ सब पदार्थों में श्रेष्ठ हैं। अब आपका पुनः प्रश्न होता है कि क्या समग्र मीठी वस्तुओं से मुख को समान आनंद प्राप्त होता है। यदि मैं कह दूँ 'हाँ' तो आप चिल्ला उठोगे कि पंडितजी तुम बावले हो, इसलिए मैं कहूँगा, 'नहीं' और बारम्बार 'नहीं'। सब मीठे पदार्थ समान रोचकता नहीं रखते। गुड़ और चीनी में बहुत भेद है। इसलिए मुख को सुख देने के लिए हमारा परम कर्त्तव्य है कि हम उत्तम-से-उत्तम मिष्ट-पाकों का सेवन करें और करायें। मेरा अपना विचार है कि यदि आपके थाल में जौनपुर की अमृतियाँ, आगरे के मोतीचूर, मथुरा के पेड़े, बनारस की कलाकंद, लखनऊ के रसगुल्ले, अयोध्या के गुलाबजामुन और दिल्ली का हलुआ-सोहन हो तो यह ईश्वर-भोग के योग्य है। देवतागण उस पर मुग्ध हो जाएँगे। और जो साहसी, पराक्रमी जीव ऐसे स्वादिष्ट थाल ब्राह्मणों को जिमायेगा, उसे सदेह स्वर्गधाम प्राप्त होगा। यदि आपको श्रद्धा है तो हम आपसे अनुरोध करेंगे कि अपना धर्म अवश्य पालन कीजिए, नहीं तो, मनुष्य बनने का नाम न लीजिए।

पंडित मोटेराम का भाषण समाप्त हो गया। तालियाँ बजने लगीं। कुछ सज्जनों ने इस ज्ञान-वर्षा और धर्मोपदेश से मुग्ध होकर उन पर फूलों की वर्षा की। तब चिंतामणि ने अपनी वाणी को विभूषित किया—

'सज्जनो, आपने मेरे परम मित्र पंडित मोटेराम का प्रभावशाली व्याख्यान सुना और अब मेरे खड़े होने की आवश्यकता न थी; परन्तु जहाँ मैं उनसे और सभी विषयों में सहमत हूँ, वहाँ उनसे मुझे थोड़ा मतभेद भी है। मेरे विचार में यदि आपके हाथ में केवल जौनपुर की अमृतियाँ हों तो वह पंचमेल मिठाइयों से कहीं सुखवर्द्धक, कहीं स्वादपूर्ण और कहीं कल्याणकारी होगा। इसे मैं शास्त्रोक्त सिद्ध करता हूँ।

मोटेराम ने सरोष होकर कहा—तुम्हारी यह कल्पना मिथ्या है। आगरे के मोतीचूर और दिल्ली के हलुवा-सोहन के सामने जौनपुर की अमृतियों की तो गणना ही नहीं है।

चिंता—प्रमाण से सिद्ध कीजिए?

मोटेराम—प्रत्यक्ष के लिए प्रमाण?

चिंता—यह तुम्हारी मूर्खता है।

मोटेराम—तुम जन्म-भर खाते ही रहे, किंतु खाना न आया।

इस पर चिंतामणि ने अपनी आसनी मोटेराम पर चलायी। शास्त्रीजी ने वार खाली दिया और चिंतामणि की ओर मस्त हाथी के समान झपटे; किंतु उपस्थित सज्जनों ने दोनों महात्माओं को अलग-अलग कर दिया।

35.

गुरु-मंत्र

घर के कलह और निमंत्रणों के अभाव से पंडित चिंतामणिजी के चित्त में वैराग्य उत्पन्न हुआ और उन्होंने संन्यास ले लिया तो उनके परम मित्र पंडित मोटेराम शास्त्रीजी ने उपदेश दिया—मित्र, हमारा अच्छे-अच्छे साधु-महात्माओं से सत्संग रहा है। यह जब किसी भलेमानस के द्वार पर जाते हैं, तो गिड़-गिड़ाकर हाथ नहीं फैलाते और झूठ-मूठ आशीर्वाद नहीं देने लगते कि 'नारायण तुम्हारा चोला मस्त रखे, तुम सदा सुखी रहो।' यह तो भिखारियों का दस्तूर है। सन्त लोग द्वार पर जाते ही कड़ककर हाँक लगाते हैं, जिससे घर के लोग चौंक पड़ें और उत्सुक होकर द्वार की ओर दौड़ें। मुझे दो-चार वाणियाँ मालूम हैं, जो चाहे ग्रहण कर लो। गुदड़ी बाबा कहा करते थे—'मरें तो पाँचों मरें।' यह ललकार सुनते ही लोग उनके पैरों पर गिर पड़ते थे। सिद्ध बाबा की हाँक बहुत उत्तम थी—'खाओ, पीओ, चैन करो, पहनो गहना, पर बाबाजी के सोटे से डरते रहना।' नंगा बाबा कहा करते थे—'दे तो दे, नहीं दिला दे, खिला दे, पिला दे, सुला दे।' यह समझ लो कि तुम्हारा आदर-सत्कार बहुत कुछ तुम्हारी

हाँक के ऊपर है। और क्या कहूँ। भूलना मत। हम और तुम बहुत दिनों साथ रहे, सैकड़ों भोज साथ खाये। जिस नेवते में हम और तुम दोनों पहुँचते थे, तो लाग-डाँट से एक-दो पत्तल और उड़ा ले जाते थे। तुम्हारे बिना अब मेरा रंग न जमेगा, ईश्वर तुम्हें सदा सुगंधित वस्तु दिखाये।

चिंतामणि को इन वाणियों में एक भी पसंद न आयी। बोले—मेरे लिए कोई वाणी सोचो।

मोटेराम—अच्छा यह वाणी कैसी है कि, 'न दोगे तो हम चढ़ बैठेंगे।'

चिंतामणि—हाँ, यह मुझे पसंद है। तुम्हारी आज्ञा हो तो इसमें काट-छाँट करूँ।

मोटेराम—हाँ, हाँ, करो।

चिंता—अच्छा, तो इसे इस भाँति रखो—न देगा तो हम चढ़ बैठेंगे।

मोटेराम—(उछलकर) नारायण जानता है, यह वाणी अपने रंग में निराली है। भक्ति ने तुम्हारी बुद्धि को चमका दिया है। भला एक बार ललकारकर कहो तो देखें कैसे कहते हो।

चिंतामणि ने दोनों कान उँगलियों से बन्द कर लिये और अपनी पूरी शक्ति से चिल्लाकर बोले—न देगा तो चढ़ बैठूँगा। यह नाद ऐसा आकाशभेदी था कि मोटेराम भी सहसा चौंक पड़े। चमगादड़ घबराकर वृक्षों से उड़ गए, कुत्ते भूँकने लगे।

मोटेराम—मित्र, तुम्हारी वाणी सुनकर मेरा तो कलेजा काँप उठा। ऐसी ललकार कहीं सुनने में न आयी, तुम सिंह की भाँति गरजते हो। वाणी तो निश्चित हो गई, अब कुछ दूसरी बातें बताता हूँ, कान देकर सुनो। साधुओं की भाषा हमारी बोलचाल से अलग होती है। हम किसी को आप कहते हैं, किसी को तुम। साधु लोग छोटे-बड़े, अमीर-गरीब, बूढ़े-जवान, सबको तू कह कर पुकारते हैं। माई और बाबा का सदैव उचित व्यवहार करते रहना। यह भी याद रखो कि सादी हिंदी कभी मत बोलना; नहीं तो मरम खुल जाएगा। टेढ़ी हिंदी बोलना; यह कहना कि, 'माई मुझको कुछ खिला दे' साधुजनों की भाषा में ठीक नहीं है। पक्का साधु इसी बात को यों कहेगा—माई मेरे को भोजन करा दे, तेरे को बड़ा धर्म होगा।

चिन्ता—मित्र, हम तेरे को कहाँ तक जस गावें। तेरे ने मेरे साथ बड़ा उपकार किया है।

यों उपदेश देकर मोटेराम विदा हुए। चिन्तामणिजी आगे बढ़े तो क्या देखते हैं कि एक गाँजे-भाँग की दुकान के सामने कई जटाधारी महात्मा बैठे हुए गाँजे के दम लगा रहे हैं। चिन्तामणि को देखकर एक महात्मा ने अपनी जयकार सुनायी- चल-चल, जल्दी लेके चल, नहीं तो अभी करता हूँ बेकल।

एक दूसरे साधु ने कड़ककर कहा—अ-रा-रा-रा-धम, आए पहुँचे हम, अब क्या है गम।

अभी यह कड़ाका आकाश में गूँज ही रहा था कि तीसरे महात्मा ने गरजकर अपनी वाणी सुनायी—देस बंगाला, जिसको देखा न भाला, चटपट भर दे प्याला।

चिन्तामणि से अब न रहा गया। उन्होंने भी कड़ककर कहा—न देगा तो चढ़ बैठूँगा।

यह सुनते ही साधुजन ने चिंतामणि का सादर अभिवादन किया। तत्क्षण गाँजे की चिलम भरी गई और उसे सुलगाने का भार पंडितजी पर पड़ा। बेचारे बड़े असमंजस में पड़े। सोचा, अगर चिलम नहीं लेता तो अभी सारी कलई खुल जाएगी। विवश होकर चिलम ले ली; किन्तु जिसने कभी गाँजा न पिया हो, वह बहुत चेष्टा करने पर भी दम नहीं लगा सकता। उन्होंने आँखें बन्द करके अपनी समझ में तो बड़े जोरों से दम लगाया। चिलम हाथ से छूट कर गिर पड़ी, आँखें निकल आयीं, मुँह से फिचकुर निकल आया, मगर न तो मुँह से धुएँ के बादल निकले, न चिलम ही सुलगी। उनका यह कच्चापन उन्हें साधु-समाज से च्युत करने के लिए काफी था। दो-तीन साधु झल्लाकर आगे बढ़े और बड़ी निर्दयता से उनका हाथ पकड़कर उठा दिया।

एक महात्मा—तेरे को धिक्कार है!

दूसरे महात्मा—तेरे को लाज नहीं आती? साधु बना है, मूर्ख!

पंडितजी लज्जित होकर समीप के एक हलवाई की दुकान के सामने जाकर बैठे और साधु-समाज ने खँजड़ी बजा-बजाकर यह भजन गाना शुरू किया—

माया है संसार सँवलिया, माया है संसार;
धर्माधर्म सभी कुछ मिथ्या, यही ज्ञान व्यवहार;
सँवलिया, माया है संसार।

गाँजे, भंग को वजिर्त करते, हैं उन पर धिक्कार;
सँवलिया, माया है संसार।

36.

विचित्र होली

होली का दिन था; मिस्टर ए.बी. क्रास शिकार खेलने गये हुए थे। साईस, अर्दली, मेहतर, भिश्ती, ग्वाला, धोबी सब होली मना रहे थे। सबों ने साहब के जाते ही खूब गहरी भंग चढ़ाई थी और इस समय बगीचे में बैठे हुए होली, फाग गा रहे थे। पर रह-रहकर बँगले के फाटक की तरफ झाँक लेते थे कि साहब आ तो नहीं रहे हैं। इतने में शेख नूरअली आकर सामने खड़े हो गए।

साईस ने पूछा—कहो खानसामाजी, साहब कब आएँगे?

नूरअली बोला—उसका जब जी चाहे आये, मेरा आज इस्तीफा है। अब इसकी नौकरी न करूँगा।

अर्दली ने कहा—ऐसी नौकरी फिर न पाओगे। चार पैसे ऊपर की आमदनी है। नाहक छोड़ते हो।

नूरअली—अजी, लानत भेजो! अब मुझसे गुलामी न होगी। यह हमें जूतों से ठुकरायें और हम इनकी गुलामी करें! आज यहाँ से डेरा कूच है। आओ, तुम लोगों की दावत करूँ। चले आओ कमरे में आराम से मेज पर डट जाओ, वह बोतलें पिलाऊँ कि जिगर ठंडा हो जाए।

साईस—और जो कहीं साहब आ जायँ?

नूरअली—वह अभी नहीं आने का। चले आओ।

साहबों के नौकर प्रायः शराबी होते हैं। जिस दिन से साहब के यहाँ गुलामी लिखायी, उसी दिन से यह बला उनके सिर पड़ जाती है। जब मालिक स्वयं बोतल-की-बोतल उँड़ेल जाता हो, तो भला नौकर क्यों चूकने लगे। यह निमंत्रण पाकर सब-के-सब खिल उठे। भंग का नशा चढ़ा ही हुआ था। ढोल-मंजीरे छोड़-छाड़कर नूरअली के साथ चले और साहब के खाने के कमरे

में कुर्सियों पर आ बैठे। नूरअली ने ह्विस्की की बोतल खोलकर ग्लास भरे और चारों ने चढ़ाना शुरू कर दिया। ठर्रा पीनेवालों ने जब यह मजेदार चीजें पायीं तो ग्लास लुढ़काने लगे। खानसामा भी उत्तेजित करता जाता था। जरा देर में सबों के सिर फिर गए। भय जाता रहा। एक ने होली छेड़ी, दूसरे ने सुर मिलाया। गाना होने लगा। नूरअली ने ढोल-मजीरा लाकर रख दिया। वहीं मजलिस जम गई। गाते-गाते एक उठकर नाचने लगा। दूसरा उठा। यहाँ तक कि सब-के-सब कमरे में चौकड़ियाँ भरने लगे। हू-हक मचने लगा। कबीर, फाग, चौताल, गाली-गलौज, मार-पीट बारी-बारी सबका नम्बर आया। सब ऐसे निडर हो गए थे, मानो अपने घर में हैं। कुर्सियाँ उलट गईं। दीवारों पर की तसवीरें टूट गईं। एक ने मेज उलट दी। दूसरे ने रिकाबियों को गेंद बनाकर उछालना शुरू किया।

यहाँ यही हंगामा मचा हुआ था कि शहर के रईस लाला उजागरमल का आगमन हुआ। उन्होंने यह कौतुक देखा तो चकराये। खानसामा से पूछा—यह क्या गोलमाल है शेखजी, साहब देखेंगे तो क्या कहेंगे?

नूरअली—साहब का हुक्म ही ऐसा है तो क्या करें। आज उन्होंने अपने नौकरों की दावत की है, उनसे होली खेलने को भी कहा है। सुनते हैं, लाट साहब के यहाँ से हुक्म आया है कि रिआया के साथ खूब रब्त-जब्त रखो, उनके त्योहारों में शरीक हो। तभी तो यह हुक्म दिया है, नहीं तो इनके मिज़ाज ही न मिलते थे। आइए, तशरीफ रखिए। निकालूँ कोई मजेदार चीज! अभी हाल में विलायत से पारसल आया है।

सेठ उजागरमल बड़े उदार विचारों के मनुष्य थे। अँग्रेजी दावतों में बेधड़क शरीक होते थे, रहन-सहन भी अंग्रेजी ही था और यूनियन क्लब के तो वह एकमात्र कर्त्ता ही थे, अँग्रेजों से उनकी खूब छनती थी और मिस्टर क्रास तो उनके परम मित्र ही थे। जिलाधीश से, चाहे वह कोई हो, सदैव उनकी घनिष्ठता रहती थी। नूरअली की बातें सुनते ही एक कुर्सी पर बैठ गए और बोले—अच्छा! यह बात है? हाँ, तो फिर निकालो कोई मजेदार चीज! कुछ गजल भी हो।

नूरअली—हजूर, आपके लिए सबकुछ हाजिर है।

लाला साहब कुछ तो घर ही से पीकर चले थे, यहाँ कई ग्लास चढ़ाये तो जबान लड़खड़ाते हुए बोले—क्यों नूरअली, आज साहब होली खेलेंगे?

नूरअली—जी हाँ।

उजागर—लेकिन मैं रंग-वंग तो लाया नहीं। भेजो चटपट किसी को मेरी कोठी से रंग पिचकारी वगैरह लाये। (साईस से) क्यों घसीटे, आज तो बड़ी बहार है।

घसीटे—बड़ी बहार है, बहार है, होली है!

उजागर—(गाते हुए) आज साहब के साथ मेरी होली मचेगी, आज साहब के साथ मेरी होली मचेगी, खूब पिचकारी चलाऊँगा।

घसीटे—खूब अबीर लगाऊँगा।

ग्वाला—खूब गुलाल उड़ाऊँगा।

धोबी—बोतल-पर-बोतल चढ़ाऊँगा।

अरदली—खूब कबीरे सुनाऊँगा।

उजागर—आज साहब के साथ मेरी होली मचेगी।

नूरअली—अच्छा, सब लोग सँभल जाओ। साहब का मोटर आ रहा है। सेठजी, यह लीजिए, मैं दौड़कर रंग-पिचकारी लाया, बस एक चौताल छेड़ दीजिए और जैसे ही साहब कमरे में आयें, उन पर पिचकारी छोड़िए और (दूसरे से) तुम लोग भी उनके मुँह में गुलाल मलो, साहब मारे खुशी के फूल जाएँगे। वह लो, मोटर हाते में आ गया। होशियार!

मिस्टर क्रास अपनी बंदूक हाथ में लिये मोटर से उतरे और लगे आदमियों को बुलाने; पर वहाँ तो जोरों से चौताल हो रहा था, सुनता कौन है। चकराये, यह मामला क्या है। क्या सब मेरे बँगले में गा रहे हैं? क्रोध से भरे हुए बँगले में दाखिल हुए तो डाइनिंगरूम (भोजन करने के कमरे में) से गाने की आवाज आ रही थी। अब क्या था? जामे से बाहर हो गए। चेहरा विकृत हो गया। हंटर उतार लिया और डाइनिंगरूम की ओर चले; लेकिन अभी तक एक कदम दरवाजे के बाहर ही था कि सेठ उजागरमल ने पिचकारी छोड़ी। सारे कपड़े तर हो गये। आँखों में भी रंग घुस गया। आँखें पोंछ ही रहे थे कि साईस, ग्वाला सब-के-सब दौड़े और साहब को पकड़कर उनके मुँह में रंग मलने लगे। धोबी ने तेल और कालिख का पाउडर लगा दिया! साहब के क्रोध की सीमा

न रही, हंटर लेकर सबों को अंधाधुंध पीटने लगा। बेचारे सोचे हुए थे कि साहब खुश होकर इनाम देंगे। हंटर पड़े तो नशा हिरन हो गया। कोई इधर भागा, कोई उधर। सेठ उजागरमल ने यह रंग देखा तो ताड़ गए कि नूरअली ने झाँसा दिया। एक कोने में दबक रहे। जब कमरा नौकरों से खाली हो गया, तो साहब उनकी ओर बढ़े। लाला साहब के होश उड़ गए। तेजी से कमरे के बाहर निकले और सिर पर पैर रखकर बेतहाशा भागे। साहब उनके पीछे दौड़े। सेठजी की फिटन फाटक पर खड़ी थी। घोड़े ने धम-धम खटपट सुनी तो चौंका। कनौतियाँ खड़ी कीं और फिटन ले भागा। विचित्र दृश्य था। आगे-आगे फिटन, उसके पीछे सेठ उजागरमल, उनके पीछे हंटरधारी मिस्टर क्रास। तीनों बगटुट दौड़े चले जाते थे। सेठजी एक बार ठोकर खाकर गिरे, पर साहब के पहुँचते-पहुँचते सँभलकर उठे। हाते के बाहर सड़क तक घुड़दौड़ रही। अंत में साहब रुक गये। मुँह में कालिख लगाये अब और आगे जाना हास्यजनक मालूम हुआ। यह विचार भी हुआ कि सेठजी को काफी सजा मिल चुकी। अपने नौकरों की खबर लेना भी जरूरी था। लौट गये। सेठ उजागरमल के जान में जान आयी। बैठकर हाँफने लगे। घोड़ा भी ठिठक गया। कोचवान ने उतरकर उन्हें सँभाला और गोद में उठाकर गाड़ी पर बैठा दिया।

लाला उजागरमल शहर सहयोगी समाज के नेता थे। उन्हें अँग्रेजों की भावी शुभकामनाओं पर पूर्णविश्वास था। अँग्रेजी राज्य की तामीली, माली और मुल्की तरक्की के राग गाते रहते थे। अपनी वक्तृताओं में सहयोगियों को खूब फटकारा करते थे। अँग्रेजों में इधर उनका आदर-सम्मान विशेष रूप से होने लगा था। कई बड़े-बड़े ठेके, जो पहले अँग्रेज ठेकेदारों ही को मिला करते थे उन्हें दिये गए थे। सहयोग ने उनके मान और धन को खूब बढ़ाया था, अतएव मुँह से चाहे वह असहयोग की कितनी ही निन्दा करें, पर मन में उसकी उन्नति चाहते थे। उन्हें यकीन था कि असहयोग एक हवा है, जब तक चलती रहे उसमें अपने गीले कपड़े सुखा लें। वह असहयोगियों के कृत्यों का खूब बढ़ा-बढ़ा कर बयान किया करते थे, और अधिकारियों के कृत्यों को इन गढ़ी हुई बातों पर विश्वास करते देखकर दिल में उन पर खूब हँसते थे।

ज्यों-ज्यों सम्मान बढ़ता था, उनका आत्माभिमान भी बढ़ता था। वह अब पहले की भाँति भीरु न थे। गाड़ी पर बैठे और जरा साँस फूलना बंद हुआ, तो इस घटना की विवेचना करने लगे। अवश्य नूरअली ने मुझे धोखा दिया, उसकी असहयोगियों से भी मिलीभगत है। यह लोग होली नहीं खेलते तो इनका इतना क्रोधोन्मत्त होना इसके सिवाय और क्या बतलाता है कि हमें यह लोग कुत्तों से बेहतर नहीं समझते। इनको अपने प्रभुत्व का कितना घमंड है! यह मेरे पीछे हंटर लेकर दौड़े! अब विदित हुआ कि यह जो मेरा थोड़ा-बहुत सम्मान करते थे, वह केवल धोखा था। मन में यह हमें अब नीच और कमीना समझते हैं, लाल रंग कोई बाण नहीं था। हम बड़े दिनों में गिरजे जाते हैं, इन्हें डालियाँ देते हैं। वह हमारा त्योहार नहीं है। पर, यह जरा-सा रंग छोड़ देने पर इतना बिगड़ उठा! हाँ! इतना अपमान! मुझे उसके सामने ताल ठोककर खड़ा हो जाना चाहिए था। भागना कायरता थी। इसी से यह सब शेर हो जाते हैं। कोई संदेह नहीं कि यह सब हमें मिलाकर असहयोगियों को दबाना चाहते हैं। इनकी यह विनयशीलता और सज्जनता केवल अपना मतलब गाँठने के लिए है। इनकी निरंकुशता, इतना गर्व वही है, जरा भी अंतर नहीं।

सेठजी के हृद्गत भावों ने उग्र रूप धारण किया। मेरी यह अधोगति! अपने अपमान की याद रह-रहकर उनके चित्त को विह्वल कर रही थी। यह मेरे सहयोग का फल है। मैं इसी योग्य हूँ। मैं उनकी सौहार्दपूर्ण बातें सुन-सुन फूला न समाता था। मेरी मंदबुद्धि को इतना भी न सूझता था कि स्वाधीन और पराधीन में कोई मेल नहीं हो सकता। मैं असहयोगियों की उदासीनता पर हँसता था। अब मालूम हुआ कि वे हास्यास्पद नहीं हैं, मैं स्वयं निंदनीय हूँ।

वह अपने घर न जाकर सीधे कांग्रेस कमेटी के कार्यालय की ओर लपके। वहाँ पहुँचे तो एक विराट सभा देखी। कमेटी ने शहर में छूत-अछूत, छोटे-बड़े, सबको होली का आनंद मनाने के लिए निमंत्रित किया। हिंदू-मुसलमान साथ-साथ बैठे हुए प्रेम से होली खेल रहे थे। फल-भोज का भी प्रबंध किया गया था। इस समय व्याख्यान हो रहा था। सेठजी गाड़ी से तो उतरे, पर सभा स्थल में जाते संकोच होता था। ठिठकते हुए धीरे से जाकर एक ओर खड़े हो गए। उन्हें देखकर लोग चौंक पड़े। सब-के-सब विस्मित होकर उनकी ओर ताकने लगे। यह खुशामदियों के आचार्य आज यहाँ कैसे भूल पड़े? इन्हें तो

किसी सहयोगी सभा में राज-भक्ति का प्रस्ताव पास करना चाहिए था। शायद भेद लेने आये हैं कि ये लोग क्या कर रहे हैं। उन्हें चिढ़ाने के लिए लोगों ने कहा—कांग्रेस की जय!

उजागरमल ने उच्च स्वर से कहा—असहयोग की जय!

फिर ध्वनि हुई—खुशामदियों की क्षय!

सेठजी ने उच्च स्वर से कहा—जी हुजूरों की क्षय!

यह कहकर वह समस्त उपस्थित जनों को विस्मय में डालते हुए मंच पर जा पहुँचे और गम्भीर भाव से बोले—सज्जनो, मित्रो! मैंने अब तक आपसे असहयोग किया था उसे क्षमा कीजिए। सच्चे दिल से आपसे क्षमा माँगता हूँ। मुझे घर का भेदी, जासूस या विभीषण न समझिए। आज मेरी आँखों के सामने से परदा हट गया। आज इस पवित्र प्रेममयी होली के दिन मैं आपसे प्रेमालिंगन करने आया हूँ। अपनी विशाल उदारता का आचरण कीजिए। आपसे द्रोह करने का आज मुझे दंड मिल गया। जिलाधीश ने आज मेरा घोर अपमान किया। मैं वहाँ से हंटरों की मार खाकर आपकी शरण आया हूँ। मैं देश का द्रोही था, जाति का शत्रु था। मैंने अपने स्वार्थ के वश, अपने अविश्वास के वश देश का बड़ा अहित किया, खूब काँटे बोये। उनका स्मरण करके ऐसा जी चाहता है कि हृदय के टुकड़े-टुकड़े कर दूँ। (एक आवाज—हाँ, अवश्य कर दीजिये, आपसे न बने तो मैं तैयार हूँ (प्रधान की आवाज)—यह कटु वाक्यों का अवसर नहीं है) नहीं, आपको यह कष्ट उठाने की जरूरत नहीं, मैं स्वयं यह काम भली-भाँति कर सकता हूँ; पर अभी मुझे बहुत कुछ प्रायश्चित्त करना है, जाने कितने पापों की पूर्ति करनी है। आशा करता हूँ कि जीवन के बचे हुए दिन इसी प्रायश्चित्त करने में, यही मुँह की कालिमा धोने में काटूँ। आपसे केवल इतनी ही प्रार्थना है कि मुझे आत्मसुधार का अवसर दीजिए। मुझ पर विश्वास कीजिए और मुझे अपना दीन सेवक समझिए। मैं आज से अपना तन, मन, धन सब आप पर अर्पण करता हूँ।

37.

आँसुओं की होली

नामों को बिगाड़ने की प्रथा न जाने कब चली और कहाँ शुरू हुई।

इस संसारव्यापी रोग का पता लगाए तो ऐतिहासिक संसार में अवश्य ही अपना नाम छोड़ जाए। पंडित का नाम तो श्रीविलास था; पर मित्र लोग सिलबिल कहा करते थे। नामों का असर चरित्र पर कुछ-न-कुछ पड़ जाता है। बेचारे सिलबिल सचमुच ही सिलबिल थे। दफ्तर जा रहे हैं; मगर पाजामे का इजारबंद नीचे लटक रहा है। सिर पर फेल्ट-कैप है; पर लम्बी-सी चुटिया पीछे झाँक रही है, अचकन यों बहुत सुन्दर है। न जाने उन्हें त्योहारों से क्या चिढ़ थी। दिवाली गुजर जाती, पर वह भलामानस कौड़ी हाथ में न लेता। और होली का दिन तो उनकी भीषण परीक्षा का दिन था। तीन दिन वह घर से बाहर न निकलते। घर पर भी काले कपड़े पहने बैठे रहते थे। यार लोग टोह में रहते थे कि कहीं बचा फँस जाएँ, मगर घर में घुसकर तो फौजदारी नहीं की जाती। एक-आध बार फँसे भी, मगर घिघिया-पुदिया कर बेदाग निकल गए।

लेकिन अबकी समस्या बहुत कठिन हो गई थी। शास्त्रों के अनुसार 25 वर्ष तक ब्रह्मचर्य का पालन करने के बाद उन्होंने विवाह किया था। ब्रह्मचर्य के परिपक्व होने में जो थोड़ी-बहुत कसर रही, वह तीन वर्ष के गौने की मुद्दत ने पूरी कर दी। यद्यपि स्त्री से उन्हें कोई शंका न थी, तथापि वह औरतों को सिर चढ़ाने के हामी न थे। इस मामले में उन्हें अपना वही पुराना-धुराना ढंग पसंद था। बीबी को जब कसकर डाँट दिया, तो उसकी मजाल है कि रंग हाथ से छुए। विपत्ति यह थी कि ससुराल के लोग भी होली मनाने आने वाले थे। पुरानी मसल है 'बहन अंदर तो भाई सिकंदर।' इन सिकंदरों के आक्रमण से बचने का उन्हें कोई उपाय न सूझता था। मित्र लोग घर में न जा सकते थे; सिकंदरों को कौन रोक सकता है?

स्त्री ने आँख फाड़कर कहा—अरे भैया! क्या सचमुच रंग न घर लाओगे? यह कैसी होली है, बाबा?

सिलबिले ने त्योरियाँ चढ़ाकर कहा—बस, मैंने एक बार कह दिया और बात दोहराना मुझे पसंद नहीं। घर में रंग नहीं आएगा और न कोई छुएगा मुझे कपड़ों पर लाल छींटे देखकर मचली आने लगती है। हमारे घर में ऐसी ही होली होती है।

स्त्री ने सिर झुकाकर कहा—तो न लाना रंग-संग, मुझे रंग लेकर क्या करना है। जब तुम्हीं रंग न छुओगे, तो मैं कैसे छू सकती हूँ? सिलबिल ने प्रसन्न होकर कहा—निस्संदेह यही साध्वी स्त्री का धर्म है।

'लेकिन भैया तो आनेवाले हैं। वह क्यों मानेंगे?'

'उनके लिए भी मैंने एक उपाय सोच लिया है, उसे सफल करना तुम्हारा काम है। मैं बीमार बन जाऊँगा। एक चादर ओढ़कर लेट रहूँगा। तुम कहना, इन्हें ज्वर आ गया। बस, चलो छुट्टी हुई।'

स्त्री ने आँख नचा कर कहा—ऐ नौज, बैरी बातें मुँह से निकालते हो। ज्वर जाए मुद्दई के घर, यहाँ आये तो मुँह झुलस दूँ निगोड़े का।

'तो फिर दूसरा उपाय ही क्या है?'

'तुम ऊपरवाली छोटी कोठरी में छिप रहना, मैं कह दूँगी, उन्होंने जुलाब लिया है। बाहर निकलेंगे तो हवा लग जाएगी।'

पंडितजी खिल उठे—बस, बस, यही सबसे अच्छा।

होली का दिन है। बाहर हाहाकार मचा हुआ है। पुराने जमाने में अबीर और गुलाल के सिवा और कोई रंग न खेला जाता था। अब नीले, हरे, काले, सभी रंगों का मेल हो गया और इस संगठन से बचना आदमी के लिए तो संभव नहीं। हाँ, देवता बचें। सिलबिल के दोनों साले मुहल्ले भर के मर्दों, औरतों, बच्चों और बूढ़ों का निशाना बने हुए थे। बाहर के दिवानखाने के फर्श, दीवारें—यहाँ तक कि तसवीरें भी रंग उठी थीं। घर में भी यही हाल था। मुहल्ले की ननदें भला कब मानने लगी थीं। परनाला तक रंगीन हो गया था।

बड़े साले ने पूछा—क्यों री चम्पा, क्या सचमुच उनकी तबीयत अच्छी नहीं? खाना खाने भी न आए?

चम्पा ने सिर झुकाकर कहा—हाँ भैया, रात ही से पेट में कुछ दर्द होने लगा। डॉक्टर ने हवा में निकलने को मना कर दिया है।

जरा देर बाद छोटे साले ने कहा—क्यों जीजी जी, क्या भाई साहब नीचे नहीं आएँगे? ऐसी भी क्या बीमारी है! कहो तो ऊपर जाकर देख आऊँ।

चम्पा ने उसका हाथ पकड़कर कहा—नहीं-नहीं ऊपर मत जैयो! वह रंग-बंग न खेलेंगे डाक्टर ने हवा में निकलने को मना कर दिया है।

दोनों भाई हाथ मल कर रह गए।

सहसा छोटे भाई को एक बात सूझी—जीजाजी के कपड़ों के साथ क्यों न होली खेलें। वे तो बीमार नहीं हैं।

बड़े भाई के मन में भी यह बात बैठ गई। बहन बेचारी अब क्या करती? सिकंदरों ने कुंजियाँ उसके हाथ से लीं और सिलबिल के सारे कपड़े निकाल-निकालकर रंग डाले। रूमाल तक न छोड़ा। जब चम्पा ने उन कपड़ों को आँगन में अलगनी पर सूखने को डाल दिया तो ऐसा जान पड़ा, मानो किसी रंगरेज ने ब्याह के जोड़े रंगे हों। सिलबिल ऊपर बैठे-बैठे यह तमाशा देख रहे थे; पर जबान न खोलते थे। छाती पर साँप-सा लोट रहा था। सारे कपड़े खराब हो गए, दफ्तर जाने को भी कुछ न बचा। इन दुष्टों को मेरे कपड़ों से न जाने क्या बैर था।

घर में नाना प्रकार के स्वादिष्ट व्यंजन बन रहे थे। मुहल्ले की एक ब्राह्मणी के साथ चम्पा भी जुटी हुई थी। दोनों भाई और कई अन्य सज्जन आँगन में भोजन करने बैठे, तो बड़े साले ने चम्पा से पूछा—कुछ उनके लिए भी खिचड़ी विचड़ी बनाई है! पूरियाँ तो बेचारे आज खा न सकेंगे!

चम्पा ने कहा—अभी तो नहीं बनाई, अब बना लूँगी।

'वाह री तेरी अक्ल! अभी तक तुझे इतनी फिक्र नहीं कि वह बेचारे खाएँगे क्या! तू तो इतनी लापरवाह कभी न थी। जा निकाल ला जल्दी से चावल और मूँग की दाल।'

लीजिए—खिचड़ी पकने लगी। इधर मित्रों ने भोजन करना शुरू किया। सिलबिल ऊपर बैठे अपनी किस्मत को रो रहे थे। उन्हें इस सारी विपत्ति का एक ही कारण मालूम होता था—विवाह! चम्पा न आती, तो ये साले क्यों आते, कपड़े क्यों खराब होते, होली के दिन मूँग की खिचड़ी क्यों खाने को

मिलती? मगर अब पछताने से क्या होता है। जितनी देर में लोगों ने भोजन किया, उतनी देर में खिचड़ी तैयार हो गई। बड़े साले ने खुद चम्पा को ऊपर भेजा कि खिचड़ी की थाली ऊपर दे आये।

सिलबिल ने थाली की और कुपित नेत्रों से देखकर कहा—''इसे मेरे सामने से हटा ले जाव।''

'क्या आज उपवास ही करोगे?'

'तुम्हारी यही इच्छा है, तो यही सही।'

'मैंने क्या किया। सवेरे से जुती हुई हूँ। भैया ने खुद खिचड़ी डलवाई और मुझे यहाँ भेजा।'

'हाँ, वह तो मैं देख रहा हूँ कि मैं घर का स्वामी नहीं। सिकंदरों ने उस पर कब्जा जमा लिया, मगर मैं यह नहीं मान सकता कि तुम चाहतीं तो और लोगों के पहले ही मेरे पास थाली न पहुँच जाती। मैं इसे पतिव्रत धर्म के विरुद्ध समझता हूँ, और क्या कहूँ!'

'तुम तो देख रहे थे कि दोनों जने मेरे सिर पर सवार थे।'

'अच्छी दिल्लगी है कि और लोग तो समोसे और खस्ते उड़ाएँ और मुझे मूँग की खिचड़ी दी जाय। वाह रे नसीब!'

'तुम इसे दो-चार कौर खा लो, मुझे ज्यों ही अवसर मिलेगा, दूसरी थाली लाऊँगी।'

'सारे कपड़े रंगवा डाले, दफ्तर कैसे जाऊँगा? यह दिल्लगी मुझे जरा भी नहीं भाती। मैं इसे बदमाशी कहता हूँ। तुमने संदूक की कुंजी क्यों दे दी? क्या मैं इतना पूछ सकता हूँ?'

'जबरदस्ती छीन ली। तुमने सुना नहीं? करती क्या?'

'अच्छा, जो हुआ सो हुआ, यह थाली ले जाव। धर्म समझना तो दूसरी थाली लाना, नहीं तो आज व्रत ही सही।'

एकाएक पैरों की आहट पाकर सिलबिल ने सामने देखा, तो दोनों साले आ रहे हैं। उन्हें देखते ही बिचारे ने मुँह बना लिया, चादर से शरीक ढंक लिया और कराहने लगे।

बड़े साले ने कहा—कहिए, कैसी तबीयत है? थोड़ी-खिचड़ी खा लीजिए।

सिलबिल ने मुँह बनाकर कहा—अभी तो कुछ खाने की इच्छा नहीं है।

'नहीं, उपवास करना तो हानिकर होगा। खिचड़ी खा लीजिए।'

बेचारे सिलबिल ने मन में इन दोनों शैतानों को खूब कोसा और विष की भाँति खिचड़ी कंठ के नीचे उतारी। आज होली के दिन खिचड़ी ही भाग्य में लिखी थी! जब तक सारी खिचड़ी समाप्त न हो गई, दोनों वहाँ डटे रहे, मानो जेल के अधिकारी किसी अनशन व्रतधारी कैदी को भोजन करा रहे हों। बेचारे को ठूँस-ठूँसकर खिचड़ी खानी पड़ी। पकवानों के लिए गुँजाइश ही न रही।

दस बजे रात को चम्पा उत्तम पदार्थों का थाल लिए पतिदेव के पास पहुँची! महाशय मन ही मन झुँझला रहे थे। भाइयों के सामने मेरी परवाह कौन करता है। न जाने कहाँ से दोनों शैतान फट पड़े। दिन भर उपवास कराया और अभी तक भोजन का कहीं पता नहीं। बारे चम्पा को थाल लाते देख कर कुछ अग्नि शांत हुई। बोले—अब तो बहुत सवेरा है, एक-दो घंटे बाद क्यों न आयीं। चम्पा ने सामने थाली रखकर कहा—तुम तो न हारी ही मानते हो, न जीती। अब आखिर ये दो मेहमान आये हुए हैं, इनकी सेवा-सत्कार न करूँ तो भी तो काम नहीं चलता। तुम्हीं को बुरा लगेगा। कौन रोज आएँगे।

'ईश्वर न करे कि रोज आएँ, यहाँ तो एक ही दिन में बधिया बैठ गई।'

थाल की सुगंधमय, तरबतर चीजें देखकर सहसा पंडितजी के मुखारबिंद पर मुस्कान की लाली दौड़ गई। एक-एक चीज खाते थे और चम्पा को सराहते थे—"सच कहता हूँ, चम्पा, मैंने ऐसी चीजें कभी नहीं खाई थीं। हलवाई साला क्या बनाएगा। जी चाहता है, कुछ इनाम दूँ।"

'तुम मुझे बना रहे हो। क्या करूँ जैसा बनाना आता है, बना लाई।'

'नहीं जी, सच कह रहा हूँ। मेरी तो आत्मा तक तृप्त हो गई। आज मुझे ज्ञात हुआ कि भोजन का संबंध उदर से इतना नहीं, जितना आत्मा से है। बतलाओ, क्या इनाम दूँ?'

'जो माँगूँ, वह दोगे?'

'दूँगा—जनेऊ की कसम खाकर कहता हूँ!'

'न दो तो मेरी बात जाए।'

'कहता हूँ भाई, अब कैसे कहूँ। क्या लिखा-पढ़ी कर दूँ?'

'अच्छा, तो माँगती हूँ। मुझे अपने साथ होली खेलने दो।'

पंडितजी का रंग उड़ गया। आँखें फाड़ कर बोले—होली खेलने दूँ? मैं तो होली खेलता नहीं। कभी नहीं खेला। होली खेलना होता, तो घर में छिपकर क्यों बैठता?

'औरों के साथ मत खेलो; लेकिन मेरे साथ तो खेलना ही पड़ेगा।'

'यह मेरे नियम के विरुद्ध है। जिस चीज को अपने घर में उचित समझूँ, उसे किस न्याय से घर के बाहर अनुचित समझूँ, सोचो।'

चम्पा ने सिर नीचा करके कहा—घर में ऐसी कितनी बातें उचित समझते हो, जो घर के बाहर करना अनुचित ही नहीं, पाप भी है।

पंडितजी झेंपते हुए बोले—अच्छा भाई, तुम जीती, मैं हारा। अब मैं तुम से यही दान माँगता हूँ...

'पहले मेरा पुरस्कार दे दो, पीछे मुझसे दान माँगना', यह कहते हुए चम्पा ने लोटे का रंग उठा लिया और पंडितजी को सिर से पाँव तक नहला दिया। जब तक वह उठकर भागे, उसने मुट्ठी भर गुलाल लेकर सारे मुँह में पोत दिया।

पंडितजी रोनी सूरत बना कर बोले—अभी और कसर बाकी हो, तो वह भी पूरी कर लो। मैं न जानता था कि तुम मेरी आस्तीन का साँप बनोगी। अब और कुछ रंग बाकी नहीं रहा?

चम्पा ने पति के मुख की ओर देखा, तो उस पर मनोवेदना का गहरा रंग झलक रहा था। पछता कर बोली—क्या तुम सचमुच बुरा मान गए हो? मैं तो समझती थी कि तुम केवल मुझे चिढ़ा रहे हो।

श्रीबिलास ने काँपते हुए स्वर में कहा—नहीं चम्पा, मुझे बुरा नहीं लगा। हाँ, तुमने मुझे उस कर्तव्य की याद दिला दी, जो मैं अपनी कायरता के कारण भुला बैठा था। वह सामने जो चित्र देख रही हो, मेरे परम मित्र मनहरनाथ का है, जो अब संसार में नहीं है। तुमसे क्या कहूँ, कितना सरस, कितना भावुक, कितना साहसी आदमी था! देश की दशा देख-देखकर उसका खून जलता रहता था। 19-20 भी कोई उम्र होती है; पर वह उसी उम्र में अपने जीवन का मार्ग निश्चित कर चुका था। सेवा करने का अवसर पाकर वह इस तरह उसे पकड़ता था, मानो सम्पत्ति हो। जन्म का विरागी था। वासना तो उसे छू ही न

गई थी। हमारे और साथी सैर-सपाटे करते थे; पर उसका मार्ग सबसे अलग था। सत्य के लिए प्राण देने को तैयार, कहीं अन्याय देखा और भवें तन गईं, कहीं पत्रों में अत्याचार की खबर देखी और चेहरा तमतमा उठा। ऐसा तो मैंने आदमी ही नहीं देखा। ईश्वर ने अकाल ही बुला लिया, नहीं तो वह मनुष्यों में रत्न होता। किसी मुसीबत के मारे का उद्धार करने को अपने प्राण हथेली पर लिए फिरता था। स्त्री-जाति का इतना आदर और सम्मान कोई क्या करेगा? स्त्री उसके लिए पूजा और भक्ति की वस्तु थी। पाँच वर्ष हुए, यही होली का दिन था। मैंने भंग के नशे में चूर, रंग में सिर से पाँव तक नहाया हुआ, उसे गाना सुनने के लिए बुलाने गया, तो देखा कि वह कपड़े पहने कहीं जाने को तैयार है। पूछा—कहाँ जा रहे हो?'

उसने मेरा हाथ पकड़ कर कहा—तुम अच्छे वक्त पर आ गए, नहीं तो मुझे जाना पड़ता। एक अनाथ बुढ़िया मर गई है, कोई उसे कंधा देने वाला नहीं मिलता। कोई किसी मित्र से मिलने गया हुआ है, 'कोई नशे में चूर पड़ा हुआ है, कोई मित्रों की दावत कर रहा है, कोई महफिल सजाए बैठा है। कोई लाश को उठाने वाला नहीं। ब्राह्मण-क्षत्री उस चमारिन की लाश कैसे छुएँगे, उनका तो धर्म भ्रष्ट होता है, कोई तैयार नहीं होता! बड़ी मुश्किल से दो कहार मिले हैं। एक मैं हूँ, चौथे आदमी की कमी थी, सो ईश्वर ने तुम्हें भेज दिया। चलो, चलें।

हाय! अगर मैं जानता कि वह प्यारे मनहर का आदेश है, तो आज मेरी आत्मा को इतनी ग्लानि न होती। मेरे घर कई मित्र आए हुए थे। गाना हो रहा था। उस वक्त लाश उठाकर नदी जाना मुझे अप्रिय लगा। बोला—इस वक्त तो भाई, मैं नहीं जा सकूँगा। घर पर मेहमान बैठे हुए हैं। मैं तुम्हें बुलाने आया था।

मनहर ने मेरी ओर तिरस्कार के नेत्रों से देख कर कहा—अच्छी बात है; तुम जाओ; मैं और कोई साथी खोज लूँगा। मगर तुमसे मुझे ऐसी आशा नहीं थी। तुमने भी वही कहा, जो तुमसे पहले औरों ने कहा था। कोई नई बात नहीं थी। अगर हम लोग अपने कर्तव्य को भूल न गए होते, तो आज यह दशा ही क्यों होती? ऐसी होली को धिक्कार है! त्योहार तमाशा देखने, अच्छी-अच्छी चीजें खाने और अच्छे-अच्छे कपड़े पहनने का नाम नहीं है। यह व्रत है, तप

है, अपने भाइयों से प्रेम और सहानुभूति करना ही त्योहार का ख़ास मतलब है और कपड़े लाल करने के पहले खून को लाल कर लो। सफेद खून पर यह लाली शोभा नहीं देती।

यह कहकर वह चला गया। मुझे उस वक्त यह फटकारें बहुत बुरी मालूम हुईं। अगर मुझमें वह सेवा-भाव न था, तो उसे मुझे यों धिक्कारने का कोई अधिकार न था। घर चला आया; पर वे बातें बराबर मेरे कानों में गूँजती रहीं। होली का सारा मजा बिगड़ गया।

एक महीने तक हम दोनों से मुलाकात न हुई। कॉलेज इम्तहान की तैयारी के लिए बंद हो गया था। इसलिए कॉलेज में भी भेंट न होती थी। मुझे कुछ खबर नहीं, वह कब और कैसे बीमार पड़ा, कब अपने घर गया। सहसा एक दिन मुझे उसका एक पत्र मिला! हाय! इस पत्र को पढ़कर आज भी छाती फटने लगती है।

श्रीविलास एक क्षण तक गला रुक जाने के कारण बोल न सके। फिर बोले—किसी दिन तुम्हें फिर दिखाऊँगा। लिखा था, 'मुझसे आखिरी बार मिल जा, अब शायद इस जीवन में भेंट न हों' खत मेरे हाथ से छूटकर गिर पड़ा। उसका घर मेरठ जिले में था। दूसरी गाड़ी जाने में आधा घंटे की कसर थी। तुरंत चल पड़ा मगर उसके दर्शन न बदे थे। मेरे पहुँचने के पहले ही वह सिधार चुका था, चम्पा! उसके बाद मैंने होली नहीं खेली, होली ही नहीं और सभी त्योहार छोड़ दिए। ईश्वर ने शायद मुझे क्रिया की शक्ति नहीं दी। अब बहुत चाहता हूँ कि कोई मुझसे सेवा का काम ले। खुद आगे नहीं बढ़ सकता, लेकन आज वह रंग डालकर तुमने मुझे उस धिक्कार की याद दिला दी। ईश्वर मुझे ऐसी शक्ति दे कि मैं मन में ही नहीं, कर्म में भी मनहरन बनूँ।

यह कहते हुए श्रीविलास ने तश्तरी से गुलाल निकाला और उसे चित्र पर छिड़ककर प्रणाम किया।

38.

आधार

सारे गाँव मे मथुरा का-सा गठीला जवान न था। कोई बीस बरस की उमर थी। मसें भीग रही थीं। गउएँ चराता, दूध पीता, कसरत करता, कुश्ती लड़ता था और सारे दिन बाँसुरी बजाता हाट मे विचरता था। ब्याह हो गया था, पर अभी कोई बाल-बच्चा न था। घर में कई हल की खेती थी, कई छोटे-बड़े भाई थे। वे सब मिलजुलकर खेती-बारी करते थे। मथुरा पर सारे गाँव को गर्व था, जब उसे जाँघिये-लंगोटे, नाल या मुग्दर के लिए रुपये-पैसे की जरूरत पड़ती तो तुरन्त दे दिये जाते थे। सारे घर की यही अभिलाषा थी कि मथुरा पहलवान हो जाए और अखाड़े मे अपने सवाये को पछाड़े। इस लाड़-प्यार से मथुरा जरा टर्रा हो गया था। गायें किसी के खेत मे पड़ी हैं और आप अखाड़े मे दंड लगा रहा है। कोई उलाहना देता तो उसकी त्योरियाँ बदल जातीं। गरज कर कहता, जो मन मे आये कर लो, मथुरा तो अखाड़ा छोड़कर हाँकने न जाएँगे! पर उसका डील-डौल देखकर किसी को उससे उलझने की हिम्मत न पड़ती। लोग गम खा जाते थे।

गर्मियो के दिन थे, ताल-तलैया सूखी पड़ी थी। जोरों की लू चलने लगी थी। गाँव में कहीं से एक साँड आ निकला और गउओं के साथ हो लिया। सारे दिन गउओं के साथ रहता, रात को बस्ती में घुस आता और खूँटो से बंधे बैलों को सींगों से मारता। कभी किसी की गीली दीवार को सींगो से खोद डालता, घर का कूड़ा सींगों से उड़ाता। कई किसानों ने साग-भाजी लगा रखी थीं, सारे दिन सींचते-सींचते मरते थे। यह साँड़ रात को उन हरे-भरे खेतों में पहुँच जाता और खेत का खेत तबाह कर देता। लोग उसे डंडों से मारते, गाँव के बाहर भगा आते, लेकिन जरा देर में गायों में पहुँच जाता। किसी की अक्ल काम न करती थी कि इस संकट को कैसे टाला जाए। मथुरा का घर गाँव के बीच मे था, इसलिए उसके खेतों को साँड से कोई हानि न पहुँचती थी। गाँव में उपद्रव मचा हुआ था और मथुरा को जरा भी चिन्ता न थी।

आखिर जब धैर्य का अंतिम बंधन टूट गया तो एक दिन लोगों ने जाकर मथुरा को घेरा और बोले—भाई, कहो तो गाँव में रहें, कहो तो निकल जाएँ। जब खेती ही न बचेगी तो रहकर क्या करेंगे? तुम्हारी गायों के पीछे हमारा सत्यानाश हुआ जाता है, और तुम अपने रंग में मस्त हो। अगर भगवान ने तुम्हें बल दिया है तो इससे दूसरों की रक्षा करनी चाहिए, यह नहीं कि सबको पीस कर पी जाओ। साँड तुम्हारी गायों के कारण आता है और उसे भगाना तुम्हारा काम है; लेकिन तुम कानों में तेल डाले बैठे हो, मानो तुमसे कुछ मतलब ही नही।

मथुरा को उनकी दशा पर दया आयी। बलवान मनुष्य प्रायः दयालु होता है। बोला—अच्छा जाओ, हम आज साँड को भगा देंगे।

एक आदमी ने कहा—दूर तक भगाना, नहीं तो फिर लौट आएगा। मथुरा ने कंधे पर लाठी रखते हुए उत्तर दिया—अब लौटकर न आएगा।

चिलचिलाती दोपहरी थी। मथुरा साँड को भगाये लिए जाता था। दोनों पसीने से तर थे। साँड बार-बार गाँव की ओर घूमने की चेष्टा करता, लेकिन मथुरा उसका इरादा ताड़कर दूर ही से उसकी राह छेंक लेता। साँड क्रोध से उन्मुत्त होकर कभी-कभी पीछे मुड़कर मथुरा पर तोड़ करना चाहता लेकिन उस समय मथुरा सामना बचाकर बगल से ताबड़-तोड़ इतनी लाठियाँ जमाता कि साँड को फिर भागना पड़ता। कभी दोनों अरहर के खेतों में दौड़ते, कभी झाड़ियों में। अरहर की खूँटियों से मथुरा के पाँव लहू-लुहान हो रहे थे, झाड़ियों में धोती फट गई थी, पर उसे इस समय साँड का पीछा करने के सिवा और कोई सुध न थी। गाँव पर गाँव आते थे और निकल जाते थे। मथुरा ने निश्चय कर लिया कि इसे नदी पार भगाये बिना दम न लूँगा। उसका कंठ सूख गया था और आँखें लाल हो गई थीं, रोम-रोम से चिनगारियाँ-सी निकल रही थीं, दम उखड़ गया था; लेकिन वह एक क्षण के लिए भी दम न लेता था। दो ढाई घंटो की दौड़ के बाद जाकर नदी नजर आयी। यहीं हार-जीत का फैसला होने वाला था, यहीं से दोनों खिलाड़ियों को अपने दाँव-पेंच के जौहर दिखाने थे। साँड सोचता था, अगर नदी में उतर गया तो यह मार ही डालेगा, एक बार

जान लड़ा कर लौटने की कोशिश करनी चाहिए। मथुरा सोचता था, अगर वह लौट पड़ा तो इतनी मेहनत व्यर्थ हो जाएगी और गाँव के लोग मेरी हँसी उड़ाएँगे दोनों अपने-अपने घात में थे। साँड ने बहुत चाहा कि तेज दौड़कर आगे निकल जाऊँ और वहाँ से पीछे को फिरूँ, पर मथुरा ने उसे मुड़ने का मौका न दिया। उसकी जान इस वक्त सुई की नोक पर थी, एक हाथ भी चूका और प्राण भी गए, जरा पैर फिसला और फिर उठना नसीब न होगा। आखिर मनुष्य ने पशु पर विजय पायी और साँड को नदी में घुसने के सिवाय और कोई उपाय न सूझा। मथुरा भी उसके पीछे नदी में पैठ गया और इतने डंडे लगाये कि उसकी लाठी टूट गई।

अब मथुरा को जोरों से प्यास लगी। उसने नदी में मुँह लगा दिया और इस तरह हौंक-हौंक कर पीने लगा मानो सारी नदी पी जाएगा। उसे अपने जीवन में कभी पानी इतना अच्छा न लगा था और न कभी उसने इतना पानी पीया था। मालूम नही, पाँच सेर पी गया या दस सेर लेकिन पानी गरम था, प्यास न बुझी; जरा देर में फिर नदी में मुँह लगा दिया और इतना पानी पीया कि पेट में साँस लेने की जगह भी न रही। तब गीली धोती कंधे पर डालकर घर की ओर चल दिया।

लेकिन दस की पाँच पग चला होगा कि पेट में मीठा-मीठा दर्द होने लगा। उसने सोचा, दौड़ कर पानी पीने से ऐसा दर्द अकसर हो जाता है, जरा देर में दूर हो जाएगा। लेकिन दर्द बढ़ने लगा और मथुरा का आगे जाना कठिन हो गया। वह एक पेड़ के नीचे बैठ गया और दर्द से बैचेन होकर जमीन पर लोटने लगा। कभी पेट को दबाता, कभी खड़ा हो जाता कभी बैठ जाता, पर दर्द बढ़ता ही जाता था। अंत में उसने जोर-जोर से कराहना और रोना शुरू किया; पर वहाँ कौन बैठा था जो, उसकी खबर लेता। दूर तक कोई गाँव नही, न आदमी न आदमजात। बेचारा दोपहरी के सन्नाटे में तड़प-तड़प कर मर गया। हम कड़े से कड़ा घाव सह सकते हैं, लेकिन जरा-सा भी व्यतिक्रम नहीं सह सकते। वही देव का-सा जवान जो कोसों तक साँड को भगाता चला आया था, तत्त्वों के विरोध का एक वार भी न सह सका। कौन जानता था कि यह

दौड़ उसके लिए मौत की दौड़ होगी! कौन जानता था कि मौत ही साँड का रूप धरकर उसे यों नचा रही है। कौन जानता था कि जल जिसके बिना उसके प्राण होंठों पर आ रहे थे, उसके लिए विष का काम करेगा।

संध्या समय उसके घरवाले उसे ढूँढते हुए आये। देखा तो वह अनंत विश्राम में मग्न था।

एक महीना गुजर गया। गाँववाले अपने काम-धंधे में लगे। घरवालों ने रो-धो कर सब्र किया; पर अभागिनी विधवा के आँसू कैसे पुँछते। वह हरदम रोती रहती। आँखे चाहें बन्द भी हो जाती, पर हृदय नित्य रोता रहता था। इस घर में अब कैसे निर्वाह होगा? किस आधार पर जिऊँगी? अपने लिए जीना या तो महात्माओं को आता है या लम्पटों ही को। अनूपा को यह कला क्या मालूम? उसके लिए तो जीवन का एक आधार चाहिए था, जिसे वह अपना सर्वस्व समझे, जिसके लिए वह लिये, जिस पर वह घमंड करे। घरवालों को यह गवारा न था कि वह कोई दूसरा घर करे। इसमें बदनामी थी। इसके सिवाय ऐसी सुशील, घर के कामों में कुशल, लेन-देन के मामलो में इतनी चतुर और रंग रूप की ऐसी सराहनीय स्त्री का किसी दूसरे के घर पड़ जाना ही उन्हें असह्य था। उधर अनूपा के मैकेवाले एक जगह बातचीत पक्की कर रहे थे। जब सब बातें तय हो गईं, तो एक दिन अनूपा का भाई उसे विदा कराने आ पहुँचा।

अब तो घर में खलबली मची। इधर कहा गया, हम विदा न करेगें। भाई ने कहा, हम बिना विदा कराये मानेंगे नहीं। गाँव के आदमी जमा हो गये, पंचायत होने लगी। यह निश्चय हुआ कि अनूपा पर छोड़ दिया जाय, उसका जी चाहे चली जाय, जी चाहे रहे। यहाँ वालों को विश्वास था कि अनूपा इतनी जल्द दूसरा घर करने को राजी न होगी, दो-चार बार ऐसा कह भी चुकी थी। लेकिन उस वक्त जो पूछा गया तो वह जाने को तैयार थी। आखिर उसकी विदाई का सामान होने लगा। डोली आ गई। गाँव-भर की स्त्रियाँ उसे देखने आयीं। अनूपा उठ कर अपनी सास के पैरो में गिर पड़ी और हाथ जोड़कर बोली—अम्मा, कहा-सुना माफ करना। जी में तो था कि इसी घर में पड़ी रहूँ, पर भगवान को मंजूर नहीं है।

यह कहते-कहते उसकी जबान बंद हो गई।

सास करुणा से विह्वल हो उठी। बोली—बेटी, जहाँ जाओ वहाँ सुखी रहो। हमारे भाग्य ही फूट गए नहीं तो क्यों तुम्हें इस घर से जाना पड़ता। भगवान का दिया और सबकुछ है, पर उन्होंने जो नहीं दिया उसमें अपना क्या बस; बस आज तुम्हारा देवर सयाना होता तो बिगड़ी बात बन जाती। तुम्हारे मन में बैठे तो इसी को अपना समझो; पालो-पोसो बड़ा हो जाएगा तो सगाई कर दूँगी।

यह कहकर उसने अपने सबसे छोटे लड़के वासुदेव से पूछा—क्यों रे! भौजाई से शादी करेगा? वासुदेव की उम्र पाँच साल से अधिक न थी। अबकी उसका ब्याह होने वाला था। बातचीत हो चुकी थी। बोला—तब तो दूसरे के घर न जाएगी न?

माँ—नहीं, जब तेरे साथ ब्याह हो जाएगा तो क्यों जाएगी?

वासुदेव--तब मैं करूँगा।

माँ—अच्छा, उससे पूछ, तुझसे ब्याह करेगी।

वासुदेव—अनूपा की गोद में जा बैठा और शरमाता हुआ बोला—हमसे ब्याह करोगी?

यह कह कर वह हँसने लगा; लेकिन अनूपा की आँखें डबडबा गईं, वासुदेव को छाती से लगाते हुए बोली—अम्मा, दिल से कहती हो?

सास—भगवान् जानते हैं!

अनूपा—आज यह मेरे हो गये?

सास—हाँ सारा गाँव देख रहा है।

अनूपा—तो भैया से कहला भेजो, घर जायें, मैं उनके साथ न जाऊँगी।

अनूपा को जीवन के लिए आधार की जरूरत थी। वह आधार मिल गया। सेवा मनुष्य की स्वाभाविक वृत्ति है। सेवा ही उस के जीवन का आधार है।

अनूपा ने वासुदेव को पालना-पोषना शुरू किया। उबटन और तेल लगाती, दूध-रोटी मल-मलकर खिलाती। आप तालाब नहाने जाती तो उसे भी नहलाती। खेत में जाती तो उसे भी साथ ले जाती। थोड़े ही दिनों में वह उससे इतना हिल-मिल गया कि एक क्षण के लिए भी उसे न छोड़ता। माँ को भूल गया। कुछ खाने को जी चाहता तो अनूपा से माँगता, खेल में मार खाता तो रोता हुआ अनूपा के पास आता। अनूपा ही उसे सुलाती, अनूपा ही

जगाती, बीमार हो तो अनूपा ही गोद में लेकर बदलू वैद्य के घर जाती, और दवायें पिलाती।

गाँव के स्त्री-पुरुष उसकी यह प्रेम तपस्या देखते और दाँतो उँगली दबाते। पहले बिरले ही किसी को उस पर विश्वास था। लोग समझते थे, साल-दो-साल में इसका जी ऊब जाएगा और किसी तरफ का रास्ता लेगी; इस दुधमुँहे बालक के नाम कब तक बैठी रहेगी; लेकिन यह सारी आशंकाएँ निर्मूल निकलीं। अनूपा को किसी ने अपने व्रत से विचलित होते न देखा। जिस हृदय मे सेवा को स्रोत बह रहा हो—स्वाधीन सेवा का—उसमें वासनाओं के लिए कहाँ स्थान? वासना का वार निर्मम, आशाहीन, आधारहीन प्राणियों पर ही होता है चोर की अँधेरे में ही चलती है, उजाले में नहीं।

वासुदेव को भी कसरत का शौक था। उसकी शक्ल-सूरत मथुरा से मिलती-ज़ुलती थी, डील-डौल भी वैसा ही था। उसने फिर अखाड़ा जगाया। और उसकी बाँसुरी की तानें फिर खेतों में गूँजने लगीं।

इस भाँति 13 बरस गुजर गए। वासुदेव और अनूपा में सगाई की तैयारी होने लगीं।

लेकिन अब अनूपा वह अनूपा न थी, जिसने 14 वर्ष पहले वासुदेव को पति भाव से देखा था, अब उस भाव का स्थान मातृभाव ने ले लिया था। इधर कुछ दिनों से वह एक गहरे सोच में डूबी रहती थी। सगाई के दिन ज्यो-ज्यों निकट आते थे, उसका दिल बैठा जाता था। अपने जीवन में इतने बड़े परिवर्तन की कल्पना ही से उसका कलेजा दहक उठता था। जिसे बालक की भाँति पाला-पोसा, उसे पति बनाते हुए, लज्जा से उसका मुख लाल हो जाता था।

द्वार पर नगाड़ा बज रहा था। बिरादरी के लोग जमा थे। घर में गाना हो रहा था! आज सगाई की तिथि थी।

सहसा अनूपा ने जा कर सास से कहा—अम्माँ मै तो लाज के मारे मरी जा रही हूँ।

सास ने भौंचक्की हो कर पूछा—क्यों बेटी, क्या है?

अनूपा—मैं सगाई न करूँगी।

सास—कैसी बात करती है बेटी? सारी तैयारी हो गई। लोग सुनेंगे तो क्या कहेगें?

अनूपा—जो चाहे कहें, जिनके नाम पर 14 वर्ष बैठी रही उसी के नाम पर अब भी बैठी रहूँगी। मैंने समझा था मरद के बिना औरत से रहा न जाता होगा। मेरी तो भगवान ने इज्जत-आबरू निबाह दी। जब नई उम्र के दिन कट गये तो अब कौन चिन्ता है! वासुदेव की सगाई कोई लड़की खोजकर कर दो। जैसे अब तक उसे पाला, उसी तरह अब उसके बाल-बच्चों को पालूँगी।

39.

बाबाजी का भोग

रामधन अहीर के द्वार पर एक साधु आकर बोला—बच्चा तेरा कल्याण हो, कुछ साधु पर श्रद्धा कर।

रामधन ने जाकर स्त्री से कहा—साधु द्वार पर आए हैं, उन्हें कुछ दे दे।

स्त्री—बरतन माँज रही थी, और इस घोर चिंता में मग्न थी कि आज भोजन क्या बनेगा, घर में अनाज का एक दाना भी न था। चैत का महीना था। किंतु यहाँ दोपहर ही को अंधकार छा गया था। उपज सारी-की-सारी खलिहान से उठ गई। आधी महाजन ने ले ली, आधी जमींदार के प्यादों ने वसूल की। भूसा बेचा तो बैल के व्यापारी से गला छूटा, बस थोड़ी-सी गाँठ अपने हिस्से में आयी। उसी को पीट-पीटकर एक मन-भर दाना निकाला था। किसी तरह चैत का महीना पार हुआ। अब आगे क्या होगा। क्या बैल खाएँगे, क्या घर के प्राणी खाएँगे, यह ईश्वर ही जाने! पर द्वार पर साधु आ गया है, उसे निराश कैसे लौटायें, अपने दिल में क्या कहेगा।

स्त्री ने कहा—क्या दे दूँ, कुछ तो रहा नहीं?

रामधन—जा, देख तो मटके में, कुछ आटा-वाटा मिल जाए तो ले आ।

स्त्री ने कहा—मटके झाड़-पोंछकर तो कल ही चूल्हा जला था। क्या उसमें बरक्कत होगी?

रामधन—तो मुझसे तो यह न कहा जाएगा कि बाबा घर में कुछ नहीं है। किसी के घर से माँग ला।

स्त्री—जिससे लिया उसे देने की नौबत नहीं आयी, अब और किस मुँह से माँगूँ?

रामधन—देवताओं के लिए कुछ अँगौवा निकाला है न, वही ला, दे आऊँ!

स्त्री—देवताओं की पूजा कहाँ से होगी?

रामधन—देवता माँगने तो नहीं आते? समाई होगी करना, न समाई हो न करना।

स्त्री—अरे तो कुछ अँगौवा भी पंसेरी दो पंसेरी है? बहुत होगा तो आध सेर। इसके बाद क्या फिर कोई साधु न आएगा। उसे तो जवाब देना ही पड़ेगा।

रामधन—यह बला तो टलेगी, फिर देखी जाएगी।

स्त्री झुँझलाकर उठी और एक छोटी-सी हाँड़ी उठा लायी, जिसमें मुश्किल से आध सेर आटा था। वह गेहूँ का आटा बड़े यत्न से देवताओं के लिए रखा हुआ था। रामधन कुछ देर खड़ा सोचता रहा, तब आटा एक कटोरे में रखकर बाहर आया और साधु की झोली में डाल दिया।

महात्मा ने आटा लेकर कहा—बच्चा, अब तो साधु आज यहीं रमेंगे। कुछ थोड़ी-सी दाल दे, तो साधु का भोग लग जाए।

रामधन ने फिर आकर स्त्री से कहा। संयोग से दाल घर में थी। रामधन ने दाल, नमक, उपले जुटा दिये। फिर कुएँ से पानी खींच लाया। साधु ने बड़ी विधि से बाटियाँ बनायीं, दाल पकायी और आलू झोली में से निकालकर भुरता बनाया। जब सब सामग्री तैयार हो गई, तो रामधन से बोले—बच्चा, भगवान के भोग के लिए कौड़ी-भर घी चाहिए। रसोई पवित्र न होगी, तो भोग कैसे लगेगा?

रामधन—बाबाजी, घी तो घर में न होगा।

साधु—बच्चा, भगवान् का दिया तेरे पास बहुत है। ऐसी बातें न कह।

रामधन—महाराज, मेरे गाय-भैंस कुछ नहीं है, घी कहाँ से होगा?

साधु—बच्चा, भगवान् के भंडार में सबकुछ है, जाकर मालकिन से कहो तो?

रामधन ने जाकर स्त्री से कहा—घी माँगते हैं, माँगने को भीख, पर घी बिना कौर नहीं धँसता!

स्त्री—तो इसी दाल में से थोड़ी लेकर बनिये के यहाँ से ला दो। जब सब किया है तो इतने के लिए उन्हें क्यों नाराज करते हो?

घी आ गया। साधुजी ने ठाकुरजी की पिंडी निकाली, घंटी बजायी और भोग लगाने बैठे। खूब तन कर खाया, फिर पेट पर हाथ फेरते हुए द्वार पर लेट गये। थाली, बटली और कलछुली रामधन घर में माँजने के लिए उठा ले गया।

उस रात रामधन के घर चूल्हा नहीं जला। खाली दाल पकाकर ही पी ली।

रामधन लेटा, तो सोच रहा था—मुझसे तो यही अच्छे!

40.

सौभाग्य के कोड़े

लड़के क्या अमीर के हों, क्या गरीब के, विनोदशील हुआ ही करते हैं। उनकी चंचलता बहुधा उनकी दशा और स्थिति की परवा नहीं करती। नथुवा के माँ-बाप दोनों मर चुके थे, अनाथों की भाँति वह राय भोलानाथ के द्वार पर पड़ा रहता था। रायसाहब दयाशील पुरुष थे। कभी-कभी एक-आधा पैसा दे देते, खाने को भी घर में इतना जूठा बचता था कि ऐसे-ऐसे कई अनाथ अफर सकते थे, पहनने को भी उनके लड़कों के उतारे मिल जाते थे, इसलिए नथुवा अनाथ होने पर भी दुखी नहीं था। रायसाहब ने उसे एक ईसाई के पंजे से छुड़ाया था। इन्हें इसकी परवा न हुई कि मिशन में उसकी शिक्षा होगी, आराम से रहेगा; उन्हें यह मंजूर था कि वह हिंदू रहे। अपने घर के जूठे भोजन को वह मिशन के भोजन से कहीं पवित्र समझते थे। उनके कमरों की सफाई मिशन की पाठशाला की पढ़ाई से कहीं बढ़कर थी। हिंदू रहे, चाहे जिस दशा में रहे। ईसाई हुआ तो फिर सदा के लिए हाथ से निकल गया।

नथुवा को बस रायसाहब के बँगले में झाड़ू लगा देने के सिवाय और कोई काम न था। भोजन करके खेलता-फिरता था। कर्मानुसार ही उसकी वर्णव्यवस्था भी हो गई। घर के अन्य नौकर-चाकर उसे भंगी कहते थे और नथुवा को इसमें कोई एतराज न होता था। नाम की स्थिति पर क्या असर पड़

सकता है, इसकी उस गरीब को कुछ खबर न थी। भंगी बनने में कुछ हानि भी न थी। उसे झाड़ू देते समय कभी पैसे पड़े मिल जाते, कभी और कोई चीज। इससे वह सिगरेट लिया करता था। नौकरों के साथ उठने-बैठने से उसे बचपन ही में तम्बाकू, सिगरेट और पान का चस्का पड़ गया।

रायसाहब के घर में यों तो बालकों और बालिकाओं की कमी न थी, दरजनों भाँजे-भतीजे पड़े रहते थे; पर उनकी निज की संतान केवल एक पुत्री थी, जिसका नाम रत्ना था। रत्ना को पढ़ाने को दो मास्टर थे, एक मेमसाहब अँग्रेजी पढ़ाने आया करती थीं। रायसाहब की यह हार्दिक अभिलाषा थी कि रत्ना सर्वगुण आगरी हो और जिस घर में जाए, उसकी लक्ष्मी बने। वह उसे अन्य बालकों के साथ न रहने देते। उसके लिए अपने बँगले में दो कमरे अलग कर दिये थे; एक पढ़ने के लिए, दूसरा सोने के लिए। लोग कहते हैं, लाड़-प्यार से बच्चे जिद्दी और शरीर हो जाते हैं। रत्ना इतने लाड़-प्यार पर भी बड़ी सुशील बालिका थी। किसी नौकर को 'रे' न पुकारती, किसी भिखारी तक को न दुत्कारती। नथुवा को वह पैसे, मिठाइयाँ दे दिया करती थी। कभी-कभी उससे बातें भी किया करती थी। इससे वह लौंडा उसके मुँह लग गया था।

एक दिन नथुवा रत्ना के सोने के कमरे में झाड़ू लगा रहा था। रतना दूसरे कमरे में मेमसाहब से अँग्रेजी पढ़ रही थी। नथुवा की शामत जो आयी तो झाड़ू लगाते-लगाते उसके मन में यह इच्छा हुई कि रत्ना के पलंग पर सोऊँ; कैसी उजली चादर बिछी हुई है, गद्दा कितना नरम और मोटा है, कैसा सुन्दर दुशाला है! रत्ना इस गद्दे पर कितने आराम से सोती है, जैसे चिड़िया के बच्चे घोंसले में। तभी तो रत्ना के हाथ इतने गोरे और कोमल हैं, मालूम होता है, देह में रुई भरी हुई है। यहाँ कौन देखता है। यह सोचकर उसने पैर फर्श से पोंछे और चटपट पलंग पर आकर लेट गया और दुशाला ओढ़ लिया। गर्व और आनंद से उसका हृदय पुलकित हो गया। वह मारे खुशी के दो-तीन बार पलंग पर उछल पड़ा। उसे ऐसा मालूम हो रहा था, मानो मैं रुई में लेटा हूँ। जिधर करवट लेता था, देह अंगुल-भर नीचे धँस जाती थी। यह स्वर्गीय सुख मुझे कहाँ नसीब! मुझे भगवान् ने रायसाहब का बेटा क्यों न बनाया? सुख का अनुभव होते ही उसे अपनी दशा का वास्तविक ज्ञान हुआ और चित्त क्षुब्ध

हो गया। एकाएक रायसाहब किसी जरूरत से कमरे में आये तो नथुवा को रत्ना के पलंग पर लेटे देखा। मारे क्रोध के जल उठे। बोले—क्यों बे सुअर, तू यह क्या कर रहा है?

नथुवा ऐसा घबराया मानो नदी में पैर फिसल पड़े हों। चारपाई से कूद कर अलग खड़ा हो गया और फिर झाड़ू हाथ में ले ली।

रायसाहब ने फिर पूछा—यह क्या कर रहा था, बे?

नथुवा—कुछ तो नहीं सरकार!

रायसाहब—अब तेरी इतनी हिम्मत हो गई है कि रत्ना की चारपाई पर सोये? नमकहराम कहीं का! लाना मेरा हंटर।

हंटर मँगवाकर रायसाहब ने नथुवा को खूब पीटा। बेचारा हाथ जोड़ता था, पैरों पड़ता था, मगर रायसाहब का क्रोध शांत होने का नाम न लेता था। सब नौकर जमा हो गये और नथुवा के जले पर नमक छिड़कने लगे। रायसाहब का क्रोध और भी बढ़ा। हंटर हाथ से फेंककर ठोकरों से मारने लगे। रत्ना ने यह रोना सुना तो दौड़ी हुई आयी और समाचार सुनकर बोली—दादाजी बेचारा मर जाएगा; अब इस पर दया कीजिए।

रायसाहब—मर जाएगा, उठवाकर फेंकवा दूँगा। इस बदमाशी का मजा तो मिल जाएगा।

रत्ना—मेरी ही चारपाई थी न, मैं उसे क्षमा करती हूँ।

रायसाहब—जरा देखो तो अपनी चारपाई की गत। पाजी के बदन की मैल भर गई होगी। भला, इसे सूझी क्या? क्यों बे, तुझे सूझी क्या?

यह कर रायसाहब फिर लपके; मगर नथुवा आकर रत्ना के पीछे दुबक गया। इसके सिवा और कहीं शरण न थी। रत्ना ने रोककर कहा—दादाजी, मेरे कहने से अब इसका अपराध क्षमा कीजिए।

रायसाहब—क्या कहती हो रत्ना, ऐसे अपराधी कहीं क्षमा किये जाते हैं। खैर, तुम्हारे कहने पर छोड़ देता हूँ, नहीं तो आज जान लेकर छोड़ता। सुन बे, नथुवा, अपना भला चाहता है तो फिर यहाँ न आना, इसी दम निकल जा, सुअर, नालायक!

नथुवा प्राण छोड़कर भागा। पीछे फिरकर न देखा। सड़क पर पहुँचकर वह खड़ा हो गया। यहाँ रायसाहब उसका कुछ नहीं कर सकते थे। यहाँ सब

लोग उनकी मुँहदेखी तो न कहेंगे। कोई तो कहेगा कि लड़का था, भूल ही हो गई तो क्या प्राण ले लीजिएगा? यहाँ मारे तो देखूँ, गाली देकर भागूँगा, फिर कौन मुझे पा सकता है। इस विचार से उसकी हिम्मत बँधी। बँगले की तरफ मुँह करके जोर से बोला—यहाँ आओ तो देखें, और फिर भागा कि कहीं रायसाहब ने सुन न लिया हो।

नथुवा थोड़ी ही दूर गया था कि रत्ना की मेम साहिबा अपने टमटम पर सवार आती हुई दिखायी दीं। उसने समझा, शायद मुझे पकड़ने आ रही हैं। फिर भागा, किंतु जब पैरों में दौड़ने की शक्ति न रही तो खड़ा हो गया। उसके मन ने कहा, वह मेरा क्या कर लेंगी, मैंने उनका कुछ बिगाड़ा है? एक क्षण में मेम साहिबा आ पहुँचीं और टमटम रोककर बोलीं—नाथू, कहाँ जा रहे हो?

नथुवा—कहीं नहीं।

मेम—रायसाहब के यहाँ फिर जाएगा तो वह मारेंगे। क्यों नहीं मेरे साथ चलता। मिशन में आराम से रह। आदमी हो जाएगा।

नथुवा—किरस्तान तो न बनाओगी?

मेम—किरस्तान क्या भंगी से भी बुरा है, पागल!

नथुवा—न भैया, किरस्तान न बनूँगा।

मेम—तेरा जी चाहे न बनना, कोई जबरदस्ती थोड़े ही बना देगा। नथुवा थोड़ी देर तक टमटम के साथ चला; पर उसके मन में संशय बना हुआ था। सहसा वह रुक गया। मेम साहिबा ने पूछा—क्यों, चलता क्यों नहीं?

नथुवा—मैंने सुना है, मिशन में जो कोई जाता है किरस्तान हो जाता है। मैं न जाऊँगा। आप झाँसा देती हैं।

मेम—अरे पागल, वहाँ तुझे पढ़ाया जाएगा, किसी की चाकरी न करनी पड़ेगी। शाम को खेलने को छुट्टी मिलेगी। कोट-पतलून पहनने को मिलेगी। चल के दो-चार दिन देख तो ले।

नथुवा ने इस प्रलोभन का उत्तर न दिया। एक गली से होकर भागा। जब टमटम दूर निकल गया तो वह निश्चिंत होकर सोचने लगा—जाऊँ? कहीं कोई सिपाही पकड़कर थाने न ले जाए। मेरी बिरादरी के लोग तो वहाँ रहते

हैं। क्या वह मुझे अपने घर रखेंगे। कौन बैठ कर खाऊँगा, काम तो करूँगा। बस, किसी को पीठ पर रहना चाहिए। आज कोई मेरी पीठ पर होता तो मजाल थी कि रायसाहब मुझे यों मारते। सारी बिरादरी जमा हो जाती, घेर लेती, घर की सफाई बंद हो जाती, कोई द्वार पर झाड़ू तक न लगाता। सारी रायसाहबी निकल जाती। यह निश्चय करके वह घूमता-फिरता भंगियों के मुहल्ले में पहुँचा। शाम हो गई थी, कई भंगी एक पेड़ के नीचे चटाइयों पर बैठे शहनाई और तबला बजा रहे थे। वह नित्य इसका अभ्यास करते थे। यह उनकी जीविका थी। गान-विद्या की यहाँ जितनी छीछालेदर हुई है, उतनी और कहीं न हुई होगी। नथुवा जाकर वहाँ खड़ा हो गया। उसे बहुत ध्यान से सुनते देखकर एक भंगी ने पूछा—कुछ गाता है?

नथुवा—अभी तो नहीं गाता; पर सिखा दोगे तो गाने लगूँगा।

भंगी—बहाना मत कर, बैठ; कुछ गाकर सुना, मालूम तो हो कि तेरे गला भी है या नहीं, गला ही न होगा तो क्या कोई सिखायेगा।

नथुवा मामूली बाजार के लड़कों की तरह कुछ-न-कुछ गाना जानता ही था, रास्ता चलता तो कुछ-न-कुछ गाने लगता था। तुरंत गाने लगा। उस्ताद ने सुना। जौहरी था, समझ गया यह काँच का टुकड़ा नहीं। बोला—कहाँ रहता है?

नथुवा ने अपनी रामकहानी सुनायी, परिचय हो गया। उसे आश्रय मिल गया और विकास का वह अवसर मिल गया, जिसने उसे भूमि से आकाश पर पहुँचा दिया।

तीन साल उड़ गये, नथुवा के गाने की सारे शहर में धूम मच गई। और वह केवल एक गुणी नहीं, सर्वगुणी था; गाना, शहनाई बजाना, पखावज, सारंगी, तम्बूरा, सितार—सभी कलाओं में दक्ष हो गया। उस्तादों को भी उसकी चमत्कारिक बुद्धि पर आश्चर्य होता था। ऐसा मालूम होता था कि उसने पहले ही पढ़ी हुई विद्या दुहरा ली है। लोग दस-दस सालों तक सितार बजाना सीखते रहते हैं और नहीं आता, नथुवा को एक महीने में उसके तारों का ज्ञान हो गया। ऐसे कितने ही रत्न पड़े हुए हैं, जो किसी पारखी से भेंट न होने के कारण मिट्टी में मिल जाते हैं।

संयोग से इन्हीं दिनों ग्वालियर में एक संगीत-सम्मेलन हुआ। देश-देशांतरों से संगीत के आचार्य निमंत्रित हुए। उस्ताद घूरे को भी नेवता मिला। नथुवा इन्हीं का शिष्य था। उस्ताद ग्वालियर चले तो नाथू को भी साथ लेते गये। एक सप्ताह तक ग्वालियर में बड़ी धूमधाम रही। नाथूराम ने वहाँ खूब नाम कमाया। उसे सोने का तमगा इनाम मिला। ग्वालियर के संगीत-विद्यालय के अध्यक्ष ने उस्ताद घूरे से आग्रह किया कि नाथूराम को संगीत-विद्यालय में दाखिल करा दो। यहाँ संगीत के साथ उसकी शिक्षा भी हो जाएगी। घूरे को मानना पड़ा। नाथूराम भी राजी हो गया।

नाथूराम ने पाँच वर्षों में विद्यालय की सर्वोच्च उपाधि प्राप्त कर ली। इसके साथ-साथ भाषा, गणित और विज्ञान में उसकी बुद्धि ने अपनी प्रखरता का परिचय दिया। अब वह समाज का भूषण था। कोई उससे न पूछता था, कौन जाति हो। उसका रहन-सहन, तौर-तरीका अब गायकों का-सा नहीं, शिक्षित समुदाय का-सा था। अपने सम्मान की रक्षा के लिए वह ऊँचे वर्णवालों का-सा आचरण रखने लगा। मदिरा-मांस त्याग दिया, नियमित रूप से संध्योपासना करने लगा। कोई कुलीन ब्राह्मण भी इतना आचार-विचार न करता होगा। नाथूराम तो पहले ही उसका नाम हो चुका था। अब उसका कुछ और सुसंस्कार हुआ। वह ना. रा. आचार्य मशहूर हो गया। साधारणतः लोग 'आचार्य' ही कहा करते थे। राज-दरबार से उसे अच्छा वेतन मिलने लगा। 18 वर्ष की आयु में इतनी ख्याति बिरले ही किसी गुणी को नसीब होती है। लेकिन ख्याति-प्रेम वह प्यास है, जो कभी नहीं बुझती, वह अगस्त्य ऋषि की भाँति सागर को पीकर भी शांत नहीं होती। महाशय आचार्य ने योरोप को प्रस्थान किया। वह पाश्चात्य संगीत पर भी अधिकृत होना चाहते थे। जर्मनी के सबसे बड़े संगीत-विद्यालय में दाखिल हो गये और पाँच वर्षों के निरंतर परिश्रम और उद्योग के बाद आचार्य की पदवी लेकर इटली की सैर करते हुए ग्वालियर लौट आये और उसके एक ही सप्ताह के बाद मदन कम्पनी ने उन्हें तीन हजार रुपये मासिक वेतन पर अपनी शाखाओं का निरीक्षक नियुक्त किया। वह योरोप जाने के पहले ही हजारों रुपये जमा कर चुके थे। योरोप में भी ओपराओं और नाट्यशालाओं में उनकी खूब आवभगत हुई थी। कभी-कभी एक दिन में इतनी आमदनी हो जाती थी, जितनी यहाँ के

बड़े-से-बड़े गवैयों को बरसों में भी नहीं होती। लखनऊ से विशेष प्रेम होने के कारण उन्होंने वहीं निवास करने का निश्चय किया।

आचार्य महाशय लखनऊ पहुँचे तो उनका चित्त गद्‌गद हो गया। यहीं उनका बचपन बीता था, यहीं एक दिन वह अनाथ थे, यहीं गलियों में कनकौए लूटते फिरते थे, यहीं बाजारों में पैसे माँगते-फिरते थे। आह! यहीं उन पर हंटरों की मार पड़ी थी, जिसके निशान अब तक बने थे। अब वह दाग उन्हें सौभाग्य की रेखाओं से भी प्रिय लगते। यथार्थ में यह कोड़े की मार उनके लिए शिव का वरदान थी। रायसाहब के प्रति अब उनके दिल में क्रोध या प्रतिकार का लेशमात्र भी न था। उनकी बुराइयाँ भूल गई थीं, भलाइयाँ याद रह गई थीं; और रत्ना तो उन्हें दया और वात्सल्य की मूर्ति-सी याद आती। विपत्ति पुराने घावों को बढ़ाती है, सम्पत्ति उन्हें भर देती है! गाड़ी से उतरे तो छाती धड़क रही थी। 10 वर्ष का बालक 23 वर्ष का जवान, शिक्षित भद्र युवक हो गया था। उसकी माँ भी उसे देखकर न कह सकती कि यही मेरा नथुवा है। लेकिन उनकी कायापलट की अपेक्षा नगर की कायापलट और भी विस्मयकारी थी। यह लखनऊ नहीं, कोई दूसरा ही नगर था।

स्टेशन से बाहर निकलते ही देखा कि शहर के कितने ही छोटे-बड़े आदमी उनका स्वागत करने को खड़े हैं। उनमें एक युवती रमणी थी, जो रत्ना से बहुत मिलती थी। लोगों ने उससे हाथ मिलाया और रत्ना ने उनके गले में फूलों का हार डाल दिया। यह विदेश में भारत का नाम रोशन करने का पुरस्कार था। आचार्य के पैर डगमगाने लगे, ऐसा जान पड़ता था, अब नहीं खड़े रह सकते। यह वही रत्ना है। भोली-भाली बालिका ने सौंदर्य, लज्जा, गर्व और विनय की देवी का रूप धारण कर लिया है। उनकी हिम्मत न पड़ी कि रत्ना की तरफ सीधी आँखों देख सकें।

लोगों से हाथ मिलाने के बाद वह उस बँगले में आये जो उनके लिए पहले ही से सजाया गया था। उसको देखकर वे चौंक पड़े; यह वही बँगला था जहाँ रत्ना के साथ वह खेलते थे; सामान भी वही था, तसवीरें वही, कुर्सियाँ और मेजें वही, शीशे के आलात वही, यहाँ तक कि फर्श भी वही था। उसके

अंदर कदम रखते हुए आचार्य महाशय के हृदय में कुछ वही भाव जागृत हो रहे थे, जो किसी देवता के मंदिर में जाकर धर्मपरायण हिंदू के हृदय में होते हैं। वह रत्ना के शयनागार में पहुँचे तो उनके हृदय में ऐसी ऐंठन हुई कि आँसू बहने लगे—यह वही पलंग है, वही बिस्तर और वही फर्श! उन्होंने अधीर होकर पूछा—यह किसका बँगला है?

कम्पनी का मैनेजर साथ था, बोला—एक राय भोलानाथ हैं, उन्हीं का है।

आचार्य—रायसाहब कहाँ गए?

मैनेजर—खुदा जाने कहाँ चले गए। यह बँगला कर्ज की इल्लत में नीलाम हो रहा था। मैंने देखा हमारे थियेटर से करीब है। अधिकारियों से खतोकिताबत की और इसे कम्पनी के नाम खरीद लिया, 40 हजार में यह बँगला सामान समेत लिया गया।

आचार्य—मुफ्त मिल गया, तुम्हें रायसाहब की कुछ खबर नहीं?

मैनेजर—सुना था कि कहीं तीर्थ करने गये थे, खुदा जाने लौटे या नहीं।

आचार्य महाशय जब शाम को सावधान होकर बैठे तो एक आदमी से पूछा—क्यों जी, उस्ताद घूरे का भी हाल जानते हो, उनका नाम बहुत सुना है।

आदमी ने सकरुण भाव से कहा—खुदाबंद, उनका हाल कुछ न पूछिए, शराब पीकर घर आ रहे थे, रास्ते में बेहोश होकर सड़क पर गिर पड़े। उधर से एक मोटर लारी आ रही थी। ड्राइवर ने देखा नहीं, लारी उनके ऊपर से निकल गई। सुबह को लाश मिली। खुदाबंद, अपने फन में एक था, अब उसकी मौत से लखनऊ वीरान हो गया, अब ऐसा कोई नहीं रहा जिस पर लखनऊ को घमंड हो। नथुवा नाम के एक लड़के को उन्होंने कुछ सिखाया था और उससे हम लोगों को उम्मीद थी कि उस्ताद का नाम जिंदा रखेगा, पर वह यहाँ से ग्वालियर चला गया, फिर पता नहीं कि कहाँ गया।

आचार्य महाशय के प्राण सूखे जाते थे कि अब बात खुली, अब खुली, दम रुका हुआ था जैसे कोई तलवार लिये सिर पर खड़ा हो। बारे कुशल हुई, घड़ा चोट खाकर भी बच गया।

आचार्य महाशय उस घर में रहते थे, किन्तु उसी तरह जैसे कोई नई बहू अपने ससुराल में रहे। उनके हृदय से पुराने संस्कार न मिटते थे। उनकी आत्मा इस

यथार्थ को स्वीकार न करती कि अब यह मेरा घर है। वह जोर से हँसते तो सहसा चौंक पड़ते। मित्रगण आकर शोर मचाते तो उन्हें एक अज्ञात शंका होती थी। लिखने-पढ़ने के कमरे में शायद वह सोते तो उन्हें रात-भर नींद न आती, यह खयाल दिल में जमा हुआ था कि यह पढ़ने-लिखने का कमरा है। बहुत अच्छा होने पर भी वह पुराने सामान को बदल न सकते थे। और रत्ना के शयनागार को तो उन्होंने फिर कभी नहीं खोला। वह ज्यों-का-त्यों बंद पड़ा रहता था। उसके अंदर जाते हुए उनके पैर थरथराने लगते थे। उस पलंग पर सोने का ध्यान ही उन्हें नहीं आया।

लखनऊ में कई बार उन्होंने विश्वविद्यालय में अपने संगीत-नैपुण्य का चमत्कार दिखाया। किसी राजा-रईस के घर अब वह गाने न जाते थे, चाहे कोई उन्हें लाखों रुपये ही क्यों न दे; यह उनका प्रण था। लोग उनका अलौकिक गान सुनकर अलौकिक आनंद उठाते थे।

एक दिन प्रातःकाल आचार्य महाशय संध्या से उठे थे कि राय भोलानाथ उनसे मिलने आए। रत्ना भी उनके साथ थी। आचार्य महाशय पर रोब छा गया। बड़े-बड़े योरोपी थियेटरों में भी उनका हृदय इतना भयभीत न हुआ था। उन्होंने जमीन तक झुककर रायसाहब को सलाम किया। भोलानाथ उनकी नम्रता से कुछ विस्मति-से हो गए। बहुत दिन हुए जब लोग उन्हें सलाम किया करते थे। अब तो जहाँ जाते थे, हँसी उड़ाई जाती थी। रत्ना भी लज्जित हो गई। रायसाहब ने कातर नेत्रों से इधर-उधर देखकर कहा—आपको यह जगह तो पसन्द आयी होगी?

आचार्य—जी हाँ, इससे उत्तम स्थान की तो मैं कल्पना ही नहीं कर सकता।

भोलानाथ—यह मेरा ही बँगला है। मैंने ही इसे बनवाया और मैंने ही इसे बिगाड़ भी दिया।

रत्ना ने झेंपते हुए कहा—दादाजी, इन बातों से क्या फायदा?

भोला—फायदा नहीं है बेटी, नुकसान भी नहीं। सज्जनों से अपनी विपत्ति कहकर चित्त शांत होता है। महाशय, यह मेरा ही बँगला है, या यों कहिए कि था। 50 हजार सालाना इलाके से मिलते थे। कुछ आदमियों की संगत में मुझे सट्टे का चस्का पड़ गया। दो-तीन बार ताबड़-तोड़ बाजी हाथ आयी, हिम्मत

खुल गई, लाखों के वारे-न्यारे होने लगे, किंतु एक ही घाटे में सारी कसर निकल गई। बधिया बैठ गई। सारी जायदाद खो बैठा। सोचिए, पचीस लाख का सौदा था। कौड़ी चित्त पड़ती तो आज इस बँगले का कुछ और ही ठाट होता, नहीं तो अब पिछले दिनों को याद कर-करके हाथ मलता हूँ। मेरी रत्ना को आपके गाने से बड़ा प्रेम है। जब देखो आप ही की चर्चा किया करती है। इसे मैंने बी.ए. तक पढ़ाया...

रत्ना का चेहरा शर्म से लाल हो गया। बोली—दादाजी, आचार्य महाशय मेरा हाल जानते हैं, उनको मेरे परिचय की जरूरत नहीं। महाशय, क्षमा कीजिएगा, पिताजी उस घाटे के कारण कुछ अव्यवस्थित चित्त-से हो गये हैं। वह आपसे यह प्रार्थना करने आये हैं कि यदि आपको कोई आपत्ति न हो तो वह कभी-कभी इस बँगले को देखने आया करें। इससे उनके आँसू पुछ जाएँगे। उन्हें इस विचार से सन्तोष होगा कि मेरा कोई मित्र इसका स्वामी है। बस, यही कहने के लिए यह आपकी सेवा में आये हैं।

आचार्य ने विनयपूर्ण शब्दों में कहा—इसके पूछने की जरूरत नहीं है। घर आपका है, जिस वक्त जी चाहे शौक से आयें, बल्कि आपकी इच्छा हो तो आप इसमें रह सकते हैं; मैं अपने लिए कोई दूसरा स्थान ठीक कर लूँगा।

रायसाहब ने धन्यवाद दिया और चले गये। वह दूसरे-तीसरे यहाँ जरूर आते और घंटों बैठे रहते। रत्ना भी उनके साथ अवश्य आती, फिर कुछ दिन बाद प्रतिदिन आने लगे।

एक दिन उन्होंने आचार्य महाशय को एकांत में ले जाकर पूछा—क्षमा कीजिएगा, आप अपने बाल बच्चों को क्यों नहीं बुला लेते? अकेले तो आपको बहुत कष्ट होता होगा।

आचार्य—मेरा तो अभी विवाह नहीं हुआ और न करना चाहता हूँ।

यह कहते ही आचार्य महाशय ने आँखें नीची कर लीं।

भोलानाथ—यह क्यों, विवाह से आपको क्यों द्वेष है?

आचार्य—कोई विशेष कारण तो नहीं बता सकता, इच्छा ही तो है।

भोला—आप ब्राह्मण हैं?

आचार्यजी का रंग उड़ गया। सशंक होकर बोले—योरोप की यात्रा के बाद वर्णभेद नहीं रहता। जन्म से चाहे जो कुछ हूँ, कर्म से तो शूद्र ही हूँ।

भोलानाथ—आपकी नम्रता को धन्य है, संसार में ऐसे सज्जन लोग भी पड़े हुए हैं, मैं भी कर्मों ही से वर्ण मानता हूँ। नम्रता, शील, विनय, आचार, धर्मनिष्ठा, विद्याप्रेम, यह सब ब्राह्मणों के गुण हैं और मैं आपको ब्राह्मण ही समझता हूँ। जिसमें यह गुण नहीं, वह ब्राह्मण नहीं; कदापि नहीं। रत्ना को आपसे बड़ा प्रेम है। आज तक कोई पुरुष उसकी आँखों में नहीं जँचा, किंतु आपने उसे वशीभूत कर लिया इस धृष्टता को क्षमा कीजिएगा, आपके माता-पिता...

आचार्य—मेरे माता-पिता तो आप ही हैं। जन्म किसने दिया, यह मैं स्वयं नहीं जानता। मैं बहुत छोटा था तभी उनका स्वर्गवास हो गया।

रायसाहब—आह! वह आज जीवित होते तो आपको देखकर उनकी गज-भर की छाती होती। ऐसे सपूत बेटे कहाँ होते हैं!

इतने में रत्ना एक कागज लिये हुए आयी और रायसाहब से बोली—दादाजी, आचार्य महाशय काव्य-रचना भी करते हैं, मैं इनकी मेज पर से यह उठा लायी हूँ। सरोजिनी नायडू के सिवा ऐसी कविता मैंने और कहीं नहीं देखी।

आचार्य ने छिपी हुई निगाहों से एक बार रत्ना को देखा और झेंपते हुए बोले—यों ही कुछ लिख लिया था। मैं काव्य-रचना क्या जानूँ?

प्रेम से दोनों विह्वल हो रहे थे। रत्ना गुणों पर मोहित थी, आचार्य उसके मोह के वशीभूत थे। अगर रत्ना उनके रास्ते में न आती तो कदाचित् वह उससे परिचित भी न होते! किंतु प्रेम की फैली हुई बाहों का आकर्षण किस पर न होगा? ऐसा हृदय कहाँ है, जिसे प्रेम जीत न सके?

आचार्य महाशय बड़ी दुविधा में पड़े हुए थे। उनका दिल कहता था, जिस क्षण रत्ना पर मेरी असलियत खुल जाएगी, उसी क्षण वह मुझसे सदैव के लिए मुँह फेर लेगी। वह कितनी ही उदार हो, जाति के बंधन को कितना ही कष्टमय समझती हो, किंतु उस घृणा से मुक्त नहीं हो सकती जो स्वभावतः मेरे प्रति उत्पन्न होगी। मगर इस बात को जानते हुए भी उनकी हिम्मत न पड़ती थी कि अपना वास्तविक स्वरूप खोलकर दिखा दें। आह! यदि घृणा ही तक होती तो कोई बात न थी, मगर उसे दुःख होगा, पीड़ा होगी, उसका हृदय

विदीर्ण हो जाएगा, उस दशा में न जाने क्या कर बैठे। उसे इस अज्ञात दशा में रखते हुए प्रणय-पाश को दृढ़ करना उन्हें परले सिरे की नीचता प्रतीत होती थी। यह कपट है, दगा है, धूर्तता है जो प्रेमाचरण में सर्वथा निषिद्ध है। इस संकट में पड़े हुए वह कुछ निश्चय न कर सकते थे कि क्या करना चाहिए। उधर रायसाहब की आमदोरफ़्त दिनोंदिन बढ़ती जाती थी। उनके मन की बात एक-एक शब्द से झलकती थी। रत्ना का आना-जाना बंद होता जाता था जो उनके आशय को और भी प्रकट करता था। इस प्रकार तीन-चार महीने व्यतीत हो गये। आचार्य महाशय सोचते, यह वही रायसाहब हैं, जिन्होंने केवल रत्ना की चारपाई पर जरा देर लेट रहने के लिए मुझे मारकर घर से निकाल दिया था। जब उन्हें मालूम होगा कि मैं वही अनाथ, अछूत, आश्रयहीन बालक हूँ तो उन्हें कितनी आत्मवेदना, कितनी अपमान-पीड़ा, कितनी लज्जा, कितनी दुराशा, कितना पश्चात्ताप होगा!

एक दिन रायसाहब ने कहा—विवाह की तिथि निश्चित कर लेनी चाहिए। इस लग्न में मैं इस ऋण से उऋण हो जाना चाहता हूँ।

आचार्य महाशय ने बात का मतलब समझकर भी प्रश्न किया—कैसी तिथि?

रायसाहब—यही रत्ना के विवाह की। मैं कुंडली का तो कायल नहीं, पर विवाह तो शुभ मुहूर्त में ही होगा।

आचार्य भूमि की ओर ताकते रहे, कुछ न बोले।

रायसाहब—मेरी अवस्था तो आपको मालूम ही है। कुश-कन्या के सिवा और किसी योग्य नहीं हूँ। रत्ना के सिवा और कौन है, जिसके लिए उठा रखता।

आचार्य महाशय विचारों में मग्न थे।

रायसाहब—रत्ना को आप स्वयं जानते हैं। आपसे उसकी प्रशंसा करनी व्यर्थ है। वह अच्छी है या बुरी है, उसे आपको स्वीकार करना पड़ेगा।

आचार्य महाशय की आँखों से आँसू बह रहे थे।

रायसाहब—मुझे पूरा विश्वास है कि आपको ईश्वर ने उसी के लिए यहाँ भेजा है। मेरी ईश्वर से यही याचना है कि तुम दोनों का जीवन सुख से कटे। मेरे लिए इससे ज्यादा खुशी की और कोई बात नहीं हो सकती। इस कर्त्तव्य

से मुक्त होकर इरादा है कुछ दिन भगवत-भजन करूँ। गौण रूप से आप ही उस फल के भी अधिकारी होंगे।

आचार्य ने अवरुद्ध कंठ से कहा—महाशय, आप मेरे पिता तुल्य हैं, पर मैं इस योग्य कदापि नहीं हूँ।

रायसाहब ने उन्हें गले लगाते हुए कहा—बेटा, तुम सर्वगुण-सम्पन्न हो। तुम समाज के भूषण हो। मेरे लिए यह महान गौरव की बात है कि तुम-जैसा दामाद पाऊँ। मैं आज तिथि आदि ठीक करके कल आपको सूचना दूँगा।

यह कहकर रायसाहब उठ खड़े हुए। आचार्य कुछ कहना चाहते थे, पर मौका न मिला, या यों कहो हिम्मत न पड़ी। इतना मनोबल न था, घृणा सहन करने की इतनी शक्ति न थी।

विवाह हुए महीना-भर हो गया। रत्ना के आने से पतिगृह उजाला हो गया है और पति-हृदय पवित्र। सागर में कमल खिल गया। रात का समय था। आचार्य महाशय भोजन करके लेटे हुए थे, उसी पलंग पर जिसने किसी दिन उन्हें घर से निकलवाया था, जिसने उनके भाग्यचक्र को परिवर्तित कर दिया था।

महीना-भर से वह अवसर ढूँढ़ रहे हैं कि वह रहस्य रत्ना को बतला दूँ। उनका संस्कारों से दबा हुआ हृदय यह नहीं मानता कि मेरा सौभाग्य मेरे गुणों ही का अनुग्रह है। वह अपने रुपये को भट्ठी में पिघलाकर उसका मूल्य जानने की चेष्टा कर रहे हैं। किन्तु अवसर नहीं मिलता। रत्ना ज्यों ही सामने आ जाती है, वह मंत्रमुग्ध से हो जाते हैं। बाग में रोने कौन जाता है, रोने के लिए तो अँधेरी कोठरी ही चाहिए।

इतने में रत्ना मुस्कराती हुई कमरे में आयी। दीपक की ज्योति मंद पड़ गई।

आचार्य ने मुस्कराकर कहा—अब चिराग गुल कर दूँ न?

रत्ना बोली—क्यों, क्या मुझसे शर्म आती है?

आचार्य—हाँ, वास्तव में शर्म आती है।

रत्ना—इसलिए कि मैंने तुम्हें जीत लिया?

आचार्य—नहीं, इसलिए कि मैंने तुम्हें धोखा दिया।

रत्ना—तुममें धोखा देने की शक्ति नहीं है।

आचार्य—तुम नहीं जानतीं। मैंने तुम्हें बहुत बड़ा धोखा दिया है।

रत्ना—सब जानती हूँ।

आचार्य—जानती हो मैं कौन हूँ?

रत्ना—खूब जानती हूँ। बहुत दिनों से जानती हूँ। जब हम तुम दोनों इसी बगीचे में खेला करते थे, मैं तुमको मारती थी और तुम रोते थे, मैं तुमको अपनी जूठी मिठाइयाँ देती थी और तुम दौड़कर लेते थे, तब भी मुझे तुमसे प्रेम था; हाँ, वह दया के रूप में व्यक्त होता था।

आचार्य ने चकित हो कहा—रत्ना, यह जानकर भी तुमने...

रत्ना—हाँ, जान कर ही। न जानती तो शायद न करती।

आचार्य—यह वही चारपाई है।

रत्ना—और मैं घाते में।

आचार्य ने उसे गले लगाकर कहा—तुम क्षमा की देवी हो।

रत्ना ने उत्तर दिया—मैं तुम्हारी चेरी हूँ।

आचार्य—रायसाहब भी जानते हैं?

रत्ना—नहीं, उन्हें नहीं मालूम है। उनसे भूलकर भी न कहना, नहीं तो वह आत्मघात कर लेंगे।

आचार्य—वह कोड़े अभी तक याद हैं।

रत्ना—अब पिताजी के पास उसका प्रायश्चित्त करने के लिए कुछ नहीं रह गया। क्या अब भी तुम्हें संतोष नहीं हुआ?

41.

सभ्यता का रहस्य

यों तो मेरी समझ में दुनिया की एक हजार एक बातें नहीं आती—जैसे लोग प्रातःकाल उठते ही बालों पर छुरा क्यों चलाते हैं? क्या अब पुरुषों में भी इतनी नजाकत आ गई है कि बालों का बोझ उनसे नहीं सँभलता? एक साथ ही सभी पढ़े-लिखे आदमियों की आँखें क्यों इतनी कमजोर हो गई हैं? दिमाग

की कमजोरी ही इसका कारण है या और कुछ? लोग खिताबों के पीछे क्यों इतने हैरान होते हैं? इत्यादि—लेकिन इस समय मुझे इन बातों से मतलब नहीं। मेरे मन में एक नया प्रश्न उठ रहा है और उसका जवाब मुझे कोई नहीं देता। प्रश्न यह है कि सभ्य कौन है और असभ्य कौन? सभ्यता के लक्षण क्या हैं? सरसरी नजर से देखिए, तो इससे ज्यादा आसान और कोई सवाल ही न होगा। बच्चा-बच्चा इसका समाधान कर सकता है। लेकिन जरा गौर से देखिए, तो प्रश्न इतना आसान नहीं जान पड़ता। अगर कोट-पतलून पहनना, टाई-हैट कालर लगाना, मेज पर बैठकर खाना खाना, दिन में तेरह बार कोको या चाय पीना और सिगार पीते हुए चलना सभ्यता है, तो उन गोरों को भी सभ्य कहना पड़ेगा, जो सड़क पर शाम को कभी-कभी टहलते नजर आते हैं; शराब के नशे से आँखें सुर्ख, पैर लड़खड़ाते हुए, रास्ता चलनेवालों को अनायास छेड़ने की धुन! क्या उन गोरों को सभ्य कहा जा सकता है? कभी नहीं। तो यह सिद्ध हुआ कि सभ्यता कोई और ही चीज है, उसका देह से इतना सम्बन्ध नहीं है जितना मन से।

मेरे इने-गिने मित्रों में एक राय रतनकिशोर भी हैं। आप बहुत ही सहृदय, बहुत ही उदार, बहुत शिक्षित और एक बड़े ओहदेदार हैं। बहुत अच्छा वेतन पाने पर भी उनकी आमदनी खर्च के लिए काफी नहीं होती। एक चौथाई वेतन तो बँगले ही की भेंट हो जाती है। इसलिए आप बहुधा चिंतित रहते हैं। रिश्वत तो नहीं लेते—कम-से-कम मैं नहीं जानता, हालाँकि कहने वाले कहते हैं—लेकिन इतना जानता हूँ कि वह भत्ता बढ़ाने के लिए दौरे पर बहुत रहते हैं, यहाँ तक कि इसके लिए हर साल बजट की किसी दूसरे मद से रुपये निकालने पड़ते हैं। उनके अफसर कहते हैं, इतने दौरे क्यों करते हो, तो जवाब देते हैं, इस जिले का काम ही ऐसा है कि जब तक खूब दौरे न किए जाएँ रिआया शांत नहीं रह सकती। लेकिन मजा तो यह है कि राय साहब उतने दौरे वास्तव में नहीं करते, जितने कि अपने रोजनामचे में लिखते हैं। उनके पड़ाव शहर से पचास मील पर होते हैं। खेमे वहाँ गड़े रहते हैं, कैंप के अमले वहाँ पड़े रहते हैं और राय साहब घर पर मित्रों के साथ गप-शप करते रहते हैं, पर किसी

की मजाल है कि राय साहब की नेकनीयती पर सन्देह कर सके! उनके सभ्य पुरुष होने में किसी को शंका नहीं हो सकती।

एक दिन मैं उनसे मिलने गया। उस समय वह अपने घसियारे दमड़ी को डाँट रहे थे। दमड़ी रात-दिन का नौकर था, लेकिन घर रोटी खाने जाया करता था। उसका घर थोड़ी ही दूर पर एक गाँव में था। कल रात को किसी कारण से यहाँ न आ सका। इसलिए डाँट पड़ रही थी।

राय साहब—जब हम तुम्हें रात-दिन के लिए रखे हुए हैं, तो तुम घर पर क्यों रहे? कल के पैसे कट जाएँगे।

दमड़ी—हजूर, एक मेहमान आ गए थे, इसी से न आ सका।

राय साहब—तो कल के पैसे उसी मेहमान से लो।

दमड़ी—सरकार, अब कभी ऐसी खता न होगी।

राय साहब—बक-बक मत करो।

दमड़ी—हजूर...

राय साहब—दो रुपये जुरमाना।

दमड़ी रोता चला गया। रोजा बख़्शाने आया था, नमाज़ गले पड़ गई। दो रुपये जुरमाना ठुक गया। खता यही थी कि बेचारा कसूर माफ कराना चाहता था।

यह एक रात को गैरहाज़िर होने की सजा थी! बेचारा दिन-भर का काम कर चुका था, रात को यहाँ सोया न था, उसका दण्ड! और घर बैठे भत्ते उड़ानेवाले को कोई नहीं पूछता! कोई दंड नहीं देता। दंड तो मिले और ऐसा मिले कि जिंदगी-भर याद रहे; पर पकड़ना तो मुश्किल है। दमड़ी भी अगर होशियार होता, तो जरा रात रहे आकर कोठरी में सो जाता। फिर किसे खबर होती कि वह रात को कहाँ रहा। पर गरीब इतना चंट न था।

दमड़ी के पास कुल छः बिस्वे जमीन थी! पर इतने ही प्राणियों का खर्च भी था। उसके दो लड़के, दो लड़कियाँ और स्त्री, सब खेती में लगे रहते थे, फिर भी पेट की रोटियाँ नहीं मयस्सर होती थीं। इतनी जमीन क्या सोना उगल देती! अगर सब-के-सब घर से निकल मजदूरी करने लगते, तो आराम से रह

सकते थे; लेकिन मौरूसी किसान मजदूर कहलाने का अपमान न सह सकता था। इस बदनामी से बचने के लिए दो बैल बाँध रखे थे! उसके वेतन का बड़ा भाग बैलों के दाने-चारे ही में उड़ जाता था। ये सारी तकलीफें मंजूर थीं, पर खेती छोड़कर मजदूर बन जाना मंजूर न था। किसान की जो प्रतिष्ठा है, वह कहीं मजदूर की हो सकती है, चाहे वह रुपया रोज ही क्यों न कमाये? किसानी के साथ मजदूरी करना इतने अपमान की बात नहीं, द्वार पर बँधे हुए बैल हुए बैल उसकी मान-रक्षा किया करते हैं, पर बैलों को बेचकर फिर कहाँ मुँह दिखलाने की जगह रह सकती है!

एक दिन राय साहब उसे सरदी से काँपते देखकर बोले—कपड़े क्यों नहीं बनवाता? काँप क्यों रहा है?

दमड़ी—सरकार, पेट की रोटी तो पूरा ही नहीं पड़ती, कपड़े कहाँ से बनवाऊँ?

राय साहब—बैलों को बेच क्यों नहीं डालता? सैकड़ों बार समझा चुका, लेकिन न-जाने क्यों इतनी मोटी-सी बात तेरी समझ में नहीं आती।

दमड़ी—सरकार, बिरादरी में कहीं मुँह दिखाने लायक न रहूँगा। लड़की की सगाई न हो पाएगी, टाट बाहर कर दिया जाऊँगा।

राय साहब—इन्हीं हिमाकतों से तुम लोगों की यह दुर्गति हो रही है। ऐसे आदमियों पर दया करना भी पाप है। (मेरी तरफ फिरकर) क्यों मुंशीजी, इस पागलपन का भी कोई इलाज है? जाड़ों मर रहे हैं, पर दरवाजे पर बैल जरूर बाँधेंगे।

मैंने कहा—जनाब, यह तो अपनी-अपनी समझ है।

राय साहब—ऐसी समझ को दूर से सलाम कीजिए। मेरे यहाँ कई पुश्तों से जन्माष्टमी का उत्सव मनाया जाता था। कई हजार रुपयों पर पानी फिर जाता था। गाना होता था; दावतें होती थीं, रिश्तेदारों को न्योते दिए जाते थे, गरीबों को कपड़े बाँटे जाते थे। वालिद साहब के बाद पहले ही साल मैंने उत्सव बन्द कर दिया। फायदा क्या? मुफ्त में चार-पाँच हजार की चपत खानी पड़ती थी। सारे कसबे में बावेला मचा, आवाजें कसी गईं, किसी ने नास्तिक कहा, किसी ने ईसाई बनाया लेकिन यहाँ इन बातों की क्या परवा! आखिर थोड़े ही दिनों में सारा कोलाहल शान्त हो गया। अजी, बड़ी दिल्लगी थी।

कसबे में किसी के यहाँ शादी हो, लकड़ी मुझसे ले! पुश्तों से यह रस्म चली आती थी। वालिद तो दूसरों से दरख्त मोल लेकर इस रस्म को निभाते थे। थी हिमाकत या नहीं? मैंने फौरन लकड़ी देना बन्द कर दिया। इस पर भी लोग बहुत रोये-धोये, लेकिन दूसरों का रोना-धोना सुनूँ, या अपना फायदा देखूँ। लकड़ी से कम-से-कम 500 रुपये सलाना की बचत हो गई। अब कोई भूलकर भी इन चीजों के लिए दिक करने नहीं आता।

मेरे दिल में फिर सवाल पैदा हुआ, दोनों में कौन सभ्य है, कुल-प्रतिष्ठा पर प्राण देनेवाले मूर्ख दमड़ी; या धन पर कुल-मर्यादा को बलि देनेवाले राय रतन किशोर!

राय साहब के इजलास में एक बड़े मार्के का मुकदमा पेश था। शहर का एक रईस खून के मामले में फँस गया था। उसकी जमानत के लिए राय साहब की खुशामदें होने लगीं। इज्जत की बात थी। रईस साहब का हुक्म था कि चाहे रियासत बिक जाय, पर इस मुकदमे से बेदाग निकल जाऊँ। डालियाँ लगाई गईं, सिफारिशें पहुँचाई गईं, पर राय साहब पर कोई असर न हुआ। रईस के आदमियों को प्रत्यक्ष रूप से रिश्वत की चर्चा करने की हिम्मत न पड़ती थी। आखिर जब कोई बस न चला, तो रईस की स्त्री ने राय साहब की स्त्री से मिलकर सौदा पटाने की ठानी।

रात के दस बजे थे। दोनों महिलाओं में बातें होने लगीं। 20 हजार की बातचीत थी! राय साहब की पत्नी तो इतनी खुश हुईं कि उसी वक्त राय साहब के पास दौड़ी हुई आयी और कहनें लगी—ले लो, ले लो! तुम न लोगे, तो मैं ले लूँगी।

राय साहब ने कहा—इतनी बेसब्र न हो। वह तुम्हें अपने दिल में क्या समझेंगी? कुछ अपनी इज्जत का भी खयाल है या नहीं? माना कि रकम बड़ी है और इससे मैं एकबारगी तुम्हारी आए दिन की फरमाइशों से मुक्त हो जाऊँगा, लेकिन एक सिविलियन की इज्जत भी तो कोई मामूली चीज नहीं है। तुम्हें पहले बिगड़कर कहना चाहिए था कि मुझसे ऐसी बेहूदी बातचीत करनी हो, तो यहाँ से चली जाओ। मैं अपने कानों से नहीं सुनना चाहती।

स्त्री—यह तो मैंने पहले ही किया, बिगड़कर खूब खरी-खोटी सुनायी। क्या इतना भी नहीं जानती? बेचारी मेरे पैरों पर सर रखकर रोने लगी।

राय साहब—यह कहा था कि राय साहब से कहूँगी, तो मुझे कच्चा ही चबा जाएँगे?

यह कहते हुए राय साहब ने गदगद होकर पत्नी को गले लगा लिया।

स्त्री—अजी, मैं न-जाने ऐसी कितनी ही बातें कह चुकी, लेकिन किसी तरह टाले नहीं टलती। रो-रोकर जान दे रही है।

राय साहब—उससे वादा तो नहीं कर लिया?

स्त्री—वादा? मैं रुपये लेकर सन्दूक में रख आयी। नोट थे।

राय साहब—कितनी जबरदस्त अहमक हो, न मालूम ईश्वर तुम्हें कभी समझ भी देगा या नहीं।

स्त्री—अब क्या देगा? देना होता, तो दे न दी होती।

राय साहब—हाँ मालूम तो ऐसा ही होता है। मुझसे कहा तक नहीं और रुपये लेकर सन्दूक में दाखिल कर लिए! अगर किसी तरह बात खुल जाए, तो कहीं का न रहूँ।

स्त्री—तो भाई, सोच लो। अगर कुछ गड़बड़ हो, तो मैं जाकर रुपये लौटा दूँ।

राय साहब—फिर वही हिमाकत! अरे, अब तो जो कुछ होना था, हो चुका। ईश्वर पर भरोसा करके जमानत लेनी पड़ेगी। लेकिन तुम्हारी हिमाकत में शक नहीं। जानती हो, यह साँप के मुँह में उँगली डालना है। यह भी जानती हो कि मुझे ऐसी बातों से कितनी नफरत है, फिर भी बेसब्र हो जाती हो। अबकी बार तुम्हारी हिमाकत से मेरा व्रत टूट रहा है। मैंने दिल में ठान लिया था कि अब इस मामले में हाथ न डालूँगा, लेकिन तुम्हारी हिमाकत के मारे जब मेरी कुछ चलने भी पाये?

स्त्री—मैं जाकर लौटाये देती हूँ।

राय साहब—और मैं जाकर जहर खाये लेता हूँ।

इधर तो स्त्री-पुरुष में यह अभिनय हो रहा था, उधर दमड़ी उसी वक्त अपने गाँव के मुखिया के खेत से जुआर काट रहा था। आज वह रात-भर की छुट्टी लेकर घर गया था। बैलों के लिए चारे का एक तिनका भी नहीं है। अभी

वेतन मिलने में कई दिन की देर थी, मोल ले न सकता था। घर वालों ने दिन को कुछ घास छीलकर खिलायी तो थी, लेकिन ऊँट के मुँह में जीरा। उतनी घास से क्या हो सकता था। दोनों बैल भूखे खड़े थे। दमड़ी को देखते ही दोनों पूँछें खड़ी करके हुँकारने लगे। जब वह पास गया तो दोनों उसकी हथेलियाँ चाटने लगे। बेचारा दमड़ी मन मसोसकर रह गया। सोचा, इस वक्त तो कुछ हो नहीं सकता, सबेरे किसी से कुछ उधार लेकर चारा लाऊँगा।

लेकिन जब ग्यारह बजे रात उसकी आँखें खुलीं, तो देखा कि दोनों बैल अभी तक नाँद पर खड़े हैं। चाँदनी रात थी, दमड़ी को जान पड़ा कि दोनों उसकी ओर उपेक्षा और याचना की दृष्टि से देख रहे हैं। उनकी क्षुधा-वेदना देखकर उसकी आँखें सजल हो आईं। किसान को अपने बैल अपने लड़कों की तरह प्यारे होते हैं। वह उन्हें पशु नहीं, अपना मित्र और सहायक समझता। बैलों को भूखे खड़े देखकर नींद आँखों से भाग गई। कुछ सोचता हुआ उठा। हँसिया निकाली और चारे की फिक्र में चला। गाँव के बाहर बाजरे और जुआर के खेत खड़े थे। दमड़ी के हाथ काँपने लगे। लेकिन बैलों की याद ने उसे उत्तेजित कर दिया। चाहता, तो कई बोझ काट सकता था; लेकिन वह चोरी करते हुए भी चोर न था। उसने केवल उतना ही चारा काटा, जितना बैलों को रात-भर के लिए काफी हो। सोचा, अगर किसी ने देख भी लिया, तो उससे कह दूँगा, बैल भूखे थे, इसलिए काट लिया। उसे विश्वास था कि थोड़े-से चारे के लिए कोई मुझे पकड़ नहीं सकता। मैं कुछ बेचने के लिए तो काट नहीं रहा हूँ; फिर ऐसा निर्दयी कौन है, जो मुझे पकड़ ले। बहुत करेगा, अपने दाम ले लेगा। उसने बहुत सोचा। चारे का थोड़ा होना ही उसे चोरी के अपराध से बचाने को काफी था। चोर उतना काटता, जितना उससे उठ सकता। उसे किसी के फायदे और नुकसान से क्या मतलब? गाँव के लोग दमड़ी को चारा लिए जाते देखकर बिगड़ते जरूर, पर कोई चोरी के इलजाम में न फँसाता, लेकिन संयोग से हल्के के थाने का सिपाही उधर जा निकला। वह पड़ोस के एक बनिये के यहाँ जुआ होने की खबर पाकर कुछ ऐंठने की टोह में आया था। दमड़ी को चारा सिर पर उठाते देखा, तो सन्देह हुआ। इतनी रात गए कौन चारा काटता है? हो न हो, कोई चोरी से काट रहा है, डाँटकर बोला—कौन चारा लिए जाता है? खड़ा रह!

दमड़ी ने चौककर पीछे देखा, तो पुलिस का सिपाही! हाथ-पाँव फूल गए, काँपते हुए बोला—हुजूर, थोड़ा ही-सा काटा है, देख लीजिए।

सिपाही—थोड़ा काटा हो या बहुत, है तो चोरी। खेत किसका है?

दमड़ी—बलदेव महतो का।

सिपाही ने समझा था, शिकार फँसा, इससे कुछ ऐंठँगा; लेकिन वहाँ क्या रखा था। पकड़कर गाँव में लाया और जब वहाँ भी कुछ हत्थे चढ़ता न दिखाई दिया तो थाने ले गया। थानेदार ने चालान कर दिया। मुकदमा राय साहब ही के इजलास में पेश किया।

राय साहब ने दमड़ी को फँसे हुए देखा, तो हमदर्दी के बदले कठोरता से काम लिया। बोले—यह मेरी बदनामी की बात है। तेरा क्या बिगड़ा, साल-छः महीने की सजा हो जाएगी, शर्मिन्दा तो मुझे होना पड़ रहा है! लोग यही तो कहते होंगे कि राय साहब के आदमी ऐसे बदमाश और चोर हैं। तू मेरा नौकर न होता, तो मैं हलकी सजा देता; लेकिन तू मेरा नौकर है, इसलिए कड़ी-से-कड़ी सजा दूँगा। मैं यह नहीं सुन सकता कि राय साहब ने अपने नौकर के साथ रिआयत की।

यह कहकर राय साहब ने दमड़ी को छः महीने की सख्त कैद का हुक्म सुना दिया।

उसी दिन उन्होंने खून के मुकदमे में जमानत ले ली। मैंने दोनों वृत्तान्त सुने और मेरे दिल में यह ख्याल और भी पक्का हो गया कि सभ्यता केवल हुनर के साथ ऐब करने का नाम है। आप बुरे-से-बुरा काम करें, लेकिन अगर आप उस पर परदा डाल सकते हैं, तो आप सभ्य हैं, सज्जन हैं, जेन्टिलमैन हैं। अगर आप में यह सिफ़त नहीं तो आप असभ्य हैं, गँवार हैं, बदमाश हैं। यह सभ्यता का रहस्य है!

42.

चोरी

हाय बचपन! तेरी याद नहीं भूलती! वह कच्चा, टूटा घर, वह पुवाल का बिछौना; वह नंगे बदन, नंगे पाँव खेतों में घूमना; आम के पेड़ों पर चढ़ना—सारी बातें आँखों के सामने फिर रही हैं। चमरौधे जूते पहन कर उस वक्त कितनी खुशी होती थी, अब 'फ्लेक्स' के बूटों से भी नहीं होती। गरम पनुए रस में जो मजा था, वह अब गुलाब के शर्बत में भी नहीं; चबेने और कच्चे बेरों में जो रस था, वह अब अंगूर और खीरमोहन में भी नहीं मिलता।

मैं अपने चचेरे भाई हलधर के साथ दूसरे गाँव में एक मौलवी साहब के यहाँ पढ़ने जाया करता था। मेरी उम्र आठ साल थी, हलधर (वह अब स्वर्ग में निवास कर रहे हैं) मुझसे दो साल जेठ थे। हम दोनों प्रातःकाल बासी रोटियाँ खा, दोपहर के लिए मटर और जौ का चबेना ले कर चल देते थे। फिर तो सारा दिन अपना था। मौलवी साहब के यहाँ कोई हाजिरी का रजिस्टर तो था नहीं, और न गैरहाजिरी का जुर्माना ही देना पड़ता था। फिर डर किस बात का! कभी तो थाने के सामने खड़े सिपाहियों की कवायद देखते, कभी किसी भालू या बन्दर नचानेवाले मदारी के पीछे-पीछे घूमने में दिन काट देते, कभी रेलवे स्टेशन की ओर निकल जाते और गाड़ियों की बहार देखते। गाड़ियों के समय का जितना ज्ञान हमको था, उतना शायद टाइम-टेबिल को भी न था। रास्ते में शहर के एक महाजन ने एक बाग लगवाना शुरू किया था। वहाँ एक कुआँ खुद रहा था। वह भी हमारे लिए एक दिलचस्प तमाशा था। बूढ़ा माली हमें अपनी झोपड़ी में बड़े प्रेम से बैठाता था। हम उससे झगड़-झगड़ कर उसका काम करते! कहीं बाल्टी लिये पौधों को सींच रहे हैं, कहीं खुरपी से क्यारियाँ गोड़ रहे हैं, कहीं कैंची से बेलों की पत्तियाँ छाँट रहे हैं। उन कामों में कितना आनन्द था! माली बाल-प्रकृति का पंडित था। हमसे काम लेता, पर इस तरह मानो हमारे ऊपर कोई एहसान कर रहा है। जितना काम वह दिन भर में करता, हम घंटे भर में निबटा देते

थे। अब वह माली नहीं है; लेकिन बाग हरा-भरा है। उसके पास से हो कर गुजरता हूँ, तो जी चाहता है; उन पेड़ों के गले मिल कर रोऊँ, और कहूँ, प्यारे, तुम मुझे भूल गए लेकिन मैं तुम्हें नहीं भूला; मेरे हृदय में तुम्हारी याद अभी तक हरी है—उतनी ही हरी, जितने तुम्हारे पत्ते। निःस्वार्थ प्रेम के तुम जीते-जागते स्वरूप हो।

कभी-कभी हम हफ्तों गैरहाजिर रहते; पर मौलवी साहब से ऐसा बहाना कर देते कि उनकी बढ़ी हुई त्योरियाँ उतर जातीं। उतनी कल्पना-शक्ति आज होती तो ऐसा उपन्यास लिख मारता कि लोग चकित रह जाते। अब तो यह हाल है कि बहुत सिर खपाने के बाद कोई कहानी सूझती है। खैर हमारे मौलवी साहब दरजी थे। मौलवीगीरी केवल शौक से करते थे। हम दोनों भाई अपने गाँव के कुरमी-कुम्हारों से उनकी खूब बड़ाई करते थे। यों कहिए कि हम मौलवी साहब के सफरी एजेंट थे। हमारे उद्योग से जब मौलवी साहब को कुछ काम मिल जाता, तो हम फूले न समाते! जिस दिन कोई अच्छा बहाना न सूझता, मौलवी साहब के लिए कोई-न-कोई सौगात ले जाते। कभी सेर-आधा-सेर फलियाँ तोड़ लीं, तो कभी दस-पाँच ऊख; कभी जौ या गेहूँ की हरी-हरी बालें ले लीं, उन सौगातों को देखते ही मौलवी साहब का क्रोध शांत हो जाता। जब इन चीजों की फसल न होती, तो हम सजा से बचने का कोई और ही उपाय सोचते। मौलवी साहब को चिड़ियों का शौक था। मकतब में श्याम, बुलबुल, दहियल और चंडूलों के पिंजरे लटकते रहते थे। हमें सबक याद हो या न हो पर चिड़ियों को याद हो जाते थे। हमारे साथ ही वे पढ़ा करती थीं। इन चिड़ियों के लिए बेसन पीसने में हम लोग खूब उत्साह दिखाते थे। मौलवी साहब सब लड़कों को पतिंगे पकड़ लाने की ताकीद करते रहते थे। इन चिड़ियों को पतिंगों से विशेष रुचि थी। कभी कभी हमारी बला पतिंगों ही के सिर चली जाती थी। उनका बलिदान करके हम मौलवी साहब के रौद्र रूप को प्रसन्न कर लिया करते थे।

एक दिन सबेरे हम दोनों भाई तालाब में मुँह धोने गये, हलधर ने कोई सफेद-सी चीज मुट्ठी में ले कर दिखायी। मैंने लपक कर मुट्ठी खोली; तो उसमें एक रुपया था। विस्मित हो कर पूछा—यह रुपया तुम्हें कहाँ मिला?

हलधर—अम्माँ ने ताक पर रखा था; चारपाई खड़ी करके निकाल लाया।

घर में कोई संदूक या आलमारी तो थी नहीं; रुपये-पैसे एक ऊँचे ताक पर रख दिए जाते थे। एक दिन पहले चचा जी ने सन बेचा था। उसी के रुपये जमींदार को देने के लिए रखे हुए थे। हलधर को न-जाने क्योंकर पता लग गया। जब घर के सब लोग काम-धंधो में लग गए, तो अपनी चारपाई खड़ी की और उस पर चढ़ कर एक रुपया निकाल लिया।

उस वक्त तक हमने कभी रुपया छुआ तक न था। वह रुपया देख कर आनंद और भय की जो तरंगें दिल में उठी थीं, वे अभी तक याद हैं; हमारे लिए रुपया एक अलभ्य वस्तु थी। मौलवी साहब को हमारे यहाँ से सिर्फ बारह आने मिला करते थे। महीने के अंत में चचा जी खुद जाकर पैसे दे आते थे। भला, कौन हमारे गर्व का अनुमान कर सकता है! लेकिन मार का भय आनंद में विघ्न डाल रहा था। रुपये अनगिनती तो थे नहीं। चोरी खुल जाना मानी हुई बात थी। चचा जी के क्रोध का भी, मुझे तो नहीं, हलधर को प्रत्यक्ष अनुभव हो चुका था। यों उनसे ज्यादा सीधा-सादा आदमी दुनिया में न था। चचा ने उनकी रक्षा का भार सिर पर न रख लिया होता, तो कोई बनिया उन्हें बाजार में बेच सकता था; पर जब क्रोध आ जाता, तो फिर उन्हें कुछ न सूझता। और तो और, चची भी उनके क्रोध का सामना करते डरती थीं। हम दोनों ने कई मिनट तक इन्हीं बातों पर विचार किया, और आखिर यही निश्चय हुआ कि आयी हुई लक्ष्मी को न जाने देना चाहिए। एक तो हमारे ऊपर संदेह होगा ही नहीं, अगर हुआ भी तो हम साफ इनकार कर जाएँगे। कहेंगे, हम रुपया लेकर क्या करते। थोड़ा सोच-विचार करते, तो यह निश्चय पलट जाता, और वह वीभत्स लीला न होती, जो आगे चलकर हुई; पर उस समय हममें शांति से विचार करने की क्षमता ही न थी।

मुँह-हाथ धो कर हम दोनों घर आए और डरते-डरते अंदर कदम रखा। अगर कहीं इस वक्त तलाशी की नौबत आयी, तो फिर भगवान् ही मालिक हैं। लेकिन सब लोग अपना-अपना काम कर रहे थे। कोई हमसे न बोला। हमने नाश्ता भी न किया चबेना भी न लिया; किताब बगल में दबायी और मदरसे का रास्ता लिया।

बरसात के दिन थे। आकाश पर बादल छाये हुए थे। हम दोनों खुश-खुश मकतब चले जा रहे थे। आज काउन्सिल की मिनिस्ट्री पा कर भी

शायद उतना आनंद न होता। हजारों मंसूबे बाँधते थे, हजारों हवाई किले बनाते थे। यह अवसर बड़े भाग्य से मिला था। जीवन में फिर शायद ही वह अवसर मिले। इसलिए रुपये को इस तरह खर्च करना चाहते थे कि ज्यादा से ज्यादा दिनों तक चल सके। यद्यपि उन दिनों पाँच आने सेर बहुत अच्छी मिठाई मिलती थी और शायद आधा सेर मिठाई में हम दोनों अफर जाते; लेकिन यह खयाल हुआ कि मिठाई खाएँगे तो रुपया आज ही गायब हो जाएगा। कोई सस्ती चीज खानी चाहिए, जिसमें मजा भी आये, पेट भी भरे और पैसे भी कम खर्च हों। आखिर अमरूदों पर हमारी नजर गई। हम दोनों राजी हो गये। दो पैसे के अमरूद लिये। सस्ता समय था, बड़े-बड़े बारह अमरूद मिले। हम दोनों के कुर्तों के दामन भर गए। जब हलधर ने खटकिन के हाथ में रुपया रखा, तो उसने संदेह से देख कर पूछा—रुपया कहाँ पाया, लाला? चुरा तो नहीं लाये?

जवाब हमारे पास तैयार था। ज्यादा नहीं तो दो-तीन किताबें पढ़ ही चुके थे। विद्या का कुछ-कुछ असर हो चला था। मैंने झट से कहा—मौलवी साहब की फीस देनी है। घर में पैसे न थे, तो चचा जी ने रुपया दे दिया।

इस जवाब ने खटकिन का संदेह दूर कर दिया। हम दोनों ने एक पुलिया पर बैठ कर खूब अमरूद खाये। मगर अब साढ़े पन्द्रह आने पैसे कहाँ ले जाएँ। एक रुपया छिपा लेना तो इतना मुश्किल काम न था। पैसों का ढेर कहाँ छिपता। न कमर में इतनी जगह थी और न जेब में इतनी गुंजाइश। उन्हें अपने पास रखना चोरी का ढिंढोरा पीटना था। बहुत सोचने के बाद यह निश्चय किया कि बारह आने तो मौलवी साहब को दे दिये जाएँ, शेष साढ़े तीन आने की मिठाई उड़े। यह फैसला करके हम लोग मकतब पहुँचे। आज कई दिन के बाद गये थे। मौलवी साहब ने बिगड़ कर पूछा-इतने दिन कहाँ रहे?

मैंने कहा—मौलवी साहब, घर में गमी हो गई।

यह कहते-कहते बारह आने उनके सामने रख दिये। फिर क्या पूछना था? पैसे देखते ही मौलवी साहब की बाछें खिल गईं। महीना खत्म होने में अभी कई दिन बाकी थे। साधारणतः महीना चढ़ जाने और बार-बार तकाजे करने पर कहीं पैसे मिलते थे। अबकी इतनी जल्दी पैसे पा कर उनका खुश होना कोई अस्वाभाविक बात न थी। हमने अन्य लड़कों की ओर सगर्व नेत्रों

से देखा, मानो कह रहे हों, एक तुम हो कि माँगने पर भी पैसे नहीं देते, एक हम हैं कि पेशगी देते हैं।

हम अभी सबक पढ़ ही रहे थे कि मालूम हुआ, आज तालाब का मेला है, दोपहर में छुट्टी हो जाएगी। मौलवी साहब मेले में बुलबुल लड़ाने जाएँगे। यह खबर सुनते ही हमारी खुशी का ठिकाना न रहा। बारह आने तो बैंक में जमा ही कर चुके थे; साढ़े तीन आने में मेला देखने की ठहरी। खूब बहार रहेगी। मजे से रेवड़ियाँ खाएँगे, गोलगप्पे उड़ाएँगे, झूले पर चढ़ेंगे और शाम को घर पहुँचेंगे; लेकिन मौलवी साहब ने एक कड़ी शर्त यह लगा दी थी कि सब लड़के छुट्टी के पहले अपना-अपना सबक सुना दें। जो सबक न सुना सकेगा, उसे छुट्टी न मिलेगी। नतीजा यह हुआ कि मुझे तो छुट्टी मिल गई; पर हलधर कैद कर लिये गए। और कई लड़कों ने भी सबक सुना दिये थे, वे सभी मेला देखने चल पड़े। मैं भी उनके साथ हो लिया। पैसे मेरे ही पास थे; इसलिए मैंने हलधर को साथ लेने का इंतजार न किया। तय हो गया था कि वह छुट्टी पाते ही मेले में आ जाएँ, और दोनों साथ-साथ मेला देखें। मैंने वचन दिया था कि जब तक वह न आएँगे, एक पैसा भी खर्च न करूँगा; लेकिन क्या मालूम था कि दुर्भाग्य कुछ और ही लीला रच रहा है! मुझे मेला पहुँचे एक घंटे से ज्यादा गुजर गया; पर हलधर का कहीं पता नहीं। क्या अभी तक मौलवी साहब ने छुट्टी नहीं दी, या रास्ता भूल गये? आँखें फाड़-फाड़ कर सड़क की ओर देखता था। अकेले मेला देखने में जी भी न लगता था। यह संशय भी हो रहा था कि कहीं चोरी खुल तो नहीं गई और चाचा जी हलधर को पकड़ कर घर तो नहीं ले गये? आखिर जब शाम हो गई, तो मैंने कुछ रेवड़ियाँ खायीं और हलधर के हिस्से के पैसे जेब में रख कर धीरे-धीरे घर चला। रास्ते में खयाल आया, मकतब होता चलूँ। शायद हलधर अभी वहीं हो; मगर वहाँ सन्नाटा था। हाँ, एक लड़का खेलता हुआ मिला। उसने मुझे देखते ही जोर से कहकहा मारा और बोला—बचा, घर जाओ, तो कैसी मार पड़ती है। तुम्हारे चचा आये थे। हलधर को मारते-मारते ले गए हैं। अजी, ऐसा तान कर घूँसा मारा कि मियाँ हलधर मुँह के बल गिर पड़े। यहाँ से घसीटते ले गए हैं। तुमने मौलवी साहब की तनख्वाह दे दी थी; वह भी ले ली। अभी कोई बहाना सोच लो, नहीं तो बेभाव की पड़ेगी।

मेरी सिट्टी-पिट्टी भूल गई, बदन का लहू सूख गया। वही हुआ, जिसका मुझे शक हो रहा था। पैर मन-मन भर के हो गए। घर की ओर एक-एक कदम चलना मुश्किल हो गया। देवी-देवताओं के जितने नाम याद थे सभी की मानता मानी, किसी को लड्डू, किसी को पेड़े, किसी को बतासे। गाँव के पास पहुँचा, तो गाँव के डीह का सुमिरन किया; क्योंकि अपने हलके में डीह ही की इच्छा सर्व-प्रधान होती है।

यह सब कुछ किया, लेकिन ज्यों-ज्यों घर निकट आता, दिल की धड़कन बढ़ती जाती थी। घटाएँ उमड़ी आती थीं। मालूम होता था—आसमान फट कर गिरा ही चाहता है। देखता था—लोग अपने-अपने काम छोड़-छोड़ भागे जा रहे हैं, गोरू भी पूँछ उठाये घर की ओर उछलते-कूदते चले जाते थे। चिड़ियाँ अपने घोंसलों की ओर उड़ी चली आती थीं, लेकिन मैं उसी मंद गति से चला जाता था; मानो पैरों में शक्ति नहीं। जी चाहता था—जोर का बुखार चढ़ आये, या कहीं चोट लग जाए; लेकिन कहने से धोबी गधे पर नहीं चढ़ता। बुलाने से मौत नहीं आती। बीमारी का तो कहना ही क्या! कुछ न हुआ, और धीरे-धीरे चलने पर भी घर सामने आ ही गया। अब क्या हो? हमारे द्वार पर इमली का एक घना वृक्ष था। मैं उसी की आड़ में छिप गया कि जरा और अँधेरा हो जाए, तो चुपके से घुस जाऊँ और अम्माँ के कमरे में चारपाई के नीचे जा बैठूँ। जब सब लोग सो जाएँगे, तो अम्माँ से सारी कथा कह सुनाऊँगा। अम्माँ कभी नहीं मारतीं। जरा उनके सामने झूठ-मूठ रोऊँगा, तो वह और भी पिघल जाएँगी। रात कट जाने पर फिर कौन पूछता है। सुबह तक सबका गुस्सा ठंडा हो जाएगा। अगर ये मंसूबे पूरे हो जाते, तो इसमें संदेह नहीं कि मैं बेदाग बच जाता। लेकिन वहाँ तो विधाता को कुछ और मंजूर था। मुझे एक लड़के ने देख लिया, और मेरे नाम की रट लगाते हुए सीधे मेरे घर में भागा। अब मेरे लिए कोई आशा न रही। लाचार घर में दाखिल हुआ, तो सहसा मुँह से एक चीख निकल गई, जैसे मार खाया हुआ कुत्ता किसी को अपनी ओर आता देख कर भय से चिल्लाने लगता है। बरोठे में पिता जी बैठे थे। पिता जी का स्वास्थ्य इन दिनों कुछ खराब हो गया था। छुट्टी ले कर घर आये हुए थे, यह तो नहीं कह सकता कि उन्हें शिकायत क्या थी; पर वह मूँग की दाल खाते थे, और संध्या-समय शीशे की गिलास में एक बोतल में से कुछ उँड़ेल-उँड़ेल

कर पीते थे। शायद यह किसी तजुरबेकार हकीम की बतायी हुई दवा थी। दवाएँ सब बासनेवाली और कड़वी होती हैं। यह दवा भी बुरी ही थी; पर पिता जी न-जाने क्यों इस दवा को खूब मजा ले-ले कर पीते थे। हम जो दवा पीते हैं, तो आँखें बन्द करके एक ही घूँट में गटक जाते हैं; पर शायद इस दवा का असर धीरे-धीरे पीने में ही होता हो। पिता जी के पास गाँव के दो-तीन और कभी-कभी चार-पाँच और रोगी भी जमा हो जाते; और घंटों दवा पीते रहते थे। मुश्किल से खाना खाने उठते थे। इस समय भी वह दवा पी रहे थे। रोगियों की मंडली जमा थी, मुझे देखते ही पिता जी ने लाल-लाल आँखें करके पूछा—कहाँ थे अब तक?

मैंने दबी जबान से कहा—कहीं तो नहीं।

'अब चोरी की आदत सीख रहा है! बोल, तूने रुपया चुराया कि नहीं?'

मेरी जबान बंद हो गई। सामने नंगी तलवार नाच रही थी। शब्द भी निकालते हुए डरता था।

पिता जी ने जोर से डाँट कर पूछा—बोलता क्यों नहीं? तूने रुपया चुराया कि नहीं?

मैंने जान पर खेल कर कहा—मैंने कहाँ...

मुँह से पूरी बात भी न निकलने पायी थी कि पिता जी विकराल रूप धारण किये, दाँत पीसते, झपट कर उठे और हाथ उठाये मेरी ओर चले। मैं जोर से चिल्ला कर रोने लगा। ऐसा चिल्लाया कि पिता जी भी सहम गए। उनका हाथ उठा ही रह गया। शायद समझे कि जब अभी से इसका यह हाल है, तब तमाचा पड़ जाने पर कहीं इसकी जान ही न निकल जाए। मैंने जो देखा कि मेरी हिकमत काम कर गई, तो और भी गला फाड़-फाड़ कर रोने लगा। इतने में मंडली के दो-तीन आदमियों ने पिता जी को पकड़ लिया और मेरी ओर इशारा किया कि भाग जा! बच्चे ऐसे मौके पर और भी मचल जाते हैं, और व्यर्थ मार खा जाते हैं। मैंने बुद्धिमानी से काम लिया।

लेकिन अन्दर का दृश्य इससे कहीं भयंकर था। मेरा तो खून सर्द हो गया, हलधर के दोनों हाथ एक खम्भे से बँधे थे, सारी देह धूल-धूसरित हो रही थी, और वह अभी तक सिसक रहे थे। शायद वह आँगन भर में लोटे थे। ऐसा मालूम हुआ कि सारा आँगन उनके आँसुओं से भर गया है। चची

हलधर को डाँट रही थीं और अम्माँ बैठी मसाला पीस रही थीं। सबसे पहले मुझ पर चची की निगाह पड़ी। बोलीं, लो, वह भी आ गया। क्यों रे, रुपया तूने चुराया था कि इसने?

मैंने निश्शंक हो कर कहा—हलधर ने।

अम्माँ बोलीं—अगर उसी ने चुराया था, तो तूने घर आ कर किसी से कहा क्यों नहीं!

अब झूठ बोले बगैर बचना मुश्किल था। मैं तो समझता हूँ कि जब आदमी को जान का खतरा हो, तो झूठ बोलना क्षम्य है। हलधर मार खाने के आदी थे, दो-चार घूँसे और पड़ने से उनका कुछ न बिगड़ सकता था। मैंने मार कभी न खायी थी। मेरा तो दो ही चार घूँसों में काम तमाम हो जाता। फिर हलधर ने भी तो अपने को बचाने के लिए मुझे फँसाने की चेष्टा की थी, नहीं तो चची मुझसे यह क्यों पूछतीं—रुपया तूने चुराया या हलधर ने? किसी भी सिद्धान्त से मेरा झूठ बोलना इस समय स्तुत्य नहीं, तो क्षम्य जरूर था। मैंने छूटते ही कहा—हलधर कहते थे किसी से बताया, तो मार ही डालूँगा।

अम्माँ—देखा, वही बात निकली न! मैं तो कहती थी कि बच्चा की ऐसी आदत नहीं; पैसा तो वह हाथ से छूता ही नहीं, लेकिन सब लोग मुझी को उल्लू बनाने लगे।

हलधर—मैंने तुमसे कब कहा था कि बताओगे, तो मारूँगा?

मैं—वहीं, तालाब के किनारे तो!

हलधर—अम्माँ, बिलकुल झूठ है!

चची—झूठ नहीं, सच है। झूठा तो तू है, और तो सारा संसार सच्चा है, तेरा नाम निकल गया है न! तेरा बाप नौकरी करता, बाहर से रुपये कमा लाता, चार जने उसे भला आदमी कहते, तो तू भी सच्चा होता। अब तो तू ही झूठा है। जिसके भाग में मिठाई लिखी थी, उसने मिठाई खायी। तेरे भाग में तो लात खाना ही लिखा था।

यह कहते हुए चची ने हलधर को खोल दिया और हाथ पकड़ कर भीतर ले गईं। मेरे विषय में स्नेहपूर्ण आलोचना करके अम्माँ ने पाँसा पलट दिया था, नहीं तो अभी बेचारे पर न-जाने कितनी मार पड़ती। मैंने अम्माँ के पास बैठ कर अपनी निर्दोषिता का राग खूब अलापा। मेरी सरल-हृदया माता मुझे सत्य

का अवतार समझती थीं। उन्हें पूरा विश्वास हो गया कि सारा अपराध हलधर का है। एक क्षण बाद मैं गुड़-चबेना लिये कोठरी से बाहर निकला। हलधर भी उसी वक्त चिउड़ा खाते हुए बाहर निकले। हम दोनों साथ-साथ बाहर आये और अपनी-अपनी बीती सुनाने लगे। मेरी कथा सुखमय थी, हलधर की दुःखमय; पर अंत दोनों का एक था, गुड़ और चबेना।

43.

दफ्तरी

रफाकत हुसेन मेरे दफ्तर का दफ्तरी था। 10 रु. मासिक वेतन पाता था। दो-तीन रुपये बाहर के फुटकर काम से मिल जाते थे। यही उसकी जीविका थी, पर वह अपनी दशा पर संतुष्ट था। उसकी आंतरिक अवस्था तो ज्ञात नहीं, पर वह सदैव साफ-सुथरे कपड़े पहनता और प्रसन्नचित्त रहता। कर्ज इस श्रेणी के मनुष्यों का आभूषण है। रफाकत पर इसका जादू न चलता था। उसकी बातों में कृत्रिम शिष्टाचार की झलक भी न होती। बेलाग और खरी कहता था। अमलों में जो बुराइयाँ देखता, साफ कह देता। इसी साफगोई के कारण लोग उसका सम्मान हैसियत से ज्यादा करते थे। उसे पशुओं से विशेष प्रेम था। एक घोड़ी, एक गाय, कई बकरियाँ, एक बिल्ली और एक कुत्ता और कुछ मुर्गियाँ पाल रखी थीं। इन पशुओं पर जान देता था। बकरियों के लिए पत्तियाँ तोड़ लाता, घोड़ी के लिए घास छील लाता। यद्यपि उसे आये दिन मवेशीखाने के दर्शन करने पड़ते थे, और बहुधा लोग उसके पशु-प्रेम की हँसी उड़ाते थे, पर वह किसी की न सुनता था और उसका यह निःस्वार्थ प्रेम था। किसी ने उसे मुर्गियों के अंडे बेचते नहीं देखा। उसकी बकरियों के बच्चे कभी बूचड़ की छुरी के नीचे नहीं गए और उसकी घोड़ी ने कभी लगाम का मुँह नहीं देखा। गाय का दूध कुत्ता पीता था। बकरी का दूध बिल्ली के हिस्से में आता था। जो कुछ बचा रहता, वह आप पीता था।

सौभाग्य से उसकी पत्नी भी साध्वी थी। यद्यपि उसका घर बहुत छोटा था, पर किसी ने द्वार पर उसकी आवाज नहीं सुनी। किसी ने उसे द्वार पर झाँकते नहीं देखा। वह गहने-कपड़ों के तगादों से पति की नींद हराम न करती थी। दफ्तरी उसकी पूजा करता था। वह गाय का गोबर उठाती, घोड़ों को घास डालती, बिल्ली को अपने साथ बिठा कर खिलाती, यहाँ तक कि कुत्ते को नहलाने से भी उसे घृणा न होती थी।

बरसात थी, नदियों में बाढ़ आयी हुई थी। दफ्तर के कर्मचारी मछलियों का शिकार खेलने चले। शामत का मारा रफाकत भी उनके साथ हो लिया। दिन भर लोग शिकार खेला किये, शाम को मूसलाधार पानी बरसने लगा। कर्मचारियों ने तो एक गाँव में रात काटी, दफ्तरी घर चला, पर अँधेरी रात राह भूल गया और सारी रात भटकता फिरा। प्रातःकाल घर पहुँचा तो अभी अँधेरा ही था, लेकिन दोनों द्वार-पट खुले हुए थे। उसका कुत्ता पूँछ दबाये करुण-स्वर से कराहता हुआ आकर, उसके पैरों पर लोट गया। द्वार खुले देख कर दफ्तरी का कलेजा सन्न-से हो गया। घर में कदम रखे तो बिलकुल सन्नाटा था। दो-तीन बार स्त्री को पुकारा, किंतु कोई उत्तर न मिला। घर भाँय-भाँय कर रहा था। उसने दोनों कोठरियों में जा कर देखा। जब वहाँ भी उसका पता न मिला तो पशुशाला में गया। भीतर जाते हुए अज्ञात भय हो रहा था जो किसी अँधेरे खोह में जाते हुए होता है। उसकी स्त्री वहीं भूमि पर चित पड़ी हुई थी। मुँह पर मक्खियाँ बैठी हुई थीं, होंठ नीले पड़ गये थे, आँखें पथरा गई थीं। लक्षणों से अनुमान होता था कि साँप ने डस लिया है।

दूसरे दिन रफाकत आया तो उसे पहचानना मुश्किल था। मालूम होता था, बरसों का रोगी है। बिलकुल खोया हुआ, गुम-सुम बैठा रहा मानो किसी दूसरी दुनिया में है। संध्या होते ही वह उठा और स्त्री की कब्र पर जा कर बैठ गया। अँधेरा हो गया। तीन-चार घड़ी रात बीत गई, पर दीपक के टिमटिमाते हुए प्रकाश में उसी कब्र पर नैराश्य और दुःख की मूर्ति बना बैठा रहा, मानो मृत्यु की राह देख रहा हो। मालूम नहीं, कब घर आया। अब यही उसका नित्य का नियम हो गया। प्रातःकाल उठ कर मजार पर जाता, झाड़ू लगाता, फूलों के हार चढ़ाता, लोबान जलाता और नौ बजे तक कुरान का पाठ करता, संध्या समय फिर यही क्रम शुरू होता। अब यही उसके जीवन का नियमित कर्म था।

अब वह अंतर्जगत में बसता था। बाह्य जगत से उसने मुँह मोड़ लिया था। शोक ने विरक्त कर दिया था।

कई महीने तक यही हाल रहा। कर्मचारियों को दफ्तरी से सहानुभूति हो गई थी। उसके काम कर लेते, उसे कष्ट न देते। उसकी पत्नी-भक्ति पर लोगों को विस्मय होता था।

लेकिन मनुष्य सर्वदा प्राणलोक में नहीं रह सकता। वहाँ का जलवायु उसके अनुकूल नहीं। वहाँ वह रूपमय, रसमय, भावनाएँ कहाँ? विराग में वह चिंतामय उल्लास कहाँ? वह आशामय आनंद कहाँ? दफ्तरी को आधी रात तक ध्यान में डूबे रहने के बाद चूल्हा जलाना पड़ता, प्रातःकाल पशुओं की देखभाल करनी पड़ती। यह बोझा उसके लिए असह्य था। अवस्था ने भावुकता पर विजय पायी। मरुभूमि के प्यासे पथिक की भाँति दफ्तरी फिर दाम्पत्य-सुख जल स्रोत की ओर दौड़ा। वह फिर जीवन का यही सुखद अभिनय देखना चाहता था। पत्नी की स्मृति दाम्पत्य-सुख के रूप में विलीन होने लगी। यहाँ तक कि छह महीने में उस स्थिति का चिह्न भी शेष न रहा।

इस मुहल्ले के दूसरे सिरे पर बड़े साहब का एक अरदली रहता था। उसके यहाँ से विवाह की बातचीत होने लगी, मियाँ रफाकत फूले न समाये। अरदली साहब का सम्मान मुहल्ले में किसी वकील से कम न था। उनकी आमदनी पर अनेक कल्पनाएँ की जाती थीं। साधारण बोलचाल में कहा जाता था, 'जो कुछ मिल जाय वह थोड़ा है।' वह स्वयं कहा करते थे कि तकाबी के दिनों में मुझे जेब की जगह थैली रखनी पड़ती थी। दफ्तरी ने समझा भाग्य उदय हुआ। इस तरह टूटे, जैसे बच्चे खिलौने पर टूटते हैं। एक ही सप्ताह में सारा विधान पूरा हो गया और नववधू घर में आ गई। जो मनुष्य कभी एक सप्ताह पहले संसार से विरक्त, जीवन से निराश बैठा हो, उसे मुँह पर सेहरा डाले घोड़े पर सवार नवकुसुम की भाँति विकसित देखना मानव-प्रकृति की एक विलक्षण विवेचना थी।

किंतु एक ही अठवारे में नववधू के जौहर खुलने लगे। विधाता ने उसे रूपेन्द्रिय से वंचित रखा था। पर उसकी कसर पूरी करने के लिए अति तीक्ष्ण

वाकेन्द्रिय प्रदान की थी। इसका सबूत उसकी वह वाक्पटुता थी जो अब बहुधा पड़ोसियों को विनोदित और दफ्तरी को अपमानित किया करती थी। उसने आठ दिन तक दफ्तरी के चरित्र का तात्विक दृष्टि से अध्ययन किया और तब एक दिन उससे बोली—तुम विचित्र जीव हो। आदमी पशु पालता है अपने आराम के लिए, न कि जंजाल के लिए। यह क्या कि गाय का दूध कुत्ते पियें, बकरियों का दूध बिल्ली चट कर जाय। आज से सब दूध घर में लाया करो।

दफ्तरी निरुत्तर हो गया। दूसरे दिन घोड़ी का रातिब बंद हो गया। वह चने अब भाड़ में भुनने और नमक-मिर्च से खाये जाने लगे। प्रातःकाल ताजे दूध का नाश्ता होता, आये दिन तस्मई बनती। बड़े घर की बेटी, पान बिना क्योंकर रहती? घी, मसाले का भी खर्च बढ़ा। पहले ही महीने में दफ्तरी को विदित हो गया कि मेरी आमदनी गुजर के लिए काफी नहीं है। उसकी दशा उस मनुष्य की-सी थी, जो शक्कर के धोखे में कुनैन फाँक गया हो।

दफ्तरी बड़ा धर्मपरायण मनुष्य था। दो-तीन महीने तक यह विषम वेदना सहता रहा। पर उसकी सूरत उसकी अवस्था को शब्दों से अधिक व्यक्त कर देती थी। वह दफ्तरी जो अभाव में भी संतोष का आनंद उठाता था, अब चिंता की सजीव मूर्ति था। कपड़े मैले, सिर के बाल बिखरे हुए, चेहरे पर उदासी छायी हुई, अहर्निश हाय-हाय किया करता था। उसकी गाय अब हड्डियों का ढाँचा थी, घोड़ी का जगह से हिलना कठिन था, बिल्ली पड़ोसियों के छींकों पर उचकती और कुत्ता घूरों पर हड्डियाँ नोचता फिरता था। पर अब भी वह हिम्मत का धनी इन पुराने मित्रों को अलग न करता था। सबसे बड़ी विपत्ति पत्नी की वह वाक्प्रचुरता थी जिसके सामने कभी उसका धैर्य, उसकी कर्मनिष्ठा, उसकी उत्साहशीलता प्रस्थान कर जाती और अपनी अँधेरी कोठरी के एक कोने में बैठ कर खूब फूट-फूट कर रोता। संतोष के आनन्द को दुर्लभ पा कर रफाकत का पीड़ित हृदय उच्छृंखलता की ओर प्रवृत्त हुआ। आत्माभिमान जो संतोष का प्रसाद है, उसके चित्त से लुप्त हो गया। उसने फाकेमस्ती का पथ ग्रहण किया। अब उसके पास पानी रखने के लिए कोई बरतन न था। वह उस कुएँ से पानी खींच कर उसी दम पी जाना चाहता था जिससे वह जमीन पर बह न जाए। वेतन पा कर अब वह महीने भर का सामान जुटाता,

ठंडे पानी और रूखी रोटियों से अब उसे तस्कीन न होती, बाजार से बिस्कुट लाता, मलाई के दोनों और कलमी आमों की ओर लपकता। दस रुपये की भुगत ही क्या? एक सप्ताह में सब रुपये उड़ जाते, तब जिल्दबंदियों की पेशगी पर हाथ बढ़ाता, फिर दो-एक उपवास होता, अंत में उधार माँगने लगता। शनैः-शनैः यह दशा हो गई कि वेतन देनदारों ही के हाथों में चला जाता और महीने के पहले ही दिन कर्ज लेना शुरू करता। वह पहले दूसरों को मितव्ययिता का उपदेश दिया करता था, अब लोग उसे समझाते, पर वह लापरवाही से कहता—साहब, आज मिलता है खाते हैं कल का खुदा मालिक है; मिलेगा खाएँगे नहीं पड़ कर सो रहेंगे। उसकी अवस्था अब उस रोगी-सी हो गई जो आरोग्य लाभ से निराश हो कर पथ्यापथ्य का विचार त्याग दे, जिसमें मृत्यु के आने तक वह भोज्य-पदार्थों से भली-भाँति तृप्त हो जाए।

लेकिन अभी तक उसने घोड़ी और गाय न बेची, यहाँ तक कि एक दिन दोनों मवेशीखाने में दाखिल हो गईं। बकरियाँ भी तृष्णा व्याघ्र के पंजे में फँस गईं। पोलाव और जरदे के चस्के ने नानबाई का ऋणी बना दिया था। जब उसे मालूम हो गया कि नगद रुपये वसूल न होंगे तो एक दिन सभी बकरियाँ हाँक ले गया। दफ्तरी मुँह ताकता रह गया। बिल्ली ने भी स्वामिभक्ति से मुँह मोड़ा। गाय और बकरियों के जाने के बाद अब उसे दूध के बर्तनों को चाटने की भी आशा न रही, जो उसके स्नेह-बंधन का अंतिम सूत्र था। हाँ, कुत्ता पुराने सद्व्यवहारों की याद करके अभी तक आत्मीयता का पालन करता जाता था, किन्तु उसकी सजीवता विदा हो गई थी। यह वह कुत्ता न था जिसके सामने द्वार पर किसी अपरिचित मनुष्य या कुत्ते का निकल जाना असम्भव था। वह अब भी भूंकता था, लेकिन लेटे-लेटे और प्रायः छाती में सिर छिपाये हुए, मानो अपनी वर्तमान स्थिति पर रो रहा हो। या तो उसमें अब उठने की शक्ति ही न थी, या वह चिरकालीन कृपाओं के लिए इतना कीर्तिगान पर्याप्त समझता था।

संध्या का समय था। मैं द्वार पर बैठा हुआ पत्र पढ़ रहा था कि अकस्मात् दफ्तरी को आते देखा। कदाचित् कोई किसान सम्मन पाने वाले चपरासी से भी इतना भयभीत न होगा, बाल-वृन्द टीका लगाने वाले से भी इतना न डरते

होंगे। मैं अव्यवस्थित हो कर उठा और चाहा कि अंदर जा कर द्वार बंद कर लूँ कि इतने में दफ्तरी लपक कर सामने आ पहुँचा। अब कैसे भागता? कुर्सी पर बैठ गया, पर नाक-भौं चढ़ाये हुए। दफ्तरी किसलिए आ रहा था इसमें मुझे लेशमात्र भी शंका न थी। ऋणेच्छुओं की हृदय-चेष्टा उनकी मुखाकृति पर, उनके आचार-व्यवहार पर उज्ज्वल रंगों से अंकित होती है। वह एक विशेष नम्रता, संकोचमय परवशता होती है जिसे एक बार देख कर फिर नहीं भुलाया जा सकता।

दफ्तरी ने आते ही बिना किसी प्रस्तावना के अभिप्राय कह सुनाया जो मुझे पहले ही ज्ञात हो चुका था।

मैंने रुखाई से उत्तर दिया—मेरे पास रुपये नहीं हैं।

दफ्तरी ने सलाम किया और उल्टे पाँव लौटा। उसके चेहरे पर ऐसी दीनता और बेकसी छायी थी कि मुझे उस पर दया आ गई। उसका इस भाँति बिना कुछ कहे-सुने लौटना कितना सारपूर्ण था! इसमें लज्जा थी, संतोष था, पछतावा था। उसके मुँह से एक शब्द भी न निकला, लेकिन उसका चेहरा कह रहा था, मुझे विश्वास था कि आप यही उत्तर देंगे! इसमें मुझे जरा भी संदेह न था। लेकिन यह जानते हुए भी मैं यहाँ तक आया, मालूम नहीं क्यों? मेरी समझ में स्वयं नहीं आता। कदाचित् आपकी दयाशीलता, आपकी वत्सलता मुझे यहाँ तक लायी। अब जाता हूँ, वह मुँह ही नहीं रहा कि अपनी कुछ कथा सुनाऊँ।

मैंने दफ्तरी को आवाज दी—जरा सुनो तो, क्या काम है?

दफ्तरी को कुछ उम्मेद हुई। बोला—आपसे क्या अर्ज करूँ, दो दिन से उपवास हो रहा है।

मैंने बड़ी नम्रता से समझाया—इस तरह कर्ज ले कर कै दिन तुम्हारा काम चलेगा। तुम समझदार आदमी हो, जानते हो कि आजकल सभी को अपनी फिक्र सवार रहती है। किसी के पास फालतू रुपये नहीं रहते और यदि हों भी तो वह ऋण दे कर रार क्यों लेने लगा। तुम अपनी दशा सुधारते क्यों नहीं।

दफ्तरी ने विरक्त भाव से कहा—यह सब दिनों का फेर है। और क्या कहूँ। जो चीज महीने भर के लिए लाता हूँ, वह एक दिन में उड़ जाती है, मैं

घरवाली के चटोरेपन से लाचार हूँ। अगर एक दिन दूध न मिले तो महनामथ मचा दे, बाजार से मिठाइयाँ न लाऊँ तो घर में रहना मुश्किल हो जाए, एक दिन गोश्त न पके तो मेरी बोटियाँ नोच खाय। खानदान का शरीफ हूँ। यह बेइज्जती नहीं सही जाती कि खाने के पीछे स्त्री से झगड़ा-तकरार करूँ। जो कुछ कहती है सिर के बल पूरा करता हूँ। अब खुदा से यही दुआ है कि मुझे इस दुनिया से उठा ले। इसके सिवाय मुझे दूसरी कोई सूरत नहीं नजर आती, सब कुछ करके हार गया।

मैंने संदूक से पाँच रुपये निकाले और उसे दे कर बोला—यह लो, यह तुम्हारे पुरुषार्थ का इनाम है। मैं नहीं जानता था कि तुम्हारा हृदय इतना उदार, इतना वीररसपूर्ण है।

गृहदाह में जलनेवाले वीर, रणक्षेत्र के वीरों से कम महत्त्वशाली नहीं होते।

44.

विध्वंस

जिला बनारस में बीरा नाम का एक गाँव है। वहाँ एक विधवा वृद्धा, संतानहीन, गोंड़िन रहती थी, जिसका भुनगी नाम था। उसके पास एक धुर भी जमीन न थी और न रहने का घर ही था। उसके जीवन का सहारा केवल एक भाड़ था। गाँव के लोग प्रायः एक बेला चबैना या सत्तू पर निर्वाह करते ही हैं, इसलिए भुनगी के भाड़ पर नित्य भीड़ लगी रहती थी। वह जो कुछ भुनाई पाती वही भून या पीस कर खा लेती और भाड़ ही की झोंपड़ी के एक कोने में पड़ रहती। वह प्रातःकाल उठती और चारों ओर से भाड़ झोंकने के लिए सूखी पत्तियाँ बटोर लाती। भाड़ के पास ही, पत्तियों का एक बड़ा ढेर लगा रहता था। दोपहर के बाद उसका भाड़ जलता था। लेकिन जब एकादशी या पूर्णमासी के दिन प्रथानुसार भाड़ न जलता, या गाँव के जमींदार पंडित उदयभान पाँडे के दाने भूनने पड़ते, उस दिन उसे भूखे ही सो रहना पड़ता था। पंडित जी उससे बेगार में दाने ही न भुनवाते थे, उसे उनके घर का पानी भी

भरना पड़ता था। और कभी-कभी इस हेतु से भी भाड़ बन्द रहता था। वह पंडित जी के गाँव में रहती थी, इसलिए उन्हें उससे सभी प्रकार की बेगार लेने का अधिकार था। उसे अन्याय नहीं कहा जा सकता। अन्याय केवल इतना था कि बेगार सूखी लेते थे। उनकी धारणा यह थी कि जब खाने ही को दिया गया तो बेगार कैसी। किसान को अधिकार है कि बैलों को दिन भर जोतने के बाद शाम को खूँटे से भूखा बाँध दे। यदि वह ऐसा नहीं करता तो यह उसकी दयालुता नहीं है, केवल अपनी हित चिन्ता है। पंडित जी को उसकी चिंता न थी क्योंकि एक तो भुनगी दो-एक दिन भूखी रहने से मर नहीं सकती थी और यदि दैवयोग से मर भी जाती तो उसकी जगह दूसरा गोंड़ बड़ी आसानी से बसाया जा सकता था। पंडित जी की यही क्या कम कृपा थी कि वह भुनगी को अपने गाँव में बसाये हुए थे।

चैत का महीना था और संक्रांति का पर्व। आज के दिन नए अन्न का सत्तू खाया और दान दिया जाता है। घरों में आग नहीं जलती। भुनगी का भाड़ आज बड़े जोरों पर था। उसके सामने एक मेला-सा लगा हुआ था। साँस लेने का भी अवकाश न था। गाहकों की जल्दबाजी पर कभी-कभी झुँझला पड़ती थी, कि इतने में जमींदार साहब के यहाँ से दो बड़े-बड़े टोकरे अनाज से भरे हुए आ पहुँचे और हुक्म हुआ कि अभी भून दे। भुनगी दोनों टोकरे देख कर सहम उठी। अभी दोपहर था पर सूर्यास्त के पहले इतना अनाज भुनना असंभव था। घड़ी-दो-घड़ी और मिल जाते तो एक अठवारे के खाने भर को अनाज हाथ आता। दैव से इतना भी न देखा गया, इन यमदूतों को भेज दिया। अब पहर रात तक सेंतमेंत में भाड़ में जलना पड़ेगा; एक नैराश्य भाव से दोनों टोकरे ले लिए।

चपरासी ने डाँट कर कहा—देर न लगे, नहीं तो तुम जानोगी।

भुनगी—यहीं बैठे रहो, जब भुन जाए तो ले कर जाना। किसी दूसरे के दाने छुऊँ तो हाथ काट लेना।

चपरासी—बैठने की हमें छुट्टी नहीं है, लेकिन तीसरे पहर तक दाना भुन जाए।

चपरासी तो यह ताकीद करके चलते बने और भुनगी अनाज भूनने लगी। लेकिन मन भर अनाज भूनना कोई हँसी तो थी नहीं, उस पर बीच-बीच में भुनाई बन्द करके भाड़ भी झोंकना पड़ता था। अतएव तीसरा पहर हो गया और आधा काम भी न हुआ। उसे भय हुआ कि जमींदार के आदमी आते होंगे। आते ही गालियाँ देंगे, मारेंगे। उसने और वेग से हाथ चलाना शुरू किया। रास्ते की ओर ताकती और बालू नाँद में छोड़ती जाती थी। यहाँ तक कि बालू ठंडी हो गई, सेवड़े निकलने लगे। उसकी समझ में न आता था, क्या करे। न भूनते बनता था न छोड़ते बनता था। सोचने लगी कैसी विपत्ति है। पंडित जी कौन मेरी रोटियाँ चला देते हैं, कौन मेरे आँसू पोंछ देते हैं। अपना रक्त जलाती हूँ तब कहीं दाना मिलता है। लेकिन जब देखो खोपड़ी पर सवार रहते हैं, इसलिए न कि उनकी चार अंगुल धरती से मेरा निस्तार हो रहा है। क्या इतनी-सी जमीन का इतना मोल है? ऐसे कितने ही टुकड़े गाँव में बेकाम पड़े हैं, कितनी बखरियाँ उजाड़ पड़ी हुई हैं। वहाँ तो केसर नहीं उपजती फिर मुझी पर क्यों यह आठों पहर धौंस रहती है। कोई बात हुई और यह धमकी मिली कि भाड़ खोद कर फेंक दूँगा, उजाड़ दूँगा, मेरे सिर पर भी कोई होता तो क्या बौछारें सहनी पड़तीं।

वह इन्हीं कुत्सित विचारों में पड़ी हुई थी कि दोनों चपरासियों ने आकर कर्कश स्वर में कहा—क्यों री, दाने भुन गए।

भुनगी ने निडर हो कर कहा—भून तो रही हूँ। देखते नहीं हो।

चपरासी—सारा दिन बीत गया और तुमसे इतना अनाज न भूना गया? यह तू दाना भून रही है कि उसे चौपट कर रही है। यह तो बिलकुल सेवड़े हैं, इनका सत्तू कैसे बनेगा। हमारा सत्यानाश कर दिया। देख तो आज महाराज तेरी क्या गति करते हैं।

परिणाम यह हुआ कि उसी रात को भाड़ खोद डाला गया और वह अभागिनी विधवा निरावलम्ब हो गई।

भुनगी को अब रोटियों का कोई सहारा न रहा। गाँववालों को भी भाड़ के विध्वंस हो जाने से बहुत कष्ट होने लगा। कितने ही घरों में दोपहर को दाना

ही न मयस्सर होता। लोगों ने जा कर पंडित जी से कहा कि बुढ़िया को भाड़ जलाने की आज्ञा दे दीजिए, लेकिन पंडित जी ने कुछ ध्यान न दिया। वह अपना रोब न घटा सकते थे। बुढ़िया से उसके कुछ शुभचिंतकों ने अनुरोध किया कि जा कर किसी दूसरे गाँव में क्यों नहीं बस जाती। लेकिन उसका हृदय इस प्रस्ताव को स्वीकार न करता। इस गाँव में उसने अपने अदिन के पचास वर्ष काटे थे। यहाँ के एक-एक पेड़-पत्ते से उसे प्रेम हो गया था! जीवन के सुख-दुःख इसी गाँव में भोगे थे। अब अंतिम समय वह इसे कैसे त्याग दे! यह कल्पना ही उसे संकटमय जान पड़ती थी। दूसरे गाँव के सुख से यहाँ का दुःख भी प्यारा था।

इस प्रकार एक पूरा महीना गुजर गया। प्रातःकाल था। पंडित उदयभान अपने दो-तीन चपरासियों को लिये लगान वसूल करने जा रहे थे। कारिंदों पर उन्हें विश्वास न था। नजराने में, डाँड़-बाँध में, रसूम में वह किसी अन्य व्यक्ति को शरीक न करते थे। बुढ़िया के भाड़ की ओर ताका तो बदन में आग-सी लग गई। उसका पुनरुद्धार हो रहा था। बुढ़िया बड़े वेग से उस पर मिट्टी के लोंदे रख रही थी। कदाचित् उसने कुछ रात रहते ही काम में हाथ लगा दिया था और सूर्योदय से पहले ही उसे समाप्त कर देना चाहती थी। उसे लेशमात्र भी शंका न थी कि मैं जमींदार के विरुद्ध कोई काम कर रही हूँ। क्रोध इतना चिरजीवी हो सकता है इसका समाधान भी उसके मन में न था। एक प्रतिभाशाली पुरुष किसी दीन अबला से इतना कीना रख सकता है उसे उसका ध्यान भी न था। वह स्वभावतः मानव-चरित्र को इससे कहीं ऊँचा समझती थी। लेकिन हा! हतभागिनी! तूने धूप में ही बाल सफेद किए।

सहसा उदयभान ने गरज कर कहा—किसके हुक्म से?

भुनगी ने हकबका कर देखा तो सामने जमींदार महोदय खड़े हैं।

उदयभान ने फिर पूछा—किसके हुक्म से बना रही है?

भुनगी डरते हुए बोली—सब लोग कहने लगे बना लो, तो बना रही हूँ।

उदयभान—मैं अभी इसे फिर खुदवा डालूँगा। यह कह उन्होंने भाड़ में एक ठोकर मारी। गीली मिट्टी सब कुछ लिये दिये बैठ गई। दूसरी ठोकर नाँद पर चलायी लेकिन बुढ़िया सामने आ गई और ठोकर उसकी कमर पर पड़ी। अब उसे क्रोध आया। कमर सहलाते हुए बोली—महाराज, तुम्हें आदमी का डर

नहीं है तो भगवान् का डर तो होना चाहिए। मुझे इस तरह उजाड़ कर क्या पाओगे? क्या इस चार अंगुल धरती में सोना निकल आएगा? मैं तुम्हारे ही भले की कहती हूँ, दीन की हाय मत लो। मेरा रोआँ दुखी मत करो।

उदयभान—अब तो यहाँ फिर भाड़ न बनाएगी।

भुनगी—भाड़ न बनाऊँगी तो खाऊँगी क्या?

उदयभान—तेरे पेट का हमने ठेका नहीं लिया है।

भुनगी—टहल तो तुम्हारी करती हूँ खाने कहाँ जाऊँ?

उदयभान—गाँव में रहोगी तो टहल करनी पड़ेगी।

भुनगी—टहल तो तभी करूँगी जब भाड़ बनाऊँगी। गाँव में रहने के नाते टहल नहीं कर सकती।

उदयभान—तो छोड़ कर निकल जा।

भुनगी—क्यों छोड़ कर निकल जाऊँ। बारह साल खेत जोतने से असामी काश्तकार हो जाता है। मैं तो इस झोंपड़े में बूढ़ी हो गई। मेरे सास-ससुर और उनके बाप-दादे इसी झोंपड़े में रहे। अब इसे यमराज को छोड़ कर और कोई मुझसे नहीं ले सकता।

उदयभान—अच्छा तो अब कानून भी बघारने लगी। हाथ-पैर पड़ती तो चाहे मैं रहने भी देता, लेकिन अब तुझे निकाल कर तभी दम लूँगा। (चपरासियों से) अभी जा कर उसके पत्तियों के ढेर में आग लगा दो, देखें कैसे भाड़ बनता है।

एक क्षण में हाहाकार मच गया। ज्वाला-शिखर आकाश से बातें करने लगा। उसकी लपटें किसी उन्मत्त की भाँति इधर-उधर दौड़ने लगीं। सारे गाँव के लोग उस अग्नि-पर्वत के चारों ओर जमा हो गए। भुनगी अपने भाड़ के पास उदासीन भाव में खड़ी यह लंकादहन देखती रही। अकस्मात् वह वेग से आ कर उसी अग्नि-कुंड में कूद पड़ी। लोग चारों तरफ से दौड़े, लेकिन किसी की हिम्मत न पड़ी कि आग के मुँह में जाए। क्षणमात्र में उसका सूखा हुआ शरीर अग्नि में समाविष्ट हो गया।

उसी दम पवन भी वेग से चलने लगा। ऊर्ध्वगामी लपटें पूर्व दिशा की ओर दौड़ने लगीं। भाड़ के समीप ही किसानों की कई झोंपड़ियाँ थीं, वह सब उन्मत्त ज्वालाओं का ग्रास बन गईं। इस भाँति प्रोत्साहित होकर लपटें और

आगे बढ़ीं। सामने पंडित उदयभान की बखार थी, उस पर झपटीं। अब गाँव में हलचल पड़ी। आग बुझाने की तैयारियाँ होने लगीं। लेकिन पानी के छींटों ने आग पर तेल का काम किया। ज्वालाएँ और भड़कीं और पंडित जी के विशाल भवन को दबोच बैठीं। देखते-ही-देखते वह भवन उस नौका की भाँति जो उन्मत्त तरंगों के बीच में झकोरे खा रही हो, अग्नि-सागर में विलीन हो गया और वह क्रंदन-ध्वनि जो उसके भस्मावशेष में प्रस्फुटित होने लगी, भुनगी के शोकमय विलाप से भी अधिक करुणाकारी थी।

45.

स्वत्व-रक्षा

मीर दिलावर अली के पास एक बड़ी रास का कुम्मैत घोड़ा था। कहते तो वह यही थे कि मैंने अपनी जिन्दगी की आधी कमाई इस पर खर्च की है, पर वास्तव में उन्होंने इसे पलटन से सस्ते दामों मोल लिया था। यों कहिए कि यह पलटन का निकाला हुआ घोड़ा था। शायद पलटन के अधिकारियों ने इसे अपने यहाँ रखना उचित न समझ कर नीलाम कर दिया था। मीर साहब कचहरी में मोहर्रिर थे। शहर के बाहर मकान था। कचहरी तक आने में तीन मील की मंजिल तय करनी पड़ती थी, एक जानवर की फिक्र थी। यह घोड़ा सुभीते से मिल गया, ले लिया। पिछले तीन वर्षों से वह मीर साहब की ही सवारी में था। देखने में तो उसमें कोई ऐब न था, पर कदाचित् आत्म-सम्मान की मात्रा अधिक थी। उसे उसकी इच्छा के विरुद्ध या अपमानसूचक काम में लगाना दुस्तर था। खैर, मीर साहब ने सस्ते दामों में कलाँ रास का घोड़ा पाया, तो फूले न समाये। ला कर द्वार पर बाँध दिया। साईस का इंतजाम करना कठिन था। बेचारे खुद ही शाम-सबेरे उस पर दो-चार हाथ फेर लेते थे। शायद घोड़ा इस सम्मान से प्रसन्न होता था। इसी कारण रातिब की मात्रा बहुत कम होने पर भी वह असंतुष्ट नहीं जान पड़ता था। उसे मीर साहब से कुछ सहानुभूति हो गई थी। इस स्वामिभक्ति में उसका शरीर बहुत

क्षीण हो चुका था; पर वह मीर साहब को नियत समय पर प्रसन्नतापूर्वक कचहरी पहुँचा दिया करता था। उसकी चाल उसके आत्मिक संतोष की द्योतक थी। दौड़ना वह अपनी स्वाभाविक गम्भीरता के प्रतिकूल समझता था। उसकी दृष्टि में उच्छृंखलता थी। स्वामिभक्ति में उसने अपने कितने ही चिर-संचित स्वत्वों का बलिदान कर दिया था। अब अगर किसी स्वत्व से प्रेम था तो वह रविवार का शांतिनिवास था। मीर साहब इतवार को कचहरी न जाते थे। घोड़े को मलते, नहलाते, तैराते थे। इसमें उसे हार्दिक आनंद प्राप्त होता था। वहाँ कचहरी में पेड़ के नीचे बँधे हुए सूखी घास पर मुँह मारना पड़ता था, लू से सारा शरीर झुलस जाता था; कहाँ इस दिन छप्परों की शीतल छाँह में हरी-हरी दूब खाने को मिलती थी। अतएव इतवार को आराम वह अपना हक समझता था और मुमकिन न था कि कोई उसका यह हक छीन सके। मीर साहब ने कभी-कभी बाजार जाने के लिए इस दिन उस पर सवार होने की चेष्टा की, पर इस उद्योग में बुरी तरह मुँह की खायी। घोड़े ने मुँह में लगाम तक न ली। अंत को मीर साहब ने अपनी हार स्वीकार कर ली। वह उसके आत्म-सम्मान को आघात पहुँचा कर अपने अवयवों को परीक्षा में न डालना चाहते थे।

मीर साहब के पड़ोस में एक मुंशी सौदागरलाल रहते थे। उनका भी कचहरी से कुछ सम्बन्ध था। वह मुहर्रिर न थे, कर्मचारी भी न थे। उन्हें किसी ने कभी कुछ लिखते-पढ़ते न देखा था। पर उनका वकीलों और मुख्तारों के समाज में बड़ा मान था। मीर साहब से उनकी दाँत-काटी रोटी थी।

जेठ का महीना था। बारातों की धूम थी। बाजेवाले सीधे मुँह बात न करते थे। आतिशबाज के द्वार पर गरज के बावले लोग चर्खी की भाँति चक्कर लगाते थे। भाँड़ और कथक लोगों को उँगलियों पर नचाते थे। पालकी के कहार पत्थर के देवता बने हुए थे, भेंट ले कर भी न पसीजते थे। इसी सहालोगों की धूम में मुंशीजी ने भी लड़के का विवाह ठान दिया। दबाववाले आदमी थे। धीरे-धीरे बारात का सब सामान जुटा तो लिया, पर पालकी का प्रबंध न कर सके। कहारों ने ऐन वक्त पर बयाना लौटा दिया। मुंशी जी बहुत

गरम पड़े, हरजाने की धमकी दी, पर कुछ फल न हुआ। विवश होकर यही निश्चय किया कि वर को घोड़े पर बिठा कर वर-यात्रा की रस्म पूरी कर ली जाए। छह बजे शाम को बारात चलने का मुहूर्त था। चार बजे मुंशी ने आ कर मीर साहब से कहा—यार अपना घोड़ा दे दो, वर को स्टेशन तक पहुँचा दें। पालकी तो कहीं मिलती नहीं।

मीरसाहब—आपको मालूम नहीं, आज इतवार का दिन है।

मुंशी जी—मालूम क्यों नहीं है, पर आखिर घोड़ा ही तो ठहरा। किसी-न-किसी तरह स्टेशन तक पहुँचा ही देगा। कौन दूर जाना है?

मीरसाहब—यों आपका जानवर है, ले जाइए। पर मुझे उम्मीद नहीं कि आज वह पुट्ठे पर हाथ तक रखने दे।

मुंशी जी—अजी मार के आगे भूत भागता है। आप डरते हैं। इसलिए आप से बदमाशी करता है। बच्चा पीठ पर बैठ जाएँगे तो कितना ही उछले-कूदे पर उन्हें हिला न सकेगा।

मीरसाहब—अच्छी बात है, जाइए। और अगर उसकी यह जिद आप लोगों ने तोड़ दी, तो मैं आपका बड़ा एहसान मानूँगा।

मगर ज्यों ही मुंशी जी अस्तबल में पहुँचे, घोड़े ने शशंक नेत्रों से देखा और एक बार हिनहिना कर घोषित किया कि तुम आज मेरी शांति में विघ्न डालने वाले कौन होते हो। बाजे की धड़-धड़, पों-पों से वह उत्तेजित हो रहा था। मुंशी जी ने जब पगहे को खोलना शुरू किया तो उसने कनौतियाँ खड़ी कीं और अभिमानसूचक भाव से हरी-हरी घास खाने लगा।

लेकिन मुंशी जी भी चतुर खिलाड़ी थे। तुरंत घर से थोड़ा-सा दाना मँगवाया और घोड़े के सामने रख दिया। घोड़े ने इधर बहुत दिनों से दाने की सूरत न देखी थी! बड़ी रुचि से खाने लगा और तब कृतज्ञ नेत्रों से मुंशी जी की ओर ताका, मानो अनुमति दी कि मुझे आपके साथ चलने में कोई आपत्ति नहीं है।

मुंशी जी के द्वार पर बाजे बज रहे थे। वर वस्त्राभूषण पहने हुए घोड़े की प्रतीक्षा कर रहा था। मुहल्ले की स्त्रियाँ उसे विदा करने के लिए आरती लिए खड़ी थीं। पाँच बज गए थे। सहसा मुंशी जी घोड़ा लाते हुए दिखायी

दिए। बाजेवालों ने आगे की तरफ कदम बढ़ाया। एक आदमी मीर साहब के घर से दौड़ कर साज लाया।

घोड़े को खींचने की ठहरी, मगर वह लगाम देख कर मुँह फेर लेता था। मुंशी जी ने चुमकारा-पुचकारा, पीठ सहलायी, फिर दाना दिखलाया। पर घोड़े ने मुँह तक न खोला, तब उन्हें क्रोध आ गया। ताबड़तोड़ कई चाबुक लगाये। घोड़े ने जब अब भी मुँह में लगाम न ली, तो उन्होंने उसके नथनों पर चाबुक के बेंत से कई बार मारा। नथनों से खून निकलने लगा। घोड़े ने इधर-उधर दीन और विवश आँखों से देखा। समस्या कठिन थी। इतनी मार उसने कभी न खायी थी। मीर साहब की अपनी चीज थी। यह इतनी निर्दयता से कभी न पेश आते थे। सोचा मुँह नहीं खोलता तो नहीं मालूम और कितनी मार पड़े। लगाम ले ली। फिर क्या था, मुंशी जी की फतह हो गई। उन्होंने तुरंत जीन भी कस दी। दूल्हा कूद कर घोड़े पर सवार हो गया।

जब वर ने घोड़े की पीठ पर आसन जमा लिया, तो घोड़ा मानो नींद से जागा। विचार करने लगा, थोड़े-से दाने के बदले अपने इस स्वत्व से हाथ धोना एक कटोरे कढ़ी के लिए अपने जन्मसिद्ध अधिकारों को बेचना है। उसे याद आया कि मैं कितने दिनों से आज के दिन आराम करता रहा हूँ, तो आज क्यों यह बेगार करूँ? ये लोग मुझे न जाने कहाँ ले जाएँगे, लौंडा आसन का पक्का जान पड़ता है, मुझे दौड़ाएगा, एँड़ लगाएगा, चाबुक से मार-मार कर अधमुँआ कर देगा, फिर न जाने भोजन मिले या नहीं। यह सोच-विचार कर उसने निश्चय किया कि मैं यहाँ से कदम न उठाऊँगा। यही न होगा मारेंगे, सवार को लिये हुए जमीन पर लोट जाऊँगा। आप ही छोड़ देंगे। मेरे मालिक मीर साहब भी तो यहीं कहीं होंगे। उन्हें मुझ पर इतनी मार पड़ती कभी पसंद न आएगी कि कल उन्हें कचहरी भी न ले जा सकूँ।

वर ज्यों ही घोड़े पर सवार हुआ स्त्रियों ने मंगलगान किया, फूलों की वर्षा हुई। बारात के लोग आगे बढ़े। मगर घोड़ा ऐसा अड़ा कि पैर ही नहीं उठाता। वर उसे एँड़ लगाता है, चाबुक मारता है, लगाम को झटके देता है, मगर घोड़े के कदम मानों जमीन में ऐसे गड़ गये हैं कि उखड़ने का नाम नहीं लेते।

मुंशी जी को ऐसा क्रोध आता था कि अपना जानवर होता तो गोली मार देते। मित्र ने कहा—अड़ियल जानवर है, यों न चलेगा। इसके पीछे से डंडे लगाओ, आप दौड़ेगा।

मुंशी जी ने यह प्रस्ताव स्वीकार कर लिया। पीछे से जाकर कई डंडे लगाये, पर घोड़े ने पैर न उठाये, उठाये तो भी अगले पैर, और आकाश की ओर। दो-एक बार पिछले पैर भी, जिससे विदित होता था कि वह बिलकुल प्राणहीन नहीं है। मुंशी जी बाल-बाल बच गए।

तब दूसरे मित्र ने कहा—इसकी पूँछ के पास एक जलता हुआ कुंदा जलाओ, आँच के डर से भागेगा।

यह प्रस्ताव भी स्वीकृत हुआ। फल यह हुआ कि घोड़े की पूँछ जल गई। वह दो-तीन बार उछला-कूदा पर आगे न बढ़ा। पक्का सत्याग्रही था, कदाचित् इन यंत्रणाओं ने उसके संकल्प को और भी दृढ़ कर दिया।

इतने में सूर्यास्त होने लगा। पंडित जी ने कहा—'जल्दी कीजिए नहीं तो मुहूर्त टल जायगा।' लेकिन अपने वश की बात तो थी नहीं। जल्दी कैसे होती। बाराती लोग गाँव के बाहर जा पहुँचे। यहाँ स्त्रियों और बालकों का मेला लग गया। लोग कहने लगे, 'कैसा घोड़ा है कि पग ही नहीं उठाता।' एक अनुभवी महाशय ने कहा—'मार-पीट से काम न चलेगा। थोड़ा-सा दाना मँगवाइए। एक आदमी इसके सामने तोबड़े में दाना दिखाता हुआ चले। दाने के लालच से खट-खट चला जाएगा।' मुंशी जी ने यह उपाय भी करके देखा पर सफल मनोरथ न हुए। घोड़ा अपने स्वत्व को किसी दाम पर बेचना न चाहता था। एक महाशय ने कहा—'इसे थोड़ी-सी शराब पिला दीजिए, नशे में आ कर खूब चौकड़ियाँ भरने लगेगा।' शराब की बोतल आयी। एक तसले में शराब उँड़ेल कर घोड़े के सामने रखी गई, पर उसने सूँघी तक नहीं।

अब क्या हो? चिराग जल गए मुहूर्त टल चुका था। घोड़ा यह नाना दुर्गतियाँ सह कर दिल में खुश होता था और अपने सुख में विघ्न डालनेवाले की दुरवस्था और व्यग्रता का आनंद उठा रहा था। उसे इस समय इन लोगों की प्रयत्नशीलता पर एक दार्शनिक आनंद प्राप्त हो रहा था। देखें आप लोग अब क्या करते हैं। वह जानता था कि अब मार खाने की सम्भावना नहीं है। लोग जान गए कि मारना व्यर्थ है। वह केवल अपनी सुयुक्तियों की विवेचना कर रहा था।

पाँचवें सज्जन ने कहा—अब एक ही तरकीब और है। वह जो खेत में खाद फेंकने की दो-पहिया गाड़ी होती है, उसे घोड़े के सामने ला कर रखिये। इसके दोनों अगले पैर उसमें रख दिये जायँ और हम लोग गाड़ी को खींचें। तब तो जरूर ही उसके पैर उठ जाएंगे। अगले पैर आगे बढ़े तो पिछले पैर भी झख मार कर उठेंगे ही। घोड़ा चल निकलेगा।

मुंशी जी डूब रहे थे। कोई तिनका सहारे के लिए काफी था। दो आदमी गए। दो-पहिया गाड़ी निकाल लाये। वर ने लगाम तानी। चार-पाँच आदमी घोड़े के पास डंडे ले कर खड़े हो गए। दो आदमियों ने उसके अगले पाँव जबरदस्ती उठाकर गाड़ी पर रक्खे। घोड़ा अभी तक यह समझ रहा था कि मैं यह उपाय भी न चलने दूँगा, लेकिन जब गाड़ी चली, तो उसके पिछले पैर आप ही आप उठ गए। उसे ऐसा जान पड़ा, मानो पानी में बहा जा रहा हूँ। कितना ही चाहता था कि पैरों को जमा लूँ पर कुछ अक्ल काम न करती थी। चारों ओर शोर मचा 'चला-चला।' तालियाँ पड़ने लगीं! लोग ठट्ठे मार-मार हँसने लगे। घोड़े को यह उपहास और यह अपमान असह्य था, पर करता क्या? हाँ, उसने धैर्य न छोड़ा। मन में सोचा इस तरह कहाँ तक ले जाएँगे। ज्यों ही गाड़ी रुकेगी मैं भी रुक जाऊँगा। मुझसे बड़ी भूल हुई, मुझे गाड़ी पर पैर ही न रखना चाहिए था।

अंत में वही हुआ जो उसने सोचा था। किसी तरह लोगों ने सौ कदम तक गाड़ी खींची, आगे न खींच सके। सौ-दो-सौ कदम ही खींचना होता, तो शायद लोगों की हिम्मत बँध जाती पर स्टेशन पूरे तीन मील पर था। इतनी दूर घोड़े को खींच ले जाना दुस्तर था। ज्यों ही गाड़ी रुकी घोड़ा भी रुक गया! वर ने फिर लगाम को झटके दिये, एँड़ लगायी। चाबुकों की वर्षा कर दी, पर घोड़े ने अपनी टेक न छोड़ी। उसके नथनों से खून निकल रहा था, चाबुकों से सारा शरीर छिल गया था, पिछले पैरों में घाव हो गये थे, पर वह दृढ़-प्रतिज्ञ घोड़ा अपनी आन पर अड़ा हुआ था।

पुरोहित ने कहा—'आठ बज गये। मुहूर्त टल गया।' दीन-दुर्बल घोड़े ने मैदान मार लिया। मुंशी जी क्रोधोन्मत्त होकर रो पड़े। वर एक कदम भी पैदल नहीं

चल सकता। विवाह के अवसर पर भूमि पर पाँव रखना वर्जित है, प्रतिष्ठा भंग होती है, निंदा होती है, कुल को कलंक लगता है पर अब पैदल चलने के सिवाय अन्य उपाय न था। आ कर घोड़े के सामने खड़े हो गए और कुंठित स्वर से बोले महाशय, अपना भाग्य बखानो कि मीर साहब के घर हो। यदि मैं तुम्हारा मालिक होता तो तुम्हारी हड्डी-पसली का पता न लगता। इसके साथ ही मुझे आज मालूम हुआ कि पशु भी अपने स्वत्व की रक्षा किस प्रकार कर सकता है। मैं न जानता था, तुम व्रतधारी हो। बेटा, उतरो, बारात स्टेशन पहुँच रही होगी। चलो पैदल ही चलें। हम आपस ही के दस-बारह आदमी हैं, हँसने वाला कोई नहीं। ये रंगीन कपड़े उतार दो। रास्ते में लोग हँसेंगे कि पाँव-पाँव ब्याह करने जाता है। चल बे अड़ियल घोड़े, तुझे मीर साहब के हवाले कर आऊँ।

46.

पूर्व-संस्कार

सज्जनों के हिस्से में भौतिक उन्नति कभी भूल कर ही आती है। रामटहल विलासी, दुर्व्यसनी, चरित्रहीन आदमी थे, पर सांसारिक व्यवहारों में चतुर, सूद-ब्याज के मामले में दक्ष और मुकदमे-अदालत में कुशल थे। उनका धन बढ़ता था। सभी उनके असामी थे। उधर उन्हीं के छोटे भाई शिवटहल साधु-भक्त, धर्म-परायण और परोपकारी जीव थे। उनका धन घटता जाता था। उनके द्वार पर दो-चार अतिथि बने रहते थे। बड़े भाई का सारे मुहल्ले पर दबाव था। जितने नीच श्रेणी के आदमी थे, उनका हुक्म पाते ही फौरन उनका काम करते थे। उनके घर की मरम्मत बेगार में हो जाती। ऋणी कुँजड़े साग-भाजी भेंट में दे जाते। ऋणी ग्वाला उन्हें बाजार-भाव से ड्योढ़ा दूध देता। छोटे भाई का किसी पर रोब न था। साधु-संत आते और इच्छापूर्ण भोजन करके अपनी राह लेते। दो-चार आदमियों को रुपये उधार दिये भी तो सूद के लालच से नहीं, बल्कि संकट से छुड़ाने के लिए। कभी जोर दे कर तगादा न करते कि कहीं उन्हें दुःख न हो। इस तरह

कई साल गुजर गए। यहाँ तक कि शिवटहल की सारी सम्पत्ति परमार्थ में उड़ गई। रुपये भी बहुत डूब गये! उधर रामटहल ने नया मकान बनवा लिया। सोने-चाँदी की दूकान खोल ली। थोड़ी जमीन भी खरीद ली और खेती-बारी भी करने लगे।

शिवटहल को अब चिंता हुई। निर्वाह कैसे होगा? धन न था कि कोई रोजगार करते। वह व्यवहार-बुद्धि भी न थी, जो बिना धन के भी अपनी राह निकाल लेती है। किसी से ऋण लेने की हिम्मत न पड़ती थी। रोजगार में घाटा हुआ तो देंगे कहाँ से? किसी दूसरे आदमी की नौकरी भी न कर सकते थे। कुल-मर्यादा भंग होती थी। दो-चार महीने तो ज्यों-त्यों करके काटे, अंत में चारों ओर से निराश हो कर बड़े भाई के पास गए और कहा—भैया, अब मेरे और मेरे परिवार के पालन का भार आपके ऊपर है। आपके सिवा अब किसकी शरण लूँ?

रामटहल ने कहा—इसकी कोई चिन्ता नहीं। तुमने कुकर्म में तो धन उड़ाया नहीं। जो कुछ किया, उससे कुल-कीर्ति ही फैली है। मैं धूर्त हूँ; संसार को ठगना जानता हूँ। तुम सीधे-सादे आदमी हो। दूसरों ने तुम्हें ठग लिया। यह तुम्हारा ही घर है। मैंने जो जमीन ली है, उसकी तहसील वसूल करो, खेती-बारी का काम सँभालो। महीने में तुम्हें जितना खर्च पड़े, मुझसे ले जाओ। हाँ, एक बात मुझसे न होगी। मैं साधु-संतों का सत्कार करने को एक पैसा भी न दूँगा और न तुम्हारे मुँह से अपनी निंदा सुनूँगा।

शिवटहल ने गद्‌गद कंठ से कहा—भैया, मुझसे इतनी भूल अवश्य हुई कि मैं सबसे आपकी निंदा करता रहा हूँ, उसे क्षमा करो। अब से मुझे अपनी निंदा करते सुनना तो जो चाहे दंड देना। हाँ, आपसे मेरी एक विनय है। मैंने अब तक अच्छा किया या बुरा, पर भाभी जी को मना कर देना कि उसके लिए मेरा तिरस्कार न करें।

रामटहल—अगर वह कभी तुम्हें ताना देंगी, तो मैं उनकी जीभ खींच लूँगा।

रामटहल की जमीन शहर से दस-बारह कोस पर थी। वहाँ एक कच्चा मकान भी था। बैल, गाड़ी, खेती की अन्य सामग्रियाँ वहीं रहती थीं। शिवटहल ने

अपना घर भाई को सौंपा और अपने बाल-बच्चों को ले कर गाँव चले गए। वहाँ उत्साह के साथ काम करने लगे। नौकरों ने काम में चौकसी की। परिश्रम का फल मिला। पहले ही साल उपज ड्योढ़ी हो गयी और खेती का खर्च आधा रह गया।

पर स्वभाव को कैसे बदलें? पहले की तरह तो नहीं, पर अब भी दो-चार मूर्तियाँ शिवटहल की कीर्ति सुनकर आ ही जाती थीं। और शिवटहल को विवश हो कर उनकी सेवा और सत्कार करना ही पड़ता था। हाँ, अपने भाई से यह बात छिपाते थे कि कहीं वह अप्रसन्न हो कर जीविका का यह आधार भी न छीन लें। फल यह होता कि उन्हें भाई से छिपा कर अनाज, भूसा, खली आदि बेचना पड़ता। इस कमी को पूरी करने के लिए वह मजदूरों से और भी कड़ी मेहनत लेते थे और खुद भी कड़ी मेहनत करते। धूप-ठंड, पानी-बूँदी की बिलकुल परवाह न करते थे। मगर कभी इतना परिश्रम तो किया न था। शरीर शक्तिहीन होने लगा। भोजन भी रूखा-सूखा मिलता था। उस पर कोई ठीक समय नहीं। कभी दोपहर को खाया, कभी तीसरे पहर। कभी प्यास लगी, तो तालाब का पानी पी लिया। दुर्बलता रोग का पूर्व रूप है। बीमार पड़ गए। देहात में दवा-दारू का सुभीता न था। भोजन में भी कुपथ्य करना पड़ता था। रोग ने जड़ पकड़ ली। ज्वर ने प्लीहा का रूप धारण किया और प्लीहा ने छह महीने में काम तमाम कर दिया।

रामटहल ने यह शोक-समाचार सुना, तो उन्हें बड़ा दुःख हुआ। इन तीन वर्षों में उन्हें एक पैसे का नाज नहीं लेना पड़ा। गुड़, घी, भूसा-चारा, उपले-ईंधन सब गाँव से चला आता था। बहुत रोये, पछतावा हुआ कि मैंने भाई की दवा-दरपन की कोई फिक्र नहीं की; अपने स्वार्थ की चिंता में उसे भूल गया। लेकिन मैं क्या जानता था कि मलेरिया का ज्वर प्राणघातक ही होगा! नहीं तो यथाशक्ति अवश्य इलाज करता। भगवान् की यही इच्छा थी, फिर मेरा क्या वश!

अब कोई खेती को सँभालने वाला न था। इधर रामटहल को खेती का मजा मिल गया था! उस पर विलासिता ने उनका स्वास्थ्य भी नष्ट कर डाला था। अब वह देहात के स्वच्छ जलवायु में रहना चाहते थे। निश्चय किया कि खुद

ही गाँव में जाकर खेती-बारी करूँ। लड़का जवान हो गया था। शहर का लेन-देन उसे सौंपा और देहात चले आए।

यहाँ उनका समय और चित्त विशेष कर गौओं की देखभाल में लगता था। उनके पास एक जमुनापारी बड़ी रास की गाय थी। उसे कई साल हुए बड़े शौक से खरीदा था। दूध खूब देती थी, और सीधी वह इतनी कि बच्चा भी सींग पकड़ ले, तो न बोलती। वह इन दिनों गाभिन थी। उसे बहुत प्यार करते थे। शाम-सबेरे उसकी पीठ सुहलाते, अपने हाथों से नाज खिलाते। कई आदमी उसके ड्योढ़े दाम देते थे, पर रामटहल ने न बेची। जब समय पर गऊ ने बच्चा दिया, तो रामटहल ने धूमधाम से उसका जन्मोत्सव मनाया, कितने ही ब्राह्मणों को भोजन कराया। कई दिन तक गाना-बजाना होता रहा। इस बछड़े का नाम रखा गया 'जवाहिर'। एक ज्योतिषी से उसका जन्म-पत्र भी बनवाया गया। उसके अनुसार बछड़ा बड़ा होनहार, बड़ा भाग्यशाली, स्वामिभक्त निकला। केवल छठे वर्ष उस पर एक संकट की शंका थी। उससे बच गया तो फिर जीवन-पर्यन्त सुख से रहेगा।

बछड़ा श्वेत-वर्ण था। उसके माथे पर एक लाल तिलक था। आँखें कजरी थीं। स्वरूप का अत्यन्त मनोहर और हाथ-पाँव का सुडौल था। दिन भर कलोलें किया करता। रामटहल का चित्त उसे छलाँगें भरते देख कर प्रफुल्लित हो जाता था। वह उनसे इतना हिल-गिल गया कि उनके पीछे-पीछे कुत्ते की भाँति दौड़ा करता था। जब वह शाम और सुबह को अपनी खाट पर बैठ कर असामियों से बातचीत करने लगते, तो जवाहिर उनके पास खड़ा हो कर उनके हाथ या पाँव को चाटता था। वह प्यार से उसकी पीठ पर हाथ फेरने लगते, तो उसकी पूँछ खड़ी हो जाती और आँखें हृदय के उल्लास से चमकने लगतीं। रामटहल को भी उससे इतना स्नेह था कि जब तक वह उनके सामने चौके में न बैठा हो, भोजन में स्वाद न मिलता। वह उसे बहुधा गोद में चिपटा लिया करते। उसके लिए चाँदी का हार, रेशमी फूल, चाँदी की झाँझें बनवायीं। एक आदमी उसे नित्य नहलाता और झाड़ता-पोंछता रहता था। जब कभी वह किसी काम से दूसरे गाँव में चले जाते तो उन्हें घोड़े पर आते देख कर जवाहिर कुलेलें मारता हुआ उसके पास पहुँच जाता और उनके पैरों को चाटने लगता। पशु और मनुष्य में यह पिता-पुत्र-सा प्रेम देख कर लोग चकित हो जाते।

जवाहिर की अवस्था ढाई वर्ष की हुई। रामटहल ने उसे अपनी सवारी की बहली के लिए निकालने का निश्चय किया। वह अब बछड़े से बैल हो गया था। उसका ऊँचा डील, गठे हुए अंग, सुदृढ़ मांसपेशियाँ, गर्दन के ऊपर ऊँचा डील, चौड़ी छाती और मस्तानी चाल थी। ऐसा दर्शनीय बैल सारे इलाके में न था। बड़ी मुश्किल से उसका बाँधा मिला। पर देखने वाले साफ कहते थे कि जोड़ नहीं मिला। रुपये आपने बहुत खर्च किये हैं, पर कहाँ जवाहिर और कहाँ यह! कहाँ लैंप और कहाँ दीपक!

पर कौतूहल की बात यह थी कि जवाहिर को कोई गाड़ीवान हाँकता तो वह आगे पैर न उठाता। गर्दन हिला-हिला कर रह जाता। मगर जब रामटहल आप पगहा हाथ में ले लेते और एक बार चुमकार कर कहते—चलो बेटा, तो जवाहिर उन्मत्त होकर गाड़ी को ले उड़ता। दो-दो कोस तक बिना रुके, एक ही साँस में दौड़ता चला जाता। घोड़े भी उसका मुकाबला न कर सकते।

एक दिन संध्या समय जब जवाहिर नाँद में खली और भूसा खा रहा था और रामटहल उसके पास खड़े उसकी मक्खियाँ उड़ा रहे थे, एक साधु महात्मा आ कर द्वार पर खड़े हो गए। रामटहल ने अविनयपूर्ण भाव से कहा—यहाँ क्यों खड़े हो महाराज, आगे जाओ।

साधु—कुछ नहीं बाबा, इसी बैल को देख रहा हूँ। मैंने ऐसा सुन्दर बैल नहीं देखा।

रामटहल—(ध्यान दे कर) घर ही का बछड़ा है।

साधु—साक्षात् देवरूप है।

यह कह कर महात्मा जी जवाहिर के निकट गये और उसके खुर चूमने लगे।

रामटहल—आपका शुभागमन कहाँ से हुआ? आज यहीं विश्राम कीजिए तो बड़ी दया हो।

साधु—नहीं बाबा, क्षमा करो। मुझे आवश्यक कार्य से रेलगाड़ी पर सवार होना है। रातो-रात चला जाऊँगा! ठहरने से विलम्ब होगा।

रामटहल—तो फिर और कभी दर्शन होंगे?

साधु—हाँ, तीर्थ-यात्रा से तीन वर्ष में लौट कर इधर से फिर जाना होगा। तब आपकी इच्छा होगी तो ठहर जाऊँगा! आप बड़े भाग्यशाली पुरुष हैं कि आपको ऐसे देवरूप नंदी की सेवा का अवसर मिल रहा है। इन्हें पशु न

समझिए, यह कोई महान् आत्मा हैं। इन्हें कष्ट न दीजिएगा। इन्हें कभी फूल से भी न मारिएगा।

यह कह कर साधु ने फिर जवाहिर के चरणों पर सीस नवाया और चले गये।

उस दिन से जवाहिर की और भी खातिर होने लगी। वह पशु से देवता हो गया। रामटहल उसे पहले रसोई के सब पदार्थ खिलाकर तब आप भोजन करते। प्रातःकाल उठ कर उसके दर्शन करते। यहाँ तक कि वह उसे अपनी बहली में भी न जोतना चाहते। लेकिन जब उनको कहीं जाना होता और बहली बाहर निकाली जाती, तो जवाहिर उसमें जुतने के लिए इतना अधीर और उत्कंठित हो जाता, सिर हिला-हिला कर इस तरह अपनी उत्सुकता प्रकट करता कि रामटहल को विवश हो कर उसे जोतना पड़ता। दो-एक बार वह दूसरी जोड़ी जोत कर चले तो जवाहिर को इतना दुःख हुआ कि उसने दिन भर नाँद में मुँह नहीं डाला। इसलिए वह अब बिना किसी विशेष कार्य के कहीं जाते ही न थे।

उनकी श्रद्धा देख कर गाँव के अन्य लोगों ने भी जवाहिर को अन्न ग्रास देना शुरू किया। सुबह उसके दर्शन करने तो प्रायः सभी आ जाते थे।

इस प्रकार तीन साल और बीते। जवाहिर को छठा वर्ष लगा।

रामटहल को ज्योतिषी की बात याद थी। भय हुआ, कहीं उसकी भविष्यवाणी सत्य न हो। पशु-चिकित्सा की पुस्तकें मँगा कर पढ़ीं। पशु-चिकित्सक से मिले और कई औषधियाँ ला कर रखीं। जवाहिर को टीका लगवा दिया। कहीं नौकर उसे खराब चारा या गंदा पानी न खिला-पिला दें, इस आशंका से वह अपने हाथों से उसे खोलने-बाँधने लगे। पशुशाला का फर्श पक्का करा दिया जिसमें कोई कीड़ा-मकोड़ा न छिप सके। उसे नित्यप्रति खूब धुलवाते भी थे।

संध्या हो गई थी। रामटहल नाँद के पास खड़े जवाहिर को खिला रहे थे कि इतने में सहसा वही साधु महात्मा आ निकले जिन्होंने आज से तीन वर्ष पहले दर्शन दिये थे। रामटहल उन्हें देखते ही पहचान गए। जाकर दंडवत्

की, कुशल-समाचार पूछे और उनके भोजन का प्रबन्ध करने लगे। इतने में अकस्मात् जवाहिर ने जोर से डकार ली और धम-से भूमि पर गिर पड़ा। रामटहल दौड़े हुए उसके पास आये। उसकी आँखें पथरा रही थीं। पहले एक स्नेहपूर्ण दृष्टि उन पर डाली और चित हो गया।

रामटहल घबराये हुए घर से दवाएँ लाने दौड़े। कुछ समझ में न आया कि खड़े-खड़े इसे हो क्या गया। जब वह घर में से दवाइयाँ ले कर निकले तब जवाहिर का अंत हो चुका था।

रामटहल शायद अपने छोटे भाई की मृत्यु पर भी इतने शोकातुर न हुए थे। वह बार-बार लोगों के रोकने पर भी दौड़-दौड़ कर जवाहिर के शव के पास जाते और उससे लिपट कर रोते।

रात उन्होंने रो-रो कर काटी। उसकी सूरत आँखों से न उतरती थी। रह-रह कर हृदय में एक वेदना-सी होती और शोक से विह्वल हो जाते।

प्रातःकाल लाश उठायी गई, किन्तु रामटहल ने गाँव की प्रथा के अनुसार उसे चमारों के हवाले नहीं किया। यथाविधि उसकी दाह-क्रिया की, स्वयं आग दी। शास्त्रानुसार सब संस्कार किये। तेरहवें दिन गाँव के ब्राह्मणों को भोजन कराया गया। उक्त साधु महात्मा को उन्होंने अब तक नहीं जाने दिया था। उनकी शांति देने वाली बातों से रामटहल को बड़ी सांत्वना मिलती थी।

एक दिन रामटहल ने साधु से पूछा महात्मा जी, कुछ समझ में नहीं आता कि जवाहिर को कौन-सा रोग हुआ था। ज्योतिषी जी ने उसके जन्मपत्र में लिखा था कि उसका छठा साल अच्छा न होगा। लेकिन मैंने इस तरह किसी जानवर को मरते नहीं देखा। आप तो योगी हैं, यह रहस्य कुछ आपकी समझ में आता है?

साधु—हाँ, कुछ थोड़ा-थोड़ा समझता हूँ।

रामटहल—कुछ मुझे भी बताइए। चित्त को धैर्य नहीं आता।

साधु—वह उस जन्म का कोई सच्चरित्र, साधु-भक्त, परोपकारी जीव था। उसने आपकी सारी सम्पत्ति धर्म-कार्यों में उड़ा दी थी। आपके सम्बन्धियों में ऐसा कोई सज्जन था?

रामटहल—हाँ महाराज, था।

साधु—उसने तुम्हें धोखा दिया—तुमसे विश्वासघात किया। तुमने उसे अपना कोई काम सौंपा था। वह तुम्हारी आँख बचा कर तुम्हारे धन से साधुजनों की सेवा-सत्कार किया करता था।

रामटहल—मुझे उस पर इतना संदेह नहीं होता। वह इतना सरल प्रकृति, इतना सच्चरित्र मनुष्य था कि बेईमानी करने का उसे कभी ध्यान भी नहीं आ सकता था।

साधु—लेकिन उसने विश्वासघात अवश्य किया। अपने स्वार्थ के लिए नहीं, अतिथि-सत्कार के लिए सही, पर था वह विश्वासघाती।

रामटहल—संभव है दुरवस्था ने उसे धर्म-पथ से विचलित कर दिया हो।

साधु—हाँ, यही बात है। उस प्राणी को स्वर्ग में स्थान देने का निश्चय किया गया। पर उसे विश्वासघात का प्रायश्चित्त करना आवश्यक था। उसने बेईमानी से तुम्हारा जितना धन हर लिया था, उसकी पूर्ति करने के लिए उसे तुम्हारे यहाँ पशु का जन्म दिया गया। यह निश्चय कर लिया गया कि छह वर्ष में प्रायश्चित्त पूरा हो जाएगा। इतनी अवधि तक वह तुम्हारे यहाँ रहा। ज्यों ही अवधि पूरी हो गई त्यों ही उसकी आत्मा निष्पाप और निर्लिप्त हो कर निर्वाणपद को प्राप्त हो गई।

महात्मा जी तो दूसरे दिन विदा हो गए, लेकिन रामटहल के जीवन में उसी दिन से एक बड़ा परिवर्तन देख पड़ने लगा। उनकी चित्त-वृत्ति बदल गई। दया और विवेक से हृदय परिपूर्ण हो गया। वह मन में सोचते, जब ऐसे धर्मात्मा प्राणी को जरा से विश्वासघात के लिए इतना कठोर दंड मिला तो मुझ जैसे कुकर्मी की क्या दुर्गति होगी! यह बात उनके ध्यान से कभी न उतरती थी।

47.

दुस्साहस

लखनऊ के नौबस्ते मोहल्ले में एक मुंशी मैकूलाल मुख्तार रहते थे। बड़े उदार, दयालु और सज्जन पुरुष थे। अपने पेशे में इतने कुशल थे कि ऐसा बिरला ही कोई मुकदमा होता था जिसमें वह किसी-न-किसी पक्ष की ओर से न रखे जाते हों। साधु-संतों से भी उन्हें प्रेम था। उनके सत्संग से उन्होंने कुछ तत्त्वज्ञान और कुछ गाँजे-चरस का अभ्यास प्राप्त कर लिया था। रही शराब, यह उनकी कुल-प्रथा थी। शराब के नशे में वह कानूनी मसौदे खूब लिखते थे, उनकी बुद्धि प्रज्वलित हो जाती थी। गाँजे और चरस का प्रभाव उनके ज्ञान पर पड़ता था। दम लगा कर वह वैराग्य और ध्यान में तल्लीन हो जाते थे। मोहल्लेवालों पर उनका बड़ा रोब था। लेकिन यह उनकी कानूनी प्रतिभा का नहीं, उनकी उदार सज्जनता का फल था। मोहल्ले के एक्केवान, ग्वाले और कहार उनके आज्ञाकारी थे, सौ काम छोड़ कर उनकी खिदमत करते थे। उनकी मद्यजनित उदारता ने सबों को वशीभूत कर लिया था। वह नित्य कचहरी से आते ही अलगू कहार के सामने दो रुपये फेंक देते थे। कुछ कहने-सुनने की जरूरत न थी, अलगू इसका आशय समझता था। शाम को शराब की एक बोतल और कुछ गाँजा तथा चरस मुंशी जी के सामने आ जाता था। बस, महफिल जम जाती। यार लोग आ पहुँचते। एक ओर मुवक्किलों की कतार बैठती, दूसरी ओर सहवासियों की। वैराग्य की और ज्ञान की चर्चा होने लगती। बीच-बीच में मुवक्किलों से भी मुकदमे की दो-एक बातें कर लेते! दस बजे रात को वह सभा विसर्जित होती थी। मुंशी जी अपने पेशे और ज्ञान चर्चा के सिवा और कोई दर्द सिर मोल न लेते थे। देश के किसी आन्दोलन, किसी सभा, किसी सामाजिक सुधार से उनका सम्बन्ध न था। इस विषय में वह सच्चे विरक्त थे। बंग-भंग हुआ, नरम-गरम दल बने, राजनैतिक सुधारों का आविर्भाव हुआ, स्वराज्य की आकांक्षा ने जन्म लिया, आत्म-रक्षा की आवाजें देश में गूँजने लगीं,

किंतु मुंशी जी की अविरल शांति में जरा भी विघ्न न पड़ा। अदालत और शराब के सिवाय वह संसार की सभी चीजों को माया समझते थे, सभी से उदासीन रहते थे।

चिराग जल चुके थे। मुंशी मैकूलाल की सभा जम गई थी, उपासकगण जमा हो गये थे, अभी तक मदिरा देवी प्रकट न हुई थी। अलगू बाजार से न लौटा था। सब लोग बार-बार उत्सुक नेत्रों से ताक रहे थे। एक आदमी बरामदे में प्रतीक्षास्वरूप खड़ा था, दो-तीन सज्जन टोह लेने के लिए सड़क पर खड़े थे, लेकिन अलगू आता नजर न आता था। आज जीवन में पहला अवसर था कि मुंशी जी को इतना इंतजार खींचना पड़ा। उनकी प्रतीक्षाजनक उद्विग्नता ने गहरी समाधि का रूप धारण कर लिया था, न कुछ बोलते थे, न किसी ओर देखते थे। समस्त शक्तियाँ प्रतीक्षाबिंदु पर केंद्रीभूत हो गईं।

अकस्मात् सूचना मिली कि अलगू आ रहा है। मुंशी जी जाग पड़े, सहवासीगण खिल गए, आसन बदल कर सँभल बैठे, उनकी आँखें अनुरक्त हो गईं। आशामय विलम्ब आनन्द को और बढ़ा देता है।

एक क्षण में अलगू आ कर सामने खड़ा हो गया। मुंशी जी ने उसे डाँटा नहीं, यह पहला अपराध था, इसका कुछ न कुछ कारण अवश्य होगा, दबे हुए पर उत्कंठायुक्त नेत्रों से अलगू के हाथ की ओर देखा। बोतल न थी। विस्मय हुआ, विश्वास न आया, फिर गौर से देखा बोतल न थी। यह अप्राकृतिक घटना थी, पर इस पर उन्हें क्रोध न आया, नम्रता के साथ पूछा बोतल कहाँ है?

अलगू—आज नहीं मिली।

मैकूलाल—यह क्यों?

अलगू—दूकान के दोनों नाके रोके हुए सुराजवाले खड़े हैं, किसी को उधर जाने ही नहीं देते।

अब मुंशी जी को क्रोध आया, अलगू पर नहीं, स्वराज्यवालों पर। उन्हें मेरी शराब बन्द करने का क्या अधिकार है? तर्क भाव से बोले—तुमने मेरा नाम नहीं लिया?

अलगू—बहुत कहा, लेकिन वहाँ कौन किसी की सुनता था? सभी लोग लौटे आते थे, मैं भी लौट आया।

मुंशी—चरस लाये?

अलगू—वहाँ भी यही हाल था।

मुंशी—तुम मेरे नौकर हो या स्वराज्यवालों के?

अलगू—मुँह में कालिख लगवाने के लिए थोड़े ही नौकर हूँ?

मुंशी—तो क्या वहाँ बदमाश लोग मुँह में कालिख भी लगा रहे हैं?

अलगू—देखा तो नहीं, लेकिन सब यही कहते थे।

मुंशी—अच्छी बात है, मैं खुद जाता हूँ, देखूँ किसकी मजाल है जो रोके। एक-एक को लाल घर दिखा दूँगा, यह सरकार का राज है, कोई बदमिली नहीं है। वहाँ कोई पुलिस का सिपाही नहीं था?

अलगू—थानेदार साहब आप ही खड़े सबसे कहते थे जिसका जी चाहे जाय शराब ले या पीये लेकिन लौट आते थे, उनकी कोई न सुनता था।

मुंशी—थानेदार मेरे दोस्त हैं, चलो जी ईदू चलते हो। रामबली, बेचन, झिनकू सब चलो। एक-एक बोतल ले लो, देखूँ कौन रोकता है। कल ही तो मजा चखा दूँगा।

मुंशी जी अपने चारों साथियों के साथ शराबखाने की गली के सामने पहुँचे तो वहाँ बहुत भीड़ थी। बीच में दो सौम्य मूर्तियाँ खड़ी थीं। एक मौलाना जामिन थे जो शहर के मशहूर मुजतहिद थे, दूसरे स्वामी घनानन्द थे जो वहाँ की सेवासमिति के संस्थापक और प्रजा के बड़े हितचिंतक थे। उनके सम्मुख ही थानेदार साहब कई कानस्टेबलों के साथ खड़े थे। मुंशी जी और उनके साथियों को देखते ही थानेदार साहब प्रसन्न होकर बोले आइए मुख्तार साहब, क्या आज आप ही को तकलीफ करनी पड़ी? यह चारों आप ही के हमराह हैं न?

मुंशी जी बोले—जी हाँ, पहले आदमी भेजा, वह नाकाम वापस गया। सुना आज यहाँ हड़बोंग मची हुई है, स्वराज्यवाले किसी को अंदर जाने ही नहीं देते।

थानेदार—जी नहीं, यहाँ किसकी मजाल है जो किसी के काम में हाजिर हो सके। आप शौक से जाइए। कोई चूँ तक नहीं कर सकता। आखिर मैं यहाँ किस लिए हूँ।

मुंशी जी ने गौरवोन्मत्त दृष्टि से अपने साथियों को देखा और गली में घुसे कि इतने में मौलाना जामिन ने ईदू से बड़ी नम्रता से कहा—दोस्त, यह तो तुम्हारी नमाज का वक्त है, यहाँ कैसे आये? क्या इसी दीनदारी के बल पर खिलाफत का मसला हल करेंगे?

ईदू के पैरों में जैसे लोहे की बेड़ी पड़ गई। लज्जित भाव से खड़ा भूमि की ओर ताकने लगा। आगे कदम रखने का साहस न हुआ।

स्वामी घनानन्द ने मुंशी जी और उनके बाकी तीनों साथियों से कहा—बच्चा, यह पंचामृत लेते जाओ, तुम्हारा कल्याण होगा। झिनकू, रामबली और बेचन ने अनिवार्य भाव से हाथ फैला दिये और स्वामी जी से पंचामृत ले कर पी गए। मुंशी जी ने कहा—इसे आप खुद पी जाइए। मुझे जरूरत नहीं।

स्वामी जी उनके सामने हाथ जोड़ कर खड़े हो गए और विनोद भाव से बोले— इस भिक्षुक पर आज दया कीजिए, उधर न जाइए।

लेकिन मुंशी जी ने उनका हाथ पकड़ कर सामने से हटा दिया और गली में दाखिल हो गए। उनके तीनों साथी स्वामी जी के पीछे सिर झुकाये खड़े रहे।

मुंशी—रामबली, झिनकू आते क्यों नहीं? किसकी ताकत है कि हमें रोक सके।

झिनकू—तुम ही काहे नाहीं लौट आवत हो। साधु-संतन की बात माने का होत है।

मुंशी—तो इसी हौसले पर घर से निकले थे?

रामबली—निकले थे कि कोई जबर्दस्ती रोकेगा तो उससे समझेंगे। साधु-संतों से लड़ाई करने थोड़े ही चले थे।

मुंशी—सच कहा है, गँवार भेड़ होते हैं।

बेचन—आप शेर हो जायँ, हम भेड़ ही बने रहेंगे।

मुंशी जी अकड़ते हुए शराबखाने में दाखिल हुए। दूकान पर उदासी छायी हुई थी, कलवार अपनी गद्दी पर बैठा ऊँघ रहा था। मुंशी जी की आहट पा कर चौंक पड़ा, उन्हें तीव्र दृष्टि से देखा मानो यह कोई विचित्र जीव है, बोतल भर दी और ऊँघने लगा।

मुंशी जी गली के द्वार पर आये तो अपने साथियों को न पाया। बहुत से आदमियों ने उन्हें चारों ओर से घेर लिया और निंदासूचक बोलियाँ बोलने लगे।

एक ने कहा—दिलावर हो तो ऐसा हो।

दूसरा बोला—शर्मचे कुत्तीस्त कि पेशे मरदाँ विवाअद (मरदों के सामने लज्जा नहीं आ सकती।)

तीसरा बोला—है कोई पुराना पियक्कड़ पक्का लतियल।

इतने में थानेदार साहब ने आ कर भीड़ हटा दी। मुंशी जी ने उन्हें धन्यवाद दिया और घर चले। एक कानस्टेबल भी रक्षार्थ उनके साथ चला।

मुंशी जी के चारों मित्रों ने बोतलें फेंक दीं और आपस में बातें करते हुए चले।

झिनकू—एक बेर हमारा एक्का बेगार में पकड़ जात रहे तो यही स्वामी जी चपरासी से कह-सुन के छुड़ाय दिहेन रहा।

रामबली—पिछले साल जब हमारे घर में आग लगी थी, तब भी तो यही सेवा-समिति वालों को ले कर पहुँच गये थे, नहीं तो घर में एक सूत न बचता।

बेचन—मुख्तार अपने सामने किसी को गिनते ही नहीं। आदमी कोई बुरा काम करता है तो छिप के करता है, यह नहीं कि बेहाई पर कमर बाँध ले।

झिनकू—भाई, पीठ पीछे कोऊ की बुराई न करै चाही। और जौन कुछ होय पर आदमी बड़ा अकबाली हौ। उतने आदमियन के बीच माँ कैसा घुसत चला गवा।

रामबली—यह कोई अकबाल नहीं है। थानेदार न होता तो आटे-दाल का भाव मालूम हो जाता।

बेचन—मुझे तो कोई पचास रुपये देता तो भी गली में पैर न रख सकता। शर्म से सिर ही नहीं उठता था!

ईदू—इनके साथ आ कर आज बड़ी मुसीबत में फँस गया। मौलाना जहाँ देखेंगे वहाँ आड़े हाथों लेंगे। दीन के खिलाफ ऐसा काम क्यों करें कि शर्मिंदा होना पड़े। मैं तो आज मारे शर्म के गड़ गया। आज तोबा करता हूँ। अब इसकी तरफ आँख उठा कर भी न देखूँगा।

रामबली—शराबियों की तोबा कच्चे धागे से मजबूत नहीं होती।

ईदू—अगर फिर कभी मुझे पीते देखना तो मुँह में कालिख लगा देना।

बेचन—अच्छा तो इसी बात पर आज से मैं इसे छोड़ता हूँ। अब पीऊँ तो गऊ-रक्त बराबर।

झिनकू—तो का हम ही सबसे पापी हन। फिर कभू जो हमका पियत देख्यो, बैठाय के पचास जूता लगायो।

रामबली—अरे जा, अभी मुंशी जी बुलाएँगे, तो कुत्ते की तरह दौड़ते हुए जाओगे।

झिनकू—मुंशी जी के साथ बैठे देख्यो तो सौ जूता लगायो, जिनके बात में फरक है उनके बाप में फरक है।

रामबली—तो भाई मैं भी कसम खाता हूँ कि आज से गाँठ के पैसे निकाल कर न पीऊँगा। हाँ, मुफ्त की पीने में इनकार नहीं।

बेचन—गाँठ के पैसे तुमने कभी खर्च किए हैं?

इतने में मुंशी मैकूलाल लपके हुए आते दिखायी दिए। यद्यपि वह बाजी मार कर आये थे, मुख पर विजय गर्व की जगह खिसियानापन छाया हुआ था। किसी अव्यक्त कारणवश वह इस विजय का हार्दिक आनंद न उठा सकते थे। हृदय के किसी कोने में छिपी हुई लज्जा उन्हें चुटकियाँ ले रही थी। वह स्वयं अज्ञात थे, पर उस दुस्साहस का खेद उन्हें व्यथित कर रहा था।

रामबली ने कहा—आइए मुख्तार साहब, बड़ी देर लगायी।

मुंशी—तुम सब-के-सब गावदी ही निकले, एक साधु के चकमे में आ गये।

रामबली—इन लोगों ने तो आज से शराब न पीने की कसम खा ली है।

मुंशी—ऐसा तो मैंने मर्द ही नहीं देखा जो एक बार इसके चंगुल में फँस कर निकल जाए। मुँह से बकना दूसरी बात है।

ईदू—जिन्दगी रही तो देख लीजिएगा।

झिनकू—दाना-पानी तो कोऊ से नाहीं छूट सकत है और बातन का जब मनमा आवे छोड़ देव। बस चोट लग जाय का चाही, नशा खाये बिना कोऊ मर नाहीं जात है।

मुंशी—देखूँगा तुम्हारी बहादुरी भी।

बेचन—देखना क्या है, छोड़ देना कोई बड़ी बात नहीं। यही न होगा कि दो-चार दिन जी सुस्त रहेगा। लड़ाई में अँगरेजों ने छोड़ दिया था जो इसे पानी की तरह पीते हैं तो हमारे लिए कोई मुश्किल काम नहीं।

यही बातें करते हुए लोग मुख्तार साहब के मकान पर आ पहुँचे।

दीवानखाने में सन्नाटा था। मुवक्किल चले गये थे। अलगू पड़ा सो रहा था। मुंशी जी मसनद पर जा बैठे और आलमारी से ग्लास निकालने लगे। उन्हें अभी तक अपने साथियों की प्रतिज्ञा पर विश्वास न आता था। उन्हें पूरा यकीन था कि शराब की सुगन्ध और लालिमा देखते ही सभों की तोबा टूट जाएगी। जहाँ मैंने जरा बढ़ावा दिया वहीं सब-के-सब आकर डट जाएँगे और महफिल जम जाएगी। जब ईदू सलाम करके चलने लगा और झिनकू ने अपना डंडा सँभाला तो मुंशी जी ने दोनों हाथ पकड़ लिये और बड़े मृदुल शब्दों में बोले—यारो, यों साथ छोड़ना अच्छा नहीं। आओ जरा आज इसका मजा तो चखो, खास तौर पर अच्छी है।

मुंशी—अजी आओ तो, इन बातों में क्या धरा है?

ईदू—आप ही को मुबारक रहे, मुझे जाने दीजिए।

झिनकू—हम तो भगवान् चाही तो एके नियर न जाब; जूता कौन खाए?

यह कह कर दोनों अपने-अपने हाथ छोड़ा कर चले गए तब मुख्तार साहब ने बेचन का हाथ पकड़ा जो बरामदे से नीचे उतर रहा था, बोले—बेचन, क्या तुम भी बेवफाई करोगे?

बेचन—मैंने तो बड़ी कसम खायी है। जब एक बार इसे गऊ-रक्त कह चुका तो फिर इसकी ओर ताक भी नहीं सकता। कितना ही गया-बीता हूँ तो क्या गऊ-रक्त की लाज भी न रखूँगा। अब आप भी छोड़िए, कुछ दिन राम-राम कीजिए। बहुत दिन तो पीते हो गये।

यह कह कर वह भी सलाम करके चलता हुआ। अब अकेले रामबली रह गया। मुंशी जी ने उससे शोकातुर हो कर कहा—देखो रामबली, इन सभों की बेवफाई? यह लोग ऐसे ढुलमुल होंगे, मैं न जानता था। आओ, आज हमीं तुम सही। दो सच्चे दोस्त ऐसे दरजनों कचलोहियों से अच्छे हैं। आओ, बैठ जाओ।

रामबली—मैं तो हाजिर ही हूँ, लेकिन मैंने भी कसम खायी है कि कभी गाँठ के पैसे खर्च करके न पीऊँगा।

मुंशी—अजी जब तक मेरे दम में दम है, तुम जितना चाहो पीयो, गम क्या है?

रामबली—लेकिन आप न रहे तब? ऐसा सज्जन फिर कहाँ पाऊँगा?

मुंशी—अजी तब देखी जाएगी, मैं आज मरा थोड़े ही जाता हूँ।

रामबली—जिन्दगी का कोई एतबार नहीं, आप मुझसे पहले जरूर ही मरेंगे, तो उस वक्त मुझे कौन रोज पिलाएगा। तब तो छोड़ भी न सकूँगा। इससे बेहतर यही है कि अभी से फिक्र करूँ।

मुंशी—यार ऐसी बातें करके दिल न छोटा करो। आओ बैठ जाओ, एक ही गिलास ले लेना।

रामबली—मुख्तार साहब, अब ज्यादा मजबूर न कीजिए। जब ईदू और झिनकू जैसे लतियों ने कसम खा ली जो औरतों के गहने बेच-बेच पी गये और निरे मूर्ख हैं, तो मैं इतना निर्लज्ज नहीं हूँ कि इसका गुलाम बना रहूँ। स्वामी जी ने मेरा सर्वनाश होने से बचाया है। उनकी आज्ञा मैं किसी तरह नहीं टाल सकता। यह कह कर रामबली भी विदा हो गया।

मुंशीजी ने प्याला मुँह से लगाया, लेकिन दूसरा प्याला भरने के पहले उनकी मद्यातुरता गायब हो गई थी। जीवन में यह पहला अवसर था कि उन्हें एकांत में बैठ कर दवा की भाँति शराब पीनी पड़ी। पहले तो सहवासियों पर झुँझलाये। दगाबाजों को मैंने सैकड़ों रुपये खिला दिए होंगे, लेकिन आज जरा-सी बात पर सब-के-सब फिरंट हो गए। अब मैं भूत की भाँति अकेला पड़ा हुआ हूँ, कोई हँसने-बोलने वाला नहीं। यह तो सोहबत की चीज है, जब सोहबत का आनन्द ही न रहा तो पी कर खाट पर पड़ रहने से क्या फायदा?

मेरा आज कितना अपमान हुआ! जब मैं गली में घुसा हूँ तो सैकड़ों ही आदमी मेरी ओर आग्नेय दृष्टि से ताक रहे थे। शराब लेकर लौटा हूँ तब तो लोगों का वश चलता तो मेरी बोटियाँ नोच खाते। थानेदार न होता तो घर तक आना मुश्किल था। यह अपमान और लोकनिन्दा किस लिए। इसलिए

कि घड़ी भर बैठ कर मुँह कड़वा करूँ और कलेजा जलाऊँ। कोई हँसी-चुहल करने वाला तक नहीं।

लोग इसे कितनी त्याज्य-वस्तु समझते हैं, इसका अनुभव मुझे आज ही हुआ, नहीं तो एक संन्यासी के जरा-से इशारे पर बरसों के लती पियक्कड़ यों मेरी अवहेलना न करते। बात यही है कि अंतःकरण से सभी इसे निषिद्ध समझते हैं। जब मेरे साथ के ग्वाले, एक्केवान और कहार तक इसे त्याग सकते हैं तो क्या मैं उनसे भी गया-गुजरा हूँ? इतना अपमान सह कर, जनता की निगाह में पतित हो कर, सारे शहर में बदनाम हो कर, नक्कू बन कर एक क्षण के लिए सिर में सरूर पैदा कर लिया तो क्या काम किया? कुवासना के लिए आत्मा को इतना नीचे गिराना क्या अच्छी बात है? यह चारों इस घड़ी मेरी निन्दा कर रहे होंगे, मुझे दुष्ट बना रहे होंगे, मुझे नीच समझ रहे होंगे। इन नीचों की दृष्टि में मैं नीचा हो गया। यह दुरवस्था नहीं सही जाती। आज इस वासना का अंत कर दूँगा, अपमान का अंत कर दूँगा।

एक क्षण में धड़ाके की आवाज हुई। अलगू चौंक कर उठा तो देखा कि मुंशी जी बरामदे में खड़े हैं और बोतल जमीन पर टूटी पड़ी है!

48.

बौड़म

मुझे देवीपुर गए पाँच दिन हो चुके थे, पर ऐसा एक दिन भी न होगा कि बौड़म की चर्चा न हुई हो। मेरे पास सुबह से शाम तक गाँव के लोग बैठे रहते थे। मुझे अपनी बहुज्ञता को प्रदर्शित करने का न कभी ऐसा अवसर ही मिला था और न प्रलोभन ही। मैं बैठा-बैठा इधर-उधर की गप्पें उड़ाया करता। बड़े लाट ने गाँधी बाबा से यह कहा और गाँधी बाबा ने यह जवाब दिया। अभी आप लोग क्या देखते हैं, आगे देखिएगा क्या-क्या गुल खिलते हैं। पूरे 50 हजार जवान जेल जाने को तैयार बैठे हुए हैं। गाँधी जी ने आज्ञा दी है कि हिन्दुओं में छूत-छात का भेद न रहे, नहीं तो देश को और भी अदिन देखने

पड़ेंगे। अस्तु! लोग मेरी बातों को तन्मय हो कर सुनते। उनके मुख फूल की तरह खिल जाते। आत्माभिमान की आभा मुख पर दिखायी देती। गद्गद कंठ से कहते, अब तो महात्मा जी ही का भरोसा है। न हुआ बौड़म नहीं आपका गला न छोड़ता। आपको खाना-पीना कठिन हो जाता। कोई उससे ऐसी बातें किया करे तो रात की रात बैठा रहे। मैंने एक दिन पूछा, आखिर यह बौड़म है कौन? कोई पागल है क्या? एक सज्जन ने कहा—'महाशय, पागल क्या है, बस बौड़म है। घर में लाखों की सम्पत्ति है, शक्कर की एक मिल सिवान में है, दो कारखाने छपरे में हैं, तीन-तीन, चार-चार सौ के तलबवाले आदमी नौकर हैं, पर इसे देखिए, फटेहाल घूमा करता है। घरवालों ने सिवान भेज दिया था कि जा कर वहाँ निगरानी करे। दो ही महीने में मैनेजर से लड़ बैठा, उसने यहाँ लिखा, मेरा इस्तीफा लीजिए। आपका लड़का मजदूरों को सिर चढ़ाये रहता है, वे मन से काम नहीं करते। आखिर घरवालों ने बुला लिया। नौकर-चाकर लूटते खाते हैं उसकी तो जरा भी चिन्ता नहीं, पर जो सामने आम का बाग है उसकी रात-दिन रखवाली किया करता है, क्या मजाल कि कोई एक पत्थर भी फेंक सके।' एक मियाँ जी बोले—'बाबू जी, घर में तरह-तरह के खाने पकते हैं, मगर इसकी तकदीर में वही रोटी और दाल लिखी है और कुछ नहीं। बाप अच्छे-अच्छे कपड़े खरीदते हैं, लेकिन वह उनकी तरफ निगाह भी नहीं उठाता। बस, वही मोटा कुरता, गाढ़े की तहमत बाँधे मारा-मारा फिरता है। आपसे उसकी सिफत कहाँ तक कहें, बस पूरा बौड़म है।'

ये बातें सुन कर भी इस विचित्र व्यक्ति से मिलने की उत्कंठा हुई। सहसा एक आदमी ने कहा—'वह देखिये, बौड़म आ रहा है।' मैंने कुतूहल से उसकी ओर देखा। एक 20-21 वर्ष का हृष्ट-पुष्ट युवक था। नंगे सिर, एक गाढ़े का कुरता पहने, गाढ़े का ढीला पाजामा पहने चला आता था! पैरों में जूते थे। पहले मेरी ही ओर आया। मैंने कहा—'आइए बैठिए।' उसने मंडली की ओर अवहेलना की दृष्टि से देखा और बोला—'अभी नहीं, फिर आऊँगा।' यह कहकर चला गया।

जब संध्या हो गई और सभा विसर्जित हुई तो वह आम के बाग की ओर से धीरे-धीरे आकर मेरे पास बैठ गया और बोला—इन लोगों ने तो मेरी खूब बुराइयाँ की होंगी। मुझे यह बौड़म का लकब मिला है।

मैंने सकुचाते हुए कहा—हाँ, आपकी चर्चा लोग रोज करते थे। मेरी आपसे मिलने की बड़ी इच्छा थी। आपका नाम क्या है?

बौड़म ने कहा—नाम तो मेरा मुहम्मद खलील है, पर आस-पास के दस-पाँच गाँवों में मुझे लोग उर्फ के नाम से ज्यादा जानते हैं। मेरा उर्फ बौड़म है।

मैं—आखिर लोग आपको बौड़म क्यों कहते हैं?

खलील—उनकी खुशी और क्या कहूँ? मैं जिन्दगी को कुछ और समझता हूँ, पर मुझे इजाजत नहीं है कि पाँचों वक्त की नमाज पढ़ सकूँ। मेरे वालिद हैं, चचा हैं। दोनों साहब पहर रात से पहर रात तक काम में मसरूफ रहते हैं। रात-दिन हिसाब-किताब, नफ़ा-नुकसान, मंदी-तेजी के सिवाय और कोई जिक्र ही नहीं होता, गोया खुदा के बन्दे न हुए इस दौलत के बन्दे हुए। चचा साहब हैं, वह पहर रात तक शीरे के पीपों के पास खड़े हो कर उन्हें गाड़ी पर लदवाते हैं। वालिद साहब अक्सर अपने हाथों से शक्कर का वजन करते हैं। दोपहर का खाना शाम को और शाम का खाना आधी रात को खाते हैं। किसी को नमाज पढ़ने की फुर्सत नहीं। मैं कहता हूँ, आप लोग इतना सिर-मगजन क्यों करते हैं। बड़े कारबार में सारा काम एतबार पर होता है। मालिक को कुछ-न-कुछ बल खाना ही पड़ता है। अपने बलबूते पर छोटे कारोबार ही चल सकते हैं। मेरा उसूल किसी को पसन्द नहीं, इसलिए मैं बौड़म हूँ।

मैं—मेरे खयाल में तो आपका उसूल ठीक है।

खलील—ऐसा भूल कर भी न कहिएगा, वरना एक ही जगह दो बौड़म हो जाएँगे। लोगों को कारोबार के सिवा न दीन से गरज है न दुनिया से। न मुल्क से, न कौम से। मैं अखबार मँगाता हूँ, स्मर्ना फंड में कुछ रुपये भेजना चाहता हूँ। खिलाफत-फंड को मदद करना भी अपना फर्ज समझता हूँ। सबसे बड़ा सितम है कि खिलाफत का रज़ाकार भी हूँ। क्यों साहब, जब कौम पर, मुल्क पर और दीन पर चारों तरफ से दुश्मनों का हमला हो रहा है तो क्या मेरा फर्ज नहीं है कि जाति के फायदे को कौम पर कुर्बान कर दूँ। इसीलिए घर और बाहर मुझे बौड़म का लकब दिया गया है।

मैं—आप तो वह कर रहे हैं जिसकी इस वक्त कौम को जरूरत है।

खलील—मुझे खौफ है कि इस चौपट नगरी से आप बदनाम हो कर जाएँगे। जब मेरे हजारों भाई जेल में पड़े हुए हैं, उन्हें गजी का गाढ़ा तक पहनने को मयस्सर नहीं तो मेरी ग़ैरत गवारा नहीं करती कि मैं मीठे लुकमें उड़ाऊँ और चिकन के कुर्ते पहनूँ, जिनकी कलाइयों और मुड्ढों पर सीजनकारी की गई हो।

मैं—आप यह बहुत ही मुनासिब कहते हैं। अफसोस है कि और लोग आपका-सा त्याग करने के काबिल नहीं।

खलील—मैं इसे त्याग नहीं समझता, न दुनिया को दिखाने के लिए यह भेष बना के घूमता हूँ। मेरा जी ही लज्जत और शौक से फिर गया है। थोड़े दिन होते हैं वालिद ने मुझे सिवान के मिल में निगरानी के लिए भेजा, मैंने वहां जा कर देखा तो इंजीनियर साहब के खानसामे, बैरे, मेहतर, धोबी, माली, चौकीदार, सभी मजदूरों की जेल में लिखे हुए थे। काम साहब का करते थे, मजदूरी कारखाने से पाते थे। साहब बहादुर खुद तो बेउसूल हैं, पर मजदूरों पर इतनी सख्ती थी कि अगर पाँच मिनट की देर हो जाए तो उनकी आधे दिन की मजदूरी कट जाती थी। मैंने साहब की मिजाजपुरसी करनी चाही। मजदूरों के साथ रियायत करनी शुरू की। फिर क्या था? साहब बिगड़ गए, इस्तीफे की धमकी दी। घरवालों को उनके सब हालात मालूम हैं। पल्ले दरजे का हरामखोर आदमी है। लेकिन उसकी धमकी पाते ही सबके होश उड़ गये। मैं तार से वापस बुला लिया गया और घर पर मेरी खूब ले-दे हुई। पहले बौड़म होने में कुछ कोर-कसर थी, वह पूरी हो गई। न जाने साहब से लोग क्यों इतना डरते हैं?

मैं—आपने वही किया जो इस हालत में मैं भी करता बल्कि मैं तो पहले साहब पर ग़बन का मुकदमा दायर करता, बदमाशों से पिटवाता, तब बात करता। ऐसे हरामखोरों की यही सजाएँ हैं।

खलील—फिर तो एक और, दो हो गए। अफसोस यही है कि आपका यहाँ कयाम न रहेगा। मेरा जी चाहता है, कि चंद रोज आपके साथ रहूँ। मुद्दत के बाद आप ऐसे आदमी मिले हैं जिससे मैं अपने दिल की बातें कह सकता हूँ। इन गँवारों से मैं बोलता भी नहीं। मेरे चाचा साहब को जवानी में एक चमारिन से ताल्लुक हो गया था। उससे दो बच्चे, एक लड़का और एक लड़की पैदा हुए। चमारिन लड़की को गोद में छोड़कर मर गई। तब से इन दोनों बच्चों

की मेरे यहाँ वही हालत थी जो यतीमों की होती है। कोई बात न पूछता था। उनको खाने-पहनने को भी न मिलता। बेचारे नौकरों के साथ खाते और बाहर झोपड़े में पड़े रहते थे। जनाब, मुझसे यह न देखा गया। मैंने उन्हें अपने दस्तरखान पर खिलाया और अब भी खिलाता हूँ। घर में कुहराम मच गया। जिसे देखिए मुझ पर त्योरियाँ बदल रहा है, मगर मैंने परवाह न की। आखिर है वह भी तो हमारा ही खून। इसलिए मैं बौड़म कहलाता हूँ।

मैं—जो लोग आपको बौड़म कहते हैं, वे खुद बौड़म हैं।

खलील—जनाब, इनके साथ रहना अजीब है। शाह काबुल ने कुर्बानी की मुमानियत कर दी है। हिंदुस्तान के उलमा ने भी यही फतवा दिया, पर यहाँ खास मेरे घर कुर्बानी हुई। मैंने हरचंद बावैला मचाया, पर मेरी कौन सुनता है? उसका कफारा (प्रायश्चित्त) मैंने यह अदा किया कि अपनी सवारी का घोड़ा बेच कर 300 फकीरों को खाना खिलाया और तब से कसाइयों को गायें लिये जाते देखता हूँ तो कीमत दे कर खरीद लेता हूँ। इस वक्त तक दस गायों की जान बचा चुका हूँ। वे सब यहाँ हिंदुओं के घरों में हैं, पर मजा यह है कि जिन्हें मैंने गायें दी हैं, वे भी मुझे बौड़म कहते हैं। मैं भी इस नाम का इतना आदी हो गया हूँ कि अब मुझे इससे मुहब्बत हो गई है।

मैं—आप ऐसे बौड़म काश मुल्क में और ज्यादा होते।

खलील—लीजिए आपने भी बनाना शुरू कर दिया। यह देखिए आम का बाग है। मैं उसकी रखवाली करता हूँ। लोग कहते हैं जहाँ हजारों का नुकसान हो रहा है वहाँ तो देखभाल करता नहीं, जरा-सी बगिया की रखवाली में इतना मुस्तैद। जनाब, यहाँ लड़कों का यह हाल है कि एक आम तो खाते हैं और पचीस आम गिराते हैं। कितने ही पेड़ चोट खा जाते हैं और फिर किसी काम के नहीं रहते। मैं चाहता हूँ कि आम पक जाएं, टपकने लगें तब जिसका जी चाहे चुन ले जाए। कच्चे आम खराब करने से क्या फायदा? यह भी मेरे बौड़मपन में दाखिल है।

ये बातें हो ही रही थीं कि सहसा तीन-चार आदमी एक बनिये को पकड़े, घसीटते हुए आते दिखायी दिए। पूछा तो उन चारों आदमियों में से एक ने,

जो सूरत से मौलवी मालूम होते थे, कहा—यह बड़ा बेईमान है, इसके बाँट कम हैं। अभी इसके यहाँ से सेर भर घी ले गया हूँ। घर पर तौलता हूँ तो आध पाव गायब। अब जो लौटाने आया हूँ तो कहता है मैंने तो पूरा तौला था। पूछो अगर तूने पूरा तौला था तो क्या मैं रास्ते में खा गया। अब ले चलता हूँ थाने पर, वहीं इसकी मरम्मत होगी।

दूसरे महाशय, जो वहाँ डाकखाने के मुंशी थे बोले—इसकी हमेशा की यही आदत है, कभी पूरा नहीं तौलता। आज ही दो आने की शक्कर मँगवायी। लड़का घर ले कर गया तो मुश्किल से एक आने की थी। लौटाने आया तो आँखें दिखाने लगा। इसके बाँटों की आज जाँच करानी चाहिए।

तीसरा आदमी अहीर था। अपने सिर पर से खली की गठरी उतार कर बोला—साहब, यह 11 रुपये की खली है। 6 सेर के भाव से दी थी। घर पर तौला तो 2 सेर हुई। लाया कि लौटा दूँगा, पर यह लेता ही नहीं! अब इसका निबटारा थाने ही में होगा। इस पर कई आदमियों ने कहा—यह सचमुच बेईमान आदमी है।

बनिये ने कहा—अगर मेरे बाँट रत्ती भर कम निकलें तो हजार रुपये डाँड़ दूँ।

मौलवी साहब ने कहा—तो कमबख्त, टाँकी मारता होगा।

मुंशी जी बोले—टाँकी मार देता है, यही बात है।

अहीर ने कहा—दोहरे बाँट रखे हैं। दिखाने के और, बेचने के और। इसके घर की पुलिस तलाशी ले।

बनिये ने फिर प्रतिवाद किया, पकड़नेवालों ने फिर आक्रमण किया, इसी तरह कोई आध घंटा तक तकरार होती रही। मेरी समझ में न आता था कि क्या करूँ। बनिये को छुड़ाने के लिए जोर दूँ या जाने दूँ। बनिये से सभी जले हुए मालूम होते थे। खलील को देखा तो गायब? न जाने कब उठकर चला गया? बनिया किसी तरह न दबता था, यहाँ तक कि थाने जाने से भी न डरता था।

ये लोग थाने जाना ही चाहते थे कि बौड़म सामने आता दिखायी दिया। उसके एक हाथ में एक टोकरा था, दूसरे हाथ में एक कटोरा और पीछे एक 7-8 बरस का लड़का। उसने आते ही मौलवी साहब से कहा—यह कटोरा आप ही का है काजी जी?

मौलवी—(चौंककर) हाँ है तो, फिर? तुम मेरे घर से इसे क्यों लाये?

बौड़म—इसलिए कि कटोरे में वही आधा पाव घी है जिसके विषय में आप कहते हैं कि बनिये ने कम तौला। घी वही है। वजन वही है। बेईमानी गरीब बनिये की नहीं है, बल्कि काजी हाजी मौलवी जहूर अहमद की।

मौलवी—तुम अपना बौड़मपना यहाँ न दिखाना नहीं तो मैं किसी से डरने वाला नहीं हूँ। तुम लखपती होगे तो अपने घर के होगे। तुम्हें क्या मजाल था मेरे घर में जाने का!

बौड़म—वही जो आपको बनिये को थाने में ले जाने का है। अब यह घी भी थाने जाएगा।

मौलवी—(सिटपिटा कर) सबके घर में थोड़ी-बहुत चीज रखी ही रहती है। कसम कुरान शरीफ की, मैं अभी तुम्हारे वालिद के पास जाता हूँ, आज तक गाँव भर में किसी ने मुझ पर ऐसा इलजाम नहीं लगाया था।

बनिया—मौलवी साहब, आप जाते कहाँ हैं? चलिए हमारा-आपका फैसला थाने में होगा। मैं एक न मानूँगा। कहलाने को मौलवी, दीनदार, ऐसे बनते हैं कि देवता ही हैं। पर घर में चीज रख कर दूसरों को बेईमान बनाते हैं। यह लम्बी दाढ़ी धोखा देने के लिए बढ़ायी है?

मगर मौलवी साहब न रुके। बनिये को छोड़ कर खलील के बाप के पास चले गये, जो इस वक्त शर्म से बचने का सहज बहाना था।

तब खलील ने अहीर से कहा—क्यों बे, तू भी थाने जा रहा है? चल मैं भी चलता हूँ। तेरे घर से यह सेर भर खली लेता आया हूँ।

अहीर ने मौलवी साहब की दुर्गति देखी तो चेहरे पर हवाइयाँ उड़ने लगीं, बोला—भैया जवानी की कसम है, मुझे मौलवी साहब ने सिखा दिया था।

खलील—दूसरे के सिखाने से तुम किसी के घर में आग लगा दोगे? खुद तो बच्चा दूध में आधा पानी मिला-मिला कर बेचते हो, मगर आज तुमको इतनी मुटमरदी सवार हो गई कि एक भले आदमी को तबाह करने पर आमादा हो गए। खली उठा कर घर में रख ली, उस पर बनिये से कहते हो कि कम तौला।

बनिया—भैया, मेरी लाख रुपये की इज्जत बिगड़ गई। मैं थाने में रपट किये बिना न मानूँगा।

अहीर—साहू जी, अबकी माफ करो, नहीं तो कहीं का न रहूँगा।

तब खलील ने मुंशी जी से कहा—कहिए जनाब, आपकी कलई खोलूँ या चुपके से घर की राह लीजिएगा।

मुंशी—तुम बेचारे मेरी कलई क्या खोलोगे। मुझे भी अहीर समझ लिया है कि तुम्हारी भपकियों में आऊँगा?

खलील—(लड़के से) क्यों बेटा, तुम शक्कर ले कर सीधे घर चले गए थे?

लड़का—(मुंशी जी को सशंक नेत्रों से देख कर) बताऊँगा।

मुंशी—लड़कों को जैसा सिखा दोगे वैसा कहेंगे।

खलील—बेटा, अभी तुमने मुझसे जो कहा था, वही फिर कह दो।

लड़का—दादा मारेंगे।

मुंशी—क्या तूने रास्ते में शक्कर फाँक ली थी।

लड़का—रोने लगा।

खलील—जी हाँ, इसने मुझसे खुद कहा, पर आपने उससे तो पूछा नहीं बनिये के सिर हो गए। यही शराफत है।

मुंशी—मुझे क्या मालूम था कि उसने रास्ते में यह शरारत की?

खलील—तो ऐसे कमजोर सबूत पर आप थाने क्योंकर चले थे? आप गँवारों को मनीआर्डर के रुपये देते हैं तो उस रुपये पर दो आने अपनी दस्तूरी काट लेते हैं। टके के पोस्टकार्ड आने में बेचते हैं, जब कहिए तब साबित कर दूँ। उसे क्या आप बेईमानी नहीं समझते हैं?

मुंशी जी ने बौड़म के मुँह लगना मुनासिब न समझा। लड़के को मारते हुए घर ले गए। बनिये ने बौड़म को खूब आशीर्वाद दिया। दर्शक लोग भी धीरे-धीरे चले गए। तब मैंने खलील से कहा—आपने इस बनिये की जान बचा ली नहीं तो बेचारा बेगुनाह पुलिस के पंजे में फँस जाता।

खलील—आप जानते हैं कि मुझे क्या सिला (इनाम) मिलेगा। थानेदार मेरे दुश्मन हो जाएँगे। कहेंगे यह मेरे शिकारों को भगा दिया करता है। वालिद साहब पुलिस से थर-थर काँपते हैं। मुझे हाथों लेंगे कि तू दूसरों के बीच में क्यों दखल देता है? यहाँ यह भी बौड़मपन में दाखिल है। एक बनिये के पीछे मुझे भले आदमियों की कलई खोलनी मुनासिब न थी। ऐसी हरकत बौड़म लोग किया करते हैं।

मैंने श्रद्धापूर्ण शब्दों में कहा—अब मैं आपको इसी नाम से पुकारूँगा। आज मुझे मालूम हुआ कि बौड़म देवताओं को कहा जाता है! जो स्वार्थ पर आत्मा की भेंट कर देता है वह चतुर है, बुद्धिमान है। जो आत्मा के सामने, सच्चे सिद्धांत के सामने, सत्य के सामने, स्वार्थ की, निंदा की परवाह नहीं करता वह बौड़म है, निर्बुद्धि है।

49.

गुप्तधन

बाबू हरिदास का ईंटों का पजावा शहर से मिला हुआ था। आसपास के देहातों से सैकड़ों स्त्री-पुरुष, लड़के नित्य आते और पजावे से ईंट सिर पर उठा कर ऊपर कतारों से सजाते। एक आदमी पजावे के पास एक टोकरी में कौड़ियाँ लिए बैठा रहता था। मजदूरों को ईंटों की संख्या के हिसाब से कौड़ियाँ बाँटता। ईंटें जितनी ही ज्यादा होतीं उतनी ही ज्यादा कौड़ियाँ मिलतीं। इस लोभ में बहुत से मजदूर बूते के बाहर काम करते। वृद्धों और बालकों को ईंटों के बोझ से अकड़े हुए देखना बहुत करुणाजनक दृश्य था। कभी-कभी बाबू हरिदास स्वंय आ कर कौड़ीवाले के पास बैठ जाते और ईंटें लादने को प्रोत्साहित करते। यह दृश्य तब और भी दारुण हो जाता था जब ईंटों की कोई असाधारण आवश्यकता आ पड़ती। उसमें मजूरी दूनी कर दी जाती और मजूर लोग अपनी सामर्थ्य से दूनी ईंटें ले कर चलते। एक-एक पग उठाना कठिन हो जाता। उन्हें सिर से पैर तक पसीने में डूबे पजावे की राख चढ़ाये ईंटों का एक पहाड़ सिर पर रखे, बोझ से दबे देख कर ऐसा जान पड़ता था मानो लोभ का भूत उन्हें जमीन पर पटक कर उनके सिर पर सवार हो गया है। सबसे करुण दशा एक छोटे लड़के की थी जो सदैव अपनी अवस्था के लड़कों से दुगनी ईंटें उठाता और सारे दिन अविश्रांत परिश्रम और धैर्य के साथ अपने काम में लगा रहता। उसके मुख पर ऐसी दीनता छायी रहती थी, उसका शरीर इतना कृश और दुर्बल था कि उसे देख कर दया आ जाती थी। और लड़के बनिये की दूकान

से गुड़ ला कर खाते, कोई सड़क पर जानेवाले इक्कों और हवागाड़ियों की बहार देखता और कोई व्यक्तिगत संग्राम में अपनी जिह्वा और बाहु के जौहर दिखाता, लेकिन इस गरीब लड़के को अपने काम से काम था। उसमें लड़कपन की न चंचलता थी, न शरारत, न खिलाड़ीपन, यहाँ तक कि उसके ओंठों पर कभी हँसी भी न आती थी। बाबू हरिदास को उसकी दशा पर दया आती। कभी-कभी कौड़ीवाले को इशारा करते कि उसे हिसाब से अधिक कौड़ियाँ दे दो। कभी-कभी वे उसे कुछ खाने को दे देते।

एक दिन उन्होंने उस लड़के को बुला कर अपने पास बैठाया और उसके समाचार पूछने लगे। ज्ञात हुआ कि उसका घर पास ही के गाँव में है। घर में एक वृद्धा माता के सिवा कोई नहीं है और वह वृद्धा भी किसी पुराने रोग से ग्रस्त रहती है। पर बस सारा भार इसी लड़के के सिर था। कोई उसे रोटियाँ बना कर देने वाला भी न था। शाम को जाता तो अपने हाथों से रोटियाँ बनाता और अपनी माँ को खिलाता था। जाति का ठाकुर था। किसी समय उसका कुल धन-धान्य सम्पन्न था। लेन-देन होता था और शक्कर का कारखाना चलता था। कुछ जमीन भी थी किन्तु भाइयों की स्पर्धा और विद्वेष ने उसे इतनी हीनावस्था को पहुँचा दिया कि अब रोटियों के लाले थे। लड़के का नाम मगनसिंह था।

हरिदास ने पूछा—गाँववाले तुम्हारी कुछ मदद नहीं करते?

मगन—वाह, उनका वश चले तो मुझे मार डालें। सब समझते हैं कि मेरे घर में रुपये गड़े हैं।

हरिदास ने उत्सुकता से पूछा—पुराना घराना है, कुछ-न-कुछ तो होगा ही। तुम्हारी माँ ने इस विषय में तुमसे कुछ नहीं कहा?

मगन—बाबूजी नहीं, एक पैसा भी नहीं। रुपये होते तो अम्माँ इतनी तकलीफ क्यों उठातीं।

बाबू हरिदास मगनसिंह से इतने प्रसन्न हुए कि मजूरों की श्रेणी से उठा कर अपने नौकरों में रख लिया। उसे कौड़ियाँ बाँटने का काम दिया और पजावे में मुंशी जी को ताकीद कर दी कि इसे कुछ पढ़ना-लिखना सिखाइए। अनाथ के भाग्य जाग उठे।

मगनसिंह बड़ा कर्त्तव्यशील और चतुर लड़का था। उसे कभी देर न होती, कभी नागा न होता। थोड़े ही दिनों में उसने बाबू साहब का विश्वास प्राप्त कर लिया। लिखने-पढ़ने में भी कुशल हो गया।

बरसात के दिन थे। पजावे में पानी भरा हुआ था। कारबार बंद था। मगनसिंह तीन दिनों से गैरहाजिर था। हरिदास को चिंता हुई, क्या बात है, कहीं बीमार तो नहीं हो गया, कोई दुर्घटना तो नहीं हो गई? कई आदमियों से पूछताछ की, पर कुछ पता न चला! चौथे दिन पूछते-पूछते मगनसिंह के घर पहुँचे। घर क्या था पुरानी समृद्धि का ध्वंसावशेष मात्र था। उनकी आवाज सुनते ही मगनसिंह बाहर निकल आया। हरिदास ने पूछा—कई दिन से आये क्यों नहीं, माता का क्या हाल है?

मगनसिंह ने अवरुद्ध कंठ से उत्तर दिया—अम्माँ आजकल बहुत बीमार है, कहती है अब न बचूँगी। कई बार आपको बुलाने के लिए मुझसे कह चुकी है, पर मैं संकोच के मारे आपके पास न आता था। अब आप सौभाग्य से आ गए हैं तो जरा चल कर उसे देख लीजिए। उसकी लालसा भी पूरी हो जाए।

हरिदास भीतर गए। सारा घर भौतिक निस्सारता का परिचायक था। सुर्खी, कंकड़, ईंटों के ढेर चारों ओर पड़े हुए थे। विनाश का प्रत्यक्ष स्वरूप था। केवल दो कोठरियाँ गुजर करने लायक थीं। मगनसिंह ने एक कोठरी की ओर उन्हें इशारे से बताया। हरिदास भीतर गए तो देखा कि वृद्धा एक सड़े हुए काठ के टुकड़े पर पड़ी कराह रही है।

उनकी आहट पाते ही आँखें खोलीं और अनुमान से पहचान गई, बोली—आप आ गए, बड़ी दया की। आपके दर्शनों की बड़ी अभिलाषा थी, मेरे अनाथ बालक के नाथ अब आप ही हैं। जैसे आपने अब तक उसकी रक्षा की है, वह निगाह उस पर सदैव बनाये रखिएगा। मेरी विपत्ति के दिन पूरे हो गए। इस मिट्टी को पार लगा दीजिएगा। एक दिन घर में लक्ष्मी का वास था। अदिन आये तो उन्होंने भी आँखे फेर लीं। पुरखों ने इसी दिन के लिए कुछ थाती धरती माता को सौंप दी थी। उसका बीजक बड़े यत्न से रखा था; पर बहुत दिनों से उसका कहीं पता न लगता था। मगन के पिता ने बहुत खोजा पर न पा सके, नहीं तो हमारी दशा इतनी हीन न होती। आज तीन दिन हुए मुझे वह बीजक आप ही आप रद्दी कागजों में मिल गया। तब से उसे छिपा

कर रखे हुए हूँ, मगन बाहर है। मेरे सिरहाने जो संदूक रखी है, उसी में वह बीजक है। उसमें सब बातें लिखी हैं। उसी से ठिकाने का भी पता चलेगा। अवसर मिले तो उसे खुदवा डालिएगा। मगन को दे दीजिएगा। यही कहने के लिए आपको बार-बार बुलवाती थी। आपके सिवा मुझे किसी पर विश्वास न था। संसार से धर्म उठ गया। किसकी नीयत पर भरोसा किया जाए।

हरिदास ने बीजक का समाचार किसी से न कहा। नीयत बिगड़ गई। दूध में मक्खी पड़ गई। बीजक से ज्ञात हुआ कि धन उस घर से 500 डग पश्चिम की ओर एक मंदिर के चबूतरे के नीचे है।

हरिदास धन को भोगना चाहते थे, पर इस तरह कि किसी को कानों-कान खबर न हो। काम कष्ट-साध्य था। नाम पर धब्बा लगने की प्रबल आशंका थी जो संसार में सबसे बड़ी यंत्रणा है। कितनी घोर नीचता थी। जिस अनाथ की रक्षा की, जिसे बच्चे की भाँति पाला, उसके साथ विश्वासघात! कई दिनों तक आत्म-वेदना की पीड़ा सहते रहे। अंत में कुतर्कों ने विवेक को परास्त कर दिया। मैंने कभी धर्म का परित्याग नहीं किया और न कभी करूँगा। क्या कोई ऐसा प्राणी भी है जो जीवन में एक बार भी विचलित न हुआ हो। यदि है तो वह मनुष्य नहीं, देवता है। मैं मनुष्य हूँ। मुझे देवताओं की पंक्ति में बैठने का दावा नहीं है।

मन को समझाना बच्चे को फुसलाना है। हरिदास साँझ को सैर करने के लिए घर से निकल जाते। जब चारों ओर सन्नाटा छा जाता तो मंदिर के चबूतरे पर आ बैठते और एक कुदाली से उसे खोदते। दिन में दो-एक बार इधर-उधर ताक-झाँक करते कि कोई चबूतरे के पास खड़ा तो नहीं है। रात की निस्तब्धता में उन्हें अकेले बैठे ईंटों को हटाते हुए उतना ही भय होता था जितना किसी भ्रष्ट वैष्णव को आमिष भोजन से होता है।

चबूतरा लम्बा-चौड़ा था। उसे खोदते एक महीना लग गया और अभी आधी मंजिल भी तय न हुई। इन दिनों उनकी दशा उस पुरुष की-सी थी जो कोई मंत्र जगा रहा हो। चित्त पर चंचलता छायी रहती। आँखों की ज्योति तीव्र हो गई थी। बहुत गुम-सुम रहते, मानो ध्यान में हों। किसी से बातचीत

न करते, अगर कोई छेड़ कर बात करता तो झुँझला पड़ते। पजावे की ओर बहुत कम जाते। विचारशील पुरुष थे। आत्मा बार-बार इस कुटिल व्यापार से भागती, निश्चय करते कि अब चबूतरे की ओर न जाऊँगा, पर संध्या होते ही उन पर एक नशा-सा छा जाता, बुद्धि-विवेक का अपहरण हो जाता। जैसे कुत्ता मार खा कर थोड़ी देर के बाद टुकड़े की लालच में जा बैठता है, वही दशा उनकी थी। यहाँ तक कि दूसरा मास भी व्यतीत हुआ।

अमावस की रात थी। हरिदास मलिन हृदय में बैठी हुई कालिमा की भाँति चबूतरे पर बैठे हुए थे। आज चबूतरा खुद जाएगा। जरा देर तक और मेहनत करनी पड़ेगी। कोई चिंता नहीं। घर में लोग चिंतित हो रहे होंगे। पर अभी निश्चित हुआ जाता है कि चबूतरे के नीचे क्या है। पत्थर का तहखाना निकल आया तो समझ जाऊँगा कि धन अवश्य होगा। तहखाना न मिले तो मालूम हो जाएगा कि सब धोखा ही धोखा है। कहीं सचमुच तहखाना न मिले तो बड़ी दिल्लगी हो। मुफ्त में उल्लू बनूँ। पर नहीं, कुदाली खट-खट बोल रही है। हाँ, पत्थर की चट्टान है। उन्होंने टटोल कर देखा। भ्रम दूर हो गया। चट्टान थी। तहखाना मिल गया; लेकिन हरिदास खुशी से उछले-कूदे नहीं।

आज वे लौटे तो सिर में दर्द था। समझे थकान है। लेकिन यह थकान नींद से न गई। रात को ही उन्हें ज़ोर से बुखार हो गया। तीन दिन तक ज्वर में पड़े रहे। किसी दवा से फायदा न हुआ।

इस रुग्णावस्था में हरिदास को बार-बार भ्रम होता था कहीं यह मेरी तृष्णा का दंड तो नहीं है। जी में आता था, मगनसिंह को बीजक दे दूँ और क्षमा की याचना करूँ; पर भंडाफोड़ होने का भय मुँह बंद कर देता था। न जाने ईसा के अनुयायी अपने पादरियों के सम्मुख कैसे अपने जीवन भर के पापों की कथा सुनाया करते थे।

हरिदास की मृत्यु के पीछे यह बीजक उनके सुपुत्र प्रभुदास के हाथ लगा। बीजक मगनसिंह के पुरखों का लिखा हुआ है, इसमें लेशमात्र भी संदेह न था। लेकिन उन्होंने सोचा पिताजी ने कुछ सोच कर ही इस मार्ग पर पग रखा होगा। वे कितने नीतिपरायण, कितने सत्यवादी पुरुष थे। उनकी नीयत पर

कभी किसी को संदेह नहीं हुआ। जब उन्होंने इस आचार को घृणित नहीं समझा तो मेरी क्या गिनती है। कहीं यह धन हाथ आ जाय तो कितने सुख से जीवन व्यतीत हो। शहर के रईसों को दिखा दूँ कि धन का सदुपयोग क्योंकर होना चाहिए। बड़े-बड़ों का सिर नीचा कर दूँ। कोई आँखें न मिला सके। इरादा पक्का हो गया।

शाम होते ही वे घर से बाहर निकले। वही समय था, वही चौकन्नी आँखें थीं और वही तेज कुदाली थी। ऐसा ज्ञात होता था मानो हरिदास की आत्मा इस नए भेष में अपना काम कर रही है।

चबूतरे का धरातल पहले ही खुद चुका था। अब संगीन तहखाना था, जोड़ों को हटाना कठिन था। पुराने जमाने का पक्का मसाला था; कुल्हाड़ी उचट उचट कर लौट आती थी। कई दिनों में ऊपर की दरारें खुलीं, लेकिन चट्टानें ज़रा भी न हिलीं। तब वह लोहे की छड़ से काम लेने लगे, लेकिन कई दिनों तक जोर लगाने पर भी चट्टानें न खिसकीं। सब कुछ अपने ही हाथों करना था। किसी से सहायता न मिल सकती थी। यहाँ तक कि फिर वही अमावस्या की रात आयी! प्रभुदास को जोर लगाते बारह बज गए और चट्टानें भाग्यरेखाओं की भाँति अटल थीं।

पर, आज इस समस्या को हल करना आवश्यक था। कहीं तहखाने पर किसी की निगाह पड़ जाए तो मेरे मन की लालसा मन ही में रह जाए।

वह चट्टान पर बैठ कर सोचने लगे क्या करूँ, बुद्धि कुछ काम नहीं करती। सहसा उन्हें एक युक्ति सूझी, क्यों न बारूद से काम लूँ? इतने अधीर हो रहे थे कि कल पर इस काम को न छोड़ सके। सीधे बाजार की तरफ चले, दो मील का रास्ता हवा की तरह तय किया। पर वहाँ पहुँचे तो दूकानें बन्द हो चुकी थीं। आतिशबाज हीले करने लगा। बारूद इस समय नहीं मिल सकती। सरकारी हुक्म नहीं है। तुम कौन हो? इस वक्त बारूद ले कर क्या करोगे? न भैया; कोई वारदात हो जाए तो मुफ्त में बँधा-बँधा फिरूँ, तुम्हें कौन पूछेगा?

प्रभुदास की शांति-वृत्ति कभी इतनी कठिन परीक्षा में न पड़ी थी। वे अंत तक अनुनय-विनय ही करते रहे, यहाँ तक कि मुद्राओं की सुरीली झंकार ने उसे वशीभूत कर लिया। प्रभुदास यहाँ से चले तो धरती पर पाँव न पड़ते थे।

रात के दो बजे थे। प्रभुदास मंदिर के पास पहुँचे। चट्टानों की दराजों में बारूद रख पलीता लगा दिया और दूर भागे। एक क्षण में बड़े जोर का धमाका हुआ। चट्टान उड़ गई। अँधेरा गार सामने था, मानो कोई पिशाच उन्हें निगल जाने के लिए मुँह खोले हुए है।

प्रभात का समय था। प्रभुदास अपने कमरे में लेटे हुए थे। सामने लोहे के संदूक में दस हजार पुरानी मुहरें रखी हुई थीं। उनकी माता सिरहाने बैठी पंखा झल रही थीं। प्रभुदास ज्वर की ज्वाला से जल रहे थे। करवटें बदलते थे, कराहते थे, हाथ-पाँव पटकते थे; पर आँखें लोहे के संदूक की ओर लगी हुई थीं। इसी में उनके जीवन की आशाएँ बन्द थीं।

मगनसिंह अब पजावे का मुंशी था। इसी घर में रहता था। आ कर बोला—पजावे चलिएगा? गाड़ी तैयार कराऊँ?

प्रभुदास ने उसके मुख की ओर क्षमा-याचना की दृष्टि से देखा और बोले—नहीं, मैं आज न चलूँगा, तबीयत अच्छी नहीं है। तुम भी मत ज़ाओ।

मगनसिंह उनकी दशा देख कर डाक्टर को बुलाने चला।

दस बजते-बजते प्रभुदास का मुख पीला पड़ गया। आँखें लाल हो गईं। माता ने उसकी ओर देखा तो शोक से विह्वल हो गईं। बाबू हरिदास की अंतिम दशा उनकी आँखों में फिर गई। जान पड़ता था, यह उसी शोक घटना की पुनरावृत्ति है! यह देवताओं की मनौतियाँ मना रही थीं, किंतु प्रभुदास की आँखें उसी लोहे के संदूक की ओर लगी हुई थीं, जिस पर उन्होंने अपनी आत्मा अर्पण कर दी थी।

उनकी स्त्री आ कर उनके पैताने बैठ गई और बिलख-बिलख कर रोने लगी। प्रभुदास की आँखों से भी आँसू बह रहे थे, पर वे आँखें उसी लोहे के संदूक की ओर निराशापूर्ण भाव से देख रही थीं।

डाक्टर ने आ कर देखा, दवा दी और चला गया, पर दवा का असर उल्टा हुआ। प्रभुदास के हाथ-पाँव सर्द हो गए, मुख निस्तेज हो गया, हृदय की गति मंद पड़ गई, पर आँखें सन्दूक की ओर से न हटीं।

मुहल्ले के लोग जमा हो गये। पिता और पुत्र के स्वभाव और चरित्र पर टिप्पणियाँ होने लगीं। दोनों शील और विनय के पुतले थे। किसी को भूल कर भी कड़ी बात न कही। प्रभुदास का सम्पूर्ण शरीर ठंडा हो गया था। प्राण था तो केवल आँखों में। वे अब भी उसी लोहे के सन्दूक की ओर सतृष्ण भाव से देख रही थीं।

घर में कोहराम मचा हुआ था। दोनों महिलाएँ पछाड़ें खा-खा कर गिरती थीं। मुहल्ले की स्त्रियाँ उन्हें समझाती थीं। अन्य मित्रगण आँखों पर रूमाल जमाये हुए थे। जवानी की मौत संसार का सबसे करुण, सबसे अस्वाभाविक और भयंकर दृश्य है। यह वज्राघात है, विधाता की निर्दय लीला है। प्रभुदास का सारा शरीर प्राणहीन हो गया था, पर आँखें जीवित थीं। वे अब भी उसी संदूक की ओर लगी हुई थीं। जीवन ने तृष्णा का रूप धारण कर लिया था। साँस निकलती है, पर आस नहीं निकलती।

इतने में मगनसिंह आ कर खड़ा हो गया। प्रभुदास की निगाह उस पर पड़ी। ऐसा जान पड़ा मानो उनके शरीर में फिर रक्त का संचार हुआ। अंगों में स्फूर्ति के चिह्न दिखायी दिये। इशारे से अपने मुँह के निकट बुलाया, उसके कान में कुछ कहा, एक बार लोहे के सन्दूक की ओर इशारा किया और आँखें उलट गईं, प्राण निकल गए।

50.

एक आँच की कसर

सारे नगर में महाशय यशोदानन्द का बखान हो रहा था। नगर ही में नहीं, समस्त प्रांत में उनकी कीर्ति गायी जाती थी, समाचार-पत्रों में टिप्पणियाँ हो रही थीं, मित्रों से प्रशंसापूर्ण पत्रों का ताँता लगा हुआ था। समाज-सेवा इसको कहते हैं! उन्नत विचार के लोग ऐसा ही करते हैं। महाशयजी ने शिक्षित समुदाय का मुख उज्ज्वल कर दिया। अब कौन यह कहने का साहस कर सकता है कि हमारे नेता केवल बात के धनी हैं, काम के धनी नहीं! महाशयजी

चाहते तो अपने पुत्र के लिए उन्हें कम-से-कम 20 हजार रुपये दहेज में मिलते, उस पर खुशामद घाते में! मगर लाला साहब ने सिद्धान्त के सामने धन की रत्ती बराबर परवा न की और अपने पुत्र का विवाह बिना एक पाई दहेज लिये स्वीकार किया। वाह! वाह! हिम्मत हो तो ऐसी हो, सिद्धांत-प्रेम हो तो ऐसा हो, आदर्श-पालन हो तो ऐसा हो। वाह रे सच्चे वीर, अपनी माता के सच्चे सपूत तूने वह कर दिखाया जो कभी किसी ने न किया था। हम बड़े गर्व से तेरे सामने मस्तक नवाते हैं।

महाशय यशोदानन्द के दो पुत्र थे। बड़ा लड़का पढ़-लिखकर फाजिल हो चुका था। उसी का विवाह हो रहा था और जैसा हम देख चुके हैं, बिना कुछ दहेज लिये।

आज वर का तिलक था। शाहजहाँपुर के महाशय स्वामीदयाल तिलक लेकर आने वाले थे। शहर के गण्यमान्य सज्जनों को निमन्त्रण दे दिये थे। वे लोग जमा हो गए थे। महफिल सजी हुई थी। एक प्रवीण सितारिया अपना कौशल दिखाकर लोगों को मुग्ध कर रहा था। दावत का सामान भी तैयार था। मित्रगण यशोदानन्द को बधाइयाँ दे रहे थे।

एक महाशय बोले—तुमने तो यार कमाल कर दिया!

दूसरे—कमाल! यह कहिए कि झण्डे गाड़ दिये। अब तक जिसे देखा मंच पर व्याख्यान झाड़ते ही देखा। जब काम करने का अवसर आता था तो लोग दुम दबा लेते थे।

तीसरे—कैसे-कैसे बहाने गढ़े जाते हैं—साहब हमें तो दहेज से सख़्त नफरत है। यह मेरे सिद्धांत के विरुद्ध है, पर करूँ क्या, बच्चे की अम्मीजान नहीं मानतीं। कोई अपने बाप पर फेंकता है, कोई और किसी खुर्राट पर।

चौथे—अजी, कितने तो ऐसे बेहया हैं जो साफ-साफ कह देते हैं कि हमने लड़के की शिक्षा-दीक्षा में जितना खर्च किया है, वह हमें मिलना चाहिए। मानो उन्होंने यह रुपये किसी बैंक में जमा किये थे!

पाँचवें—खूब समझ रहा हूँ, आप लोग मुझ पर छींटे उड़ा रहे हैं। इसमें लड़केवालों का ही सारा दोष है या लड़कीवाले का भी कुछ है?

पहले—लड़कीवाले का क्या दोष है सिवा इसके कि वह लड़की का बाप है।

दूसरे—सारा दोष ईश्वर का जिसने लड़कियाँ पैदा कीं। क्यों?

पाँचवें–मैं यह नहीं कहता। न सारा दोष लड़कीवाले का है, न सारा दोष लड़केवाले का। दोनों ही दोषी हैं। अगर लड़की वाला कुछ न देता तो उसे यह शिकायत करने का तो कोई अधिकार नहीं है कि डाल क्यों नहीं लाये, सुंदर जोड़े क्यों नहीं लाये, बाजे-गाजे और धूमधाम के साथ क्यों नहीं आये? बताइए!

चौथे–हाँ, आपका यह प्रश्न गौर करने के लायक है। मेरी समझ में तो ऐसी दशा में लड़के के पिता से यह शिकायत न होनी चाहिए।

पाँचवें–तो यों कहिए कि दहेज की प्रथा के साथ ही डाल, गहने और जोड़ों की प्रथा भी त्याज्य है। केवल दहेज को मिटाने का प्रयत्न करना व्यर्थ है।

यशोदानन्द–यह भी lame excuse[1] है। मैंने दहेज नहीं लिया है, लेकिन क्या डाल-गहने न ले जाऊँगा।

पहले–महाशय, आपकी बात निराली है। आप अपनी गिनती हम दुनियावालों के साथ क्यों करते हैं? आपका स्थान तो देवताओं के साथ है।

दूसरे–20 हजार की रकम छोड़ दी? क्या बात है!

यशोदानन्द–मेरा तो यह निश्चय है कि हमें सदैव principles[2] पर स्थिर रहना चाहिए। principle[3] के सामने money[4] की कोई value[5] नहीं है। दहेज की कुप्रथा पर मैंने खुद कोई व्याख्यान नहीं दिया, शायद कोई नोट तक नहीं लिखा। हाँ, conference[6] में इस प्रस्ताव को second[7] कर चुका हूँ और इसलिए मैं अपने को उस प्रस्ताव से बँधा हुआ पाता हूँ। मैं उसे तोड़ना भी चाहूँ तो आत्मा न तोड़ने देगी। मैं सत्य कहता हूँ, यह रुपये ले लूँ तो मुझे इतनी मानसिक वेदना होगी कि शायद मैं इस आघात से बच ही न सकूँ।

पाँचवें–अब की conference आपको सभापति न बनाये तो उसका घोर अन्याय है।

यशोदानंद–मैंने अपनी duty[8] कर दी, उसका recognition[9] हो या न हो, मुझे इसकी परवा नहीं।

---

1 थोथी दलील; 2 सिद्धान्तों; 3 सिद्धान्त; 4 धन 5. मूल्य; 6. सभा; 7. अनुमोदन; 8. कर्त्तव्य; 9 कदर।

इतने में खबर हुई कि महाशय स्वामीदयाल आ पहुँचे। लोग उनका अभिवादन करने को तैयार हुए, उन्हें मनसद पर ला बिठाया और तिलक का संस्कार आरम्भ हो गया। स्वामीदयाल ने एक ढाक के पत्तल पर नारियल, सुपारी, चावल, पान आदि वस्तुएँ वर के सामने रखीं। ब्राह्मणों ने मंत्र पढ़े, हवन हुआ और वर के माथे पर तिलक लगा दिया गया। तुरंत घर की स्त्रियों ने मंगलाचरण गाना शुरू किया। यहाँ महफिल में महाशय यशोदानंद ने एक चौकी पर खड़े होकर दहेज की कुप्रथा पर व्याख्यान देना शुरू किया। व्याख्यान पहले से लिखकर तैयार कर लिया गया था। उन्होंने दहेज की ऐतिहासिक व्याख्या की थी। पूर्वकाल में दहेज का नाम भी न था। महाशयों! कोई जानता ही न था कि दहेज या ठहरौनी किस चिड़िया का नाम है। सत्य मानिए, कोई जानता ही न था कि ठहरौनी है क्या चीज, पशु या पक्षी, आसमान में या जमीन में, खाने में या पीने में। बादशाही जमाने में इस प्रथा की बुनियाद पड़ी। हमारे युवक सेनाओं में सम्मिलित होने लगे, यह वीर लोग थे, सेनाओं में जाना गर्व की बात समझते थे। माताएँ अपने दुलारों को अपने हाथ से शस्त्रों से सजाकर रणक्षेत्र में भेजती थीं। इस भाँति युवकों की संख्या कम होने लगी और लड़कों का मोल-तोल शुरू हुआ। आज यह नौबत आ गई है कि मेरी इस तुच्छ-महातुच्छ सेवा पर पत्रों में टिप्पणियाँ हो रही हैं मानो मैंने कोई असाधारण काम किया है। मैं कहता हूँ; अगर आप संसार में जीवित रहना चाहते हैं तो इस प्रथा का तुरंत अंत कीजिए।

एक महाशय ने शंका की—क्या इसका अंत किये बिना हम सब मर जाएँगे?

यशोदानंद—अगर ऐसा होता तो क्या पूछना था, लोगों को दंड मिल जाता और वास्तव में ऐसा होना चाहिए। यह ईश्वर का अत्याचार है कि ऐसे लोभी, धन पर गिरनेवाले, बुर्दा-फ़रोश, अपनी संतान का विक्रय करनेवाले नराधम जीवित हैं और सुखी हैं। समाज उनका तिरस्कार नहीं करता। मगर वह सब बुर्दा-फ़रोश हैं—इत्यादि।

व्याख्यान बहुत लम्बा और हास्य से भरा हुआ था। लोगों ने खूब वाह-वाह की। अपना वक्तव्य समाप्त करने के बाद उन्होंने अपने छोटे लड़के परमानंद को, जिसकी अवस्था कोई 7 वर्ष की थी, मंच पर खड़ा किया। उसे

उन्होंने एक छोटा-सा व्याख्यान लिखकर दे रखा था। दिखाना चाहते थे कि इस कुल के छोटे बालक भी कितने कुषाग्र-बुद्धि हैं। सभा-समाजों में बालकों से व्याख्यान दिलाने की प्रथा है ही, किसी को कुतूहल न हुआ। बालक बड़ा सुंदर, होनहार, हँसमुख था। मुस्कराता हुआ मंच पर आया और जेब से एक कागज निकालकर बड़े गर्व के साथ उच्च स्वर में पढ़ने लगा–

'प्रिय बंधुवर,

नमस्कार।

आपके पत्र से विदित होता है कि आपको मुझ पर विश्वास नहीं है। मैं ईश्वर को साक्षी करके निवेदन करता हूँ कि निर्दिष्ट धन आपकी सेवा में इतनी गुप्त रीति से पहुँचेगा कि किसी को लेशमात्र भी संदेह न होगा। हाँ, केवल एक जिज्ञासा करने की धृष्टता करता हूँ। इस व्यापार को गुप्त रखने से आपको जो सम्मान और प्रतिष्ठा-लाभ होगा और मेरे निकटवर्ती में मेरी जो निंदा की जाएगी, उसके उपलक्ष्य में मेरे साथ क्या रिआयत होगी? मेरा विनीत अनुरोध है कि 25 में से 5 निकालकर मेरे साथ न्याय किया जाय...।'

महाशय यशोदानंद घर में मेहमानों के लिए भोजन परसने का आदेश करने गये थे। निकले तो यह वाक्य उनके कान में पड़ा–'25 में से 5 निकाल कर मेरे साथ न्याय कीजिए।' चेहरा फ़क हो गया, झपटकर लड़के के पास गये, कागज उसके हाथ से छीन लिया और बोले–नालायक, यह क्या पढ़ रहा है, यह तो किसी मुवक्किल का खत है जो उसने अपने मुकदमे के बारे में लिखा था। यह तू कहाँ से उठा लाया, शैतान, जा वह कागज ला, जो तुझे लिखकर दिया गया था।

एक महाशय–पढ़ने दीजिए, इस तहरीर में जो लुत्फ़ है, वह किसी दूसरी तक़रीर में न होगा।

दूसरे–जादू वह जो सिर पर चढ़ के बोले!

तीसरे–अब जलसा बरखास्त कीजिए। मैं तो चला।

चौथे–यहाँ भी चलतू हुए।

यशोदानंद–बैठिए-बैठिए, पत्तल लगाये जा रहे हैं।

पहले—बेटा परमानंद, जरा यहाँ तो आना, तुमने वह कागज कहाँ पाया?

परमानंद—बाबूजी ही ने तो लिखकर अपनी मेज के अंदर रख दिया था। मुझसे कहा था कि इसे पढ़ना। अब नाहक मुझसे खफा हो रहे हैं।

यशोदानंद—वह यह कागज था सुअर! मैंने तो मेज के ऊपर ही रख दिया था। तूने ड्राअर में से क्यों यह कागज निकाला?

परमानंद—मुझे मेज पर नहीं मिला।

यशोदानंद—तो मुझसे क्यों नहीं कहा, ड्राअर क्यों खोला? देखो, आज ऐसी खबर लेता हूँ कि तुम भी याद करोगे।

पहले—यह आकाशवाणी है।

दूसरे—इसको लीडरी कहते हैं कि अपना उल्लू भी सीधा करो और नेकनाम भी बनो।

तीसरे—शरम आनी चाहिए। यह त्याग से मिलता है, धोखेधड़ी से नहीं।

चौथे—मिल तो गया था पर एक आँच की कसर रह गई।

पाँचवें—ईश्वर पाखंडियों को यों ही दंड देता है।

यह कहते हुए लोग उठ खड़े हुए। यशोदानंद समझ गये कि भंडा फूट गया, अब रंग न जमेगा, बार-बार परमानन्द को कुपित नेत्रों से देखते थे और डंडा तौलकर रह जाते थे। इस शैतान ने आज जीती-जितायी बाजी खो दी, मुँह में कालिख लग गई, सिर नीचा हो गया। गोली मार देने का काम किया है।

उधर रास्ते में मित्र-वर्ग यों टिप्पणियाँ करते जा रहे थे—

एक—ईश्वर ने मुँह में कैसी कालिमा लगायी कि हयादार होगा तो अब सूरत न दिखाएगा।

दूसरा—ऐसे-ऐसे धनी, मानी, विद्वान लोग ऐसे पतित हो सकते हैं, मुझे तो यही आश्चर्य है। लेना है तो खुले खजाने लो, कौन तुम्हारा हाथ पकड़ता है; यह क्या कि माल भी चुपके-चुपके उड़ाओ और यश भी कमाओ!

तीसरा—मक्कार का मुँह काला!

चौथा—यशोदानन्द पर दया आ रही है। बेचारे ने इतनी धूर्तता की, उस पर भी कलई खुल ही गई। बस एक आँच की कसर रह गई।

51.

परीक्षा

नादिरशाह की सेना ने दिल्ली में कत्लेआम कर रखा है। गलियों में खून की नदियाँ बह रही हैं। चारों तरफ हाहाकार मचा हुआ है। बाजाद बंद हैं। दिल्ली के लोग घरों के द्वार बंद किये जान की ख़ैर मना रहे हैं। किसी की जान सलामत नहीं है। कहीं घरों में आग लगी हुई है, कहीं बाजार लुट रहा है; कोई किसी की फरियाद नहीं सुनता। रईसों की बेगमें महलों से निकाली जा रही हैं और उनकी बेहुरती की जाती है। ईरानी सिपाहियों की रक्तपिपासा किसी तरह नहीं बुझती। मानव हृदय की क्रूरता, कठोरता और पैशाचिकता अपना विकरालतम रूप धारण किये हुए हैं। इसी समय नादिरशाह ने बादशाही महल में प्रवेश किया।

दिल्ली उन दिनों भोग-विलास की केंद्र बनी हुई थी। सजावट और तकल्लुफ के सामानों से रईसों के भवन भरे रहते थे। स्त्रियों को बनाव-सिगांर के सिवा कोई काम न था। पुरुषों को सुख-भोग के सिवा और कोई चिन्ता न थी। राजनीति का स्थान शेर-ओ-शायरी ने ले लिया था। समस्त प्रांतों से धन खिंच-खिंच कर दिल्ली आता था और पानी की भाँति बहाया जाता था। वेश्याओं की चाँदी थी। कहीं तीतरों के जोड़ होते थे, कहीं बटेरों और बुलबुलों की पालियाँ ठनती थीं। सारा नगर विलास-निद्रा में मग्न था। नादिरशाह शाही महल में पहुँचा तो वहाँ का सामान देखकर उसकी आँखें खुल गईं। उसका जन्म दरिद्र-घर में हुआ था। उसका समस्त जीवन रणभूमि में ही कटा था। भोगविलास का उसे चसका न लगा था। कहाँ रणक्षेत्र और कहाँ यह सुख-साम्राज्य। जिधर आँख उठती थी, उधर से हटने का नाम न लेती थी।

संध्या हो गई थी। नादिरशाह अपने सरदारों के साथ महल की सैर करता और अपनी पसंद की सब चीज़ों को बटोरता हुआ दीवाने-खास में आकर कारचोबी मसनद पर बैठ गया, सरदारों को वहाँ से चले जाने का हुक्म दिया, अपने सब हथियार खोलकर रख दिए और महल में दरोगा को बुलाकर हुक्म

दिया—मैं शाही बेगमों का नाच देखना चाहता हूँ। तुम इसी वक्त उनको सुंदर वस्त्राभूषणों से सजाकर मेरे सामने लाओ। खबरदार, जरा भी देर न हो! मैं कोई उज्र या इनकार नहीं सुन सकता।

दरोगा ने यह नादिरशाही हुक्म सुना तो होश उड़ गए। वे महिलाएँ जिन पर सूर्य की दृष्टि भी नहीं पड़ी कैसे इस मजलिस में आएँगी! नाचने का तो कहना ही क्या! शाही बेगमों का इतना अपमान कभी न हुआ था। हा नरपिशाच! दिल्ली को खून से रंग कर भी तेरा चित्त शांत नहीं हुआ। मगर नादिरशाह के सम्मुख एक शब्द भी जबान से निकालना अग्नि के मुख में कूदना था! सिर झुकाकर आदाब बजा लाया और आकर रनिवास में सब बेगमों को नादिरशाही हुक्म सुना दिया; उसके साथ ही यह इत्तला भी दे दी कि ज़रा भी ताम्मुल न हो, नादिरशाह कोई उज्र या हीला न सुनेगा! शाही खानदान पर इतनी बड़ी विपत्ति कभी नहीं पड़ी; पर उस समय विजयी बादशाह की आज्ञा को शिरोधार्य करने के सिवा प्राण-रक्षा का अन्य कोई उपाय नहीं था।

बेगमों ने यह आज्ञा सुनी तो हतबुद्धि-सी हो गईं। सारे रनिवास में मातम-सा छा गया। वह चहल-पहल गायब हो गई। सैकड़ों हृदयों से इस अत्यायारी के प्रति एक शाप निकल गया। किसी ने आकाश की ओर सहायता-याचक लोचनों को देखा, किसी ने खुदा और रसूल का सुमिरन किया; पर ऐसी एक महिला भी न थी जिसकी निगाह कटार या तलवार की तरफ गई हो। यद्यपि इनमें कितनी ही बेगमों की नसों में राजपूतानियों का रक्त प्रवाहित हो रहा था; पर इंद्रियलिप्सा ने 'जौहर' की पुरानी आग ठंडी कर दी थी। सुख-भोग की लालसा आत्मसम्मान का सर्वनाश कर देती है। आपस में सलाह करके मर्यादा की रक्षा का कोई उपाय सोचने की मोहलत न थी। एक-एक पल भाग्य का निर्णय कर रहा था। हताश होकर सभी ललनाओं ने पापी के सम्मुख जाने का निश्चय किया। आँखों से आँसू जारी थे, दिलों से आहें निकल रही थीं; पर रत्न-जटित आभूषण पहने जा रहे थे, अश्रु-सिंचित नेत्रों में सुरमा लगाया जा रहा था और शोक-व्यथित हृदयों पर सुगंध का लेप किया जा रहा था। कोई केश गुंथती थी, कोई माँगों में मोतियाँ पिरोती थी।

एक भी ऐसे पक्के इरादे की स्त्री न थी, जो ईश्वर पर अथवा अपनी टेक पर, इस आज्ञा का उल्लंघन करने का साहस कर सके।

एक घंटा भी न गुजरने पाया था कि बेग़मात पूरे-के-पूरे, आभूषणों से जगमगाती, अपने मुख की कांति से बेले और गुलाब की कलियों को लजाती, सुगंध की लपटें उड़ाती, छमछम करती हुई दीवाने-ख़ास में आकर नादिरशाह के सामने खड़ी हो गईं।

नादिर शाह ने एक बार कनखियों से परियों के इस दल को देखा और तब मसनद की टेक लगाकर लेट गया। अपनी तलवार और कटार सामने रख दी। एक क्षण में उसकी आँखें झपकने लगीं। उसने एक अगड़ाई ली और करवट बदल ली। ज़रा देर में उसके खर्राटों की आवाज़ें सुनायी देने लगीं। ऐसा जान पड़ा कि गहरी निद्रा में मग्न हो गया है। आधे घंटे तक वह सोता रहा और बेगमें ज्यों-की-त्यों सिर नीचा किए दीवार के चित्रों की भांति खड़ी रहीं। उनमें दो-एक महिलाएँ जो ढीठ थीं, घूंघट की ओट से नादिरशाह को देख भी रहीं थीं और आपस में दबी ज़बान में कानाफूसी कर रही थीं—कैसा भंयकर स्वरूप है! कितनी रणोन्मत आँखें हैं! कितना भारी शरीर है! आदमी काहे को है, देव है!

सहसा नादिरशाह की आँखें खुल गईं। परियों का दल पूर्ववत् खड़ा था। उसे जागते देखकर बेगमों ने सिर नीचे कर लिए और अंग समेट कर भेड़ों की भाँति एक दूसरे से मिल गईं। सबके दिल धड़क रहे थे कि अब यह ज़ालिम नाचने-गाने को कहेगा, तब कैसे होगा! ख़ुदा इस ज़ालिम से समझे! मगर नाचा तो न जाएगा। चाहे जान ही क्यों न जाए। इससे ज्यादा ज़िल्लत अब न सही जाएगी।

सहसा नादिरशाह कठोर शब्दों में बोला—ऐ ख़ुदा की बंदियों, मैंने तुम्हारा इम्तहान लेने के लिए बुलाया था और अफ़सोस के साथ कहना पड़ता है कि तुम्हारी निसबत मेरा जो गुमान था, वह हर्फ़-ब-हर्फ़ सच निकला। जब किसी क़ौम की औरतों में ग़ैरत नहीं रहती तो वह क़ौम मुर्दा हो जाती है।

देखना चाहता था कि तुम लोगों में अभी कुछ ग़ैरत बाक़ी है या नहीं। इसलिए मैंने तुम्हें यहाँ बुलाया था। मैं तुम्हारी बेहुरमती नहीं करना चाहता था। मैं इतना ऐश का बंदा नहीं हूँ, वरना आज भेड़ों के गल्ले चराता होता।

न इतना हवसपरस्त हूँ, वरना आज फ़ारस में सरोद और सितार की तानें सुनता होता, जिसका मज़ा मैं हिंदुस्तानी गाने से कहीं ज्यादा उठा सकता हूँ। मुझे सिर्फ तुम्हारा इम्तहान लेना था। मुझे यह देखकर सच्चा मलाल हो रहा है कि तुम में ग़ैरत का जौहर बाकी न रहा। क्या यह मुमकिन न था कि तुम मेरे हुक्म को पैरों तले कुचल देतीं? जब तुम यहाँ आ गईं तो मैंने तुम्हें एक और मौका दिया। मैंने नींद का बहाना किया। क्या यह मुमकिन न था कि तुम में से कोई खुदा की बंदी इस कटार को उठाकर मेरे जिगर में चुभा देती। मैं कलामेपाक की क़सम खाकर कहता हूँ कि तुम में से किसी को कटार पर हाथ रखते देखकर मुझे बेहद खुशी होती, मैं उन नाजुक हाथों के सामने गरदन झुका देता! पर अफ़सोस है कि आज तैमूरी ख़ानदान की एक बेटी भी यहाँ ऐसी नहीं निकली जो अपनी हुरमत बिगड़ने पर हाथ उठाती! अब यह सल्तनत ज़िन्दा नहीं रह सकती। इसकी हस्ती के दिन गिने हुए हैं। इसका निशान बहुत जल्द दुनिया से मिट जाएगा। तुम लोग जाओ और हो सके तो अब भी सल्तनत को बचाओ वरना इसी तरह हवस की गुलामी करते हुए दुनिया से रुख़सत हो जाओगी!

❑❑❑

प्रेमचन्द के अन्य उपलब्ध उपन्यास

ग़बन
प्रेमचंद
Om

प्रेमचंद
रंगभूमि
Om

Om
सेवासदन
प्रेमचंद